KEITH ABLOW

Infam

Ausgelöscht

Infam

Der Psychiater Frank Clevenger wollte nach einem traumatischen Erlebnis eigentlich nie wieder für die Polizei arbeiten. Doch als der junge Billy Bishop verdächtigt wird, seine Stiefschwester ermordet zu haben, schaltet sich Frank trotz seiner Vorbehalte in den Fall ein. Er ahnt nicht, dass er sich damit in den Sog eines tödlichen Psychodramas begibt, aus dem es auch für ihn selbst keinen Ausweg mehr zu geben scheint ...

Ausgelöscht

Als der geniale Erfinder John Snow erschossen aufgefunden wird, deuten zunächst alle Anzeichen auf einen Selbstmord hin. Doch der Psychiater Frank Clevenger traut dem Augenschein nicht. So kurz vor einer Operation, die Snow von seiner Epilepsie hätte heilen können, gab es für ihn keinen Grund zu sterben. Clevenger recherchiert im Umfeld des Toten und entdeckt, dass es mehr als genug Tatverdächtige für einen Mord gibt. Doch Snow bleibt nicht das einzige Opfer ...

Autor

Wie sein Serienheld Frank Clevenger ist auch Keith Ablow ein Psychiater, der für die Gerichtsmedizin arbeitet und bereits als Gutachter in zahlreichen Prozessen ausgesagt hat. Keith Ablow hat sich mit seinen Psychothrillern in Amerika in die Reihe der Bestsellerautoren geschrieben.

Von Keith Ablow außerdem bei Goldmann lieferbar:

Psychopath. Roman (45714)
Der Diener Gottes. Roman (46193)
Infam. Roman (05543/45475)
Ausgelöscht. Roman (45956)

Keith Ablow

Infam
Ausgelöscht

Zwei Romane
in einem Band

GOLDMANN

Die Originalausgabe von »Infam« erschien 2002 unter dem Titel
»Compulsion«, die von »Ausgelöscht« 2004 unter »Murder Suicide«,
beide bei St. Martin's Press, New York.

Umwelthinweis:
Alle bedruckten Materialien dieses Taschenbuches
sind chlorfrei und umweltschonend.

Einmalige Sonderausgabe Juni 2007
»Infam«

»Ausgelöscht«

Umschlaggestaltung: Design Team München
Umschlagfoto: plainpicture/Johnér
NG · Herstellung: sc
Druck und Bindung: GGP Media GmbH, Pößneck
Printed in Germany
ISBN 978-3-442-13383-3

www.goldmann-verlag.de

Infam

Aus dem Amerikanischen
von Ute Thiemann

Für Deborah Jean,
Devin Blake
und Cole Abraham

1

Sonnabend, 22. Juni 2002

Lilly Cunningham blickte auf. Ich schmolz dahin. Sie war neunundzwanzig und hatte hellblaue Augen, in denen man versinken konnte. Ihr blondes, lockiges Haar war so seidig, dass man es berühren wollte. Ihre hohe Stirn zeugte von Intelligenz, während der sanfte Schwung ihrer Nase ihrem Gesicht Anmut verlieh. Sie besaß volle Lippen, Grübchen auf den Wangen und einen langen, schlanken Hals. Ein schlichtes Goldkreuz an einer zarten Kette zeigte auf die Wölbungen ihrer Brust und ihres Bauchs, die sich unter dem dünnen weißen Laken hoben und senkten.

Ein Teil von mir wollte nicht aufhören, Lillys Schönheit zu bewundern, doch ein anderer, entscheidenderer Teil von mir liebt die Wahrheit, und die ist fast immer hässlich. Mein Blick wanderte zu ihrem entblößten Schenkel.

Das Fleisch war von der Lendenbeuge bis zum Knie entzündet. An einigen Stellen war die Haut aufgeplatzt, aufgeworfen wie feuchtes Pergament, durch das eine rötliche Flüssigkeit nässte. Zwei schwarze, mit Filzstift angemalte Schlangenlinien zogen sich etwa dreißig, fünfunddreißig Zentimeter lang über das blutige Fleisch und markierten die Stellen, wo der Chirurg seine Schnitte für die Drainage setzen würde.

Ein Krieg war erklärt und die Fronten gezogen worden.

»Ich glaube, wir sind einander noch nicht begegnet«, sagte Lilly angespannt.

»Dr. Clevenger«, stellte ich mich vor, ohne den Blick von ihren Schenkeln zu lösen. Ich stand einige Schritte vom Bett entfernt, wie immer, wenn ich meine Patienten das erste Mal besuche.

»Mhmm. Kahl geschorener Schädel, Jeans, Cowboystiefel. Sie sehen nicht wie ein Arzt aus. Zumindest wie keiner, den ich hier im Mass General gesehen habe.«

Ich sah sie herausfordernd an. »Wie sehe ich denn aus?«

Sie brachte mühsam ein Lächeln zuwege. »Keine Ahnung. Wie ein Künstler vielleicht ... oder ein Barmann.« Sie lachte, doch es klang matt. »Haben Sie auch einen Vornamen?«

»Frank.«

»Na gut, Dr. Frank Clevenger. Was ist Ihr Spezialgebiet? Chirurgie? Innere Medizin? Infektionskrankheiten?«

»Ich bin Psychiater.«

Sie schüttelte den Kopf und drehte sich zur Wand um. »Das ist doch wirklich *un-glaub-lich*, verdammt noch mal.«

Ich stand einen Moment lang da und starrte auf den Dschungel aus Infusionsschläuchen, durch die Amphotericin und Vancomycin in Lillys Unterschlüsselbeinschlagader tröpfelten. Ein Fenster direkt hinter den Tröpfen bot Ausblick auf Bostons Charles River in der Abenddämmerung, dessen Wasseroberfläche blaugrau und vollkommen still dalag. Ich wagte einen erneuten Versuch. »Macht es Ihnen etwas aus, wenn ich Ihnen ein paar Fragen stelle?«

»Sie können tun und lassen, was Sie wollen. Es ist mir egal.«

Ich hörte eine Mischung aus Wut und Kapitulation in ihrer Stimme und trat näher ans Bett. »Haben Sie eine Ahnung, warum Ihre Ärzte mich gebeten haben, mit Ihnen zu sprechen?«

»Vermutlich, weil sie Mist bauen«, maulte sie und schüttelte entnervt den Kopf. »Sie finden einfach nicht heraus, was mit mir los ist, deshalb stempeln sie mich als verrückt ab.«

Das war zur Hälfte richtig. Die Ärzte stempelten sie *tatsächlich* als verrückt ab, wussten aber ganz genau, was mit ihr los war – zumindest körperlich.

Drake Slattery, Chefarzt der Inneren Abteilung, hatte mir den Fall geschildert. Er hat die Statur eines Holzfällers und war Ringer in der Universitätsmannschaft von Duke, und die Muskeln seiner verschränkten Arme hatten angespannt gezuckt, während er sprach. »Sie ist vor etwa vier Monaten in die Notaufnahme gekommen, geradewegs aus den Flitterwochen auf St. Bart's. Leichtes Fieber, rote Flecken auf ihrem Oberschenkel. Ich vermutete, irgendein tropisches Insekt hätte sie gestochen und eine leichte Entzündung des Unterhautbindegewebes hinterlassen. Keine große Sache. Aber ich Idiot habe meinen ganzen Terminkalender über den Haufen geworfen, um umgehend alle Untersuchungen zu veranlassen und sie auf Antibiotika zu setzen.«

»Ist sie so hübsch?«, hatte ich gefeixt.

Er warf mir einen beleidigten Blick zu. »Professionelle Höflichkeit; sie ist Krankenschwester drüben im Brigham & Women's Hospital.«

»Schon klar.«

»Und ganz nebenbei ist sie schlichtweg umwerfend.«

Ich schmunzelte.

»Ich pumpe sie also mit Ampicillin voll, und es scheint zu wirken«, fuhr er fort. »Aber zwei Wochen später steht sie plötzlich wieder in der Notaufnahme. Ihr Bein ist auf doppelte Größe angeschwollen. Sie sagt, es fühle sich an, als würde jemand ein glühendes Messer in ihren Schenkel bohren. Und sie hat neununddreißig Grad Fieber.« Die Muskeln seiner Arme fingen wieder an zu zucken. »Das Ampicillin scheint nicht mehr zu wirken, also gebe ich als Nachschlag noch Rocephin dazu. Daraufhin geht die Schwellung auch ziemlich schnell zurück. Ende gut, alles gut, ja? Manchmal muss man den bösen Bazillen eben mit schweren Geschützen zu Leibe rücken.«

Slattery war ein begeisterter Jäger, was es mir gelegentlich schwer machte, ihn trotz seiner einzigartigen Kombination aus Genialität und trockenem Humor zu mögen. »Du bist hier der Schütze«, erwiderte ich.

Er zwinkerte. »Fünf Tage später ist sie wieder in der Notaufnahme, geschwollener und röter als je zuvor. Zittert am ganzen Leib. Über vierzig Grad Fieber. Jetzt fange ich wirklich an, mir Sorgen zu machen. Ich weiß einfach nicht, was es sein könnte. Lymphblockade infolge eines Tumors? Sarkoidose? Ich hab sogar überlegt, ob es irgendeine merkwürdige Erscheinungsform von Aids sein könnte. Ich wäre nie im Leben darauf gekommen, was es wirklich war.«

Über die folgenden Monate wies Slattery Lilly viermal ins Mass General ein, behandelte sie mit einem Dutzend verschiedener Fungizide und Antibiotika. Einige schienen zu wirken, senkten die Zahl ihrer weißen Blutkörperchen und hielten den Schüttelfrost und das Fieber in Zaum, unter denen sie litt. Aber jedes Mal tauchte sie schon wenige Tage danach wieder in der Notaufnahme auf, abermals infiziert und fiebernd.

Eine Computer-Tomographie ihres Beines zeigte keinen Tumor. Ein Skelettszintigramm offenbarte keine Knochenhautentzündung. Wiederholte Blutkulturen konnten keine bösartigen Bakterien nachweisen. Also veranlasste Slattery schließlich eine Biopsie des Semitendinosus- und des Schenkelmuskels in Lillys Bein und schickte die Gewebeproben zum bakteriologischen Labor der Zentralstelle für Infektionskrankheiten in Bethesda, Maryland. Das Ergebnis kam eine Woche später zurück: *Pseudomonas fluorescens,* ein Krankheitserreger, der gemeinhin in Erde gefunden wurde.

»Wir haben zuerst ihrem Mann die Neuigkeit überbracht«, hatte Slattery mir erzählt. »Er brach zusammen und gestand, er hätte ganz hinten in ihrer Schublade eine schlammverkrustete Spritze gefunden. Eingewickelt in einen ihrer Slips.«

Allein beim Gedanken daran bekam ich eine Gänsehaut.

»Wir reißen uns hier den Hintern auf, um zu verhindern, dass diese Irre ihr Bein verliert«, fuhr Slattery fort, »und dann stellt sich heraus, dass sie sich eigenhändig Dreck injiziert hat.«

»Das könnte uns einiges darüber sagen, wie sie sich selbst sieht«, bemerkte ich.

»Dir vielleicht. Mir sagt es, dass sie nichts in einem Krankenhaus zu suchen hat. Sie stiehlt – meine Zeit, von den Mitteln des Krankenhauses ganz zu schweigen.«

»Ich gehe jede Wette ein, dass es bei diesem Fall grundsätzlich ums Stehlen geht. Aber der Schlüssel ist, herauszufinden, was *ihr* gestohlen wurde.«

»Du bist hier der Poet«, hatte Slattery trocken erwidert. »Deshalb hab ich dich ja dazugeholt.«

Ich betrachtete Lilly, wie sie dort im Bett lag, das Gesicht noch immer zur Wand gedreht. Der Fachausdruck für ihre Erkrankung lautete »Münchhausen-Syndrom«: das absichtliche Hervorrufen von physischen Symptomen, um die Aufmerksamkeit von Ärzten auf sich zu lenken. Der Name leitet sich von Karl Freiherr von Münchhausen, dem berüchtigten »Lügenbaron«, ab. Studien haben gezeigt, dass ein hoher Prozentsatz von Patienten mit dieser Störung im Gesundheitswesen arbeitet – wie Lilly.

Viele Patienten mit Münchhausen-Syndrom haben darüber hinaus in ihrer Kindheit einige Zeit im Krankenhaus verbracht. Eine Theorie besagt, dass sie zu Hause schwerem Missbrauch ausgesetzt waren und die Freundlichkeit der Ärzte als so wohltuend empfanden, dass sie als Folge daraus anfingen, Kranksein mit Geborgenheit gleichzusetzen. Als Erwachsene werden sie regelrecht süchtig danach, in die Rolle des Kranken zu schlüpfen, um ihren unterschwelligen emotionalen Schmerz zu betäuben und traumatische Erinnerungen zu unterdrücken – in der gleichen Weise, wie Drogensüchtige Heroin benutzen.

Um Münchhausen zu behandeln, muss der Psychiater den Patienten an den Punkt bringen, wo er bereit ist, sich dem ursprünglichen Trauma zu stellen, das er oder sie verdrängt. Das mag einfach klingen, ist es aber ganz und gar nicht. Menschen mit Münchhausen entziehen sich in der Regel der Behandlung, um zu verhindern, dass den tiefer liegenden Problemen auf den Grund gegangen wird.

Lilly zu dem Geständnis zu zwingen, dass sie die Infektion selbst herbeigeführt hatte, würde sie nur verschrecken. Das Wichtigste war, sie wissen zu lassen, dass ich verstand, dass sie tatsächlich infiziert *war.* Nur einer der Erreger war in Erde zu finden. Der andere – weit giftiger und zerstörerischer – war in den dunklen Winkeln ihres Unterbewusstseins verborgen.

Ich zog einen Sessel ans Bett und setzte mich. »Niemand bezweifelt, dass Sie krank sind«, sagte ich. »Am allerwenigsten Dr. Slattery. Er meinte, die Infektion sei sehr ernst.«

Lilly rührte sich nicht.

Ich beschloss, sie damit zu ködern, dass ich die professionelle Distanz zwischen uns verringerte und ihr ein wenig von der ärztlichen Wärme anbot, nach der sie sich so sehnte. Ich streckte meine Hand aus und berührte die schwarzen Linien, die der Chirurg auf ihren Schenkel gezeichnet hatte. »Stress schwächt das Immunsystem. Das ist eine Tatsache.«

Noch immer keine Reaktion.

Ich ließ meine Hand zu Lillys Hüfte gleiten. »Eigentlich sollten Sie als Krankenschwester dem doch zustimmen, oder?«

Sie drehte sich auf den Rücken, und ich zog meine Hand zurück. »Es tut mir Leid, dass ich Sie so angefahren habe«, sagte sie und starrte an die Decke. »Ich bin mit den Nerven am Ende. Hier spaziert ein Arzt nach dem anderen herein. Ich werde mit einem Medikament nach dem anderen voll gepumpt. Zwischen den Aufenthalten hier war ich keine fünf Tage am Stück zu Hause.« Sie seufzte tief. »Nicht gerade das, was man verlängerte Flitterwochen nennt.«

»Sie sind frisch verheiratet«, sagte ich. »Das habe ich in Ihrem Krankenblatt gelesen.«

»Ich vermute, mein Leben ist ein offenes Buch«, konterte sie.

»Mein Eindruck ist eher, dass es kaum ein Buch gibt, das weniger offen ist als Sie.«

Sie sah mich an.

»Wie lange sind Sie schon verheiratet?«, fragte ich.

»Vier Monate.«

»Und ist es so, wie Sie es sich vorgestellt haben?«

Ihre Miene wurde schlagartig abweisend, vielleicht, weil ich zu distanziert geklungen hatte, zu analytisch, zu sehr wie der Psychiater, der gekommen war, um eine Diagnose zu stellen.

Ich bot ihr eine weitere Annäherung in der Arzt-Patient-Beziehung an. »Ich habe das mit der Ehe selbst nie ausprobiert.«

»Nein?«

»Ich war einmal verlobt. Es ist nichts daraus geworden.«

»Was ist passiert?«

Kathy erschien vor meinem geistigen Auge, so wie ich sie das letzte Mal gesehen hatte, in ihrem Zimmer in der geschlossenen Abteilung der Psychiatrie im Austin Grate Hospital. »Sie war krank«, sagte ich. »Ich habe versucht, gleichzeitig ihr Ehemann und ihr Arzt zu sein. Ich habe beides vermasselt.«

»Das tut mir Leid«, sagte sie.

»Mir auch.«

Lilly entspannte sich sichtlich. »Paul ist der absolute Traum. Er ist so verständnisvoll. In allem.«

»In allem ...«

Sie errötete wie ein Backfisch. »Wir hatten nicht viel Zeit, um ... Sie wissen schon.«

Ich zuckte mit den Achseln und schüttelte den Kopf, obgleich ich genau wusste, was sie meinte.

»Nun, Zeit, um ...« Sie kicherte. »... Flitterwöchner zu sein.«

»Hatten Sie denn überhaupt Zeit dafür?«

»Das Problem mit meinem Bein fing gleich nach unserer Abreise nach St. Bart's an. Wir mussten sogar früher zurückfliegen.«

»Aber er hatte Verständnis?«

»Er hat mich nie bedrängt«, erklärte sie. »Er ist ein sehr geduldiger Mann. In dieser Hinsicht erinnert er mich an meinen Großvater. Ich schätze, das ist auch der Grund, weshalb ich mich in ihn verliebt habe.«

Manchmal spricht eine leise Stimme in meinem Hinterkopf, während ich mit Patienten rede. Es ist meine eigene Stimme, doch sie entstammt einem Teil von mir, über den ich keine völlige Kontrolle habe – einem Teil, der zwischen den Zeilen lauscht, selbst meinen eigenen, und dann das Unausgesprochene in meinem Kopf abspielt. *»Sex, Schmerz, Großvater. Wenn der Liebesakt sich genauso anfühlt, als würde man sich Schmutz injizieren, dann bricht man die Flitterwochen ab und fährt schnurstracks ins Krankenhaus.«*

»Erzählen Sie mir von ihm«, sagte ich und überließ ihr die Entscheidung, über welchen der beiden Männer sie reden wollte.

»Großvater?«

Ich lächelte nur.

»Er ist gelassen und stark. Sehr verlässlich.« Sie machte eine kurze Pause. »Mein Vater ist gestorben, als ich sechs war. Meine Mutter und ich sind zu meinen Großeltern gezogen.«

»Leben sie noch?«

»Gott sei Dank«, sagte sie.

»Wissen sie über Ihr Problem Bescheid?«

Sie schüttelte den Kopf. »Ich habe es niemandem in meiner Familie erzählt.«

»Nicht einmal Ihrer Mutter?«

»Nein.«

Ich hatte das Gefühl, einen Zugang zu Lillys Psyche gefunden zu haben. Ich konnte die Infektion in ihrem Bein als eine Metapher für ihr Kindheitstrauma benutzen. »Ein Geheimnis zu hüten – besonders ein so großes – kann den Stress, unter dem Sie stehen, verstärken«, sagte ich.

»Meine Großeltern sind inzwischen sehr alt. Und meine Mutter hat ihre eigenen Sorgen. Ich will sie alle nicht damit belasten.«

»Aber Sie liegen ihnen am Herzen, und Sie leiden Schmerzen.«

»Ich werde schon damit fertig«, erklärte sie.

»Nachdem du deinen Vater verloren hattest«, sagte die Stimme in meinem Hinterkopf, *»wolltest du nicht riskieren, deinen Großvater auch noch zu verlieren, egal, welchen Preis du dafür zahlen musstest, ihn zu halten. Selbst um den Preis deiner Unschuld. Oder deines Beins.«*

Ich hielt mich weiter an die Metapher. »Es könnte ein langer Weg werden, dieser Infektion auf den Grund zu gehen. Sie brauchen vielleicht jemanden, dem Sie sich öffnen können. Jemanden außerhalb Ihrer Familie.« Ich betrachtete die Haut ihres Schenkels, die sich straff und glänzend über das entzündete Gewebe spannte. »Um etwas von dem Druck abzulassen.«

»Der Eingriff und die Drainage sind für morgen Nachmittag angesetzt«, sagte sie.

»Sonst würde sich die Infektion nur immer tiefer im Gewebe ausbreiten.«

Sie sah auf ihr Bein hinunter. »Ich vermute, es wird ziemlich scheußlich aussehen, nachdem sie es aufgeschnitten haben.«

»Ich habe so ziemlich alles schon mal gesehen … und gehört«, sagte ich.

Sie betrachtete ihr Bein noch ein paar Sekunden, ehe sie mich ansah.

»Wenn es Ihnen recht ist, schaue ich nach dem Eingriff wieder vorbei.«

Sie nickte.

»Gut.« Ich drückte ihre Hand, stand auf und ging zur Tür.

So sieht ein kleiner Triumph in der Psychiatrie aus. Man zieht sich an die Seitenlinie zurück, umläuft die Abwehrmechanismen des Verstands und ist froh, wenigstens einen halben Schritt in Richtung Wahrheit gemacht zu haben. Unmittelbar hinter dem nächsten Wort oder dem nächsten Blick könnte der Feuer speiende Dämon lauern, dem man auf der Fährte ist, begierig darauf, gefasst zu werden, und doch entschlossen zu fliehen.

Als ich Lillys Zimmer verließ, hörte ich, wie über das Lautsprechersystem die letzten Silben meines Namens ausgerufen wurden. Ich ging zum Schwesternzimmer, nahm das Telefon und wählte die Nummer der Telefonzentrale des Krankenhauses. »Frank Clevenger«, sagte ich.

»Anruf von außerhalb, Doktor. Ich verbinde.«

Es rauschte kurz in der Leitung, dann meldete sich eine tiefe Stimme. »Hallo?«

Selbst nach zwei Jahren erkannte ich North Andersons Bariton sofort. Er war ein zweiundvierzigjähriger schwarzer Polizist aus Baltimore, dem die dunklen Straßen der Stadt ebenso vertraut waren wie die Adern, die seinen muskulösen Gewichtheber-Körper durchzogen. Wir waren enge Freunde geworden, als wir gemeinsam an jenem Kriminalfall gearbeitet hatten, von dem ich geschworen hatte, es wäre mein letzter. Die Köpfe von Mördern auszuloten hatte am Ende meine eigene Psyche an den Rand der Auflösung getrieben. »Lange nichts von dir gehört«, sagte ich.

»Ich hätte mich schon früher gemeldet, aber …«

Aber wir erinnerten uns wieder an Trevor Lucas, einen wahnsinnigen Schönheitschirurgen, der sich in einer geschlossenen psychiatrischen Abteilung verbarrikadiert und an ausgewählten Patienten und Angestellten grausige Operationen, einschließlich Amputationen, durchgeführt hatte. Das Blutbad, das er angerichtet hatte, geisterte noch immer durch meine Albträume. Anderson schlief wahrscheinlich kaum besser. »Du brauchst dich nicht zu entschuldigen«, sagte ich.

Einige Sekunden verstrichen. »Du errätst nie, wo ich jetzt arbeite.«

Anderson war der härteste und unerschrockenste Cop, dem ich je begegnet war. »Bandenkriminalität?«

»Kalt, eiskalt.«

»Sittendezernat?«

»Nantucket«, erklärte er.

»Nantucket?«

»Du erinnerst dich doch bestimmt noch, wie sehr ich das Meer liebe«, sagte er. »Da war der Posten eines Polizeichefs ausgeschrieben, also hab ich eine Bewerbung hingeschickt. Bin jetzt schon seit sechzehn Monaten hier. Ich bin sogar eigenhändig mit der *North's Star* hergesegelt.«

North's Star war Andersons Zehn-Meter-Segeljacht, eine der großen Lieben seines Lebens, die nur von der zu seiner Frau Tina und zu seiner Tochter Kristie übertroffen wurde.

»Ich fand, ich hätte meine Zeit an vorderster Front abgeleistet, verstehst du?«, meinte er.

Ich verstand. Nur zu gut. Anderson hatte sich auf eine Insel zurückgezogen, während ich in die geheiligten Hallen der Universitätsklinik von Harvard geflüchtet war. »Du hast mehr als deine Pflicht getan«, bestätigte ich.

Er räusperte sich. »Ich könnte deine Hilfe brauchen.«

Sein Tonfall weckte in mir die Frage, ob auch er mit einer Depression zu kämpfen hatte. »Ich tue, was ich kann. Worum geht's?«

»Die Bishop-Familie«, sagte er, als würde das alles erklären.

»Wer ist das?«

»Darwin Bishop.«

»Nie von ihm gehört«, sagte ich.

»Der Milliardär? Consolidated Minerals and Metals – CMM? Wird an der Börse gehandelt.«

»He, das mag ja inzwischen deine Welt sein, aber ich hab mit Nantucket nichts am Hut«, gab ich zurück. »Und ich spekuliere nicht mit Aktien.«

»Gestern Abend waren sie in den überregionalen Nachrichten«, fuhr er fort.

»Ich sehe mir auch keine Nachrichten an, wenn ich's vermeiden kann.«

»Eins seiner kleinen Mädchen, Zwillinge, wurde gestern tot in seiner Wiege gefunden. Fünf Monate alt.«

Ich schloss die Augen und ließ mich gegen die Wand sinken. Ich hatte schon mit Familien gearbeitet, die ein Kind durch

Krippentod verloren hatten, eine unvorhersehbare Störung, die die Atmung eines Säuglings unterbricht und ihn im Schlaf dahinrafft. »Plötzlicher Kindstod«, sagte ich.

»Möglicherweise … Wir sind uns nicht ganz sicher. Es gibt zwei ältere Adoptivsöhne in der Familie – sechzehn und siebzehn Jahre alt. Der jüngere ist in der Vergangenheit durch gewalttätiges Verhalten aufgefallen. Richtig üble Sachen, hat sogar einige Nachbarskatzen stranguliert.«

Mir war klar, welche Richtung die Unterhaltung nahm. Und mir war klar, dass Trevor Lucas mir den Mut genommen hatte, diesem Weg zu folgen. »Ich übernehme keine Kriminalfälle mehr«, erklärte ich.

»Hab ich gehört. Der Chief in Baltimore hat mir erzählt, er hätte ein-, zweimal versucht, dich zu überreden«, sagte er.

»Viermal.«

»Daraus kann ich ihnen keinen Vorwurf machen. Du hast eine Gabe für so was.«

»So kann man es auch sehen«, entgegnete ich.

»Ich erwarte keine großen forensischen Ermittlungen«, sagte er, »sondern nur ein Gutachten.«

»Die Antwort lautet trotzdem Nein.«

»Ich unterschreibe eine Honoraranweisung, für was auch immer dir angemessen erscheint.«

»Himmel, North, du weißt, dass es keine Frage des Geldes ist.«

»Hör zu«, sagte er. »Der Staatsanwalt sitzt mir im Nacken. Er will den jüngeren Bruder verhaften und unter Mordanklage stellen. Er will, dass das Erwachsenenrecht angewendet wird, und auf lebenslänglich ohne Möglichkeit auf vorzeitige Entlassung plädieren.«

Nur wenige Dinge machen mich wütender als ein Justizsystem, das die Chronologie im Dienste der Rache auf den Kopf stellt, und Anderson wusste das. Ich schwieg.

»Er ist erst sechzehn«, fuhr Anderson fort. »Die Bishops haben ihn aus einem russischen Waisenhaus adoptiert, als er sechs war. Wer weiß, welche Hölle er davor durchmachen musste.«

»Ich habe hier mehr als genug zu tun«, sagte ich, teilweise, um es mir selbst ins Gedächtnis zu rufen.

»Ich will dich nicht drängen, aber irgendwas an dieser Familie kommt mir merkwürdig vor – besonders die Art, wie der Vater den roten Teppich für mich ausgerollt hat, als ich seinen Sohn vernehmen wollte. Du bist der Beste, mit dem ich je …«

»Ich versuche, mich auf meine Ziele zu konzentrieren.« Ich versuchte auch, nüchtern zu bleiben, von geistig gesund ganz zu schweigen. »Warum rufst du nicht Ken Sklar oder Bob Caggiano vom North Shore Medical Center an? Sie sind Kollegen von Judith David. Du kennst die Truppe. Sie sind erstklassig.«

»Nur ein Gespräch mit dem Jungen«, drängte er. »Das ist alles, worum ich dich bitte.«

Ich wollte Anderson nicht enttäuschen, wusste aber nicht, wie weit ich mich in die Finsternis vorwagen konnte, ohne mich für immer darin zu verlaufen. »Wenn du willst, dass ich Sklar anrufe und ihn um den Gefallen bitte, dann tue ich das.«

»Ich will dich.«

»Nein«, entgegnete ich, »du willst einen Teil von mir, den ich vor zwei Jahren hinter mir gelassen habe.« Ich gab ihm keine Gelegenheit, etwas zu erwidern. »Hör zu, ich muss mit meiner Visite weitermachen.«

»Frank …«

»Ich rufe dich bei Gelegenheit mal an.« Ich legte den Hörer auf.

2

Ich holte meinen schwarzen Ford F-150-Pick-up aus dem Parkhaus des Mass General, bog nach rechts auf den Storrow Drive ab und hielt auf die Tobin Bridge Richtung Chelsea und

East Boston zu. Ich wollte North Anderson und die Bishops aus meinen Gedanken verbannen, meine Distanz zum Tod wahren. Früher brauchte ich dazu eine halbe Flasche Scotch und ein Gramm Kokain, doch ich wusste, dass ich mich mit meinem rituellen Kaffee im Café Positano, einer Collage aus Mahagoni, Marmor und Messing inmitten einer heruntergekommenen Ladenzeile, eingezwängt zwischen einem Partywarengeschäft und einem Kramladen, würde bescheiden müssen.

Ich parkte vor dem Café, ging hinein und trat an die Espresso-Theke. Mario Graziani, ein breitschultriger, immerwährend sonnengebräunter Mittfünfziger mit einer Tätowierung des Kolosseums auf seinem Unterarm, plänkelte auf Italienisch mit seiner Stammkundschaft, die aus Maurern, Buchmachern und Richtern bestand. Ohne meine Bestellung abzuwarten, schäumte er Milch für mich auf, löffelte die flaumige Masse auf eine großzügige Pfütze tintenschwarzen Espressos und bestäubte das Ganze mit Zimt, ehe er die Tasse über die Theke schob. »*Qualcuna ti vuole*«, sagte er und deutete mit einem diskreten Nicken über meine Schulter.

Ich hatte etwa fünf Jahre zuvor ein paar Brocken Italienisch aufgeschnappt, als ich einen vierundachtzigjährigen Sizilianer mit Alzheimer behandelt hatte. Sein Name war Maurizio Riccio, und seine Großhirnrinde wimmelte nur so von den verknäulten Neuronen der Demenz, sodass er nicht davon abzubringen war, er sei wieder in Sizilien und mit seiner Jugendliebe vereint. Dieser Rückzug aus der Realität bereitete seinen Kindern großen Kummer, die wollten, dass ihr Vater sich vollauf bewusst war, dass er nicht neunzehn war und sich am Mittelmeer vergnügte, sondern langsam im Cohen-Florence-Levine-Altenpflegeheim hier im Herzen von Chelsea mit Prostatakrebs dahinsiechte. Sie bestanden darauf, dass ich ihm Thorazin oder ein ähnliches Antipsychotikum verschrieb. Ich weigerte mich, worauf sie mir seinen Fall entzogen. Ich hielt an dem fest, was ich von seiner Sprache gelernt hatte – und an dem, was ich von ihm über die Alterslosigkeit der menschlichen Seele erfahren hatte.

Qualcuna ti vuole – Jemand möchte dich sehen. Ich steckte mir eine Zigarette an und trank einen Schluck von meinem Kaffee, ehe ich mich langsam umdrehte und Justine Franza entdeckte, die allein an einem Tisch im hinteren Teil des Cafés saß und ein Buch las. Sie hatte ihren Kopf auf ihre Hand und ihren Ellbogen auf den Tisch gestützt, sodass ihr langes goldenes Haar auf einer Seite wie ein Vorhang herabhing. Ich hatte die zweiunddreißigjährige brasilianische Fotografin, die sich auf Rundreise durch die Vereinigten Staaten befand, am Abend zuvor kennen gelernt, als sie mit ein paar Freunden hergekommen war. Wir hatten uns zwanzig Minuten lang über den Amazonas, Rio de Janeiro und den Badeort Buzios unterhalten – alles ein netter Deckmantel für das, was ich in Wahrheit sagen wollte. *Wenn ich mit dir allein an einem Strand in Rio oder in einem der Cottages auf den Kliffs von Buzios oder ein Stück die Straße runter in meinem Loft wäre …*

»*Molto bella,* ja?«, gurrte Mario.

Ich trank genug von meinem Kaffee, um mit der Tasse in der Hand gehen zu können, und machte mich auf den Weg zu ihrem Tisch.

»Clevenger!«, rief jemand.

Ich blieb stehen und drehte mich zum Eingang um.

Carl Rossetti, Strafverteidiger aus der Gegend, der eher wie ein Drogenhändler aussah, kam herein. Er hatte glattes, pechschwarzes Haar, das ihm bis zur Taille reichte, goldene Armreifen an beiden Handgelenken und Ohrringe in beiden Ohren. Außerdem war er einer der besten und cleversten Juristen in und um Boston. »Du glaubst, du könntest *mich* therapieren, Doc?«, verkündete er. »Eins kann ich dir sagen: So viel Zeit hast du nie im Leben.«

Die Gäste an den Tischen um mich herum sahen zu ihm hinüber. Er winkte ihnen lächelnd zu.

Ich *hatte* Rossetti therapiert, doch er konnte sich darauf verlassen, dass ich es niemals einer Menschenseele verraten würde.

Er blieb vor mir stehen und scharrte weiter mit den Füßen, als sei er noch immer in Bewegung. »Was hältst du von diesem adoptierten Irren auf Nantucket?«

Mir sank der Mut.

»Scheint ein ziemliches Früchtchen zu sein. Hat vor ein, zwei Jahren ein paar Katzen auf der Insel stranguliert. Hat um ein Haar die Bishop-Villa abgefackelt. Und ist in so gut wie jedes Haus in Gehweite eingebrochen.« Er grinste. »Liebesgrüße aus Moskau, wie?«

»Soweit ich weiß«, entgegnete ich, »kann niemand genau sagen, ob er seine Finger im Spiel hatte. Bisher wurde plötzlicher Kindstod noch nicht ausgeschlossen.«

»Komm schon. Der Junge ist doch wie aus dem Lehrbuch. Was wetten wir, dass er Bettnässer ist?«

Rossetti spielte auf die für heranwachsende Psychopathen charakteristische Dreierkombination aus Bettnässen, Feuerlegen und Tierquälerei an.

»Er ist ein Jugendlicher«, sagte ich. »Und es wurde noch keine Anklage gegen ihn erhoben. Wer hat da eigentlich geplaudert?«

»Wer schon? Harrigan – der Bezirksstaatsanwalt. Dieser Fall ist eine Rakete zu den Sternen, und das weiß er ganz genau. Er könnte auf der Publicity-Welle glatt bis ins Justizministerium reiten.«

»Hab ich gehört.«

Er legte mir eine Hand auf die Schulter und sah zu Boden. »Hör mal«, flüsterte er. »Wenn ich für eine Art Feineinstellung vorbeikommen würde ... Du verstehst schon, keine Generalüberholung. Grundsätzlich bin ich okay. Ein, zwei Therapiestunden vielleicht. So was in der Art.«

»Kein Problem«, antwortete ich mechanisch. Es gelang mir kaum, meine Gedanken von Nantucket loszureißen.

Er senkte seine Stimme noch weiter. »Ich will hier keine Vorzugsbehandlung. Aber ich weiß, dass du in deinem Leben einige der gleichen finsteren Orte besucht hast wie ich, und ich will da nie wieder hin, wenn du verstehst, was ich meine.«

»Ruf mich an. Wir machen sofort einen Termin aus.« Aus dem Augenwinkel sah ich, dass Justine uns beobachtete. Sie sah, dass ich sie bemerkt hatte, und vertiefte sich wieder in ihr Buch.

Rossetti klopfte mir auf die Schulter und trat ein paar Schritte zurück. »Du siehst einfach absolut fantastisch aus«, verkündete er überlaut. »Hast du noch deine Maschine?«

Nach unserer letzten gemeinsamen Therapiestunde waren wir mit unseren Harleys in die White Mountains gefahren. Ich nickte.

»Meine werden sie zu mir in die Kiste legen müssen, Doc, weil ich im Sattel bleib, bis die Ewige Ampel auf Rot umspringt.« Er deutete auf meinen Kopf und zwinkerte. »Warum versuchst du es nicht mal mit diesen neuen Implantaten? Die sind inzwischen richtig gut. Sehen beinahe echt aus.« Er drehte sich zur Theke um, wo Mario zweifellos bereits Milch für ihn aufschäumte.

Ich ging die letzten Schritte zu Justines Tisch. Sie las *Die Asche meiner Mutter.* »Leichte Lektüre?«, bemerkte ich.

Sie senkte ihr Buch. »Es ist so traurig, Frank. Was sie durchmachen mussten.« Sie zog einen Stuhl unter dem Tisch hervor.

Ich setzte mich. Ihre olivfarbene Haut, die vollen Lippen und die tiefbraunen Augen gaben mir Halt. Alles Hässliche und Abscheuliche, das ich mit mir herumschleppte, war schon immer im Angesicht weiblicher Schönheit verblasst.

»Du siehst angespannt aus. Was ist los?«, fragte sie.

»Anstrengender Tag«, antwortete ich, ohne weiter auf ihre Frage einzugehen.

»Was? Was war anstrengend?«

Ich bin daran gewöhnt, dass ich die Fragen stelle. Zur Abwechslung zu antworten war unangenehm und verlockend zugleich. Ich deutete auf ihr Buch. »Menschen. Ihr Leid. Zu wissen, was man für sie tun kann und was nicht.«

»Ja«, sagte sie. Der Ausdruck in ihren Augen gab mir das Gefühl, als verstünde sie es vielleicht tatsächlich. »Das muss sehr schwer sein.« Sie trank ihre Tasse aus. »Für mich wäre es zu viel.«

Ich gab Mario ein Zeichen, ihr nachzuschenken, und zog an meiner Zigarette. »Wie kommst du darauf?«

»Ich würde es nicht schaffen ... wie sagt man noch? ... meine Distanz zu wahren.«

»Dasselbe Problem habe ich auch.«

Justine stibitzte mit ihrer Fingerspitze etwas Milchschaum von meinem Kaffee und leckte ihn ab. »Aber du behandelst trotzdem Patienten. Machst du dir keine Sorgen um dich selbst?«

»Jeden Tag.«

Einen Moment lang herrschte Schweigen. »Mein Tag«, sagte sie schließlich, »bestand hauptsächlich aus Gedanken an dich.«

Und mit einem Mal schmolz die Verkrampfung in meinem Kiefer und meinem Nacken dahin. Ich ergriff ihre Hand, und mein Puls beruhigte sich.

Wir gingen zu mir. In meinen 175-Quadratmeter-Loft in Chelsea, dessen vom Boden bis zur Decke reichende Fenster Ausblick auf das Stahlskelett der Tobin Bridge bieten, die sich nach Boston hinüber spannt. Das Gebäude war als Fabrik errichtet worden, als die industrielle Revolution Chelsea von Ackerland und Sommerhäusern in Kohlenhalden und Spinnereien umwandelte. Es hatte zwei Brände überstanden, 1908 und 1973, die den größten Teil der Innenstadt in Schutt und Asche legten. Es war Zeuge, als die Stadt Welle um Welle von Einwanderern willkommen hieß – irischsprachige Gälen, russische Juden auf der Flucht vor dem Antisemitismus, Italiener,

Polen, Puertoricaner, Vietnamesen, Kambodschaner, Salvadorianer, Guatemalteken, Serben.

Die Aussicht ist so schonungslos und anmutig wie ein Schwergewichtskampf. Im Vordergrund: Schornsteine, Kähne, Schlepper, die mit Volldampf gegen die gigantischen Rümpfe der Öltanker auf dem Mystic River rammen. In der Ferne: die glänzende Skyline des Bostoner Bankenviertels.

Justine, elegant und schlank in einer engen schwarzen Hose und einer taillierten schwarzen Bluse ohne Ärmel, stand an einem der Fenster, während ich ihr ein Glas Merlot und mir selbst ein Glas Perrier einschenkte.

»Prost«, sagte ich und reichte ihr ihr Glas.

Sie bemerkte, dass ich Mineralwasser trank. »Keinen Wein?«

»Ich kann nicht trinken.« Ich machte eine kurze Pause. »Um ehrlich zu sein, ich kann mehr trinken als sonst irgendjemand. Ich kann nur nicht mehr aufhören.«

»Warum nicht?«

»Warum was nicht?«

»Warum kannst du nicht aufhören?«

Einen Moment lang dachte ich, wir wären an der Sprachbarriere gescheitert und sie begriffe nicht, dass ich auf Entzug von Alkohol – und anderen Dingen – war. Doch dann sah sie mich mit demselben wissenden Blick an, mit dem sie mich im Café Positano gemustert hatte, und mir wurde klar, dass sie die Frage ernst meinte – und die Antwort hören wollte. Ich nickte. »Ich kann nicht aufhören, weil ich mich im Alkohol verliere. Und am Ende will ich mich dann nie wieder finden.«

»Stimmt.«

»Danke. Ich hasse es, wenn ich mich irre, was meine eigene Krankheit betrifft. Dann muss ich mich nämlich zwangsläufig fragen, ob ich mein Honorar wert bin.«

Sie lachte. Die Bewegung offenbarte einen flüchtigen Blick auf ihr Dekolleté und die Spitzenborte eines schwarzen BHs. »Nein«, sagte sie. »Ich meine, ich verstehe.« Sie trank einen Schluck von ihrem Wein.

Ich hatte trotzdem das Bedürfnis, es genauer zu erklären. »Es ist so, als hätte man Kopfschmerzen, und eine Tablette würde sie verschwinden lassen. Früher hat man die Schmerzen eben einfach ertragen, aber jetzt weiß man, dass man die Erlösung einfach schlucken kann. Also schluckt man mehr und mehr. Und in der Zwischenzeit löst sich das ganze Leben unter den Wogen der Gelassenheit auf.«

»Ich verstehe es. Meine Mutter ist daran gestorben.«

Ich kam mir wie ein Idiot vor. »An Alkoholismus.«

»Ja. So etwas gibt es sogar in Brasilien.«

»Es tut mir Leid. Ich …«

Sie ließ mich am Fenster stehen und ging zu dem größten der fünf Gemälde an der Backsteinwand, die eine Längsseite des Lofts bildete. Es war eine knapp zwei mal drei Meter große Leinwand von Bradford Johnson, auf der die Rettung der Besatzung eines Segelschiffes durch ein anderes Schiff dargestellt war. Zwischen den Masten, hoch über der stürmischen See, war ein Seil gespannt, an dem sich ein Mann festklammerte, während er sich an der brüchigen Verbindung entlanghangelte. »Das gefällt mir sehr«, sagte sie.

Ich trat neben sie. »Was gefällt dir daran?«

»Ein Risiko einzugehen, um jemand anderem zu helfen.« Sie zeigte auf das noch intakte der beiden Schiffe. »Das da hätte einfach weitersegeln können.«

Ihre Bemerkung ließ mich an den sechzehnjährigen Bishop-Jungen denken, dem wahrscheinlich nach Erwachsenenrecht der Prozess gemacht wurde und der einem Leben im Gefängnis entgegensah. Würden die Mühlen des Systems lang genug stillstehen, um ihm Gehör zu schenken? Dann überlegte ich, wie es sein würde, zu erfahren, wie er die Tiere gequält hatte, wie *er selbst* in Russland gequält worden war und wie Darwin Bishop eine seiner Töchter tot in ihrer Wiege gefunden hatte. Ich dachte daran, all die Eifersucht und Angst und Wut fühlen zu müssen, die in dieser Familie brodelten, um zu verstehen, ob sie sich zu Mord summiert haben könnten. »Was, wenn am Ende beide Schiffe sinken?«, fragte ich halb scherzhaft.

»Dann ist es noch wunderbarer, ein Risiko eingegangen zu sein«, erwiderte sie.

Tief in meinem Herzen stimmte ich ihr zu. Doch ich war dem Ertrinken in Trevor Lucas' Flutwelle des Grauens zu nah gekommen und hatte seitdem einen gesunden Hang zu festem Boden. Ich verdrängte die Bishops aus meinen Gedanken und streckte meine Hand nach Justine aus, benutzte ihre Schönheit als Anker im Hier und Jetzt. Meine Hand fand die sanfte Wölbung ihres Arms, knapp über den Ellbogen, wanderte dann an ihrem Brustkorb hinab und hielt erst inne, als meine Finger sich in den Bund ihrer Hose geschoben hatten.

Sie hauchte mir einen Kuss auf meine Lippen, dann lehnte sie sich zurück. »Vielleicht sollten wir nichts anfangen«, sagte sie. »Ich bin nur noch einen Tag in diesem Land.«

Ich bin bereits Zeuge gewesen, wie Leben in einer kürzeren Zeitspanne gerettet oder zerstört wurden. Ich umfasste sie fester und zog sie an mich.

Sonntag, 23. Juni 2002

Ich riss die Augen auf und sah auf den Wecker auf dem Nachttisch – 7 Uhr 20 früh. Ich hatte das Gefühl, dass wir nicht allein waren. Meine Hand wanderte zu der Browning Baby Halbautomatik, die griffbereit zwischen dem Bettgestell und der Matratze steckte, ein Überbleibsel aus jener Zeit, als ich noch Mörder gejagt hatte. Ich lag reglos da. Ich war schon beinahe sicher, die Schritte des Eindringlings zu hören, als die Klingel zweimal laut und nachdrücklich schrillte und mich vage daran erinnerte, dass ich dasselbe Geräusch im Schlaf gehört hatte. Mir ging auf, dass mich wahrscheinlich eher eine Federal-Express-Lieferung denn ein Anschlag auf mein Leben geweckt hatte.

»Schick sie wieder weg«, sagte Justine noch immer halb schlafend.

Ich stand auf, ging zur Tür und drückte den Knopf der Gegensprechanlage. »Wenn es ein Paket ist und nicht tickt, legen Sie's einfach vor die Tür«, sagte ich.

»Ich bin's, North.«

Ich starrte auf die Gegensprechanlage. Ich hatte geglaubt, ich hätte mehr Abstand von meiner Vergangenheit gewonnen. Ich hätte es besser wissen sollen. Alles, vor dem man wegläuft, taucht irgendwann vor einem auf, normalerweise eher früher als später.

»Frank?«

»Ich bin gleich unten«, sagte ich.

»Wer ist es?«, fragte Justine.

»Ein alter Freund«, erklärte ich, während ich meine Jeans und einen schwarzen Rollkragenpullover anzog.

Sie setzte sich auf und zog die Bettdecke um ihre Schultern. »So früh?«

Ich stieg in meine Stiefel. »Er braucht einen Rat.«

Sie schwang ihre Beine über die Bettkante und stand auf. Sie war nackt. Sie griff nach ihren Kleidern, die noch immer achtlos über dem Ledersessel lagen.

Ich stand da und betrachtete sie.

»Was?«, fragte sie, als sie bemerkte, dass ich sie anstarrte. Sie zog ihre Hose an, doch nichts darunter.

»Du bist wunderschön.«

»Dein Freund wartet«, sagte sie in gespielter Verärgerung, während sie ihr Oberteil anzog. »Hast du etwas zu essen im Haus? Eier, Speck? Ich könnte uns Frühstück machen.«

»Pop-Tarts, wenn noch welche übrig sind.« Ich wollte, dass sie blieb. »Ein Stück die Straße hinauf ist ein 7-Eleven. Ich bin in einer halben Stunde wieder da und bringe alles mit, was wir brauchen.«

»Nein, ich gehe. Dann ist alles fertig, wenn du mit deinem Freund geredet hast.«

»Bestens.«

Wir fuhren mit dem Fahrstuhl in die Eingangshalle hinunter und traten auf die Straße.

North Anderson stand in einer schwarzen Jeans und einem schwarzen T-Shirt auf dem Bürgersteig vor dem Haus. Er hatte sich in den zwei Jahren so gut wie nicht verändert. Seine Schultern, Brustkorb und Arme waren noch immer muskelbepackt vom Gewichtheben. Außerdem hatte er noch immer die Angewohnheit, mit gespreizten Beinen und hinter dem Rücken verschränkten Händen dazustehen, als wäre er mit Handschellen gefesselt. Die einzige Veränderung an ihm war eine fast zehn Zentimeter lange, unregelmäßige rosa Narbe über dem rechten Auge. Bei einem Weißen wäre sie wahrscheinlich weniger aufgefallen, im Kontrast zu Andersons schwarzer Haut war sie jedoch unübersehbar.

»Eifersüchtiger Ehemann?«, fragte ich und fuhr mit meinem Finger auf meiner eigenen Stirn entlang.

Er nickte Justine kurz zu, ehe er mich wieder ansah. »So interessant ist mein Leben nicht. Nur ein kleiner Autodieb. Kurz bevor ich Baltimore verlassen habe.«

»Hübsches Souvenir.« Ich streckte ihm die Hand entgegen, die er schüttelte. Dann umarmten wir uns und hielten einander lange genug fest, um dem Respekt zu zollen, was wir gemeinsam durchgemacht hatten. »Das ist Justine«, stellte ich vor, als wir uns voneinander lösten.

»Freut mich«, sagte er.

»Mich auch«, erwiderte Justine. Sie meisterte die Situation spielend. »Ich bin auf dem Weg zum Supermarkt. Sehe ich Sie später noch?«, fragte sie ihn.

»Wohl nicht bei diesem Besuch«, antwortete Anderson.

»Dann eben nächstes Mal.« Sie lächelte und ging davon.

Er sah ihr nach. »Ich hätte wissen müssen, dass du nicht allein bist. Manche Dinge ändern sich einfach nie.«

»Was hältst du von einem Kaffee?«, fragte ich. »Ein Stück weiter ist ein Café.«

»Dann lass uns gehen.«

Wir gingen die Winnisimmet entlang Richtung Fitzgerald-Werft, ein asphaltiertes Werksgelände mit einer Reihe von Reparaturdocks, wo Peter Fitzgerald Wunder an angeschlagenen Fähren und Küstenwachbooten vollbrachte. Ich bemerkte, dass Andersons Hinken – das Ergebnis zweier Kugeln von ein paar Möchtegern-Bankräubern vor einigen Jahren – ausgeprägter war als in meiner Erinnerung. Er schwang sein rechtes Bein beim Gehen leicht nach außen. Angesichts dieser Angewohnheit und seiner neuen Narbe war ich froh, dass er Baltimore verlassen hatte, bevor die alltägliche Gewalt auf den Straßen ihren endgültigen Tribut gefordert hatte.

Wir setzten uns auf einen Holzstapel am Kaiufer. Ein einsamer Schleppkahn schipperte in Richtung des Bostoner Hafens, beladen mit einem Berg Schlick von einer Ausbaggerung flussabwärts. »Wie geht's Tina und Kristie?«, erkundigte ich mich.

»Bestens«, antwortete er wenig überzeugend. »Die Insel ist gut für eine Familie. Ein großer Unterschied zur Stadt.«

»Wie Tag und Nacht«, pflichtete ich bei.

»Wir haben ein kleines Haus in Siasconset, direkt am Strand. Sonnenuntergänge. Saubere Luft.«

»Es gibt nichts Besseres.«

Sein Lächeln war ein wenig verkniffen. »Sie ist wieder schwanger. Tina, meine ich.«

Ich musterte ihn. »Herzlichen Glückwunsch. Im wievielten Monat ist sie?«

»Im sechsten.«

»Junge oder Mädchen?«, fragte ich. »Oder wisst ihr es nicht?«

»Junge«, sagte er. Er kniff seine Augen zusammen, als versuche er, durch den Dunst in die Zukunft zu sehen.

Anderson war sowohl mutig als auch einfühlsam, und mir gefiel die Vorstellung, dass er einen Sohn gezeugt hatte, ich konnte aber nicht sagen, wie er das Ganze sah. »Und was empfindest du dabei?«, fragte ich.

Er sah mich an. »Was empfinde ich wobei? Was meinst du?«

»Ich meine, noch ein Kind zu haben. Bist du glücklich?«

»Selbstverständlich.« Er zuckte mit den Achseln. Das verkniffene Lächeln kehrte zurück. »Wieso sollte ich nicht glücklich darüber sein?«

»Dafür gibt es viele Gründe«, flüsterte die Stimme in meinem Hinterkopf.

»Menschen reagieren mit den verschiedensten Gefühlen auf die bevorstehende Geburt eines Kindes«, sagte ich.

Er schüttelte den Kopf und starrte über das Wasser. »Ich bin nicht hergeflogen, um bei dir auf der Couch zu liegen, Frank. Stellst du das denn nie ab?«

Das tue ich nie, was mich mehr als einen Freund und zahllose Essenseinladungen gekostet hat. An irgendeinem Punkt während meiner Ausbildung in der Psychiatrie habe ich die Fähigkeit verloren, an der Oberfläche der Dinge zu bleiben. Ich wurde zu einem gnadenlosen Bohrer – in einem Ausmaß, dass ich mich nach Andersons Bitte, sein Unterbewusstsein vom Haken zu lassen, augenblicklich fragte, ob seine zwiespältigen Gefühle gegenüber seinem ungeborenen Kind wohl die treibende Kraft hinter seinem Interesse an dem Tod des Bishop-Babys wären. »Tut mir Leid.« Das war alles, was ich sagte.

Er wandte sich mir zu. »Ich hab's nicht so gemeint, wie es sich angehört hat. Ich bin ausgelaugt. Ich war die ganze Nacht auf den Beinen.«

»Du brauchst dich nicht zu entschuldigen.«

»Und wie steht's mit dir? Das Mass General ist die Spitze der Spitzenklasse. Sehr beeindruckend.«

»Du bist wohl kaum hergeflogen, um mir wegen meines Jobs zu schmeicheln.«

Er beugte sich dichter an mich heran. »Hör zu, ich hab schon verstanden, was du gestern am Telefon gesagt hast. Glaub mir, ich habe auch immer noch Albträume von dem Fall. Ich sehe noch immer …«

»Das beweist, dass du dir deine Menschlichkeit erhalten hast«, unterbrach ich, um einem neuerlichen Durchkauen jenes Massakers zu entgehen.

»Und ich nehme es dir nicht im Geringsten übel, wenn du dieses Mal nicht mitmischen willst.«

»Gut. Denn das habe ich auch nicht vor.«

»Darf ich dir wenigstens erzählen, was mir Sorgen bereitet?«, fragte er.

»Sagtest du nicht gerade, du würdest nicht auf meiner Couch liegen wollen?«

Anderson zuckte mit keiner Wimper. »Wie ich schon am Telefon sagte, Darwin Bishop hat mich trotz all seiner Millionen praktisch eingeladen, seinen Sohn zu vernehmen. Einfach so bei ihm zu Haus. Ohne Beisein eines Anwalts. Ohne Beisein von irgendjemandem. Er hätte sich auf seine Rechte berufen und uns monatelang hinhalten können, bis wir hinreichenden Tatverdacht nachgewiesen hätten.« Er schüttelte den Kopf. »Der Junge hat den Mund nicht aufgemacht, aber trotzdem …«

»Vielleicht hat er keinen Grund, sich dir in den Weg zu stellen. Vielleicht ist seine kleine Tochter ja tatsächlich an plötzlichem Kindstod gestorben.«

»Aber das ist sie nicht.«

»Und das weißt du genau?«

»Wir haben gestern Abend den Obduktionsbericht bekommen«, erklärte Anderson. »Brooke Bishop ist an Erstickung infolge des Verschlusses der Atemwege gestorben.« Er senkte seine Stimme, vielleicht um seinen Worten die Schärfe zu nehmen. »Ihre Nasenwege und die Luftröhre waren mit PU-Schaum verklebt, dem Zeug, mit dem man Fenster abdichtet.«

Mir zog sich der Magen zusammen, während ich versuchte, mir nicht die letzten Minuten von Brookes Leben vorzustellen, doch ungebetene Bilder und Gefühle durchbrachen meine Barrieren. Ich malte mir aus, wie sie die Person anschaute, die sich ihr näherte, wie sie denjenigen vielleicht sogar erwartungsvoll anlächelte und kiekste, wie sie staunend die Augen aufriss, als die weiße Tube mit Dichtungsmasse vor ihrem Gesicht auftauchte. Ich stellte mir vor, wie sie lachte, als die Plastiktube in ihrem Nasenloch kitzelte, ehe sie verstummte und anfing, sich zu winden, als die Spitze tiefer hineingeschoben wurde. Ich sah vor meinem geistigen Auge, wie sie anfing, zu würgen und sich aufzubäumen, den Mund weit aufgerissen, die Lunge blockiert. Abgedichtet. Hatte sie einen letzten kindlichen Wunsch entsandt, in den Arm genommen zu werden?, fragte ich mich. Hatte ihr kleiner Verstand Zuflucht in einer Erinnerung an das Gesicht ihrer Mutter oder ihres Dufts oder ihrer Berührung gesucht?

»Frank?«, sagte Anderson.

Ich tauchte aus meinen Gedanken auf. »Ich höre zu«, versicherte ich.

»Wie ich schon sagte«, fuhr er fort, »wenn ich Darwin Bishop wäre, mit all der Kohle, dann würde ich Billy den besten Anwalt besorgen, den man mit Geld kaufen kann …«

»Billy?«, unterbrach ich ihn.

»Sie haben den Jungen offensichtlich umgetauft, als sie ihn aus Russland herübergeholt haben«, erklärte Anderson. »Ganz der kleine Amerikaner.«

In meinen siebzehn Jahren als Psychiater hatte ich einen einzigen Patienten durch Selbstmord verloren, einen depressiven Teenager namens Billy Fisk. Ich hatte nie aufgehört, mich für seinen Tod verantwortlich zu fühlen. »Gut«, sagte ich.

»Gut?«

Ich schloss die Augen und dachte an Fisk.

»Es gibt keine Zufälle«, mahnte die Stimme in meinem Hinterkopf. *»Nimm es als ein Zeichen.«*

»Hörst du mir noch zu?«, fragte Anderson.

Ich sah ihn an. »Was weißt du sonst noch über die Familie?«

Anderson entspannte sich sichtlich und seufzte.

»Ich stelle nur eine Frage«, sagte ich. »Das bedeutet nicht, dass ich den Fall übernehme.«

Er hob abwehrend die Hand. »Selbstverständlich nicht.« Sein Tonfall verriet, dass er genau das Gegenteil meinte. »Wie sich herausgestellt hat, ist Darwin Bishop in Brooklyn aufgewachsen«, sagte er, »obwohl man das an seiner Stimme und seinem ganzen Auftreten nie erkennen würde. Inzwischen ist er durch und durch Park Avenue und Nantucket. Einundfünfzig Jahre alt. Seine Frau Julia hat früher als Model gearbeitet. Es ist seine zweite Ehe.«

»Bedeutend jünger?«, fragte ich.

»Mitte dreißig«, antwortete Anderson.

»Wie hält sie sich?«

»Was erwartest du?«

»Ich erwarte nichts. Nie«, erwiderte ich. »Auf diese Weise werde ich nie überrascht.«

»Sie ist völlig zusammengebrochen«, sagte Anderson. »Ist praktisch nicht aus dem Zimmer der Zwillinge rauszukriegen.«

»Und wie ist der ältere Adoptivsohn, der siebzehnjährige?«

Anderson zuckte mit den Schultern. »Ich habe höchstens zehn Minuten mit ihm geredet. Sein Name ist Garret. Bishop hat ihn ein Jahr vor seiner Scheidung adoptiert. Er ist der reinste Musterknabe. Gut aussehend. Nur Einsen an der Andover Academy. Ist in den Tennis- und Lacrosse-Schulmannschaften. Geht im Herbst nach Yale. Du kennst die Sorte.«

»Hast du etwas aus ihm herausbekommen?«, fragte ich.

»Ich würde sagen, er steht unter Schock«, erklärte Anderson. »Er hat die ganze Zeit den Kopf in den Händen vergraben und immer wieder gesagt: ›Das kann doch alles nicht wahr sein.‹ Hauptsächlich hat er sich um seine Mutter Sorgen gemacht – ob sie damit fertig wird. Sie litt früher unter Depressionen.«

»Warum hat Bishop die beiden Jungs überhaupt adoptiert?«, fragte ich.

»Keine Ahnung. Ich war mehr an den Jungs selbst interessiert.«

Ich nickte. »Da ist also Garret, dann Billy, dann Brooke und … wie heißt das Mädchen, das überlebt hat?«

»Tess.«

»Garret, Billy, Brooke und Tess.«

»Genau.«

»War sonst noch jemand im Haus, bevor sie Brooke gefunden haben?«, fragte ich.

»Ein Kindermädchen. Claire Buckley. Sie lebt den Sommer über bei der Familie. Sie kümmert sich um die Kinder, bekommt im Gegenzug freie Unterkunft, die Hälfte der Abende und Wochenenden frei – so wie das eben immer läuft.«

»Jung und hübsch«, bemerkte ich. »Immer an der Seite der Ehefrau.«

»Haargenau.«

»Irgendwelche Gäste an diesem Abend?«

»Nein«, sagte Anderson.

Ich blickte hinaus aufs Wasser, auf dessen Oberfläche weiße, elektrische Edelsteine aus Licht funkelten. »Warum hat dir Mr. Bishop deiner Meinung nach Tür und Tor geöffnet?«

»Keine Ahnung. Wie gesagt, das ist es, was mir Sorgen bereitet.«

»Das war, bevor das Ergebnis der Obduktion bekannt war«, gab ich zu bedenken.

»Trotzdem …«

»Vielleicht hat er es satt«, sagte ich. »Er hat sich für Billy eingesetzt, als er Feuer gelegt und Tiere gequält hat – und jetzt das. Vielleicht begreift er langsam, dass Billy gefährlich ist.«

»Kann sein.«

»Oder es könnte etwas anderes sein«, meinte ich.

»Zum Beispiel …«

»Zum Beispiel könnte er wollen, dass Billy für jemand anderen den Sündenbock spielt«, sagte ich. »Für seinen Musterknaben zum Beispiel. Oder seine Frau. Oder ihn selbst.«

»Auch möglich«, pflichtete Anderson bei. »Wenn ich einen Psychiater hätte, der mit mir zusammenarbeitet, dann könnte ich möglicherweise herausfinden, welche Antwort die richtige ist.«

Ich atmete tief durch.

»Ich brauche dich bei diesem Fall«, beschwor mich Anderson. »Mein Instinkt sagt mir, dass Billy Bishop unschuldig ist. Und wenn ich Recht habe, ist nur das halbe Problem gelöst, weil ich dann herausfinden muss, wer der wirkliche Täter ist. Die Bishops haben nämlich noch ein zweites kleines Mädchen.«

Andersons Sorge um Tess war durchaus berechtigt. Es gab rund ein Dutzend dokumentierte Fälle von Kindsmord in Familien mit Zwillingen, und in siebzig Prozent dieser Fälle starb das überlebende Baby am Ende unter mysteriösen Umständen, normalerweise durch plötzlichen Herz- oder Atemstillstand. Einige Studien haben die Theorie aufgestellt, dass der erschütternde Verlust des einen Zwillings beim anderen eine physische Trauerreaktion auslöst, die auf unerklärliche Weise die Reizleitung im Herzen unterbricht oder eine Art Kurzschluss des Atemreflexes hervorruft. Eine unermessliche Seelenverbindung wurde abrupt unterbrochen, wodurch der Überlebenswille erlischt. Doch die überzeugendste Erklärung ist, dass der Mörder schlichtweg ausreichend Zeit und Gelegenheit hatte, ein weiteres Opfer zu fordern – höchstwahrscheinlich durch Ersticken –, entweder weil die falsche Person festgenommen worden war oder weil ein Mangel an Beweisen eine Verhaftung unmöglich gemacht hatte.

Ich blickte zum Himmel hinauf. Aus unerklärlichem Grund tauchte vor meinem geistigen Auge mein Vater in einem seiner betrunkenen Wutausbrüche auf, willens und bereit, die Prügel auszuteilen, aus denen meine Kindheit bestand. Mir ging durch den Sinn, wie schön es wäre, wenn ich zur Abwechslung einmal an meine eigene Sicherheit denken würde. Und dass mir niemand übel nehmen könnte, wenn ich es täte, denn meine Psyche war bereits von Wunden übersät, sodass sie wie eine Landkarte der Hölle anmutete. Und einige davon hatten nie aufgehört zu bluten.

»Niemand würde es dir übel nehmen«, flüsterte die Stimme, *»nur du selbst.«*

Als ich in meine Wohnung zurückkehrte, hatte Justine das Frühstück so gut wie fertig. Auf dem Herd brutzelten Omeletts und Speck. Noch warme Bagels von Katz's, einem fünfundsechzig Jahre alten Geschäft neben dem 7-Eleven, warteten aufgeschnitten und mit Frischkäse bestrichen. Eine dunkelrote Flüssigkeit schimmerte im Mixer.

»Erdbeeren, Eis und Zucker«, erklärte sie ungefragt.

»Sieht alles wirklich verlockend aus«, sagte ich.

»Musst du sofort weg oder erst später?« Sie drehte ein Omelett um.

Die Frage kam unerwartet, und ich beantwortete sie nicht.

Sie sah mich an. »Ich weiß, dass du gehen musst. Ich konnte es im Gesicht deines Freundes erkennen.«

»Ich hab ihm versprochen, dass ich mich mit ihm in vier Stunden am Flughafen treffe. Er hat einen schwierigen Fall auf Nantucket. Ein kleines Mädchen wurde ermordet.«

»O Gott«, entfuhr es ihr. »Wie alt?«

»Fünf Monate.«

Sie musterte mich mit jenem forschenden Blick, den Leute manchmal bekommen, wenn sie mit der grenzenlosen Fähigkeit der Menschen zu Grausamkeit konfrontiert werden.

»Alle gehen davon aus, dass ihr Adoptivbruder es getan hat.« Dies war das Einzige, was mir dazu einfiel. »Er ist krank.«

Sie schüttelte den Kopf, stellte wortlos den Gasherd ab, richtete unser Essen auf Tellern an und goss die Erdbeer-Mischung in zwei Gläser. Wir setzten uns auf Hockern an die Granitarbeitsplatte in der Mitte der Küche und aßen schweigend. »Du kannst mich in Rio oder Buzios besuchen«, sagte sie schließlich.

»Buzios«, erwiderte ich. »Sobald ich kann.« Ich meinte es ernst.

Sie schob sich eine letzte Gabel voll in den Mund und schob

ihren Teller beiseite. »Das hier ist reine Zeitverschwendung«, sagte sie.

Ich vermutete, dass sie über meine abrupte Abreise verärgert war, und machte mich auf eine Szene gefasst.

Sie zuckte mit den Schultern. »Ich mag Eier noch nicht einmal.« Sie zog ihre Bluse aus, warf sie auf den Boden und ging zum Bett hinüber.

Ich folgte ihr. Ich hätte nicht voraussagen können, wie nah mich der Bishop-Fall dem bringen würde, alles zu verlieren, doch ich muss es geahnt haben. Denn während meine Augen und Hände und Lippen über Justines Körper wanderten, empfand ich mehr als Lust. Ich wollte, dass ein Funken ihres inneren Feuers auf mich übersprang, wollte an ihrer Lebendigkeit teilhaben, um mich gegen den Tod zu impfen.

3

Anderson und ich nahmen die Cape-Air-Maschine um 1 Uhr 15, die uns in fünfundvierzig Minuten vom Flughafen Logan nach Nantucket brachte. Die neunsitzige Cessna schaukelte ein wenig im Wind hin und her, doch es gab keine wirklichen Probleme, dafür aber einen Ausblick auf das herrliche Panorama des saphirblauen Atlantiks beim Landeanflug. Wir kamen niedrig genug herein, um die Surfer am Cisco Beach ausmachen und einen Blick auf die beeindruckenden Villen mit ihren grauen Schindeldächern werfen zu können.

Nantucket, auch bekannt unter dem Spitznamen »Graue Dame«, besteht aus drei Inseln, die an einen dicken Bumerang erinnern, von dessen einem Ende zwei Stücke abgebrochen wurden. Der Legende nach entstand die Insel aus Aschebrocken, die aus der Pfeife des indianischen Riesen Moshup, des mythischen Wächters der Ureinwohner von Cape Cod, gefallen sind. Doch wenn Moshups Aufgabe darin bestand, seine

Schöpfung und sein Volk zu beschützen, dann hatte er kläglich versagt. Im achtzehnten Jahrhundert wandten sich Quäker-Siedler aus Massachusetts an die freundlichen Algonquin-Indianer, um von ihnen zu lernen, wie man in Nantuckets Gewässern fischte, das örtliche Federvieh jagte und den Boden beackerte. Im Gegenzug brachten die Siedler ihnen gerade genug Lesen, Schreiben und Rechnen bei, dass sie ihr Land verkaufen konnten. Die Indianer lernten schnell und überschrieben so viele Ländereien, dass ihrem Vieh kein Platz zum Weiden mehr blieb. Dieser Verlust, zusammen mit dem Whiskey und der Tuberkulose, die vom Festland importiert wurden, sorgten dafür, dass Abraham Quary der letzte männliche Nantucket-Indianer war, als er 1854 starb.

Im neunzehnten Jahrhundert bildete der Walfang Nantuckets Haupteinnahmequelle. Herman Melville benutzte die tragische Reise von Nantucket-Kapitän George Pollard, dessen Schiff 1820 von einem Wal versenkt wurde, als Vorlage für sein Meisterwerk *Moby Dick.* Obgleich voller Gefahren, passte der Walfang perfekt zur Arbeitsmoral der Quäker – und war ausgesprochen lukrativ. Geld floss in Strömen auf die Insel und nährte den Bauboom, der den größten Teil der Bäume der Insel verschlang, im Gegenzug jedoch die Main Street mit Villen säumte. Eine der berühmtesten von ihnen war später Jared Coffins dreistöckiges Haus aus englischem Backstein und walisischem Schiefer.

In jedem Kapitel seiner neuzeitlichen Geschichte war der Kommerz die Triebfeder für Nantuckets Wachstum, während er der Insel gleichzeitig immer mehr von ihrer Seele raubte. Es ist also nicht wirklich verwunderlich, dass auf den Niedergang der Walfangindustrie, beschleunigt durch die schweren Verluste der Flotte während des Bürgerkriegs, der ultimative Handel mit dem Teufel folgte: der Touristenboom. Mit der Zeit entwickelte sich die Insel zu einem Spielplatz des Müßiggangs und des Reichtums – in einem Ausmaß, dass jeder Quäker blass geworden wäre. Kapitän George Pollards Haus wurde zum Seven-Seas-Andenkenladen, während Jared Coffins Villa zu einem mit Reproduktionen von Kolonialstil-Möbeln voll gestopften Gasthaus umfunktioniert wurde.

Die wahre Seele von Nantucket, jener Teil, der von Eingeboreneninstinkten und Kühnheit zur See überschäumte, wurde so erfolgreich unter all dem Glanz und Flitter begraben, dass sie inzwischen praktisch so tot wie der letzte Algonquin war.

Während des Flugs hatte North Anderson mir erzählt, dass Darwin Bishop sein Anwesen auf Nantucket im Jahr 1999 erworben hatte, kurz nachdem ihm der Börsengang von Consolidated Minerals and Metals 1,2 Milliarden Dollar eingebracht hatte. Mit diesem netten Sümmchen mussten 9,6 Millionen Dollar für eine Villa mit achtzehn Zimmern auf einem gut zwei Hektar großen Grundstück an der Wauvinet Road mit Ausblick auf das Meer und den Hafen wie ein Trinkgeld angemutet haben.

CMM baute Eisen und Kupfer aus den reichen Vorkommen in der Ukraine ab. Selbst im Angesicht der politischen Unruhen in der Region machte der Konzern weiterhin riesige Profite damit, Erz in andere europäische Staaten, nach Asien und in die Vereinigten Staaten zu exportieren. Consolidated plante eine Expansion zu Öl und Erdgas, was die Profite in die Stratosphäre katapultieren würde.

»Weiß er, dass wir kommen?«, fragte ich Anderson, als wir in die Wauwinet Road einbogen.

»Wenn nicht, würden wir nicht einmal durchs Tor kommen«, erwiderte Anderson und zeigte auf ein hübsches kleines Cottage mit Schieferdach, weißen Fensterläden und üppigen Blumenkästen voller Blüten und Efeu an der Straße. »Das hier bezeichnet er als sein *Wachhaus*.«

Ich sah zwei weiße Range Rover mit getönten Scheiben, die neben dem Cottage parkten. »Warum braucht er denn Aufpasser?«, fragte ich.

»Dafür gibt es eine Million Gründe, schätze ich«, gab Anderson zurück.

Das Haus, dessen zwei Dutzend Fenster entlang der geschwungenen Front im Schatten von Markisen lagen, sah aus wie das Clubhaus eines Golfclubs. Die Fassade war zu dem typischen Graubraun gut gefetteten Leders verwittert. Rechts der Auffahrt erstreckte sich ein Swimmingpool von olympischen Ausmaßen, umgeben von einer Zwanzig-Meter-Mahagoniterrasse. Ein Wald aus grünen Stoffschirmen spendete einem halben Dutzend weißer Tische am Beckenrand Schatten. Gleich dahinter, näher zum Meer hin, sah ich einen Mann und einen Jungen über einen Tennisplatz hetzen und dabei rote Staubwolken aufwirbeln.

Ich deutete mit einem Nicken auf den Tennisplatz. »Wer sind die beiden?«, fragte ich.

Anderson spähte zu den Tennisspielern hinüber. »Garret, der ältere Sohn«, antwortete er. »Den anderen kenne ich nicht.«

»Garret hat seinen Schock offensichtlich überwunden«, bemerkte ich.

»Die Spiele müssen weitergehen«, feixte Anderson.

Wir parkten den Wagen und gingen zum Haus. Als wir noch immer etliche Meter davon entfernt waren, ging die Tür auf, und eine attraktive Frau um die fünfundzwanzig mit samtiger Haut und langem, zu einem Pferdeschwanz gebundenem braunem Haar erschien. Sie trug ein kurzes Leinenkleid, das ihre makellose Figur umschmiegte. Ihre kastanienbraunen Augen waren blutunterlaufen, als hätte sie die ganze Nacht nicht geschlafen.

»Chief Anderson«, sagte sie. Angesichts ihres gequälten Gesichtsausdrucks klang ihre Stimme überraschend warm.

»Guten Tag, Claire«, erwiderte North. »Wie geht es Ihnen?«

Sie antwortete mit einem Achselzucken.

»Das ist Dr. Frank Clevenger aus Boston. Ich habe Mr. Bishop vorhin angerufen und unseren Besuch angemeldet.«

»Selbstverständlich.« Sie streckte ihre Hand aus. »Doktor«,

begrüßte sie mich in einem besonders herzlichen Tonfall. »Ich bin Claire Buckley.«

Ich schüttelte ihre Hand, deren Haut weich war wie die eines Kindes. Ich bemerkte, dass sie einen mit Diamanten besetzten Ring am kleinen Finger und ein Cartier-Armband – einen dieser unverkennbaren, mit Schraubenköpfen verzierten Goldreifen – trug. Für das Armband allein musste man fast vier Riesen hinblättern – ich wusste das, weil ich Kathy eines gekauft hatte, bevor sie krank geworden und unser Leben bergab gegangen war. Claire Buckley verdiente offenbar für ein Kindermädchen ausgesprochen gut. »Mein herzliches Beileid«, sagte ich.

Sie nickte und trat beiseite. »Kommen Sie herein.«

Das Innere des Hauses war kalkuliert beeindruckend. Die Decken waren gut vier Meter hoch, mit glatten, weiß getünchten Balken. Die Sofas und Sessel waren perfekt arrangiert, mit dicken Polstern umgeben und mit Webstoffen bezogen, die keinen einzigen Sommer sorgloser Benutzung überstehen würden. An den Wänden hingen Ölgemälde von Stränden und Schiffen und Walfangszenen, die meisten amerikanisch, einige französisch und alle sehr wertvoll. Während wir durch den weitläufigen Raum gingen, fielen mir ein Bild von Robert Salmon und ein weiteres von Maurice Pendergast ins Auge, die beide mehrere Millionen wert waren und Momentaufnahmen der Erhabenheit der Natur darstellten. Was mir jedoch augenblicklich die Freude daran nahm, waren die protzigen Messingschilder mit den eingravierten Namen der Künstler, die an den Rahmen prangten. »Es ist wie ein Museum«, flüsterte North.

Claire Buckley führte uns zur Tür von Darwin Bishops Arbeitszimmer. Er saß in einem genieteten Ledersessel mit hoher Lehne hinter einem langen, gediegen-schlichten Schreibtisch und starrte durch Verandatüren, die Ausblick über den Swimmingpool, den Tennisplatz und das Meer boten. Er trug ein frisch gebügeltes Freizeithemd und eine Khakihose. »Es ist mir egal, ob du sie nach Palm Beach oder Myopia schaffst«, erklärte er gerade mit einer herrischen Stimme, in der nicht einmal mehr ein Anflug seines Brooklyner Akzents lag. »Meinetwegen kannst du sie auch im Stall in Greenwich lassen. Packer kann sie in White Birch laufen lassen. Ich muss verständlicherweise im Moment aussetzen.« Er bemerkte uns und winkte uns herein.

Wir blieben zögernd in der Tür stehen.

»Gehen Sie nur rein«, sagte Claire. »Er kümmert sich gleich um Sie.« Sie drehte sich um und verschwand.

Wir nahmen auf dem Sofa einer kleinen Sitzgruppe an einer Wand Platz, zu der noch weitere Sessel gehörten.

Bishop drehte sich auf seinem Schreibtischsessel zu uns herum und musterte uns, während er sein Telefongespräch beendete. Er war ein beeindruckender Mann. Sein Haar war silbern und aus seiner hohen Stirn gekämmt, unter der tief liegende stahlgraue Augen funkelten. Seine Haut war makellos gebräunt. Seine breiten Schultern, die muskulösen Unterarme und seine kräftigen Handgelenke ließen erkennen, dass er trotz seiner einundfünfzig Jahre noch immer durchtrainiert war.

Ich ließ meinen Blick durch das Arbeitszimmer schweifen. Ein Orientteppich in zarten Grün-, Rosa- und Beigetönen bedeckte den Boden. Zwei der Wände wurden von weiß lackierten Einbauregalen gesäumt, in deren Borden überall ledergebundene Bücher standen, die aussahen, als wären sie noch nie aufgeschlagen worden. Auf einem runden Tisch aus massivem Walnussholz standen etwa ein Dutzend Familienfotos in Silberrahmen. Eines zeigte Bishop und die beiden Jungen beim Segeln auf einer Yacht, ein anderes Bishop im Smoking, Arm in Arm mit einer wunderschönen jüngeren Frau mit schwarzem Haar, von der ich annahm, dass es sich um seine Frau Julia handelte. Auf einem dritten Foto saß Bishop in Reithosen und Stiefeln auf einem muskulösen Pferd und zeigte mit einem Poloschläger gen Horizont.

Bishop hatte offenkundig gerade am Telefon besprochen, in welchem Stall seine Polopferde untergebracht werden sollten. Der Palm Beach Polo Club und der Myopia Hunt Club waren die Vorzeigezentren dieses Sports. Gary Packer, Geschäftspartner des legendären Medienmoguls Rupert Murdoch, war einer seiner Schutzheiligen.

Mir fiel auf, dass sich unter den Fotos auf dem Tisch keines von Bishops kleinen Töchtern befand.

»Das ist sehr freundlich, Pedro«, brachte Bishop das Gespräch zum Abschluss. »Wir werden es durchstehen.« Er legte auf, erhob sich und kam zu uns herüber. Stehend wirkte er sogar noch imposanter als hinter seinem Schreibtisch. Er musste mindestens einsfünfundachtzig, vielleicht sogar einsneunzig groß sein. »Tut mir Leid, dass Sie warten mussten«, sagte er. »Win Bishop.« Er streckte mir seine Hand entgegen. »Und Sie müssen Dr. Clevenger sein.«

Wir schüttelten einander die Hand, wenn man es überhaupt so nennen konnte. Er legte nichts in seinen Handschlag, so als wäre er ein König, der einem Untertan die Gnade zuteil werden ließ, ihn zu berühren.

»Mein Beileid«, sagte ich.

Er setzte sich in einen Sessel gegenüber von Anderson und mir. »Wir werden es durchstehen«, wiederholte er.

Ein unbehaglicher Moment verstrich, während Bishop uns abwartend ansah, aber durch nichts erkennen ließ, dass er noch etwas sagen würde. Mir ging auf, dass Win Bishop Geschmack daran gefunden hatte, Macht über andere zu besitzen.

»Es ist wahrscheinlich das Beste, wenn ich und Dr. Clevenger hier mit Billy sprechen …«, setzte Anderson an.

Bishop hob eine Hand. »Ich muss mich bei Ihnen entschuldigen. Bei all den Vorbereitungen, die nötig waren, um es in die Wege zu leiten, habe ich versäumt, Sie auf dem Laufenden zu halten: Billy ist nicht mehr hier.«

»Nicht mehr hier?«, wiederholte Anderson. »Wo ist er?«

»Ich habe seine Einweisung in die psychiatrische Payne-Whitney-Klinik in Manhattan veranlasst«, antwortete Bishop und sah mich an. »Man versicherte mir, es sei eine hoch angesehene Institution. Gehört zu Cornell.«

»Durchaus«, bestätigte ich. »Was erhoffen Sie sich von seiner Einweisung?«

Ehe Bishop antworten konnte, erfüllte der schrille Schrei eines Babys – wohl seine überlebende Tochter – das Arbeitszimmer.

Bishop verzog das Gesicht.

»Ich komme schon, Schätzchen!«, rief Claire Buckley. Ich hörte ihre Schritte auf der Treppe, als sie nach oben eilte.

Bishop stand auf, ging zur Tür und schloss sie. Dann setzte er sich wieder und schlug die Beine übereinander. Er trug keine Socken, und ich starrte unwillkürlich auf seinen Knöchel, auf dem eine primitive grünschwarze Tätowierung eines Friedenszeichens prangte.

»Vietnam«, erklärte er in Antwort auf die Frage, die mir im Gesicht gestanden haben musste, ohne mir die Gelegenheit zu geben, weiter darauf einzugehen. »Lassen Sie mich etwas in Bezug auf Billy klarstellen«, sagte er. »Meine Frau und ich haben alles in unserer Macht Stehende getan, um einen äußerst gestörten jungen Mann zu retten. Nachdem Chief Anderson mich über das Ergebnis der Obduktion in Kenntnis gesetzt hatte, musste ich mich der Wahrheit stellen. Billy kann nie wieder hier bei uns wohnen. Ich muss meine Familie beschützen. Ich muss daran denken, dass es noch ein zweites kleines Kind hier gibt.«

»Ich verstehe«, sagte ich.

Anderson beugte sich vor. »Die Staatsanwaltschaft wird die Einweisung ins Payne Whitney als eine Strategie betrachten, die Verhaftung Ihres Sohnes zu verhindern.«

»Der Bundesstaat kann Billy jederzeit zurück nach Massachusetts beordern, um ihn vor Gericht zu stellen, wenn sie das wollen«, erwiderte Bishop.

»Wenn ich mich nicht irre«, erklärte Anderson, »werden sie genau das auch tun. Ein Auslieferungsbefehl kann binnen weniger Stunden vom Gericht ausgestellt werden.«

Bishop nickte. »Darauf habe ich keinen Einfluss«, sagte er, »aber es wäre eine reine Zeit- und Geldverschwendung. Der Staatsanwalt wird niemals beweisen können, dass Billy für den Tod seiner Schwester verantwortlich ist. In der Nacht, als meine Tochter ermordet wurde, waren fünf Personen im Haus. Jeder von uns könnte der Mörder sein.« Er machte eine kurze Pause. »Und keiner von uns wird als Zeuge aussagen.«

So viel also zu Darwin Bishops Ausrollen des roten Teppichs. Ich warf Anderson einen Seitenblick zu.

»Ich hoffe, Sie werden meinen Leuten nachher gestatten, das Haus zu durchsuchen«, sagte Anderson. »Wir müssen nach allem suchen, das mit dem Tod Ihrer Tochter in Verbindung stehen könnte.«

»Wann immer Sie wollen«, antwortete Bishop. »Ich kann Ihnen versichern, dass Sie nichts finden werden.«

»Die Tube mit der Dichtungsmasse zum Beispiel«, beharrte Anderson.

»Ich nehme doch an«, erwiderte Bishop, »Ihr Labor wird feststellen, dass jeder im Haus die irgendwann einmal in der Hand gehabt hat.«

»Zufällig oder absichtlich?«, konterte Anderson.

Bishop antwortete nicht.

Ich wollte nicht, dass die Unterhaltung in eine Konfrontation abglitt. »Was sollte Ihrer Meinung nach am besten mit Billy passieren?«, fragte ich Bishop.

»Es geht nicht darum, was *meiner Meinung nach passieren sollte*. Als sein Vater werde ich dafür *sorgen*, dass er wenigstens bis zu seinem achtzehnten Geburtstag im Payne Whitney oder einer vergleichbaren Institution bleibt. Anschließend kann ich eine strikt geregelte und gesicherte Unterbringung hier auf der Insel für ihn arrangieren.«

Ich dachte an das »Wachhaus« an der Straße, die zu Bishops

Anwesen führte. »Hausarrest?«, fragte ich, wobei ich dem Wort mit einem angedeuteten Lächeln die Schärfe nahm.

»Wenn es sein muss«, antwortete Bishop. »Aber nicht in diesem Haus.«

Und zum ersten Mal machte ich mir zur Gänze bewusst, dass ich einem Mann gegenübersaß, dessen kleine Tochter ermordet worden war. Doch es gelang mir nicht, große Wut – oder Trauer – zu erkennen. »Sie wollen Billy trotz allem helfen«, fragte ich vorsichtig.

»Selbstverständlich.«

»Selbst nachdem Sie das Ergebnis der Obduktion kennen.«

Bishop zögerte keine Sekunde. »Billy ist kein schlechter Mensch«, erklärte er. »Er ist krank. Und er hat allen Grund dazu. Er ist selbst ein Opfer.«

Dieses Bild stimmte mit meiner persönlichen Einschätzung von gewalttätigen Menschen überein. Nichtsdestotrotz störte mich Bishops Gemütsruhe im Angesicht des Todes seiner Tochter. Er schien eher distanziert denn mitfühlend. »Stört es Sie, wenn ich Ihnen einige Fragen über Billy stelle?«, fragte ich.

»Nicht im Geringsten«, antwortete Bishop.

»Sie erwähnten, dass Billy bereits gestört war, als Sie ihn adoptierten. In welcher Hinsicht?«

»Ich weiß nicht, was Chief Anderson Ihnen bereits erzählt hat«, sagte Bishop.

»Ich höre die Dinge gern aus erster Hand«, erwiderte ich.

»Nun gut. Wir haben Billy aus einem Moskauer Waisenhaus adoptiert, als er sechs war. Das war vor zehn Jahren. Er hatte ein schweres psychologisches Trauma erlitten.«

»Was ist mit ihm passiert?«, fragte ich.

»Seine Eltern wurden ermordet«, erklärte Bishop tonlos.

»Wie?«, wollte North wissen.

»Beide wurden mit jeweils einem Kopfschuss getötet, wie bei einer Hinrichtung. Billy wurde neben ihren Leichen gefunden. In der Wohnung der Familie.«

»Wurde der Fall aufgeklärt?«, fragte North.

»Ich bin nicht sicher, ob es überhaupt eine Ermittlung gab«, antwortete Bishop. »Wir sprechen hier von einer Zeit umwälzender Veränderungen dort drüben – Korruption in der Regierung, Übermacht des organisierten Verbrechens. Die Polizei war mehr damit beschäftigt, Schutzgelder von Geschäftsbesitzern zu kassieren, als die unbescholtenen Bürger von Moskau zu beschützen.« Er räusperte sich. »Ich bin sicher, dass die Zeit im Waisenhaus alles nur noch schlimmer gemacht hat. Als Billy in die Staaten kam, hatte er am ganzen Leib blaue Flecke und war unterernährt. Er wog gerade mal fünfzehn Kilo.«

»Und in emotionaler Hinsicht?«, fragte ich.

»Auf den ersten Blick ein sehr sanftmütiges, verletzliches Kind. Er hatte Angst vor lauten Geräuschen, unbekannten Orten, unbekannten Gesichtern. Selbst vor mir. Sein größtes Problem waren seine Albträume, aus denen er völlig hysterisch hochgeschreckt ist. Sein Schlaf ist nie wirklich ruhiger geworden.« Bishop verschränkte seine Finger. »Das mag zum Teil daran liegen, dass er so lange Bettnässer war.«

Ich dachte wieder an Carl Rossettis Wette im Café Positano in East Boston, es würde sich herausstellen, dass Billy alle drei Risikofaktoren für Psychopathie aufweisen würde – Tierquälerei, Feuerlegen und Bettnässen. »Wie hat er sich im Lauf der Zeit entwickelt?«, fragte ich.

»Seine Angst hat eindeutig nachgelassen«, meinte Bishop. »Leider trat Aggression an ihre Stelle. Er hat mich und seine Mutter angegriffen, ohne jede Vorwarnung. Eine Zeit lang haben wir uns gefragt, ob er wütend auf uns ist, weil wir ihn in dieses Land gebracht haben – oder weil wir versuchen, ihm seine leiblichen Eltern zu ersetzen. Aber seine Destruktivität hat sich nie allein gegen Julia und mich gerichtet, sondern praktisch gegen alles: Dinge, Tiere, sogar ihn selbst.«

»Hat er sich Schnitte zugefügt?«, fragte ich.

»Ja. Und er hat sich gebissen«, erklärte Bishop. »Außerdem

hatte er die Angewohnheit, sich das Haar auszureißen. Die Selbstverletzung hat irgendwann aufgehört; die Gewalttätigkeit gegen andere nicht.«

»Ist Billy von einem Psychiater behandelt worden?«, fragte ich.

»Von vielen. Er ist in ein halbes Dutzend psychiatrische Abteilungen eingewiesen worden, gleich nachdem er mit neun Jahren die Haustiere von Nachbarn verletzt hat.«

»Und hatte er einen behandelnden Psychiater außerhalb des Krankenhauses?«

Bishop schüttelte den Kopf. »Das Jugendamt hat mehrmals ambulante psychiatrische Betreuung zu einer Bedingung für Billys Freilassung gemacht. Er hat sich genau an die Vorgaben gehalten – zehn Therapiestunden, fünfzehn, was immer nötig war, um rauszukommen und nicht in die Jugendstrafanstalt zu müssen. Danach hat er sich strikt geweigert, in die Kliniken zu gehen. Wenn wir ihn gezwungen haben, hat er nur die ganze Stunde über stumm dagesessen. Die Ärzte haben es einmal auch mit Prozac probiert, nachdem er versucht hatte, das Haus anzuzünden. Aber die Pillen schienen ihn eher noch impulsiver zu machen.«

Ich musterte Bishop einen Moment lang. Er wirkte ebenso gekünstelt wie seine Umgebung. Elegant und unerschütterlich. Vielleicht war eine kleine Konfrontation doch keine ganz schlechte Idee, dachte ich. Vielleicht würde sie ihm irgendeine Emotion entlocken. Schuld. Wut. Irgendetwas. »Wieso haben Sie überhaupt den Fehler gemacht, ihn zu adoptieren? Ausländische Adoptionen sind ja bekanntermaßen problematisch, auch ohne eine katastrophale Familiengeschichte wie Billys.«

Er ließ sich nicht von dem Wort *Fehler* ködern. »Meine erste Adoption, die von Garret, war eine durch und durch positive Erfahrung. Ich war dabei, ein Unternehmen in Russland aufzubauen, und hatte überwältigenden Erfolg«, erklärte er. »Ich wollte etwas zurückgeben. Aber zweifellos habe ich die emotionalen Hürden auf Billys Weg unterschätzt.«

Mir fiel auf, dass Bishop von den Adoptionen sprach, als wäre er allein dafür verantwortlich gewesen. »Beide Adoptionen waren Ihre Entscheidung«, stellte ich fest.

»Ja«, bestätigte er. »Mir gefällt die Vorstellung, Menschen eine Chance zu geben, denen das Leben keine geben will. Besonders jungen Menschen. Und ganz besonders Kindern.«

»Und wie stand Ihre Frau Julia dazu, dass Billy in die Familie kam?«, fragte ich.

»Sie hat mich unterstützt«, antwortete er.

»Das klingt nicht gerade begeistert«, hakte ich nach.

Bishop faltete seine Hände auf dem Schoß. »Ich habe viel von Julia verlangt«, fuhr er mit gelassener Stimme fort. »Sie hat meinen Sohn vom ersten Tag unserer Ehe an in der Familie willkommen geheißen. Sieben Jahre später ein weiteres Kind aufzunehmen war keine leichte Aufgabe – besonders einen Jungen mit Billys Vergangenheit.«

»Ihre Exfrau hat nicht das Sorgerecht für Garret zugesprochen bekommen«, sagte ich.

»Sie hat es nicht eingeklagt«, erwiderte er.

»Warum?«

»Das ist eine komplizierte Geschichte, die jetzt nichts zur Sache tut.«

Sein Tonfall verriet mir, dass das Thema tabu war. Ich registrierte sein Unbehagen und steuerte in eine andere Richtung. »Wer hat Ihre Tochter gefunden nach … nach dem Verbrechen?«, fragte ich.

»Ich«, sagte er augenblicklich und ohne jede Emotion.

»Wann?«

»Am Donnerstag, kurz vor vier Uhr früh.«

»Sie waren zufällig um vier Uhr früh wach?«, fragte Anderson.

»Ich habe einige Bilanzen durchgesehen, um mich auf den Börsenbeginn in Fernost vorzubereiten«, erklärte Bishop.

»Haben Sie auch gestern die Börse verfolgt?«, erkundigte ich mich.

»Ja«, sagte er.

Ich entschied mich für einen Blattschuss, um seinen Panzer zu durchdringen. »Wie konnten Sie sich Ihren Geschäften widmen«, sagte ich, »nachdem Sie Ihre Tochter tot in ihrer Wiege gefunden hatten?«

Bishop starrte mich an, antwortete aber nicht.

Anderson warf mir einen Blick zu, der signalisierte, dass er der Ansicht war, ich sei zu weit gegangen.

Ich fürchtete, er könnte Recht haben. Möglicherweise hatte ich die Nadel in Bishops Seele gebohrt und etwas aufgestochen, das unkontrolliert bluten würde. Doch als er schließlich fortfuhr, tat er es mit derselben kühlen Entschiedenheit, die er während unserer gesamten Unterhaltung an den Tag gelegt hatte. »Wenn ich ein Lösegeld zahlen könnte, um meine Tochter zurückzubringen«, sagte er, »dann würde ich mit Freuden jeden Dollar hergeben, den ich besitze. Aber das ist unmöglich. Ich habe sehr hart für mein Geld gearbeitet und beabsichtige, daran festzuhalten.« Er verzog den Mund zu einem aufgesetzten Lächeln und sah auf seine Uhr. »Meine Herren«, sagte er, »uns bleibt leider keine Zeit mehr. Ich habe Julia versprochen, dass wir früh zu Abend essen.«

»Wäre es möglich, dass Dr. Clevenger sich in New York mit Billy unterhält?«, fragte Anderson.

Bishops Gesicht blieb eine Maske der Umgänglichkeit. »Wozu?«, fragte er.

»Ich könnte nützlich für Ihren Sohn sein, falls Mordanklage gegen ihn erhoben wird«, sagte ich. »Es besteht durchaus die Möglichkeit, auf verminderte Schuldfähigkeit zu plädieren.«

Verminderte Schuldfähigkeit ist eine juristische Doktrin, die es Richtern und Geschworenen erlaubt, sich gegenüber Angeklagten nachsichtiger zu zeigen, die zum Zeitpunkt der Tat zwar zurechnungsfähig waren, doch nichtsdestotrotz eindeutig geistesgestört sind. Solche Angeklagten werden häufig einer geringeren Straftat für schuldig befunden – beispielsweise Körperverletzung mit Todesfolge oder Totschlag statt Mord.

»Ja, ich muss gestehen, dass das gegebenenfalls nützlich sein kann«, sagte Bishop. »Ich werde alles Nötige veranlassen.« Er stand auf. »Gibt es sonst noch etwas, womit ich Ihnen behilflich sein kann?«

»Im Moment nicht«, antwortete Anderson.

Wir erhoben uns und machten Anstalten, das Arbeitszimmer zu verlassen, als mein Blick auf eine Gruppe von drei Ölgemälden direkt neben der Tür fiel. Es waren Porträts von drei Polopferden, die mit Paradesätteln und -steigbügeln aufgezäumt und deren Fesseln mit purpurnen Binden umwickelt waren. Ich blieb vor den Bildern stehen. Ich wollte herausfinden, wie schnell Bishop von einem Gespräch über den Mord an seiner Tochter zu einem erheblich seichteren Thema wechseln konnte. »Sind das Ihre?«, fragte ich ihn.

Der Themenwechsel schien ihm keinerlei Schwierigkeiten zu bereiten. »Ja«, antwortete er stolz. »Sie gehören alle mir.« Es schwang mehr Gefühl darin mit, als er in unserer gesamten bisherigen Unterhaltung gezeigt hatte. »Ich habe zwölf.«

»Wunderschöne Tiere«, bemerkte Anderson.

»Das sind sie«, pflichtete Bishop bei.

»Ich selbst habe nie Polo gespielt«, sagte ich. »Aber ich hatte immer vor, es zu lernen.«

»Ich hoffe, Sie werden irgendwann einmal mein Gast sein«, erwiderte Bishop. »Vielleicht im Myopia. Er liegt ganz in der Nähe von Boston.« Sein Tonfall sagte mir, dass ich vermutlich lange auf eine Einladung warten musste.

»Das würde mich freuen.« Ich betrachtete abermals die Porträts. »Sind das Ihre Lieblinge? Von Ihren zwölf, meine ich.«

»Eigentlich nicht. Sie standen dem Maler rein zufällig zur Verfügung.«

»Haben Sie je eines von ihnen mehr geliebt als die anderen?«

Bishop grinste. »Ich empfinde für alle dasselbe.«

»Ist es so wie die Liebe zu einem Haustier?«, fragte ich. »Zu einem Hund oder einer Katze?«

»Nein«, erwiderte er. »Es ist eher wie die Liebe zu einem Tennis- oder Golfschläger.«

»Ich fürchte, ich kann Ihnen nicht ganz folgen«, sagte ich.

»Man liebt sie«, antwortete er, »in dem Maße, in dem sie einem zum Sieg verhelfen.«

Claire Buckley führte uns hinaus. Als wir auf die Auffahrt hinaustraten, kamen zufällig Garret Bishop und seine Mutter vom Tennisplatz auf das Haus zu. Wir verlangsamten unsere Schritte.

Der ältere Bishop-Junge, der weiße Shorts und ein weißes T-Shirt trug, war mit seinen siebzehn Jahren bereits fast einsachtzig groß und so kräftig gebaut wie sein Vater. Doch während der Gang des Vaters entschlossen und aggressiv war, bewegte sich sein Sohn wesentlich zaghafter. Er zog die Schultern hoch und beugte beide Knie ein wenig, sodass jeder Schritt etwas schlurfend wirkte.

Julia Bishop, in einem schwarzen Pareo und einem weißen T-Shirt, war kleiner und zierlicher, als ich von ihrem Foto im Arbeitszimmer vermutet hätte. Sie ging mit gesenktem Kopf.

Aus zwanzig Meter Entfernung wirkten Mutter und Sohn wie ein Pärchen auf dem Rückweg von einem Tennisturnier, doch als sie näher kamen, wurde deutlich, dass man Julia ihr Alter – Mitte dreißig – durchaus ansah und dass sie der Verlust ihrer Tochter schwer getroffen hatte. Ihre Wangen waren ein wenig aufgedunsen, und die roten Flecke an ihrem Hals waren deutliche Anzeichen, dass sie viel geweint hatte. Nichtsdestotrotz war ihre Schönheit unleugbar, strahlend wie ein Scheinwerfer im Nebel. Als Erstes fielen mir ihre Smaragd-Augen auf – ein tiefes Grün, das von dem Rahmen aus schulterlangem schwarzem Haar, dem Haar einer Geisha, noch betont wurde. Dann wanderte mein Blick zu ihren hohen Wangenknochen und den vollen Lippen, dem schlanken Hals, der Anmut und blanke Sexualität verschmolz.

Ich konnte meine Augen nicht von ihr losreißen. Sie trug ein kurzärmeliges weißes T-Shirt, das so eng anlag, dass sich darunter ihr spitzenbesetzter Bügel-BH abzeichnete, und kurz genug war, um den Blick auf ihren Nabel und gute zehn Zentimeter ihres sonnengebräunten Bauchs freizugeben. Noch etwas tiefer lugte ein schmaler Streifen eines schwarzen Bikini-Höschens unter dem schwarzen Leinen-Pareo hervor, der an einer Hüfte zusammengeknotet war und ein makellos geformtes Bein entblößte.

Ich streckte meine Hand aus, während Anderson uns einander vorstellte, und Julia ergriff sie.

»Es tut mir Leid, dass Sie den ganzen Weg hier herausgekommen sind, Doktor«, sagte sie mit einer Stimme so voller Verletzlichkeit, als würde sie jeden Moment darum bitten, in den Arm genommen zu werden.

Je länger ich sie ansah, desto mehr schien mich ihre innere Leuchtkraft einzuhüllen. Es war wie ein himmelblauer Nebel. Als sie mir ihre Hand entzog, überkam mich fast so etwas wie ein Gefühl des Verlusts. »Ich hatte Gelegenheit, mit Ihrem Mann zu sprechen«, sagte ich. »Ich bin froh, dass ich hergekommen bin.«

Julia sah zu Claire. »Wie geht es Tess?«, fragte sie besorgt.

»Bestens«, versicherte Claire. »Sie war vorhin ein bisschen quengelig ...«

Julia seufzte und schaute zum ersten Stock des Hauses hinauf. »Ich hätte sie nicht allein lassen sollen. Ist sie ...?«

»Es ist alles in Ordnung«, sagte Claire beschwichtigend. »Ich hab ihr ein Fläschchen gegeben, und sie hat sofort aufgehört. Jetzt macht sie ein Nickerchen.«

Julia nickte geistesabwesend und spielte nervös an ihrem Verlobungs- und ihrem Ehering herum. Der Diamant funkelte im Sonnenschein. Er musste um die acht bis zehn Karat haben.

Garret wirkte sogar noch nervöser als sie. Von Zeit zu Zeit trat er nach einem der Kiesel auf der Auffahrt. Er war kein gut aussehender junger Mann, besaß aber eine Adlernase und markante Wangenknochen, die ihm ein entschlossenes, ernstes Aussehen verliehen. »Ich möchte jetzt reingehen«, verkündete er und zupfte an dem geflochtenen Lederarmband an seinem Handgelenk.

Julia rang sich ein Lächeln ab, das jedoch nicht die Trauer in ihren Augen zu verdrängen vermochte. »Garret hätte heute fast seinen Tennislehrer geschlagen.«

»Das ist mir egal«, sagte der Junge zu Claire. »Ich wollte überhaupt nicht spielen. Ich will einfach nur in Ruhe gelassen werden.«

»Mein Mann möchte, dass er seinen Tagesablauf beibehält«, sagte Julia und warf mir einen flehenden Blick zu. Offensichtlich sah sie sich gezwungen, zu erklären, warum Garret keine zwei Tage nach der Ermordung seiner Schwester und wenige Stunden nach der Einweisung seines Bruders in eine geschlossene psychiatrische Abteilung eine Tennisstunde nahm. Es war eine durchaus angebrachte Frage. »Aber nicht nur Win«, fügte Julia hinzu, »sondern auch unser Hausarzt hat gesagt, wir sollen alles so normal wie möglich weiterlaufen lassen.«

Garret schüttelte den Kopf. »Klar«, zischte er.

Ich wollte nicht der Elefant im Porzellanladen sein, aber auch nicht fortgehen, ohne so viel wie möglich über die emotionale Dynamik innerhalb der Familie herausgefunden zu haben. »Garret«, sagte ich. »Wie wirst du mit dem fertig, was hier während der letzten achtundvierzig Stunden passiert ist?«

Er hörte auf, mit den Füßen zu scharren, und wagte flüchtigen Augenkontakt mit mir. Einen Moment lang sah er aus, als würde er gleich in Tränen ausbrechen, doch dann verhärteten sich seine Züge. »Gut«, erklärte er trotzig. »Ich werd's schon durchstehen.«

Julia zuckte zusammen.

Ich streckte die Hand aus und berührte sanft ihren Arm. »Wenn Sie oder irgendjemand sonst in der Familie darüber reden wollen, was passiert ist, dann stehe ich gern zur Verfügung«, sagte ich. Ich bemerkte, dass Anderson auf meine Hand starrte, die noch immer auf Julias weicher Haut ruhte, und nahm sie weg.

Sie schluckte. »Danke«, sagte sie. »Ich vermute, dass wir nicht alle erwarten können, es allein durchzustehen.«

»Also, was denkst du?«, fragte Anderson, als wir die Auffahrt hinunter zur Wauvinet Road fuhren.

»Ich sage dir, was ich *nicht* denke«, erwiderte ich. »Ich denke nicht, dass Darwin Bishop schlicht vergessen hat, dich über Billys Einweisung in eine New Yorker Klinik zu informieren.«

»Das heißt?«

»Niemand, der vierundzwanzig Stunden, nachdem er seine Tochter tot in ihrer Wiege gefunden hat, am Nikkei mit Aktien spekulieren kann, vergisst einfach, dass der Polizeichef mit einem Seelenklempner aus Boston vorbeikommt. Er wollte, dass wir kommen.«

»Warum? Warum hat er uns hierher kommen lassen, wenn Billy nicht zu sprechen ist?«

»Vielleicht, um mich unter die Lupe zu nehmen, oder aber, um uns eine Botschaft zu übermitteln. Jedenfalls hat er gesagt, was er zu sagen hatte: wie gestört Billy ist; dass er, Julia und ein halbes Dutzend Psychiater nach Kräften versucht haben, ihm zu helfen, und sogar, dass Billy dem Bild eines Psychopathen bis ins letzte Detail entspricht. Er hat nichts ausgelassen: Brandstiftung. Tierquälerei. Bettnässen. Und er hat als Zugabe sogar noch Selbstverstümmelung draufgegeben – das Beißen und das Ausreißen von Haaren.«

»Er hat nur deine Fragen beantwortet«, widersprach Anderson. »Er hat nichts aus freien Stücken gesagt.«

»Ein Mann wie Darwin Bishop kommuniziert auf dieselbe Weise, wie ein Karatemeister kämpft«, erwiderte ich. »Er nutzt deinen eigenen Schwung, um dich an die Stelle zu lenken, wo er dich haben will. Wenn er dir etwas über sein Unternehmen erzählen wollte, dann würde er nicht einfach damit herausplatzen. Er würde dich glauben lassen, du hättest ihm die Informationen praktisch aus der Nase gezogen.« Ich nickte. »Er geht in dieser Angelegenheit so vor, als wäre sie ein Geschäftsabschluss. Strategisch.«

»Na ja, keine besonders clevere Strategie«, bemerkte Anderson. »Er drängt die Staatsanwaltschaft mit dem Rücken an die Wand. Wenn die Presse erst einmal Wind davon bekommt, dass Billy den Bundesstaat verlassen hat, dann ist Tom Harrigan praktisch gezwungen, Mordanklage gegen ihn zu erheben. Wenn er es nicht tut, würde er sich eine Blöße geben.«

»Das könnte genau das sein, was Bishop beabsichtigt.«

»Harrigan dazu zu bringen, Anklage gegen Billy zu erheben, bevor er sich richtig vorbereitet hat?«

»Oder«, sagte ich, »ihn Anklage gegen Billy statt gegen jemand anderen erheben zu lassen.«

4

Der letzte Cape-Air-Flug brachte mich kurz nach 20 Uhr wieder zurück nach Boston. Anderson und ich hatten beschlossen, dass ich am nächsten Morgen mit der Pendlermaschine nach New York fliegen würde, vorausgesetzt, dass er so schnell eine Genehmigung für mich bekommen konnte, Billy Bishop im Payne Whitney zu besuchen.

Auf der Rückfahrt nach Chelsea hielt ich am Mass General an, da ich mein Versprechen einlösen wollte, Lilly Cunningham nach der Öffnung und Drainage ihres Beinabszesses zu besuchen.

Sie schlief, als ich in ihr Zimmer trat, doch ihre Nachttischlampe brannte. Schon von der Tür aus konnte ich sehen, dass die Operation größer als geplant gewesen war. Ihr leicht abgewinkeltes Bein hing in einem Streckverband knapp zwanzig Zentimeter über der Matratze. Ihr Schenkel, in den von beiden Seiten ein dünner Stahlstab geschraubt worden war, war mit einem nassen Mullverband abgedeckt.

Ich klopfte am Türrahmen, doch sie wachte nicht auf. Ich trat ins Zimmer, stand einen Moment lang da, lauschte dem schleppenden elektronischen Pulsschlag der nächtlichen Station und beobachtete, wie Lilly atmete. Ich versuchte, mir die Gefühle vorzustellen, die sie jedes Mal gehabt hatte, wenn sie sich eine Spritze ins Fleisch gebohrt und ihr Inneres vergiftet hatte. Ich glaubte nicht, dass es Wut oder Panik oder auch nur Kummer gewesen war, sondern wahrscheinlich eher Erleichterung. Vielleicht sogar Euphorie. Für den Moment konnte sie die Normalität abstreifen. Ihr vorgetäuschtes Selbstwertgefühl und Selbstvertrauen konnten dahinschmelzen und ihrem wahren unbewussten Bild von sich selbst als schmutzig, als infizierter Abschaum Platz machen. Wie jemand, dem man endlich erlaubte, seine Arme zu senken, nachdem er sie stundenlang hochgehalten hatte, konnte sie den Kampf aufgeben, ihre Dämonen abzuwehren, und sich stattdessen von ihnen mitreißen lassen.

»Lilly«, sagte ich leise.

Sie rührte sich nicht.

»Lilly«, wiederholte ich ein wenig lauter.

Sie öffnete langsam die Augen, reagierte aber nicht.

»Ich bin's, Dr. Clevenger«, sagte ich. »Ich hatte versprochen, dass ich nach dem Eingriff vorbeikommen würde.«

Sie stieß einen verschlafenen Seufzer aus, ehe sie die Augen wieder schloss. »Sie haben mir etwas gegen die Schmerzen gegeben.«

»Möchten Sie lieber weiterschlafen? Ich könnte versuchen, morgen wiederzukommen.«

Sie sah mich an und kniff die Augen zusammen, um ihren Blick auf mich zu konzentrieren. »Nein. Bleiben Sie.«

Ich trat an ihr Bett, zog mir einen Sessel heran und setzte mich. »Wie ist es gelaufen?«, erkundigte ich mich.

»Dr. Slattery sagt, dass die Infektion zum Knochen vorgedrungen war. Sie mussten ein Stück entfernen.«

Ich nickte und betrachtete die Stahlstäbe, die ihr Bein zusammenhielten. »Die Wunde zu öffnen und alles Schlechte herauszulassen sollte verhindern, dass es je wieder passiert«, sagte ich und bediente mich dabei erneut der Metapher für ihr psychologisches Trauma.

»Sicher«, flüsterte sie, offenkundig nicht überzeugt.

Mir fiel wieder ein, dass ich ihr gesagt hatte, ich hätte keine Angst davor, die Wahrheit zu sehen – selbst wenn sie hässlich war. Ich musste beweisen, dass das auf der physischen Ebene stimmte, um Lilly dazu zu bringen, mir ihre emotionalen Wunden zu offenbaren. Ich beugte mich vor und berührte eine Ecke der Mullbinde. »Macht es Ihnen etwas aus, wenn ich es mir ansehe?«, fragte ich.

Sie schüttelte den Kopf. Ihr Blick war starr auf meine Hand gerichtet.

Vorsichtig zog ich den Mull gerade so weit zurück, dass ich – und Lilly – den Einschnitt sehen konnten. Sie wandte augenblicklich ihren Kopf ab und starrte an die Wand, während ich die aufgeschnittenen Schichten von Haut, Fettgewebe und Muskeln eingehender betrachtete. Steriler Mull, voll gesogen mit blutiger Drainage, hielt die Wunde offen, die eindeutig bis zum Knochen hinabreichte. »Gut«, sagte ich.

»Gut?«, stieß sie verbittert hervor.

»Das verbliebene Gewebe sieht gesund aus«, erklärte ich.

Sie verdrehte die Augen.

»Das Letzte, was Sie wollen«, sagte ich, »ist ein Chirurg, der nicht bereit ist, die Infektion bis zu ihrem Herd zurückzuverfolgen.« Ich bemerkte, dass eine Träne über Lillys Gesicht lief. Ich nahm ein Taschentuch vom Nachttisch und betupfte ihre Wange.

Sie wandte mir das Gesicht zu, sagte aber nichts.

»Im Grunde unterscheidet sich das kaum von dem, was ich tue«, fuhr ich fort. »Ich muss meinen Patienten helfen, bis zu den Wurzeln ihres Schmerzes vorzudringen.«

Einige Augenblicke verstrichen. »Was, wenn Ihr Patient nicht weiß, was den Schmerz verursacht hat?«, fragte sie.

»Die Frage zu stellen ist bereits die halbe Antwort«, sagte die Stimme in meinem Hinterkopf. *»Sie will die Reise wagen. Tief im Herzen will jeder die Wahrheit wissen.«*

Meine Atemzüge verlangsamten sich, und ich schloss einen Moment lang die Augen, ehe ich sie wieder öffnete. »Wenn Sie es nicht wissen, dann müssen wir zusammen den Mut aufbringen, es herauszufinden«, erklärte ich.

Lilly wurde rot. »Es fällt mir schwer, über mich selbst zu reden«, sagte sie.

»Warum?«, fragte ich.

»Ich schätze, ich finde es sicherer, Dinge für mich zu behalten.«

»Sicherer?«

Sie antwortete nicht.

»Worin liegt die Gefahr, sich zu öffnen?«, hakte ich nach.

»Leute, die zu viel von sich preisgeben, enden ...« Sie verstummte abrupt.

»Enden ... wie?«

»Ich weiß nicht.« Sie runzelte die Stirn. »Allein, schätze ich.«

Diese Aussage sprach Bände über Lilly. Das Erfinden einer Krankheit – von Lügen – hatte ihr die Aufmerksamkeit und Fürsorge eines Teams von Ärzten eingebracht. Sich der wahren Ursache ihres Leidens zu stellen, besonders wenn diese Quelle Missbrauch durch den Großvater war, wäre das Ende ihrer Beziehung zu ihm und möglicherweise auch zu anderen Familienmitgliedern. Die Gefahr des Verlassenwerdens war real und hatte Lilly seit ihrer Kindheit verfolgt. Es hatte keinen Sinn, die Dinge zu beschönigen. »Ich weiß, wie beängstigend es für Sie ist«, sagte ich, »aber Sie müssen bereit sein, allein zu sein, zumindest für eine Weile. Sie müssen wenigstens bereit sein, mit Ihren eigenen Gedanken allein zu sein.«

Sie kaute an ihrer Unterlippe wie ein schüchternes kleines Mädchen. »Ich kann es nicht ertragen, allein zu sein.«

Das war eine sehr klare Feststellung. Sie brauchte etwas – *jemanden* –, auf das sie sich verlassen konnte, was auch immer sie offenbarte. Ich berührte ihren Schenkel knapp über dem Einschnitt. »Ich verspreche, dass ich Sie bei jedem Schritt des Wegs begleiten werde«, versicherte ich ihr.

»Aber wie können Sie das sagen?«, fragte sie. »Sie kennen mich noch nicht einmal. Wie kann ich Ihnen trauen?«

Ich hätte sie mit einer Plattitüde abspeisen können, um der Frage auszuweichen, doch für einen Menschen, dessen Leben zur Lüge geworden war, zählte nur eine ehrliche Antwort. »Sie können nicht sicher sein, ob Sie mir vertrauen können«, sagte ich. »Diese Gewissheit gibt es nie – bei niemandem. Am Ende läuft es auf eine Frage des Muts hinaus. Sie müssen auf Ihre innere Stimme hören.«

»Ich weiß nicht«, seufzte sie. »Ich bin so verwirrt.«

Ein weiterer kleiner Sieg; Verwirrung ist oftmals das erste Anzeichen, dass die Verteidigungsmechanismen des Verstandes zu zerbröckeln beginnen. Ich wollte nicht zu begierig erscheinen, sie alle niederzureißen. »Soll ich vielleicht in ein paar Tagen wieder vorbeikommen?«, fragte ich.

Sie starrte mich einen Moment lang an. »In Ordnung«, sagte sie. »Ja.«

Kurz vor elf Uhr abends war ich schließlich zu Hause. Eine Nachricht von North Anderson auf meinem Anrufbeantworter sagte mir, dass für den nächsten Tag um 10 Uhr 30 ein Termin für ein Gespräch mit Billy Bishop für mich arrangiert war. Nach meinen Erfahrungen mit früheren Flügen nach Manhattan bedeutete das, dass ich die Pendlermaschine um 7 Uhr 30 nehmen musste, falls sich der Flug um ein, zwei Stunden verspäten würde, was meistens der Fall war.

Ich beschloss, auf einen Sprung ins Internet zu gehen und alles über Darwin Bishop herauszufinden, was es zu finden gab. Yahoo! spuckte 2948 Einträge aus, hauptsächlich von Quellen wie dem *Wall Street Journal, BusinessWeek* und *CNN Financial News.* Laut dieser Artikel hatte Bishop CMM mit einem Risikokapital von über 40 Millionen Dollar gegründet und Ingenieure und Metallurgen vom MIT, CalTech und der Universität von St. Petersburg rekrutiert, so dass sein Unternehmen innerhalb von achtzehn Monaten auf eintausend Angestellte angewachsen war. Ein kurzer Absatz in der *New York Times* vermeldete, dass Bishop bei einer Sotheby's-Auktion für 4,2 Millionen Dollar ein Mark-Rothko-Ölgemälde ersteigert hatte, dessen Wert auf 800.000 Dollar geschätzt worden war. Sein aufwändiger Lebensstil hatte das Interesse von *Vanity Fair* geweckt, die Fotos seiner Oldtimer-Sammlung und seines 1800-Quadratmeter-River-House-Penthouse veröffentlichte. Das Gebäude an der zweiundfünfzigsten Straße in einer Sackgasse zwischen der First Avenue und dem East River, in dem sich das Penthouse befand, beherbergte auch Henry Kissinger und Lord Rothschild. Das Penthouse hatte ehemals den Astors gehört, bevor Bishop es sich für den Spottpreis von 13 Millionen Dollar geschnappt hatte. Und das war, bevor die Immobilienpreise in Manhattan wirklich in den Himmel geschossen waren.

Ich blieb an einem älteren Artikel aus dem Archiv des *New York*-Magazins mit dem Titel »Bishop fährt mit seiner Braut ins Glück« hängen, in dem es um Bishops Heirat mit »›Elite‹-Model Julia Oakley« ging. Ein Foto zeigte die Bishops in Smoking und Hochzeitskleid, während sie in einem roten Ferrari Testarossa die Fifth Avenue entlangfuhren. Julia sah atemberaubend aus.

Etwa in der Mitte des Artikels ließ sich Bishop über seine erste Ehe aus. »Lauren und ich hatten zwei wunderbare Jahre«, hatte Bishop dem Reporter erzählt. »Ich würde unsere gemeinsame Zeit gegen nichts eintauschen. Aber eines Tages sind wir schlichtweg aufgewacht und haben gesagt: ›Wir sind besser als Freunde denn als Ehemann und Ehefrau.‹ Und eines kann ich Ihnen verraten: Ich könnte mir keinen besseren Freund wünschen.«

Ich schmunzelte. Jeder konnte zwischen den Zeilen lesen, dass das nicht einmal die halbe Geschichte war.

Ich sah Dutzende von Verweisen durch und überflog ein paar hundert weitere, bis mein Blick an einem hängen blieb, der aus der Reihe zu fallen schien. Es war ein Artikel in der *New York Daily News* aus dem Jahr 1995 mit der Überschrift »Firmenchef auf Schleuderkurs«, der Bishops Festnahme wegen Trunkenheit am Steuer schilderte.

STUART TABOR
EXKLUSIV FÜR DIE DAILY NEWS
MANHATTAN

Ein Mann aus Manhattan wurde gestern kurz nach 2 Uhr morgens festgenommen, nachdem er mit seinem Porsche Carrera auf der Triboro Bridge zwei andere Wagen gerammt und anschließend Fahrerflucht begangen hatte.

Darwin Bishop, 45, wohnhaft 32 East 49TH Street, werden Trunkenheit am Steuer, Gefährdung des Straßenverkehrs, Fahrerflucht und Widerstand gegen die Staatsgewalt zur Last gelegt. Die Polizei nahm ihn nach einer Verfolgungsjagd, die in Astoria, Queens, endete, in Gewahrsam.

Trotz einer früheren Verurteilung aus dem Jahr 1981 wegen tätlichen Angriffs wurde Bishop heute nach Hinterlegung einer Kaution von 250.000 Dollar auf Ehrenwort freigelassen.

Estelle Marshfield, 39, wurde mit Brust- und Bauchverletzungen vom Unfallort ins Columbia Presbyterian Hospital gebracht. Ihr Zustand gilt als nicht lebensbedrohlich. Es gab keine weiteren Verletzten.

Ein Foto zeigte einen vollkommen anderen Darwin Bishop als den unerschütterlichen Mann, den ich nur wenige Stunden zuvor auf Nantucket kennen gelernt hatte. Sein Kopf war gesenkt und seine Hände hinter seinem Rücken gefesselt, während ihn zwei Polizisten in das 23. Revier eskortierten. Die Brust seines blauweißen Nadelstreifenhemds war blutbefleckt.

Ich starrte auf das Bild, das einen betrunkenen Darwin Bishop mit hängendem Kopf zeigte. In seiner Villa auf Nantucket hatte er so steif und zugeknöpft gewirkt. Unangreifbar. Dieses Foto hingegen machte ihn für mich zu einer realen Person, weil es bestätigte, wovon ich innerlich überzeugt war: Jeder – reich oder arm, schwarz oder weiß, gebildet oder nicht – befindet sich in emotionalem Aufruhr, leidet irgendeinen Schmerz. Den meinen hatte ich jahrelang mit Alkohol und Kokain betäubt. Bishop hatte offensichtlich seine eigenen Probleme mit dem Alkohol. Inzwischen genoss er den Rausch des Geldes, einer Droge, die mindestens ebenso süchtig machte.

Aber vielleicht waren tief schürfende Betrachtungen zum Wesen der Menschheit nur ein Teil des Grunds, weshalb ich meinen Blick nicht von dem Foto losreißen konnte. Vielleicht gefiel es mir, eine gedemütigte Version von Bishop zu sehen, weil mich der Gedanke an ihn mit seiner neuen Braut Julia ärgerte.

Ich fragte mich, warum Julia Bishop einen so unmittelbaren und überwältigenden Eindruck auf mich gemacht hatte. Sie war atemberaubend schön, doch irgendwie schien das nicht der ganze Grund zu sein – eigentlich noch nicht einmal der halbe. Beim Gedanken an unsere Unterhaltung vor der Bishop-Villa wurde mir plötzlich bewusst, dass ich in diesen wenigen Minuten zu der Überzeugung gekommen war, dass sie litt und möglicherweise Hilfe brauchte. Und eine Frau in Not ist die ultimative Triebfeder für mich.

Meine Gedanken wanderten zu meiner Mutter, einer schwachen Frau, die die unschöne Gewohnheit hatte, sich im Badezimmer einzuschließen, wenn mein Vater betrunken war und jemanden suchte, dem er wehtun konnte – zweifelsohne um sich nicht dem Schmerz stellen zu müssen, der in seinem Innern tobte. Außer ihr war nur noch ich in der Wohnung, die im obersten Stockwerk eines heruntergekommenen Mietshauses im ebenso heruntergekommenen Lynn, Massachusetts, lag, und mein Vater ließ seine Wut unausweichlich an mir aus, bis er erschöpft umfiel. Und obgleich meine Mutter weder ein liebevoller noch tapferer Mensch war noch genügend Verantwortung zeigte, mit mir dem Haus und den Misshandlungen zu entfliehen, war sie meine Mutter, und ich liebte sie. Und deshalb fühlte ich mich immer ein wenig wie ein Held, wenn die Schläge auf mich herunterprasselten. Und all den Therapiestunden zum Trotz, die ich auf Dr. James' Couch zugebracht hatte, um die Knoten meiner Psyche zu entwirren, war ich nie in der Lage gewesen, mich aus dieser Zwickmühle aus Stolz und Schmerz zu befreien. Ich war noch immer glücklicher damit, selbst zu leiden, statt eine Frau leiden zu sehen.

Ich schüttelte den Kopf und konzentrierte mich wieder auf den Computerbildschirm und das Bild von Darwin Bishop, wie er in Handschellen abgeführt wurde. Ich wollte einen Artikel finden, in dem stand, welche Strafe er für sein Verbrechen erhalten hatte. Schließlich entdeckte ich einen Verweis mit der Überschrift »Bishop vor Gericht«, klickte die Seite an und erhielt einen hübschen Eindruck davon, wie Geld vor den Schranken des Gerichts spricht – oder hinter den Kulissen flüstert. Der Eintrag führte zu einem Artikel in der *New York Post,* der, begraben als vorletzte Meldung in der »Lokalnachrichten«-Rubrik, sechs Monate nach Bishops Verhaftung erschienen war. Laut diesem Artikel waren sämtliche Anklagen gegen Bishop fallen gelassen worden. Er bekam nicht einen einzigen Tag Bewährung aufgebrummt, von einer Gefängnisstrafe ganz zu schweigen.

BISHOP VOR DEN SCHRANKEN DES GERICHTS

Der Gerichtshof von Manhattan hat die Anklagen wegen Trunkenheit am Steuer, Gefährdung des Straßenverkehrs und Widerstand gegen die Festnahme, die gegen Darwin Bishop, 45, wohnhaft 32 East 49th Street, erhoben worden sind, fallen gelassen. Der Richter begründete die Entscheidung mit Zweifeln an der Zuverlässigkeit des Alkoholtests, der am Unfallort vorgenommen worden war, dem Fehlen glaubhafter Augenzeugen und der Tatsache, dass die für die Festnahme verantwortlichen Polizisten, Schlüsselzeugen des Prozesses, nicht verfügbar waren. Verteidiger F. Lee Bailey erklärte: »Es hat sich in diesem Fall niemand als Zeuge gemeldet, weil jeder weiß, dass Mr. Bishop schlicht und einfach einen Unfall hatte. Dann sind die Dinge außer Kontrolle geraten, hauptsächlich als Folge der Überreaktion von Seiten der Polizei.« Bailey sagte, er habe noch nicht entschieden, ob er eine Zivilklage gegen die Stadt oder die beteiligten Polizisten anstrengen würde.

Ich startete eine Internetsuche nach Informationen über Bishops frühere Verurteilung wegen tätlichen Angriffs im Jahr 1981, konnte aber keine entsprechenden Einträge finden.

Ich sah auf die Uhr – 0 Uhr 54. Das bedeutete, dass mir nicht viel Zeit zum Schlafen blieb. Ich schaltete den Computer ab und ging zu Bett. Doch obwohl ich todmüde war, kreisten die Gedanken unaufhaltsam weiter in meinem Kopf, denn langsam keimte in mir der Verdacht, dass Darwin Bishop mit mir spielte. Ich wusste nur nicht genau wie – oder warum. Und während es mich mit einer seltsamen Art des Stolzes erfüllen kann, eine Frau zu beschützen, ist es doch nichts im Vergleich zu der Energie, die mich durchströmt, wenn ein Mann versucht, mich auszunutzen, einzuschüchtern oder aufs Kreuz zu legen. Vielleicht hängt dieser Auftrieb an Entschlossenheit mit dem Adrenalinschub zusammen, der jedes Mal durch meinen Körper strömte, wenn mein Vater mit irgendeinem idiotischen Grund aufwartete, um mir eins mit seinem Gürtel überzuziehen. Vielleicht ist meine Unfähigkeit, mich aus Ärger herauszuhalten und vor Aggression zurückzuweichen, irrational – verwurzelt in der Scham eines kleinen Jungen, weil er sich nicht entschlossener gegen seinen brutalen Vater aufgelehnt hatte. Doch selbst Dr. James war es nie gelungen, diesen speziellen Knoten in meiner Psyche zu lösen.

Montag, 24. Juni 2002

Die Pendlermaschine nach LaGuardia hatte nur achtzig Minuten Verspätung, also traf ich kurz vor zehn im Payne Whitney ein, einem unauffälligen Gebäude zwischen der 68. und der York Street auf dem Gelände des New York Presbyterian Hospital Cornell Medical Center. Billy Bishop war Patient in der geschlossenen Abteilung für Kinder und Jugendliche im zweiten Stock. Ich fuhr mit dem Aufzug hinauf, folgte den Schildern den langen weißen Flur entlang und drückte den Klingelknopf neben einer grauen Stahltür mit der Aufschrift »3 Ost«. Durch die Sicherheitsglasscheibe in der Mitte der Tür konnte ich Mädchen und Jungen verschiedener Altersstufen sehen, die sich auf der Station tummelten, während die Betreuer zwischen ihnen umhergingen.

»Ja?«, krächzte eine Frauenstimme aus der Gegensprechanlage neben der Tür.

»Ich bin Dr. Clevenger«, stellte ich mich vor. »Ich bin hier, um mit Billy Bishop zu sprechen.«

»Wir haben Sie um halb elf erwartet«, sagte sie.

»Ich bin etwas zu früh dran.«

»Möchten Sie erst etwas in der Cafeteria essen?«

In der Psychiatrie dreht sich alles darum, Grenzen festzulegen und Kontrolle zu wahren. Patienten, deren Verstand sich im Zustand der Auflösung befindet, vermittelt die strikte Struktur eine gewisse Geborgenheit. Das Problem ist, dass das Personal regelrecht süchtig danach werden kann und unfähig, auch nur einen Zentimeter nachzugeben, für nichts und niemanden. »Nein«, antwortete ich. »Ich habe bereits gegessen.«

»Es gibt ein nettes kleines Café auf der anderen Straßenseite.«

»Ich würde lieber mit dem Gespräch beginnen.«

»Ich frage nach, ob das möglich ist«, erwiderte die Stimme kühl. »Warten Sie bitte.«

Fünf Minuten verstrichen, bevor eine mollige Frau etwa in meinem Alter mit einer Halbbrille und einem wallenden, bunt bedruckten Kleid zur Tür kam und mich hereinließ. Ihr ergrauendes Haar war lang und hing ungebändigt über ihre Schultern. Sie trug ein halbes Dutzend Perlenketten. »Ich bin Laura Mossberg«, stellte sie sich mit einem unverkennbaren New Yorker Akzent vor, »Billys betreuende Psychiaterin.«

Ich schüttelte ihre Hand. »Frank Clevenger.«

»Tut mir Leid, wenn die Stationssekretärin Ihnen Schwierigkeiten gemacht hat«, sagte sie.

»Kein Problem«, erwiderte ich. »Ich bin vierzig Minuten zu früh dran. Ich weiß, dass so etwas eine geschlossene Abteilung auf den Kopf stellen kann.«

Sie lachte. »Warum unterhalten wir uns nicht ein paar Minuten in meinem Büro, bevor ich Sie zu Billy bringe.«

Auf dem Weg durch die Station kamen wir an einigen Patienten vorbei, die höchstens vier oder fünf Jahre alt waren, und an anderen, die eher wie siebzehn oder achtzehn aussahen. Sie wirkten völlig normal, während sie das Wochenende damit zubrachten, im Flur zu plaudern, auf ihren Zimmern Brettspiele zu spielen oder im Gemeinschaftsraum fernzusehen. Doch ich wusste aus meiner eigenen Assistenzzeit in der Kinder- und Jugendpsychiatrie damals im New England Medical Center in Boston, dass nur die gestörtesten jungen Menschen Aufnahme in stationären Therapie-Einrichtungen fanden, jene, bei denen die Gefahr bestand, dass sie Selbstmord oder einen Mord begingen. Die Maßgaben der Krankenversicherungen sorgten dafür, dass der Rest unterschiedslos in die ambulante Behandlung abgeschoben wurde. Die Patienten hier standen alle unter psychoaktiver Medikation. Jeder von ihnen konnte ohne Vorwarnung einen Wutausbruch bekommen oder von Halluzinationen überwältigt werden. Ihr Verstand war bereits ins Chaos abgestürzt – sei es durch Trauma, Missbrauch oder Drogen- und Alkoholsucht. Sie würden vielleicht niemals ein normales Leben führen, wie viel Hilfe ihnen auch immer zuteil wurde. Kinder sind bedeutend weniger widerstandsfähig, als man gemeinhin annimmt.

Ich dachte an die tödliche Gewalt, deren Zeuge Billy in Russland geworden war, und das Trauma, das er zweifelsohne im Waisenhaus erlitten hatte. War es da ein Wunder, dass ein Junge, dessen Welt zerstört worden war, selbst zum Zerstörer wurde? War es nicht nur zu verständlich, dass das destruktive Potenzial des Feuers ihm so warm erscheinen musste wie eine Heimkehr nach einer langen Reise? Würde er nicht versucht sein, die Schrecken, die er selbst durchgemacht hatte, nachzuempfinden, indem er in die Augen eines verängstigten Haustiers eines Nachbarn blickte? Im nächsten Augenblick kam mir ein weit beunruhigenderer Gedanke in den Sinn: Würde ihn der Anblick seiner kleinen Schwester, die um ihre letzten Atemzüge rang, an seine eigene emotionale Erstickung erinnern?

Wir betraten Miss Mossbergs Büro, ein Kabuff von höchstens sechs Quadratmetern, dass voll gestopft mit Büchern und medizinischen Fachzeitschriften war. »Bitte«, sagte sie und deutete auf einen Stuhl neben ihrem Schreibtisch.

Ich bahnte mir einen Weg zu dem Stuhl, sorgsam darauf bedacht, keinen der Stapel am Boden umzustoßen. Ich nahm einen *New York Times*-Packen, zwei Bände mit Tennyson-Gedichten und eine Ausgabe von Harry Crews' *Eine Kindheit* vom Sitz und nahm Platz. In der nächsten Sekunde war ich praktisch Auge in Auge mit dem einzigen Objekt, das Mossbergs Wände zierte: einem ein Meter mal einszwanzig großen Gemälde eines Hundes mit neonblauem Fell, einer weißen Schnauze und großen, aufgerichteten Ohren. Der Hund saß inmitten von sanft abfallenden grünen Hügeln und blauschwarzen Eichen und hatte einen fragenden Ausdruck auf dem Gesicht, während seine großen goldenen Augen in das Büro starrten, als würde er auf etwas warten.

»Interessantes Bild«, bemerkte ich.

»Blauer Hund? Sie hilft mir, die Kinder zum Sprechen zu bewegen. Manchmal erzählen sie ihr Dinge, die sie mir nicht erzählen können, und ich höre einfach nur ihrer Unterhaltung zu.«

»Sie sieht aus, als hätte sie schon eine Menge Geschichten gehört«, sagte ich.

»Das liegt an den großen Ohren«, erklärte Mossberg schmunzelnd.

Ich fühlte mich in Mossbergs Büro und ihrer Gegenwart wohl. Die Fähigkeit, dieses Gefühl bei Leuten hervorzurufen, ist bei Psychiatern unverzichtbar – und trotzdem rar. Ich schätze, einer von fünfzig besitzt diese Gabe. »Sie mögen Perlen«, bemerkte ich und deutete mit einem Nicken auf ihre Ketten.

»Ich mag das, was wir von ihnen lernen können«, erwiderte sie, griff an ihren Hals und drehte eine der Perlen zwischen Daumen und Zeigefinger. »Das Sandkorn ist ein Reizkörper, doch die Auster verwandelt ihn in etwas Wunderschönes. Eine Auster ohne das eine oder andere Sandkorn hat keinerlei Potenzial. Dasselbe gilt für Menschen, wenn Sie mich fragen.«

»Da stimme ich zu«, sagte ich. »Ich habe das Gefühl, ich sitze hier einer engen Freundin gegenüber.«

Sie lächelte. »Vielleicht«, sagte sie. »Ich kenne Ihre Arbeit. Sie hatten etliche faszinierende Fälle.«

Hin und wieder begegne ich zufällig jemandem, der eine der Kurzbiografien von mir gelesen hat, die in Publikationen von *Annals of Psychiatry* bis zu *People* erschienen sind, als ich einen Kriminalfall nach dem anderen übernommen hatte, von denen jeder grausiger war als der vorhergehende. Doch das war eine andere Zeit, und ich war damals ein anderer Mensch. Und ich wollte nicht mit Mossberg darüber reden. »Ich habe meine forensische Praxis vor zwei Jahren aufgegeben«, erklärte ich. »Normalerweise hätte ich nichts mit Billys Fall zu tun. Das Gespräch mit ihm ist ein Gefallen für einen Freund von der Polizei.«

Sie verstand diesen Wink mit dem Zaunpfahl nicht. »Mir ist noch nie ein Fall wie der von diesem psychiotischen Schönheitschirurgen untergekommen«, fuhr sie unbeirrt fort. »Wo war das noch? Lynn, Massachusetts? Das staatliche Krankenhaus?«

»Stimmt.«

»Dr. Trevor Levitt.«

Ich wünschte mir von Herzen, sie würde aufhören.

»Nein. Lucas«, sagte sie. »Trevor Lucas. Er hatte Geiseln genommen. Krankenschwestern, Patienten und so.«

»Ja.«

»Und Sie haben ihre Freilassung ausgehandelt«, fuhr sie fort.

Ich konnte das Pochen meines Pulses in meinen Schläfen fühlen. »Nicht von allen«, sagte ich. »Lucas hat ein paar von ihnen abgeschlachtet, bevor ich den Sieg erklären konnte und für die Zeitungen fotografiert wurde. Das ist eine unbedeutende Tatsache, die die Leute gern übersehen.«

»Tut mir Leid«, sagte sie. »Ich erinnere mich daran, etwas von einer alten Frau gelesen zu haben. Ihr Körper war verstümmelt worden – mit einem Messer.«

Ich antwortete nicht.

»Und wenn mich mein Gedächtnis nicht trügt, hat Lucas an einer weiteren Geisel irgendeine primitive Form von *Neurochirurgie* durchgeführt?« Sie schüttelte den Kopf. »Es war sehr mutig von Ihnen, die Station überhaupt zu betreten ...«

Auf meiner Stirn standen Schweißperlen, die ich mit meinem Hemdsärmel abwischte. »Diese Erinnerungen sind sehr schmerzhaft für mich. Ich rede nicht darüber.«

Mossberg lehnte sich in ihrem Schreibtischsessel zurück und musterte mich eingehend. »Ich verstehe«, sagte sie mit diesem typisch freundlichen Therapeuten-Tonfall.

Ich wusste genau, was sie dachte. Ich an ihrer Stelle hätte dasselbe gedacht: Die Tatsache, dass man nicht über eine Erinnerung reden konnte, bedeutete, dass man noch immer ihr Sklave war. Doch ich war noch nicht bereit für den Kampf, mich von ihnen zu befreien, und außerdem war ich nicht zu ihr gekommen, um mir von ihr helfen zu lassen. Ich war hier, um Hinweise zu bekommen, die uns bei der Aufklärung des Mordes an einem kleinen Mädchen helfen würden – und um zu gewährleisten, dass ihre Zwillingsschwester am Leben blieb. Ich richtete mich ein wenig auf. »Was können Sie mir über Billy Bishop erzählen?«, fragte ich nachdrücklich.

Sie musterte mich durchdringend und kniff ihre Lippen zusammen, als würde sie ihre Diagnose von mir abschließen. Wenn sie so scharfsinnig war, wie ich sie einschätzte, würde sie den richtigen Schluss ziehen: ein mehr oder weniger ausgewachsener Fall von posttraumatischem Belastungssyndrom. Ein oder zwei Augenblicke verstrichen. »Gut«, sagte sie. »Es tut mir Leid, wenn ich zu forsch war. Ich habe die Neigung, in Bereiche vorzudringen, in denen ich nicht willkommen bin.«

»Schon in Ordnung«, erwiderte ich. »Ich verstehe das.«

Sie nickte. »Was Billy angeht ... Er ist ein sehr gefährlicher

Mensch, so viel kann ich sagen. Er scheint ein junger Mann ohne Gewissen zu sein. Es überrascht mich nicht, dass er über seine Schwester hergefallen ist.«

»Wieso sagen Sie das?«

»Ganz sicher nicht wegen irgendetwas, das er mir erzählt hätte«, gab sie zurück. »Er erzählt gern und freimütig von Nantucket, Manhattan, Sport, Fernsehen und allem anderen, das keinerlei Verbindung zum Tod des Bishop-Babys hat – oder zu seinem Leben in Russland. Diese Themen meidet er wie die Pest.«

»Das kann ich verstehen«, sagte ich.

»Natürlich können Sie das«, bemerkte sie viel sagend.

»Lassen Sie uns bei Billy bleiben«, ermahnte ich sie sanft. »Ich verspreche, ein andermal an meinen persönlichen Vermeidungsstrategien zu arbeiten.«

»Sie haben Recht. Mir sind die Pferde durchgegangen.« Sie zwinkerte mir zu. »Meine Diagnose in Bezug auf Billy«, fuhr sie fort, »basiert in erster Linie auf den testpsychologischen Untersuchungen, die wir gestern durchgeführt haben, kurz nachdem er in der Abteilung eingetroffen war.«

Testpsychologische Untersuchungen beinhalten ein Spektrum an diagnostischen Verfahren, darunter der MMPI-Persönlichkeitsfragebogen, der Bender-Gestalt-Test und die Rorschach-Serie von Tintenklecksen. Das Ziel dieser Tests besteht zum einen darin, herauszufinden, ob der Patient unter einer wie auch immer gearteten gravierenden Geisteskrankheit leidet, und zum anderen darin, seine grundlegenden Charakterzüge zu erkennen und festzustellen, wie er sich selbst sieht und wie er auf die Welt um ihn herum reagiert.

»Er hat bei den Tests kooperiert?«, fragte ich.

»Wohl kaum. Die Täuschungsskala zeigt, dass er auf viele der Fragen unwahre Antworten gegeben hat. Er hat sich so bemüht, psychologisch absolut gesund zu erscheinen, dass er kein einziges Anzeichen oder Symptom von psychischer Belastung zugestanden hat. Er bewertete seine Stimmung mit zehn von zehn Punkten. Er beharrte darauf, er könne nur fröhliche Szenen in den Tintenklecksen sehen. Kein Blut. Keine Ungeheuer. Keine Stürme. Er behauptet, er verstünde sich ›immer‹ gut mit anderen Leuten und dass sie niemals etwas täten, das ihn ärgern würde.«

»Haben die Tests auch irgendwelche brauchbaren Informationen geliefert?«, fragte ich.

»Haben sie.« Sie nahm einen zusammengehefteten Papierstapel von ihrem Schreibtisch und schlug die erste Seite um. »Das Wichtigste zuerst: Billy ist hochintelligent. Der Test ergab einen Intelligenzquotienten von 152. Damit befindet er sich im Hochbegabten-Bereich. In seinem Fall ist das sowohl die gute als auch die schlechte Nachricht.«

»Was ist das Schlechte daran?«

»Das Schlechte daran ist, dass seine Intelligenz anscheinend in einem moralischen Vakuum existiert. Es ist gut möglich, dass sie ihn einfach nur gerissener und gefährlicher macht. Beim Projektionstest waren seine Antworten hochgradig egozentrisch. Er hat Leute fast ausschließlich im Hinblick darauf beurteilt, wie sie seine Bedürfnisse erfüllen konnten.« Sie blätterte einige Seiten weiter. »Billy wurde zum Beispiel aufgefordert, eine Geschichte zu einem Bild zu erzählen, das einen Polizisten zeigt, der einen Mann verfolgt. Der Mann hält eine Hand voll Geld umklammert. Billys einziger Kommentar dazu war: ›Ich wünschte, ich hätte das Geld. Er würde mich nie erwischen.‹ Als ihn der Testbetreuer aufforderte, mehr zu der Szene zu sagen, fügte er nur hinzu: ›Eines Tages möchte ich auch so eine Knarre haben.‹«

»Er hat nichts zu dem Verbrechen gesagt, das der Mann begangen hatte?«, fragte ich. »Er hat keine Vermutungen angestellt, was mit ihm passieren würde, wenn er gefasst werden würde?«

Sie schüttelte den Kopf. »Nichts in Bezug auf Gesetz, Moral oder Bestrafung.« Sie sah abermals auf den Bericht. »Ein Bild von einem Baseballspieler, der zwischen zwei Feldmarkierungen auf dem Boden liegt und sich das Knie hält, brachte als Aussage nur: ›Ich wollte diesen Sommer nicht Baseball spielen, aber mein Vater hat mich dazu gezwungen. Es ist ein blödes Spiel.‹«

»Er zeigte kein Interesse daran, wie sich der Mann verletzt hatte?«, fragte ich.

»Nicht das geringste«, sagte Mossberg, ohne aufzusehen. »Ein drittes Beispiel: Als er aufgefordert wurde, zu beschreiben, was auf einem Bild passierte, auf dem ein offensichtlich aufgebrachter Mann ein Zimmer verlässt, während ihm eine weinende Frau hinterhersieht, sagte er: ›Sie sollte aufhören zu heulen. Sie ist laut, und es tut ihm in den Ohren weh. Er sollte zurückgehen und sie dazu *bringen*, aufzuhören.‹«

Ich zuckte bei dieser Schilderung innerlich zusammen, während ich mich daran erinnerte, wie Tess, der überlebende Bishop-Zwilling, geschrien hatte, als North Anderson und ich in Darwin Bishops Arbeitszimmer gesessen hatten. Könnte das Plärren der kleinen Brooke Bishop Billy so geärgert haben, dass er Dichtungsschaum in ihre Luftröhre gespritzt hatte? »Haben Sie Billy direkt zu dem Verlust seiner Schwester befragt?«, wollte ich wissen.

»In allgemeinerer Form«, antwortete Mossberg. »Ich habe ihn gefragt, was Brooke passiert ist.«

»Und?«

»Er sagte, sie hätte aufgehört zu atmen.«

»Hat er bei der Antwort irgendwelche Emotionen gezeigt?«, fragte ich.

»Nein.«

»Hatten Sie den Eindruck, dass er unter Schuldgefühlen litt?«

»Er beharrt darauf, dass er nichts damit zu tun hatte«, sagte sie.

»Aber Sie glauben ihm nicht«, stellte ich fest.

»Nun … nein. Selbstverständlich nicht.«

»Warum nicht?«, fragte ich.

Mossberg sah mich misstrauisch an. »Ich hatte bislang niemanden irgendeinen Zweifel daran äußern hören, dass Billy die Tat begangen hat. Mr. Bishops ausdrückliche Vorgabe war eine überwachte Umgebung, in der sein Sohn, geschützt vor der Presse, bis zum Prozess unter Beobachtung gestellt werden kann. Ich hatte angenommen, Sie würden dabei helfen, seine Unzurechnungsfähigkeit zu belegen.«

»Hat Bishop das gesagt? Dass er erwartet, dass Billy für den Mord an Brooke vor Gericht gestellt werden wird?«

»Sehr deutlich sogar«, sagte Mossberg. »Habe ich hier etwas missverstanden? Gibt es etwa Zweifel daran, ob Billy seine Schwester ermordet hat?«

Ich atmete tief durch. »Weniger, als man erwarten sollte«, erwiderte ich.

5

Laura Mossberg führte mich den Flur entlang zu Billys Zimmer, einem Raum von ungefähr derselben Größe wie ihr Büro, doch eingerichtet mit einem kleineren Holzschreibtisch, einem Schreibtischsessel und einem Bett. Billy lag in Jeans und T-Shirt bäuchlings auf der Matratze und schlief anscheinend. Vor dem Zimmer saß ein junger Mann im College-Alter und las ein Fachbuch.

»Wir haben Billy rund um die Uhr unter Beobachtung gestellt«, erklärte Mossberg. »Normalerweise würde diese Abteilung niemanden mit einer derart gewalttätigen Vergangenheit aufnehmen, müssen Sie wissen. Wir haben ihn auf Bitte unseres Verwaltungsdirektors aufgenommen. Mr. Bishop ist ein großzügiger Wohltäter des Krankenhauses.«

Das überraschte mich nicht. Darwin Bishops Einfluss kannte offenkundig kaum Grenzen. »Ich werde nicht mehr als eine halbe Stunde mit ihm brauchen«, sagte ich.

»Sie können gern noch mal zu mir kommen, wenn Sie fertig sind«, erwiderte sie, drehte sich um und ging den Flur hinunter.

Ich betrat Billys Zimmer. Er drehte sich auf den Rücken, strich sich sein glattes, schmutzig blondes Haar aus den Augen und starrte mich an. Er hatte offenkundig nicht geschlafen. »Wer sind *Sie*?«, wollte er wissen.

»Frank Clevenger«, antwortete ich und starrte ihn ebenfalls an. »Ich bin Psychiater.«

Billys eisblaue Augen blitzten. Er war sechzehn und sah wie der Prototyp eines Jugendlichen an der Schwelle vom Knaben zum Mann aus, mit fein geschnittenen Gesichtszügen, die versprachen, dass er einmal sehr gut aussehend sein würde. Der Schwung seiner Nase und seines Kinns war beinahe feminin, was auf eine gewisse Schwäche hindeutete. Doch in ein, zwei Jahren, wenn sein sehniger Körper kräftiger wurde und seine breiten Schultern ihm eine beeindruckende Statur verliehen, würde genau dieser Hauch von Feminität Frauen dazu bringen, sich ihm hinzugeben, statt ihn zu fürchten – diesen rebellischen russisch-amerikanischen Milliardärssohn. Natürlich nur, wenn er nicht im Gefängnis saß. »Mein Vater hat Sie geschickt«, stellte er fest.

»Eigentlich nicht«, widersprach ich. »Dein Vater hat mir Erlaubnis gegeben, dich zu besuchen. Ich arbeite für die Polizei von Nantucket.«

Billy setzte sich auf und lächelte. »Er hat mir Ihren Namen gesagt, bevor ich zu Hause losgefahren bin«, sagte er. »Glauben Sie mir. Er hat Sie geschickt.«

Der überhebliche Tonfall seiner Stimme erinnerte mich an Billy Fisk, den Teenager, den ich durch Selbstmord verloren hatte. Vor meinem geistigen Auge tauchte Fisk auf, wie er während seiner ersten Therapiestunde in meinem Büro auf und ab gegangen war und damit geprahlt hatte, was für eine große Nummer er auf der Straße wäre. Es brauchte Monate und mehr als fünfzig Therapiestunden, bis ich ihn so weit hatte, dass er die Harter-Kerl-Nummer aufgab und mit mir darüber redete, wie hart sein Leben gewesen war. Ich hätte die Dinge sogar noch langsamer angehen sollen, denn irgendwo entlang des Wegs auf der Reise in seinen Schmerz hatte ich ihn verloren. Ich schloss die Augen, während ich mich an den Anruf erinnerte, in dem mir mitgeteilt wurde, dass er sich erhängt hatte.

»Sind Sie noch bei der Stange, Doc?«, fragte Billy.

Ich öffnete die Augen. »Alles in Ordnung«, versicherte ich, während mein Blick auf Billys Unterarme fiel, die von verblichenen, willkürlichen Narben übersät waren. »Und vielleicht hast du Recht. Vielleicht hat mich dein Vater tatsächlich geschickt.« Ich zog den Stuhl unter dem Schreibtisch hervor, drehte ihn zum Bett und setzte mich.

»Das hier könnte spaßig werden«, bemerkte er.

»Ach ja? Warum?«, fragte ich.

»Ich hab noch nie mit einem Polizei-Psychiater geredet, nur mit den ganz normalen.«

»Und wie sind die so?«

»Mossbergs. Alle miteinander«, antwortete er mit einem verächtlichen Lächeln – dem Lächeln seines Vaters. »Nette, weichherzige Leute, die sich sehr mächtig vorkommen, weil sie die Schlüssel zu ihren kleinen verriegelten Königreichen in der Hand halten. Ich hab all ihre Namen hier drin.« Er zeigte auf seinen Kopf, dann ahmte er mit seiner Faust, seinem Daumen und seinem Zeigefinger eine Pistole nach und zielte auf mich. Er tat so, als würde er den Hahn spannen, ehe er zwinkerte und seine Hand wieder sinken ließ.

Ich hatte nicht vergessen, dass Billy gefährlich war, unabhängig davon, ob er Brooke nun ermordet hatte oder nicht. Das Feuerlegen und die Tierquälerei zeigten, dass er trunken von seiner eigenen Macht war – der Macht zu zerstören. Ich wollte ihn wissen lassen, dass ich mich nicht einschüchtern ließ. »Lass uns unsere Zeit nicht mit Drohungen vergeuden«, sagte ich, stand auf und ging zur Tür, wobei ich spürte, wie

Billys Augen mir folgten. Ich schloss die Tür. Dann drehte ich mich um und sah ihm wieder ins Gesicht. »Ich weiß genau, wer und was du bist.«

Er verdrehte die Augen. »Ein Hellseher *und* überschlau.«

»Ich weiß über das Gefühl in deinem Bauch Bescheid – die Leere.«

»Um ehrlich zu sein, gab es heute Morgen ein üppiges Frühstück«, gab er zurück. »Zubereitet und serviert von unserer freundlichen Krankenhauskantine. Ich bin satt.«

»Selbst wenn du Witze darüber reißt, das Gefühl ist da. Es ist immer da und nagt an dir«, sagte ich.

Er wandte den Blick ab und legte den Kopf zur Seite. »Lassen Sie mich mal überlegen … zwei Spiegeleier, Bratkartoffeln …«

»Manche Tage sind schlimmer als andere«, fuhr ich fort. »An manchen Tagen fühlst du dich so leer, dass es wehtut.«

Er schenkte mir abermals dieses Bishop-Lächeln, schwieg jedoch.

»Vielleicht ziehst du dir einen Joint rein und verschaffst dir damit für ein, zwei Stunden Erleichterung. Aber sie dauert nie an. Du hast es damit versucht, dich zu schneiden, dich zu beißen, dir dein Haar auszureißen, vermutlich bringst du dich auch hin und wieder zum Übergeben, nur um etwas zu fühlen. *Irgendetwas.* Aber nichts funktioniert.«

Billys Gesichtsausdruck wechselte von Hohn zu Unbehagen.

Ich ließ nicht locker. »Manchmal fühlst du eine so tote Leere in dir, ein so kaltes schwarzes Loch, dass du dich fragst, ob du überhaupt existierst. Du siehst die anderen Leute um dich herum an und fragst dich, ob sie real sind. Vielleicht tun sie auch nur so, als wären sie lebendig.«

Er schüttelte den Kopf und musterte mich abschätzend. »Wie viel bezahlt Ihnen mein Vater für diesen Mist?«, fragte er.

»Er bezahlt mich nicht«, erwiderte ich.

»Dann sind Sie ein Idiot«, stellte er fest.

»Warum?«

»Weil Sie genau das tun, was er von Ihnen will«, sagte er. »Dann können Sie auch die Kohle absahnen.«

»Er projiziert«, schaltete sich die Stimme in meinem Hinterkopf ein. *»Er ist derjenige, der sich gekauft und bezahlt fühlt.«*

Ich hörte auf diese Stimme und beschloss, Billys Bemerkung wieder auf jenen verletzlichen Teil seiner Psyche zurückzureflektieren, dem sie entsprungen war. »*Du* bist das Eigentum deines Vaters, mein Freund«, sagte ich, »nicht ich.«

Sein hochmütiger Gesichtsausdruck verflog. »Ich bin das Eigentum von überhaupt niemandem«, erklärte er, und inzwischen schwang Abscheu in seinem Tonfall mit.

Ich hatte einen Nerv getroffen, den ich bis zu seiner Wurzel zurückverfolgen wollte. »Wie ich die Dinge sehe, bist du bestellt, gekauft und bezahlt, Kumpel.«

»Irrtum, Sigmund.« Sein Gesicht lief rot an.

»Nachnahmesendung aus Moskau«, sagte ich.

Seine Oberlippe fing an zu zittern.

»Und jetzt sieht es so aus«, fuhr ich fort, »als wäre dein Vater endgültig überzeugt, dass du beschädigte Ware bist. Du bist für ihn ein Verlustgeschäft.«

Billy zuckte mit den Schultern, doch die Bewegung wirkte matt und gekünstelt. Er wusste, dass er mich nicht so einfach abtun konnte. »Verschwinden Sie«, knurrte er wütend. »Hauen Sie ab.« Er stand auf. Er war fast einsachtzig groß. Die Muskeln an seinen Armen waren angespannt, seine Hände zu Fäusten geballt.

Ich hatte nicht die Absicht nachzugeben. Nicht, wenn wir uns der Wahrheit näherten. »Ich habe noch nicht vor zu gehen«, erklärte ich.

Er machte einen Schritt auf mich zu.

Instinktiv konzentrierte ich mich auf die Stelle, wo ich meinen Fuß platzieren würde, um ihn zu Boden zu werfen, falls er sich auf mich stürzen sollte – am untersten Punkt seines Brustbeins, genau dort, wo seine Rippen aufeinander trafen. »Warum kannst du es nicht zugeben?«, bohrte ich. »Du hast Win Bishop nicht mehr als ein einfaches Flugticket gekostet.«

Er machte einen weiteren Schritt auf mich zu. »Ich habe ihn weit mehr gekostet …«, platzte er heraus, ehe er abrupt innehielt.

Eine neuartige Stille erfüllte das Zimmer – jenes reine Schweigen, das das Nahen der Wahrheit ankündigt.

»Erzähl mir«, forderte ich ihn heraus, »wie wütend bist du auf deinen Vater?«

Er starrte mich einen Moment lang an, als würde er tatsächlich antworten, doch dann atmete er tief durch, spreizte die Finger und ging wieder zurück zu seinem Bett.

»Du bist wütend genug, um es an ein paar Katzen auszulassen, wie ich gehört habe.« Ich schüttelte den Kopf. »Nebenbei bemerkt, ich liebe Katzen.«

»Glauben Sie doch, was Sie wollen.«

»Wütend genug, um zu versuchen, sein Haus niederzubrennen.«

»Wenn ich sein Haus hätte abfackeln wollen«, entgegnete er, »dann würde es jetzt nicht mehr stehen.«

»Aber das alles war noch nicht genug«, fuhr ich fort. »Also hast du dir deine kleine Schwester Brooke vorgenommen. Du musstest ihn ein Kind kosten. Eins von seinen leiblichen Kindern.«

Er wandte den Blick von mir ab und schaute zu dem einzelnen vergitterten Fenster des Zimmers hinüber. Sonnenlicht fiel auf sein Gesicht, und plötzlich sah er eher wie ein hilfloses Kind denn wie ein gewalttätiger junger Mann aus.

»Ich glaube, ich verstehe, was mit dir los ist«, fuhr ich fort. »Es ist das alte Klischee: ›Geteiltes Leid ist halbes Leid.‹ Du bist innerlich so tot, dass du dich ein bisschen besser fühlst, wenn du zusiehst, wie jemand anders sein Leben aushaucht. Und du hast nicht genug Mut, dir deinen Vater vorzuknöpfen – der derjenige ist, den du in Wahrheit umbringen willst –, also nimmst du dir Dinge vor, die sich nicht wehren können. Kätzchen, Babys, alles echt mutig.« Ich stand auf. »Ich habe genug gehört.« Ich ging zur Tür und öffnete sie.

»Sie wissen nicht das Geringste über mich«, stieß er zornig hervor. »Oder über meinen Vater.«

»Lass ihn erzählen, was genau du nicht weißt«, sagte die Stimme in meinem Hinterkopf.

Ich bekam eine Gänsehaut. Die kahle Haut meines Schädels begann zu prickeln. Billy stand anscheinend an der Schwelle, mich an seinem Leid teilhaben zu lassen. Und ich habe mich Gott nie näher gefühlt als auf der Reise in ein verletztes Herz. Ich schloss die Zimmertür und drehte mich langsam zu ihm um.

»Ich werde Ihnen ein kleines Geheimnis verraten«, erklärte Billy tonlos. Er zog sein T-Shirt aus, warf es auf die Matratze und baute sich vor dem Bett auf. Die strammen Muskeln seines Brustkorbs und seines Bauchs zuckten.

Ich fragte mich, ob er mich köderte, während er seinen Mut zusammennahm, sich auf mich zu stürzen. Ich verlagerte mein Gewicht auf meine linke Seite, um meinen rechten Fuß zu entlasten, für den Fall, dass ich den geplanten Tritt doch noch ausführen musste. Doch Billy drehte sich nur um. Und das genügte, um mich beinahe ins Taumeln geraten zu lassen. Denn ich sah, dass sein Rücken von den Schulterblättern bis zur Taille mit Striemen überzogen war, als wäre er brutal mit einem Riemen ausgepeitscht worden. Einige der Striemen waren wund und offen, andere hingegen zu wulstigen Narben verheilt.

»Wenn Sie herausfinden wollen, was mit der kleinen Brooke passiert ist«, sagte Billy, »dann sollten Sie vielleicht herausfinden, warum dem guten alten Win einer dabei abgeht, mir das hier anzutun.«

In meinem Kopf drehte sich alles. Ich versuchte, mir Darwin Bishop mit einem Riemen in der Hand vorzustellen, während

Billy in einer Ecke der Familienvilla auf Nantucket kauerte, doch vor meinem geistigen Auge erschien mein Vater in dem Mietshaus, das wir unser Heim nannten. Sein Gürtel war schwarz, fünf Zentimeter breit, einen Meter lang, mit einer quadratischen Silberschnalle. Er trug ihn jeden Tag, ob er betrunken war oder nicht, sodass ich immer einen Anflug von Entsetzen empfand, selbst wenn er nüchtern und freundlich war, mich in seine Arme nahm und mir sagte, wie sehr er mich liebte. Während ich hier in Billys Zimmer stand, konnte ich sogar den Gestank von Alkohol riechen, der ihm aus jeder Pore drang. Schlagartig wallte die Mischung aus Ekel und Angst in mir auf, mit der ich gelebt hatte, bis ich alt genug gewesen war, um jenes Haus und ihn hinter mir zu lassen.

»Dein Vater hat das getan?«, fragte ich Billy sanft.

Er antwortete nicht, doch seine vernarbten Schultern sackten unter der Last seiner Offenbarung zusammen.

Ich trat dichter an ihn heran und streckte meine Hand aus, sodass sie beinahe seinen Rücken berührte. Nach einem Augenblick ließ ich sie wieder sinken. »Wann?«, fragte ich.

Er drehte sich um, und das künstliche Lächeln kehrte auf sein Gesicht zurück. »Wann immer ihm danach ist«, antwortete er. »Als ich in dieses Land kam, habe ich versucht, nett zu sein, weil ich Angst hatte, ich würde sonst zurück ins Waisenhaus geschickt werden, aber es schien ihm Freude zu machen, mich trotzdem zu bestrafen, besonders wenn er was getrunken hatte, also hab ich gedacht: Warum soll ich versuchen, mich bei ihm anzubiedern? Warum soll ich mich einen Dreck scheren – um irgendjemanden?« Er zuckte mit den Schultern. »Dann ist etwas Seltsames passiert.«

»Und was war das?«, fragte ich.

»Es hat aufgehört, wehzutun«, erklärte er schlicht. »Er konnte mich so unerbittlich prügeln, wie er wollte, aber es hat mir nichts ausgemacht.«

»Und dann hast du angefangen, dich selbst zu verletzen? Dich zu beißen?«

Er drehte seinen Arm herum und offenbarte weitere halbmondförmige Narben auf der Innenseite seiner Unterarme. »Eine Zeit lang hat es sich gut angefühlt«, sagte er.

»Es hat sich gut angefühlt?«

»Na ja, ich konnte es *fühlen*. Und das war gut. Verstehen Sie?«

Ich verstand nur zu gut. »Die Katzen? Das Haus?«, gab ich ihm als Stichwort. »Erzähl mir von ihnen.«

Er setzte sich auf die Bettkante und wandte den Blick ab. »Ich weiß nicht, warum ich die Sachen gemacht hab«, sagte er. »Vielleicht war es das, was Sie vorhin gesagt haben. Dass ich einem anderen Wesen wehtun wollte oder etwas zerstören wollte, weil ich mich selbst zerstört gefühlt habe. Vielleicht wollte ich *sie* leiden sehen. Vielleicht weil ich es nicht mehr konnte. Es ist alles so verworren.« Er sah mich an, und ich erkannte den Kummer in seinem Blick. »Ich bin nicht richtig im Kopf. Ich bin nicht … normal. Das werde ich nie sein.«

Ich wollte mich nicht davon ablenken lassen, wie nah mir Billys Schicksal ging. Ich brauchte mehr Informationen. »Was ist mit Brooke?«, fragte ich. »Sei ehrlich zu mir. Ich versuche auf jeden Fall, dir zu helfen. Hast du sie getötet oder nicht?«

»Nein«, erklärte er mit Nachdruck. »So was würde ich nie tun. Das müssen Sie mir glauben.«

»Du weißt, dass das der Grund ist, weshalb du hier bist«, sagte ich. »Du weißt, dass dein Vater dich für schuldig hält.«

»Ich bin wegen meines Vaters hier«, erwiderte Billy und strich sich erneut sein Haar aus den Augen, »aber er glaubt nicht, dass ich Brooke etwas angetan habe.«

»Warum hat er dich dann hierher geschickt?«, fragte ich.

»Warum? Wahrscheinlich, weil er es selbst getan hat. Und er ist nicht bereit, die Schuld auf sich zu nehmen. Das tut er nie.«

»Warum sollte dein Vater deine Schwester töten?«, fragte ich.

»Er wollte keine Tochter und schon gar keine Zwillinge«, erklärte Billy. »Er wollte, dass meine Mutter abtreibt.«

»Woher weißt du das?«

»Er hat sie pausenlos angeschrien, sie solle abtreiben lassen.« Billy runzelte die Stirn, als würde er sich die Szene ins Gedächtnis rufen. »Ich bin mitten in der Nacht aufgewacht und hab ihn schreien gehört: Lass sie wegmachen! Hör auf, immer nur an dich selbst zu denken! Lass sie wegmachen, oder hau ab!‹ Mum hat geweint und ihn beschimpft und gesagt, sie würde es tun. Ich glaube, sie hatte sogar mal einen Termin bei einer dieser Familienplanungsorganisationen. Aber am Ende hat sie es doch nicht getan.«

Mir fiel Laura Mossbergs Bemerkung wieder ein, dass Billys überdurchschnittliche Intelligenz ihn möglicherweise nur zu einem gerisseneren Lügner machte. »Warum erzählst du mir all das?«, fragte ich. »Warum hast du es nicht Dr. Mossberg oder der Polizei erzählt?«

»Sie sind der Einzige, der gefragt hat«, antwortete er. Er schluckte. »Manchmal muss man eben das Risiko eingehen, jemandem zu vertrauen.« Unsere Blicke trafen sich. »Außerdem schätze ich, dass ich sowieso nichts mehr zu verlieren hab.«

Ich fand Laura Mossberg in ihrem Büro. Sie bat mich herein, also setzte ich mich auf den Stuhl neben ihrem Schreibtisch.

»Nun«, erkundigte sie sich. »Irgendetwas erreicht?«

»Nur eines«, antwortete ich. »Er beharrt darauf, dass er seiner Schwester nichts angetan hat.«

»Er hat Ihnen direkt darauf geantwortet?«

»Ja«, sagte ich. »Das hat er.«

»Hat er jemand anderen beschuldigt?«

Ich war mir nicht sicher, ob das, was ich Mossberg erzählte, unter uns blieb oder an Darwin Bishop weitergeleitet werden würde. Billy war noch minderjährig, deshalb konnten seine Eltern jederzeit Einblick in die Krankenakten nehmen. Und mit seinem Freund, dem Verwaltungsdirektor des Krankenhauses, hatte Darwin Bishop wahrscheinlich eine noch direktere Informationsquelle für die Vorgänge im Payne Whitney. »Nein«, sagte ich. »Er hatte keine Theorie in Bezug auf den Mord an Brooke.«

Sie nickte. »Dann muss ich Ihnen die gleiche Frage stellen, die Sie mir gestellt haben: Glauben Sie ihm? Könnte jemand anderer es getan haben?« Sie spielte mit den Perlenketten um ihren Hals.

»Im Moment habe ich keinen Grund, ihm zu glauben«, erwiderte ich. »Seine psychologischen Anlagen, sein nachweisbarer Hang zur Gewalttätigkeit, seine Lügen bei den Tests, die Sie hier durchgeführt haben – all das macht alles, was er sagt, ausgesprochen fragwürdig. Ich schätze, wirklich schockierend wäre es gewesen, wenn er die Tat gestanden hätte.«

»Da stimme ich Ihnen zu«, sagte sie. »Aber Sie wirken unbefriedigt. Was bereitet Ihnen Kopfzerbrechen?«

Ich wusste, dass ich jemandem gegenübersaß, der ausgebildet war, die Dinge zu hören, die unausgesprochen blieben. »Ich habe Mitleid mit ihm«, sagte ich in der Hoffnung, dass es eine hinlängliche Erklärung darstellte. »Um mit den Worten seines Vaters zu sprechen: Billy ist kein schlechter Mensch, sondern krank.«

»Und könnten Sie ihm in dieser Hinsicht vor Gericht eine Hilfe sein? Erfüllt es die Kriterien für Unzurechnungsfähigkeit?«, fragte Mossberg.

»Er hat zweifelsohne entsetzliche Traumata durchlebt«, antwortete ich, »angefangen mit seiner Kindheit in Russland, wo er Zeuge des Mordes an seinen Eltern war. Es könnte angeführt werden, dass er die emotionalen Bindungen verloren hat, die dem Rest von uns unseren Verhaltensrahmen geben. Ohne Mitgefühl und Gewissen fehlen ihm möglicherweise jegliche Bremsmechanismen für seine Triebhaftigkeit – hinzu kommt eine pathologische Eifersucht auf neue Kinder in der Familie. Seine Tat mag eher impulsiv denn vorsätzlich gewesen sein. Um es in juristischen Begriffen auszudrücken, es könnte ihm an der ›grundsätzlichen Fähigkeit‹ fehlen, ›sein Verhalten den Maßgaben des Gesetzes anzupassen‹.«

»Klingt überzeugend«, pflichtete sie bei. »Die Ergebnisse seiner psychologischen Tests würden das unterstützen.«

Ich sah in die goldenen Augen von Blauer Hund. »Aus reiner Neugier«, fragte ich, »wurde Billy auch physisch untersucht, als er eingewiesen wurde?«

»Er hat sich geweigert«, erklärte Mossberg. »Wir hielten es nicht für notwendig, ihn zu zwingen. Nach Aussage seines Vaters ist er – zumindest vom medizinischen Standpunkt aus – absolut gesund.« Sie machte eine kurze Pause. »Gibt es irgendetwas Bestimmtes, das Ihnen Sorgen macht?«

»Billy hat etliche Striemen auf seinem Rücken«, sagte ich und sah Mossberg an. »Einige sind vernarbt, andere wiederum frisch.«

Sie nickte. »Das passt zu dem, was Mr. Bishop mir erzählt hat«, sagte sie. »Offenbar hat Billy die Angewohnheit, sich selbst mit einem Gürtel zu peitschen – und sich selbst zu schneiden, zu beißen und sich die Haare auszureißen. Für mich waren das alles Ausgeburten seines Selbsthasses. Er versucht, seine Gewalttätigkeit nach innen abzuleiten, aber sie bricht sich unausweichlich Bahn, und deshalb fällt er über andere her.«

»Mr. Bishop hat mir nichts von dem Gürtel erzählt«, sagte ich. »Nur von den anderen Verhaltensweisen.«

Mossberg zuckte mit den Schultern. »Vielleicht hat er es vergessen. Oder er hielt es nicht für wichtig, es Ihnen gegenüber zu erwähnen, da Sie unter normalen Umständen keine physische Untersuchung vornehmen würden.«

»Wahrscheinlich haben Sie Recht«, pflichtete ich bei. Es war ebenso gut möglich, dass Darwin Bishop es »vergessen« hatte, weil er nicht davon ausging, dass ich es herausfinden würde.

»Wieso hat er Ihnen überhaupt seinen Rücken gezeigt?«, wollte Mossberg wissen.

»Das war mehr oder weniger zufällig«, log ich. »Er hat sein Hemd ausgezogen, um mich einzuschüchtern. Er ist ein kräftiger Junge, wie man unschwer erkennen kann. Einen Moment lang hatte ich Angst, er würde mich angreifen.«

»Ich werde es mir merken«, sagte sie. »Ich bekomme so leicht blaue Flecke.« Sie zwinkerte mir zu. »Kann ich Ihnen sonst noch irgendwie behilflich sein?«

»Besorgen Sie sich Billys andere Krankenunterlagen?«, fragte ich. »Wie ich gehört habe, wurde er von anderen Psychiatern behandelt.«

»Wir haben die entsprechenden Anfragen schon verschickt«, sagte sie. »Ich werde mich mit Ihnen in Verbindung setzen, sobald ich irgendetwas in der Hand habe.«

»Das wäre eine große Hilfe«, erwiderte ich.

Ich schlang ein schnelles Mittagessen in einer schäbigen Imbissbude hinunter, ehe ich mir ein Taxi heranwinkte. Ich brannte darauf, mehr über Darwin Bishops Verurteilung wegen tätlichen Angriffs im Jahr 1981 herauszufinden. Bei einigen früheren Gelegenheiten war es mir glücklicherweise gelungen, Akten aus dem Archiv der Gerichtsverwaltung in der Beaver Street, die unterhalb der Wall Street und ein paar Blocks vom Battery Park entfernt lag, zu bekommen.

»Nehmen Sie die Second Avenue, Richtung Stadtzentrum«, wies ich den Taxifahrer an. Ich kurbelte das Fenster ein Stück herunter, um den abgestandenen Zigarettenrauch zu vertreiben, der mich zwang, die Luft anzuhalten.

»Warum die Second?«, fragte der Taxifahrer, ohne sich umzudrehen. »Den FDR. Schneller.« Er hatte einen undefinierbaren europäischen Akzent. Möglicherweise russisch.

Ich warf einen Blick auf seine Lizenz, die neben einem weißen Plastik-Jesus am Armaturenbrett hing. Sein Name war Alex Puzick. Er musste um die sechzig sein. Seine Augen wirkten müde. Sein Gesicht war schlecht rasiert. Er trug ein weißes Hemd, das am Kragen und unter den Achseln bereits vergilbt war. »Ich möchte einen kurzen Zwischenstopp am River House machen«, sagte ich. »Es dauert nur eine Minute.«

Er antwortete, indem er losbrauste und die siebenundsechzigste Straße und dann die Second Avenue hinunterbretterte.

Während die endlose Parade von Kopierläden, Boutiquen, Lebensmittelhändlern und Elektronikgeschäften an mir vorbeisauste, kehrten meine Gedanken unwillkürlich zu Tess Bishop, Brookes überlebender Zwillingsschwester, zurück. Denn ich war bestenfalls halb von Billys Schuld überzeugt. Und damit standen die Chancen fünfzig-fünfzig, dass der Mörder noch immer frei auf dem Bishop-Anwesen herumlief.

Ich fragte mich, ob ich wohl das Sozialamt von Nantucket bewegen könnte, die Vormundschaft für das Kind zu übernehmen, bis die Ermittlungen in dem Mordfall weiter fortgeschritten waren. Doch die Wahrscheinlichkeit, dass das Sozialamt eingriff, war angesichts der Fixierung des Bezirksstaatsanwalts auf Billy gering.

Möglicherweise könnte es funktionieren, indem ich Julia Bishop unumwunden bat, ihre Tochter in einer sicheren Umgebung unterzubringen. Ich wusste, dass ein gewisses Risiko damit verbunden war, denn wenn sie ihrem Mann von meinem Verdacht erzählte, würde er mir – und North Anderson – sehr wahrscheinlich die Tür vor der Nase zuschlagen.

Ich wog noch immer die Möglichkeit eines offenen Gesprächs mit Julia ab, als der Taxifahrer über seine Schulter schaute. »Sie leben hier?«

»Nein«, sagte ich. »Ich lebe außerhalb von Boston.«

»Was führt Sie her?«

»Ich bin Psychiater«, erklärte ich. »Ich habe hier einen Patienten.«

Er musterte mich einen Moment lang angestrengt im Rückspiegel, dann wandte er seinen Blick wieder der Straße zu. »Die holen Sie extra aus Boston«, sagte er. »Sie müssen gut sein.«

»Ich bin schon eine Weile in diesem Geschäft«, erwiderte ich.

Er nickte versonnen. Einen Moment lang herrschte Schweigen. »Sie behandeln Schizophrene? Sie hatten schizophrene Patienten?«

»Viele.«

Er nickte abermals, sagte jedoch nichts.

»Warum fragen Sie?«, sagte ich.

»Ich habe eine Tochter«, antwortete er. »Sechsundzwanzig Jahre alt.«

»Und sie leidet an der Krankheit?«

»Seit siebzehn«, sagte er. Er bog scharf in die zweiundfünfzigste Straße ein. »Mein einziges Kind.«

Ich schwieg. Wie gewöhnlich verspürte ich diesen leisen Widerwillen, bevor ich mich einer weiteren Lebensgeschichte öffnete – so als könnte sich meine eigene endgültig aus ihrem Einband lösen und sich unter den Tausenden von zusammenhanglosen Kapiteln verlieren, die in meinem Innern umhertrieben. Ich schaute wieder aus dem Fenster.

»Ihr Name ist Dorothy«, sagte Puzick. »Sie ist in Polen, mit ihrer Mutter. Warschau.«

Jetzt hatte die Lebensgeschichte einen Namen und eine Heimatstadt, ebenso wie eine Mutter und einen Vater. Und diese mageren Fakten genügten, meinen Widerwillen, mehr zu hören, verfliegen zu lassen. Wenn ich ein Stein wäre, dann wäre ich ein Bimsstein – außen rau, aber mit einem weichen Kern. »Wie kommt es, dass die beiden dort sind und Sie hier?«, fragte ich.

»Ich habe sie verlassen«, erklärte er schlicht. »Blöde Kuh!« Er machte einen Schlenker, um einer Frau auszuweichen, die vom Bürgersteig auf die Straße trat. »Ich habe sie verlassen«, wiederholte er.

»Warum?«

»Ich habe mich in eine Amerikanerin verliebt. Ich wollte nicht mehr verheiratet sein.« Er zuckte mit den Schultern. »Ich bin weggegangen. Dorothy war neun Jahre alt.« Unvermittelt fuhr er an den Bürgersteig und hielt an. »River House.«

Ich öffnete die Tür, stieg aber nicht aus. »Neun Jahre alt«, sagte ich.

Er runzelte die Stirn. »Gehen Sie. Sehen Sie sich an, was Sie sich ansehen wollen. Ich warte hier auf Sie.«

Widerstrebend stieg ich aus und trat auf den Bürgersteig, der von schwarzen Limousinen und ihren Chauffeuren gesäumt war. Ich spähte durch das offene Tor des River House, dessen gigantischer schmiedeeiserner Rahmen in Kalksteinsäulen verankert war, die das Wort »Privat« trugen und von steinernen Adlern gekrönt wurden, die einander mit seitwärts gewandten Köpfen anstarrten. Jenseits der Adler trennte eine kopfsteingepflasterte Auffahrt den Vorgarten mit seinen Blumenbeeten vom Eingang des Gebäudes, der von zwei Portiers flankiert wurde, die unter einer riesigen waldgrünen Markise standen.

Die Szene zeugte von Zeitlosigkeit, Sicherheit und elitärer Ruhe.

Ich schaute an dem Gebäude hinauf, das sich über einen gesamten Straßenblock erstreckte. Es war etwa fünfzehn Stockwerke hoch, die untersten drei aus Kalkstein und der Rest aus Backstein, an dem hier und dort Efeu rankte. Das Eck-Penthouse, das Darwin Bishop und seine Familie ihr Eigen nannten, bestand aus einer Doppeletage mit einer Kolonnade aus zweistöckigen Säulen und einer Dachterrasse, die mindestens hundert Quadratmeter groß sein musste.

Ich schlenderte zum East River hinunter und betrachtete das Panorama, das von der Queensboro Bridge zur Linken und der Williamsburg Bridge zur Rechten eingerahmt wurde. Zwischen ihnen ragten epische Symbole der amerikanischen Wirtschaft auf – riesige Schornsteine, das Citibank-Gebäude, eine gigantische Neonreklame für Pepsi Cola. Mein Blick schweifte über sie hinweg und blieb an der beeindruckenden Burgruine auf Roosevelt Island hängen.

Und als ich hier stand, bekam ich das, weswegen ich gekommen war: eine Kostprobe der Erhabenheit, die Darwin Bishop in jenem Moment empfunden haben musste, als er den

Kaufvertrag für sein Heim unterzeichnet und sich damit eine Immobilie im Epizentrum der zivilisierten Welt gesichert hatte; ein Refugium, das nicht einmal eine Meile vom Waldorf-Astoria, der St.-Patrick-Kathedrale, der Radio City Music Hall und dem Central Park entfernt lag. Niemand würde je darauf kommen, dass er ein Bursche aus Brooklyn mit einem Vorstrafenregister war. Ich ging zurück zum Taxi.

»Also«, sagte Puzick. »Sie haben so schnell gesehen alles, was Sie sehen wollten?«

»So ziemlich«, bestätigte ich.

»Die Garbo hat da gelebt«, sagte er und zeigte auf das Gebäude gegenüber des River House.

»Die Garbo«, sagte ich. »Wirklich.«

»Das sagen sie zumindest.« Er schwenkte zurück zur First Avenue, um mich über den FDR Drive in die Innenstadt zu fahren. Zweimal sah er mich im Rückspiegel an, ohne jedoch etwas zu sagen.

»Sie haben sie in Polen besucht?«, nahm ich unser früheres Gespräch wieder auf. »Ihre Tochter?«

»Jedes Jahr, Gott ist mein Zeuge«, sagte er. »Aber es war nicht genug.« Er verstummte.

Ich wusste genau, wonach Alex Puzick suchte. Vergebung. Ich starrte auf den kleinen Plastik-Jesus, der an das Armaturenbrett geklebt war. »Dass Sie Ihre Frau verlassen haben, hat Ihre Tochter nicht krank gemacht«, sagte ich.

Er drehte sich nicht um, sah noch nicht einmal in den Rückspiegel. »Wie können Sie das wissen?«, fragte er mit eindringlicher Stimme, als würde er ein Gebet sprechen.

»Weil Sie sich deswegen Sorgen machen«, antwortete ich. »Sie machen sich Sorgen um sie.«

Er seufzte. »Wahrscheinlich hätte ich bei ihnen bleiben sollen«, sagte er mehr zu sich als zu mir.

Vielleicht hätte er das tun sollen. Und vielleicht hätte das die Dinge nur noch schlimmer gemacht. Ich konnte nur eins mit Gewissheit sagen: dass ein Mann, den ich nicht einmal eine Viertelstunde kannte, solch tiefen Schmerz litt, dass er wie eine Woge über mich hereinbrach. »Sie sind weggegangen, weil Sie jemanden liebten«, erklärte ich ihm. »Das bedeutet, dass Sie Ihrem Herzen gefolgt sind. Sie sind sich treu geblieben. Ich weiß nicht, was dazu geführt hat, dass Dorothy die Kontrolle über ihre Emotionen verloren hat, aber ich kann Ihnen versprechen, dass es nicht das war.«

»Sie klingen so sicher.«

»Ich bin schon lange in diesem Beruf«, sagte ich und beugte mich zu ihm vor. »Ich bin sicher.«

Er entspannte sich sichtlich. »Ich sehe sie in einem Monat«, sagte er. »Fünf Wochen.«

Ich ließ mich wieder zurück auf den Sitz sinken. »Gut.«

Keiner von uns sprach ein weiteres Wort, bis wir vor Nummer 25 Beaver Street hielten. Ich stieg aus dem Taxi und trat an Puzicks Fenster.

»Das geht auf mich«, sagte er.

Der Taxameter zeigte 11,30 Dollar. Ich hielt ihm einen Zwanziger hin. »Das müssen Sie nicht tun«, sagte ich.

»Ich muss es nicht tun. Sie auch nicht«, erwiderte er. »Wir sind quitt.«

Ich fuhr mit dem Aufzug zur Strafregisterstelle im siebten Stock hinauf. Es gab zwei Schalterbeamte und etwa ein Dutzend Leute in der Schlange, also wartete ich, bis ich an der Reihe war, was rund eine Stunde dauerte. Als ich den Schalter erreichte, informierte mich eine junge Asiatin mit sehr ernstem Gesicht und sehr großen silbernen Ohrringen, dass ich sechzehn Dollar für eine computerisierte Strafregistersuche zu Darwin Bishop bezahlen musste. Die Suche würde das Aktenzeichen und die Entscheidung für jede Anklage auswerfen, die seit Mitte der Siebziger gegen ihn erhoben worden war. Ich gab ihr bereitwillig das Geld, war jedoch enttäuscht, als sie mir erklärte, dass ich am nächsten Morgen wiederkommen müsste, um die Ergebnisse abzuholen.

»Ich arbeite zusammen mit der Polizei an einem Fall«, sagte ich. »Es wäre wirklich gut, wenn ich die Informationen heute noch bekommen könnte.«

»Sie sind Polizist«, sagte sie skeptisch.

»Psychiater«, erklärte ich. »Ich arbeite zusammen mit der Polizei an einem Fall, der die Bishop-Familie betrifft.«

»Ein Psychiater. Das ist mal was Neues.« Sie lächelte fast. »Sie sehen nicht wie ein Psychiater aus.«

»Das habe ich schon häufiger gehört«, gestand ich. Ich holte meine Brieftasche heraus und zeigte ihr meine ärztliche Zulassung.

»Hier steht ›Massachusetts‹«, sagte sie und zeigte auf den Ausweis.

»Dort ist meine Praxis, aber ich übernehme auch Fälle in anderen Bundesstaaten«, erklärte ich.

»Diesen einen Fall«, wies die Stimme in meinem Hinterkopf mich zurecht. *»Diesen Fall, dann keinen mehr.«*

Ich stimmte stumm zu. Die forensische Psychiatrie hatte mich beinahe meinen Verstand gekostet. Ich wollte ihn nicht noch einmal aufs Spiel setzen.

Die Schalterbeamtin musterte mich abschätzend, dann schüttelte sie den Kopf. »Wenn Sie ein Lügner sind, dann sind Sie zumindest ein guter.« Sie drehte sich um und verschwand in einem Büro. Zehn Minuten später kam sie mit einem Computerausdruck an den Schalter zurück, den sie faltete und in einen Umschlag steckte. Sie hielt ihn mir hin, zog ihn jedoch wieder zurück, bevor ich ihn ihr aus der Hand nehmen konnte. »Wir können das nicht jedes Mal machen«, erklärte sie. »Egal, wer Sie sind.«

»Ich bin schon dankbar für dieses eine Mal«, versicherte ich ihr.

Sie gab mir den Umschlag.

Ich ging mit dem Auszug zu einer Bank direkt vor dem Büro, setzte mich und fing an zu lesen:

Name: Bishop, Darwin G. Geboren: 11. 05. 1948
Geburtsort: Brooklyn

PCF# 507950C0
Geschlecht: MSS: 013–42–1057 Mutter: Norma Ericksom
Vater: Thomas
Wohnort: 829 Park Avenue Hautfarbe: Weiß
Ordens- oder Künstlernamen:
Keine

Datum: 22. 05. 1995 Manhattan Strafverfahren Aktenzeichen #6656 CR952387
Anklage: Gefährdung im Straßenverkehr
Entscheidung: Klage abgewiesen

Datum: 22. 05. 1995 Manhattan Strafverfahren Aktenzeichen #7513 CR811116
Anklage: Trunkenheit am Steuer
Entscheidung: Klage abgewiesen

Datum: 06. 09. 1981 Manhattan Strafverfahren Aktenzeichen #7513 CR811116
Anklage: Häusliche Gewalt, tätlicher Angriff
Entscheidung: Schuldspruch (Bewährung)

Datum: 23. 07. 1980 Manhattan Strafverfahren Aktenzeichen #4912 CR800034
Anklage: Verstoß gegen Kontaktverbot, Gesetz zum Schutz gegen körperliche

und seelische Misshandlung
Entscheidung: Schuldspruch
(Bewährung)

Der Strafregisterauszug beunruhigte mich zutiefst. Bishops Verurteilung wegen häuslicher Gewalt und tätlichen Angriffs im Jahr 1981 war offensichtlich das Resultat der Tatsache, dass er seine erste Frau, Lauren, geschlagen hatte. Und jene Episode war anscheinend einem anderen Besorgnis erregenden Zwischenfall im Jahr 1980 gefolgt – etwas, das bedrohlich genug gewesen war, um das Gericht zu veranlassen, ein Kontaktverbot gegen Bishop zu verhängen, gegen das er später verstoßen hatte. So viel zu dem »Wir sind die besten Freunde«-Gesülze, das Bishop dem Schreiberling vom *New York*-Magazin aufgetischt hatte, der ihn nach der Scheidung von Lauren gefragt hatte.

All seinem Manhattan- und Nantucket-Prestige zum Trotz kristallisierte sich langsam ein Bild von Bishop heraus, das ihn als einen ganz gewöhnlichen Alkoholiker und Frauenschläger zeigte – etwas, mit dem ich mehr als genug Erfahrung aus erster Hand hatte. Schließlich war ich mit einem aufgewachsen. Es gehörte nicht viel dazu, sich vorzustellen, dass Bishop Billy prügeln könnte oder dass er die kleine Brooke getötet hatte.

Von der Eingangshalle aus rief ich North Andersons Handynummer an. Er meldete sich augenblicklich.

»Ich habe mir gerade in New York eine Kopie von Darwin Bishops Strafregister besorgt«, berichtete ich.

»Welches Strafregister?«, fragte er.

»Ich habe einen Zeitungsartikel gefunden, in dem eine Anklage gegen ihn wegen tätlichen Angriffs Anfang der Achtzigerjahre erwähnt wurde, also habe ich mir einen vollständigen Auszug besorgt.«

»Und?«

»Nicht schön. 1981 wurde er wegen häuslicher Gewalt gegen seine Frau Lauren verurteilt. Im Jahr davor hat er außerdem gegen ein gerichtliches Kontaktverbot verstoßen. Daneben gab es noch ein paar Anklagen wegen Gefährdung des Straßenverkehrs und Trunkenheit am Steuer Mitte der Neunziger, die mit tatkräftiger Hilfe von F. Lee Bailey abgewiesen wurden.«

»Das stellt Sir Bishop in einem ganz neuen Licht dar«, bemerkte er. »Was ist mit Billy? Was hast du aus ihm herausbekommen?«

»Er sagt, er sei unschuldig.«

»Und was glaubst du?«

»Ich bin nicht sicher, was ich glauben soll. Billy sagt, sein Vater hätte ihn geschlagen, und zwar ziemlich heftig. Sein ganzer Rücken ist mit Striemen überzogen, die das beweisen. Außerdem scheint er überzeugt zu sein, dass es sein Vater war, der das Baby getötet hat. Er hat sogar ein Motiv genannt: Laut seiner Aussage wollte Bishop die Zwillinge nicht. Er hat Julia gedrängt, abtreiben zu lassen. Hat deswegen gewütet und gewettert, nächtelang. Aber sie hat nicht nachgegeben.«

»Und Bishop ist daran gewöhnt, seinen Willen durchzusetzen«, bemerkte Anderson.

»Und wahrscheinlich mit allen Mitteln«, pflichtete ich bei. Ich holte tief Luft. »Aber eines dürfen wir nicht vergessen: Billy ist kein Unschuldslamm. Er ist ein Soziopath, ob er Brooke nun ermordet hat oder nicht. Er könnte lügen, was die Einstellung seines Vaters gegenüber den Zwillingen angeht. Er könnte sich sogar die Verletzungen, die er mir gezeigt hat, selbst zugefügt haben.«

»Dieser Fall wird immer verworrener«, sagte Anderson. »Außerdem gibt es noch eine unerwartete Wendung.«

»Und die wäre?«

»Mein Freund Sal Ferraro, ein Privatdetektiv aus Brooklyn, hat ein bisschen für mich herumgeschnüffelt. Es hat sich herausgestellt, dass Claire Buckleys Pflichten offenbar weit über die eines traditionellen Kindermädchens hinausgehen. Sie und Darwin sind zusammen in San Francisco, Chicago, Palm Beach, London und Buenos Aires gewesen. Alles in diesem Jahr. Kein anderes Familienmitglied hatte für die betreffenden

Daten Reservierungen bei einer der großen Fluggesellschaften.«

»Sie könnte ja so etwas wie eine Sekretärin sein«, sagte ich, obwohl ich es selbst nicht ernsthaft glaubte.

»Laut Sal haben sie in jedem der Hotels, in denen Bishop abgestiegen ist, nur jeweils ein Zimmer gebucht«, erklärte Anderson. »Es wurde jede Menge Essen für zwei über den Zimmerservice bestellt. Außerdem standen jedes Mal reichlich Wein und Champagner auf der Rechnung.«

»Der Mann hat eben seine Bedürfnisse«, bemerkte ich.

»Na ja, wenn ich Darwin Bishop wäre«, fuhr Anderson fort, »und die Absicht hätte, mich mit meinem Kindermädchen zusammenzutun und sie vielleicht sogar zu Mrs. Bishop Nummer drei zu machen, dann ginge es mir vielleicht mächtig gegen den Strich, dass meine gegenwärtige Gattin mir Zwillinge aufhalst. Ich könnte das als eine offene Bedrohung meiner Zukunft betrachten.«

Ich zuckte innerlich zusammen und fragte mich, ob Andersons eigene widersprüchliche Gefühle gegenüber seinem ungeborenen Kind vielleicht seinen Blick trübten. Trotzdem stimmte ich seiner Theorie zu, weil sie mir logisch erschien. Meiner Ansicht nach lief Darwin Bishop Billy langsam, aber sicher den Rang als Hauptverdächtiger für den Mord an Brooke Bishop ab. »Bishop ist ein Mann, der sich selbst erschaffen hat«, sagte ich. »Er ist Jay Gatsby. Er steigt aus der Armut auf, legt seine Brooklyner Wurzeln und seinen Akzent ab und richtet sich in der Upper East Side und auf Nantucket häuslich ein. Er ist auf dem Gipfel der Welt. Es würde ihm sicher nicht gefallen, wenn irgendjemand ihm sagen würde, dass er seine Pläne nicht verwirklichen kann. Genauer gesagt, aus seiner Sicht könnten Leute, die sich ihm in den Weg stellen, im wahrsten Sinne des Wortes versuchen, ihm das Leben zu nehmen, sein Bild von sich selbst zu töten. Das würde ihm die psychologische Rechtfertigung zur Selbstverteidigung geben – wenn nötig mit extremsten Mitteln.« Ich hielt einen Augenblick inne. »Was können wir tun, um das andere Baby zu schützen?«

»Ich glaube nicht, dass wir viel tun können«, antwortete Anderson. »Die Staatsanwaltschaft hat beschlossen, Billy unter Mordanklage zu stellen. Tom Harrigan ist heute vor Gericht, um sich einen Haftbefehl zu besorgen und Billy zurück nach Massachusetts zu holen. New York scheint zu kooperieren. Zu behaupten, dass ein anderes Familienmitglied eine Bedrohung für Tess Bishop darstellt, würde nicht gut ankommen.«

»Selbst wenn es der Wahrheit entspricht«, bemerkte ich.

»Ich wünschte, es würde immer nur darum gehen, Frank«, erwiderte er. »Herzlich willkommen in meiner Welt.«

6

Ich landete auf dem Flughafen Logan und war gegen 21 Uhr 30 wieder in meinem Loft. Als ich meinen Anrufbeantworter abhörte, fand ich eine Nachricht von Julia Bishop vor. Mein Puls begann zu rasen, teils, weil der Anruf völlig unerwartet kam, teils, weil Julias Stimme Gefühle in mir wachrief, die ich seit meiner Trennung von Kathy nicht mehr empfunden hatte. Es war eine Stimme voller Intelligenz und Erfahrenheit, doch gleichzeitig sehr verletzlich. Sie sagte, sie müsse mich sehen, allein, sagte aber nicht, warum. Ich ertappte mich dabei, dass ich nicht nur *bereit* war, mich mit ihr zu treffen, sondern danach *verlangte*, etwas, das ich als ein deutliches Warnzeichen hätte erkennen müssen. Denn ich hatte Kathy nicht durch die erkaltende Leidenschaft verloren, die sich nach Jahren des Zusammenseins einstellen kann, sondern durch eine unberechenbare Geisteskrankheit.

Die Telefonnummer, die Julia auf meinem Anrufbeantworter hinterlassen hatte, war nicht dieselbe, die ich von der Auskunft für die Bishop-Villa in Nantucket bekam. Ich wählte sie, in der Hoffnung, dass Julia irgendwo war, wo sie ungestört reden konnte.

»Ja?«, meldete sie sich.

»Frank Clevenger«, sagte ich.

»Schön, dass Sie zurückrufen.«

»Wo sind Sie?«

»Im Haus von Freunden. Hier auf der Insel. Aber ich muss wieder nach Hause.«

»Ist alles in Ordnung?«, fragte ich.

»Können wir uns treffen?« Ihre Stimme war drängend, und es schwang ein Unterton von Furcht mit. »Ich könnte morgen nach Boston kommen. Win hat hier den ganzen Tag über Geschäftsbesprechungen.«

»Selbstverständlich«, sagte ich. »Haben Sie sich schon einen bestimmten Treffpunkt überlegt?«

»Wo immer es Ihnen passt«, erwiderte sie. »Ich kann um eins dort sein.«

»Das Bomboa«, schlug ich vor. Das Restaurant lag abseits in einer Seitenstraße, und nachmittags herrschte nicht viel Betrieb. »Es ist in der Innenstadt, in der Stanhope Street, ganz in der Nähe vom Mistral, wenn Sie das kennen. Ich warte an der Bar auf Sie.«

»Ich warte an der Bar auf Sie – noch ein schlechtes Zeichen«, warnte die Stimme in meinem Hinterkopf.

»Ich sehe Sie dann dort«, sagte sie und legte auf.

Ich wusste nicht genau, warum Julia sich mit mir treffen wollte, doch mir war klar, dass dies eine Einladung war, tiefer in die Psyche der Bishop-Familie vorzudringen. Das bewies mir, dass ich auf dem richtigen Weg zur Wahrheit war. Andererseits beunruhigte mich dieser Gedanke, denn ich ahnte, dass die Reise an einem sehr finsteren Ort enden würde.

Ich war müde genug, um schlafen zu gehen. Ich zog mich aus und legte mich hin, doch mein Verstand konnte nicht abschalten. Ich ging immer wieder durch, was Billy mir von den

Schlägen seines Vaters erzählt hatte, was ich aus Darwin Bishops Strafregister erfahren hatte und was North Anderson mir über die Affäre zwischen Bishop und Claire Buckley berichtet hatte. Wenn Bishop sich hinter einer Fassade des Wohlstands versteckte, wenn er jemand war, der mit allen Mitteln versucht hatte, Teile seines Lebens auszulöschen, dann würde es ihm umso leichter fallen, ein anderes Leben auszulöschen. Die verglimmende Glut des unterdrückten Schmerzes eines Mannes hat die unangenehme Angewohnheit, Feuer zu fangen, um sich dann unter der Oberfläche auszubreiten und alles in ihrer Nähe niederzubrennen.

Vielleicht hatte Billy in Wirklichkeit nur die Destruktivität seines Vaters zum Ausdruck gebracht, als er das Haus angesteckt und Tiere gequält hatte. Er könnte ein *Sündenbock* sein, wie die Psychiater es nennen – das Familienmitglied, das von allen anderen als der Verrückte, das schwarze Schaf, betrachtet wird –, während die betreffende Person in Wahrheit einfach nur weniger widerstandsfähig gegenüber den pathologischen Triebkräften innerhalb der Familie ist.

Andererseits war da Claire Buckley. Der Joker. Ich wusste so gut wie nichts über sie, abgesehen davon, dass sie die Vertraute und Ratgeberin für Julia spielte, während sie gleichzeitig mit deren Mann schlief. Und dass sie diejenige war, deren Fürsorge Julia Brookes überlebende Zwillingsschwester Tess anvertraute. Ich war froh, dass ich Julia am nächsten Tag sehen würde. Vielleicht ergab sich eine Gelegenheit, sie dazu zu bewegen, das Baby bei den Großeltern oder irgendwo anders außerhalb des Bishop-Anwesens zu lassen.

Nachdem ich eine halbe Stunde lang wach gelegen und mit meinen Zweifeln gerungen hatte, wurde mir klar, dass ich in dieser Nacht keinen Schlaf mehr finden würde. Ich stand auf, zog mir Stiefel, Jeans und ein schwarzes T-Shirt an und ging hinunter zu meinem Pick-up. Ich hatte Lust auf einen Drink, deshalb beschloss ich, mir im Café Positano einen Kaffee zu genehmigen.

Carl Rossetti, mein Anwaltsfreund (und gelegentlicher Patient), stand an der Espresso-Theke, als ich hereinkam. Sein langes schwarzes Haar war zu einem Zopf geflochten. Ich gesellte mich zu ihm und nickte Mario zu.

»Was gibt's Neues, Meister?«, fragte Rossetti. Bevor ich antworten konnte, streckte er mir seinen kleinen Finger hin, an dem ein protziger Brillant-Solitär steckte, der mindestens zwei Karat haben musste. »Wie findest du ihn?« Er zog an seiner Zigarette.

»Nicht schlecht«, sagte ich. »Ich meine, wenn du vorhast, dich zu verloben und ihn deiner Angebeteten zu geben.«

Er schmunzelte und blies eine dünne Rauchfahne zur Silberblechdecke hinauf. Wahrscheinlich dachte er, dass ich scherzte. »Den hab ich als Honorar von Scotty Deegan bekommen«, erklärte er. »Ich habe ihn bei einer Drogenanklage vor Richter McClure im Bundesgericht vertreten. Besitz von zweihundert Kilo Gras, mit Vorsatz des Handels. Wir haben uns wacker geschlagen. Sechsunddreißig Monate in Allenwood. Hafterleichterungen. Nach zwei Jahren vielleicht Freigang. Es war also ein Sieg.«

»Er hat sich den Richtigen ausgesucht«, sagte ich und meinte es auch so. Wenn ich in Schwierigkeiten wäre, würde ich als Erstes Carl Rossetti anrufen.

Er wedelte mit seiner Hand und bewunderte den im Licht funkelnden Stein. »Ich würde niemals Kohle für so was ausgeben, aber wenn's einem in den Schoß fällt, dann greift man zu, stimmt's?« Er zuckte mit den Schultern.

»Ein bisschen zu protzig für meinen Geschmack«, sagte ich. »Er könnte selbst für deinen Geschmack ein bisschen zu protzig sein, und das will schon viel heißen.«

»Manchmal muss man über seinen eigenen Schatten springen«, gab Rossetti zurück und klopfte mir auf die Schulter. »Also, was gibt's Neues bei dir? Bist du noch mit der brasilianischen Schönheit von neulich abends zusammen?«

Ich hatte das Gefühl, als wäre wesentlich mehr Zeit als nur

ein paar Abende vergangen. Ich dachte an Justine zurück, in meiner Wohnung, an dem Morgen, als North Anderson an meiner Tür geklingelt hatte. »Sie ist wieder in Brasilien«, sagte ich. »Dort wäre ich auch, wenn ich mir nicht diesen Bishop-Fall aufgehalst hätte. Du erinnerst dich sicher noch – das Baby auf Nantucket.«

»Natürlich. Der Russen-Junge«, bestätigte er. »Plädiert er auf Unzurechnungsfähigkeit?«

»Sieht so aus. Er behauptet, er wär's nicht gewesen.«

Rossetti schmunzelte. »Was soll er denn sonst sagen? Hat er einen Anwalt?«

»Soviel ich weiß, nicht«, erwiderte ich.

»Leg ein gutes Wort für mich ein, wenn du die Gelegenheit bekommst.«

»Vor zwei Tagen hast du doch noch behauptet, der Junge sei zweifelsohne schuldig.«

»Einen Anwalt braucht er trotzdem«, konterte Rossetti. »Und ich könnte eine goldene Gans wie ihn gebrauchen. Meine sonstigen Klienten sind keine Milliardäre.«

Mario brachte meinen Kaffee. Ich trank einen Schluck. Dann schnorrte ich mir eine Zigarette von Rossetti, steckte sie an und inhalierte so viel Rauch, wie meine Lunge fassen konnte.

»Darfst du darüber reden, was du bis jetzt in dem Fall herausgefunden hast?«, erkundigte sich Rossetti.

Rossetti mochte recht außergewöhnlich aussehen, doch er war auch außergewöhnlich brillant. Ich begrüßte die Gelegenheit, seine Meinung zu einigen der Details zu hören, die ich über den Bishop-Fall wusste. »Eins der Dinge, die ich ausgegraben habe, ist, dass Darwin Bishop – der Vater des Verdächtigen – eine Vorstrafe wegen häuslicher Gewalt hat«, berichtete ich. »Er hat seine erste Frau geschlagen und darüber hinaus gegen ein Kontaktverbot verstoßen, das vom Gericht gegen ihn ausgesprochen worden war.«

»Du machst Witze«, sagte Rossetti.

»Ich habe mir sein Strafregister besorgt. Es war alles in den öffentlichen Archiven zu finden.«

»Dann ziehe ich respektvoll meine zuvor geäußerte Meinung zurück.«

»Meinung worüber?«, fragte ich.

»Den Russen-Jungen«, sagte Rossetti. »Ich hebe hiermit seine Verurteilung auf.«

»Warum?«

»Weil der Vater bis auf weiteres dein Täter ist, Doc. Ist mir egal, wie viele Katzen der Junge erdrosselt oder wie oft er ins Bett gepisst hat.«

»Was macht dich da so sicher?«

Rossetti hob beide Hände wie ein Dirigent. »Als wüsstest du das nicht selber. Männer, die Frauen schlagen, sind anders als wir anderen. Du stimmst mir doch zu, oder? Sie sind nicht ganz richtig im Kopf. Abgedreht. Ohne Gefühle. Und jeder, der arrogant genug ist, gegen einen Gerichtsbescheid zu verstoßen, wenn er dafür ein Jahr oder länger ins Gefängnis wandern könnte, ist ebenfalls anders gestrickt. Er kapiert nicht ganz, was Grenzen bedeuten – zum Beispiel, wo sein Leben aufhört und das anderer Leute anfängt.« Er legte seine Hände wieder um seine Kaffeetasse. »Wenn gegen dich oder mich ein gerichtliches Kontaktverbot verhängt werden würde, dann würden wir mindestens zwanzig Meilen Abstand halten. Wir würden uns nicht mit dem Justizsystem anlegen, wenn es schon einmal seine Fänge in uns geschlagen hat.« Er hielt inne und trank einen Schluck Kaffee. »Nimm die beiden Anklagen zusammen, dann hast du eindeutig ein Gewaltverbrechen in einer Familie vor dir, in der der Vater ein Gewalttäter ohne Achtung für das Gesetz ist. Ich wette zehn zu eins, dass er es getan hat.«

»Nicht jeder steigt von häuslicher Gewalt zu Mord auf«, wandte ich ein.

»Deshalb ist es zehn zu eins und nicht eine Million zu eins. Wenn es ein klarer Fall wäre, dann würde die Polizei dich nicht brauchen. Sie könnten sich von der Kohle, die du ihnen berechnest, glatt einen neuen Streifenwagen kaufen.«

»In der Nacht, als das Baby ermordet wurde, waren fünf Personen im Haus«, sagte ich. »Darwin Bishop und seine Frau Julia, ihre beiden Söhne Billy und Garret und das Kindermädchen Claire Buckley. Der Staatsanwalt wird Billy verhaften und versuchen, ihn vor Gericht zu stellen. Wie schätzt du seine Chancen für eine Verurteilung ein?«

»Mit der Zeugenaussage des Vaters, ziemlich gut«, erwiderte Rossetti.

»Er wird *nicht* als Zeuge aussagen«, erklärte ich. »Er hat gesagt, er wird alles in seiner Macht Stehende tun, um Billy vor dem Gefängnis zu bewahren.«

»Sehr nobel. Aber pass auf, was passiert, wenn sie ihn in den Zeugenstand rufen. Willst du meine Vermutung hören? Er *erinnert* sich plötzlich an etwas Wichtiges – und sehr Belastendes – zum Verhalten seines Sohnes in jener Nacht. Wahrscheinlich bricht es ihm förmlich das Herz, dass er es preisgeben muss.« Er nickte bekräftigend. »Achte auf Tränen. Du wirst keine entdecken. Es sei denn, der Knabe ist sogar noch besser, als ich denke.«

»Ich halte die Augen offen.«

»An deiner Stelle hätte ich auch ein Paar in petto.«

»Soll heißen?«

»Du spielst jetzt mit den richtig großen Jungs. Bishop ist Milliardär. Ich glaube nicht, dass dir ganz klar ist, was das bedeutet. Er hat eintausend Millionen Dollar. Damit kann er sich Einfluss erkaufen, den du dir nicht mal im Traum vorstellen kannst. Er hat die Polizei, Politiker und Richter, von denen er Gefallen einfordern kann. Er hat einflussreiche Investoren-Freunde, die sich darauf verlassen, dass er ihnen weiterhin munter Geld verschafft. Wenn du zu einer Bedrohung für ihn wirst, dann bist du auch eine Bedrohung für sie. Sie können dich auf ein Dutzend verschiedene Weisen fertig machen. Du bist entbehrlich.«

»Wäre nicht das erste Mal, dass ich mit dem Rücken zur Wand stehe«, erwiderte ich.

Rossetti blies eine weitere Rauchfahne zur Decke hinauf. »Versteh mich nicht falsch. Ich weiß, dass du auf dich selbst aufpassen kannst, Franko. Aber du musstest noch nie gegen jemanden wie Darwin Bishop antreten. Wenn du denkst, du hättest es schon mal getan, dann ist es nur ein weiterer Vorteil für ihn.«

Ich atmete tief durch. »Ich werde regelmäßig über meine Schulter schauen«, versicherte ich. Zwei Jahre lang hatte ich mich von der Forensik fern gehalten, und nun hatten gerade mal zwei Tage genügt, mich wieder in Schwierigkeiten zu bringen. Aber ich hatte nicht vor, die weiße Fahne zu schwenken. »Wenn der Junge unschuldig ist, dann wird er nicht lebenslänglich hinter Gitter wandern«, erklärte ich. »Das werde ich nicht zulassen.«

»Du nimmst diese Sache sehr persönlich«, bemerkte Rossetti.

»Ja«, bestätigte ich.

»Willst du einen Tipp, wo du nach dem wahren Darwin Bishop suchen solltest?«, fragte Rossetti.

»Schieß los.«

»In Russland. Da drüben geht es zu wie im Wilden Westen. Wenn dieser Bursche einen Jungen aus diesem Land adoptiert hat, dann hat er Verbindungen zu ein paar sehr harten Burschen dort drüben.«

»Er hat zwei Unternehmen in Russland aufgebaut und verkauft«, sagte ich.

»Dann hat er da drüben Berge von schmutziger Wäsche auf der Leine hängen. Ich könnte meinen Kumpel Viktor Golov anrufen. Er leitet eine Ölraffinerie außerhalb von St. Petersburg und hat seinen Finger am Puls der Geschäftswelt in ganz Russland.«

»Ich wäre dir sehr dankbar.« Ich trank meine Tasse aus und legte einen Zehner auf die Theke, damit es auch für Rossettis

Kaffee reichte. »Diese Runde spendiere ich«, sagte ich und wandte mich zum Gehen.

Rossetti hielt mich am Arm zurück. »Danke für den Kaffee«, sagte er. »Versprich mir, dass du auf dich aufpasst, Frank.« Auch der letzte Anflug von Humor verschwand von seinem Gesicht. »Ich meine es ernst. Sei vorsichtig.«

Ich nickte. »Wir sehen uns«, verabschiedete ich mich. »Melde dich, wenn du etwas von deinem Freund Viktor hörst.«

Ich fuhr über die Meridian Street Bridge zurück und bog nach links auf die Spruce ab. Eigentlich hatte ich vor, die Winnisimmet zu nehmen und schnurgerade nach Hause zu fahren, doch ich wusste, dass mich dort nur weiteres Herumwälzen und Wachliegen erwarteten – zumindest redete ich mir das ein. Also fuhr ich geradeaus weiter durch das Großmarktviertel von Chelsea zum Sir Galahad Motel and Lounge.

Das Sir Galahad ist ein heruntergekommenes, von Obst- und Gemüsegroßhandlungen flankiertes Striplokal mit Ytong-Wänden. Die Mädels tragen keine ausgefallenen Kostüme. Sie geben sich nicht einmal die Mühe, so zu tun, als wären sie College-Studentinnen. Und niemand tut so, als wäre dies ein Herrenclub.

Als ich noch meinen Lebensunterhalt mit der Forensik verdient hatte, war ich Abend für Abend Gast im Sir Galahad gewesen. Ich hatte mich beständig der nackten Wahrheit über die menschliche Natur stellen, Lust und Eifersucht und Hass und all die anderen Emotionen ausloten müssen, die die Triebfedern für Gewalt sein können.

Außerdem war ich dorthin gegangen, um zu trinken. Und diese Tatsache hielt mich hinter dem Steuer meines F-150, nachdem ich vor dem Gebäude geparkt hatte. Ich saß da und betrachtete die rosafarbene Tänzerin, die vom Neonschild des Sir Galahad flackernd die Nacht erhellte. Und ich erinnerte mich daran, dass die ständige Nähe zu den Abgründen der menschlichen Natur in mir das Bedürfnis geweckt hatte, das schonungslose Bild mit Scotch oder Kokain oder vorzugsweise einer Kombination aus beidem abzumildern. Ich erinnerte mich daran, dass es eine Milchmädchenrechnung gewesen war – es hatte sich nur täglich mehr Zins und Zinseszins meines Schmerzes angesammelt.

Ich kann nicht mit Gewissheit sagen, was mich aus meinem Pick-up aussteigen ließ. Vielleicht war es der Anblick von Billy Bishops vernarbtem Rücken, das Bild eines verzweifelt nach Luft ringenden Säuglings oder das Aufwallen von Gefühlen, die ich früher einmal für Kathy empfunden hatte. Vielleicht war es auch nichts von alledem, sondern nur wieder mein altes Problem, in einer schnurgeraden Linie durch eine Welt voller emotionaler Minenfelder zu gehen, die überall willkürlich versteckt lauerten.

Aus welchem Grund auch immer betrat ich das Sir Galahad. Musik plärrte aus den Lautsprechern, mit denen man mühelos ein Rockkonzert hätte beschallen können. Rote, blaue und lila Scheinwerfer tauchten die Wände und die Decke in bunte Farben. Ich suchte mir einen Platz ganz vorn am Laufsteg. Eine blonde Tänzerin, die ich auf höchstens neunzehn schätzte, hatte sich bereits bis auf einen weißen Slip ausgezogen. Sie hakte ihre Daumen unter das Taillengummi und zog ihr Höschen ein paar Zentimeter herunter, um die vielleicht zwanzig Fernfahrer und Rocker anzuheizen, die im Raum verstreut saßen. Sie nickten, zwinkerten und grinsten ihr zu. Dann zog sie ihr Höschen wieder hoch, so weit, dass es sich in ihren Schritt schnürte. Die Männer klatschten begeistert.

»Was darf's sein?«, fragte mich eine Kellnerin von etwa fünfundfünfzig, deren ausgemergelter Körper in hautengen Jeans und einem Schlauchoberteil steckte.

Ich überlegte, ob ich mir eine Diät-Cola bestellen sollte – aber nur einen Augenblick lang. »Scotch«, sagte ich. »Auf Eis.«

»Kommt sofort«, erwiderte sie. Sie drehte sich um und marschierte zur Theke.

Die Tänzerin zog ihren Slip bis zu den Knöcheln hinunter,

stieg aus dem Höschen heraus und baute sich vor dem Mann zwei Plätze neben mir auf, der fünf Fünf-Dollar-Scheine über das Messinggeländer gefaltet hatte. Sie ließ sich nach hinten-überkippen, spreizte die Beine und hielt sich krebsgleich auf allen vieren, während sie sich ihm großzügig präsentierte.

Mein Scotch kam. Ich bezahlte ihn und hielt die bernsteinfarbene Flüssigkeit gegen die farbigen Lichter. Das Glas leuchtete rostblau, rostrot, rostlila. Ein zauberhafter Regenbogen der Ruhe. Ich hob das Glas an meine Lippen, roch das Aroma meines Vaters, schmeckte seinen warmen, alkoholisierten Atem. Dann legte ich meinen Kopf in den Nacken, warf einen Blick auf die Tänzerin und bemerkte, dass sich über ihren Unterleib eine Kaiserschnittnarbe zog.

Ein Teil von mir verlangte nach Betäubung, wollte die chemischen Boten in meinem Gehirn in die Irre schicken, die Bilder von Grausamkeiten verwischen, die durch meinen Kopf schwirrten. Weil sie zu schonungslos waren. Schonungslos genug, um schweren Schaden zu verursachen. Doch ein anderer Teil von mir begann sich zu fragen, wo wohl das Kind der Tänzerin in diesem Moment war. Beim Großvater? Bei ihrem Freund? Allein zu Hause? Tot? Ich starrte sie an, während sie ihre Knie umfasste, um ihre Schenkel noch weiter zu spreizen, den Kopf zur Seite gewandt, die Augen geschlossen.

Ich stellte mein Glas ab, ohne einen Tropfen getrunken zu haben.

»Ist das eine scharfe Braut oder was?«, rief der Mann mit den Fünf-Dollar-Scheinen zu mir herüber. Er war um die vierzig, besaß die Statur eines Gewichthebers und trug ein New-England-Patriots-Footballhemd und eine schwarze Nylon-Mütze.

»Das ist sie«, erwiderte ich.

»Was für ein Arsch«, sagte er.

»Was für ein Arsch.«

»Du bist Schweißer, stimmt's?«, fragte er.

Ich vermutete, dass ich das in gewisser Hinsicht tatsächlich war, doch ich glaubte nicht, dass er mit einer eleganten Metapher dafür aufwartete, Leute wieder zusammenzusetzen. »Nein«, sagte ich. »Warum fragen Sie?«

»Hast du nicht auf der neuen Chelsea High School gearbeitet? Geschweißt?«

»Nein«, sagte ich. »Ich bin Psychiater.«

Er lachte schallend. »Klar«, gab er zurück. »Ich auch.« Er griff in seine Tasche und holte weitere Fünf-Dollar-Scheine heraus.

Ich hielt mein Glas mit beiden Händen umfasst, starrte in die bernsteinfarbenen Tiefen und konnte noch immer meinen Vater riechen, hörte das *Klink* seiner Gürtelschnalle, als sie geöffnet wurde. Ich dachte an die unzähligen Male zurück, als ich ihn hatte umbringen wollen. Und fragte mich, was mich davon abgehalten hatte. Warum hatte ich es nicht über mich gebracht, ihn kaltzumachen? Was bringt einen Menschen dazu, diese Schwelle zu überschreiten? War das die Frage, die mich zur Forensik gezogen hatte? War es diese Frage – und nicht North Andersons eindringliche Bitte –, die mich erneut in das Umfeld von Mord geführt hatte?

Ich schob meinen Scotch beiseite, winkte die Kellnerin heran und bestellte einen Kaffee und eine Diät-Cola. Wie es aussah, würde es eine lange Nacht werden.

Es war kurz nach drei Uhr früh, als ich mich endlich ins Bett legte. Ich spürte die Leere der großen Matratze um mich herum. Ich fühlte mich gefährlich allein.

Natürlich war ich immer allein gewesen. Isoliert. In Gefahr. Doch jetzt fühlte sich diese Gefahr besonders real an. Weil ich Carl Rossettis Worte nicht einfach abtun konnte: Darwin Bishop konnte großen Ärger bedeuten – größeren Ärger, als ich je in meinem Leben gehabt hatte. Ein Mann, der gierig und fähig genug war, eine Milliarde Dollar anzuhäufen, kann eine Menge Dinge verschlingen. Ich schob mich zur Bettkante und legte meine Hand auf die Browning Baby Halbautomatik, die hinter dem Bettgestell steckte. Und mit der Faust voll kaltem Stahl als Trostspender sank ich schließlich in einen ruhelosen Schlaf.

Er währte nicht lange. Nicht einmal zwei Stunden später weckte mich das Telefon. Ich tastete nach dem Hörer, ließ ihn beim ersten Versuch fallen und sagte schließlich: »Clevenger.«

»Frank, ich bin's, North.«

Ich sah auf meinen Wecker. »Es ist zehn vor fünf.«

»Das weiß ich«, sagte er. »Ich würde nicht anrufen, wenn es kein Notfall wäre.«

Ich setzte mich im Bett auf. »Was ist passiert?«

»Billy ist vor zweieinhalb Stunden aus Payne Whitney ausgebrochen.«

Ich erstarrte. »Ausgebrochen? Wie?«

»So unglaublich es klingt, er ist einfach aus der Notaufnahme hinausmarschiert. Er hatte über Husten geklagt. Sie haben ihn mit einem Pfleger runtergeschickt, um seine Brust röntgen zu lassen. Wie es aussieht, hat ihn der Bursche irgendwie aus den Augen verloren.«

Es fiel mir nicht schwer, das zu glauben. In psychiatrischen Abteilungen, die nicht für Gewalttäter eingerichtet sind, gibt es keine festgelegten Sicherheitsmaßnahmen. Ich hatte mit eigenen Augen Patienten aus »Rauchpausen« wegspazieren sehen, wenn sie für eine schnelle Zigarette nach draußen geführt worden waren. Sie waren von AA-Treffen, die in einem anderen Gebäude auf dem Krankenhausgelände stattfanden, und von »betreuten« Freigängen zum Kiosk des Krankenhauses einfach nicht mehr zurückgekehrt.

»Ich bin sicher, dass sie die Polizei in Manhattan alarmiert und ihnen Billys Beschreibung gegeben haben«, sagte ich. »Sie können ihn unter Paragraph zwölf zu einer Gefahr für sich und andere erklären, ihn festnehmen und zwangseinweisen lassen.«

»Um genau zu sein, können sie ihn ohne Paragraph zwölf festnehmen, wenn sie ihn finden. Billys Timing war perfekt. Seit genau sieben Uhr heute Abend gibt es einen Haftbefehl gegen ihn. Tom Harrigan hatte alles vorbereitet, einschließlich des Gerichtsbescheids für Billys Auslieferung zurück nach Massachusetts. Es war geplant, dass die New Yorker Polizei ihn heute Morgen um sechs in der geschlossenen Abteilung verhaften würde. Zwei Beamte hätten ihn auf dem Flug um sieben Uhr dreißig nach Logan begleiten sollen.«

»Ich habe heute eine Verabredung zum Mittagessen mit Julia Bishop. Sie kommt nach Boston«, sagte ich. »Ich finde heraus, ob sie irgendeine Ahnung hat, wo Billy sein könnte.«

»Hast du sie angerufen oder sie dich?«, wollte North wissen.

»Sie hat angerufen«, erklärte ich.

»Hat sie gesagt, warum?«

»Nein. Aber sie klang ein bisschen aufgelöst.«

»Sie verpasst Garrets Tennisturnier«, bemerkte Anderson sarkastisch.

»Er nimmt an einem Turnier teil?«, fragte ich. »Heute?«

»Die Bishops sind Schirmherren eines Wohltätigkeitsturniers im Brant Point Racket Club. Garret Bishop ist der Top-Spieler in seiner Altersgruppe. Laut Zeitung beabsichtigt er, seinen Einzel-Titel vom letzten Jahr zu verteidigen.«

»Das Leben geht weiter«, bemerkte ich. »In Darwins Welt ist alles im Lot.«

»Den Mann kann nichts unterkriegen«, pflichtete Anderson bei, ehe er einen Moment lang innehielt. »Hör zu, du weißt, dass ich nie wirklich überzeugt war, dass Billy ein Mörder ist. Aber ich muss gestehen, die Tatsache, dass er aus der Klinik ausgebrochen und irgendwo da draußen ist, macht mir große Sorgen. Denn wenn er Brooke ermordet hat, dann weiß er jetzt, dass er nichts mehr zu verlieren hat.«

Diese Worte ließen mich erschauern, als mir wieder einfiel, dass Billy am Ende unserer Unterhaltung genau dasselbe gesagt hatte. »An deiner Stelle würde ich noch ein paar Streifenwagen zu den Range Rovers vor Bishops ›Wachhaus‹ stellen. Billy war nicht gerade erfreut darüber, dass sein Vater ihn in die Anstalt gesteckt hat.«

»Das habe ich schon versucht«, sagte Anderson. »Bishop hat mein Angebot dankend abgelehnt.«

»Darwin, wie er leibt und lebt«, bemerkte ich.

»Ich rufe dich an, sobald ich irgendwas Neues höre«, sagte er.

»Ebenfalls.« Ich legte auf.

Ich legte mich wieder hin und starrte in die Dunkelheit. Mein Herz raste, und ich hätte gut den Scotch gebrauchen können, den ich im Sir Galahad stehen gelassen hatte. Ich fragte mich, wo Billy wohl in diesem Moment war. Hatte er Unterschlupf in einem Obdachlosenasyl gesucht? War er bei einem Freund in Manhattan untergekrochen, dessen Eltern nicht in der Stadt waren? War er unverfroren genug, sich im Penthouse der Bishops zu verstecken? Oder saß er zusammengekauert in einer Ecke des Busbahnhofs drüben an der Eigth Avenue und wartete auf einen Bus, der ihn nach Hyannis bringen würde, von wo aus er die Fähre nach Nantucket nehmen konnte?

Und, was noch wichtiger war, was hatte er vor – Flucht oder Rache?

7

Dienstag, 25. Juni 2002

Bevor ich am Vormittag meinen Loft verließ, redete ich mit Anderson und erfuhr, dass Billy noch immer auf der Flucht war. Mir blieben noch zwei Stunden bis zu meiner Verabredung mit Julia, also fuhr ich für meinen dritten Besuch bei Lilly Cunningham zum Mass General.

Ich hatte erwartet, sie in besserer Verfassung vorzufinden, doch stattdessen wirkte sie mitgenommener. Ihre Haut war noch blasser als zuvor. Ihr Atem ging unregelmäßig. Als ich ins Zimmer kam, kniff sie die Augen zusammen, um mich besser erkennen zu können.

Ich zog einen Sessel ans Bett und setzte mich. Dem Infusionsbaum waren mittlerweile neue Äste gewachsen, sodass nun insgesamt fünf Flaschen und Plastikbeutel daran hingen und in die Kanüle tröpfelten, die in Lillys Unterschlüsselbeinschlagader führte. Ich schaute auf ihr Bein, das noch immer im Streckverband hing, und sah, dass ein weiterer Einschnitt gemacht worden war, um die Drainage des Abszesses zu erleichtern.

»Es ist mein Herz«, erklärte sie matt.

Das bedeutete, dass die Infektion zu ihrem Herzen gewandert war, vermutlich zum Herzbeutel oder zu den Klappen tief in den Kammern. Doch ich verstand ihre Worte auch in einer anderen Bedeutung – das psychologische Trauma, das sie dazu veranlasst hatte, sich selbst Schmutz zu injizieren, hatte den Mittelpunkt ihres Wesens erreicht, sodass das emotionale Gift jetzt mit dem Blut in jedes Gewebe gepumpt wurde, wobei es lediglich ihr zentrales Nervensystem verschonte, das von einem Wall aus Membranen, der so genannten Blut-Gehirn-Schranke, geschützt wird. Die Fronten waren endlich klar gezogen: Was immer Lilly als kleines Mädchen passiert war, hatte nunmehr den Zermürbungskrieg gegen das Königreich ihres Körpers begonnen, sodass Lilly als letzter Verteidigungswall – und mein stärkster Verbündeter – nur die Seele und ihre wunderbare Fähigkeit zur Heilung blieb.

Mir fiel auf, dass während meiner drei Besuche nie jemand anders bei ihr gewesen war. Münchhausen-Patienten enden oftmals in völliger Isolation; Familie und Freunde ziehen sich erzürnt zurück, wenn sie erfahren, dass sie sich um einen Menschen gesorgt haben, der seine Erkrankung selbst herbeigeführt hatte. Eine Woge der Traurigkeit – und, seltsamerweise, Verlegenheit – wallte in mir hoch. Der Gedanke, dass Lilly so schrecklich litt, so ganz ohne eine tröstende Hand, rührte mich zutiefst.

»Die Traurigkeit und die Scham, die du empfindest, sind ihre Gefühle, nicht deine«, flüsterte die Stimme in meinem Hinterkopf. *»Hilf ihr, sie anzunehmen.«*

»Bei meinem letzten Besuch haben Sie mir erzählt, welche Angst Sie vor dem Alleinsein haben«, begann ich. »Woher stammt diese Angst Ihrer Meinung nach?«

Sie räusperte sich. »Vermutlich daher, dass ich meinen Vater verloren habe«, antwortete sie, schloss die Augen, ehe sie sie ganz langsam wieder öffnete. »Er fehlt mir immer noch. Ich denke jeden Tag an ihn, seit ich sechs war.«

»Gibt es jetzt Menschen, die Sie lieben?«, fragte ich.

»Ja, natürlich. Meinen Mann. Meine Mom und meine Großeltern. Ein paar gute Freunde.«

Ich beugte mich dichter heran und beschloss, darauf zu spekulieren, dass sich Lillys Angst vor dem Alleinsein in eine noch überwältigendere Angst vor dem Tod übertrug. »Dies ist ein sehr entscheidender Moment, Lilly«, sagte ich leise. »Die Infektion ist zu stark für Ihr Abwehrsystem. Sie können sterben. Und das bedeutet, dass Sie sich von Ihrem Mann und Ihrer Mutter und all Ihren Freunden verabschieden müssen. Es bedeutet, dass Sie völlig allein sein werden.« Sie schien mir genau zuzuhören. »Der einzige Weg, mit den Menschen zusammenzubleiben, die Sie lieben, ist, sich ihnen zu öffnen und die Wahrheit herauszulassen. Wenn Sie das tun, wird all der Druck, unter dem Sie stehen, nachlassen, und Ihr Körper wird anfangen, sich selbst zu heilen, denke ich.«

Sie wandte den Blick ab und schüttelte den Kopf. Einige Augenblicke verstrichen. Ich saß schweigend da. Eine weitere Minute verstrich. Ich war bereit, ein weiteres Wagnis einzugehen, indem ich Lilly sagte, dass ich wusste, dass sie sich selbst Schmutz injiziert hatte. Doch in diesem Moment drehte sie sich unvermittelt wieder zu mir um. Tränen traten in ihre Augen. »Ich hab das getan«, flüsterte sie.

»Sagen Sie mir, was Sie damit meinen«, leitete ich sie sanft an.

»Ich habe eine Spritze genommen und mir … Ich habe die Infektion herbeigeführt. Ich habe mir das selbst angetan.«

Ich nickte. »Ich verstehe«, sagte ich.

Sie fing an zu weinen.

»Ich verstehe«, wiederholte ich. Ich wartete, während sie sich die Tränen trocknete. »Können Sie mir sagen, warum Sie es getan haben?«, fragte ich.

»Ich weiß es nicht«, antwortete sie. »Ich schäme mich so sehr.«

»Sie weiß es ganz genau. Frag sie, warum sie sich schämt«, sagte die Stimme.

»Passiert etwas mit Ihnen, wenn Sie sich die Spritze setzen? Sind da Erinnerungen, die Sie quälen?«

Diesmal zögerte sie nicht. »Ich tue es, wenn ich mich schmutzig fühle«, erklärte sie. »Ich tue es, um mich zu bestrafen.«

»Und was gibt Ihnen das Gefühl, schmutzig zu sein?«

»Nichts«, antwortete sie kaum hörbar.

»Ich werde es nie jemandem verraten«, versprach ich.

Sie sah mir in die Augen und schien abzuwägen, ob sie mir wirklich trauen konnte. »Ich habe böse Gedanken«, sagte sie schließlich. »Schreckliche Gedanken.«

»Erzählen Sie mir davon.«

Sie schwieg.

»Lilly, Sie müssen die Wahrheit herauslassen. Sie dürfen nicht länger Ihr Immunsystem damit belasten. Sie brauchen es, um mit den Menschen zusammenzubleiben, die Ihnen am Herzen liegen.«

»Ich denke …« Sie verstummte.

»Diese Menschen wollen Sie nicht verlieren«, sagte ich. »Sie wollen nicht Lebwohl sagen müssen.«

»Ich denke an meinen Großvater.«

»Weshalb an ihn?«, fragte ich. »Wie genau sehen diese Gedanken aus?«

»Ich denke an mich … mit ihm.« Sie schloss die Augen erneut und schüttelte den Kopf. »Wie ich ihn berühre. Wie er mich berührt.«

»Waren Sie Ihrem Großvater je in dieser Weise nah? Körperlich?«

»Nie.« Sie schlug die Augen auf und starrte an die Decke. »Das ist ja das Seltsame daran.« Sie sah mich an. »Ich bin mir sicher, dass er so etwas nie getan hat.« Auf ihrem Gesicht spiegelte sich tiefe Verwirrung wider. »Es ist so abscheulich, in dieser Weise an ihn zu denken.«

»Und es sind diese Gedanken, die Sie dazu bringen, sich die Spritze zu setzen«, hakte ich nach.

»Ich würde es in diesem Moment machen, wenn ich könnte«, gestand sie. »Dann würde ich mich so viel besser fühlen.«

»Um sich selbst zu bestrafen«, sagte ich.

»Ja. Die Gedanken würden aufhören.«

Da war es also, der Erreger, der Lillys Herz angriff. Er hatte die Form eines Bakteriums angenommen, doch er war eine Ausgeburt von Lillys Psyche. Ihre Schuldgefühle – und ihre Infektion – entstammten ihren sexuellen Gefühlen für einen Mann, der nach dem Tod ihres Vaters für sie gesorgt hatte. Die einzige noch offene Frage war, was dieses Verlangen hervorgerufen hatte. War sie das Opfer sexuellen Missbrauchs, dessen Erinnerung sie später verdrängt hatte? Oder gab es eine andere Erklärung? »Sie müssen bereit sein, den Schmerz voll und ganz zu fühlen, ohne ihn mit einer Spritze zu vertreiben«, sagte ich. »Wenn Sie tapfer genug sind, das zu tun, dann wird sich der Druck auflösen. Die Infektion hat dann keine Chance zu gewinnen. Sie kann sich nicht vor Ihrem Immunsystem verstecken.«

»Ich möchte es versuchen«, erklärte sie. »Das möchte ich wirklich.«

»Gut.«

»Werden Sie mir helfen?«, fragte sie.

»Ich habe Ihnen versprochen, dass ich Ihnen beistehen werde«, sagte ich. »Und das habe ich ernst gemeint.«

Knapp zwanzig Minuten vor meiner Verabredung mit Julia Bishop traf ich im Bomboa ein. Das Restaurant war ungewöhnlich voll für die Mittagszeit, aber ich war hier Stammgast, und Johnny Mascia, einer der Besitzer, bot mir meinen üblichen Tisch am Fenster an. Ich erklärte ihm, ich hätte lieber einen abgeschiedenen Tisch weiter hinten und würde an der Bar auf meinen Gast warten.

Er sah mich besorgt an. »An der Bar? Das ist ja was ganz Neues.«

Ich hatte oft genug allein im Bomboa gegessen, sodass Johnny inzwischen meine gesamte Lebensgeschichte in Zwei-Minuten-Fortsetzungen gehört hatte. Er war ein schlanker Italiener Ende dreißig mit markanten Zügen und einem Lächeln, das ihm ein volles Restaurant garantieren würde, selbst wenn das Essen nur mittelmäßig wäre. Doch die Küche gehörte zu den besten in Boston, und Johnny verdiente sich eine goldene Nase. Er fuhr sich mit den Fingern durch sein dickes schwarzes Haar. »Ich dachte, die Bar wäre tabu.«

»Ich bleibe bei meinem Stammgetränk«, versicherte ich ihm. »Kaffee.«

»Dann fühl dich wie zu Hause.« Er begleitete mich zur Theke und winkte den Barmann heran. »Kaffee für den Doktor«, sagte er.

»Du sorgst wirklich wunderbar für mich«, bemerkte ich.

»Jemand sollte das rund um die Uhr tun, mein Freund«, erwiderte er. »Jemand, der bedeutend hübscher ist als ich.« Er klopfte mir auf den Rücken. »Denn lass uns ehrlich sein, du bist nicht gerade berühmt dafür, dass du gut auf dich selber aufpasst.« Er schenkte mir besagtes Lächeln, ehe er wieder zu seinem Posten an der Tür zurückkehrte.

Die Bar war gut acht Meter lang, gesäumt von jeder vorstellbaren Sorte von Spirituosen, die allesamt vor einer verspiegelten Rückwand aufgereiht standen. Ich konnte mein Spiegelbild sehen, eingerahmt von Flaschen mit Gin und Scotch und Wodka. Das Bild gefiel mir nicht, was mich jedoch nicht davon abhielt, verstohlen einen Sambuca zu bestellen, als der Barmann meinen Kaffee brachte.

Er kam nicht wieder zurück, sondern verschwand zuerst für ein paar Minuten in der Küche und wusch dann Gläser in der Spüle ab. Ich fragte mich, ob ich meine Bestellung so leise geflüstert hatte, dass er mich nicht verstanden hatte. Aber da ich nicht nachdrücklicher nach Schnaps verlangen wollte, verhielt ich mich still.

Ich trank gerade den Rest meines Kaffees aus, als ich Julia Bishop im Spiegel erspähte. Mein Herz pochte wie das eines Schuljungen. Sie trug einen hauchdünnen, schulterfreien schwarzen Kaschmirpullover und eine enge schwarze Hose mit leicht ausgestelltem Bein. Schwarze Sandalen mit Stilettoabsätzen ließen sie größer wirken, als ich sie in Erinnerung hatte, so als wäre sie geradewegs den Seiten von *Vogue* entstiegen. Ich schaute mich im Restaurant um und bemerkte, wie sich die Leute nach ihr umdrehten, Johnny eingeschlossen.

Sie kam zu mir herüber. »Ich bin froh, dass Sie Zeit hatten, sich mit mir zu treffen«, sagte sie.

»Kein Problem«, erwiderte ich und schwebte abermals in jenem himmelblauen Nebel, der mich bei unserer ersten Begegnung umfangen hatte. Ich war wie entrückt in Julias Gegenwart, sodass selbst meine eigenen Worte wie ein bloßes Echo in meinen Ohren klangen.

»Ich glaube, ich habe keine zehn Stunden geschlafen, seit Brooke … Und jetzt ist auch noch Billy verschwunden.« Sie presste ihre Lippen zusammen, um nicht in Tränen auszubrechen.

Julias Parfüm war berauschender als jeder Sambuca. »Wir können in Ruhe über alles reden«, sagte ich. »Sie haben uns einen Tisch weiter hinten reserviert. Dort sind wir ungestörter.«

Wir setzten uns an den Tisch. Julia bestellte eine Flasche Mineralwasser und erklärte, sie hätte keinen Appetit, was verständlich war. Doch in Kombination mit der Schlaflosigkeit machte ich mir Sorgen, dass sie vielleicht in eine weitere Depression abgleiten könnte. Ich bestellte eine Vorspeisenplatte, um den Kellner zufrieden zu stellen.

»Ich konnte nicht offen sprechen, als Sie bei uns waren«, begann sie, »aber es gibt so vieles, das Sie über Billy wissen müssen. Ich denke, einiges davon könnte entscheidend sein, wenn er vor Gericht gestellt wird. Jemand muss dem Richter begreiflich machen, was er durchgemacht hat.«

»Alles, was Sie mir erzählen können, hilft«, sagte ich.

»Ich bin sicher, mein Mann hat Ihnen Billys Vergangenheit in Russland geschildert.«

Es gefiel mir nicht, sie die Worte *mein Mann* benutzen zu hören. »Das hat er. Er hat Chief Anderson und mir erzählt, dass Billy Zeuge des Mordes an seinen leiblichen Eltern gewesen ist und dann im Waisenhaus misshandelt wurde.«

Sie musste sichtlich allen Mut für das zusammennehmen, was sie als Nächstes sagen wollte. »Ich bezweifle allerdings, dass Darwin Billys Trauma seit seiner Ankunft in diesem Land erwähnt hat.«

»Das hat er nicht«, bestätigte ich.

Sie schluckte. »Darwin ist nicht der Mann, für den Sie ihn vielleicht halten. Er ist sehr intelligent. Er kann bemerkenswert charmant sein, aber er ist auch sehr herrschsüchtig. Und er kann grausam sein.«

Ich beschloss, nicht zu erwähnen, dass Billy mir die Striemen auf seinem Rücken gezeigt hatte. Ich wollte aus erster Hand von Julia hören, ob sie glaubte, dass Darwin Bishop zu körperlichen Misshandlungen neigte. »Grausam in welcher Hinsicht?«, fragte ich.

»Seine Anforderungen an die Jungs sind völlig überzogen«, antwortete sie. »Er erwartet von ihnen, perfekt zu sein – in der Schule, im Sport, zu Hause. Abgesehen von Stolz und Selbstvertrauen, betrachtet er jegliches Gefühl als ein Zeichen von Schwäche.« Sie schüttelte den Kopf. »Mein Sohn Garret tritt heute bei einem Tennisturnier an, gegen seinen Willen«, sagte sie. »Er hat seinen Vater angefleht, ihm zu erlauben abzusagen. Er ist verständlicherweise außer sich wegen des Babys. Und er macht sich Sorgen, weil Billy aus der Klinik weggelaufen ist. Win wollte nichts davon hören, dass er nicht beim Turnier antritt.«

»Garret hat sich nicht gegen ihn aufgelehnt?«

»Niemals«, sagte sie. »Das ist der Unterschied zwischen Garret und Billy. Garret würde niemals riskieren, Darwins Jähzorn zu wecken.«

»Erzählen Sie mir von seinem Jähzorn.«

Sie senkte den Blick. »Ich habe Sie angerufen, weil ich gespürt habe, dass Sie ein außergewöhnlicher Mann sind, Frank. Aber das macht es trotzdem nicht leichter, darüber zu reden.«

»Mich kann nichts mehr schockieren«, versicherte ich.

Sie sah tief in meine Augen – tief in *mich* hinein. »Wieso das?«

»Ich habe Menschen von ihrer schrecklichsten Seite gesehen, während sie die abscheulichsten Dinge getan haben.« Ihr von meinem Schmerz zu erzählen war so, als würde ich ihn ihr überantworten und ihn von meinen Schultern nehmen.

Sie sah mir noch immer tief in die Augen, während sie nickte, und ihr Gesichtsausdruck und ihre gesamte Haltung ermutigten mich, mehr darüber zu erzählen, ihr mein Herz auszuschütten.

»Ich habe die Forensik vor einigen Jahren aufgegeben«, sagte ich. »Es ist nicht besonders gut für mich gelaufen.« Das war alles, was ich bereit war preiszugeben, und Julia schien zu verstehen.

Sie holte tief Luft. »Ich habe immer fest daran geglaubt, dass Menschen immer dann in unser Leben treten, wenn wir sie brauchen«, sagte sie.

»Daran glaube ich auch«, pflichtete ich bei. Unsere Blicke trafen sich, und mir wurde klar, warum Models die unglaublichen Honorare verlangen können, die man ihnen bezahlt. Julias strahlende Augen versprachen, das Beste in einem zu sehen und einem zu helfen, es selbst zu erkennen. Sie weckte in mir den Drang, für sie stark zu sein.

»In Wahrheit«, sagte sie, »leben die Jungs und ich schon seit Jahren in Furcht vor Darwin. Er wird unberechenbar gewalttätig. Früher ist es passiert, wenn er getrunken hatte. Ich gab dem Alkohol die Schuld. Aber nachdem er es geschafft hatte, mit dem Trinken aufzuhören, wurde es nur noch schlimmer.«

»Er schlägt Sie?«, fragte ich und spürte, wie sich mein Puls beschleunigte. Mir war klar, dass ein Teil meiner Reaktion darin verwurzelt sein musste, dass ich Zeuge gewesen war, wie mein Vater meine Mutter geschlagen hatte, doch ich vermochte nicht zu sagen, wie viel davon. Und ich wusste nicht, wie ich diesen Teil von mir unter Kontrolle behalten konnte.

Julia schaute verlegen drein. »Sagen wir einfach, ich musste des Öfteren eine Sonnenbrille tragen«, erwiderte sie. »Ich habe über die Jahre viel verborgen.«

»Und er misshandelt die Jungs?«

Ihr Gesicht wurde ernst. »Daran trage ich Mitschuld«, sagte sie. »Ich hätte schon vor langer Zeit mit ihnen weggehen sollen.«

»Das heißt also, er misshandelt sie«, hakte ich nach.

Sie nickte. »Billy hat das meiste davon abbekommen«, gestand sie.

Ich bemerkte, dass ich mich über den Tisch gebeugt hatte, und lehnte mich wieder auf meinem Stuhl zurück. »Warum?«, fragte ich.

»Aus zwei Gründen, denke ich. Zum einen ist es Billy bedeutend schwerer gefallen, Leistung zu zeigen. Win betrachtet das als einen direkten Angriff gegen seine Autorität. Er scheint nicht zu begreifen, dass Billy aufgrund seiner Vergangenheit vielleicht immer mehr zu kämpfen haben wird. Darwin ist felsenfest überzeugt, dass Billy absichtlich wieder und wieder in der Schule – und im Sport – versagt hat. Aus reiner Gehässigkeit.«

Das klang eindeutig nicht nach dem Mann, der so betont

hatte, dass Billy krank und kein schlechter Mensch sei – und jede mögliche Hilfe verdiente. Langsam erkannte ich, dass Darwin Bishop mindestens zwei Gesichter hatte. »Was ist der andere Grund, dass Billy das bevorzugte Opfer Ihres Mannes ist?«, fragte ich. *Ihr Mann.* Die Worte gefielen mir keinen Deut besser, wenn ich sie selbst aussprach.

»Billy ist derjenige, der sich immer auflehnt. Er gibt nicht klein bei. Keine Entschuldigungen. Keine Versprechen, sich mehr anzustrengen oder besser zu benehmen – nicht einmal, nachdem er Feuer im Haus gelegt hatte. Diese Sturheit macht Darwin offensichtlich nur noch wütender. Es gibt sonst niemanden in seinem Leben, der ihm die Stirn bietet.« Sie senkte den Blick. »Ich selbst eingeschlossen.«

Ich entschied, ihr reinen Wein darüber einzuschenken, was Billy mir über die wiederholten Schläge mit dem Riemen erzählt hatte. »Als ich Billy im Payne Whitney besucht habe, hat er mir seinen Rücken gezeigt«, sagte ich.

»Mir zeigt er ihn nie«, erklärte Julia. »Er versteckt ihn vor mir.«

»Er ist mit Striemen überzogen. Billy hat mir erzählt, dass Ihr Mann ihn mit einem Gürtel schlägt.«

Sie zuckte zusammen.

»Ist das häufiger passiert?«, fragte ich.

Sie nickte.

»Versuchen die Jungs, einander zu beschützen?«

»Nein«, antwortete sie. »Sie haben kein enges Verhältnis. Sie gehen einander mehr oder weniger aus dem Weg. Zuerst dachte ich immer, es käme daher, dass Garret aus Darwins erster Ehe stammt. Die Jungs haben sich erst kennen gelernt, als Garret sieben und Billy sechs Jahre alt war. Aber inzwischen glaube ich, dass Garret sich auch von ihm fern hält, weil Billy derjenige ist, der rebelliert und in Schwierigkeiten gerät. Er möchte nicht über denselben Kamm geschoren werden.«

»Oder mit demselben Gürtel geschlagen werden«, bemerkte ich.

»Oder das«, pflichtete sie bei.

»Darwin hat North Anderson und mir erzählt, Billy hätte sich die Verletzungen selbst zugefügt«, sagte ich.

»Das ist lächerlich«, entgegnete sie und sah mir wieder in die Augen. »Hören Sie. Ein Teil von mir möchte Billy für das, was er getan hat, am liebsten lebenslänglich im Gefängnis sehen«, sagte sie und bemühte sich, ihre Stimme ruhig klingen zu lassen. »Ein Teil von mir wünscht sich, in diesem Bundesstaat gäbe es die Todesstrafe.« Ihr Atem kam stoßweise. »Ich habe mein Baby verloren.«

»Das verstehe ich«, sagte ich.

»Das können Sie nicht verstehen.«

Sie hatte Recht. Ich schwieg.

»Aber ich bin hier, weil ich irgendwo tief in mir auch weiß, dass Billy nicht voll verantwortlich für das ist, was er getan hat – selbst wenn er es meiner Tochter angetan hat. Mein Mann trägt einen Teil der Schuld. Und auch ich, weil ich nichts gegen Wins Gewalttätigkeit unternommen habe.« Sie verstummte einen Moment, um sich wieder zu fassen. »Zwischen meinem Mann und Billy herrschte ein beständiger gnadenloser Kampf«, fuhr sie fort. »Kein Junge sollte das durchmachen müssen. Schon gar keiner mit Billys Vergangenheit. Und ich glaube, das ist der Grund, weshalb er Brooke das angetan hat. Ich bin überzeugt, dass er in Wirklichkeit Win treffen wollte.«

Das stimmte erstaunlich genau mit der Theorie überein, die ich Billy während meines Besuchs in der Klinik dargelegt hatte, und beantwortete mir auch eine weitere Frage: Julia Bishop glaubte offenkundig nicht, dass ihr Mann für den Tod ihres Babys verantwortlich war. Ich war nicht sicher, ob sie zustimmen würde, Tess irgendwo anders unterzubringen, beschloss aber trotzdem, einen Versuch zu wagen. »Ich habe zufällig einen Artikel entdeckt, den das *New York*-Magazin nach Ihrer Hochzeit veröffentlicht hat«, sagte ich. »Sie beide sind in einem Ferrari die Fifth Avenue entlanggefahren. Sie wirkten sehr verliebt.«

»Ich dachte auch, dass ich das wäre«, erwiderte Julia.

»Kannten Sie ihn gut, bevor Sie ihn geheiratet haben?«

»Ich habe später eine Menge dazugelernt. Warum fragen Sie?«

»Hat er Ihnen von seinen Vorstrafen erzählt?«, fragte ich.

»Ja«, sagte sie. »Aber ich habe mir nicht viel dabei gedacht. Ich wusste, dass er trank.«

Dass sie sich nicht daran störte, einen Mann geheiratet zu haben, der seine erste Frau geschlagen hatte – betrunken oder nüchtern –, schien sonderbar. »Was genau hat er Ihnen erzählt?«, fragte ich.

»Er hat mir von der Kneipenschlägerei erzählt, die zu der Anklage wegen tätlichen Angriffs geführt hat«, sagte sie. »Das war etwa 1980, glaube ich. Die Zeitung hat es erwähnt, als Win wegen Trunkenheit am Steuer festgenommen wurde.«

Ich schüttelte den Kopf. »Das war es nicht, worauf die Zeitung sich bezogen hat«, wandte ich ein. »Ich habe mir Darwins Vorstrafenregister besorgt. Ihr Mann hat sich des tätlichen Angriffs auf seine ehemalige Ehefrau Lauren für schuldig bekannt sowie des Verstoßes gegen ein gerichtliches Kontaktverbot, das sie gegen ihn hatte verhängen lassen. Das Jahr stimmt, aber der Rest von dem, was er Ihnen erzählt hat, ist frei erfunden.«

Sie sah mich an, als würde ich sie auf den Arm nehmen wollen. Als sie erkannte, dass ich es ernst meinte, beugte sie sich ungläubig vor. »Ich hatte keine Ahnung«, sagte sie und vergrub ihren Kopf in ihren Händen. »Ich bin so dumm gewesen.«

Dies schien mir der richtige Moment, zur Sprache zu bringen, dass Tess Bishop vielleicht bei Großeltern besser aufgehoben wäre. »Die Frage, die Sie sich stellen müssen, ist, ob Sie sich völlig sicher sind, dass Billy der Täter war.«

Sie sah auf. »Was meinen Sie damit?«

»Billy leugnet, seiner Schwester etwas angetan zu haben.«

»Natürlich«, entgegnete sie. »Er hat noch nie irgendetwas von den schrecklichen Dingen zugegeben, die er tut.«

»Dann sind Sie also davon überzeugt, dass er es gewesen ist?«

»Nun … ja.«

Ich wagte den Sprung ins kalte Wasser. »Es ist also nicht möglich, dass Ihr Mann etwas damit zu tun hatte?«

Sie starrte mich durchdringend an. »Wollen Sie damit sagen, Sie glauben, dass Win es getan haben könnte?«

»Ich will damit sagen, dass die Fakten des Falles für mich noch nicht ganz klar sind. Darwin hat wiederholt einen starken Hang zur Gewalttätigkeit bewiesen – gegen Sie, Billy und Garret. Und das Verhaltensmuster reicht sogar noch weiter zurück, zu seiner ersten Ehe.«

Julia schien in Gedanken versunken.

»Er ist der Einzige im Haus, der bekanntermaßen gewalttätig gegenüber Familienmitgliedern gewesen ist«, fügte ich hinzu.

»Er wollte die Zwillinge nicht«, erklärte sie tonlos.

Ich entspannte mich ein wenig, inzwischen überzeugt, dass ich sie für die Idee erwärmen könnte, Tess an einen sichereren Ort zu bringen. »Erzählen Sie mir mehr darüber«, forderte ich sie auf.

»Er wollte nie eigene Kinder haben. Ich meine, leibliche Kinder. Er hat mir das Leben sehr schwer gemacht, als ich schwanger wurde. Ich hätte beinahe abgetrieben.« Sie sah auf den Tisch hinunter. »Manchmal frage ich mich, ob ich dafür bestraft werde.«

»Sie haben große Stärke bewiesen, dass Sie die Schwangerschaft nicht abgebrochen haben«, sagte ich. »Ich kann mir nicht vorstellen, wofür Sie bestraft werden sollten.«

»Ich habe mir so sehnlich Kinder gewünscht«, erwiderte sie und biss sich auf die Unterlippe.

Ich wartete einen Moment lang. »Warum wollte Darwin keine Kinder?«, fragte ich sanft.

»Er behauptet, es hätte etwas mit dem Krieg zu tun«, sagte sie und sah zu mir auf. »Er spricht nie über Vietnam, sondern sagt nur, er hätte dort schreckliche Dinge gesehen; Dinge, die ihn überzeugt hätten, dass es nicht fair sei, Kinder in diese Welt zu setzen.« Sie verdrehte die Augen. »Es klingt für mich sehr nach einem Klischee.«

»Sie kaufen es ihm also nicht ab«, sagte ich.

»Nein. Das tue ich nicht.«

»Was ist in Ihren Augen der wahre Grund?«

»Für ihn geht es immer nur um Kontrolle«, erklärte sie. »Win ist zu keinerlei Intimität fähig. Ich denke, er hatte Angst, einen Sohn oder eine Tochter mit mir zu haben – oder gar Zwillinge –, würde ihn enger an mich binden, von dem Kind einmal ganz zu schweigen. Egal, wie sehr man adoptierte Kinder liebt, sie sind nie das eigene Fleisch und Blut. Es ist nicht dasselbe.« Sie hielt kurz inne. »Für ihn bin ich eine Mischung aus Konkubine und Gouvernante und keine Ehefrau und Mutter. Diese Rollen würden mir zu viel Macht geben.«

»Hatten Sie Einwände gegen Billys Adoption?«, fragte ich.

»Ich habe Wins Motive in Frage gestellt, mehr nicht«, antwortete Julia.

»Warum?«

»Win hatte Billys Vater aus dem Geschäft gedrängt«, antwortete sie. »Beiden gehörten konkurrierende Bergbauunternehmen. Es war eine sehr harte Zeit. Win hätte beinahe alles verloren, doch am Ende ging er als Sieger vom Platz, wie gewöhnlich. Und dann, etwa fünf Monate später, wurden Billys Eltern ermordet. Ich hatte den Eindruck, Win wollte Gandhi spielen, indem er das Kind eines Rivalen adoptierte.«

Diese Verbindung verblüffte mich, besonders da weder Billy noch Darwin sie erwähnt hatten. »Das klingt sehr edelmütig«, bemerkte ich.

»Es mag so *klingen*«, gab sie zurück. »Aber ich bin überzeugt, dass er nur eine Schau für seine Geschäftspartner in Russland abgezogen und seine Sorge um Billy vorgetäuscht hat, um sie zu beeindrucken. Er hat Billy gegenüber nie irgendein Gefühl der Liebe gezeigt.«

Ich hätte ihr noch mehr über den wahren Darwin Bishop erzählen können, einschließlich dessen, was ich über seine Affäre mit Claire Buckley wusste. Doch dies war nicht der richtige Zeitpunkt. Und außerdem war ich nicht sicher, ob es mir zustand. »Ich möchte gern die Frage in den Raum stellen, ob Tess vielleicht woanders sicherer wäre«, sagte ich. »Vielleicht bei Ihren Eltern oder bei Freunden.«

»Ich weiß nicht, ob ich das tun könnte«, gestand sie tonlos.

»Warum nicht?«

»Darwin würde es niemals erlauben«, sagte sie.

Diese Worte bewiesen deutlich Bishops psychologische Kontrolle über seine Frau. »Sie könnten es ohne seine Einwilligung tun. Sie haben das Recht ...«

»Rechte haben kein sonderlich großes Gewicht, wenn man es mit jemandem wie ihm zu tun hat«, bemerkte sie.

»Warum das?«

»Die wenigen Male, als ich die Möglichkeit einer Trennung angesprochen habe, hat er klargemacht, dass er es nicht zulassen würde.«

»Welche Wahl hätte er denn?«

Julia lächelte kurz, als wäre sie im Begriff, einem Kind den Lauf der Welt zu erklären, dann wurde ihr Gesicht wieder ernst. »Wenn man Darwin Bishop heißt, erweitert dies das Spektrum der Möglichkeiten ungemein«, bemerkte sie. »Ein ganzes Team von Anwälten könnte vor Gericht endlose Anträge auf Sorgerecht für unsere Kinder einreichen. Er könnte eine Pressekampagne starten, um meinen Ruf zu zerstören und Richter zu beeinflussen. Er könnte für Monate mit Garret und Tess in eines der vielen Länder reisen, in denen er Geschäfte betreibt. Er könnte Claire wahrscheinlich genug bezahlen, um sie zu überreden, ihn zu begleiten. Er könnte sogar beschließen, nie wieder zurückzukehren.«

»Und Claire würde bei ihm bleiben?«, fragte ich, um herauszufinden, ob Julia von sich aus irgendeinen Verdacht hinsichtlich der Affäre äußern würde.

»Jeder ist käuflich, Frank«, erklärte sie. »Claire ist nicht mit Geld groß geworden. Sie lässt sich davon sehr beeindrucken.«

Julia machte sich eindeutig keine Illusionen über das Kindermädchen, doch ihre Antwort verriet mir nicht, wie viel genau sie von Claires Umtrieben wusste. Trotzdem beschloss ich, sie nicht zu bedrängen. »Unter dem Strich sagen Sie also, dass Darwin praktisch vor nichts zurückschrecken würde, um Sie davon abzuhalten, sich von ihm scheiden zu lassen«, fasste ich zusammen.

»Ich könnte auch einfach von der Bildfläche verschwinden, vermute ich.«

»Wollen Sie damit sagen, er würde …«

»Ich will damit sagen, dass ich nicht mutig genug bin, es darauf ankommen zu lassen, Frank«, erwiderte Julia. »Zumindest bin ich es bis jetzt nicht gewesen. Ich hatte nie den Mut, einfach fortzugehen.«

»Vielleicht ist es an der Zeit.«

»Vielleicht. Vielleicht ist das einer der Gründe, weshalb ich Sie angerufen habe. Sie geben mir das Gefühl, ich könnte es schaffen«, gestand sie.

Die Vorstellung, eine Frau zu retten, war eine unwiderstehliche Droge für mich. »Nur weil Sie es tatsächlich schaffen können«, erklärte ich. »Sobald Sie nur fest daran glauben.«

Sie nickte versonnen, ehe sie mich plötzlich eindringlich musterte. »Glauben Sie wirklich, Tess könnte in Gefahr sein? Glauben Sie, Darwin ist fähig, unsere Tochter zu töten? Sein eigen Fleisch und Blut?«

So direkt war mir die Frage zuvor noch nie gestellt worden. Ich dachte über Julias Überzeugung nach, dass Bishop immer und über alles die Kontrolle haben wollte und keine Intimität ertragen konnte. Ich dachte über die Teile seiner eigenen Seele nach, die er ausgelöscht hatte. »Ja«, erwiderte ich schließlich. »Ich glaube, er ist dazu fähig.«

Sie starrte mich wortlos an. Sie schien im Begriff zu stehen, meinem Vorschlag zuzustimmen, Tess an einen sichereren Ort zu bringen, doch dann senkte sie den Blick – vielleicht unter der Last all der Jahre, in denen sie sich Darwin Bishops Willen unterworfen hatte. »Darüber muss ich zuerst nachdenken«, erklärte sie.

»Ich hoffe, Sie denken nicht zu lange darüber nach«, sagte ich. Zu lange könnte *zu spät* sein, fügte ich im Stillen hinzu.

Sie sah mich hoffnungsvoll an. »Werden Sie zu Brookes …«, setzte sie an. Doch plötzlich stockte sie, wartete einen Moment und holte abermals tief Luft. »Kommen Sie morgen zu Brookes Beerdigung? Sie findet auf der Insel statt. St. Mary in der Federal Street. Fünf Uhr.« Sie hielt erneut kurz inne. »Darwin will, dass am Ende des Gottesdienstes die Sonne untergeht.«

Mir ging noch ein anderer Grund durch den Sinn, weshalb Bishop sich für eine abendliche Beerdigung entschieden haben könnte: Börsenschluss war um sechzehn Uhr dreißig. »Ich würde gern kommen«, sagte ich. »Ich bin allerdings nicht sicher, ob es Darwin in Anbetracht der laufenden Ermittlungen gefallen würde.«

»*Ich* möchte, dass Sie kommen«, erklärte sie. »Ich brauche Sie dort, egal, ob Win ein Problem damit hat oder nicht.«

»Dann werde ich dort sein.«

»Danke«, sagte sie leise.

Ich bot Julia an, sie zu ihrem Wagen zu bringen. Wir wollten gerade das Bomboa verlassen, als Johnny mich am Arm zurückhielt. Ich blieb stehen.

»Sie ist umwerfend«, bemerkte er. »Ihr gebt ein tolles Paar ab.« Er zwinkerte Julia zu, die an der Tür stehen geblieben war.

»Man sollte niemals das Geschäftliche mit dem Vergnügen vermischen«, erwiderte ich – halb als Mahnung an mich selbst. »Das ist ein Garant für ein Desaster.«

»Aber ein solches Vergnügen …«, sinnierte er.

Johnny lebte mit der Geschäftsführerin seines Restaurants, einer Schönheit namens Yvette, zusammen. »Von dir nehme ich das als Kompliment«, sagte ich. »Grüß Yvette von mir.«

»Mach ich.« Er zögerte kurz. »Noch etwas, mein Freund«, sagte er und beugte sich näher heran. »Es geht um den Sambuca, den du vorhin bestellt hast. Ich hatte Stevie an der Bar bereits angewiesen, dir keinen Schnaps auszuschenken. Versuch noch einmal, dir in meinem Laden unter der Hand einen Drink zu besorgen, und ich sperre dich verdammt noch mal im Keller ein und werfe den Schlüssel weg, bis du nie wieder ein Glas anrührst.«

Ich rang mir ein Lächeln ab.

»Ich meine es ernst«, versicherte er.

»Du bist ein guter Kerl, Johnny.«

»Reiß dich zusammen, ja?«

»Versprochen«, sagte ich. »Das werde ich. Du kannst dich darauf verlassen.«

»Gut«, sagte Johnny. Sein Tonfall verriet deutlich, dass er mir meine Lippenbekenntnisse nicht abkaufte. »Ich bin hier, wenn du mich brauchst.«

Ich ging zu Julia hinüber, und wir traten zusammen aus dem Restaurant.

»Mein Wagen steht im Parkhaus in der Dartmouth Street«, sagte sie. Wir machten uns auf den Weg die Stanhope Street hinunter in Richtung Dartmouth, doch schon nach wenigen Schritten blieb Julia stehen. »Sie brauchen mich wirklich nicht zu meinem Wagen zu bringen«, erklärte sie.

»Es macht mir nichts aus«, versicherte ich ihr.

Sie sah zur gegenüberliegenden Straßenseite hinüber. »Es ist keine gute Idee.«

Ich folgte ihrem Blick und bemerkte einen weißen Range Rover mit getönten Scheiben, von dem ich vermutete, dass es sich um einen von Darwin Bishops handelte. Ich spürte einen Adrenalinstoß. »Er lässt Sie beschatten?«

»Unwahrscheinlich«, sagte sie. »Ich vermute eher, dass er Sie beschatten lässt.« Sie streckte mir ihre Hand hin. »Schlagen Sie ein«, forderte sie mich auf. »Alles ganz geschäftsmäßig, ja?«

Ich ergriff ihre Hand, ohne sie jedoch zu schütteln. Sie sah mich an, und ich erkannte die Mischung aus Zuneigung und Angst in ihren Augen. »Ich sehe Sie dann morgen Nachmittag«, versprach ich und ließ ihre Hand los.

Sie nickte zaudernd, drehte sich um und ging in Richtung Parkhaus davon.

Ich überquerte die Straße und trat an den Range Rover. Ich konnte nicht durch das Fenster auf der Fahrerseite sehen, deshalb klopfte ich an die Scheibe, worauf das Fenster heruntergelassen wurde. Ein Mann von Mitte dreißig saß hinter dem Steuer. Sein Hals war baumstammgleich, und er trug ein weites Seidenhemd, unter dem jedoch eine offenkundig massige Statur zu erkennen war.

»Kann ich Ihnen helfen?«, fragte er tonlos.

»Ich möchte Ihrem Brötchengeber eine Nachricht zukommen lassen.«

Er antwortete nicht, machte aber keine Anstalten, das Fenster zu schließen.

»Richten Sie Mr. Bishop aus, dass es mich nicht stört, wenn er mich beschatten lässt. Er kann mich auch gern besuchen. Ich wohne Winnisimmet Street Nummer neununddreißig in Chelsea. Oberste Etage. Wohnung 5b. Ich verbringe recht viel Zeit dort und bin abends fast immer zu Hause.«

»Ich werde es ausrichten«, erwiderte der Mann.

Ich wandte mich zum Gehen, drehte mich jedoch noch einmal um. »Eine Sache noch. Da ich weder ein Kind noch eine Frau bin, muss er damit rechnen, dass ich mich besser gegen ihn wehren kann als seine üblichen Opfer. Vielleicht sollte er lieber jemanden von Ihrem Kaliber zur Unterstützung mitbringen.«

8

Das Telefon klingelte, als ich meine Wohnung betrat, doch ich erreichte den Apparat nicht rechtzeitig. Ich überprüfte meinen Anrufbeantworter. Es waren einunddreißig Anrufe eingegangen, aber weniger als eine Minute Aufnahmezeit verbraucht. Das bedeutete, dass ständig wieder aufgelegt worden war. Ich wollte gerade die Rufnummernanzeige durchgehen, als das Telefon abermals zu klingeln begann. Ich riss den Hörer von der Gabel. »Clevenger.«

»Wie viele Psychiater braucht man, um eine Glühbirne zu wechseln?«

Ich erkannte Billy Bishops Stimme. »Wo bist du?«, fragte ich.

»Kommen Sie schon«, sagte er. »Wie viele?«

»Drei«, riet ich, um ihn bei Laune zu halten.

»Nur einen«, erwiderte er, »aber es kann Jahre dauern, denn die Glühbirne muss sich erst selbst eingestehen, dass sie durchgeknallt ist.«

»Okay«, sagte ich. »Sehr komisch. Also, wo bist du?«

»Ich bin nicht mehr im Irrenhaus eingesperrt«, erklärte er.

Ich warf einen Blick auf die Rufnummernanzeige. *Rufnummer unbekannt.* Ich vermutete, dass Billy von einer Telefonzelle aus anrief. »Geht es dir gut?«

»Mir geht es bestens, wenn man von der unbedeutenden Kleinigkeit absieht, dass mein Vater versucht, mich lebenslänglich hinter Gitter zu bringen. Es würde schon eine Menge Therapiestunden brauchen, um das zu verarbeiten, denken Sie nicht auch?«

Obwohl die Lage ernst war, schmunzelte ich. »Ich schätze, du hast Recht.« Ich machte eine kurze Pause. »Sag mir, wo du bist. Ich komme hin.«

»Nein. Ich kann auch nicht lange reden«, erklärte er. »Sie müssen mir etwas Geld leihen. Ich zahl's Ihnen auch zurück.«

Ich wollte die Sache möglichst ruhig angehen und Billy überreden, in die Klinik zurückzukehren, obgleich er zweifelsohne verhaftet werden würde. So riskant es für ihn sein mochte, die Klippen des Justizsystems zu umschiffen, es war bedeutend sicherer als das Leben auf der Straße. Und Billy war nicht der Einzige, der in Gefahr war; ich hatte nicht vergessen, dass er angesichts seines Hangs zur Gewalttätigkeit jeden Moment auf unberechenbare und äußerst destruktive Weise zuschlagen könnte. »Ich denke, es ist ein Fehler gewesen, dass du aus dem Payne Whitney abgehauen bist«, sagte ich. »Ich halte es für das Beste, wenn du wieder zurückgehst und dir einen Anwalt besorgst, der dich vertritt.«

»Danke für den Ratschlag«, sagte er. »Werden Sie mir in meiner Zelle Gesellschaft leisten, wenn ich lebenslänglich in den Knast wandere?«

»Sie müssen erst beweisen, dass du schuldig bist«, erwiderte ich.

»Ich brauche Geld«, sagte er. »Das ist das Einzige, was ich im Moment brauche.«

»Wo kann ich dich treffen?«

»Wie ich schon sagte, das können Sie nicht. Es gibt da einen sicheren Ort, wo Sie es für mich hinterlegen können. Ich habe jemanden, der es abholen und mir bringen kann.«

»Wo bist du?«

»Kann ich das Geld haben?«, fragte er. »Sie wissen, dass ich Brooke nicht umgebracht habe. Sie *wissen* es.«

Ein Unterton von Verzweiflung stahl sich in seine Stimme. Ich spekulierte darauf, dass er verzweifelt genug war, mir zu vertrauen. »Nur, wenn wir uns treffen können«, erklärte ich.

»Unmöglich«, entgegnete er.

»Mein Angebot steht, Billy. Nimm's an, oder lass es sein.«

Er schwieg einen Moment lang. »Ich weiß nicht mehr weiter«, sagte er schließlich. »Sie dürfen mich nicht hängen lassen, Doc. Ich verlasse mich auf Sie.«

Ich schloss die Augen und stellte mir vor, wie beängstigend

es für einen Sechzehnjährigen sein musste, ganz auf sich allein gestellt zu sein, mit der Aussicht, den Rest seines Lebens hinter Gittern zu verbringen. »Ich möchte ja nur, dass du mir ein Stück entgegenkommst. Du kannst das Geld haben, wenn wir uns treffen.«

»Ist das alles? Das ist Ihre endgültige Antwort?«

»So ist es.«

»Dann haben Sie genauso viel Schuld an dem, was passieren wird, wie alle anderen«, sagte er verbittert.

»Schuld – woran?«

»Sie können es in der Zeitung nachlesen.« Er legte auf.

»Billy!«, brüllte ich in den Hörer. Ich wählte *69, um die Verbindung wiederherzustellen, bekam aber nur die Standardansage zu hören, die Rückruf-Funktion sei nicht verfügbar. Ich knallte den Hörer auf die Gabel, sodass das Telefon krachend zu Boden fiel.

Ich weiß nicht mehr weiter. Ich starrte auf die Telefonschnur, die sich um eins der Tischbeine gewickelt hatte. Ich konnte förmlich den Anruf hören, den ich vor so vielen Jahren von Anne Saxon, einer Sozialarbeiterin des Jugendamts, erhalten hatte, nachdem man Billy Fisk erhängt in der Garage seiner Eltern gefunden hatte. Tage zuvor hatte Fisk sich an mich gewendet – zum letzten Mal, wie sich herausstellen sollte. Er hatte mir erzählt, wie unglücklich er zu Hause war, und mich gefragt, ob er bei mir wohnen könnte, was mir damals ganz und gar unmöglich erschienen war. Patienten ziehen einfach nicht bei ihren Psychiatern ein. Hätte ich jedoch gewusst, wie nahe er am Abgrund stand, hätte ich eingewilligt.

Wiederholte sich das nun alles? Stellte Gott mich auf die Probe, um zu sehen, ob ich gelernt hatte, über meinen Schatten zu springen, um einen Menschen vor dem Absturz zu bewahren?

Ich ging die Hand voll Nummern durch, die von meinem Anrufbeantworter registriert worden waren. Alle hatten die 508-Vorwahl, die Cape Cod und Nantucket einschloss. Die einzige Nummer, die ich wieder erkannte, war die von North

Anderson. Ich vermutete, dass die anderen Anrufe von Billy stammten, der nach Hause geflohen war, statt davon wegzulaufen.

Ich hörte Norths Nachricht ab, die nichts Dringendes enthielt, sondern nur die Bitte um Rückruf. Ich wählte seine Büronummer. Seine Sekretärin stellte mich durch.

»Billy ist aufgetaucht«, teilte ich ihm mit.

»Wie?«, fragte er.

»Er hat mich angerufen und wollte sich Geld von mir leihen.«

»Ich hoffe, er hat die Absicht, sich ein einfaches Flugticket nach Russland zu kaufen und nicht eine gestohlene Knarre«, erwiderte er. »Ich würde ihm kein Geld geben.«

»Er wollte, dass ich das Geld irgendwo hinterlege, damit ein Kumpel es für ihn abholen kann. Ich habe ihm gesagt, dass das nicht in Frage kommt.«

»Gut. Das fehlt mir gerade noch, dass ich einem sechzehnjährigen Knaben durch zwei Bundesstaaten – oder zwei Kontinente – nachjagen muss«, sagte Anderson. »Er wird sich schon wieder bei dir melden.«

»Gegen Ende des Gesprächs hat er ziemlich drohend geklungen«, gestand ich. »Er hat gesagt, ich solle ein Auge auf die Zeitungen haben.«

»Ein Grund mehr, ihm kein Geld zu geben. Ohne volle Brieftasche taucht er früher wieder auf.«

Ich fühlte mich ein wenig besser, was meine Entscheidung betraf, ihm kein Geld zu geben, wenn auch nicht viel. »Du hattest eine Nachricht auf meinem Anrufbeantworter hinterlassen«, sagte ich. »Worum ging's?«

»Nichts Dringendes. Ich wollte dich nur wissen lassen, dass ich langsam ein bisschen politischen Druck durch den guten alten Darwin spüre. Wir müssen ihm auf den Schlips getreten sein.«

»Und wie sieht dieser politische Druck aus?«, erkundigte ich mich.

»Mein Posten basiert auf dem Wohlwollen des Bürgermeisters«, erklärte Anderson. »Und der Bürgermeister dient einer Vielzahl von Herren, Darwin Bishop eingeschlossen. Er hat mich angerufen, um mich wissen zu lassen, dass er nicht erfreut über deine Mitarbeit an diesem Fall ist. Er versteht nicht, wofür wir einen forensischen Psychiater brauchen, wenn es einen klaren Hauptverdächtigen und einen schnurgeraden Weg zum Prozess gibt, sobald sich besagter Verdächtiger in Gewahrsam befindet.«

»Im Klartext: Lass den Milliardär in Ruhe, und schließ den Fall ab«, sagte ich.

»Du sprichst wirklich fließend Nantucket.«

»Und was bedeutet das konkret für uns?«, fragte ich.

»Nicht das Geringste, bis sie mich feuern, von der Insel vertreiben und eine Barrikade errichten, um zu gewährleisten, dass ich nicht wieder zurückkomme.«

Ich hatte mich immer auf North Andersons Loyalität verlassen, wollte sie aber auf keinen Fall ausnutzen. »Du kannst mich offiziell aus dem Fall entlassen, und ich könnte auf eigene Rechnung weiterarbeiten«, schlug ich vor.

»Meine Güte«, sagte er, »du hast deine Meinung aber gründlich geändert. Du wolltest doch nichts mit der Sache zu tun haben, von *pro bono* ganz zu schweigen.«

»Die Dinge ändern sich«, gab ich zurück.

»Nicht alle«, sagte Anderson. »Wenn sie dich aus dem Fall raushaben wollen, dann müssen sie zuerst mich feuern. Und das wird nicht passieren.«

»Verstanden.« Einen Moment lang genoss ich das wohlige Gefühl, das Andersons Kameradschaft in mir weckte. »Ich habe heute ebenfalls eine Botschaft von Darwin Bishop erhalten. Er hat mich beschatten lassen, als ich mich mit Julia zum Mittagessen getroffen habe. Irgendein Gorilla in einem seiner Range Rover hat vor dem Restaurant geparkt.«

Anderson schwieg einen Moment lang. »Ich denke, du solltest für ein paar Tage herkommen«, sagte er schließlich.

»Damit du auf mich aufpassen kannst?«

»Warum nicht? Du hast oft genug auf mich aufgepasst.«

Ich hatte bereits darüber nachgedacht, wieder auf die Insel zu fahren, besonders seit Billys Anrufe darauf hindeuteten, dass er eher in der Nähe von Nantucket als Chelsea war. »Besteht eine Chance, dass ich noch einmal mit Darwin Bishop sprechen kann?«

»Ich kann versuchen, es einzurichten«, sagte Anderson. »Er lässt dich bereits beschatten. Möglicherweise freut er sich über die Gelegenheit, dir persönlich auf den Zahn zu fühlen.«

»Ich könnte heute Abend eine Fähre nehmen, vorausgesetzt natürlich, es gibt einen freien Platz. Wenn du das Treffen für mich arrangieren kannst, dann habe ich einen ziemlich vollen Terminkalender. Ich gehe morgen zu Brooke Bishops Beerdigung.«

»Auf Julias Einladung hin?«, fragte er.

»Ja.«

Diesmal hielt sein Schweigen noch länger an. »Hör zu, wir kennen uns schon ziemlich lange, stimmt's?«

Ich wusste, worauf er hinauswollte. »Du brauchst es nicht zu sagen.«

»Ich tue es aber trotzdem: Lass die Finger von ihr.«

»Ich habe sie nicht angefasst«, versicherte ich.

»Du hast nicht, und du *wirst* auch nicht?«

Ich zögerte.

»Hör zu«, sagte Anderson. »Ob du mit verheirateten Frauen rummachst, ist deine Sache. Ich werde dir ganz bestimmt keine Moralpredigt halten.«

»Gut.«

»Du musst die Finger von ihr lassen, weil es diesem Fall schadet. Du kannst nicht objektiv sein, wenn du mittendrin steckst, klar?«

Ich wusste genau, was er meinte. Persönliche Grenzen in professionellen Beziehungen zu überschreiten ist immer eine schlechte Idee. Und als Psychiater widerspricht es dem Berufsethos ganz besonders. Doch Julias Anziehung auf mich verwischte all diese Grenzen. Ich hatte große Zweifel, ob ich irgendwelche ernst gemeinten Versprechen oder Vorhersagen in Bezug darauf machen konnte, in welche Richtung sich meine Beziehung zu ihr entwickeln würde. »Du hast Recht.« Mehr sagte ich nicht dazu.

»Und …«

»Und ich werde versuchen, heute Abend eine Fähre zu kriegen.«

»Du spielst mit dem Feuer, Frank.«

»Schon verstanden.«

Er seufzte tief. »Ruf mich an, wenn du auf der Insel ankommst.«

»Mach ich.«

Ich packte nur das Nötigste ein, ehe mir auffiel, dass ich angesichts der besonderen Aufmerksamkeit, die Darwin Bishop mir zuteil werden ließ, ein wichtiges Reiseutensil vergessen hatte. Ich ging zum Bett, griff hinter den Rahmen, holte meine Browning Baby hervor und steckte sie in die Vordertasche meiner Jeans. Es war lange her, seit ich eine Waffe tragen musste, doch nun war es wieder so weit.

Als Nächstes ging ich in die Küche und schaute zu den beiden Türen des Schranks über dem Kühlschrank hinauf. Ich hatte diese Türen seit über zwei Jahren nicht mehr geöffnet und auch den Schrank nicht ausgeräumt. Eine Auswahl von Single-Malt-Whiskys stand darin und wartete auf einen Moment wie diesen, wenn wieder einmal irgendein Problem in der Welt zu meinem wurde. In dem Schrank befand sich darüber hinaus eine Taschenflasche aus abgegriffenem Sterling-Silber mit eingraviertem »FGC« auf der Vorder- und Rückseite. *Frank Galvin Clevenger.* Ich war kein Freund von Monogrammen, doch Galvin war der erste Vorname meines Vaters gewesen, und ich hatte es passend gefunden, das »G« auf einem Gefäß stehen zu haben, das den Keim unserer gemeinsamen Krankheit enthielt.

Ich streckte die Hände aus, öffnete die Schranktüren und holte die Taschenflasche und eine Flasche zwanzig Jahre alten Glenlivet heraus. Ich schraubte die Verschlüsse von beiden Flaschen. Dann goss ich in einem Ritual, das mich an manchen Tagen an eine Transfusion, an anderen an einen Aderlass erinnert hatte, einen dünnen Strahl Scotch aus der großen Flasche in die kleine, wobei ich dem vertrauten Lied lauschte, mit dem die Flüssigkeit in den hohlen Behälter gluckerte. Anfangs war es eine dunkle, kehlige Melodie, die gegen Ende immer schriller wurde. Die Erinnerung weckte Furcht und – bedeutend unheilvoller für mich – Nostalgie.

Ich hatte einen Platz auf der Sieben-Uhr-Fähre von Hyannis gebucht und beabsichtigte, meinen Pick-up auf dem dortigen Langzeitparkplatz abzustellen. Doch als mir der Schalterangestellte im Fährbüro erzählte, es sei ein Platz auf dem Autodeck frei geworden (ein wahres Wunder im Juni), zahlte ich freudig 202 Dollar und fuhr an Bord.

North Anderson hatte mich auf meinem Handy angerufen und mir das Gästezimmer in seinem Haus angeboten, was ich jedoch abgelehnt hatte, da ich ihm und seiner Frau Tina nicht zur Last fallen wollte. Ohne Vorwarnung Gastgeberin spielen zu müssen, wenn man im sechsten Monat schwanger ist, dürfte nicht besonders lustig sein. Außerdem zog ich es vor, meinen eigenen Stützpunkt zu haben. Ich gab Anderson meine voraussichtliche Ankunftszeit durch und reservierte ein Zimmer im Breakers, das zum White-Elephant-Hotelkomplex an der Easton Street gehört, die an der Nordseite des Hafens von Nantucket entlangführt.

Ich machte ein knapp einstündiges Nickerchen in meinem Pick-up, ehe ich hinaus auf das Deck trat, um frische Luft zu schnappen. Die Temperatur lag bei knapp fünfzehn Grad, was ziemlich kühl für Ende Juni war. Ich stellte mich ans Heck, atmete die Gischt ein und schaute auf das wie weiße Watte anmutende Kielwasser der Fähre. Ich fragte mich, ob Billy kürzlich dieselbe Fahrt gemacht hatte, und stellte mir vor, wie er sich ungesehen oder unerkannt auf die Insel stahl – eine bittere Ironie für einen Jungen, dem bereits seine Identität, einschließlich seiner leiblichen Eltern, seines Heimatlandes, seiner Muttersprache und seines Namens, genommen worden war. Jetzt hing sein Überleben davon ab, dass er den Rest seiner selbst aufgab, zumindest für eine Weile. Wenn sich dies zu sehr wie Sterben anfühlte, könnte er auf die Idee kommen, es tatsächlich zu tun. So seltsam es klingen mag, aber Selbstmord ist manchmal ein Akt, mit dem ein Mensch die Kontrolle zurückgewinnt – der letzte Versuch der Seele, sich von übermächtigen weltlichen Einflüssen zu befreien.

Ich dachte an meine erste Therapiestunde mit Dr. James zurück. Ich hatte fünf oder zehn Minuten über eine Krankenschwester geredet, mit der ich ausging. Sie wollte eine feste Bindung, während ich mich noch nicht bereit dafür fühlte, was zu bedeuten schien, dass ich sie verlieren würde. Rückblickend war die ganze Sache von Anfang an zum Scheitern verurteilt; ich war damals in keiner Weise fähig zu einer echten Beziehung.

James unterbrach mich schließlich mitten im Satz. »Wir haben nicht viel Zeit zusammen«, erklärte er. »Wir sollten sie nicht damit vergeuden, über eine deiner Eroberungen zu reden. Darf ich dir eine konkrete Frage stellen, damit wir endlich ernsthaft anfangen können?«

Ich hörte auf zu schwadronieren und nickte.

»Wann hast du das erste Mal darüber nachgedacht, dich umzubringen?«, fragte er.

Ich saß wie benommen auf meinem Stuhl und starrte den gnomenhaften einundachtzigjährigen Mann mit dem Seersucker-Anzug und den zwei mit Türkisen besetzten silbernen Armreifen mir gegenüber an. »Wann ich das erste Mal darüber nachgedacht habe, *mich* umzubringen?«, stammelte ich verblüfft.

Er sah auf seine Uhr, dann zwinkerte er mir zu und lächelte freundlich, fast liebevoll. »Komm schon, Frank«, sagte er. »Gib's auf. Was hast du zu verlieren?«

Und ich tat es. Einfach so. Das war die große Gabe dieses Mannes. Ich erzählte ihm, dass ich mit neun Jahren das erste Mal darüber nachgedacht hatte, allem ein Ende zu machen. Mein Vater hatte mich gerade verprügelt, und ich war nach oben in mein Zimmer gelaufen und hatte eine Jeans, meinen Baseball-Handschuh und mein Lieblings-Modellflugzeug in eine Sporttasche gestopft. Dann war ich wieder nach unten gegangen und in der winzigen Diele neben der Küche stehen geblieben. Es lag nur noch eine kurze Treppe vor mir, die zur Haustür führte.

Mein Vater sah mich und kam aus der Küche. »Willst du irgendwohin?«, fragte er.

Ich nahm all meinen Mut zusammen und starrte ihn an. »Leb wohl«, sagte ich.

»Was soll das denn werden?«, gab er zurück.

»Such nicht nach mir«, sagte ich, vor Angst zitternd. »Ich komm nicht zurück.« Übersetzung: Sag mir, dass es dir Leid tut und dass du möchtest, dass ich bleibe und dass alles anders werden wird, wenn ich es tue.

Er lachte mich aus. »Dann geh doch«, sagte er. »Du willst hier den großen Mann spielen? Du willst nicht mehr hier wohnen? Dann hau ab.« Er ging zurück in die Küche.

Ich sah zu meiner Mutter, die das Abendessen zubereitete. All die Jahre, die sie tatenlos dabeigestanden hatte, wenn mein Vater seine Brutalität an mir ausließ, hätten wettgemacht werden können, wenn sie den Mut gehabt hätte, mir in diesem Moment beizustehen. Doch sie rührte sich nicht, sagte kein Wort.

In Wahrheit konnte ich nirgendwohin. Ich war neun und hatte mich noch nie so hilflos gefühlt. Ich ließ meine Tasche fallen, rannte in mein Zimmer und weinte. Und ich brütete den Plan aus, zu warten, bis meine Eltern schliefen, und dann den Gürtel meines Vaters als Schlinge zu benutzen, um mich damit an dem Haken an der Badezimmertür zu erhängen.

Zwei Dinge hatten mich auf dieser Welt gehalten. Zum einen mein bester Freund Anthony, der im Klassenzimmer hinter mir saß und die unheimliche Fähigkeit besaß, meine Sätze zu beenden. Das andere war meine zwei Jahre alte Schildkröte Seymour, die zweifelsohne eingehen würde, wenn ich sie allein bei meiner Mutter und meinem Vater zurückließ.

Ich wischte mir die Gischt vom Gesicht und atmete tief die Atlantikluft ein. Inzwischen schien es noch kälter geworden zu sein. Ich griff in meine Tasche, holte meine Taschenflasche heraus, schraubte den Verschluss auf, hob das Metall an meine Lippen und trank einen Schluck.

Als die Fähre schließlich den Nantucket-Sund erreichte und ich zu meiner Rechten Martha's Vineyard und die Silhouette des Cape-Pogue-Leuchtturms auf Chappaquiddick Island ausmachen konnte, hatte ich etwa ein Drittel des Scotchs intus. Etliche Schlucke mehr liefen meine Kehle hinunter, während wir zwischen die beiden Molen glitten, die die Einfahrt in den Hafen von Nantucket schützen. Und als wir schließlich am Brant-Point-Leuchtturm vorbei auf die Kaianlage zuhielten, war die Taschenflasche leer. Ich hielt sie ins Mondlicht und fixierte das Monogramm mit dem unheilschwangeren »G« meines Vaters in der Mitte. Ich rieb mit meinem Daumen darüber, während ich ihn vor meinem geistigen Auge sah, wie er in der Küchentür stand und mir sagte, ich solle doch abhauen, wenn ich denn wollte. Dann warf ich die Taschenflasche in die Wellen.

Ich fuhr zum Breakers und bezog meine Suite. Frische Blumen und eine Flasche Merlot, ein Geschenk der Hotelleitung, waren für mich bereitgestellt worden. Zum Glück plagten mich bereits Schuldgefühle wegen meines Trinkens, sodass ich die Flasche draußen auf dem Flur neben meine Tür stellte.

Ich war noch keine Viertelstunde in meinem Zimmer, als North Anderson vom Foyer aus anrief und sagte, er müsse mit mir reden.

Wir gingen für ein verspätetes Abendessen in den Brant Point Grill im Hotel. Von unserem Tisch aus konnten wir sowohl den Hafen als auch den Rest des Speisesaals überblicken. Beide waren ein wenig zu hübsch und weckten einen Anflug von Unbehagen in mir. Während ich die sonnengebräunten, elegant gekleideten, schmuckbehängten Gäste betrachtete, fragte ich mich, wie die Gemeinde mit einem Mörder in ihrer Mitte fertig wurde. »Hat die Lokalzeitung über den Bishop-Fall berichtet?«, fragte ich Anderson.

»Ich hab gehört, dass der *Boston Globe* an einem ausführlicheren Artikel recherchiert«, antwortete er. »Aber hier auf der Insel haben sie es wie einen Autodiebstahl behandelt. Im *Inquirer* gab es ganz versteckt zwei kurze Absätze.«

»Seh nichts Böses, hör nichts Böses«, bemerkte ich. »Seltsam, wie man auf diese Weise offenbar alle schlimmen Dinge verschwinden lassen kann.«

Anderson nickte. »Leute haben die verschiedensten Methoden, um der grausamen Wirklichkeit zu entfliehen. Das weißt du selbst am besten. Diese Insel, die Lebensart hier – das ist eindeutig eine davon. Um ehrlich zu sein, ist das der Grund, warum ich hier Polizeichef geworden bin. Ich hätte nicht gedacht, dass ich jemals wieder einen Mordfall bearbeiten würde. Und es hätte mir nicht gefehlt.« Er beugte sich etwas näher. »Du scheinst dich immer noch in den Schnaps zu flüchten.«

Das bedeutete, dass mein Atem nach Scotch riechen musste. »Nur ein kleiner Ausrutscher, verstehst du? So etwas passiert.«

»Nein, das verstehe ich nicht«, gab er zurück. »Ich verstehe nicht, wie es passieren kann, dass du alles aufs Spiel setzt, was du dir in den letzten zwei Jahren aufgebaut hast. Denn ich erinnere mich genau daran, wie es nach dem Lucas-Fall in deinem Kopf ausgesehen hat. Ich war nicht sicher, ob du je darüber hinwegkommen würdest.« Er wandte seinen Blick ab. »Vielleicht war es ein Fehler von mir, dich dazuzuholen.«

Ich sah ihn verkniffen an. »Wie bitte?«

Eine Kellnerin kam an unseren Tisch, worauf ich meine Aufmerksamkeit widerstrebend der Speisekarte zuwandte. Anderson tat es mir nach.

»Hör zu«, sagte er, sobald sie wieder weg war. »Ich brauchte Hilfe, also habe ich dich gedrängt, bei diesem Fall einzusteigen. Aber vielleicht hattest du Recht, als du mich abgewiesen hast.« Er musterte mich wie ein Arzt, der eine unheilbare Krankheit diagnostizieren musste. »Vielleicht bist du nicht mehr in der Lage, diese Art von Fällen zu übernehmen. Es nimmt dich zu sehr mit.«

»Hast du mir nicht erst gestern Abend am Telefon erklärt, dass sie erst dich von dem Fall entbinden müssten, um mir den Fall wegzunehmen?«, bemerkte ich.

»Ich biete dir die Gelegenheit auszusteigen«, sagte er. »Denk drüber nach, und sag mir dann, wie du dich entschieden hast.«

»Ich brauche nicht darüber nachzudenken«, gab ich zurück. »Ich stecke schon zu tief drin, um einen Rückzieher zu machen.«

Er nickte ohne Überzeugung.

»Ich rühre das Zeug nicht an. In Ordnung?«

»Sicher«, sagte er.

Ich fühlte mich in die Enge getrieben, deshalb schlug ich zurück. »Vielleicht geht es hier ja überhaupt nicht um mein Trinken«, bemerkte ich.

»Was soll das denn heißen?«

»Dir sitzt der Bürgermeister im Nacken. Du hast einen netten Posten, den du gern behalten willst. Ich habe einen kleinen Ausrutscher, und du schickst mich in die Wüste. Und alle sind glücklich.«

»Und wen meinst du mit ›alle‹?«, knurrte Anderson.

Ich zuckte mit den Schultern. »Der Bürgermeister und Darwin Bishop.« Kaum hatte ich die Worte ausgesprochen, bereute ich sie auch schon. Ich wusste, dass Anderson mir nur helfen wollte. »Ich habe es nicht …«, setzte ich an.

Doch er war bereits aufgesprungen. »Leck mich doch am Arsch«, stieß er wütend hervor, ohne darauf zu achten, seine Lautstärke im Zaum zu halten.

»So habe ich es nicht gemeint«, sagte ich. »Und ich habe nicht damit angefangen.«

Anderson biss die Zähne zusammen. Sein Gesichtsausdruck verriet, dass es ihn einige Mühe kostete, sich zu beherrschen, doch am Ende setzte er sich wieder hin. »Ich will nur eins«, erklärte er, »und zwar diesen Fall aufklären, ohne dabei dein Leben oder meines zu ruinieren. Wenn ich also mitkriege, dass du dich an die Ehefrau eines Verdächtigen ranmachst ...«

»Ist es das, worum es hier geht?«, unterbrach ich ihn.

»Lass mich ausreden.« Er senkte seine Stimme. »Wenn ich sehe, wie du dich an Julia ranmachst und wieder zur Flasche greifst, dann mache ich mir Sorgen, ob du noch einen klaren Blick für die Dinge hast. Denn ich verlasse mich auf dich. Ist das so merkwürdig? Oder ist dir entfallen, dass ihr Sohn und ihr Mann die beiden Hauptverdächtigen in diesem Fall sind?«

»Es ist überhaupt nicht merkwürdig«, gestand ich zu. »Ich verstehe es.«

»Gut.« Anderson kippte sein ganzes Glas Eiswasser auf einmal hinunter, ehe er es mit der Nachdrücklichkeit eines Richters abstellte, der sein Urteil verkündete. Er schaute sich etwas verlegen im Speisesaal um. »Du hast morgen ein zweites Treffen mit Darwin Bishop«, sagte er.

Ich war etwas überrascht, dass Bishop eingewilligt hatte. »Was genau hat er gesagt?«

»Was immer er gesagt hat, er hat es nicht zu mir gesagt. Ich bin nur bis zu Claire Buckley vorgedrungen. Sie kümmert sich um Bishops Terminkalender.«

»Ich schätze, sie kümmert sich noch um einige andere Dinge.«

»Daran besteht kein Zweifel«, pflichtete Anderson augenzwinkernd bei. »Sal Ferraro, der Privatdetektiv, mit dem ich befreundet bin und der Bishops Hotel- und Reiserechnungen aufgespürt hat, hat mir erzählt, dass die beiden für nächsten Monat eine weitere Reise geplant haben. Juli in Paris. Bishop hat eine sehr teure Suite gebucht, für eine volle Woche, im George V, in der Nähe der Champs-Élysées.«

»Warum buchen sie nicht zwei Zimmer?«, fragte ich mich laut. »Nur um den Schein zu wahren?«

Anderson schmunzelte. »Warum hat Gary Hart sich mit einer Braut auf dem Schoß auf seiner Jacht fotografieren lassen? Warum hat Clinton es in seinem Amtszimmer im Weißen Haus getan?«

»Gute Fragen. Ich vermute, es war ihnen das Risiko wert. Oder es schien an der Zeit, den Selbstzerstörungsknopf zu drücken.«

»Ganz genau. Und darauf wollte ich auch hinaus, was Julia und dich betrifft«, sagte er.

»Schon verstanden«, erwiderte ich in der Hoffnung, es würde genügen, ihn von dem Thema abzubringen.

Er schien zufrieden zu sein. »Wirst du Darwin erzählen, dass Billy sich bei dir gemeldet hat?«, fragte er.

Ich dachte darüber nach. Streng genommen hatte Bishop das Recht, es zu erfahren – nicht nur, weil es seinen Sohn betraf, sondern auch, weil Billys Tonfall am Ende unseres Gesprächs darauf hindeutete, dass Darwin Bishops Sicherheit und die anderer Familienmitglieder auf dem Spiel stand. »Ich muss es ihm sagen«, erklärte ich schließlich. »Solange wir nicht absolut sicher sind, wer der Mörder ist, werde ich niemandes Geheimnisse für mich behalten.«

»Das seh ich auch so«, pflichtete Anderson bei, presste die Lippen zusammen und nickte nachdenklich. »Schließt das Julia ein?«, fragte er.

»Du gibst es einfach nicht auf«, stöhnte ich.

»Schließt es sie ein?«, beharrte er.

Ich musterte ihn durchdringend. »Die Antwort kennst du bereits«, erwiderte ich tonlos.

»Eigentlich nicht«, sagte er. »Aber ich habe noch eine andere Frage.« Er machte eine kleine Pause. »Warum haben wir bis jetzt noch nicht über sie als Verdächtige gesprochen?«

»Julia?«

»Sie wäre nicht die erste Frau, die ihr Kind umbringt«, bemerkte Anderson. »Sie war in der Nacht, als Brooke gestorben ist, im Haus, so wie alle anderen auch.«

»Wir haben nicht über sie gesprochen, weil keiner von uns beiden ernsthaft glaubt, dass sie irgendetwas damit zu tun hat«, erklärte ich. »Wir haben auch nicht über Billys Bruder Garret gesprochen.«

»Bleiben wir für den Moment doch erst einmal bei Julia, ja?«

»Klar.«

Er sammelte seine Gedanken. »Manche Frauen werden nach der Geburt eines Kindes depressiv, richtig? Postnatale Depression?«

Die postnatale Depression, auch Wochenbettdepression genannt, ist eine Erkrankung, die innerhalb der ersten sechs Monate nach der Geburt auftritt, und allein in den Vereinigten Staaten leiden Zehntausende von Frauen daran. Die Ursache ist unbekannt. Sie könnte hormonell, neurochemisch oder psychologisch sein – oder eine Kombination aus allen drei Faktoren. »Natürlich«, bestätigte ich.

»Und Frauen, die ihre Kinder ermordet haben, haben postnatale Depression als Grundlage benutzt, um auf Unzurechnungsfähigkeit zu plädieren, richtig?«, fuhr er fort.

Ich wusste, worauf er hinauswollte, war aber nicht in der Stimmung, klein beizugeben. »Du klingst wie ein Staatsanwalt«, bemerkte ich. »Stehe ich hier vor Gericht?«

»Beantworte einfach nur die Frage.«

»In einigen Fällen haben Frauen mit postnataler Depression auf nicht schuldig aufgrund von Unzurechnungsfähigkeit plädiert, nachdem sie ihre Babys getötet hatten«, räumte ich ein.

»Und in ein paar Fällen hat es sogar funktioniert. Sie haben erfolgreich angeführt, sie seien so depressiv gewesen, dass sie jeglichen Kontakt zur Realität verloren hätten.«

»Ich habe mit so etwas schon zu tun gehabt«, meinte ich. »Der Fall einer Frau in Georgia, die auf ihre Tochter geschossen und das Kind eines Nachbarn getötet hat. Die Geschworenen haben sie freigesprochen.«

»Und Julia Bishop ist in psychiatrischer Behandlung gewesen. Wegen Depressionen.«

Ich dachte an mein Mittagessen mit Julia zurück, besonders an meine Sorge, ihr Schlaf- und Appetitmangel könnte möglicherweise auf ein Wiederauftreten jener Depression hindeuten. »Was du sagst, ergibt durchaus einen Sinn«, sagte ich, »aber ...«

»Aber sie hat schöne Augen und einen tollen Hintern, und Frank Clevenger liebt nun mal die Damen, besonders die kaputten.« Er verzog gequält das Gesicht. Er wusste, dass ich noch immer nicht darüber hinweg war, Kathy an eine Geisteskrankheit verloren zu haben. »Tut mir Leid«, sagte er. »Jetzt ist es wohl an mir, mich zu entschuldigen.«

Ein Teil von mir wollte Anderson an der Kehle packen, während ein anderer ganz genau wusste, dass er Recht hatte. Ich konnte Julia Bishop als Verdächtige nicht ausschließen. »Mach dir darüber keine Sorgen«, sagte ich.

Er ließ trotzdem nicht locker. »Und was genau soll das heißen?«

»Sie kommt auf die Liste der Verdächtigen«, erklärte ich. »Ich glaube zwar nicht, dass sie Dichtungsschaum in Brookes Luftröhre gespritzt hat, im Moment kann ich es aber nicht beweisen, okay? Zufrieden?«

»Ja.« Anderson entspannte sich und lehnte sich auf seinem Stuhl zurück. »Versteh mich nicht falsch. Ich wäre wirklich sprachlos, wenn sich herausstellte, dass sie es gewesen ist, Frank. Aber es wäre nicht das erste Mal, dass ich mich irre.«

Unser Essen kam – Schwertfisch für mich, Lendensteak für

Anderson. Mir ging der Gedanke durch den Kopf, wie liebend gern ich mir ein Glas Merlot zu der Mahlzeit genehmigen würde. Ich sinnierte einen Moment lang über diese Worte. Ich hätte *liebend gern* ein Glas Merlot. Vielleicht lag Anderson doch gar nicht so falsch. Vielleicht war die Sucht der Kern meiner romantischen Gefühle für Frauen, Kathy – und Julia – eingeschlossen. Vielleicht waren es tatsächlich diejenigen mit den kaputten Seelen, die mich anzogen, weil sie meine eigene gebrochene Seele ansprachen.

Wir beendeten unser Essen und vereinbarten, uns um 10 Uhr am nächsten Morgen im Hotelfoyer zu treffen, damit Anderson mich zu meinem Termin mit Darwin Bishop um halb elf fahren konnte. Ich bot an, allein hinzufahren, doch er gab zu bedenken, dass offizielle Rückendeckung keine schlechte Idee wäre, solange ich von weißen Range Rovern verfolgt wurde.

Ich ging zurück zu meiner Suite. Die Weinflasche wartete noch immer im Flur auf mich, wo ich sie abgestellt hatte. Ich fixierte sie mit Absicht, weil ich den Drang in mir spürte, meinen Blick abzuwenden. Dann betrat ich mein Zimmer, schloss eilig die Tür und schob den Riegel vor.

9

Sobald Anderson und ich die Wauvinet Road erreichten, bekamen wir Begleitung – einen von Bishops Range Rovern, der uns die Straße entlang folgte und hinter Andersons Streifenwagen anhielt, als er auf dem halbrunden Platz vor der Bishop-Villa parkte. »Lass dir ruhig Zeit«, sagte Anderson grinsend. »Sieht nicht so aus, als wäre ich hier einsam.«

»Es dauert nicht lange«, versprach ich, ging allein zur Tür und klingelte. Ich schaute zum Tennisplatz hinüber und sah zwei Männer mit geschulterten Gewehren in Jeeps über das

Gelände fahren. Die Sicherheitsvorkehrungen für das Anwesen waren offenkundig verstärkt worden.

Eine halbe Minute später begrüßte mich Claire Buckley mit Tess Bishop auf dem Arm, die in eine hellgelbe Decke gewickelt war und schlief. »Sie war quengelig«, erklärte Claire geistesabwesend. »Sie wollte sich einfach nicht hinlegen lassen.« Sie trat zur Seite. »Kommen Sie herein.«

Ich trat in die Eingangshalle. Es machte mich nervös, Tess auf Claires Arm zu sehen, doch ich versuchte, es mir nicht anmerken zu lassen. Stattdessen fixierte ich Tess' kleine Finger, die sich um die Einfassung der Decke klammerten. Ihre winzigen Fingernägel waren rosa wie Zuckerwatte, und ihre Haut schimmerte wie Seide. »Sie ist wunderschön«, sagte ich.

Claire blickte auf das Baby hinab, lächelte und nickte zustimmend.

Unsere Lebensgeschichten nehmen sehr früh und gänzlich ohne unsere Zustimmung Gestalt an. Im Alter von fünf Monaten hatte Tess ihre Zwillingsschwester durch einen Mord verloren und wurde zeitweilig von der Geliebten ihres Vaters versorgt. Sie sog Gewalt, Falschheit und Gefahr praktisch mit der Muttermilch auf. Ich fragte mich, ob sie ihre ersten zwanzig Lebenswochen auf diesem Planeten wohl je bewältigen würde. »Sie tut mir so Leid«, sagte ich mechanisch.

»Wenigstens hat sie Brooke nie wirklich kennen gelernt«, erwiderte Claire leise. »Es ist besser so.«

Damit hatte sie vermutlich Recht, trotzdem fand ich nicht, dass es Claire Buckley zustand, das zu sagen. Am liebsten hätte ich sie darauf hingewiesen, dass Tess einer anderen Frau gehörte. »Haben Sie vor, eines Tages eigene Kinder zu bekommen?«, fragte ich.

Die Frage schien sie zu überraschen. Vielleicht betrachtete sie Tess tatsächlich als ihr eigenes Kind, möglicherweise fand sie aber auch nur die Frage zu persönlich. »Ich habe noch nicht ernsthaft darüber nachgedacht, ob ich Kinder haben will«, sagte sie. »Schließlich bin ich noch jung.«

Das war mir durchaus aufgefallen und Darwin Bishop ebenfalls. Claires Jugend war schwer zu übersehen. Ihr braunes Haar, das sie bei meinem letzten Besuch zu einem Zopf gebunden hatte, war dieses Mal offen und reichte bis zu ihrer Taille. Sie trug Shorts und eine schlichte hellblaue, ärmellose Bluse, die verrieten, dass sie die geschmeidige Muskulatur einer Turnerin besaß. Ich betrachtete ihr Gesicht und erkannte, dass sie nicht einfach nur hübsch, sondern eine geborene Schönheit war, mit tiefbraunen Augen, vollen Lippen und hohen Wangenknochen, die Eleganz und Sinnlichkeit verschmolzen. »Sie haben bestimmt Recht«, pflichtete ich bei. »Sie haben noch jede Menge Zeit. Und Sie werden hier gebraucht.«

»Es freut mich, dass ich helfen kann. Die Bishops waren sehr gut zu mir«, sagte sie. Tess bewegte sich in ihrer Decke und streckte ihre Ärmchen aus, sodass Claire sie auf ihrem Arm zurechtrücken musste. »Sie will bald ihr Fläschchen. Ich bringe Sie zu Win.«

Wir machten uns auf den Weg in Richtung Arbeitszimmer. »Ist Julia zu Hause?«, erkundigte ich mich.

»Ich habe ihr den Tag freigegeben«, scherzte Claire.

»Nett von Ihnen«, bemerkte ich tonlos.

Sie musterte mich kühl. »Sie ist nach Vineyard gefahren, um ihre Mutter zu besuchen. Die beiden kommen am späten Nachmittag zusammen zurück.« Sie machte eine kurze Pause. »Brookes Beerdigung ist um fünf.«

»Ich hatte vor hinzugehen«, erklärte ich.

»Ich bin sicher, die Familie ist Ihnen dafür dankbar«, sagte sie. »Ich bleibe hier bei Tess. Ich denke, wir können ihr die Atmosphäre in der Kirche ersparen.«

»Vermutlich eine gute Idee«, pflichtete ich bei, obgleich ich es nicht für die beste Idee hielt. Ich hätte es lieber gesehen, wenn Tess in der Nähe von Julia oder Julias Mutter geblieben wäre.

Darwin Bishop arbeitete an einem Laptop, als Claire und

ich vor der Tür seines Arbeitszimmers stehen blieben. Abscheu wallte in mir hoch, als ich ihn dort sitzen sah. Die Intensität des Gefühls überraschte mich.

Er sah mich über den Rand seiner Halbbrille hinweg an. »Kommen Sie doch bitte herein«, forderte er mich auf.

»Ich bringe Sie dann nachher wieder zur Tür«, sagte Claire zu mir.

Ich schaute ihr nach, während sie mit dem Baby davonging, dann trat ich ins Arbeitszimmer. Vor den Porträts von Bishops Polopferden blieb ich kurz stehen, um mir ein wenig Zeit zu geben, mich wieder zu beruhigen.

»Doktor«, sagte Bishop und bedeutete mir, auf einem der Sessel vor seinem Schreibtisch Platz zu nehmen, ohne seinen Blick von dem Computerbildschirm zu wenden.

»Brauchen Sie noch ein paar Minuten?«, fragte ich.

»Ich brauche noch ein Jahr«, erwiderte er und riss seinen Blick vom Bildschirm los. »Acrib at Software ist seit März um fünfundvierzig Prozent gefallen. Ich besitze ein beachtliches Aktienpaket von ihnen.«

Es stieß mir übel auf, dass Bishop am Tag der Beerdigung seiner Tochter sein Portfolio überwachte, doch es überraschte mich nicht. »Tut mir Leid, das zu hören«, sagte ich und bemühte mich, den Sarkasmus aus meiner Stimme zu filtern.

»Nicht so sehr wie mir.« Er sah wieder auf den Bildschirm. »Verfolgen Sie die Börse?«

»Nicht sonderlich«, erklärte ich.

»Da können Sie von Glück sagen.« Er nahm seine Brille ab und sah mich zum ersten Mal wirklich an. »Es ist ein hartes Spiel. Wie bei so vielen Dingen im Leben sollte man nicht einsteigen, wenn man nicht verlieren kann. Man kann sich ziemlich die Finger verbrennen.«

Ich hatte nicht das Gefühl, dass Bishop über die Börse sprach. Er warnte mich, meine Finger von der Mordermittlung zu lassen – oder von Julia. »Danke für den Tipp«, sagte ich. »Ich werde es mir merken.«

»Ich habe es nur gut gemeint.« Er schenkte mir sein aufgesetztes Bishop-Lächeln. »Was führt Sie hierher?«

Ich beschloss, mit dem anzufangen, was ich Bishop über Billy zu erzählen hatte. »Ihr Sohn hat mich gestern Abend angerufen«, sagte ich.

Das schien ihn nicht zu überraschen. »Konnten Sie den Anruf zurückverfolgen?«, fragte er.

Bishop hatte sich nicht erkundigt, ob es Billy gut ging, ob er auf der Straße lebte oder damit drohte, sich umzubringen. Seine erste Frage war rein strategisch, ob man Billy aufspüren könnte. »Der Anruf hat nicht lange genug gedauert«, erklärte ich. »Und mein Apparat hat ohnehin keine Fangschaltung.«

»Was wollte er?«

»Er wollte, dass ich ihm Geld leihe, was ich abgelehnt habe.«

»Das war bestimmt eine kluge Entscheidung«, sagte Bishop. »Vielleicht kriegt er ja Hunger oder Angst und geht in die Klinik zurück.« Er schüttelte den Kopf. »Ich wünschte, er wäre dort geblieben. Wir hätten unser Bestes für ihn getan.«

»Davon war er nicht überzeugt«, bemerkte ich.

»Das war er nie«, erwiderte Bishop. »Es ist nicht leicht, jemandem zu trauen, wenn man seine Eltern auf die Weise verloren hat, wie er es getan hat.«

»Ohne Zweifel«, pflichtete ich bei.

»Es ist auch schwer, jemandem zu trauen, wenn dein Adoptivvater dich mit einem Riemen verprügelt«, meldete sich die Stimme in meinem Hinterkopf zu Wort.

»Sie sollten wissen, dass er sehr wütend war«, fuhr ich fort. »Ich hatte den Eindruck, er könnte möglicherweise Ihnen oder Ihrer Familie etwas antun.«

»Wir haben lange mit Billys Wut zu kämpfen gehabt«, sagte Bishop. »Seit der Sache mit Brooke gehen wir kein Risiko mehr ein. Hier ist es praktisch wie in Fort Knox. Uns kann nichts passieren.«

»Haben Sie irgendeine Ahnung, woher seine Wut stammt?«, fragte ich.

»Ich würde sagen, sie ist eine verlagerte Reaktion auf die tragischen Verluste, die er in seinem Leben erlitten hat«, antwortete er. »Aber das wissen Sie bestimmt besser als ich.«

»Wussten Sie, dass die Polizei vorhatte, ihn heute Morgen zu verhaften?«

»Ja«, bestätigte er. »Das hat mir sogar geholfen, die ganze Sache klarer zu sehen.« Er verschränkte seine muskulösen Arme.

»Inwiefern?«

»Angesichts der Tatsache, dass sie beschlossen haben, Billy zu verhaften und vor Gericht zu stellen, ist seine größte Chance auf einen Freispruch, wenn er auf unschuldig plädiert. Sein Gemütszustand und seine traumatische Vergangenheit sollten irrelevant sein, da weder Unzurechnungsfähigkeit noch verminderte Schuldfähigkeit nachgewiesen werden müssen. Wie ich bereits sagte, waren wir in der Nacht, als Brooke ermordet wurde, zu mehreren im Haus. Ich sehe keine Möglichkeit, wie die Polizei und die Staatsanwaltschaft jemals beweisen können, dass Billy der Schuldige ist.«

Diese Strategie war simpel: Billy würde wegen Mordes vor Gericht gestellt und entweder freigesprochen werden oder lebenslänglich hinter Gitter wandern. In jedem Fall war die Chance, dass der Verdacht auf irgendein anderes Familienmitglied fiel, praktisch gleich null. Nach dem zu urteilen, was Laura Mossberg mir im Payne Whitney erzählt hatte, war dies von Anfang an Bishops Plan gewesen. Er hatte nie ernsthaft vorgehabt, Billy vor dem Prozess zu bewahren. Ich beschloss, den Stier bei den Hörnern zu packen. »Wenn Sie nicht glauben, dass der Staatsanwalt Billys Schuld beweisen kann«, sagte ich, »warum sind Sie dann so überzeugt, dass er es gewesen ist?«

Bishop sah mich verständnislos an.

»Warum glauben Sie, dass er der Schuldige ist?«, fragte ich rundheraus. »Haben Sie ihn dabei beobachtet?«

Bishop stand wortlos auf, ging zur Tür und schloss sie. Dann kehrte er an seinen Schreibtisch zurück, setzte sich und starrte mich an. »Haben Sie eine andere Theorie?«, fragte er tonlos.

»Sie sagen selbst, in der betreffenden Nacht seien fünf Personen im Haus gewesen. Billy, Ihre Frau, Claire, Garret – und Sie selbst.«

Er nickte nachdenklich und starrte einen Moment lang aus dem Fenster auf den weitläufigen Rasen hinter dem Haus, ehe er mich wieder ansah. »Ich habe die Angewohnheit, kein Blatt vor den Mund zu nehmen«, erklärte er. »Ich sage Ihnen, was ich denke. Sie sind im Payne Whitney gewesen und haben mit meinem Sohn gesprochen. Und er hat Ihnen ein so herzzerreißendes Märchen erzählt, dass Sie den Blick für die Realität verloren haben.«

»Ich habe mich also hoffnungslos in die Irre leiten lassen«, konterte ich.

»Das habe ich nicht gesagt«, erwiderte Bishop. »Aber ich habe Jahre gebraucht, um zu erkennen, wie abgebrüht Billy ist und wie er andere Menschen manipuliert.«

»Ich bin überzeugt, dass das so ist«, bestätigte ich.

»Welche Lügen er Ihnen auch immer aufgetischt hat«, fuhr Bishop fort, »es hat dazu geführt, dass Sie meine Frau ausgehorcht haben, um mehr über unsere Familie herauszufinden.«

Das stimmte nicht ganz. Julia hatte mich angerufen, nicht andersherum. Aber ich hatte nicht vor, Bishop über diesen Irrtum aufzuklären. »Ich wollte durchaus mehr Hintergrundinformationen bekommen«, sagte ich. »Ihre Frau und ich haben uns beim Mittagessen in Boston unterhalten. Aber das wissen Sie ja bereits.« Ich hielt kurz inne. »Nur aus reiner Neugier, wenn Sie mich schon beschatten lassen wollen, wäre dann eine Chevy-Limousine oder ein Toyota 4Runner nicht ein wenig unauffälliger als ein Range Rover mit getönten Scheiben?«

»Ich hatte nicht die Absicht, etwas zu verbergen«, bemerkte er.

»Ich auch nicht«, konterte ich. »Ist es eine Angewohnheit von Ihnen, Leute beschatten zu lassen?«

Bishop musterte mich ausdruckslos. »Gelegentlich. Man kann nie zu viele Informationen haben.« Er fuhr sich mit den Fingern durch sein silbernes Haar. »Lassen Sie uns nicht lange um den heißen Brei herumreden, Dr. Clevenger: Was für ein Märchen hat Billy erfunden, das Sie zu der irrigen Überzeugung gebracht hat, jemand anders könnte Brooke das angetan haben?«

Diese Frage erschien mir wie eine offene Tür zu Bishops Wahrheit. Ich konnte nicht widerstehen hindurchzugehen. »Es ist schwer, einen von Striemen überzogenen Rücken zu erfinden«, antwortete ich.

Bishop nickte lächelnd. »Oh, darum geht es hier also«, sagte er. »Er hat behauptet, ich würde ihn schlagen. Wieder einmal die alte Geschichte.«

»Wohingegen Sie behaupten, er hätte sich die Verletzungen selbst zugefügt«, sagte ich.

»Ich habe Billy ebenso wenig mit einem Gürtel verprügelt, wie ich ihn gebissen oder geschnitten oder ihm die Haare ausgerissen habe. All das hat er selbst getan.«

»Vielleicht«, sagte ich. »Aber seine Geschichte passt ziemlich gut zu Ihrer Vergangenheit.«

Bishop hätte eigentlich nicht fragen müssen, was ich mit dieser Bemerkung meinte. Die Botschaft, dass er es üblicherweise vorzog, sich an Kindern und Frauen zu vergreifen, die ich ihm von seinem Fahrer hatte übermitteln lassen, war nicht gerade subtil gewesen. Aber er wollte offenbar mit eigenen Ohren hören, was ich zu sagen hatte. »Welche Vergangenheit genau meinen Sie?«, fragte er.

Ich hatte nichts dagegen, ins Detail zu gehen. »Ich meine den Ärger mit Ihrer ersten Frau Lauren. Sie wissen schon, das kleine Problem mit dem Verstoß gegen ein Kontaktverbot. Das und die Verurteilung wegen tätlichen Angriffs.«

Er zuckte mit keiner Wimper. »Ich war damals ein anderer Mensch«, erklärte er.

»Ach ja?«

»Erstens«, sagte er, »war ich ein Säufer.«

Ich hatte nicht erwartet, dass er das zugeben würde – und ganz bestimmt nicht so ungeschminkt. »Sie waren ein Säufer«, sagte ich. »Ein Alkoholiker.«

»Ein Säufer«, wiederholte er. »›Alkoholiker‹ lässt es so klingen, als wäre ich von irgendeiner tragischen Krankheit heimgesucht worden, über die ich keine Kontrolle hatte. Ein kleiner Ausflug ins Betty-Ford-Center, und alles ist wieder gut. In Wahrheit habe ich jeden Tag von neuem die Entscheidung getroffen zu trinken. Weil ich nicht bereit war, mir den Spiegel vorzuhalten. Kein Entzug, egal, wie viel er pro Tag kostet, hätte mir geholfen. Ich musste mich den Tatsachen stellen.«

Bishops augenscheinliche Freimütigkeit passte irgendwie nicht zu der Lüge, die er Julia im Hinblick auf sein Vorstrafenregister erzählt hatte, und ebenso wenig dazu, dass er Billy mit einem Gürtel verprügelt hatte. »Was war es, dem Sie sich nicht stellen wollten?«, fragte ich skeptisch.

»Wer ich war«, antwortete Bishop. »Und einigen der Dinge, die ich getan hatte.«

Ich nickte, um ihn wissen zu lassen, dass ich bereit war zuzuhören.

»Meine Kindheit war nicht gerade mit materiellen Gütern gesegnet«, sagte er.

»Sie waren arm«, formulierte ich es schärfer.

Er scheute vor dem Wort nicht zurück. »Ja. Es gab nicht einmal genug zu essen, wenn Sie es genau wissen wollen. Nur gebrauchte Sachen zum Anziehen. Nächte ohne Heizung. Und all das hat mir wirklich zugesetzt. Es ist lächerlich, aber meine Herkunft war mir peinlich. Es machte mich wütend. Und hasserfüllt. Bis zum Teenageralter habe ich all das in mich hineingefressen, aber als ich nach Vietnam ging, hatte ich plötzlich einen Freifahrtschein, all diese negativen Gefühle auszuleben.« Er schürzte die Lippen, holte tief Luft und starrte wieder aus dem Fenster. »Ich habe dort drüben Dinge getan, auf die ich nicht stolz bin.« Er sah mich an. »Lange Zeit habe ich versucht, die Erinnerungen mit Alkohol auszulöschen. Ich war außer Kontrolle. Und meine Frau Lauren geriet in die Schusslinie. Gottlob sind wir heute Freunde, obwohl ich keine Ahnung habe, warum. Ich verdiene es nicht.«

Ich konnte nicht beurteilen, ob Bishop mir die Wahrheit erzählte oder mit mir spielte. Was er sagte, klang gut, trotzdem konnte ich mir keinen Grund vorstellen, weshalb Julia über Billys Prügel lügen sollte. »Danke«, sagte ich. »Das verschafft mir einen tieferen Einblick. Es gibt nicht viele Menschen, die so offen über sich selbst sprechen können.«

»Lange Zeit konnte ich das auch nicht«, erwiderte Bishop. »Es fällt mir immer noch schwer, mich zu öffnen.«

Diese letzte Bemerkung verfehlte ihr Ziel, denn sie klang hohl und gekünstelt, was Bishop ebenfalls nicht entging, vermutete ich. Mein Instinkt sagte mir, dass er sich in einem Licht darstellte, von dem er annahm, dass es einem Psychiater gefallen würde. »Ich will Ihnen ein paar Dinge über mich erzählen«, sagte ich, »wo wir schon einmal beim Thema Öffnen sind.«

Er neigte seinen Kopf zur Seite und lauschte.

Selbst diese Bewegung wirkte auf mich einstudiert. »Ich habe nur eine wirkliche Gabe«, erklärte ich. »Und dafür bezahlen mich die Leute.«

»Und zwar?«

»Ich bin ein Bohrer.«

»Ein Bohrer.«

»Ja«, sagte ich. »Ich bohre immer tiefer und tiefer, bis ich auf die Wahrheit stoße.«

Bishop hatte mich offenkundig genau verstanden: Ich hatte nicht vor, die Ermittlungen aufzugeben. »In diesem Fall«, sagte er, »muss ich Ihnen leider Folgendes mitteilen: So sehr ich Ihre Entschlossenheit unter anderen Umständen auch schätzen mag, bedeutet meine Absicht, Billy auf unschuldig und nicht auf Unzurechnungsfähigkeit oder verminderte

Schuldfähigkeit plädieren zu lassen, dass Ihre Dienste nicht länger benötigt werden.«

»Von wem?«, fragte ich.

»Von dieser Familie«, antwortete er.

Angesichts der Tatsache, dass Billy – und Tess – Mitglieder besagter Familie waren, konnte man sich zweifelsohne darüber streiten, doch ich hatte einen simpleren Einwand. »Die Familie ist bei diesem Fall nicht mein Klient«, erklärte ich. »Ich arbeite für das Police Department von Nantucket.«

»Und es tut mir Leid, wenn Ihnen der Eindruck vermittelt wurde, dass es sich hierbei um eine langfristige und weit greifende Beteiligung handeln würde«, fuhr Bishop fort. »Ich werde Sie für Ihre enttäuschten Erwartungen natürlich entschädigen und zahle Ihnen gern das Honorar für einen Monat Arbeit. Zwei Monate. Was immer Sie für angemessen halten.«

Bishop war offenkundig der Überzeugung, das Police Department und er wären ein und dasselbe. Außerdem wollte er mich augenscheinlich so dringend loswerden, dass er bereit war, dafür zu zahlen. Ich fragte mich, wie dringend. »Zwei Monate, Vollzeit, das macht fünfzigtausend Dollar«, sagte ich.

»Ein gepfeffertes Honorar«, bemerkte Bishop.

»Zu gepfeffert für Sie?«, fragte ich mit einem gezwungenen Lächeln.

»Das habe ich nicht gesagt. Wenn Sie erwartet haben, dass man Sie zwei Monate beschäftigen würde, dann müssen Sie dementsprechend entschädigt werden. Ich werde alles Nötige veranlassen.« Er hob eine Hand. »Es gibt da allerdings eine Bedingung: kein weiterer Kontakt mit Julia.«

Vielleicht hatte ich hier etwas missverstanden und wurde bestochen, mich von Bishops Frau fern zu halten, statt von Billys Fall. Jedenfalls war es an der Zeit, diese Scharade zu beenden. »Kommt nicht in Frage«, sagte ich.

Bishops Züge verhärteten sich. »Ich habe versprochen, dass ich Ihren Preis zahlen werde.«

»Die Sache ist, wenn ich einmal mit dem Bohren angefangen habe«, sagte ich, »dann kann ich einfach nicht mehr aufhören. Um keinen Preis. Es ist ein bisschen so wie bei Ihrem Trinken.«

»Oder bei deinem«, warf die Stimme in meinem Hinterkopf ein.

»Ich wünschte, Sie würden Ihre Entscheidung noch einmal überdenken«, sagte Bishop.

Ich nickte. »Danke, dass Sie mir Ihre Zeit geopfert haben«, sagte ich. »Ich finde allein hinaus.« Ich ging zur Tür.

»Das ist Ihre letzte Chance!«, rief er mir nach. Inzwischen hatte sich sein Tonfall drastisch verändert und klang mechanisch, ohne jegliche Bemühung, mich auf seine Seite zu ziehen oder zu überzeugen.

Ich blieb erneut vor den Porträts von Bishops Pferden stehen. »Wie sollte sich jemand, der so offen und sensibel ist wie Sie, nicht in diese Tiere verlieben?«, sagte ich. »Es scheint irgendwie unmenschlich.«

»Wenn Sie eine Aktie wären«, erwiderte Bishop, »dann würde ich verkaufen.«

Ich verließ das Arbeitszimmer.

Claire Buckley holte mich ein, ehe ich die Haustür erreichte. »Ich hoffe, Sie haben Antworten auf all Ihre Fragen bekommen«, sagte sie.

»Auf einige«, erwiderte ich.

»Kann ich Ihnen in irgendeiner Weise behilflich sein?«, fragte sie.

Ich verlangsamte meine Schritte und beschloss, den Druck innerhalb des Hauses ein wenig zu verstärken, indem ich Claire wissen ließ, dass ich Zweifel an Billys Schuld hatte. »Glauben Sie, dass Billy Brooke ermordet hat?«, fragte ich. Ich beobachtete ihr Gesicht in der Erwartung, dieselbe Verwirrung zu sehen, mit der die anderen, wie Laura Mossberg und Julia Bishop, auf diese Frage reagiert hatten – so als hätten sie keine Sekunde lang eine andere Möglichkeit in Betracht gezogen. Doch Claire kaute an ihrer Unterlippe, blickte zu Boden und schwieg. »Glauben Sie, dass Billy es getan hat?«, hakte ich schließlich nach.

Sie holte tief Luft. »Bleibt das unter uns?«

»Alles ganz vertraulich«, versicherte ich. »Es wird niemand davon erfahren.«

»Auch nicht Win.«

»Ich gebe Ihnen mein Wort.«

»Es gibt einen Grund dafür, weshalb ich angefangen habe, mich so intensiv um Brooke und Tess zu kümmern, müssen Sie wissen.«

»Okay«, sagte ich.

»Ich hatte nicht vorgehabt, Vollzeit-Kindermädchen zu werden, verstehen Sie? Es hat sich einfach so entwickelt. Eigentlich bestand meine Aufgabe darin, mich um die Innenausstattung zu kümmern, Partys auszurichten, Wins Geschäftstreffen hier im Haus zu arrangieren.«

»Was hat sich dann geändert?«, fragte ich.

»Julia, um ehrlich zu sein.«

»Wie meinen Sie das?«

»Ich kannte sie immer als sehr fröhlich und lebhaft. Sie ist eine wunderbare Frau. Ich habe großen Respekt vor ihr.«

Das musste es umso befriedigender machen, mit ihrem Mann zu schlafen. »Sie haben Respekt vor ihr, aber …«, gab ich Claire ihr Stichwort.

»Aber nach der Geburt der Zwillinge ging es mit ihr bergab. Sie zeigte keinerlei Interesse an den Kindern. Sie wollte sie nicht um sich haben.«

»Und Sie haben diese Lücke gefüllt.« Ich versuchte, meine Stimme gelassen klingen zu lassen, doch es schlich sich ein zynischer Unterton ein.

»Weil Mr. Bishop mich darum gebeten hat«, sagte sie.

Plötzlich war er *Mr. Bishop*. Sie fühlte sich angegriffen, was hilfreich war. Ich stimmte einen anderen Ton an. »Um ehrlich zu sein, können sich die Bishops glücklich schätzen, dass Sie hier waren – und bereit einzuspringen. Manch andere hätte gesagt: ›He, das gehört nicht zu meinen Aufgaben.‹«

»Das könnte ich nie tun«, entgegnete sie. »Win war außer sich.«

»Verständlich«, sagte ich. »Wie war Julia denn genau?«, wollte ich wissen. »War sie traurig und niedergeschlagen oder ...?«

»Eher gereizt. Win nannte es ›launisch‹. Sie hatten eine Kinderschwester für die Zwillinge eingestellt – eine Frau namens Kristen Collier –, aber Julia hat sich mit ihr gestritten und sie eine Woche nach der Geburt der Zwillinge gefeuert.«

»Wissen Sie zufällig noch, wo sie herkam?«, fragte ich.

»Ja«, antwortete sie. »Ich habe dabei geholfen, sie auszusuchen. Sie kommt aus Duxbury.«

Duxbury ist ein Vorort von Boston, der etwa zwölf Meilen südlich der Stadt liegt. »Hat Julia je davon gesprochen, sich etwas anzutun?«, fragte ich. »Oder jemand anderem?«

Claire schüttelte den Kopf. »Ich möchte die Sache nicht aufbauschen. Ich meine, es ist wahrscheinlich gar nicht so ungewöhnlich, habe ich Recht? Ich schätze, viele Frauen empfinden so wie Julia, sie sprechen eben nur nicht darüber. Und ihre Stimmung hat sich im Lauf des letzten Monats gebessert.«

»Viele Frauen sprechen nicht darüber«, mischte sich die Stimme in meinem Hinterkopf ein, *»aber was hat Julia gesagt?«*

»Ich verstehe«, sagte ich. »Aber hat Julia irgendetwas Spezielles über ihre Gefühle gesagt – vielleicht etwas, das Sie beunruhigt hat?«, fragte ich.

Claire wandte den Blick ab und schwieg.

»Claire?«

»Na ja, einmal hat sie mir erzählt ...« Sie verstummte.

»Sagen Sie es nur.«

»Sie hat mir erzählt ... Sie hat gesagt, sie wünschte, die Zwillinge wären nie geboren worden.« Ihre Stimme war kaum mehr als ein Flüstern. »Sie hat gesagt, sie wünschte, sie wären tot.«

Mir blieb beinahe das Herz stehen. Es stimmt, dass viele Frauen sich nach der Geburt überwältigt fühlen und wünschen, sie könnten zu ihrem Leben ohne die beständigen Forderungen eines Säuglings zurückkehren. Manche von ihnen haben sogar Fantasien, dass das Baby nicht überlebt. Die ehrlichsten und tapfersten von ihnen offenbaren ihre geheimen Gedanken Ärzten oder engen Freunden, aber angesichts von Brookes Tod – ihrer Ermordung – musste die Frage gestellt werden, ob Julia diese Gedanken in die Tat umgesetzt hatte. Mein Herz sagte mir, dass es nicht sein konnte, doch was Julia anging, konnte ich meinen Instinkten nicht hundertprozentig trauen.

»Ich wollte nichts davon erzählen«, fuhr Claire fort, »aber als sie Billy in die psychiatrische Klinik gebracht haben, wirkte er ehrlich schockiert.«

»Was meinen Sie damit?«

»Ich habe ihn oft lügen gehört«, erklärte sie. »Er ist sehr überzeugend. Er kann Ihre Brieftasche in seiner Tasche haben und Ihnen hoch und heilig schwören, er hätte sie nicht gesehen. Das ist mir einmal mit ihm passiert. Er hat mir sogar geholfen, danach zu suchen, nachdem er sie gestohlen hatte. Und ich weiß noch, wie er geschworen hat, er wäre nicht einmal in der Nähe der Haustiere des Nachbarn gewesen, obwohl er überall an seinen Armen Kratzer hatte.« Sie spielte mit ihrem funkelnden Cartier-Armreif. »Aber an dem Abend, als er ins Payne Whitney gebracht wurde, wirkte er einfach nur verängstigt. So als hätte er keine Ahnung, was los war.«

»Wollen Sie damit sagen, Sie glauben nicht, dass er es getan hat?«

Sie kaute wieder an ihrer Unterlippe. »Ich weiß nicht, was ich glauben soll. Ich wollte es mir einfach nur von der Seele reden.«

»Ich weiß das zu schätzen, Claire«, sagte ich. »Wirklich.«

»Wenn mir noch etwas einfällt, soll ich mich dann bei Ihnen melden?«, fragte sie.

»Ich übernachte im Breakers«, sagte ich. »Sie können mich dort gern anrufen. Und Sie können mich jederzeit über mein Handy erreichen.« Ich gab ihr die Nummer. Claire begleitete mich zur Tür. »Nebenbei gefragt, wo ist Garret heute?«, wollte ich wissen.

»Auf seinem Zimmer«, antwortete Claire. »Er wird nur schwer mit der ganzen Sache fertig. Er hat seine Schwester *und* seinen Bruder verloren. Es ist schon ein Kampf, ihn nur dazu zu bewegen, zum Essen aus seinem Zimmer zu kommen.«

»Aber bei seinen Tennismatchs tritt er trotz allem an«, bemerkte ich.

»Gelinde ausgedrückt, sehr widerstrebend.« Sie sah auf ihre Uhr. »Um genau zu sein, muss er um eins seinen Titel im Einzel verteidigen.«

»Am Tag der Beerdigung seiner Schwester?«

Sie verdrehte die Augen. »Ich mische mich da nicht ein. Das ist eine Sache zwischen Garret und seinem Vater.«

Ich sah die Treppe hinauf, dann warf ich einen Blick zurück zu Darwin Bishops Arbeitszimmer. »Glauben Sie, es würde Garret stören, wenn ich ein paar Minuten mit ihm rede?«

»Er spricht mit niemandem«, erklärte sie. »Ich glaube nicht, dass Sie im Moment etwas erreichen können.«

»Ich würde es trotzdem gern versuchen«, erwiderte ich.

Sie zögerte. »Ich müsste zuerst Win fragen.«

Ich wusste, wie seine Antwort lauten würde. »Machen Sie sich keine Mühe«, sagte ich, »ich rede ein andermal mit ihm.«

»Irgendwas herausgefunden?«, fragte Anderson, während wir vom Bishop-Anwesen fuhren.

»In einem Punkt hattest du Recht«, sagte ich. »Bishop will, dass die Ermittlungen eingestellt werden.«

»Was hat er gesagt?«

»Er hat mir fünfzig Riesen angeboten, damit ich aufgebe.«

»Ich hoffe, du hast sie genommen«, bemerkte er.

Ich sah ihn an. Er grinste. »Er war nicht glücklich darüber, als ich abgelehnt habe«, erklärte ich. »Inzwischen tut er nicht mehr so, als spielten wir in derselben Mannschaft.«

»Dann steht er also immer noch ganz oben auf deiner Liste? Du denkst, er ist es gewesen.«

»Ich denke, wenn wir ihn weiter unter Druck setzen, dann werden wir es erfahren – auf die eine oder andere Weise«, sagte ich.

»Davon bin ich überzeugt«, erwiderte Anderson.

»Claire hat mich auf dem Weg hinaus abgepasst«, sagte ich. »Sie wollte mir ein paar Dinge über Julia erzählen.«

»Zum Beispiel?«

»Julia ist nach der Geburt der Zwillinge sehr depressiv geworden.« Ich bemühte mich, meine Stimme so ruhig wie möglich klingen zu lassen. »Wie es scheint, hat sie sogar die eine oder andere Bemerkung fallen lassen, dass sie wünschte, sie wären nie geboren worden.«

Anderson zog eine Augenbraue hoch. »Alles sehr interessant«, sagte er. »Ich bin froh, dass wir hergekommen sind.«

»Ich auch«, pflichtete ich bei.

»Ich habe die Informationen durchgesehen, die du mir per E-Mail geschickt hast. Die über das Risiko eines zweiten Kindsmords, nachdem ein Zwilling getötet wurde«, sagte Anderson. »Siebzig Prozent. Ich werde beim Sozialamt Druck machen, dass sie eingreifen und Tess dort wegholen.«

Mir gefiel die Idee nicht, über Julias Kopf hinweg zu agieren, doch das Risiko für Tess war zu groß, um sich um verletzte Gefühle Sorgen zu machen. »Es ist bestimmt das Richtige«, sagte ich.

Als wir an Bishops »Wachhaus« vorbeikamen, heftete sich ein weiterer Range Rover an unsere Fersen.

Anderson sah in den Rückspiegel, ehe er mir einen Seitenblick zuwarf. »Du solltest aus dem Hotel ausziehen und lieber bei mir übernachten.«

Instinktiv tastete ich nach der Browning Baby in meiner Hosentasche. »Keine schlechte Idee«, stimmte ich zu. »Vielleicht komme ich nach der Beerdigung rüber.«

»Warum nur vielleicht?«, wollte er wissen.

»Weil ich mein Zimmer im Voraus bezahlen musste«, scherzte ich.

Anderson schüttelte den Kopf. »Wenn du irgendetwas mit Julia vorhast, dann bist du wirklich nicht mehr ganz richtig im Kopf.«

»Ich werde wahrscheinlich vorbeikommen«, versprach ich, um das Thema zu beenden.

»Ich hab dich gewarnt«, sagte Anderson.

10

Der Brant Point Racket Club an der North Street ist die Art von Einrichtung, in der reiche Müßiggänger ihre Mußestunden verbringen. Die Zäune um die Tennisplätze sind mit grünen Nylonplanen verhängt, die die Spieler nicht nur vor der Sonne, sondern auch vor den Paparazzi schützen sollen. Das Clubhaus ist schlicht und elegant, mit weich gepolsterten Sesseln, in denen man sich gemütlich räkeln und über diesen oder jenen Schlag oder diesen oder jenen Schläger plaudern kann, während man an einem Gin Tonic nippt und möglicherweise auf einem Palm-VII einen Aktienpreis verfolgt.

Nachdem Anderson mich am Hotel abgesetzt hatte, war ich nach Brant Point gefahren, in der Hoffnung, ich könnte vielleicht ein paar Minuten unter vier Augen mit Garret Bishop reden. Mein Instinkt sagte mir, dass es nicht nur die Trauer war, die ihn zum Eigenbrötler machte.

Kurz vor 14 Uhr traf ich zu Garrets Einzel-Match ein. Die Tribünen um den Platz waren mit Zuschauern gefüllt. Garret lag bereits 4:1 in Führung. Er hatte den ersten Satz 6:2 gewonnen und schlug gerade für einen weiteren Spielpunkt auf. Er holte aus. Schweißtropfen flogen von seiner Stirn. Er warf den Ball über seinem Kopf hoch, wobei er ihn mit seinen Augen verfolgte wie ein Jäger. Dann reckte er sich gen Himmel und legte die gesamte Kraft seines muskulösen Körpers in seinen Arm und sein Handgelenk. Ein dumpfes Aufklatschen zerriss die Stille, der gegnerische Spieler holte aus und schlug daneben, und schon stand es 5:1.

Was für ein junger Mensch kann auf dem Tennisplatz brillieren, wenn keine vier Stunden später die Beerdigung seiner kleinen Schwester stattfindet?, fragte ich mich. Und was hatte es Garret gekostet, sich Darwin Bishops Forderungen nach Leistung und Unerschütterlichkeit im Angesicht aller Widrigkeiten zu beugen? Wohin waren seine Sorge, Traurigkeit und Angst verschwunden?

Das Match endete knapp fünf Minuten später mit 6:2, 6:1. Garret verwandelte den Matchball, indem er antäuschte, er würde einen schlappen Lob von der gegnerischen Seite mit voller Wucht entlang der rechten Grundlinie zurückdonnern, woraufhin sein Gegner in Erwartung seines gewaltigen Schlags zurückwich, um am Ende mit ansehen zu müssen, wie Garret den Ball so sanft antippte, dass er gerade eben übers Netz hüpfte.

Während der Applaus toste, drehte Garret sich um und verließ wortlos den Platz – keine triumphierend hochgereckte Faust, kein Nicken zur Menge, kein Handschlag am Netz.

Ich versuchte, ihn auf halbem Weg zum Clubhaus abzufangen. »Garret!«, rief ich ein paar Schritte hinter ihm, doch er blieb nicht stehen. Ich beschleunigte meine Schritte, bis ich ihn eingeholt hatte. Sein Blick war starr geradeaus gerichtet. »Garret!«, sagte ich ein wenig lauter.

Er wandte sich mit ausdrucksloser Miene zu mir um. »Was?«, sagte er. Nichts deutete darauf hin, dass er sich an unsere frühere Begegnung erinnerte.

»Ich bin Frank Clevenger«, sagte ich. »Ich bin dir und deiner Mutter auf eurem Anwesen begegnet. Ich war mit Chief Anderson dort.«

Er blieb noch immer nicht stehen.

»Der Psychiater«, half ich ihm auf die Sprünge.

»Ich weiß, wer Sie sind«, sagte er, ohne seine Schritte zu verlangsamen.

»Ich würde gern kurz mit dir sprechen«, sagte ich.

»Das brauche ich nicht«, erwiderte er und beschleunigte seine Schritte. »Ich stehe es schon durch.«

Mir ging auf, dass er möglicherweise dachte, Julia hätte mich geschickt, um ihm zu helfen, seine Gefühle im Hinblick auf den Mord zu bewältigen. »Niemand weiß, dass ich hier bin«, versicherte ich. »Weder dein Vater noch deine Mutter haben mich geschickt. Ich bin hergekommen, weil ich Informationen brauche.«

»Ach ja«, sagte er.

Ich glaubte nicht, dass ich mir den Luxus erlauben konnte, raffiniert vorzugehen. »Ich möchte, dass du mir alles über deinen Vater erzählst, was du weißt.«

Abrupt blieb er stehen und drehte sich zu mir um. »Über meinen Vater«, sagte er und zwang sich, geduldig zu klingen.

»Ja.«

»Was wollen Sie über ihn wissen?«, fragte er.

Ich hatte das Gefühl, dass ich Garret mehr statt weniger Informationen entlocken konnte, wenn er wusste, dass ich seinen Vater der Beteiligung an Brookes Tod verdächtigte. Vielleicht würde er die Gelegenheit nutzen, Bishop etwas heimzuzahlen. »Ich bin einfach nicht überzeugt von der allgemeinen Theorie, dass Billy deine Schwester umgebracht hat«, erklärte ich. »Ich suche nach anderen Möglichkeiten.«

Er musterte mich zweifelnd. »Werden Sie nicht von Win bezahlt?«, fragte er.

Mir fiel wieder ein, dass Billy mir die gleiche Frage gestellt hatte. Außerdem bemerkte ich, dass Garret seinen Vater beim Vornamen nannte. Kosenamen schienen in ihrer Beziehung keinen Platz zu haben. »Nein«, antwortete ich. »Ich arbeite für die Polizei.«

»Die arbeiten gewöhnlich auch für Win.«

Garrets Feststellung brachte mich zu der Frage, ob North Anderson sich tatsächlich immer auf Abstand von der Bishop-Familie gehalten hatte. Doch mein Argwohn verflog so schnell, wie er gekommen war. Anderson und ich waren zusammen durch die Hölle gegangen. »Niemand, der in diesem Fall ermittelt, steht auf der Gehaltsliste deines Dads«, versicherte ich ihm. »Das könnte ein Problem für ihn sein.«

Er starrte auf den Boden, dann musterte er mich abschätzend. »In Ordnung«, sagte er. »Schießen Sie los.«

»Glaubst du, dass Billy deine Schwester ermordet hat?«

»Nein.«

»Was ist deiner Meinung nach passiert?«

»Ich glaube, sie wurde tot geboren.«

»Wie bitte?«

»Eine Totgeburt«, sagte er.

Ich zuckte mit den Schultern. »Ich verstehe nicht, was du damit meinst.«

»Nicht nur Brooke. Sie und Tess.«

»Wie meinst du das?«, fragte ich.

»Ich meine damit, dass wir in dem Haus alle wandelnde Tote sind«, erklärte Garret. »Es zählt nur einer. Darwin Harris Bishop.«

»Er hat dich gezwungen, heute bei diesem Turnier anzutreten«, sagte ich. »Claire hat es mir erzählt.«

»Claire«, wiederholte er verächtlich und schüttelte den Kopf. »Sie begreifen es einfach nicht«, sagte er.

»Was begreife ich nicht?«

»Es geht nicht um dieses Turnier. Es geht nicht um Tennis. Es geht um alles. Was ich anziehe. Wer meine Freunde sind. Was ich lerne. Was ich denke. Was ich fühle.«

In gewisser Hinsicht unterschied sich Garrets Klage nicht wesentlich von der der meisten Siebzehnjährigen über ihre

Väter oder Mütter. Und das erklärt wahrscheinlich, warum ich mit einem bedauernswerten Klischee antwortete. »Du darfst nicht dein eigenes Leben führen«, sagte ich.

»Jaja«, gab er zurück. »Alle Teenager machen diese Phase durch.«

»Tut mir Leid«, entschuldigte ich mich hastig. »So habe ich es nicht gemeint.«

Garret sah wieder zu Boden, kickte einen Kiesel weg und kicherte leise.

»Ich möchte ehrlich wissen, wie es bei euch zu Hause wirklich zugeht«, versicherte ich ihm.

Er sah mich an und schnitt eine angewiderte Grimasse. »Es ist, als würde man von innen heraus aufgefressen werden, bis nichts mehr von einem übrig ist«, beschrieb er. »Dad ist wie Jeffrey Dahmer. Nur dass er einem keine Säure ins Gehirn gießen muss, um einen zu einem Zombie zu machen. Er tut es mit anderen Mitteln.«

Garret hielt seinen Vater eindeutig in psychologischer Hinsicht für einen Mörder, doch ich wollte wissen, ob er irgendeinen greifbaren Beweis hatte, der ihn mit dem Mord an Brooke in Verbindung brachte. »Hast du in der Nacht, als Brooke gestorben ist, irgendetwas gesehen?«, fragte ich. »Glaubst du, dass dein Vater …?«

Er wandte den Blick ab. »Sie begreifen noch immer nicht«, sagte er.

»Ich möchte es aber begreifen«, versicherte ich. »Hilf mir.«

»In unserer Familie gibt es nur Luft für Win. Wir anderen müssen unser ganzes Leben lang um jeden Atemzug ringen. Es spielt also keine Rolle, ob er Brooke erstickt hat.« Er sah mich durchdringend an. »Es spielt wirklich keine Rolle. In gewisser Hinsicht ist es besser so. Weniger schmerzhaft. Schneller.«

Garret drückte sich in der Sprache anerzogener Hilflosigkeit aus, eine Geisteshaltung, die sich bei Gefangenen einstellt, die aufhören, auf eine Flucht hinzuarbeiten, da sie ohnehin keine Chance dazu sehen. »Du könntest immer noch Billy helfen«, erinnerte ich ihn. »Ich weiß, dass ihr beide euch nicht nahe steht, aber er könnte sein Leben hinter Gittern verbringen.«

»Dort hat er mehr Freiheit«, erwiderte Garret. »Und ich bezweifle, dass die Wärter ihn so brutal prügeln würden.«

Die Bedeutung dieser Worte war nur zu offensichtlich. Julia, Billy und Garret widersprachen alle Darwin Bishops Behauptung, Billy hätte sich die Verletzungen auf seinem Rücken selbst zugefügt. »Wenn Billy unschuldig ist und du das beweisen kannst«, sagte ich, »dann musst du in der Nacht, als Brooke gestorben ist, etwas gesehen haben.«

»Und wenn ich mich aus dem Fenster hänge, gegen Win aussage und er freigesprochen wird«, konterte Garret, »was soll ich dann tun?«

Mir fiel keine befriedigende Antwort auf diese Frage ein. Garret nutzte den Moment, als ich darüber nachdachte, und setzte sich wieder in Bewegung. »Wo gehst du hin?«, rief ich ihm nach.

Er drehte sich zu mir um, ohne jedoch stehen zu bleiben. »Denken Sie mal genau darüber nach«, sagte er. »Keiner von uns kann Win entkommen. Billy begreift das immer noch nicht. Sonst würde er auf direktem Weg zurück in die Klinik gehen.« Er kehrte mir den Rücken und eilte im Laufschritt zurück zum Clubhaus.

Ich stieg in meinen Pick-up und hörte meinen Anrufbeantworter zu Hause ab, für den Fall, dass Billy eine weitere Nachricht hinterlassen hatte, was er jedoch nicht getan hatte.

Mir blieb noch etwas Zeit bis zu Brookes Beerdigung, und ich war der Ansicht, ich sollte sie dazu nutzen, die Dinge, die ich über die Bishop-Familie erfahren hatte, zu ordnen. Ich verleibte mir im ’Sconset-Café ein Sandwich und zwei Tassen Kaffee ein, dann fuhr ich hinaus zum Sankaty-Head-Leuchtturm, gegenüber vom Sankaty Head Golf Club. Der Leuchtturm auf den Dünen ist auf See noch aus fast fünfzig Kilometer Entfernung erkennbar. Er wurde 1850 errichtet, um Seeleuten zu helfen, durch die tückischen Nantucket-Sandbänke, einen wunderschönen, doch tödlich flachen Schiffsfriedhof, zu navigieren.

Ich parkte am Leuchtturm und wanderte eine Viertelmeile durch das hohe Gras um den Turm herum. Die Sonne schien warm und strahlend, und der Ozean erstreckte sich vor mir in die Endlosigkeit. Manche Leute behaupten, es sei unmöglich, an den Kliffs von Siasconset zum Leuchtturm zu gehen und mit einem einzigen negativen Gedanken im Kopf dort anzukommen. Vielleicht hätte ich diesen Weg nehmen sollen, denn mein Kopf war voll von negativen Gedanken.

Die Liste der Verdächtigen für Brookes Ermordung wurde immer länger statt kürzer und umfasste mittlerweile all diejenigen, die in der Nacht ihrer Ermordung im Haus gewesen waren.

Darwin Bishop stand natürlich ganz oben auf der Liste. Er war der Einzige, der nachweisbar zu häuslicher Gewalt neigte – ein Hang, der Jahrzehnte zurückreichte und sich bis zu den wunden Striemen auf Billy Bishops Rücken erstreckte. Er war der Einzige, der mir gedroht beziehungsweise versucht hatte, mich von dem Fall abzubringen. Soweit ich es beurteilen konnte, war er es gewesen, der die Zwillinge nicht gewollt hatte. Er könnte wütend auf sie gewesen sein, weil sie seinen Plänen für einen Neuanfang mit einer neuen Liebe – Claire Buckley – in die Quere kamen.

Andererseits gab es da noch Billy. Jeder mit einer so langen Liste von Brandstiftung, Tierquälerei, Sachbeschädigung, Diebstahl und, ja, Bettnässen zeigte die Anlagen eines wahren Psychopathen. Wenn man noch die aufgestaute Wut hinzurechnete, die sich in seinem Hang zur Selbstverletzung manifestierte, dann war das Rezept für eine Katastrophe komplett.

Meine Überlegungen wandten sich Claire Buckley zu. Wie ermüdend musste es für sie sein, die Rolle einer besseren Babysitterin zu spielen, wenn es in ihrer Reichweite zu sein schien, die Hausherrin zu werden? Was hatte sie empfunden, nachdem sie mit Darwin Bishop die Welt bereist und Luxussuiten und Flaschen erlesenen Weins geteilt hatte, als Julia verkündet hatte, dass sie schwanger wäre – noch dazu mit Zwillingen? Hatte Darwin ihr erklärt, er müsse die Trennung von seiner Frau aufschieben? Hatte Claire die Zwillinge hinter der Fassade der Fürsorge mit Verbitterung betrachtet, als Personifizierung der ungebrochenen Bindung ihres milliardenschweren Geliebten an seine schöne, angeblich entfremdete Frau?

Ich dachte an Claires Offenbarung von Julias zwiespältigen Gefühlen gegenüber den Zwillingen und an Julias Bemerkung, dass sie sich »wünschte, sie wären tot«. Hatte Claire mir diese Information tatsächlich widerstrebend gegeben? Oder hatte sie die Enthüllung geschickt eingefädelt, um mich von ihrem eigenen Motiv abzulenken? Wie konnte ich sicher sein, dass Julia diese Bemerkung überhaupt geäußert hatte?

Das brachte mich schließlich zu Julia selbst. Würde ich sie bereitwilliger als Verdächtige betrachten, wenn sie nicht so starke Gefühle in mir wecken würde? Ich musste gestehen, dass Julias postnatale Depression und das daraus entspringende Gefühl der Entfremdung von Brooke und Tess das Risiko erhöhten, dass sie ihnen etwas antat, wenn auch nicht dramatisch. Schließlich legt die überwältigende Mehrheit von Frauen, die an postnataler Depression leiden, niemals Hand an ihre Säuglinge.

Und dann war da noch Garret, der mir langsam ebenfalls Sorgen bereitete. Mit Darwin Bishop aufzuwachsen hatte ihn augenscheinlich jeder Hoffnung auf eine wirkliche Zukunft beraubt. Ich fragte mich, ob seine innere Überzeugung der Ausweglosigkeit ihn dazu verleiten könnte, andere Familienmitglieder von ihrem Elend zu »erlösen«. Könnte er Brooke getötet haben, um sie zu befreien?

Ich schüttelte den Kopf. Darwin Bishop hatte behauptet, weder die Polizei noch die Staatsanwaltschaft könnten je Billys Schuld beweisen, da jeder, der in der Nacht von Brookes Ermordung im Haus gewesen war, der Mörder sein könnte. Es war fast so, als hätte sich die gesamte Familie verschworen, Bishops Behauptung nach Kräften zu unterstützen, indem sie einen verwirrenden Tanz um mich herum inszenierten.

Es gab noch eine andere Betrachtungsweise für dieses Labyrinth der Möglichkeiten. Es stimmte zwar, dass alle Familienmitglieder die Gelegenheit gehabt hatten, Brooke zu töten, doch jedes Mitglied könnte auch einen Teil des Motivs gehabt haben. Die kollektive Psyche der Familie, all jene unbewussten Triebkräfte, könnte eins der Mitglieder angespornt haben, im Namen der Gruppe zu handeln. Vielleicht war es diese Dynamik, die es so schwer machte, einen Hauptverdächtigen herauszukristallisieren.

Einige Experten des Kennedy-Attentats widersprechen zum Beispiel der Theorie, dass es eine organisierte Verschwörung gegeben hatte, den Präsidenten auszuschalten. Stattdessen, so sagen sie, seien die Interessen aus zahlreichen verschiedenen Lagern zusammengeflossen – einschließlich, wenn auch nicht begrenzt auf, das Militär, die CIA und die Mafia –, die unausgesprochen und fast wie von Zauberhand zusammengearbeitet hatten, um den Präsidenten der Gefahr preiszugeben. Laut dieser Version hatte Lee Harvey Oswald allein, doch als Kulmination all dieser zahllosen finsteren Kräfte gehandelt, in der gleichen Weise, wie ein großer und beliebter Anführer Ziele ausdrücken und erreichen kann, die die Kulmination unserer kollektiven Hoffnung und Kühnheit darstellen.

Dieses Szenario der Umstände, die zu Brookes Tod geführt hatten, beunruhigte mich mehr als alle anderen. Denn dieselben Kräfte, die ihren Mörder ermutigt hätten, existierten noch immer. Und ihre nächste Zielscheibe war aller Wahrscheinlichkeit nach Tess Bishop.

Ich zog mein Handy aus der Tasche und rief North Anderson an. Sein Büro stellte mich zu seinem Streifenwagen durch.

Ich fragte ihn, ob er irgendwelche Fortschritte gemacht hätte, Tess aus der Bishop-Villa wegzuholen.

»Da läuft nichts«, sagte er. »Ich habe höchstpersönlich mit Sam Middleton, dem leitenden Direktor des Sozialamts, gesprochen. Er hat bestätigt, was ich schon wusste: Ungeachtet der Statistiken werden Kinder nicht ihrem Heim entrissen, nur weil es einen Mord gegeben hat, besonders nicht, wenn bereits jemand wegen jenes Mordes angeklagt worden ist.«

»Middleton plappert nur die offiziellen Sozialamtsrichtlinien nach«, sagte ich. »Gibt es denn nicht irgendeinen Weg, sie zu umgehen?«

»Ich hab es bei Leslie Grove versucht, der medizinischen Direktorin des Familienamts von Nantucket. Sie könnte bei der Sozialbehörde eine Eingabe machen, Tess auf das Gefährdetenregister setzen zu lassen, sie sagte aber, dass sie die Finger davon lässt, solange keine handfesten Beweise vorliegen, dass Tess sich in unmittelbarer Gefahr befindet.«

»Ich vermute, dann ist Julia die Einzige, die etwas bewirken kann«, bemerkte ich. »Ich sehe zu, ob ich sie bei der Beerdigung kurz beiseite nehmen kann. Ihre Mutter kommt mit ihr zusammen von Martha's Vineyard herüber. Vielleicht können sie ja zusammen mit dem Baby wieder zurückfahren.«

»Klingt, als wärst du ziemlich sicher, dass das Baby bei ihnen sicher wäre«, sagte Anderson.

In meinem Herzen war ich sicher, doch mir war klar, dass Anderson sich noch immer Sorgen machte, ich könnte im Hinblick auf Julia meine Objektivität verloren haben. »Wir haben keine Möglichkeit, Tess von der gesamten Familie zu isolieren«, erklärte ich. »Das Zweitbeste ist, sie von so vielen Familienmitgliedern wie möglich abzuschirmen. Und was mich angeht, sollte das Darwin Bishop einschließen.«

»Durchaus«, pflichtete Anderson bei. »Verdammt, wenn es irgendwie helfen würde, könnte das Kind auch bei Tina und mir bleiben.«

»Danke«, sagte ich. »Ich werde ihr das Angebot machen.

Aber ich würde mir an deiner Stelle keine großen Hoffnungen machen.«

»Konntest du mit Garret sprechen?«, fragte er.

»Zwischen Tür und Angel. Er steht eindeutig auf meiner Liste der Verdächtigen. Er hat gesagt, der Tod sei für Brooke besser als ein Leben mit Darwin. Mir gefiel absolut nicht, wie er das gesagt hat.«

»Hast du noch mehr gute Nachrichten?«, erkundigte er sich sarkastisch.

»Klar«, erwiderte ich. Ich musste Anderson wissen lassen, dass wir mit der Kinderschwester reden sollten, die Julia gefeuert hatte. »Als ich mit Claire gesprochen habe, hat sie eine private Krankenschwester erwähnt, die Julia eingestellt hatte, um für die Zwillinge zu sorgen. Sie heißt Kristen Collier und lebt in Duxbury. Julia hat sich etwa eine Woche nach der Geburt von Brooke und Tess mit ihr gestritten und sie gefeuert. Ich denke, es könnte sich lohnen, mit ihr zu sprechen. Sie könnte immer noch einen Schlüssel für das Haus haben. Ich wäre mir nur gern sicher, dass sie meilenweit weg von Nantucket war, als Brooke gestorben ist.«

»Wird gemacht«, sagte er.

»Ich denke, das ist im Moment alles«, erklärte ich. »Ich sehe dich dann später nach der Beerdigung.«

»Bei mir zu Hause?«, fragte er nachdrücklich. »Bist du bereit, das Geld für dein Zimmer in den Wind zu schreiben?«

»Natürlich«, sagte ich, in erster Linie, um einen Streit zu vermeiden. »Wir sehen uns bei dir.« Ich legte auf.

Ich sah hinaus auf den Atlantik, dann drehte ich mich um und betrachtete das Panorama von Sankaty Head. Die Klippen schienen nahtlos in den Strand überzugehen, der seinerseits mit der See verschmolz. Vögel stießen vom Himmel auf die gischtgekrönten Wellen herab. Es war ein Anblick von erhabener Schönheit, und mir ging durch den Sinn, dass ich früher einmal selbst an solchen Orten gewesen war, als ich mit meiner Freundin Kathy in Marblehead zusammengelebt hatte, einer anderen pittoresken Kleinstadt am Meer, die zu einem Touristenmagnet geworden war. Die verborgene Gefahr derartiger Orte ist, dass die Kombination ihres Reichtums und ihrer augenfälligen Schönheit verhindert, dass der Schmerz an die Oberfläche gelangt, und ihn damit zwingt, sich seine eigene unterdrückte Landschaft aus dunklen, unterirdischen Flüssen zu erschaffen. Deshalb kann man leicht auf die Idee kommen, dass alles bestens ist und dass das Terrain des Lebens vor einem festen Halt bietet, obwohl es in Wahrheit jeden Moment einbrechen kann.

Auf dem Weg zurück zu meinem Pick-up bemerkte ich einen von Darwin Bishops weißen Range Rovern, der knappe fünfzig Meter von mir entfernt nahe der Straße parkte. Ich winkte, dann stieg ich in meinen Wagen und fuhr zurück zur Stadt, um zuzusehen, wie eine der reichsten Familien von Nantucket Abschied von ihrer kleinen Tochter nahm.

Darwin Bishops Kollegen kamen in Scharen, um ihr Beileid zu bekunden. Eine Schlange erstreckte sich eine Viertelmeile weit vom Portal von St. Mary's Our Lady of Hope die Federal Street entlang bis zur kopfsteingepflasterten Main Street. Ich wartete über eine Stunde in dieser Schlange hinter einer Gruppe von Männern, die sich über den Konkurrenzkampf im Ölgeschäft unterhielten, und vor einer weiteren Gruppe, die eine Reise nach Indien plante, um Softwaredesigner zu rekrutieren. Zugegeben, Brooke war nicht ihre Tochter gewesen, und Leute tun ihr Möglichstes, um sich von einer Tragödie zu distanzieren, aber etwas am Tonfall der Unterhaltungen klang so ungerührt, als würden wir für den Eintritt zu einer Tagung oder einem Kino anstehen. Nach etwa einer halben Stunde fing das muntere Geplauder an, mir ernstlich auf die Nerven zu gehen. Nach fünfundvierzig Minuten konnte ich mich nicht mehr zurückhalten und unterbrach einen besonders lebhaften Burschen um die vierzig mit einem dichten Schopf rotblonder Haare und einer Fliege, der sich über die

»beschissene Börsenaufsicht« ausgelassen hatte. Ich fasste ihn behutsam am Arm, wobei ich den erlesenen Baumwollstoff seines Nadelstreifenhemds unter meinen Fingern spürte.

»Entschuldigen Sie bitte«, sagte ich.

Leicht verärgert über die Störung sah er mich an. »Ja?«, sagte er mit gekünstelter Liebenswürdigkeit.

»Stimmt es, dass die Luftröhre des kleinen Mädchens blockiert wurde?«, fragte ich.

»Was?«

Ich bemerkte, dass seine Freunde noch immer über den Börsenhandel redeten. »So habe ich es gehört, aber ich war nicht sicher. Ich lebe nicht auf der Insel. Ich bin ein Freund von Julia von früher. Ich habe gehört, ihr Baby wurde praktisch stranguliert.«

»Ich schätze, das stimmt«, bestätigte er verkniffen.

»Ich dachte nur gerade, wie schrecklich das sein muss«, fuhr ich fort, »nicht mehr atmen zu können. Zu ersticken.«

»Dann denken Sie eben einfach nicht darüber nach.« Er ließ die Worte einen Augenblick lang im Raum stehen, dann wandte er sich ab.

Ich lauschte, um herauszufinden, ob meine kleine Störung eine Zeit lang nachklingen würde, und sei es nur, indem Mr. Fliege den Mund hielt. Doch er mischte bereits wieder munter mit und ließ sich aufgebracht darüber aus, dass die Vorschriften der Börsenaufsicht vage und willkürlich wären.

Dutzende von Limousinen standen an den Stufen zur Kirche aufgereiht. Es ging das Gerücht, dass sie einige der einflussreichsten Gäste, darunter Senator Drew Anscombe und den berühmten Financier Christopher Burch von Links Securities, hergebracht hätten. Der stellvertretende Staatssekretär William Rust und der russische Botschafter Nikolai Tartokovsky waren angeblich an Bord von Darwin Bishops Gulfstream-Jet an die Seite der trauernden Familie geflogen worden.

Die Atmosphäre innerhalb der Teakpforten der verwitterten grauen Kirche war deutlich feierlicher. Neben dem Eingang stand eine marmorne Marienstatue mit bittend ausgestreckten Händen. Hinter dem Altar leuchtete ein Buntglasfenster in Gold, Rubinrot, Smaragdgrün und Saphirblau, das die Jungfrau Maria in der gleichen Pose darstellte. Zwischen den beiden stand aufgebahrt ein winziger Sarg vor einem weißen Altartuch, auf dem ein dunkelrotes Kreuz prangte.

Alle Bänke waren besetzt. Ich stellte mich an die Seite des Kirchenschiffs. Als ich meinen Blick über die Trauergäste schweifen ließ, erspähte ich nicht nur Anscombe und Burch, sondern reihenweise Berühmtheiten von Nachrichtensprechern bis hin zu Rockstars.

Der Priester, ein überraschend junger Mann mit welligem schwarzem Haar und sonnengebräunter Haut, sprach das erste Gebet:

> *Wir überantworten dir, gütiger Vater, ergeben dieses Kind, das dir so teuer ist. Nimm Brooke an, und führe sie in den Himmel, wo es keine Trauer, keine Tränen, kein Leid mehr gibt, sondern nur ewig währenden Frieden durch deinen Sohn und den Heiligen Geist.*

Mein Blick wanderte zu Maria, einer anderen Mutter, die ihr Kind durch einen Mord verloren hatte, und ich fragte mich, ob diese Verbindung oder irgendetwas, das innerhalb dieser vier Wände gesagt wurde, oder irgendetwas, das je irgendwo gesagt wurde, Julia wirklichen Trost spenden würde.

Darwin Bishop sprach als Nächster ein Gebet. Ich musste die Zähne zusammenbeißen, während er die Stufen zum Altar erklomm. Er stützte sich mit beiden Händen auf das Lesepult und ließ seinen Blick langsam über die ihm zugewandten Gesichter schweifen, ganz so, als wäre dies eine Geschäftssitzung. Seine Augen waren vollkommen tränenlos. »Weisheit 3: 1–7«, sagte er, ehe er mit ruhiger Stimme zu lesen begann.

Die Seelen der Gerechten sind in Gottes Hand, und keine Qual kann sie berühren.

In den Augen der Toren sind sie gestorben, ihr Heimgang gilt als Unglück, ihr Scheiden von uns als Vernichtung.

Sie aber sind in Frieden.

Brooke war eines schrecklichen Todes gestorben. Es schien eher Bishop, der in Frieden war. Ich spürte, wie mein Blutdruck stieg, als er fortfuhr:

Ein wenig nur werden sie gezüchtigt; doch sie empfangen große Wohltat. Denn Gott hat sie geprüft und fand sie seiner würdig.

Wie Gold im Schmelzofen hat er sie erprobt und sie angenommen als ein vollgültiges Opfer.

Beim Endgericht werden sie aufleuchten wie Funken, die durch ein Stoppelfeld sprühen.

Ich drehte mich um und ging leise hinaus ins Vestibül, da ich Bishop weder sehen noch hören oder gar riskieren wollte, zuschauen zu müssen, wie er Julia küsste, wenn er zu seinem Platz zurückkehrte.

Trotzdem wollte ich Julia mein Beileid aussprechen. Ich wartete bis zum Ende der Messe, als sich die Familie für die Trauergäste aufreihte.

Die Bishops standen neben dem Altar und nahmen einen schier endlos scheinenden Strom an Beileidswünschen entgegen. Julia, in einem schlichten taillierten schwarzen Kleid, stand neben dem Priester, Darwin auf der anderen Seite von ihm.

Zuerst schüttelte ich Garrets Hand. Sein Handschlag war fest, und als ich in sein Gesicht sah, fing ich einen gefassten, wenn nicht sogar kühlen Blick aus seinen graublauen Augen auf. Als Nächstes trat ich vor Julias Mutter, eine elegante, schlanke Frau von etwa fünfundsechzig, die sichtlich mit den Tränen kämpfte. Ich ergriff ihre Hand. »Mein herzlichstes Beileid zum Verlust Ihrer Enkelin«, sagte ich und erkannte im selben Atemzug, wie unzulänglich diese Worte zwangsläufig klangen.

»Danke«, sagte sie, ohne meine Hand loszulassen. »Sie sind …?«

»Frank Clevenger«, stellte ich mich vor, ohne zu erwarten, dass ihr der Name etwas sagte.

»Das dachte ich mir schon«, erklärte sie und warf einen Blick zu Julia hinüber, die einige Schritte entfernt stand.

Ich ging weiter zu Julia. Unwillkürlich empfand ich es als passend, dass ich ihre Mutter kennen gelernt hatte, da eine gewisse Chance bestand, dass ich sogar nach Abschluss dieses Falls eine wichtige Rolle in ihrer beider Leben einnehmen würde. Es war ein wohliges Gefühl, doch ich kämpfte dagegen an. Ich wollte mich nicht zu stark emotional engagieren, bis der Mord an Brooke aufgeklärt war. Doch in dem Moment, als ich Julias Hand ergriff, verflog all mein Gleichmut. Darwin Bishop war einige Schritte beiseite getreten, da er mir offenkundig nicht die Hand geben wollte, und so genoss ich unvermittelt einen intimen Moment mit seiner Frau bei der Beerdigung seiner Tochter und sah ihr tief in die Augen, während sie meinen Blick mit derselben Intensität erwiderte. »Es tut mir so …«, stammelte ich hilflos. Ich wollte nicht in Klischees verfallen.

Sie ergriff meine Hand und strich mit ihrem Daumen über die Innenseite meines Handgelenks. »Ich bin Ihnen dankbar, dass Sie gekommen sind. Ich weiß, ich habe damit viel von Ihnen verlangt.«

»Sie können alles von mir verlangen«, flüsterte ich, trunken vom Glanz ihres schwarzen Haars, dem Funkeln ihrer grünen Augen und ihrer Haut, die samtener und leuchtender war als alles, was ich je gesehen oder berührt hatte. Wenn man noch hinzunahm, dass ich mich ein wenig deklassiert von Julias

Reichtum fühlte und beinahe überwältigt davon war, dass mir eine Frau, die jeden Mann ihrer Wahl haben könnte, ihre Gunst schenkte, wurde mein inneres Gleichgewicht auf eine wirklich harte Probe gestellt.

»Übernachten Sie auf der Insel?«, fragte sie.

»Ja«, antwortete ich.

»Wo?«

Ich spürte, wie ich meinen Halt verlor. »Im Breakers«, sagte ich. Ihre Hand loszulassen stellte einen Akt schierer Willenskraft dar, doch ich hatte das Gefühl, wir würden Aufsehen erregen, wenn wir noch länger so innig beieinander standen. Instinktiv wanderte mein Blick zu Garret, und ich sah, dass er die gefühlvolle Szene zwischen seiner Mutter und mir bereits bemerkt hatte. Er musterte mich voller Verwirrung und Wut. »Ich hoffe, ich sehe Sie bald«, sagte ich zu Julia, dann wandte ich mich um und ging zum hinteren Ende der Kirche.

Kurz vor dem Ausgang packte mich jemand von hinten am Arm. Ich wirbelte herum und fand mich Auge in Auge Darwin Bishop gegenüber, dessen Gesichtsausdruck gezwungen nachsichtig war. »Ein Teil von mir bewundert Ihre Unverfrorenheit«, sagte er, ohne meinen Arm loszulassen.

Ich war hin und her gerissen zwischen dem Wunsch, ihm mein Beileid auszusprechen, und dem, ihm die Hand zu brechen. »Ich glaube nicht, dass das hier der richtige Ort für eine Unterhaltung ist«, sagte ich.

»Es ist nicht der Ort, den ich mir ausgesucht hätte, insbesondere nicht dafür, meiner Frau Avancen zu machen«, entgegnete Bishop.

»Das war nicht …«, setzte ich an.

Er ließ meinen Arm los. »Sie haben sich hoffnungslos übernommen«, erklärte er in einem fast väterlichen Tonfall. »Sie verrennen sich da in etwas.«

»Danke für den Rat«, sagte ich nur und wandte mich zum Gehen, doch er packte mich abermals am Arm. Ich drehte mich wieder zu ihm um.

»Wissen Sie noch, dass Sie gesagt haben, Sie hätten eine Gabe?«, meinte Bishop. »Sie sind ein Bohrer. Nicht mehr, nicht weniger.«

»Stimmt, das habe ich gesagt.«

»Ich habe darüber nachgedacht, und mir ist klar geworden, dass ich selbst auch nur eine einzige wirkliche Gabe besitze.«

»Und die wäre?«, sagte ich.

»Ich kann Sieger und Verlierer erkennen. In allem. Egal, ob bei Aktien, Unternehmen oder Ideen. Es ist wie ein sechster Sinn.«

Ich dachte an Bishops Einstieg bei Acribat Software, deren Aktienpreis innerhalb eines Jahres um fünfundvierzig Prozent gefallen war. Doch diese Tatsache war ein kleiner Ausrutscher; sein Milliarden-Dollar-Vermögen zeigte deutlich, dass er Dinge erkannte, die andere übersahen – an der Börse und vielleicht auch sonst. »Das ist eine nützliche Gabe«, sagte ich.

»Ich vertraue darauf«, erwiderte er. »Und mein sechster Sinn sagt mir, dass Sie kurz davor stehen, alles zu verlieren.« Er lächelte. »Ich kann es förmlich riechen.« Er drehte sich um und ging davon.

Ich beobachtete, wie er wieder seinen Platz neben dem Altar einnahm. Mein Puls raste, und die Muskeln in meinem rechten Arm waren verkrampft, da ich mühsam den rechten Haken zurückgehalten hatte, den ich ihm am liebsten verpasst hätte. Doch rückblickend betrachtet, beunruhigte mich wahrscheinlich am meisten die Gewissheit, dass er Recht hatte, zumindest in einer Hinsicht: Jedem anderen an meiner Stelle hätte ich dringend geraten, von der Grenze zurückzuweichen, die zu überschreiten ich im Begriff stand.

11

Um 21 Uhr 40 kehrte ich in mein Zimmer im Breakers zurück. Zum Abendessen hatte ich mir eine Pizza mit Shrimps und Rucola – auf Nantucket war eben alles etwas edler – zum Mitnehmen besorgt und sie auf der Rückfahrt zum Hotel gegessen. Der Abend war windig und regnerisch, was mir, in Kombination mit der vorgerückten Stunde, eine willkommene Ausrede lieferte, die Nacht nicht in North Andersons Haus verbringen zu müssen. Ich rief ihn an und nahm die üblichen freundschaftlichen Ratschläge entgegen, auf der Hut zu sein. Tür verriegeln, keine unangemeldeten mitternächtlichen Klempner-Besuche und so weiter. Ich versicherte ihm, ich würde auf mich aufpassen, die Insel am Morgen verlassen und mindestens einen Tag lang nicht zurückkommen. Ich hatte in Boston einige Dinge zu erledigen, unter anderem einen weiteren Besuch bei Lilly im Mass General.

Die Hotelführung hatte die Flasche Wein wieder in mein Zimmer zurückgebracht und auf den Nachttisch gestellt. Ich schmunzelte ob der Beharrlichkeit, nahm die Flasche und wollte sie gerade ans Ende des Flurs stellen, von wo aus sie bestimmt nicht wieder den Weg zurück in mein Zimmer finden würde, als das Telefon klingelte. Ich nahm den Hörer ab. »Clevenger.«

»Ich bin's, Julia.«

»Wo sind Sie?«, fragte ich.

»Unten.«

Ich wusste nicht genau, wie ich reagieren sollte. »Im Foyer …«, sagte ich, weil mir nichts Besseres einfiel. Schon der Gedanke daran, dass sie – ganz allein – drei Stockwerke von mir entfernt war, ließ mich fantasieren, wie es wäre, sie in meinen Armen zu halten, ohne sich Sorgen machen zu müssen, dabei beobachtet zu werden.

»Ich brauche die Nähe eines Menschen, dem ich vertrauen

kann«, sagte sie. »Nur für ein paar Minuten. Ich …« Einen Moment lang herrschte Schweigen. »Ich möchte Ihnen erzählen, wie es vorhin in der Kirche für mich war … was ich wirklich empfunden habe.«

Das Klügste wäre, zu ihr hinunter ins Foyer zu gehen oder mich mit ihr auf einen Kaffee im Brant Point Grill zu treffen. Doch zu wissen, was man tun müsste, und genauso zu handeln, sind zwei verschiedene Dinge. »Ich bin in Zimmer 307«, sagte ich.

Als es an meiner Tür klopfte, schwor ich mir, die Sache nicht zu weit gehen zu lassen und eine gewisse therapeutische Distanz zwischen uns zu wahren. Ich öffnete die Tür. Julia stand in ihrem schwarzen Kleid mit vom Regen nassem Haar vor mir. Sie hatte geweint, dennoch strahlten ihre Augen. Ich streckte ihr meine Hand entgegen. Sie ergriff sie und kam in meine Arme. Ich stieß die Tür zu und hielt Julia, während sie weinte. Ihr zartes Schulterblatt unter meiner Handfläche, ihre Brust, die sich an meinem Körper hob und senkte, eine Träne, die von ihrer Wange fiel und an meinem Hals hinablief – all das berauschte mich. Ebenso wie die Parallelen in unser beider Leben: ihr brutaler Ehemann, mein brutaler Vater, ihr Bedürfnis, einer zerstörerischen Ehe zu entfliehen, meine Kindheitsfantasien darüber, meine Mutter zu retten.

Julia hob den Kopf und wandte mir mit geschlossenen Augen ihr Gesicht zu. Und ich tat, was vielleicht vergeben, aber nie entschuldigt werden kann. Ich hob meine Hand an ihre Wange und küsste sie, zuerst ganz behutsam, dann leidenschaftlicher. Als unsere Lippen verschmolzen, war keine Rede mehr davon, Grenzen zu überschreiten, denn sie lösten sich auf, existierten nicht länger. Und ich fühlte, dass auch unser beider Zukunft auf geheimnisvolle Weise und unwiederbringlich eins geworden war. Mein Unterbewusstsein sagte mir, dass dies die schlimmsten Umstände sein mochten, um einander zu finden, doch es waren unausweichlich und unwiderruflich *unsere* Umstände. Die Regeln von Sitte und Anstand, die die große Masse der Beziehungen regieren, würden sich beugen müssen. Wir waren füreinander bestimmt.

Ich habe in meinem Leben viele Frauen geküsst, doch keine von ihnen hatte in mir die gleichen Gefühle geweckt wie Julia. Sie ließ ihre Finger über meinen Nacken gleiten, zog mich zu sich heran, erwiderte das leidenschaftliche Spiel meiner Zunge, dann gab sie mich wieder frei und hauchte mir einen zärtlichen Kuss auf die Lippen, bevor sie meine Unterlippe mit ihren Zähnen festhielt und sanft daran zog, als wollte sie mich verschlingen. Ihre Lippen wanderten zu meiner Wange, und ich hörte ihren erregten Atem lauter als meinen eigenen, fühlte ihre warme Zunge in meinem Ohr, bohrend, gierig, ein Vorgeschmack auf all die wunderbaren Variationen, in denen sich unsere Körper und Seelen vereinigen konnten.

Erst nachdem wir uns lange geküsst hatten, fand ich die Kraft, mich von ihr zu lösen. »Du wolltest … reden«, sagte ich.

Sie atmete tief durch, dann öffnete sie langsam die Augen und nickte. Ich nahm sie bei der Hand und führte sie zur Couch, die Ausblick über den Hafen bot. Die Aluminiummasten und goldenen Vordersteven von über hundert Segelbooten reflektierten den Mondschein und wiegten sich wie glitzernde Ähren aus Silber und Gold auf einem blauen Feld. »Erzähl mir, wie du dich heute in der Kirche gefühlt hast«, sagte ich sanft.

Sie blickte auf unsere ineinander verschlungenen Finger, ehe sie ihre freie Hand über sie legte und mich wieder ansah. »Als würde ich ein Stück von mir selbst begraben«, sagte sie. »Die ganze Zeit über habe ich mir gewünscht, ich wäre an ihrer Stelle gestorben. Seit dem Tag ihrer Geburt hatte ich so ein Gefühl, was Brooke anging – dass sie etwas ganz Besonderes wäre.« Tränen liefen über ihr Gesicht. »Es ist schrecklich, das zu sagen, aber ich fühlte mich ihr so viel näher als den Jungs. Sogar näher, als ich mich Tess fühle.«

Julias Erinnerung an ihre erste Reaktion auf Brooke war Lichtjahre entfernt von der Entfremdung, die Claire Buckley beschrieben hatte. Ein Teil von mir wollte diesen Widerspruch mit ein paar Fragen aufklären, doch es schien nicht der richtige Zeitpunkt, sie zu stellen – teils, weil ich keine Antworten hören wollte, die meine Zuneigung für Julia mit neuerlichen Zweifeln trüben könnten. Ich wischte die Tränen von ihrer Wange. »Welche anderen Gefühle hattest du heute?«, fragte ich schlicht.

»Wut. Den Wunsch, jemanden dafür zahlen zu lassen.« Sie räusperte sich. »Vor allem aber Schuldgefühle.«

»Wieso das?«

Sie zögerte.

»Du brauchst es mir nicht zu erzählen«, erklärte ich. »Die Entscheidung liegt bei dir.«

Sie drückte meine Hand. »Ich hätte Billy niemals in die Nähe der Mädchen lassen dürfen. Das Risiko war einfach zu groß.«

Julias Verdacht hatte sich eindeutig nicht von Billy auf ihren Mann verlagert. »Ich verstehe«, sagte ich. »Was hättest du deiner Meinung nach tun sollen?«

»Ich hätte die Adoption niemals zulassen dürfen. Wir waren nicht darauf vorbereitet, für einen Jungen mit Billys Problemen zu sorgen. Und Darwin hatte nicht das geringste Interesse daran, ihm ein Vater zu sein.«

»Aber Darwin hat darauf bestanden«, sagte ich.

»Dann hätte ich ihn verlassen müssen«, erwiderte sie. »Aus diesem Grund und aus vielen anderen.«

Ich sah eine erneute Gelegenheit, für Tess' Sicherheit zu plädieren. »Bestehen diese anderen Gründe denn jetzt nicht mehr?«, fragte ich sanft. »Billy ist nicht mehr im Haus, aber all die anderen Spannungen belasten Tess – und Garret – weiterhin.«

»Du meinst Darwins Wutausbrüche«, sagte sie. »Seine Herrschsucht. Seine Brutalität.«

»Ja.«

»Ich habe mit meiner Mutter gesprochen«, erklärte sie. »Es besteht die Möglichkeit, dass ich sie mit den Kindern zurück nach Martha's Vineyard begleite.«

»Gut«, sagte ich.

»Keine Ahnung, wie Darwin darauf reagieren wird.«

»Ich denke, Chief Anderson würde für Polizeischutz sorgen«, sagte ich. »Zumindest eine Zeit lang.«

»Natürlich.« Sie schien nicht überzeugt.

»Und ich wäre auch da«, sagte ich, »wenn du mich brauchst.«

Sie drückte meine Hand fester, dann hob sie sie an ihre Lippen und küsste sie. »Wie kann ich mich dir in so kurzer Zeit so nahe fühlen?«, fragte sie.

»Ich habe mir dieselbe Frage gestellt«, gestand ich.

»Und hast du eine Antwort darauf gefunden?«

»Einfach unverschämtes Glück«, sagte ich.

Sie schloss die Augen und schob meine Hand sanft in den Ausschnitt ihres Kleids, sodass meine Finger wie von selbst unter den Spitzenrand ihres Hemdchens und auf ihre Brüste glitten. Ich spürte ihre Gänsehaut, als meine Finger weiterwanderten. Als sie ihre Brustwarze erreichten, stieß Julia ein genüssliches Seufzen aus, so als wäre sie gerade erwacht und räkelte sich in einem warmen Federbett.

Ich wollte ihren ganzen Körper berühren. Ich legte eine Hand auf ihr Knie, knapp über dem Saum ihres Kleids, und die andere in ihren Nacken. Sanft zog ich sie an mich, um den Reißverschluss ihres Kleids öffnen zu können, während sie ihren Kopf an meine Schultern legte, wartend und bereit. Doch ich durfte sie jetzt nicht ausziehen. Ich ließ meine Finger auf dem Stoff an ihrem Rückgrat hinuntergleiten, dann küsste ich ihre Wange und lehnte mich auf der Couch zurück. »Dies ist nicht der richtige Zeitpunkt«, sagte ich. »Du kommst geradewegs aus der Kirche hierher, noch völlig überwältigt von deinen Gefühlen. Wie sollen wir uns also sicher sein, ob es wirklich etwas bedeutet.«

Sie nickte fast schüchtern. »Es ist sowieso schon spät. Ich sollte lieber nach Hause fahren.«

Wir standen auf. Es folgte ein etwas unbehaglicher Moment,

während wir uns beide damit abfinden mussten, dass wir nicht miteinander schlafen würden.

»Bleibst du nur über Nacht hier oder länger?«, fragte Julia.

»Ich fahre morgen früh wieder zurück, aber nur für einen Tag. Dann komme ich wieder.«

»Wir könnten uns Freitagabend treffen«, schlug sie vor.

Es war wie eine Aufforderung, jegliche Vorsicht über Bord zu werfen. »Die Tatsache, dass ich beschattet werde, schreckt dich nicht ab?«, fragte ich.

»Das hat sie heute Abend auch nicht getan«, erwiderte sie. »Nichts schreckt mich mehr ab als die Vorstellung, dich nie wieder zu sehen.«

»Paranoia«, bemerkte ich. »Eine Angst, die keinerlei Basis in der Realität hat.« Ich lächelte. »So etwas behandle ich ständig.«

Donnerstag, 27. Juni 2002

Kurz nach fünf wachte ich mit pochendem Herzen auf. Ich knipste die Nachttischlampe an und ließ meinen Blick durchs Zimmer schweifen, auf der Suche nach irgendetwas, das nicht so war, wie es sein sollte, doch die elegante Einrichtung meines Zimmers und der friedliche Hafen draußen waren unverändert. Ich stand auf und ging zu der Schiebetür, die auf die kleine Holzterrasse hinausführte. Die Segelboote schwankten noch immer in einer sanften Brise. Ich trat nach draußen und atmete tief die Meeresluft ein. Es wurde bereits langsam warm. Die Stille war so deutlich zu spüren, dass sie mich nervös machte, und ich fragte mich, ob es tatsächlich die Stille war, die auf mir lastete. Vielleicht fehlte mir das dumpfe Dröhnen der Schlepper und Lastkähne auf dem Mystic River in Chelsea, der Geruch von überhitztem Petroleum, die glühwürmchengleichen Scheinwerfer der vereinzelten frühmorgendlichen Pendler auf der Tobin Bridge. Trotzdem verwarf ich diese einfache Antwort, ging wieder hinein und wählte, mit meinen Gedanken noch immer in Chelsea, meine Telefonnummer zu Hause, um meinen Anrufbeantworter abzuhören. Gerade mal einundvierzig Minuten zuvor war eine Nachricht hinterlassen worden. Sie war von Billy. Mein Herz schlug noch schneller.

»Was ich nicht verstehe«, sagte er, »ist, warum sie nie das Badezimmerfenster im ersten Stock verriegeln.« Er sprach abgehackt, was einem Psychiater üblicherweise eine manische Phase anzeigte. »Sie verriegeln es noch nicht einmal, wenn wir die Insel verlassen und nach Manhattan fahren – was, genau genommen, ebenfalls eine Insel ist, auch wenn ich das manchmal vergesse. Ich meine, das ist so, als würden sie denken, dass kein Einbrecher das Fenster bemerkt, weil es eine Milchglasscheibe hat, und das ist einfach ... dumm. Es sei denn, sie denken, niemand würde es sehen, weil es hinter der Eiche ist, aber das macht es sogar noch leichter, weil man daran hochklettern kann. Denn niemand kann einen sehen, wenn man erst mal oben zwischen den Ästen ist. Und Darwins Range-Rover-Roboter sind ja auch nicht gerade der Secret Service.« Er lachte, doch es war ein kurzes, verkrampftes Lachen, als wäre er high oder sehr verängstigt oder manisch. »Jedenfalls hat sich mein kleines Geldproblem für den Augenblick erst mal erledigt. Ich muss Sie nicht mehr bemühen.« Er lachte abermals. Einige Sekunden verstrichen. »Ich schätze, Sie haben mir in der Klinik geglaubt. Deshalb rufe ich an. Ich wollte Ihnen sagen, dass ich Ihnen auch glaube, was Sie gesagt haben. Ich denke nicht, dass ich je irgendjemandem etwas antun wollte, außer meinem Vater.« Er legte auf.

Ich tigerte im Zimmer auf und ab und fuhr mir wieder und wieder mit der Hand über meinen rasierten Kopf, eine nervöse Angewohnheit, die nur auftritt, wenn ich ahne, dass eine Sache völlig schief gelaufen ist. Billy war auf der Insel – oder war es zumindest gewesen. Und es war ihm gelungen, sich ins Bishop-Haus einzuschleichen und etwas Wertvolles zu stehlen, sofern er nicht bluffte. Ich dachte an unsere Unterhaltung im Payne Whitney zurück, als ich Billy nach einem potenziellen Motiv für den Mord an Brooke gefragt hatte. Der Gedanke daran jagte mir einen kalten Schauder über den Rücken. Denn Billy hatte Recht: Ich hatte behauptet, seine Gewalttätigkeit hätte sich immer darauf gerichtet, seinem Vater etwas wegzunehmen. Ich betete, dass es dieses Mal eine Armbanduhr, ein Ring oder eine Geldkassette gewesen war und nicht die kleine Tess.

Ich duschte und zog eine frische Jeans an, dann rief ich North Anderson zu Hause an. Es war erst zwanzig nach fünf, doch ich musste ihn wissen lassen, dass Billy in der Nähe war – oder gewesen war – und dass er sich offenbar Zugang zur Bishop-Villa verschafft hatte.

Tina meldete sich nach dem sechsten oder siebten Klingeln. »Hallo?« Ihre Stimme klang verschlafen.

»Tina, tut mir Leid, dass ich dich geweckt habe. Frank Clevenger hier.«

Sie übersprang die Höflichkeitsfloskeln. »Hat North dich nicht angerufen?«, fragte sie.

»Nein.« Ich griff nach meinem Handy auf der Kommode und sah auf die Anzeige. *Kein Empfang.* »Wollte er etwas von mir?« Ich sah zur Decke und verfluchte die Schicht aus Stahl oder Beton, die das Signal abschirmte.

»Er ist vor etwa einer Stunde in die Notaufnahme gerufen worden. Mit Tess Bishop stimmt etwas nicht.«

Mir wurde schwindelig. »Was ist passiert? Hat er irgendwas gesagt?«

»Sie hatte einen Atemstillstand«, sagte Tina.

»Wo ist das Krankenhaus?«, fragte ich.

»An der South Prospect Street, Ecke Vesper Lane«, sagte ich. »Das Nantucket Cottage Hospital. Es ist nur etwa eine Meile außerhalb der Stadt; es gibt überall kleine blaue Hinweisschilder, die dir den Weg zeigen. Du kannst es nicht verfehlen.«

»Danke, Tina«, sagte ich.

»Tut mir Leid, dass ich nur eine so schlechte Nachricht für dich habe. Ich würde dich wirklich gern sehen. Vielleicht, wenn sich alles etwas beruhigt hat.«

»Das werden wir tun«, versprach ich.

Ich lief die Treppe zum Foyer hinunter. Die Frau an der Rezeption gab mir eine Wegbeschreibung zum Krankenhaus, doch während ich in der Dunkelheit eine Straße nach der anderen entlangbrauste, ging mir auf, dass ich es ebenso schnell gefunden hätte, wäre ich den Hinweisschildern gefolgt. Das ist noch so eine Besonderheit an Nantucket: Nichts ist willkürlich. Alles ist beschildert. Im Verlauf von vierhundert Jahren haben die Inselbewohner langsam, aber sicher sämtliche Ecken und Kanten der Insel abgeschliffen und alle möglichen Überraschungen ausgeräumt, sodass die Insel ihre Metapher nun in jedem wunderschönen, glatten, toten Stück Treibholz hat, das am Strand angespült wird.

An solchen Orten muss irgendetwas passieren, damit die Leute erkennen, dass sie ihre Lebendigkeit und ihre Menschlichkeit noch nicht verloren haben. Komplizierte Liebesbeziehungen voller Eifersucht, Schmerz und Rache schlagen Wurzeln. Tiefe Depressionen setzen ein. Süchte gedeihen. Und gelegentlich beginnt eine besonders abscheuliche Variante der Psychopathologie, die Zeit gehabt hat, groteske Auswüchse zu bilden wie ein knorriger, beängstigender Baum, vergiftete Früchte zu tragen.

North Andersons Streifenwagen stand in der Nähe der Notaufnahme neben einem Krankenwagen und zwei weißen Range Rovern. Ich stellte meinen Wagen daneben und eilte durch die gläserne Automatiktür.

Darwin Bishop, in Khakihose, rosafarbenem Polohemd und schwarzen Gucci-Slippern, tigerte in der Eingangshalle auf und ab und sprach in sein Handy. Zwei seiner Wachleute standen in seiner Nähe herum. Er hatte mir den Rücken zugekehrt und sagte im Flüsterton: »Stoßen Sie alles bei achtundfünfzig ab.«

Ich trat zur Empfangsdame, einer Frau mit bläulich gefärbten Haaren, die offensichtlich völlig außer sich war. »Ich bin Dr. Clevenger«, stellte ich mich vor. »Ich möchte zu Chief Anderson.«

»Er ist mit Mrs. Bishop und dem Baby in Behandlungsraum fünf«, sagte sie und rang ihre von dicken Adern überzogenen Hände. »Ich hoffe, Sie können etwas tun. Sie ist noch so klein.«

»Sie gehen da nicht rein«, sagte Bishop hinter mir.

Ich drehte mich um. Flankiert von seinen zwei Schlägern stand er vor mir. »Was ist mit Tess passiert?«, fragte ich tonlos.

Er ignorierte die Frage. »Sie sind hier nicht willkommen«, sagte er.

Ich wollte an der Empfangsdame vorbeigehen, als jemand mein Handgelenk packte und meinen Arm mit einem Ruck hinter meinen Rücken riss, während er mir seinen eigenen über die Kehle legte. Über meine verdrehte Schulter hinweg sah ich, dass mich einer der Leibwächter im Schwitzkasten hatte. Es war ein Amateurgriff, und ich fragte mich unwillkürlich, ob Bishop seine Wachmänner von einem Supermarkt abgeworben hatte. Ich lehnte mich nach vorn, ehe ich dem Mann meinen freien Ellbogen in die Rippen rammte. Ein lautes Knacken verriet mir, dass ich einen Treffer gelandet hatte. Er stöhnte auf und ließ mich los. Im nächsten Moment kam sein Kumpel auf mich zu.

»Schluss damit!«, rief Anderson aus dem Flur keine fünf Meter hinter dem Empfangstresen und kam auf uns zu.

Bishop zeigte auf mich, blieb jedoch auf Distanz. »Ich will, dass er verschwindet.«

Anderson trat neben mich. »Lass uns nach draußen gehen. Ich erkläre dir, was los ist.«

Ich merkte mir diese kleine Kapitulation und folgte ihm durch die Glastüren hinaus zu seinem Streifenwagen.

»Was zum Teufel geht hier vor?«, fragte ich. »Was ist mit Tess passiert?«

Er lehnte sich gegen die Motorhaube. »Herzstillstand«, sagte er. »Sie haben sie zurückgeholt, aber ihr Herz schlägt noch immer unregelmäßig. Sie sind nicht sicher, ob ihr Gehirn durch den Sauerstoffmangel Schaden genommen hat.«

»Mein Gott.«

»Die Bishops haben sie gegen drei Uhr in die Notaufnahme gebracht«, fuhr er fort. »Sie hat anscheinend etwa eine Stunde lang geweint, bevor sie aufgehört hat zu atmen. Julia und Claire waren die ganze Zeit bei ihr. Als sie bewusstlos wurde, haben sie 911 angerufen. Genauer gesagt, haben sie Darwin anrufen lassen.«

»Was sagt der Arzt?«

»Die Ärztin hat eine toxikologische Untersuchung durchgeführt und eine hohe Konzentration von … Nor … trip … irgendwas gefunden.«

»Nortriptylin«, sagte ich.

»Das war's.«

Nortriptylin ist ein Antidepressivum, das in Überdosierung tödlich sein kann. Eine zu hohe Konzentration im Blut verlangsamt die Reizleitung durch den Herzmuskel, sodass der Herzschlag unregelmäßig wird und dann in einen chaotischen Rhythmus verfällt, bei dem kein Blut durch den Körper gepumpt wird. »Woher kam das Nortriptylin?«, wollte ich wissen.

»Es gehört Julia. Ein Psychiater in Aspen hat es ihr verschrieben«, antwortete Anderson. »Sie war vor etwa einem Jahr mit Darwin dort zum Skilaufen und fühlte sich wirklich mies. Als sie wieder nach Hause kamen, hätte sie sich besser gefühlt und aufgehört, das Zeug zu nehmen, sagt sie.«

»Aber sie hat das Fläschchen aufbewahrt?«

»Ja.«

»Was denkst du?«

»Um ehrlich zu sein, Frank«, sagte Anderson, »sieht es aus, als wäre Billy unser Mann.«

Und ich hatte ihm noch nicht einmal erzählt, dass Billy in das Haus der Bishops eingebrochen war. »Wieso sagst du das?«

»Er ist während der Beerdigung durch ein Badezimmer ins Haus eingedrungen und hat Bargeld und ein bisschen Schmuck gestohlen. Ich vermute, er hat beschlossen, einen kleinen Abstecher ins Kinderzimmer zu machen und Tess die Tabletten zu geben. Claire war die meiste Zeit des Abends in Darwins Arbeitszimmer und hat Briefe geschrieben.«

»Woher weißt du, dass er überhaupt im Haus war?«, fragte ich.

»Er hat eine Botschaft hinterlassen«, antwortete Anderson.

»Wie lautete sie?«

»Der Tag der Abrechnung ist gekommen. Alles Liebe, Billy.«

»Wo hat er sie hinterlassen?«, fragte ich.

»In einem leeren Umschlag, von dem Bishop sagt, er sei voller Geld gewesen – etwa fünf Riesen. Der Umschlag war in einem kleinen antiken Schreibtisch im Schlafzimmer. Ich schätze, dort bewahrt er sein Kleingeld auf.«

»Interessant.« Verwundert darüber, dass Billy eine so eindeutige Spur am Tatort hinterlassen hatte, schüttelte ich den Kopf. »Billy hat mir vor etwa einer Stunde eine Nachricht auf meinem Anrufbeantworter in Chelsea hinterlassen. Ich habe bei dir angerufen, um es dir zu erzählen, unmittelbar bevor ich hergekommen bin.«

»Was hat er gesagt?«, fragte Anderson.

»Er sei durch das Fenster eingestiegen und hätte ein paar Sachen gestohlen. Das war alles.«

»Einige meiner Leute durchkämmen das Haus nach Spuren. Wir werden sehen, was sie finden. Hier auf der Insel wird bald die Hölle los sein.«

»Inwiefern?«

»Ich habe die State Police gebeten, bei der Suche nach Billy zu helfen«, sagte Anderson. »Die kommen mit dreißig Mann und Hunden, Infrarot-Sichtgeräten und was weiß ich noch allem. Und das ist noch der harmlose Teil. Mit Hilfe seiner Kontakte konnte Bishop die Presse vielleicht bis jetzt noch im

Zaum halten, aber das wird nicht mehr lange so bleiben. Sobald die Nachricht über Tess über die Ticker läuft, wird es hier von Reportern wimmeln. Ein reiches Kind, das zu Hause ermordet wurde, ist kalter Kaffee. Ein weiterer Mordversuch in derselben Familie, das stellt selbst die Ramseys und den Mord an ihrer kleinen Jean-Benet in den Schatten.«

»Und übertrumpft sie um rund neunhundert Millionen«, bemerkte ich zynisch. »Wie geht es Julia?«

»Steht unter Schock«, sagte Anderson. »Sie hat da drin keine zehn Worte gesprochen.«

Ich wollte bei ihr sein. Mehr noch als das. Ich hielt es für meine *Pflicht*, ihr zur Seite zu stehen. Doch die Tatsache, dass es Julias Tabletten gewesen waren, durch die Tess eine Überdosis erlitten hatte, bereitete mir Sorgen. »Nach wie vor könnte jeder in dem Haus der Mörder sein«, sagte ich. »Die Symptome einer Nortriptylin-Vergiftung treten manchmal erst viele Stunden nach einer Überdosis auf. Tess könnte vor der Beerdigung vergiftet worden sein.« Mir kam noch ein anderer Gedanke. »Ich bin mir nicht sicher, ob Billy überhaupt weiß, dass eine Nortriptylin-Überdosis tödlich sein kann. Die Einzigen, die in Aspen mit dem Arzt gesprochen haben, waren Darwin und …«

»Julia«, sagte Anderson. »Das stimmt. Niemand ist bislang völlig entlastet. Aber jeder würde sagen, dass Billy der Hauptverdächtige ist, und zwar eindeutig.«

»Warum sollte er eine schriftliche Botschaft *und* eine Nachricht auf meinem Anrufbeantworter hinterlassen, in denen er zugibt, in das Haus eingebrochen zu sein, wenn er wusste, dass er dadurch mit einem weiteren Mord in Verbindung gebracht werden würde?«, gab ich zu bedenken.

Anderson zuckte mit den Schultern. »Wir haben es hier nicht mit einem normalen Jungen zu tun.«

»Nein«, pflichtete ich bei. »Wir haben es mit einem Soziopathen zu tun. Und die machen dir deine Arbeit gewöhnlich nicht so leicht, stimmt's?«

»Ich sage ja nicht, dass du aufhören sollst herumzustochern«, erwiderte Anderson, »zumindest so weit Bishop dich lässt.«

»Er könnte Tess ebenso gut vergiftet haben wie alle anderen«, sagte ich. »Es ist durchaus möglich, dass er Billys Einbruch als den perfekten Deckmantel benutzt hat. Außerdem wüsste ich gerne, wann er damit angefangen hat, darüber zu entscheiden, wer hier welche Ermittlungen durchführt.«

Anderson erstarrte. »Fang bitte nicht wieder damit an, Frank. Ich nehme auf seine Rechte ebenso viel Rücksicht wie auf die von jedem anderen. Er ist nicht verpflichtet, dich mit ihm oder seiner Familie reden zu lassen, wenn er nicht will. Ich bin sicher, du findest einen Weg, ihn zu umgehen.«

»Toll«, sagte ich. »Urplötzlich bin ich auf mich selbst gestellt. Ich habe dich nicht gerade angebettelt, mich in diesen Fall hineinzuziehen, falls du dich noch daran erinnerst. Ich habe den Fall übernommen, weil du gesagt hast, du bräuchtest Hilfe.«

»Und die brauche ich noch immer.« Er zwinkerte. »Wir warten auf einen Hubschrauber vom Mass General. Tess wird zur Beobachtung und Behandlung auf die Intensivstation dort verlegt. Julia wird sie begleiten, nicht Darwin. Er kommt erst morgen nach.«

»Wenn ich also ein paar Fragen an Julia hätte, dann sollte ich mich so schnell wie möglich auf den Weg nach Boston machen«, sagte ich.

»Das halte ich für ratsam«, bestätigte Anderson. »Sobald Bishop in Boston landet, werde ich mich hier einmal mit Claire und Garret unterhalten. Sie war während der Beerdigung allein mit Tess im Haus, und er macht auf mich den Eindruck eines sehr wütenden jungen Mannes.«

»Kein schlechter Plan«, bemerkte ich.

»Dafür, dass er von jemandem kommt, der dich im Stich lässt.« Er ließ seinen Blick über den weitläufigen Rasen vor dem Krankenhaus schweifen. »Ich war wirklich bereit, Billy eine Chance zu geben. Er hat auf mich einfach nicht den Eindruck eines Mörders gemacht.« Er sah mich an. »Aber ich habe mich wohl getäuscht.«

»Vielleicht«, sagte ich. »Ich vielleicht auch. Aber mein Instinkt sagt mir, dass ich noch tiefer graben muss.«

»Dann solltest du …« Er stockte. »Dann sollten wir auch genau das tun.«

12

Während ich auf einen freien Platz auf der Fähre zurück nach Hyannis wartete, kamen drei Fähren mit einer Trooper-Mannschaft an, die North Anderson für die Fahndung nach Billy angefordert hatte. Mehr als zwanzig Mann fuhren in Streifenwagen, Geländefahrzeugen und Jeeps von der Rampe. Reporter von lokalen Sendern und einige Vertreter von überregionalen Stationen hatten dieselben Fähren genommen. Ich sah R. D. Sahl von den New England Cable News, Josh Resnek von der Independent News Group und Lisa Pierpont von *Chronicle TV*, die alle um Jeff Cooperman von *Dateline NBC* herumscharwenzelten. Am Himmel dröhnten nicht nur die üblichen Pendler-Flugzeuge, sondern auch mehrere Hubschrauber der State Police, die zweifellos dabei waren, die unzugänglichen Wälder und Seen und Preiselbeer-Gehölze zu überfliegen, aus denen sich das Nantucket-Moor, besser bekannt als »Commons«, zusammensetzt.

Schon an jedem x-beliebigen Tag Ende Juni herrscht kein Mangel an Berühmtheiten, die die Main Street entlangschlendern, doch die Bishop-Tragödie schien sich zu einem jener Ereignisse auf der Insel zu entwickeln, die noch für Generationen nachklingen würden. Leute, die praktisch nichts mehr beeindrucken konnte, wollten anscheinend an diesem Spektakel teilhaben. Vielleicht versuchten sie auch unbewusst, das Ganze in ein Spektakel zu verwandeln, dem Ereignis seinen Schrecken und die Tragik zu nehmen, um es zu einer Unterhaltungsshow zu verwässern, die problemlos auf den Bildschirm eines 70-cm-Fernsehers passte. Dort würde dann, unterlegt von einer Zehn-Sekunden-Schleife düsterer, computergenerierter Musik, die Einblendung prangen: »Säuglingsmord auf Nantucket. Der 4. Tag«. Der Mord an einem Baby und der versuchte Mord an einem weiteren Säugling würden auf einen Eintrag in etwas so Unverfänglichem wie dem *TV Guide* reduziert.

Ich fand schließlich einen Platz auf der Drei-Uhr-Fähre, sodass ich um 16 Uhr 40 in Hyannis ankam. Während ich die Route 3 entlangfuhr, erwischte ich im Radio die Fünf-Uhr-Nachrichten auf WRKO. Die Bishops waren der Aufmacher. In knapp fünfzehn Sekunden wurden die Fakten des Falls abgehandelt, ehe während der nächsten Minute Darwin Bishops milliardenschwerer Lebensstil im Mittelpunkt stand. Geld verkauft sich einfach besser als Mord und beinahe so gut wie Sex. Hätte die Presse auch noch gewusst, dass Bishop mit Claire Buckley schlief, hätten wir wahrscheinlich die nächsten Tage keine anderen Nachrichten mehr gehört.

Am Ende des Berichts wurde North Anderson interviewt, der erklärte, die Ermittlungen würden »noch laufen«, obwohl sie bereits einen Hauptverdächtigen hätten. Da es sich jedoch um einen Minderjährigen handelte, dürfe der Name der betreffenden Person nicht bekannt gegeben werden.

Um 17 Uhr 50 kam ich am Mass General an und hastete auf direktem Weg zur pädiatrischen Intensivstation.

Es gibt nur wenige Orte, die einen noch nachdenklicher machen. Die Station mutet wie die Höllenversion eines Miniatur-Einkaufszentrums an, mit winzigen Schaufenstern entlang allen vier Wänden. Jedes Zimmer beherbergt ein Kind in Todesgefahr oder in Erwartung eines sicheren Todes. Das Schwesternzimmer bildet den Mittelpunkt, ein Kiosk des Mitleids, in dem Überwachungsmonitore piepsend die schwachen Rhythmen von Herzen anzeigen, die eigentlich für die nächsten siebzig oder achtzig Jahre kräftig schlagen sollten. Unter den Monitoren steht eine Reihe von Heftern, auf deren Rücken die Vornamen der Patienten auf weißen Klebestreifen verzeichnet sind – eine Sammlung von Kurzgeschichten über die Grenzen von Gottes Allmacht.

Ich fand Tess' Namen und Zimmernummer und entdeckte die entsprechende Nummer auf dem Schild des hintersten Zimmers zu meiner Rechten. In diesem Augenblick sah ich John Karlstein, den Chefarzt der pädiatrischen Intensivstation, aus einem der anderen Zimmer auf das Schwesternzimmer zugehen. Er bemerkte mich ebenfalls und kam auf mich zu.

Karlstein war ein Hüne von über einem Meter neunzig und Cowboystiefeln aus schwarzem Alligatorleder, die so etwas wie sein Markenzeichen sind. Er war eingestellt worden, als der vorige Leiter der Intensivstation sich geweigert hatte, nach der Pfeife der Krankenversicherungen zu tanzen, und auf einen Vollzeit-Lehrposten abgeschoben worden war. Seit dieser Zeit war die pädiatrische Intensivstation eine Gans, die goldene Eier legte. »Wie geht's, Frank?«, begrüßte er mich mit seinem Bass. »Ist schon eine ganze Weile her, dass ich dich gesehen habe.«

»Gut. Und dir?«

»Kann mich nicht beschweren«, sagte er. »Wir sind voll belegt. Das ist die gute Nachricht. Die schlechte ist, dass die Aufenthaltsdauer unserer Patienten immer kürzer wird.«

Ich nickte. »Ich vermute, das hängt von der Sichtweise ab – von unserer Warte aus oder der der Patienten.«

Er schmunzelte, offenkundig nicht im Geringsten beleidigt. »Am Ende jedes Monats sehe ich mir die Zahlen an, um sicherzugehen, dass wir unsere Vorgaben erfüllen. Wir werden selbst künstlich am Leben erhalten.« Er klopfte mir auf die Schulter. »Hat jemand einen psychiatrischen Gutachter angefordert?«

»Diesmal nicht. Ich arbeite an dem Bishop-Fall – als Forensiker«, sagte ich.

»Ich wusste gar nicht, dass du wieder im Geschäft bist.«

»Bin ich auch nicht. Ich habe einen Freund bei der Nantucket Police, der mich dazugeholt hat. Dieser Fall ist eine Ausnahme.«

»Ich kann verstehen, warum«, bemerkte Karlstein. »Ziemlich üble Geschichte, was? Erst der eine Zwilling, jetzt der andere. Und dieser Bishop ist Milliardär. Brillanter Kopf, wie ich höre. Ein Finanzgenie.«

»Scheint so«, sagte ich und deutete mit einem Nicken zu Tess' Zimmer. »Wie geht es ihr?«

»Dem Baby?«

»Ja.«

Karlsteins Miene wurde ernst. Sein linkes Auge schloss sich halb, ein Reflex, der immer dann aufzutauchen schien, wenn sein Verstand auf Hochtouren arbeitete. So sehr John Karlstein auch auf die Profitspanne schielte und ich mich manchmal über ihn ärgerte, war er noch immer einer der besten pädiatrischen Intensivärzte der Welt. Vielleicht sogar *der* beste. »Die Sache sieht so aus«, sagte er. »Nortriptylin ist ein heimtückisches Zeug, besonders bei Kindern. Nach einer Überdosis kann es noch Tage später zu einer tödlichen Herzrhythmusstörung kommen. Tess' QRS-Dauer war 0,14 Sekunden, was zu lang ist, wie du ja weißt. Die Reizleitung durch ihr Herz ist noch immer träge. Das bedeutet, sie ist weiterhin gefährdet. Wir haben getan, was wir konnten – eine gründliche Magenspülung, dann Aktivkohle, um auch noch die letzten Tablettenkrümel oder Medikamentenreste in ihrem Bauch zu eliminieren. Ich glaube nicht, dass die auf der Insel wirklich rigoros genug waren.«

»Es ist nur ein kleines Krankenhaus«, sagte ich.

»Nun ja, was geschehen ist, ist geschehen.« Er zwinkerte mir zu. »Das Einzige, was mir sonst noch Sorgen macht, ist, ob da noch ein anderes Gift in ihrem Körper ist, das die Blut- und Urinuntersuchungen nicht nachweisen.«

Viele Stoffe tauchen bei einer toxikologischen Untersuchung nicht auf, wenn man nicht mit maßgeschneiderten chemischen Tests speziell nach ihnen sucht. »Deuten ihre Symptome auf ein anderes Gift hin?«, fragte ich.

»Nein, aber ich will nicht plötzlich eine böse Überraschung erleben.« Er blickte zu Tess' Zimmer hinüber. »Wir haben sie an den Überwachungsmonitor angeschlossen, geben ihr alle nötigen Infusionen, und am Bettende steht ein einsatzbereiter Defibrillator.« Er sah mich mit jener arroganten Zuversicht an, die man sich bei einem Arzt nur wünschen kann. »Ich werde dieses Kind verflucht noch mal nicht sterben lassen, Frank. Basta.«

Ärzte halten gewöhnlich nicht viel von gegenseitigem Schulterklopfen, doch Karlsteins Entschlossenheit rührte mich. »Sie könnte in keinen besseren Händen sein«, sagte ich. »Nicht für alles Geld der Welt.«

Karlstein war kein großer Freund von Komplimenten. »Sie ist hier, weil der Hubschrauber sie hier abgeliefert hat.« Er wurde wieder ernst. »Hör zu, ich will hier keinen Interessenkonflikt heraufbeschwören. Ich weiß, dass du an den Ermittlungen beteiligt bist, aber vielleicht könntest du einen kurzen Blick auf die Mutter werfen. Sie kommt nicht besonders gut mit der Situation zurecht.«

»Erklär mir bitte genauer, was du meinst.«

»Ich habe einfach nur ein mulmiges Gefühl, was sie angeht. Sie hat keine zwei Worte gesprochen, seit sie hier ist, was verständlich ist – Schock oder was auch immer –, aber sie klammert sich in einer Weise an das Kind, die mir nicht gefällt. Sie ist nicht aus dem Zimmer zu kriegen. Hat nichts gegessen. Keine Anrufe. Keine einzige Frage bezüglich der Behandlung ihrer Tochter.« Er hielt einen Moment inne. »Ich schätze, all das ist ziemlich vage, aber auf mich wirkt sie wie jemand, der kurz vor einem Zusammenbruch steht.«

»Ich bin hergekommen, um mit ihr zu sprechen«, erklärte ich. »Aber ich kann es nicht als offizielle Konsultation für das Krankenhaus tun – zumindest nicht, solange ich an den Ermittlungen beteiligt bin.«

»Schon verstanden«, sagte er. »Wir holen uns jemand anderen aus der Psychiatrie, wenn sie durchdreht.«

Ich nickte zustimmend, ehe ich mich auf den Weg zu Tess' Zimmer machte. Julia saß mit dem Rücken zur Glaswand und starrte auf das Baby hinunter, sodass sie mich zuerst nicht bemerkte. Das gab mir Gelegenheit, mich erst einmal an den Anblick von Tess' fünf Monate altem Körper zu gewöhnen – die EKG-Kabel auf ihrer Brust, die beiden Infusionsschläuche, die in ihre zarten Ärmchen führten, und die nasogastrale Sonde, die aus ihrer Nase ragte. Ihre Arme wurden von Pflasterstreifen in Schienen gehalten, die verhindern sollten, dass sie ihre Arme bewegte und dadurch die Infusionskanülen herausriss. Sie atmete, schlief jedoch dankbarerweise tief und fest.

Ich hatte in meinem Leben viele schreckliche Dinge gesehen, doch Tess' Mitleid erregender Zustand stellte sie alle in den Schatten. Ich suchte noch nach Worten, die ich zu Julia sagen konnte, als sie sich umdrehte und mich in der Tür stehen sah. Sie wirkte hilflos und unbeteiligt, ergeben in ihr Schicksal, wie ein Schatten ihrer selbst. Doch welches emotionale Vakuum sie auch immer ihrer Gemütsregungen beraubt hatte, hatte ihre Schönheit unberührt gelassen. Sie mutete fast überirdisch an – ihr langes schwarzes Haar war ungekämmt noch atemberaubender, und ihre grünen Augen funkelten im Schein der Neonröhren. Vielleicht war es die sterile Kulisse, die sie so unglaublich strahlend wirken ließ, vielleicht aber auch die schlichte Tatsache, dass ich mich in sie verliebt hatte. Ich betrat das Zimmer.

Zu meiner Erleichterung begann sie zu sprechen, noch bevor ich das Wort ergreifen konnte. »Du hattest Recht«, sagte sie tonlos.

»Inwiefern?«

»Win.«

»Wie meinst du das?«

»Er hat Tess das angetan.« Sie drehte sich wieder zu dem Baby um.

Mein Herzschlag beschleunigte sich. Ich trat auf die andere Seite des Betts und betrachtete Tess. »Wieso denkst du das?«, wollte ich wissen.

»Er hat mich gefragt, wo die Tabletten sind.«

»Das Nortriptylin?«

Sie nickte.

»Wann?«

»Gestern.« Sie schloss die Augen. »Bevor wir zu Brookes ... Beerdigung gefahren sind.«

»Hat er gesagt, was er damit vorhatte?«

Sie starrte ins Leere und schien völlig in ihren Gedanken versunken.

»Julia«, sagte ich. »Hat Darwin gesagt, was er mit den Nortriptylin-Tabletten vorhatte?«

Sie holte tief Luft.

»Julia?«

»Er meinte, er hätte Angst, dass ich sie nehme. Alle auf einmal. Dass ich mich umbringen würde.«

»Hast du an Selbstmord gedacht?«, fragte ich.

»Ich war aufgelöst, mehr nicht«, antwortete sie. »Ich meine, ich hatte gerade Abschied von meiner Tochter genommen. Ist es mir da nicht erlaubt, traurig zu sein und die eine oder andere Träne zu vergießen?«

»Natürlich«, erwiderte ich sanft.

»Ich habe ihm geschworen, dass ich mir nichts antun würde. Aber er wollte die Tabletten trotzdem haben.« Ein gequälter Ausdruck trat auf ihr Gesicht. »Das Tablettenfläschchen war noch immer in der Reisetasche, die wir letztes Jahr in Aspen dabeihatten«, sagte sie. »Ich hatte ein ungutes Gefühl bei der ganzen Sache. Ich habe sogar überlegt, ob ich ihm sagen soll, die Tabletten wären verloren gegangen.« Ihre Stimme senkte sich zu einem Flüstern. »Aber am Ende habe ich sie ihm gegeben.« Sie blickte zu Tess.

»Bist du bereit, das alles vor North Anderson zu wiederholen?«, fragte ich.

»Ja«, antwortete sie und starrte durch mich hindurch. »Ich habe Darwin das Medikament gegeben, mit dem er mein Baby vergiftet hat. Und du hast noch gesagt, ich soll gut auf sie aufpassen.«

»Sie wird durchkommen«, beschwichtigte ich sie.

»Im Krankenhaus in Nantucket haben sie gesagt, sie könnte einen Hirnschaden davongetragen haben.«

Mir war klar, dass Julias Feststellung in Wirklichkeit eine Frage war, doch ich wusste keine Antwort darauf. Das Risiko neurologischer Komplikationen bestand eindeutig, doch ich konnte nicht sagen, wie groß es war. »Gib ihr etwas Zeit«, sagte ich. »Sie hat gute Chancen, dass sie sich vollständig erholt. In ein paar Tagen – oder auch schon in ein paar Stunden – kann alles schon viel besser aussehen.«

»Ich lasse sie nicht allein«, erklärte sie.

»Niemand will dich dazu zwingen. Du kannst so lange bei ihr bleiben, wie du möchtest.« Ich trat zu ihr und ging neben ihrem Stuhl in die Hocke, sodass unsere Gesichter auf gleicher Höhe waren. »Aber du musst jetzt auf dich selbst achten. Um ihretwillen.«

Zum ersten Mal sah Julia mich direkt an.

»Sie braucht jetzt eine gesunde Mutter mehr als je zuvor«, sagte ich.

»Kannst du eine Weile bei uns bleiben?«, fragte sie und hielt mir ihre Hand hin.

Ich ergriff sie. Ihre Finger zitterten ein wenig, wie ein zarter, verängstigter Vogel, und sie zu halten gab mir das Gefühl, gebraucht zu werden und stark zu sein. Ich dachte an North Andersons Warnung, mich nicht so weit auf diese Geschichte einzulassen, dass ich den Blick für die Wahrheit verlor, doch in jenem Moment sah ich nur zwei klare Verdächtige: Billy und Darwin Bishop. »Ich bleibe eine Weile hier«, versprach ich. »Ich muss später noch eine andere Patientin hier im Krankenhaus besuchen, kann aber anschließend wieder herkommen.«

Sie kaute an ihrer Unterlippe, auf eine traurige und verführerische Weise, wie ein kleines Mädchen. »Ich meinte, ob du bei uns bleiben wirst, wenn wir das Krankenhaus verlassen. Ich gehe nicht wieder nach Hause.«

»Was hast du vor?«, fragte ich, um der ursprünglichen Frage auszuweichen.

»Ich gehe mit Garret und Tess zu meiner Mutter«, erklärte sie.

Ich nickte.

»Ich möchte, dass du mitkommst«, sagte sie. »Nur, bis ich mich sicher fühle.« Sie zuckte mit den Schultern. »Wer weiß, vielleicht fühlen wir uns beide am Ende zusammen am sichersten.«

Rückblickend muss ich gestehen, dass ich diese Worte mit dem Teil von mir hörte, der in meiner Kindheit verletzt worden und der als Erwachsener trotz der unermüdlichen Bemühungen von Dr. James, meine Psyche wieder zusammenzusetzen, noch immer nicht verheilt war. Denn der Drang, eine unglückliche Frau – eine Ehefrau und Mutter – zu retten, die im Gegenzug mich retten würde, war nahezu überwältigend. Es war ein Traum, den ich vierzig Jahre lang in meinem Unterbewusstsein gehegt hatte. Und ich konnte mir nur mit größter Mühe ins Gedächtnis rufen, dass Julia ebenso Zugriff auf Tess – und das Nortriptylin – gehabt hatte wie Darwin. »Ich verspreche dir, dass ich dich beschützen werde«, sagte ich und ließ damit die Tür für jegliche Möglichkeit offen.

Anschließend rief ich North Anderson an und berichtete ihm von Julias Verdacht. Er sagte, er würde einen Detective von der Bostoner Polizei vorbeischicken, um ihre Aussage aufzunehmen. »Ich schätze, du solltest wissen, dass ich an die Seitenlinie abgeschoben werde«, erklärte er. »Man sollte immer vorsichtig sein bei den Dingen, die man sich herbeiwünscht. Der Bundesstaat setzt alle Hebel in Bewegung, um Billy zu finden, außer den Mitteln wurde mir ein Captain der State Police namens Brian O'Donnell an die Seite gestellt. Er ist scharf darauf, sich die ganze Sache unter den Nagel zu reißen.«

»Was für ein Mensch ist er?«

»Niemand, mit dem wir ein Bier ...«, setzte Anderson an, ehe er abrupt verstummte.

»Ist schon in Ordnung«, sagte ich. »Ich kann einen Scherz wegstecken, ohne gleich zur Flasche zu greifen.«

»Sagen wir einfach, er geht genau nach Vorschrift vor. Sehr zielstrebig. Sehr ernst.« Er hielt inne. »Die richtige Diagnose lautet vermutlich Größenwahn, falls das überhaupt eine zulässige Diagnose ist.«

»Heutzutage heißt das narzisstische Persönlichkeitsstörung«, erklärte ich.

»Das beschreibt es recht treffend«, erwiderte Anderson. »Wann kommst du wieder her?«

»Morgen Vormittag. Ich sehe bei Claire und Garret vorbei, wie du vorgeschlagen hast.«

»Das würde ich so schnell wie möglich tun. O'Donnell ist dick mit dem Gouverneur befreundet. Er könnte uns alle beide ausbooten.«

»Verstanden.«

»Ruf mich an, sobald du auf der Insel bist.«

Ich ging zu Lilly Cunningham, die zu meiner Überraschung aufrecht im Bett saß und den *Boston Herald* las. Ihr Bein war noch immer dick in Mull eingepackt, hing jedoch nicht mehr im Streckverband. Beim Näherkommen sah ich, dass der Bishop-Fall es zum Aufmacher der Abendausgabe gebracht hatte. Unter der reißerischen Schlagzeile »ZWILLINGS-HORROR« war ein Foto, das Julia und Darwin auf einem Ball zeigte. Auf einem kleineren Foto war das Bishop-Anwesen abgebildet. Ich versuchte, mich auf Lilly zu konzentrieren. »Es scheint Ihnen bedeutend besser zu gehen«, sagte ich.

Sie senkte die Zeitung und lächelte mich an. »Sie haben endlich das richtige Antibiotikum gefunden«, erklärte sie.

Ich sah zum Tropfständer, der bis auf einen einzelnen Plastikbeutel leer war. »Scheint so.«

»Ich bin froh, dass Sie wiedergekommen sind«, sagte sie.

»Ich hatte es Ihnen versprochen.« Ich setzte mich.

»Ich habe an meinen Großvater gedacht.«

Angesichts der Tatsache, wie leicht Lilly diese Worte über die Lippen kamen, stellte sich die Frage, ob das Antibiotikum allein die erfolgreiche Arbeit an ihrem Bein geleistet hatte oder ob sich ihr Verstand genügend geöffnet hatte, sodass einiges von dem Gift hatte abfließen können. »Was ist mit ihm?«

»Diese Gedanken, die ich habe«, sagte sie, »ich glaube nicht, dass es Rückblenden sind – oder irgendeine Art von unterdrückter Erinnerung. Ich glaube nicht, dass Grandpa mich je angerührt hat.«

»Gut«, ermutigte ich sie, »woher kommen diese Gedanken Ihrer Meinung nach dann?«

»Aus meiner Fantasie«, antwortete sie. »Es sind Dinge, die ich mir ausgedacht habe – wie Tagträume, aber eben Albträume. Haben denn nicht alle kleinen Mädchen seltsame Gefühle, was ihre Väter betrifft?«

Freud war überzeugt, dass alle kleinen Mädchen unbewusste sexuelle Gefühle für die Männer in ihren Familien hegen. Doch üblicherweise verlieren sich diese Gefühle mit dem Erreichen der Reife und erzeugen keine ernsthaften psychiatrischen Symptome. Ich fragte mich, warum Lillys Impulse ihre Kindheit und Pubertät ungemindert überstanden hatten. Warum waren sie ausgerechnet während ihrer Flitterwochen zutage getreten? Und warum waren sie so bedrohlich, dass sie ihnen nur etwas so Verzweifeltes und Destruktives entgegensetzen konnte, wie sich selbst Schmutz zu injizieren?

»Weil sie sich nicht darauf verlassen konnte, dass ihnen sonst jemand etwas entgegensetzen würde«, sagte die Stimme in meinem Hinterkopf.

Dieser Vorschlag schien der richtige Weg zur Wahrheit zu

sein. »Wie hätte Ihr Großvater reagiert, wenn Sie den ersten Schritt gemacht hätten?«, fragte ich sie.

»Den ersten Schritt?«, wiederholte sie.

»Wenn Sie ihm Sex angeboten hätten.«

Die Andeutung eines Lächelns spielte um ihre Mundwinkel. »Darüber möchte ich nicht nachdenken«, sagte sie.

»Das liegt ganz bei Ihnen«, erwiderte ich. »Aber wenn Sie sich diesen Gedanken stellen, dann können sie Sie vielleicht nicht mehr überfallen. Möglicherweise stellen Sie fest, dass Sie sie an- und abschalten können, ohne eine Spritze zu benutzen.«

Sie sah aus, als sei ihre Entschlossenheit ins Wanken geraten.

»Versuchen Sie es nur zehn Sekunden lang. Nicht länger«, sagte ich.

Sie sah mich prüfend an, ob ich es ernst meinte, dann verdrehte sie die Augen und schüttelte den Kopf.

»Wäre er böse mit Ihnen gewesen?«, fragte ich.

»Nein«, sagte sie. »Er war ein verständnisvoller Mann.«

»Wäre es ihm peinlich gewesen?«

Sie schüttelte den Kopf.

»Wäre er schockiert gewesen?«

Sie wurde rot und kicherte. »Meine Güte, ich habe keine Ahnung, was er gesagt hätte.«

Diese Worte schienen dem Kern des Problems ausgesprochen nahe zu kommen. Lilly konnte nicht sagen, ob ihr Großvater sie als Geliebte akzeptiert hätte, wenn sie sich ihm angeboten hätte.

Eine gesunde psychosexuelle Entwicklung findet in einer Atmosphäre statt, in der Kinder wissen, dass die Erwachsenen um sie herum ihre sexuellen Gefühle nicht ausnutzen würden. Wenn ein kleines Mädchen ihren Vater fragt, ob er sie heiraten würde, ist eine gute Antwort: »Ich bin mit deiner Mutter verheiratet. Ich liebe sie. Eines Tages wirst du auch jemanden kennen lernen, der dich auf dieselbe Weise liebt.« Der

Vater (oder Großvater) sollte nie mit einem anzüglichen Augenzwinkern oder einem spielerischen Klaps auf den Po antworten – oder mit Schweigen.

Lilly hatte unbewusst gefürchtet, ihr Großvater würde ein Angebot auf eine Liebesbeziehung annehmen, und daraufhin ihre Sexualität unterdrückt. Als jene Sexualität während der Flitterwochen zutage getreten war, waren damit all die Schuldgefühle und die Furcht eines kleinen Mädchens einhergegangen, das versucht, sich den Mann des Hauses zu angeln. Ihre sexuellen Triebe waren tabu. Schmutzig. Mussten bestraft werden.

»Hatte er Affären mit anderen Frauen?«, fragte ich.

»Oh, ich denke schon«, antwortete sie. »Mit ziemlicher Sicherheit sogar.«

»Wieso sagen Sie das?«

»Sie haben sich deswegen gestritten – er und Großmutter. Er hat oft Überstunden gemacht. Manchmal ist er nachts überhaupt nicht nach Hause gekommen. Es gab eine wütende Szene wegen einer Frau, die er als Sekretärin eingestellt hatte.«

»Hat er je mit Ihnen über diese Frauen gesprochen?«, fragte ich.

»Ich glaube nicht«, sagte sie. »Zumindest nicht direkt. Aber ich wusste, dass er mit Großmutter nicht glücklich war.«

»Woher wussten Sie das?«

»Er hat immer über ehemalige Freundinnen gesprochen, mit denen er vor seiner Heirat ausgegangen war. Besonders über eine. Eine Frau namens Hazel. Sie war Jüdin, und mein Großvater war irisch-katholisch, was der Sache ein Ende setzte. Es war damals eine andere Zeit. Aber er hat mir erzählt, dass sie diejenige war, für die er bestimmt war.«

»Wie alt waren Sie, als er Ihnen das erzählt hat?«, fragte ich.

»Acht, vielleicht auch neun.« Sie überlegte kurz. »Seltsam, dass ich mich daran noch erinnere.«

Leute klammern sich oft an einzelne, lebhafte Kindheitserinnerungen als ein Symbol für größere psychologische Zusammenhänge. Im Alter von neun wusste Lilly schließlich schon eine Menge über ihren Großvater. Er liebte seine Frau nicht. Er war offen für andere Frauen. Und, vor allem anderen, er war bereit, ihr sehr persönliche und erwachsene Informationen über sich zu offenbaren. Vielleicht könnte sie eines Tages den Platz ihrer Großmutter einnehmen und ihrem Großvater Erfüllung schenken, hatte sich die neunjährige Lilly möglicherweise überlegt. Es war außerordentlich wichtig, dass sie ihn glücklich machte, da sie schließlich bereits ihren Vater verloren hatte.

»Es klingt so, als wüssten Sie nicht, wie Ihr Großvater reagiert hätte, wenn Sie sich ihm angeboten hätten«, erklärte ich Lilly. »Das bedeutet, dass er Sie verführt hat, ohne Sie jemals anzufassen.«

»Genau das ist so schwer für mich zu glauben«, entgegnete sie. »Er war kein gemeiner oder berechnender Mann. Er war … liebevoll.«

»Ich bezweifle, dass er Ihnen mit Absicht schaden wollte«, sagte ich. »Doch er war emotional leer und suchte anderweitig nach Erfüllung – und sei es durch die romantischen Fantasien seiner Enkelin. Sie haben mitgespielt, weil kleine Mädchen von acht, neun oder zehn Jahren das normalerweise tun.« Sie ließ diese Worte einen Moment lang auf sich einwirken.

»Und deshalb fühle ich mich so schuldig?«

»Ja«, antwortete ich. »Diese Schuldgefühle mögen eine Zeit lang als Schutz gedient haben. Als Sie klein waren, haben sie Sie vielleicht davor bewahrt, sich tiefer in eine Beziehung zu begeben, die schlecht für Sie war.« Ich beugte mich näher an das Bett. »Jetzt hat dieses Gefühl – dieses Schuldgefühl – ausgedient. Es ist an der Zeit, sich davon zu trennen.«

Sie blickte auf ihr Bein hinunter. »Was soll ich tun, wenn diese Bilder wieder auftauchen und die Gefühle zurückkommen? Gibt es irgendein Medikament, das ich einnehmen kann?«

»Meine Einstellung in dieser Hinsicht unterscheidet sich

wahrscheinlich von dem, was Ihnen andere Psychiater empfehlen würden«, erwiderte ich.

»Warum? Was würden Sie mir empfehlen?«

»Ich denke, die meisten würden Ihnen raten, einen Angsthemmer wie zum Beispiel Klonopin oder ein Kombinationspräparat wie Zoloft zu nehmen, das gegen Angstzustände und Depressionen wirkt. Oder beide. Und im Grunde spricht nichts dagegen. Ihre Symptome würden schwächer werden oder sogar ganz verschwinden, zumindest für eine Weile.«

»Und was würden Sie empfehlen?«, fragte sie.

»Meine Empfehlung lautet, lassen Sie diese Bilder zu, laufen Sie nicht vor ihnen davon. Suchen Sie sich einen Psychiater, der Ihnen dabei hilft, diese Szenen zu ergründen, die sich in Ihrem Kopf abspielen. Ich schätze, Ihre Schuldgefühle verwandeln sich sehr schnell in Wut. Und das ist eine Emotion, die bedeutend leichter zu handhaben ist.«

»Kann ich nicht weiter mit Ihnen zusammen daran arbeiten?«, fragte sie.

Lilly versuchte zweifellos, jede männliche Autoritätsfigur, der sie begegnete, für sich zu gewinnen. Ihren Großvater. Ihre Ärzte. Warum also nicht auch einen Psychiater? Ihr Fall faszinierte mich, doch ich hatte die Gelegenheit, zu beweisen, dass ich bereit war zu tun, was für sie das Richtige war, nicht das, was mir die größte Befriedigung verschaffen würde. Zu sehen, dass ich im Gegensatz zu ihrem Großvater fähig war, diese Grenze zu ziehen, könnte der erste zaghafte Schritt auf ihrem langen Weg zur Genesung sein. »Ich würde jemanden empfehlen, der älter als ich ist«, sagte ich.

Sie wandte den Blick ab. »Ich weiß nicht, ob ich mich jemand anderem öffnen kann.«

»Es ist jemand, vor dem ich den größten Respekt habe«, sagte ich.

»Sie haben gesagt, Sie würden mir helfen, diese Sache durchzustehen.«

Unter normalen Umständen hätte ich nicht preisgegeben,

was ich ihr als Nächstes sagen würde, doch ich hatte das Gefühl, dass Lilly eine spezielle, dauerhafte Verbindung zu mir brauchte. Ich fürchtete, ohne diese Verbindung würde sie nicht weitermachen. »Ich werde Sie an einen Psychiater überweisen, der mir geholfen hat«, sagte ich. »An meinen eigenen Analytiker.«

Sie starrte mich ungläubig an. »Ihren eigenen Analytiker? Sie würden erlauben, dass ich zu ihm gehe?«

»Ja«, sagte ich. »Das würde ich.«

»Wer ist er?«, fragte sie.

»Dr. Theodore James. Er ist etwa im Alter Ihres Großvaters.«

In der pädiatrischen Intensivstation herrschte Krisenstimmung, als ich durch die automatische Tür trat. Schwestern liefen umher und holten Infusionsbeutel, während John Karlstein Anweisungen aus Tess' gläsernem Zimmer brüllte. Jemand hatte die Jalousien zugezogen. Julia stand in der hintersten Ecke des zentralen Stationsareals und weinte, während eine Schwester versuchte, sie zu trösten.

»Frank!«, rief Julia, als sich unsere Blicke trafen, und kam auf mich zugelaufen. Ich umarmte sie, und sie schluchzte so heftig, dass sie kaum sprechen konnte. »Sie atmet – nicht – mehr. Tess ... O Gott, bitte.«

»Legen Sie eine Tocainid-Infusion«, befahl Karlstein. Einer der Monitore im Schwesternzimmer gab plötzlich einen schrillen Alarmton von sich. Ich schaute hinüber und sah, dass Tess' EKG-Monitor eine durchgehende Linie zeigte. »Warten Sie mit dem Tropf! Wir müssen sie noch mal defibrillieren!«, brüllte Karlstein. »Alle zurücktreten!«

Julia sackte in meinen Armen zusammen. »Nein!«, flehte sie. »Frank, bitte hilf.«

Ich setzte Julia sanft auf einen Stuhl neben dem Schreibtisch der Stationssekretärin, von dem aus Tess' Zimmer nicht zu sehen war, und winkte eine der Schwestern heran. »Bleib hier«, befahl ich Julia, als die Schwester kam. »Ich finde heraus, was los ist.«

Ich ging zu den fünf oder sechs Gestalten, die sich um Tess drängten. Sie war intubiert worden, und eine der Schwestern pumpte mit einem Ambubeutel Luft in ihre Lungen. Karlstein wirkte wie ein General auf dem Schlachtfeld, eine hoch aufragende Gestalt inmitten eines Gewirrs aus hängenden Infusionsbeuteln und -flaschen und Gummischläuchen. Er hielt noch immer die Elektroden des Kardioverters in den Händen und sah zu mir herüber. »Wir haben einen Puls«, verkündete er. »Vielleicht haben wir Glück.«

Mehrere Mitglieder des Teams nickten bekräftigend, angespornt von diesem winzigen Funken Hoffnung. Im Gegensatz zu Karlstein, der noch immer taufrisch aussah, waren sie schweißnass – entweder von ihren hektischen Bemühungen oder der Tatsache, dass das Unabwendbare so nahe gewesen war.

»Geben Sie jetzt das Tocainid zu«, sagte Karlstein.

Ich bemerkte, dass auf dem Nachttisch ein vollständiges Instrumententablett parat stand. Mir war klar, was das bedeutete: Karlstein war darauf gefasst gewesen, Tess' Brust zu öffnen und ihr Herz von Hand zu massieren. Bewunderung für ihn wallte in mir hoch.

»Dann wollen wir mal sehen, ob sie selbstständig atmen kann«, sagte er.

Die Schwester am Kopfende des Bettes löste den Pflasterstreifen, mit dem der Beatmungsschlauch an Tess' Lippen befestigt war, und zog den Schlauch vorsichtig aus ihrer Kehle. Tess hustete, zuerst schwach, dann heftiger. Dann begann sie zu weinen.

Erleichterung spiegelte sich auf den Gesichtern der Männer und Frauen wider, die – zumindest für den Augenblick – dem Tod ein Schnippchen geschlagen hatten.

»Gute Arbeit«, lobte Karlstein. »Lasst uns beim Chinesen etwas zu essen bestellen. Ich zahle. Aber ich will einen Berg von diesen Krupuk-Dingern. Frittiert, nicht gedämpft.« Er verließ das Zimmer und gab mir ein Zeichen, ihm zu folgen. Er ging zu Julia hinüber, die mit ängstlich aufgerissenen Augen noch immer an der Stelle stand, wo ich sie zurückgelassen hatte. »Ihr Herz schlägt, und sie atmet«, berichtete Karlstein.

Julia traten abermals Tränen in die Augen. »Vielen, vielen Dank«, presste sie hervor. Sie lehnte sich in einer Weise gegen mich, die geradezu dazu einlud, meinen Arm um sie zu legen – etwas, das ich von Herzen tun wollte und auch getan hätte, wenn wir irgendwo anders gewesen wären. Als ich keine Anstalten machte, sie zu umarmen, richtete sie sich wieder auf.

»Wir werden Tess ab sofort nicht mehr aus den Augen lassen«, versicherte Karlstein. »Ich rate Ihnen, dass Sie sich, sagen wir mal, fünf Minuten zu ihr setzen und dann irgendwohin gehen und sich ausruhen. Gegenüber vom Krankenhaus gibt es ein ganz annehmbares Hotel. Nehmen Sie sich ein Zimmer. Machen Sie ein Nickerchen. Tess wird hier sein, wenn Sie zurückkommen.«

»Ich gehe hier nicht weg«, verkündete Julia und sah mich flehend an.

Ich sah, wie sich Karlsteins linkes Auge zur Hälfte schloss, ein Zeichen, dass ihn etwas beschäftigte. »Warum lässt du mich nicht kurz mit Dr. Karlstein reden?«, sagte ich zu Julia.

Sie atmete tief durch und wischte sich die Tränen ab. »Ich komme schon zurecht«, sagte sie. »Ich werde niemandem im Weg sein. Das verspreche ich.«

Ich nickte. »Ich bin gleich wieder bei dir.« Ich wandte mich um und ging mit Karlstein im Schlepptau auf eine Ecke der Intensivstation zu.

»Das war wirklich knapp«, sagte ich und deutete mit einem Nicken auf Tess' Zimmer.

»Ich werde einen der Kardiologie-Jungs holen und ihn einen provisorischen Schrittmacher einsetzen lassen«, meinte er. »Mir gefällt nicht, wie sie uns so urplötzlich abgegangen ist. Ventrikuläre Tachykardie, ohne jede Vorwarnung.«

»Wie schätzt du ihre Chancen ein?«

»Unmöglich, das zu sagen«, antwortete er. »Wenn wir sie hier wieder auf die Beine bringen und nach Hause schicken können, dann besteht noch immer für ein Jahr oder noch länger ein Risiko.«

»Plötzlicher Kindstod«, sagte ich.

»Ganz genau. Fünfundzwanzig Prozent der Patienten, die einen Herzstillstand überleben, fallen innerhalb des ersten Jahres nach Entlassung aus dem Krankenhaus tot um. Über eine Zeitspanne von mehreren Jahren betrachtet, steigt die Zahl auf etwa einunddreißig Prozent. Niemand kann mit Gewissheit sagen, warum.«

»Damit wären ihre Chancen immer noch besser als vor ein paar Minuten.«

Karlstein schmunzelte. »Danke, dass du mich daran erinnert hast.« Er schüttelte den Kopf. »Dieser Laden hier würde einem wirklich den Rest geben, wenn man halbwegs normal wäre.« Er kicherte.

Das wusste ich. Ich wusste auch, dass Karlstein es nicht wirklich als Scherz gemeint hatte. »Du weißt ja, wo du mich erreichen kannst«, erwiderte ich halb im Scherz, um das Angebot weniger aufdringlich klingen zu lassen.

Er klopfte mir auf den Rücken. »Ich gehöre zu denjenigen, die zusammenbrechen, wenn sie fünfzig Minuten zum Nachdenken haben«, entgegnete er. »Für mich ist es besser, einfach weiterzumachen.«

Ich sagte nichts darauf, was als Antwort genügte, um Karlstein wissen zu lassen, dass ich kein großer Freund dieser Strategie war.

»Zwei Dinge muss ich dir allerdings sagen«, fuhr er fort, »wo du ja mit dem Bishop-Fall zu tun hast – zumindest als Forensiker.« Die Art, wie er *»zumindest«* sagte, weckte in mir die Frage, ob er ahnte, dass Julia und ich eine nicht nur professionelle Beziehung hatten.

»Schieß los«, sagte ich.

»Ich werde den psychiatrischen Gutachter für die Mutter anfordern. Ich bin lange genug in diesem Geschäft, um zu sehen, dass sie schwer zu kämpfen hat.«

»Gut«, stimmte ich zu. »Ich bin sicher, du hast Recht.«

»Und ich ordne außerdem eine Sitzwache an«, erklärte er.

»Eine Sitzwache?«, wiederholte ich. »Du willst das Baby unter ständige Beobachtung stellen?«

»Eine der Schwestern hat es vorgeschlagen, aber es war mir auch schon durch den Kopf gegangen.« Er holte tief Luft, warf einen Blick zu Julia, dann sah er wieder mich an. »Sie klammert, verstehst du? Sie hat diese klebrige Anhänglichkeit.«

Das waren die Kodeworte für Eltern, die ihren Kindern *zu* nahe zu stehen schienen. »Du bist nicht sicher, ob ihr das Wohl des Babys am Herzen liegt«, sagte ich. »Du möchtest, dass jemand sie im Auge behält.«

»*Am Herzen,* das ist ein guter Witz.« Er schmunzelte.

»So habe ich es nicht gemeint«, gab ich zurück.

»Dann war es vielleicht ein freudscher Versprecher«, bemerkte er, ehe seine Miene wieder ernst wurde. »Lass uns ehrlich sein, Frank. Es hat bereits einen Mord in der Familie gegeben. Wenn Tess uns wieder abgehen sollte, dann will ich verdammt noch mal sicher sein, dass es von dem Nortriptylin von gestern Nacht und nicht von etwas in Mommys Handtasche kommt.«

»Sie hat bereits eine Tochter verloren«, sagte ich, »die andere könnte sterben. Ich sträube mich ja nicht gegen eine Sitzwache, aber ich halte es nicht für die ›normale‹ Art, mit einer Situation wie dieser umzugehen.«

»Ich gebe zu«, erwiderte er, »dass ich übervorsichtig bin. Das ist so meine Art.«

Ich hatte schwer an der Erkenntnis zu schlucken, dass noch jemand, den ich respektierte, Julia für eine mögliche Verdächtige hielt. »Nein. Du tust das Richtige«, lenkte ich ein. »Ich sage ihr, dass sie Gesellschaft bekommt.«

Ich ging zurück zu Julia. »Hier rund um die Uhr zu sitzen

lässt Tess auch nicht schneller gesund werden«, sagte ich. »Gegenüber ist ein Hotel. Ich bringe dich hin. Du kannst etwas essen, vielleicht sogar ein bisschen schlafen. Danach kannst du sofort wieder herkommen.«

»Ich vertraue ihnen einfach nicht, dass sie Darwin von ihr fern halten«, sagte sie.

»Ich bleibe hier, bis du zurückkommst«, versprach ich.

Sie schüttelte den Kopf. »Ich gehe hier nicht weg.«

»Na schön, aber es wird sowieso jemand hier sein, um auf Tess aufzupassen«, sagte ich. »Sie haben eine so genannte Sitzwache angefordert.«

»Was ist das?«

»Normalerweise ist es ein Student oder eine Lernschwester«, erklärte ich, »die rund um die Uhr am Bett sitzen.«

»Warum?«, fragte sie.

Ich überlegte, ob ich erzählen sollte, dass auf diese Weise die Atmung des Babys überwacht wurde, beschloss jedoch, ehrlich mit ihr zu sein. »Bei einer laufenden Ermittlung muss das Krankenhaus Tess vor jedem beschützen, der vor dem Vorfall Zugang zu ihr hatte«, erklärte ich.

»Mich eingeschlossen«, sagte sie.

»Ja«, bestätigte ich und wartete auf ihre Reaktion.

»Gut«, sagte sie. »Das beruhigt mich etwas. Zumindest nehmen sie ihre Sicherheit ernst.«

Julias Bemerkung beruhigte mich ebenfalls ein wenig. Ein Elternteil, der die Verletzungen eines Kindes hervorgerufen hat, widersetzt sich gemeinhin einer Überwachung durch das Pflegepersonal und besteht häufig auf einem Treffen mit dem Patientenrechts-Beauftragten des Krankenhauses oder sogar auf einem Anwalt. »Bedeutet das, dass du dir das mit dem Hotel noch einmal überlegst?«, fragte ich.

»Ich nehme mir nachher ein Zimmer«, erklärte sie ohne wirkliche Überzeugung.

»Du weißt, dass ich zehn Minuten von hier wohne, in Chelsea«, sagte ich. »Du kannst auch jederzeit …«

»Danke.« Sie ergriff meine Hand und hielt sie einen Moment lang. »Du bist einfach fantastisch«, sagte sie. »Ich brauche dich an meiner Seite, um das hier durchzustehen.«

»Ich lasse dich nicht im Stich«, versprach ich.

»Einfach unverschämtes Glück, schätze ich«, sagte sie.

13

Ich machte kurz für ein verspätetes Abendessen am Café Positano Halt. Mario schäumte Milch für mich auf und servierte mir meinen Cappuccino, während ich auf drei Stücke der besten Pizza außerhalb Roms wartete. Es war schön, wieder auf vertrautem Terrain zu sein. Als Carl Rossetti hereinkam, fing ich gerade an, mich zum ersten Mal seit Tagen wirklich zu entspannen.

»Du zahlst«, verkündete er, als er sich zu mir an die Espresso-Theke gesellte.

»Hat der Zweikaräter dich pleite gemacht?«

»Ich habe ein paar Informationen für dich. Aber es kostet dich was. Einen Espresso, eine Flasche Limone-Soda und ein Cannoli-Röllchen.«

»Abgemacht.«

Er legte seine Hände auf die Theke, und der Brillant an seinem kleinen Finger funkelte. »Ich hätte dich angerufen, aber ich habe es selbst erst vor nicht einmal zwei Stunden gehört. Ich war gerade mitten in einer Verhandlung vor dem obersten Gerichtshof, wo keine Handys zugelassen sind, also hab ich erst einmal abgewartet. Und außerdem dachte ich mir, dass ich dich vielleicht hier treffe.«

»Wie ist es vor Gericht gelaufen?«, erkundigte ich mich.

»Dieses Mal leider nicht so gut. Unzucht mit Minderjährigen. Der Bursche ist Buchhalter, sechsundzwanzig Jahre alt und hatte bis jetzt noch nicht einmal ein Strafmandat für

Falschparken. Er lernt ein Mädchen kennen, das behauptet, es wäre siebzehn – laut seiner Version der Ereignisse –, aber in Wirklichkeit ist sie erst knapp fünfzehn. Ich sitze also da und sehe mir dieses Mädchen an, das einfach umwerfend aussieht. Eine Figur wie ein Playmate. Und ich frage mich, wie viele von uns sie wohl abgewiesen hätten, verstehst du? Roman Polanski nicht. Elvis nicht. Jerry Lee Lewis nicht. Ich wahrscheinlich auch nicht. Ich hätte den Richter und den Gerichtsdiener wirklich gern gefragt, was sie getan hätten.«

»Ich wette, das hast du nicht getan«, bemerkte ich.

»Nein«, bestätigte Rossetti. »Ich habe um sechs Monate Hausarrest gebeten.«

»Und was hast du bekommen?«

»Richter Getchell hat weder Gnade noch Recht gelten lassen und ihn für zwei Jahre ins MCI-Concord geschickt. Er wird in das bundesstaatliche Pädophilenregister gesetzt, Bewährung für fünf Jahre. Das heißt, natürlich nur, wenn er lebend aus Concord rauskommt. Sobald die Insassen davon Wind bekommen, dass er ein Sexualverbrecher ist, warten sie schon auf ihn.«

»Das ist die Art von Urteil, die man bekommt, wenn der Richter sich fragen muss, ob er selbst das Verbrechen nicht ebenfalls begangen hätte«, bemerkte ich. Ich gab Vinni ein Zeichen. »Einen doppelten Espresso für den Herrn Anwalt.«

»Und …«, sagte Rossetti.

»Und ein Limone-Soda und ein Cannoli«, fügte ich hinzu.

»Danke, Franko.«

»Wofür genau bezahle ich?«, fragte ich.

»Ich habe Antwort von meinem Kumpel Viktor in Russland erhalten«, sagte er. »Der, der die Ölraffinerie leitet.«

»Ja …«

»Er hat sich ein bisschen umgehört und seine Globetrotter-Freunde nach Darwin ›Win‹ Bishop ausgefragt – der, wie ich höre, eine weitere Familientragödie erlitten hat.«

»Tess, die andere Zwillingstochter, ist im Mass General«,

bestätigte ich. »Ich komme gerade von dort. Sie wurde vergiftet. Sie hatte einen Herzstillstand.«

»Aber sie ist nicht tot, oder? Sie kommt durch?«, fragte er.

»Wie es aussieht, ja.«

»Gut. Gut für sie«, seufzte er. »Sie sagen, der Russen-Junge hätte es getan.«

»Eigentlich dürften sie öffentlich überhaupt nichts sagen«, erwiderte ich. »Billy ist noch minderjährig.«

»Na ja, seit zehn Minuten verbreiten sie es jedenfalls über alle Nachrichtensendungen. Er ist in das Bishop-Anwesen eingebrochen, blablabla. Die werden jedes noch so intime Detail über diesen Jungen ausplaudern. Harrigan will seinen Kopf. Das würde jeder andere Staatsanwalt auch tun. Eine weitere Kerbe im Gürtel.« Er zuckte mit den Schultern. »Ich persönlich kaufe ihnen das aber einfach nicht ab. Je mehr ich über Darwin Bishop höre, desto mehr bin ich davon überzeugt, dass er der Mörder ist.«

»Was hat Viktor herausgefunden?«, fragte ich.

»Kurz gesagt, Bishop ist nicht Donald Trump – falls Trump selbst überhaupt Trump ist.«

»Ich bin nicht sicher, ob ich dir folgen kann.« Ich war sicher, dass ich es nicht konnte.

»Bishop mag ja eine Milliarde an Aktiva haben, aber er hat auch um die fünfzig, sechzig Millionen Schulden. Der Typ steckt finanziell tiefer in der Tinte als ich. Und das will eine Menge heißen.«

Mario brachte Rossettis Bestellung und stellte alles vor ihm ab.

»Und woher weiß Viktor das?«, fragte ich.

Rossetti biss die Hälfte des Teigröllchens ab und kaute mit geschlossenen Augen. »O Baby«, seufzte er.

»Alles in Ordnung?«, feixte ich.

Er hielt seinen Finger hoch und trank einen Schluck von seinem Espresso. »Göttlich!«, rief er zu Mario hinüber, ehe er seine Aufmerksamkeit wieder mir zuwandte. »Diese Typen kriegen es sofort mit, wenn jemand knapp bei Kasse ist«, sagte er schließlich. »Laut Viktor ist es allgemein bekannt, dass Bishop in der Klemme steckt. Den Großteil der Kohle, die er für Consolidated Minerals and Metals eingesackt hat, hat er in vier Internet-Firmen investiert: Priceline.com, Microstrategy, Inc., CMGI und Divine Interventures. Sie sind alle um rund fünfundneunzig Prozent gefallen, seit er sich eingekauft hat. Pricelines Aktienpreis ist von 136 Dollar auf einen Dollar abgestürzt. Alles klar? Bishop versucht, einige seiner Kunstwerke, eine seiner Immobilien in Cannes und eine weitere im Turnberry-Isle-Komplex in Miami Beach zu Geld zu machen.«

»Das könnte erklären, warum er jedes Mal, wenn ich ihn sehe, mit Aktien handelt«, bemerkte ich.

»Und du weißt ja, was das bedeutet. Mehr Ärger. Es ist so, als wollte man sich an den Wellen festklammern, wenn man am Ertrinken ist.«

»Besonders, wenn er in weitere Technologie-Unternehmen investiert«, sagte ich, »die schon lange auf dem absteigenden Ast sind.«

»In diesem Zusammenhang muss man sich die Frage stellen, ob er die Kinder versichert hat«, bemerkte Rossetti.

»Brooke und Tess? Eine Lebensversicherung für Säuglinge?«

»Du kannst auf jeden Menschen eine Police abschließen.«

»Wir werden es überprüfen«, versprach ich.

»Sind sie Billy schon auf der Spur?«, fragte Rossetti.

»Ich habe nichts gehört. Aber wenn er noch auf der Insel ist, dann finden sie ihn. Sie haben Spürhunde, Hubschrauber und ein ganzes Heer an Leuten.«

»Dann hoffen wir lieber, dass er keinen Widerstand leistet und keine Waffe hat.«

Der Gedanke, Billy könnte von der Polizei verletzt oder gar getötet werden, war mir noch gar nicht gekommen. »Wenn er eine Kugel abbekommt«, dachte ich laut, »wäre der Fall für alle abgeschlossen, und alle wären glücklich und zufrieden.«

»Wie ich dir schon einmal gesagt habe«, erwiderte Rossetti, »stehst du jetzt mit den Schwergewichtlern im Ring. Ein Mann wie Bishop kann Dinge passieren lassen – besonders wenn er selber in den Seilen hängt.«

Um 22 Uhr 55 war ich endlich zu Hause. Zur Abwechslung waren keine beunruhigenden Nachrichten oder das Klicken unzähliger aufgelegter Versuche auf meinem Anrufbeantworter abgespeichert. Ich rief North Anderson auf seinem Mobiltelefon an, um ihm zu erzählen, was ich gerade von Rossetti erfahren hatte. »Carl Rossetti, ein Anwalt, mit dem ich befreundet bin, hat Kontakte zu hochrangigen Geschäftsleuten in Russland. Hinter den Kulissen – bezeichnenderweise in den Vorstandszimmern – wird gemunkelt, dass Bishop in finanziellen Schwierigkeiten steckt«, erzählte ich ihm. »Schlechte Aktiengeschäfte, jede Menge Schulden. Er versucht, einige Kunstwerke und Immobilien abzustoßen.«

»Man weiß nie, ob Leute das sind, was sie zu sein vorgeben«, bemerkte er.

»Das kannst du laut sagen.« Ich hielt kurz inne. »Rossetti meint, wir sollten überprüfen, ob Brooke und Tess eine Lebensversicherung haben.«

»Wird gemacht. Ich habe auch schon einen Detective zum Mass General geschickt, damit er mit Julia spricht«, sagte Anderson. »Terry McCarthy. Sein Bericht liegt mir in Kürze vor. Außerdem habe ich mit Kristen Collier in Duxbury gesprochen, der Kinderschwester, die Julia gefeuert hat.«

»Und hast du irgendetwas herausgefunden?«

»Nichts Weltbewegendes. Sie hat mir erzählt, sie sei sauer auf Julia gewesen, weil sie sie rausgeschmissen hat. Jetzt tut ihr die ganze Sache Leid, weil sie glaubt, dass sie zum Teil selbst schuld daran war. Ich schätze, Claire Buckley hatte ihr lang und breit erzählt, Julias Depressionen könnten immer schlimmer werden, sodass sie am Ende vielleicht nicht mehr für die Zwillinge sorgen könnte.«

»Geschickte Taktik«, bemerkte ich. »Einen Keil zwischen die Kinderschwester und die Mutter zu treiben. Auf diese Weise behält Claire die Kontrolle im Haus.«

»Und diese Collier hat nach und nach aus den Augen verloren, für wen sie tatsächlich arbeitet«, pflichtete Anderson bei. »Sie hat angefangen, Julias Pläne für die Zwillinge immer von Claire absegnen zu lassen – sogar völlig alltägliche Dinge, wie zum Beispiel, welches Babymilchpulver bestellt werden sollte oder wann der nächste Arzttermin gemacht werden musste.«

»Diese Dinge mögen uns alltäglich erscheinen, aber für eine schwangere Frau sind sie es nicht«, wandte ich ein.

»Das brauchst du mir nicht zu sagen«, erwiderte Anderson. »Tina liest zum x-ten Mal jedes Elternbuch, das sie in die Finger bekommen kann. Es will alles genauestens geplant sein.«

»Und wenn du eine Frau wie Julia hast, die unter postnataler Depression leidet, wird sie versuchen, stark zu wirken, nicht krank«, sagte ich. »Sie kann übersensibel auf Leute reagieren, die sie wie eine Verrückte behandeln.«

»Offensichtlich. Sie hat Kristen Collier fristlos gefeuert.«

»Nebenbei gefragt, wie sieht sie eigentlich aus?«, fragte ich.

»Jung und hübsch, genau wie Claire«, antwortete er. »Und wenn du auf das hinauswillst, was ich denke – ich hatte den Eindruck, dass ihr Verhältnis zu Win dieser ganzen Sache nicht gerade zuträglich war.«

»Inwiefern?«

»Ich schätze, als Kinderschwester zu arbeiten war für sie nur ein Zwischenstopp. Sie hat ihre Schwesternprüfung abgelegt, geht aber inzwischen zur Uni, um Betriebswirtschaft zu studieren. Während der guten Woche, die sie bei den Bishops gewohnt hat, hat sie die Gelegenheit genutzt und Darwin nach seinen Ansichten im Hinblick auf ihre Karriere, die allgemeine Wirtschaftslage und was weiß ich noch alles gefragt. Sie haben einige Zeit zusammen verbracht.«

»Das dürfte Julia nicht gefallen haben«, sagte ich. »Von Claire ganz zu schweigen.«

»Claire hat sie anscheinend während der letzten Monate von Zeit zu Zeit angerufen, um sich zu erkundigen, ob es ihr gut ging. Doch Kristen Collier hatte den Eindruck, dass es ihr eher darum ging, sicherzugehen, dass sie keinen weiteren Kontakt mit dem Herrn des Hauses hatte.«

»Und hatte sie?«, fragte ich.

»Sie sagt, nein.«

»Meinst du, sie hegt einen Groll gegen die Bishops?«

»Ich glaube nicht«, sagte er. »Jedenfalls nicht die Art, die zu Mord führt. Sie wirkte ziemlich offen und ehrlich.«

»Zumindest eine«, bemerkte ich.

»Sehe ich dich morgen auf der Insel?«, fragte Anderson.

»Definitiv. Wir reden dann weiter.«

Er legte auf.

Ich ging in meiner Wohnung herum und räumte auf. Vor dem Bradford-Johnson-Gemälde, das Justine Franza so gefallen hatte, blieb ich stehen. Das Gemälde hatte mich immer angesprochen, doch plötzlich war ich nicht mehr sicher, ob der einzige Grund dafür die Tapferkeit der Männer war, die ihr Leben aufs Spiel setzten, um anderen zu helfen. Dieses Mal las ich eine andere Botschaft darin – etwas darüber, an Probleme gefesselt zu sein, sie als Ballast zu benutzen, als würde ich mich in ruhigem Gewässer unsicher fühlen. Bedeutete dies, dass ich dazu bestimmt war, mich für immer mit leidenden, kaputten Menschen zu umgeben? Oder würde ich auf sicheres Terrain zusteuern, sobald ich erst einmal einige weitere kaputte Teile in mir geheilt hatte?

Ich sah zu meinem Schnapsschrank hinüber, zwang mich aber sofort, meinen Blick abzuwenden. In der Hoffnung auf Ablenkung schaltete ich den Fernseher ein, stieß jedoch auf die letzten dreißig Sekunden eines Berichts von David Robicheau auf WBZ, der die Zuschauer live an der Jagd nach Billy teilhaben ließ. Riesige Scheinwerfer glitten über die Dünen, während State Trooper mit Spürhunden das dichte Unterholz der »Commons« durchkämmten. State Police Captain Brian O'Donnell, der Mann, von dem North Anderson mir erzählt hatte, er wolle sich die gesamte Ermittlung unter den Nagel reißen, versprach: »Wo immer er ist, wir werden ihn finden. Ich habe Mr. Bishop, dem Bürgermeister und dem Gouverneur versichert, dass es in diesem Fall eine Verhaftung geben wird – und zwar schon bald.«

Ich bemerkte die Reihenfolge, in der O'Donnell seine Loyalitäten aufgelistet hatte – Bishop vor allen anderen.

Ich wollte gerade zur Entspannung im Internet surfen, als es an der Tür klingelte. Ich ging zur Gegensprechanlage. »Ja?«

»Frank, ich bin's, Julia. Es tut mir Leid, dass ich nicht vorher angerufen habe. Ich ...«

Ich drückte den Sprechknopf. »Du brauchst dich nicht zu entschuldigen«, sagte ich. »Komm rauf.« Ich drückte den Summer, um sie hereinzulassen. Während ich dastand und auf sie wartete, fühlte ich mich angespannt, erregt und seltsamerweise entblößt. Wenn einen jemand, der einem am Herzen liegt, im eigenen Heim besucht, ist es so, als würde man sich splitternackt offenbaren. Meine Wohnung war schließlich nur ein Loft im bodenständigen Chelsea und kein Anwesen auf Nantucket oder ein zweistöckiges Penthouse in Manhattan. Mir war bedeutend wohler dabei, das Leben anderer zu begutachten, als mein eigenes bloßzulegen. Ich lauschte Julias Schritten, als sie die Treppe heraufkam. Als sie an meiner Tür klopfte, öffnete ich nur langsam, als könnte ich die Dinge besser unter Kontrolle halten, wenn ich mir etwas Zeit ließ.

Julia stand in Jeans, einem weißen T-Shirt und einer kurzen schwarzen Lederjacke vor mir, schöner, als ich sie je zuvor gesehen hatte. »Als die Sitzwache kam, war ich ein bisschen beruhigter, also habe ich mir ein Zimmer in diesem Hotel genommen und versucht, etwas zu schlafen, aber ich konnte nicht«, erklärte sie. »Ich dachte, vielleicht gelingt es mir hier – bei dir. Natürlich nur, wenn es dir keine Umstände bereitet. Denn ...«

Ich ergriff ihre Hand und zog sie sanft herein. Wir küssten uns leidenschaftlich. Die Wärme ihrer Lippen und Zunge, der Druck ihrer Hände auf meinem Rücken, der Duft ihres Haars entführten mich in einen emotionalen Zustand, in dem Leidenschaft und tiefer Friede nicht nur nebeneinander existierten, sondern einander nährten. Mein Verlangen nach ihr war ein seltsam behagliches Gefühl, so als wäre sie von Anbeginn der Zeit vorherbestimmt, das Objekt meiner Begierde zu sein. Wir lösten uns voneinander und standen schweigend da, Hand in Hand, wie Schulkinder auf einer schummrigen Veranda. »Ich bin froh, dass du gekommen bist«, sagte ich.

»Eine kleine Abwandlung der traditionellen Hausvisite«, bemerkte sie. »Ich war überrascht, dass du im Telefonbuch stehst wie ein ganz gewöhnlicher Mensch.«

»Im Grunde bin ich das ja«, erwiderte ich.

»Nein, das bist du nicht«, widersprach sie. »Ganz und gar nicht. Die Leute, mit denen du zu tun gehabt hast, die Gewalttätigen … sie können dich dadurch leicht aufspüren.«

»Das ist die beste Methode, sie wissen zu lassen, dass ich keine Angst vor ihnen habe.«

»Hast du wirklich keine Angst vor ihnen, nicht einmal gelegentlich?«

»Nein«, antwortete ich. »Nie. Aber das könnte auch einfach nur bedeuten, dass ich nicht ganz normal bin.«

Sie ging an mir vorbei ins Wohnzimmer.

»Kann ich dir etwas anbieten? Einen Drink? Abendessen?«

»Ich habe etwas in der Krankenhaus-Cafeteria gegessen«, sagte sie, während sie durch den Loft schlenderte. »Aber lass dich nicht abhalten.«

Ich beobachtete sie, während sie die Wohnung inspizierte, die Kunstwerke betrachtete und einige der Möbel berührte. Schließlich blieb sie vor dem Panoramafenster stehen. »Das ist der schönste Ausblick, den ich je gesehen habe«, schwärmte sie. »Wie hast du diese Wohnung gefunden?«

»Jemand, mit dem ich befreundet war, hat in diesem Haus

gewohnt«, antwortete ich. »Ich habe mir immer gern die Tanker angeschaut, wenn sie vorbeizogen.«

»Von ihrer Wohnung aus«, bemerkte Julia lächelnd.

Ich nickte.

Sie zog ihre Jacke aus und ging zu meinem Bett hinüber. »Ich brauche eine halbe Stunde Schlaf. Ich bin völlig erschöpft. Macht es dir etwas aus?«

»Natürlich nicht«, sagte ich.

Sie legte sich auf die Tagesdecke aus grauem Leinen und rollte sich wie eine Katze zusammen. »Kannst du mich in den Arm nehmen?«, fragte sie.

Ich ging zum Bett und legte mich neben sie, schmiegte mich an sie, mein Gesicht in ihrem glänzenden schwarzen Haar vergraben, die Finger mit den ihren verschlungen und an ihre Brust gepresst. Ich konnte ihren Verlobungsring fühlen, der für mich jedoch nur ein Relikt aus einem Leben war, das sie gelebt hatte, bevor sich unsere Wege gekreuzt hatten.

»Eine Psychiaterin ist auf der Intensivstation vorbeigekommen, um mit mir zu reden«, sagte sie.

»Und ...«

»Ich habe ihr gesagt, dass es mein Ende wäre, wenn Tess nicht durchkommt«, erklärte sie. »Ich könnte nicht ertragen weiterzuleben, wenn ich mir vorwerfen müsste, dass ich all das zugelassen habe.«

»Dr. Karlstein kämpft wie ein Löwe um Tess«, versicherte ich ihr.

»Das weiß ich«, erwiderte sie. »Und ich weiß, dass sie durchkommen wird. Ansonsten hätte ich sie nie allein gelassen, nicht einmal für eine Stunde.«

Wir lagen nebeneinander, während Julia schlief. Bevor ich selbst einnickte, ließ ich meine Gedanken drei oder vier Monate in die Zukunft wandern, zu einer Zeit nach Abschluss der Ermittlungen, die, dessen war ich mir sicher, mit Darwin Bishops Verhaftung enden würden. Ich malte mir aus, wie Julia und ich uns ein gemeinsames Leben aufbauten und Billy und Garret nach all den Stürmen, die sie durchlebt hatten, einen sicheren Hafen boten.

Wir wachten gleichzeitig auf. Julia drehte sich zu mir um. »Ich muss wissen, dass wir zusammen sind«, flüsterte sie. »Ich möchte, dass du mit mir schläfst.«

Ich stützte mich auf den Ellbogen und strich ihr das Haar aus dem Gesicht. »Es ist kein guter Zeitpunkt, um etwas miteinander anzufangen«, sagte ich.

»Es hat schon angefangen, als du das erste Mal meinen Arm berührt hast«, erwiderte sie. »An dem Tag, als wir uns vor der Villa begegnet sind, mit Garret.«

»Ich denke nur …«

»Du hast keine Kontrolle darüber, was du für mich empfindest«, sagte sie und blickte auf meinen Unterleib, wo sich meine Erregung deutlich abzeichnete. Sie knöpfte ihre Jeans auf, öffnete den Reißverschluss und führte meine Hand unter ihren Slip und zwischen ihre Beine. Sie war vollständig rasiert, und ihre unbeschreiblich glatte Haut war warm und feucht. »Ebenso wenig wie ich Kontrolle darüber habe, was ich für dich empfinde.«

Julias sexuelles Verlangen trotz der Tatsache, dass sie Brooke endgültig und Tess um ein Haar verloren hatte, beunruhigte mich, während ich mich im Stillen dafür rügte, sie zu verurteilen. Welche Lehrbuch-Reaktion hätte mich denn zufrieden gestellt? Lodernder Zorn? Abkapselung? Wollte ich sie tiefer und tiefer in Depressionen versinken sehen?

In meinem Kopf drehte sich alles. Warum sich Julias Bedürfnissen widersetzen, fragte ich mich, wenn die Götter des Zufalls und der Liebe mir vielleicht meine einzige Chance auf Glück schenkten? Warum mich meinen eigenen Bedürfnissen widersetzen? Ich sah in Julias Augen und ließ meine Fingerspitzen über ihre weiche, feuchte Haut entlanggleiten. Sie stöhnte. Und als sie sich meiner Berührung öffnete, schien es so, als würde mir ein vor langer Zeit verlorener Teil von mir zurückgegeben werden.

Freitag, 28. Juni 2002

Um 1 Uhr 30 fuhr ich Julia zurück zum Mass General. Wir waren noch mal eingeschlafen, nachdem wir uns geliebt hatten. Einige Male sah ich in meinen Rückspiegel, um mich zu vergewissern, dass wir nicht beschattet wurden.

»Machst du dir Sorgen wegen Win?«, fragte Julia.

»Sollte ich das nicht tun?«

»Ich habe mir so lange seinetwegen Sorgen gemacht, dass ich es manchmal vergesse.«

»Warum hast du ihn überhaupt geheiratet? Du sagtest, du hättest gedacht, du würdest ihn lieben, aber warum hast du dich in ihn verliebt? Was hat dich zu ihm hingezogen?«

Sie holte tief Luft. »Ich bin nicht sicher, ob es Win selbst war«, antwortete sie. »Er war charmant, gut aussehend. All das. Aber es ging viel mehr um mich. Ehrlich gesagt, glaube ich, dass ich ihn benutzt habe.«

Das klang ziemlich offen und freimütig. »Inwiefern?«

»Ich stamme aus einer großen Familie«, sagte sie. »Ich habe noch vier Brüder. Dad war Anwalt, wenn auch kein besonders bedeutender. Meine Mutter war eine sehr stille Frau. Eine Hausfrau. Sie hatte keine wirklichen Träume und schien sich nie sonderlich für meine zu interessieren. Darwin war für mich überlebensgroß – zumindest größer als das Leben, das ich zu jener Zeit kannte.«

»Wie war deine Beziehung zu deinem Vater?«, fragte ich.

»Ich habe ihn geliebt, aber er hat den größten Teil seiner Zeit mit meinen Brüdern verbracht – bei ihren sportlichen und schulischen Aktivitäten. Mit vierzehn habe ich angefangen, als Model zu arbeiten, vermutlich, um ihn auf mich aufmerksam zu machen. Das Ganze entwickelte sich wesentlich besser, als ich je erwartet hätte, aber ihn interessierte es nicht. Und es ist mir nie gelungen, wirkliches Selbstbewusstsein daraus zu gewinnen.«

»Und das hat dir deine Ehe gegeben?«

»In gewisser Hinsicht«, sagte sie. »Oder zumindest schien es so. Wins Frau zu sein bedeutete, dass ich nicht herausfinden musste, was ich darüber hinaus noch war. Mrs. Darwin Bishop reichte als Etikett für meine Eltern und Freunde. Für die meisten Leute. Und lange Zeit reichte es auch mir. Ich sonnte mich in seinem Erfolg und redete mir sogar ein, dass ich in gewisser Weise dazu beitrüge. Die Macht hinter dem Thron. So etwas in dieser Art.«

»Aber du hattest als Model doch selbst großen Erfolg«, wandte ich ein.

»Mir war immer klar, dass es oberflächlich war und irgendwann zu Ende sein würde.« Sie schaute aus dem Fenster auf die Bostoner Skyline, während wir über die Tobin Bridge fuhren. »Als Darwin mich das erste Mal geschlagen hat, wusste ich, dass auch unsere Ehe irgendwann zu Ende sein würde. Aber ich war … wie gelähmt. Ich habe mir nie die Zeit genommen oder die Kraft aufgebracht, meinen eigenen Weg zu gehen.«

»Bis jetzt«, sagte ich.

»Bis jetzt.« Sie lächelte. »Aber genug von mir, Dr. Clevenger. Wie kommt es, dass du noch immer Single bist?«

»Ich war viele Jahre mit einer Frau zusammen, die krank war – geisteskrank«, erklärte ich.

»Wer war sie?«

»Eine Ärztin«, sagte ich. »Gynäkologin.«

»Hat euch das zusammengebracht?«, fragte Julia. »Die Medizin?«

»Zum Teil. Aber in gewisser Weise habe ich sie auch benutzt«, sagte ich. »Sie war labil, deshalb hatte ich die Kontrolle. Mit ihr zusammen zu sein erlaubte mir, zu behaupten, ich hätte eine Beziehung, während ich ihr in Wirklichkeit auswich, mich sogar davor versteckte.«

»Wieso hast du dich versteckt?«, fragte sie.

»Weil ich mich – emotional und physisch – in dem Haus

verstecken musste, in dem ich aufgewachsen bin. Ich vermute, es ist zu einer Gewohnheit geworden.«

Sie sah mich an, als wartete sie auf eine nähere Erklärung.

»Mein Vater hat einen Gürtel benutzt, genau wie Darwin«, sagte ich.

»Es tut mir Leid, Frank. Ich hatte ja keine Ahnung.«

»Das ist schon lange her«, erwiderte ich.

Julia saß eine Weile lang schweigend da und starrte durch die Windschutzscheibe. Dann wandte sie sich mir zu. »Jetzt brauchst du nichts mehr zu verstecken«, erklärte sie.

Ich bekam eine Gänsehaut. Ich wollte so gern den Kern dessen glauben, was Julia gesagt hatte – dass ich mich offenbaren und gleichzeitig geliebt werden konnte. Denn tief in meinem Herzen war ich immer davon ausgegangen, dass die beiden sich gegenseitig ausschlossen. Der Blick, den sie mir schenkte, war unendlich verständnisvoll und zärtlich. Und ich fühlte mich tatsächlich so, als wäre ich an einem neuen, besseren Ort angekommen.

Ich stellte den Wagen im Parkhaus des Mass General ab und begleitete Julia die zwei Blocks zum Eingang des Krankenhauses. Wir gingen auf Nummer sicher – kein Abschiedskuss, kein ausgedehntes Verabschieden. Sie trat in den Eingang, während ich mich auf den Weg zurück zu meinem Pick-up machte. Es war kurz vor 2 Uhr früh.

Das Parkhaus des Mass General ist ein fünfstöckiger Betonklotz, dessen Rückseite an den Charles River grenzt. Das Gebäude, das sich über zwei Häuserblocks erstreckt, reicht auf der dem Krankenhaus abgewandten Seite bis zur Cambridge Street, während es auf der anderen Seite an eine dunkle Gasse grenzt, die zum Storrow Drive führt. Ich hatte gerade jene Gasse betreten, als mich jemand mit Wucht von hinten anrempelte. Ich taumelte nach vorn, und während ich noch um mein Gleichgewicht kämpfte, spürte ich plötzlich ein seltsames Reißen unterhalb meiner Rippen, etwa auf der Hälfte zwischen meinem Rückgrat und meiner Seite. Ein, zwei Sekunden lang brannte es wie Feuer, ehe es in einen durchdringenden Schmerz umschlug, der so überwältigend war, dass ich vornüberkippte und zu Boden ging. Ich versuchte, nach der Browning Baby in meiner Tasche zu greifen, doch mein Arm schien die Befehle meines Gehirns nicht zu befolgen.

»Was wäre ihre Wahl gewesen«, sagte eine heisere, seltsam klingende Stimme, »Gefang'ne ihrer selbst?«

Ich rappelte mich hoch, um einen Blick auf die Gestalt zu erhaschen, die die Flucht ergriff, konnte jedoch nur flüchtig ein Paar schwarze Springerstiefel erkennen. Vorsichtig tastete ich nach der schmerzhaften Stelle in meinem Rücken, die mich doppelt sehen ließ. Ich fühlte etwas Warmes, Klebriges, ehe alles schwarz um mich wurde.

»Frank!«, rief Colin Bain. »Komm schon, Mann, hör auf, mich zu ignorieren.« Ich fühlte, wie Bains Fingerknöchel mein Brustbein bearbeiteten – die Lehrbücher beschreiben es als ein Reiben über das Brustbein, doch in der Praxis ist es ein brutales Scharren, das einen starken Schmerzreiz hervorrufen soll, um die Bewusstlosen aus ihrem Zustand zu rufen und von den Toten zu unterscheiden.

»Meine Güte! Mir fehlt nichts«, murmelte ich und entwand mich seinen Händen. Ich öffnete die Augen und versuchte, mich aufzusetzen, doch ein stechender Schmerz durchzuckte meinen Rücken und schien mich an den Rippen zurück auf die Matratze zu reißen.

Bain stand am Bett, musterte mich durch seine Nickelbrille und strich sich sein halblanges rotes Haar aus dem Gesicht. »Willkommen, mein Freund«, sagte er.

Ich war bis zur Taille nackt. Mein Rumpf steckte in Verbandsmull wie eine zur Hälfte eingewickelte Mumie. »Was zum Teufel ist passiert?«

»Jemand hat dich in der Gasse neben dem Parkhaus überfallen«, sagte er. »Hat dir ein Messer in den Leib gerammt. Eine Zwölf-Zentimeter-Klinge, soweit ich das beurteilen kann. Zumindest ist die Wunde so tief.« Er lächelte. »Die besten Teile hast du verschlafen. Ich hab die Wunde bereits untersucht, sauber gemacht und zugenäht. Du warst so weggetreten, dass ich nicht einmal Lidocain brauchte.«

»Der Verstand ist schon was Wunderbares«, scherzte ich. »Danke für deine Hilfe.«

»Gern geschehen«, erwiderte er.

»Haben sie den Kerl erwischt?«, wollte ich wissen.

»Sie haben ihn nicht einmal gesehen«, sagte er. »Nach der Blutmenge zu urteilen, die du verloren hast, haben sie dich erst fünf oder zehn Minuten später gefunden.«

Ich sah eine Einheit roter Blutkörperchen am Tropfständer hängen, von der aus ein roter Infusionsschlauch zu meinem Arm führte. Ich schüttelte den Kopf.

»Der Krankenhauswachdienst hat dich für einen betrunkenen Penner gehalten, der in der Gasse ein Nickerchen macht«, erzählte Bain. »Dass deine Jacke blutgetränkt war, haben sie erst gemerkt, als sie dich auf eine Rolltrage gehievt haben, damit du deinen Rausch in der Eingangshalle ausschlafen kannst.« Er zwinkerte mir zu. »Ich habe ihre Namen notiert, falls du dich bei ihnen revanchieren willst.«

Ich brach in leises Lachen aus, das sich jedoch augenblicklich in ein Röcheln verwandelte, als ein scharfer Schmerz meinen Bauch durchzuckte und zu meiner Kehle hinaufschoss.

»Es wird ein paar Tage lang ziemlich unbequem sein«, sagte Bain.

»Unbequem ist ein nettes Wort dafür«, gab ich lachend zurück.

»Die Kernspintomographie hat gezeigt, dass die Klinge durch den Latissimus und den Obliquus abdominus gegangen ist«, erklärte er. »Ich habe dich mit gut sechzig Stichen wieder zusammengeflickt. Nebenbei bemerkt, die Spitze der Klinge hat nur um Haaresbreite deine Pfortader verfehlt. Wäre die durchtrennt worden, dann wärst du verblutet. Du kannst von Glück reden, dass du noch am Leben bist.«

»Danke für deine Schonungslosigkeit.«

»Es wäre keine schlechte Idee, wenn wir dich über Nacht zur Beobachtung hier behalten könnten. Nur um ganz sicherzugehen, dass da drinnen nichts angeritzt wurde, von dem wir nichts wissen.«

»Kommt nicht in Frage«, sagte ich. »Dafür habe ich keine Zeit.«

»Du hättest beinahe für immer keine Zeit mehr gehabt«, gab er zurück. »Was machen da schon ein oder zwei Tage aus?«

Jetzt waren es also schon ein *oder zwei* Tage. »Ich stecke mitten in einem Fall«, erklärte ich. Diese Worte auszusprechen half meinem noch immer benebelten Verstand, die offensichtliche Verbindung zwischen den Bishops und dem Angriff auf mich herzustellen. »Das hier hat wahrscheinlich damit zu tun.«

»Ein Grund mehr, für vierundzwanzig oder achtundvierzig Stunden abzutauchen, meinst du nicht?«

»Ich kann nicht«, beharrte ich.

»Wie du willst«, sagte er. »Ich gebe dir ein Rezept für ein paar Keflex mit. Die sollten eine Infektion verhindern. Und Percocet gegen die Schmerzen. Melde dich, wenn du mehr brauchst.«

Der Süchtige in mir horchte auf. Drei oder vier Percocet einzuwerfen wäre wie chemische Ferien von dem ganzen Bishop-Schlamassel. Ich ertappte mich tatsächlich dabei, dass ich überlegte, wie viele Wiederholungsrezepte Bain mir wohl ausschreiben würde. Zum Glück wurde mir bewusst, was für eine prächtige Ausrede er mir präsentierte, mich aufzugeben. »Ich verzichte lieber auf alles, was abhängig machen kann«, sagte ich. »Ich hatte früher mal Probleme mit diesem Zeug.«

Er nahm diese Enthüllung auf, ohne mit der Wimper zu zucken. »Das wusste ich nicht. Dann begnügen wir uns eben mit Motrin.«

»Danke.«

»Solltest du Fieber, Schüttelfrost oder Schwellungen bekommen, kommst du sofort wieder her. Versprochen?«

»Versprochen«, sagte ich.

»Die externen Fäden werden in zehn Tagen gezogen. Die inneren lösen sich von selbst auf«, erklärte er.

»Dann sehe ich dich also in zehn Tagen wieder.« Ich biss die Zähne zusammen und setzte mich auf. Meine Seite fühlte sich an, als würde sie vom Rest meines Körpers abgerissen werden.

»Übrigens wollen die Cops mit dir reden«, sagte er. »Aber ich habe mir die Freiheit genommen, einen Freund von dir auf Nantucket über deinen Zustand zu informieren. North Anderson? Er hat mir erzählt, er hätte bereits von seinen Polizeikollegen hier gehört, was passiert ist. Ich hoffe, es war kein Fehler, ihm Bescheid zu sagen.«

»Nein«, versicherte ich ihm. »Ich bin froh, dass du mit ihm gesprochen hast.«

Bain betrachtete mich mit sorgenvoller Miene. »Bist du sicher, dass du nicht über Nacht hier bleiben willst? Es gibt da ein paar sehr hübsche Schwestern auf der Station.«

»Die sollte ich mir vielleicht für später aufheben, wenn ich wieder auf dem Posten bin«, erwiderte ich.

Ich erzählte den Bostoner Polizisten alles, woran ich mich erinnern konnte, was nicht viel war. Selbst die schwarzen Stiefel waren mir für den Moment entfallen, von der seltsamen Bemerkung meines Angreifers ganz zu schweigen. Die Polizei hatte ebenfalls keine Spur. Etwa acht Monate zuvor hatte an der gleichen Stelle ein Raubüberfall stattgefunden, doch daraus ergab sich weder ein plausibles Schema, noch konnte dadurch meine persönliche Überzeugung widerlegt werden, dass Darwin Bishop – natürlich repräsentiert durch einen seiner Schläger – hinter dem Ganzen steckte.

Ich wartete, bis der Rest des Bluts in meinen Arm gesickert war, schluckte drei Motrin und nahm all meine Kraft zusammen, um mich von der Rolltrage zu hieven und mir ein übergroßes weißes Freizeithemd überzuziehen, das ich mir von

Bain geliehen hatte. Ich wappnete mich innerlich für die Aufzugsfahrt hinauf zur Intensivstation, dennoch ließ mich jedes Rucken in kalten Schweiß ausbrechen.

Als ich hereinkam, saß Julia an Tess' Bett. Ihr gegenüber, auf der anderen Seite des Betts, saß eine männliche Sitzwache von etwa Mitte zwanzig und las ein Jura-Fachbuch.

»Was ist passiert?«, fragte Julia. »Du siehst entsetzlich aus.«

Ich schilderte ihr den Vorfall.

Sie wurde blass. »Das ist meine Schuld«, sagte sie. »Ich hätte niemals das Risiko eingehen dürfen, in deine Wohnung zu kommen.«

»Es kann auch ein willkürlicher Überfall gewesen sein«, erwiderte ich wider besseres Wissen.

»Wir müssen vorsichtiger sein«, sagte sie kopfschüttelnd. »Ich habe befürchtet, dass so etwas passiert.«

Mich persönlich hatte die ganze Sache weniger geängstigt, sondern eher entschlossener gemacht, was ich vermutlich als Warnsignal hätte nehmen sollen, dass ich die Dinge nicht mehr im richtigen Verhältnis sah. »Ich fahre nachher auf die Insel«, erklärte ich. »Ich muss ein paar Dinge mit North Anderson erledigen.«

»Wann kommst du wieder zurück?« Tränen sprangen in ihre Augen.

»In ein, zwei Tagen.«

»Win fliegt heute her«, sagte sie. »Ich werde ihm sagen, dass ich nicht will, dass er Tess besucht. Wenn er es trotzdem versucht, werde ich bei Gericht einen Antrag auf Kontaktverbot gegen ihn stellen.«

»Ich kenne jemanden, der dir dabei helfen kann«, sagte ich. »Carl Rossetti, ein Anwalt, mit dem ich befreundet bin.« Ich nahm sie in meine Arme und drückte sie einen Moment lang an mich, während ich versuchte, trotz des Schmerzes normal durchzuatmen, der mich übermannte, wann immer ich meine Hände über Taillenhöhe erhob. »Ich rufe dich an«, presste ich hervor und ließ sie los.

Sie beugte sich zu mir. »Du weißt, dass ich dich liebe«, sagte sie.

Diese Worte überraschten mich – nicht, weil ich nicht dasselbe empfand, sondern weil ich nicht daran gewöhnt war, dass irgendjemand mit meinen Emotionen Schritt halten konnte. »Ich liebe dich auch«, sagte ich.

Ich wollte gerade die Eingangshalle des Krankenhauses verlassen, als Caroline Hallissey, die Assistenzärztin der psychiatrischen Abteilung des Mass General, mich abfing. Hallissey, eine bekennende Lesbe, war um die dreißig, höchstens einsfünfzig groß und brachte rund 120 Kilo auf die Waage. Ihr Gesicht mochte irgendwann einmal hübsch gewesen sein, doch mittlerweile waren ihre Züge aufgedunsen. Sie trug einen Silberring in ihrem rechten Nasenflügel und eine winzige Silberhantel über ihrer linken Augenbraue. Ich hatte gehört, sie und ihre Lebensgefährtin hätten gerade eine Tochter adoptiert. »Kann ich Sie kurz sprechen?«, sagte sie.

»Natürlich«, antwortete ich.

Ich muss so mies ausgesehen haben, wie ich mich fühlte. »Fehlt Ihnen etwas?«, erkundigte sie sich.

»Alles bestens. Was kann ich für Sie tun?«

»Ich hatte ein Gespräch mit dieser Frau auf der Intensivstation. Julia Bishop, richtig? Sie haben mit dem Fall zu tun, stimmt's?«

»Stimmt«, bestätigte ich. »Welchen Eindruck hatten Sie?«

»Sie ist depressiv, so viel steht fest«, erwiderte Hallissey. »Es gibt eine Fülle an neurovegetativen Anzeichen. Schlafmangel. Appetitmangel. Konzentrationsprobleme. Geringes Selbstwertgefühl. Die Symptome waren unmittelbar nach der Geburt ihrer Zwillinge sogar noch ausgeprägter, aber sie verweigert jegliche Form von Behandlung.«

»Sie macht eine schwere Zeit durch, deshalb kann sie nicht in Ruhe über sich selbst nachdenken«, wiegelte ich ab.

»Klar«, pflichtete sie bei. »Ich will sie zu nichts zwingen.

Sie ist nicht selbstmordgefährdet, zumindest nicht im klassischen Sinn – sie hat nur angedeutet, sie könne nicht weitermachen, wenn ihre Tochter sterben sollte.« Sie hielt kurz inne. »Was mir wirklich Sorgen gemacht hat, war die Feindseligkeit, die von ihr auszugehen scheint.«

»Inwiefern?«

»Sie hat mir eine Menge Fragen zu meinen Referenzen gestellt. Welches College ich besucht habe. Wo ich Medizin studiert habe. Wer meine Arbeit mit Patienten beaufsichtigt. Sie wollte wirklich alles wissen.«

Ich fragte mich, ob dies irgendetwas mit Hallisseys Äußerem zu tun haben könnte. »Sie steckt mitten in einer Mordermittlung«, sagte ich. »Sie weiß nicht, wem sie trauen kann.«

»Das könnte durchaus damit zu tun haben«, pflichtete Hallissey bei. »Aber auf mich wirkte es bedeutend persönlicher. So als ob sie etwas gegen *mich* hätte.« Sie wandte den Blick ab und runzelte die Stirn, während sie nach Worten suchte, um ihre Unterhaltung mit Julia zu beschreiben. »Sie hat mir dasselbe Gefühl vermittelt, das ich oft von männlichen Patienten zu spüren bekommen habe, die keinen Respekt vor Ärztinnen haben. Und die dafür sorgen wollten, dass ich das merke.«

»Nicht jede Psychiater-Patient-Beziehung ist im Himmel geschlossen«, wandte ich ein.

Hallissey musterte mich durchdringend. »Ich möchte Ihnen nicht auf den Schlips treten, aber es klingt nicht so, als wollten Sie das hier hören. Vielleicht ist es kein guter Zeitpunkt, um zu reden.«

Ich schüttelte den Kopf. Hallissey hatte Recht. Ich hatte automatisch Vorbehalte gegen ihren negativen Eindruck von Julia. »Ich will es hören«, versicherte ich. »Bitte. Erzählen Sie mir, was Ihnen sonst noch aufgefallen ist.«

Sie zögerte.

»Ich bin ganz Ohr«, sagte ich.

»Vielleicht ist es ihre Art, mit Frauen umzugehen«, sagte Hallissey. »Ich meine, ich habe gesehen, wie herzlich sie Dr.

Karlstein gegenüber ist. Und Sie selbst scheinen auch keinerlei Probleme mit ihr zu haben. Aber einige der Schwestern auf der Intensivstation haben mir erzählt, sie würde sie wie Leibeigene behandeln. Sie haben ein sehr ungutes Gefühl, was sie angeht.« Sie zuckte mit den Schultern. »Sie war angeblich früher Model, ist das richtig? Jemand hat die *Elite*-Agentur oder wie auch immer erwähnt.«

Das Wort *angeblich* war nicht zu überhören. Ich fragte mich, ob Eifersucht Hallisseys therapeutische Objektivität trübte. Psychiater nennen das *Gegenübertragung* – die persönlichen Gefühle des Arztes werden reflektiert, als entstammten sie dem Innenleben des Patienten. »Sie war Model«, erklärte ich, ehe ich es noch weiter auf die Spitze trieb, um Hallisseys Reaktion auszuloten. »Ich glaube, sie war sogar sehr erfolgreich. Fotos auf den Titelseiten der *Cosmo* und *Vogue* und all das. Sie war groß im Geschäft.«

»Selbstverständlich war sie erfolgreich«, entgegnete Hallissey. »Sie ist ein klassischer Fall. Sie sieht fantastisch aus, besitzt aber keinerlei fundiertes Selbstwertgefühl. Sie existiert für Männer. Sie braucht es, dass sie sie anbeten, weil sie sich selbst hasst. Und deshalb hat sie auch mit spontaner Ablehnung auf mich reagiert. Weil ich eine Frau bin.«

Der Gedanke, Julia könnte möglicherweise einen Groll gegen weibliche Wesen hegen, beunruhigte mich. Schließlich hatte sie zwei Mädchen zur Welt gebracht. »Glauben Sie, sie stellt eine Gefahr für das Baby dar?«, fragte ich. »Halten Sie die Sitzwache für nötig?«

»Ich kann mir nicht vorstellen, was das nützen soll«, antwortete sie. »Ich meine, wenn das Kind in ein paar Tagen sowieso wieder mit ihr nach Hause zurückkehrt, welchen Sinn hat dann eine Sitzwache hier?« Sie verdrehte die Augen. »Am Ende nutzt sie wahrscheinlich noch die Gelegenheit, um kurz zu Gucci zu gehen und sich ein Paar Schuhe zu kaufen und ihre Garderobe aufzustocken.«

Diese Bemerkung bestärkte meinen Verdacht, dass Eifersucht oder Abneigung Hallisseys Ansicht über Julia beeinflusste. Ich nickte und entspannte mich, wenn auch nur ein wenig. Ich konnte es mir nicht leisten, ihre Theorie gänzlich abzutun. »Reden Sie noch mal mit Mrs. Bishop?«, fragte ich.

»Dr. Karlstein hat mich gebeten, morgen noch einmal vorbeizuschauen«, erklärte sie.

»Würden Sie mich anpiepen, falls Sie noch etwas Interessantes herausfinden?«, fragte ich.

»Das werde ich«, versprach sie.

»Und herzlichen Glückwunsch zu Ihrer Tochter«, sagte ich. »Wollen wir hoffen, dass sie später nicht Model wird.«

Ein strahlendes Lächeln breitete sich auf Hallisseys Gesicht aus. »Auf gar keinen Fall«, erwiderte sie. »Ich kann Ihnen versprechen, dass das ganz sicher nicht passieren wird.«

Es war 7 Uhr 20, als ich mich in meinen Pick-up hievte und nach Hause fuhr, um ein paar Sachen für meine Reise nach Nantucket einzupacken. Der Tag war sonnig, und es kündigte sich bereits die brütende Hitze an, die Boston Ende Juni üblicherweise schwitzen lässt. Ich nahm die Kurven des Storrow Drive mit Vorsicht, wich nach Möglichkeit den Schlaglöchern aus und erklomm die Treppe zu meinem Haus sehr langsam, wobei ich auf jedem Absatz eine Pause einlegte, um Mut für den weiteren Aufstieg zu schöpfen.

Ich hatte fast den vierten Stock erreicht, als unvermittelt einige Momentaufnahmen meines Erlebnisses in der dunklen Gasse vor meinem geistigen Auge aufflammten. Ich erinnerte mich daran, wie ich angerempelt worden war, einen stechenden Schmerz gespürt hatte, dann mein Gleichgewicht verloren hatte und vornübergefallen war. Ich schloss die Augen und stand reglos auf der Treppe, während ich mich bemühte, meinem Unterbewusstsein weitere Einzelheiten des Überfalls zu entlocken, doch es wollte nichts kommen.

In meiner Wohnung nahm ich eine frische Jeans und ein schwarzes T-Shirt aus dem Schrank und wollte sie gerade anziehen, als ich bemerkte, dass der Verband um meinen Bauch blutig war. Ich ging ins Badezimmer und wickelte den Verbandsmull ab.

Colin Bain hatte wirklich Schwerstarbeit an mir geleistet. Die Oberfläche der Wunde war eher ein schartiger Riss denn ein simpler Einstich, so als hätte mein Angreifer das Messer mit einem Ruck hochgezogen, um mich von hinten auszuweiden. Bains Werk war beeindruckend – winzige Stiche, das Markenzeichen eines chirurgischen Könners, zogen sich in einer gezackten Linie knapp unterhalb meiner Rippen entlang. Ich trat ans Waschbecken, wusch die Wunde mit kaltem Wasser ab und tupfte sie trocken. Dann legte ich mir mit einer Mullbinde, die Bain mir zusammen mit Probepackungen Motrin, meinem Rezept für Keflex und meiner Brieftasche in einer Art Notaufnahme-Wundertüte zusammengepackt hatte, einen neuen Verband an. Ich schluckte drei weitere Motrin, steckte meine Brieftasche ein und zog mich an.

Meine Chancen, es bei vollem Bewusstsein nach Hyannis oder Wood's Cove zu schaffen, dann das Glück zu haben, einen Platz auf der Fähre für mich zu ergattern (von einem für meinen Pick-up ganz zu schweigen), waren verschwindend gering, deshalb fuhr ich zum Flughafen Logan und wartete dort auf den Cape-Air-Flug um 10 Uhr 15. Ich versuchte, North Anderson auf seinem Handy zu erreichen, doch es meldete sich nur sein Anrufbeantworter. Ich hinterließ ihm eine Nachricht, ich würde um elf Uhr landen, und hoffte, dass er mich am Nantucket-Memorial-Flughafen abholte.

14

Anderson erwartete mich in der Ankunftshalle. Während der letzten Viertelstunde des Flugs hatten wir mit einigen Turbulenzen zu kämpfen gehabt, und ich ging leicht vornübergebeugt, um die Muskeln meiner rechten Seite nicht zu beanspruchen. »Du siehst ja toll aus«, bemerkte er mit einem verkniffenen Grinsen.

»Danke«, gab ich zurück.

Das Grinsen erlosch. »Eigentlich solltest du dich ausruhen, bis alles richtig verheilt ist.«

»Es geht mir gut.«

»Ich denke, wir sollten ernsthaft überlegen, uns aus diesem Fall auszuklinken«, sagte er. »Soll doch die State Police die gesamte Ermittlung übernehmen.«

»Für sie beginnt und endet die Ermittlung mit Billy«, erwiderte ich. »Bishop hat zu viel Einfluss.«

»Ich will nicht, dass die Ermittlung mit dir in einem Sarg endet«, entgegnete Anderson, schüttelte den Kopf und holte tief Luft. »Du schläfst heute Nacht bei mir, und ich will keine Widerrede hören.«

»Schon gut, okay. Vorsicht ist besser als Nachsicht.« Ich biss unwillkürlich die Zähne zusammen, als ich mich aufrichtete.

»Du hast nicht gesehen, wer das getan hat? Nichts?«

»Nichts, woran ich mich erinnern kann.«

»Ich schätze, es könnte ein zufälliger Überfall gewesen sein«, sagte er. »Die Notaufnahme im Mass General zieht einige üble Gestalten an.«

»Möglich«, pflichtete ich bei.

»Aber irgendwie bin ich nicht richtig überzeugt davon«, fuhr Anderson fort. »Ich wette hundert zu eins, dass derjenige, der das getan hat, es auf *dich* abgesehen hatte.«

»Vielleicht machen wir jemanden nervös«, sagte ich. »Vielleicht ist das gar nicht so schlecht.« Ich unterschlug, dass ich mehr als genug getan hatte, um jemanden eifersüchtig zu machen – Darwin Bishop.

Anderson nickte versonnen. »Wie geht's Tess?«

»Sie hatte noch einen Herzstillstand. Sie haben sie wieder zurückgeholt und setzen ihr einen provisorischen Schrittmacher ein. Ich denke, sie wird durchkommen.«

»Hält Julia durch?«, fragte er.

»Für den Moment jedenfalls«, antwortete ich. »Sie ist depressiv, keine Frage. Sie wird Hilfe brauchen, wenn diese Geschichte vorbei ist.«

»Von einem unbeteiligten Dritten, hoffe ich«, bemerkte er.

Ich überging diesen Seitenhieb. »Sie sagt, sie wird sich ein Kontaktverbot gegen Bishop besorgen, falls er versuchen sollte, Tess im Krankenhaus zu besuchen.«

»Das Feuerwerk der Verhandlung dürften wir noch hier auf der Insel sehen können«, feixte er. »Ich hab mit Lauren Dunlop, Bishops erster Frau, gesprochen. Sie hat wieder geheiratet, hat drei Kinder und lebt jetzt in Greenwich, Connecticut.«

»Was hat sie dir erzählt?«, fragte ich.

»Sie hat alles bestätigt«, antwortete er. »Sie meint, sie hätte Bishops physische und emotionale Misshandlungen über Jahre erduldet, bis sie endlich den Mut gefunden hat, ein Kontaktverbot zu erwirken und die Scheidung einzureichen. Es war ein langer und beschwerlicher Weg. Sie hatte Todesangst vor ihm.«

»Hast du sie gefragt, warum sie unter diesen Umständen nicht das Sorgerecht für Garret zugesprochen bekommen hat?«

»Nach ihrer Aussage kam das nicht in Frage«, erklärte Anderson. »Bishop hätte sich mit Zähnen und Klauen gegen die Scheidung gesträubt, wenn es bedeutet hätte, Garret aufzugeben. Er war wie besessen von dem Jungen. So eine Art wirre *Prinz-und-Bettelknabe*-Sache. Er wollte ein verwaistes Baby aufnehmen und es zu einem Atomphysiker, Sportprofi oder dem Präsidenten der Vereinigten Staaten heranziehen. Er hat sogar alles in seiner Macht Stehende getan, um Laurens Besuchsrecht zu untergraben. Sie bezweifelt sehr, dass er zulassen würde, dass Julia ihn mit den Kindern verlässt. Nicht ohne eine blutige Schlacht.«

»Ich glaube nicht, dass Julia einen Rückzieher machen

wird«, sagte ich. »Sie hat nicht vor, nach Hause zurückzukehren, wenn Tess entlassen wird. Sie sagt, sie wird zu ihrer Mutter ziehen – mit den Kindern.«

»Gute Entscheidung. Übrigens hat mir Terry McCarthy seinen Bericht über ihre Aussage gegeben. Ich halte ihn für den besten Detective der Bostoner Polizei.«

»Und?«

»Sie hat mit Bravour bestanden«, sagte Anderson. »Alles stimmte mit dem überein, was sie dir erzählt hatte: Bishop hat ihr das Nortriptylin weggenommen, kurz bevor Tess vergiftet wurde.« Er hielt kurz inne. »Tommy fand sie überzeugend, selbst als er geblufft und sie gefragt hat, ob sie einem Lügendetektortest zustimmen würde.«

Ich dachte an Caroline Hallisseys Bemerkungen und fragte mich, wie Julia wohl mit einem weiblichen Detective klargekommen wäre. »Was hat sie gesagt?«

»›Warum machen wir den Lügendetektortest nicht gleich hier und jetzt?‹, meinte sie.«

»Gut«, sagte ich erleichtert. »Ich frage mich, ob Win einem Test zustimmen würde«, fügte ich grinsend hinzu.

»Ich habe ihn gefragt«, erwiderte Anderson.

»Du hast Bishop aufgefordert, einen Lügendetektortest zu machen?«

»Bei einem Prozess wäre er natürlich nicht verwendbar, aber ich wollte seine Reaktion sehen.«

»Und …«

»Er hat gesagt, ich solle mich an seinen Anwalt wenden«, erklärte Anderson.

»Er könnte schon bald einen brauchen.«

»Eine knappe Stunde, nachdem ich ihm den Vorschlag mit dem Lügendetektor gemacht habe, hat er John McBride angeheuert.«

McBride, dessen Kanzlei sich in Boston befand, war einer der besten Strafverteidiger des Landes und ein Meister darin, Beweismaterial gegen seine Klienten für nicht zulässig erklären zu lassen. »Du siehst dich bei der Durchsuchung der Bishop-Villa besser vor.«

»Weiße Handschuhe und alles ganz nach Vorschrift.« Anderson schmunzelte. »Ich hab heute Morgen persönlich mit McBride gesprochen. Er wollte mir mitteilen, dass sein Klient nicht für eine Vernehmung verfügbar sei, solange keine Anklage gegen ihn erhoben wird.«

»Vertritt McBride sonst noch jemanden aus der Familie?«

»Das hat er nicht gesagt.«

»Also, was hast du als Nächstes vor? Wir fahren einfach zur Bishop-Villa und fragen nach Claire und Garret?«

»Genauso hatte ich mir das gedacht«, erwiderte Anderson. »Ich habe noch immer einen gültigen Durchsuchungsbefehl für jeden Zentimeter des Anwesens, und laut den Streifenpolizisten, die ich an der Wauvinet Road postiert habe, sind sie im Moment beide auf dem Anwesen. Sie können sich natürlich weigern, mit uns zu reden. Aber das werden sie nicht tun.«

»Warum nicht?«

»In dieser Familie verfolgt jeder seine eigenen Ziele«, antwortete er. »Garret. Claire. Sie alle benutzen diese Tragödie, um etwas zu erreichen – mehr Macht, größere Freiheit, was auch immer.«

»Dann lass uns keine Zeit vergeuden und hinfahren.« Ich griff nach meiner Reisetasche, was augenblicklich einen Krampf der Muskeln in meinem Rücken und meiner Seite hervorrief, der mich beinahe in die Knie zwang.

Anderson packte mich unter den Armen. »Sachte, sachte«, sagte er.

Ich schloss die Augen und wartete mit zusammengebissenen Zähnen darauf, dass der Schmerz nachließ. Als er es endlich tat, trat ich einen Schritt zurück und zwang mich zu einem Lächeln. »Der Onkel Doktor hatte mich vor abrupten Bewegungen gewarnt«, stellte ich fest.

Anderson bückte sich und hob meine Tasche auf. »Ich schätze, ich sollte vorerst die schweren Sachen tragen.«

Auf der Fahrt zur Wauvinet Road begegneten wir drei Streifenwagen. Schon eine halbe Meile vor dem Anwesen stießen wir auf die ersten Übertragungswagen von Fernsehsendern, die die Straße säumten. Reporter versuchten, uns aufzuhalten, um ein Interview zu bekommen. Fotografen knipsten uns, während wir vorbeifuhren. Ich hörte das Rattern eines Hubschraubers und sah durch die Windschutzscheibe einen Helikopter der State Police sowie einen weiteren von den Channel-7-News über uns am Himmel vorbeiziehen.

»Viel Spaß«, bemerkte ich.

»Für die Presse ist das hier ein gefundenes Fressen«, erwiderte Anderson. »Sobald sie herausfinden, dass Tess im Mass General ist, belagern sie auch das.«

Neben Bishops »Wachhaus« parkten zwei Rover, zwei weitere standen auf dem halbrunden Platz vor der Villa, doch niemand versuchte, uns aufzuhalten, als wir zur Haustür gingen. Ich ließ meinen Blick über das Anwesen schweifen und bemerkte, dass Wins Wachleute den Jeeps und Geländewagen der State Police zahlenmäßig weit unterlegen waren. »Sind die hier, um das Grundstück zu durchkämmen oder um es zu verteidigen?«, fragte ich Anderson.

»Keine Ahnung«, gab er schulterzuckend zurück. »Hängt davon ab, wie nahe sich Bishop und Captain O'Donnell tatsächlich stehen. Du wirst ihn noch kennen lernen. Ich kann gar nicht erwarten, deine Meinung über ihn zu hören.«

Wie gewöhnlich öffnete Claire Buckley die Tür. Sie wirkte nervös. »Niemand hat mir gesagt, dass Sie kommen«, sagte sie mit einem verkniffenen Lächeln. »Win ist in Boston.«

»Wir wollen Sie auch nicht lange stören«, erklärte Anderson. »Wir haben nur ein paar kurze Fragen.«

»Ich schätze, das geht in Ordnung«, sagte sie. »Kommen Sie herein.«

Anderson sah mich an und zwinkerte. Seine Voraussage, dass wir keinen ernsthaften Widerstand von Claire zu erwarten hatten, schien sich zu bewahrheiten.

Während wir ihr ins Wohnzimmer folgten, warf sie mir einen Blick über die Schulter zu und sah, wie ich mich abmühte. »Sie sehen aus, als hätten Sie Schmerzen«, bemerkte sie.

»Ich hatte ein kleines Problem in Boston«, erwiderte ich. »Jemand hat mich überfallen.«

Sie blieb stehen und sah mich mit augenscheinlich aufrichtiger Besorgnis an. »Ist Ihnen etwas passiert?«, erkundigte sie sich.

»Nicht der Rede wert.« Ich lächelte. »Nur ein paar gezerrte Muskeln.« Und ein paar aufgeschlitzte.

»Kann ich Ihnen etwas anbieten?«

»Danke, nein.«

Sie bedeutete Anderson und mir, auf der Couch Platz zu nehmen, während sie sich in einen geblümten Ohrensessel uns gegenüber setzte. »Womit kann ich Ihnen helfen?«, fragte sie und spielte mit dem Brillantring an ihrem kleinen Finger. Als sie bemerkte, dass ich ihre nervösen Hände musterte, zwang sie sich, sie ruhig in ihren Schoß zu legen.

Anderson gab mir ein Zeichen, die Führung zu übernehmen.

Da ich keine genaue Vorstellung hatte, wonach ich suchte, fing ich mit einer allgemeinen Frage an. »Claire, bei unserer letzten Unterhaltung habe ich Sie nicht direkt gefragt, ob Sie in der Nacht von Brookes Ermordung etwas gesehen haben – etwas, das den Ermittlungen vielleicht weiterhelfen könnte. Jetzt, wo Tess im Krankenhaus ist, muss ich Ihnen diese Frage in Bezug auf beide Zwillinge stellen.«

»Was für Dinge meinen Sie genau?«, fragte sie.

»Alles, was Ihnen merkwürdig vorgekommen ist«, mischte Anderson sich ein. »Etwas, das Ihnen aufgefallen ist. Vielleicht haben Sie eine Tube Dichtungsmasse oder ein Tablettenfläschchen mit Nortriptylin gesehen oder eines der Babys weinen gehört.«

»Wenn ich etwas Derartiges gesehen hätte«, konterte sie, »dann hätte ich es Ihnen bereits gesagt.« Sie hielt kurz inne.

»Und die Polizei hat die Durchsuchung des Hauses abgeschlossen, stimmt's?«

»*Sie hat nichts Derartiges gesehen*«, meldete sich die Stimme in meinem Hinterkopf.

»Claire, haben Sie *irgendetwas* gesehen oder gehört, von dem wir wissen sollten?«, hakte ich nach. Die Frage nach der Durchsuchung ging mir noch immer im Kopf herum. »Oder vielleicht haben Sie etwas gefunden ...«, fügte ich hinzu.

Sie warf mir einen besorgten Blick zu, so als wüssten sie und ich etwas, das North Anderson nicht erfahren sollte. Sie fing wieder an, mit ihrem Brillantring zu spielen.

»Ich habe Chief Anderson von Julias Gefühlen gegenüber den Zwillingen nach deren Geburt erzählt«, sagte ich. »Wir halten bei dieser Ermittlung keine Informationen voreinander zurück.«

»Ich habe nichts gesehen, was unmittelbar mit den beiden Vorfällen zu tun hatte«, erklärte sie.

»Gut«, sagte ich. »Was haben Sie gesehen?«

»Ich habe etwas gefunden«, erwiderte sie. »Etwas Seltsames.«

»Etwas Seltsames ...«, wiederholte Anderson.

»Einen Brief.« Sie senkte den Blick und schüttelte den Kopf. »Ich erwähne das nur wegen Tess – weil Julia noch immer bei ihr ist.« Sie vergrub ihr Gesicht in den Händen. »Mein Gott, wahrscheinlich sollte ich gar nicht darüber sprechen.«

Meine Haut begann zu prickeln. Entweder würde ich gleich eine völlig grundlose Attacke gegen Julia hören, angetrieben von Claires Wunsch, ihren Platz in Darwin Bishops Leben einzunehmen, oder etwas würde meine Sicht von Julia über den Haufen werfen und sie ganz nach oben auf die Liste der Verdächtigen katapultieren. »Wenn Ihnen irgendetwas im Hinblick auf Julia und die Zwillinge auf der Seele liegt«, sagte ich, »dann erzählen Sie es uns bitte – besonders wenn es uns hilft, Tess zu beschützen.«

Claire blickte zur Decke, dann huschte ihr Blick kurz zu

Anderson und blieb schließlich auf mir ruhen. »Einen Moment.« Sie stand auf, verließ das Wohnzimmer und ging die Treppe hinauf.

»Was hat sie deiner Ansicht nach vor?«, fragte Anderson.

»Keine Ahnung«, erwiderte ich. »Ich halte diese ganze ›Ich will es nicht erzählen, also zwingt mich dazu‹-Nummer für aufgesetzt, aber das ist das Einzige, was ich im Moment sagen kann.«

»Sie ist berechnend«, bemerkte Anderson. »Ich traue ihr nicht über den Weg.«

Ich nickte, doch meine Besorgnis über Claires vermeintliche Offenbarung wuchs. Ich versuchte, mich zu beruhigen, indem ich aufstand, durch das weitläufige Zimmer ging und einige von Bishops Schaustücken betrachtete: eine antike Chelsea-Schiffsuhr, eine Reihe von Torso-Skulpturen in zarten Schattierungen von Blau, Grün und Rosa, eine Sammlung von emaillierten Füllfederhaltern in einer Mahagonischatulle mit Glasdeckel.

Als mein Blick auf eine leere Stelle an der Wand fiel, blieb ich stehen und betrachtete sie einen Moment lang versonnen. Bei meinem letzten Besuch hatte dort Bishops Robert-Salmon-Gemälde eines Schiffes auf See gehangen. Ich ließ meinen Blick über die Wände schweifen und bemerkte, dass die Strand-Szene von Maurice Pendergast ebenfalls verschwunden war. Carl Rossetti und Viktor Golov mussten Recht haben, dachte ich. Bishop machte seine Kunstsammlung zu Geld. Diese beiden Gemälde allein konnten bei einer Auktion mehrere Millionen bringen.

Claire Buckley betrat mit einem gefalteten Blatt Briefpapier in der Hand das Wohnzimmer. Ich kehrte zu meinem Platz auf der Couch zurück, während sie sich wieder in den Ohrensessel setzte.

Anderson beugte sich vor und starrte auf das Blatt Papier.

»Den habe ich beim Aufräumen in Julias Kleiderschrank gefunden«, sagte sie.

»Im Kleiderschrank?«, bemerkte ich.

»Was das angeht, bin ich sehr penibel. Kleiderschränke. Betten. Bücherregale. Ich finde keine Ruhe, bis alle Ecken und Winkel blitzsauber sind.«

Ich widerstand dem Drang, eine Diagnose zu stellen. »Und was haben Sie entdeckt?«

»Der hier war in einer Hutschachtel versteckt«, erklärte sie. »Die Schachtel schien leer zu sein, also wollte ich sie dazu benutzen, um ein paar einzelne Haarspangen und solche Dinge darin aufzubewahren, aber dann habe ich den hier gefunden.« Sie hielt den Brief hoch. »Ich habe ihn gelesen. Ich hätte es nicht tun sollen, aber ich habe es trotzdem getan.«

»Und was steht darin?«, fragte Anderson, in dessen Stimme ein Anflug von Verärgerung mitschwang.

»Ich weiß nicht, ob es wichtig ist«, sagte sie und atmete theatralisch tief durch. »Deshalb gebe ich ihn jetzt Ihnen.« Sie schüttelte den Kopf. »Ich habe kein gutes Gefühl bei der ganzen Sache.«

Ich konnte Claires aufgesetztes Zaudern nicht länger ertragen, trat neben sie und streckte meine Hand aus. »Danke«, sagte ich. »Wir verstehen das.«

Übertrieben behutsam legte sie den zusammengefalteten Briefbogen in meine Hand, als wäre er ein verletzter Vogel. Dann wandte sie den Blick ab.

Ich setzte mich wieder auf die Couch, faltete das Blatt auseinander und betrachtete den in einer weiblichen Handschrift abgefassten Brief. Mein Blick wanderte zum Ende der Seite. Der Brief war mit »Julia« unterschrieben und mit dem 20. Juni 2002 datiert, dem Tag vor Brookes Ermordung. Mir stockte das Herz. Da Anderson mich beobachtete, bemühte ich mich um eine ausdruckslose Miene und las schweigend.

> Ich wünschte, ich wäre diese Ehe nie eingegangen. Ich bin durch meine schlimmsten Eigenschaften an sie gebunden – Angst, Abhängigkeit und – so

peinlich es ist, das einzugestehen – meinen Hang zu materiellen Dingen. Und um alles noch komplizierter zu machen, sind da die Zwillinge. Darwin ist noch immer wütend wegen ihnen.

Seit dem Tag, als ich dich zum ersten Mal gesehen habe, hast du mir Kraft gegeben. Ich denke unablässig an die Stunden, die wir gemeinsam verbringen. Was ich jetzt brauche, ist der Mut, alles hinter mir zurückzulassen, wie viel Leid es im ersten Moment auch bringen mag. Alles zu beenden kann auch nicht schlimmer sein als das, was wir bereits durchgemacht haben.

Ich weine jeden Tag, ich kann nicht schlafen, esse kaum, und es fehlt mir oft die Kraft weiterzumachen …

Außer wenn ich daran denke, dass ich dich sehen werde. Das genügt, um mir für den Augenblick Hoffnung zu geben.

Meine Versuchung ist verstummt.
Hier an des Lebens Ende.

20. Juni 2002 *Julia*

Mein Herz raste. Eine Woge der Übelkeit überschattete die Schmerzen in meinem Rücken. Die optimistischste Auslegung des Briefes war, dass Julia einen anderen Geliebten hatte, die nüchternste, dass sie verzweifelt genug gewesen war, den Zwillingen etwas anzutun. Die letzte Zeile des Briefes, »Hier an des Lebens Ende«, hatte einen besonders unheilvollen Unterton. Ich reichte Anderson den Brief.

Anderson knirschte beim Lesen angespannt mit den Zähnen, während sein Blick einige Male über die Seite wanderte. Dann faltete er den Brief wieder dreimal zusammen und steckte ihn in seine Hemdtasche. »Was halten Sie davon?«, fragte er Claire.

»Ich weiß nicht, was ich davon halten soll«, sagte sie. »Ich war schockiert.«

»Glauben Sie, nachdem Sie das gelesen haben, dass Julia den Zwillingen das angetan hat?«, drängte er. »Glauben Sie, dass sie Brooke ermordet hat?«

»Ich kann mir einfach nicht vorstellen, dass sie so etwas tun würde«, erwiderte Claire, »aber mit ihren Depressionen und dem hier … ich weiß einfach nicht mehr, was ich denken soll.«

Anderson sah zu mir, dann wieder zu Claire. »Ich frage Sie noch einmal: Halten Sie irgendwelche Informationen zurück? Haben Sie in den Nächten, als Brooke ermordet und Tess vergiftet wurde, etwas gesehen, das wichtig sein könnte?«

»Nein«, erwiderte sie ohne große Überzeugung.

»Na gut«, sagte Anderson. Sein Handy klingelte, doch er schenkte ihm keine Beachtung. »Was ist mit Ihrer Beziehung zu Darwin Bishop? Glauben Sie, sie trägt zu Julias Depression bei? Oder glauben Sie, sie weiß nicht, was vor sich geht?«

Ich sah Anderson an, da mir nicht ganz klar war, worauf er hinauswollte.

»Ich weiß nicht, was Sie meinen«, erwiderte Claire. »Ich stehe beiden Bishops nahe.«

»Lassen Sie uns Klartext reden, Claire«, sagte Anderson.

Sie sah ihn fragend an.

»Ich spreche hier von Ihrer Affäre mit Darwin Bishop«, fuhr er fort. »Von Ihren gemeinsamen Hotelzimmern auf Reisen, den teuren Weinen. All diesen Dingen.«

Sie wurde rot und stand auf. »Sie gehen jetzt besser«, sagte sie und sah mich an, als hätte ich sie verraten. »Sie beide.«

Anderson blieb unbeirrt sitzen. »Es geht uns nicht darum, irgendjemandem das Leben schwer zu machen«, sagte er. »Die Sache bleibt unter uns. Ein kurzes Gespräch mit Garret, und schon sind wir wieder weg. Mehr wollen wir nicht.«

Jetzt begriff ich, worauf er hinauswollte. Er setzte Claire unter Druck, damit sie uns die Gelegenheit gab, mit Garret zu sprechen.

Claire sah aus, als könnte sie ihren Zorn keine Sekunde länger zügeln.

Ich war mir nicht ganz sicher, ob wir unser Gespräch mit Garret bekommen oder hochkantig aus dem Haus fliegen würden. »Sie können sich darauf verlassen, dass nichts von all dem hier zur Presse durchsickert«, erklärte ich und deutete mit einem Nicken zur Wauvinet Road. Ich ließ die verschleierte Drohung einen Moment lang auf sie wirken. »Die drängeln sich da draußen schon eine halbe Meile weit die Straße hinunter. Wir sollten jetzt besser mit Garret reden und uns dann wieder auf den Weg machen.«

Einige Augenblicke verstrichen, ehe Claire antwortete. »Ich sage ihm Bescheid, dass Sie auf sein Zimmer kommen«, erklärte sie schließlich. »Und anschließend verlassen Sie umgehend das Haus.«

Anderson wartete, bis sie verschwunden war. »Jetzt, wo Bishop sich John McBride als Anwalt geholt hat und Captain O'Donnell sich den Fall unter den Nagel reißt, könnte das unsere letzte Chance mit Garret sein«, sagte er. »Aber ich glaube sowieso, es ist an der Zeit, ein bisschen an den Bäumen zu rütteln. Vielleicht fällt ja etwas herunter.«

Ich nickte und deutete auf Julias Brief in Andersons Hemdtasche. »Das liest sich nicht gerade gut.« Vor meinem geistigen Auge sah ich Julia an Tess' Bett sitzen und wünschte mir mit einem Mal, Caroline Hallissey hätte nicht entschieden, die Sitzwache abzublasen.

»Ich habe dich gewarnt«, sagte Anderson.

»Ich weiß«, gestand ich. »Ich hätte auf dich hören sollen.«

»Wenn es um eine Frau wie sie geht, ist es schwer, etwas anderes als Geigen zu hören«, sagte er. »Mach dir deswegen keine allzu großen Vorwürfe.«

Claire kam zurück und begleitete uns zu Garrets Zimmer, dann drehte sie auf dem Absatz um und ging wortlos davon. Garret saß über einen von Büchern bedeckten Schreibtisch gebeugt und schrieb auf einem Block mit weißem, liniertem Papier. Die Wände des Zimmers bestanden aus vom Boden bis zur Decke reichenden Regalen, die von Büchern überquollen. Im Gegensatz zu den druckfrisch anmutenden, ungelesenen Büchern im Arbeitszimmer seines Vaters sahen Garrets reichlich abgegriffen aus – eselsohrige Philosophie-Klassiker von Plato bis Kerouac, wissenschaftliche Texte von Albert Einstein und James Watson, Bände mit Gedichten von Eliot und Yeats, religiöse Schriften des Dalai-Lama, William James und Thomas von Aquin. Das Zimmer wies keine der für einen siebzehnjährigen Jungen üblichen Verzierungen auf. Auf den Regalen standen keine Porsche- oder Corvette-Modelle, über dem Bett hing kein Poster irgendeines Teenager-Sexidols. Es gab weder ein Telefon noch irgendetwas, das mit Sport zu tun hatte – Tennis eingeschlossen.

»Garret«, sagte ich von der Tür aus. »Ich bin's, Dr. Clevenger. Ich habe Chief Anderson mitgebracht.«

Er schrieb weiter.

»Garret?« Ich machte ein paar zögernde Schritte ins Zimmer, während mir beinahe schwindelig wurde von der überwältigenden Mischung aus physischem und emotionalem Schmerz. Ein Teil von mir wollte am liebsten so schnell wie möglich zurück nach Boston zu Julia, um von ihr die Wahrheit zu erfahren.

Garrets Hand hielt inne. »Gütiger Himmel. Zeigen Sie doch etwas Respekt«, sagte er. »Habe ich gesagt, dass Sie hereinkommen können?«

Ich wich einen Schritt zurück. »Wir wollen dich nicht lange stören«, erklärte ich.

Er seufzte tief und drehte sich auf seinem Schreibtischstuhl herum. »Was wollen Sie?«

»Wir wollen nur reden«, antwortete ich.

»Dann reden Sie«, sagte er.

»Nette Sammlung übrigens«, sagte ich, um die Stimmung zu lockern, und deutete auf die Wände voller Bücher.

Er ignorierte das Kompliment. »Wenn das hier länger dauert, dann sollten wir besser woandershin gehen«, sagte er. »Ich darf mich hier nicht länger als zwei Stunden pro Tag aufhalten. Ich will nichts davon verschwenden.«

»Was willst du damit sagen, du darfst dich hier nicht länger als zwei Stunden aufhalten?«, wollte Anderson wissen. »Das hier ist doch dein Zimmer, oder nicht?«

»Darwin macht sich Sorgen, ich könnte ein Einsiedler werden, ein Bücherwurm, vielleicht sogar eine Schwuchtel«, erwiderte er, wobei seine Stimme halb verbittert und halb amüsiert klang. »Schlimmer noch, ich könnte anfangen, ›zu viel zu denken‹, wie er es ausdrückt. Es ist viel besser für mich, einen Filzball über ein Netz zu schlagen oder ein Pferd fast zu Tode zu reiten, während ich einen langen Stock schwinge.«

»Gehe ich recht in der Annahme, dass du kein Polo-Fan bist?«, bemerkte ich.

»In letzter Zeit nicht mehr. Früher habe ich gern diesem einen Pferd zugeschaut. Ihr Name war Brandy«, sagte er. »Sie war etwas Besonderes.«

»Inwiefern?«, fragte ich.

»Ihr Fell war unbeschreiblich – zimtbraun und weich wie Samt. Jeder ihrer Muskeln war perfekt geformt. Wenn sie galoppiert ist, war es das reinste Gedicht. Und sie war so gutmütig. Sie ist immer zu mir gekommen, wenn ich in die Ställe gegangen bin, und hat mich mit diesen großen braunen Augen angesehen, fast so, als wüsste sie, dass wir beide in der gleichen Klemme steckten.«

»Was für eine Klemme?«, fragte Anderson.

»Von Darwin geschunden zu werden«, antwortete Garret.

Garret klang menschlicher und verletzlicher als bei unseren vorigen Begegnungen. »Siehst du Brandy noch manchmal?«, fragte ich ihn.

»Längst zu Leim verarbeitet.« Er zwinkerte. Die Schärfe hatte sich wieder in seine Stimme gestohlen.

»Sie ist gestorben?«, sagte Anderson.

»Sie hat nicht mehr gewonnen, und dann ist sie verschwunden.« Garret zuckte mit den Schultern. »Es ist alles sehr darwinistisch. Nur die Starken überleben.« Er sah mich an. »Ist mit Ihnen alles in Ordnung?«, erkundigte er sich. »Sie sehen völlig tot aus.«

Die Muskeln in meinem Rücken hatten sich verkrampft, und ich hatte Mühe, mich auf den Beinen zu halten. »Alles bestens«, presste ich hervor. »Muskelzerrung.« Ich änderte die Taktik. »Chief Anderson und ich sind hier, weil ich noch keine Gelegenheit hatte, mit dir zu sprechen, seit wir uns das letzte Mal im Tennisclub unterhalten haben«, sagte ich. »Das war am Tag, bevor Tess ins Krankenhaus eingeliefert wurde.«

»Und …«

»Und ich wollte fragen, ob du uns helfen kannst.«

»Ihnen helfen … wie?«

»Falls du irgendetwas Merkwürdiges gesehen hast, bevor du zu Brookes Beerdigung gefahren oder nachdem du zurückgekommen bist, dann würden wir es gern wissen.«

»Kann ich mir denken«, bemerkte er.

»Natürlich«, sagte ich.

»Genug, um dafür zu bezahlen?«, fragte er.

Anderson und ich sahen einander an.

Bevor noch einer von uns antworten konnte, grinste Garret breit. »War nur ein Scherz«, sagte er. »Das Letzte, was ich brauche, ist Geld. Würden Sie bitte die Tür schließen?«

Anderson kam seiner Bitte nach. »Alles, was du uns erzählst, wird natürlich vertraulich behandelt«, versicherte er.

»Na schön«, sagte Garret. »Ich habe Dr. Clevenger bereits erklärt, dass ich nicht vor Gericht als Zeuge aussagen werde, falls es je zum Prozess kommen sollte. Dad hat Johnny McBride angeheuert, nur damit Sie es wissen.«

»Wissen wir«, sagte ich.

»Es gibt in diesem Fall ja nicht einmal irgendwelche Blutspuren«, fuhr Garret fort. »Was denken Sie, wie leicht es für McBride sein wird, die Polizei und den Staatsanwalt wie Idioten dastehen zu lassen?« Er sah Anderson an. »Übrigens haben diese Typen die Durchsuchung des Hauses total vermasselt. UPS hat zwei Pakete *in der Eingangshalle* abgeliefert, und der State-Police-Sergeant hat dem Fahrer erlaubt, die Toilette oben zu benutzen – das Badezimmer, in das Billy eingestiegen ist.«

»Ich werde das überprüfen«, versicherte Anderson.

»Das sollten Sie auch, bevor die Sie im Zeugenstand auseinander nehmen«, sagte Garret. »Ich selbst erspare mir das lieber.«

»Kannst du uns irgendetwas über den besagten Abend erzählen?«, lenkte Anderson die Unterhaltung wieder auf die ursprüngliche Bahn zurück.

»Ich habe nur wieder mal einen Streit zwischen Darwin und Julia gehört«, sagte er. »Er war so hitzig wie die, die sie früher über die Zwillinge gehabt haben – als Darwin unbedingt wollte, dass Julia abtreiben lässt.«

»Hat Claire den Streit auch gehört?«, wollte ich wissen, da ich mich fragte, ob ihre Erinnerung an jenen Abend ihrer Fantasie entsprungen war.

»Ich bin nicht sicher, aber ich glaube nicht«, antwortete Garret. »Ich glaube, sie war unterwegs, um Milchpulver für Tess zu kaufen.« Er zuckte mit den Schultern. »Ich kann es nicht beschwören, aber ich glaube, so war es.«

»Worum ging es bei dem Streit?«, fragte Anderson.

»Um das Nortriptylin.«

»Was war damit?«, fragte ich.

»Darwin hat das Tablettenfläschchen von Julia verlangt. Er hat sie fast eine Stunde lang angeschrien, bevor sie nachgegeben hat.«

»Hat er gesagt, warum er es haben wollte?«, fragte ich.

»Er meinte, sie könne sich eine andere Methode suchen, um sich umzubringen«, sagte Garret, »so als hätte sie vor, eine Überdosis zu nehmen oder so.«

»Und hattest du den Eindruck, dass deine Mutter vorhatte, sich etwas anzutun?«, fragte ich.

»Ich glaube, Darwin hatte etwas anderes vor«, erwiderte Garret lächelnd.

»Was?«

»Eine Überdosis für die kleine Tess natürlich.«

Anderson atmete lautstark ein. »Dann hältst du es also für einen Zufall, dass dein Bruder an jenem Abend ins Haus eingebrochen ist?«

»Eine glückliche Fügung für Darwin. Win hatte die Tat bereits geplant, aber Billys dreister Schachzug – der mich übrigens wirklich zutiefst beeindruckt hat – machte das Ganze zu einem perfekten Verbrechen.« Er hielt inne und sah mich so durchdringend an, dass mir unbehaglich wurde. »Oder das fast perfekte Verbrechen«, fügte er hinzu.

»Warum *fast*?«, wollte ich wissen.

»Weil ich das Tablettenfläschchen habe«, erklärte Garret gelassen.

»Du …«, setzte ich an.

»*Wo?*«, fragte Anderson aufgeregt.

Garret drehte sich um, zog die unterste Schublade seines Schreibtischs auf und griff ganz nach hinten. Als seine Hand wieder zum Vorschein kam, sah ich einen Schlüssel darin. »In meinem Spind im Brant Point«, sagte er und warf mir den Schlüssel zu. »Nummer 117, oberstes Fach. Ganz hinten in der rechten Ecke. In einer Tennisball-Dose.«

»Wie bist du daran gekommen?«, fragte ich.

Er zwinkerte mir zu. »Darwin hat sie in der obersten Schreibtischschublade in seinem Arbeitszimmer aufbewahrt. Pure Arroganz.« Er sah zu Anderson. »Wenn man natürlich glaubt, man hätte die örtliche Polizei und die State Police in der Tasche, dann wird man leicht überheblich.«

Anderson ignorierte den Seitenhieb.

»Wann hast du das Fläschchen gefunden?«, fragte ich.

»Am Tag nach Tess' Überdosis«, antwortete Garret. »Aber das ist nicht wichtig. Wichtig ist, dass Sie nirgends auf der Flasche Billys Fingerabdrücke finden werden.«

Claire Buckley brachte uns mit eisiger Miene zur Tür. Bevor ich nach draußen trat, versuchte ich mir etwas einfallen zu lassen, um ihr zu versichern, dass Anderson und ich nicht die Absicht hatten, ihr Geheimnis zu verraten, doch ein Streifenwagen der State Police, der die Auffahrt hinaufgeschossen kam, zog unser aller Aufmerksamkeit auf sich. Er hielt dicht hinter North Andersons Wagen an. Ein hoch gewachsener, breitschultriger Mann von etwa fünfzig Jahren in einer mit prächtigen gestickten Abzeichen und emaillierten Anstecknadeln versehenen Uniform der State Police sprang aus dem Fahrzeug und stürzte auf uns zu. Er besaß dieses typisch markante, wettergegerbte Gesicht, das auch noch im Alter gut aussah. Sein grau meliertes Haar war voll und gewellt.

»Ich hab dir doch gesagt, du würdest ihn noch kennen lernen«, bemerkte Anderson. »Das ist Brian O'Donnell.«

»Kann ich Sie kurz sprechen?«, schnauzte O'Donnell Anderson barsch an.

»Natürlich«, erwiderte Anderson.

Claire drehte sich um, ging ins Haus zurück und schloss die Tür.

»Ich sollte Ihnen zuerst Dr. Clevenger vorstellen«, sagte Anderson, als O'Donnell vor uns stehen blieb.

O'Donnell nickte mir zu, ohne mir jedoch die Hand zu reichen. »Was machen Sie beide hier?«, wollte er wissen.

»Wir führen Ermittlungen durch«, antwortete Anderson. »Was denken Sie denn, was wir hier machen?«

O'Donnell musterte uns grimmig. »Ich dachte, wir hätten beschlossen, dass Sie solche Dinge mit mir absprechen. Ich hatte keine Ahnung, dass wir eine weitere Reihe von Befragungen durch den Doktor veranlasst haben.«

»Ich glaube nicht, dass wir uns auf irgendeine feste Regelung geeinigt haben, wer was mit wem abspricht«, gab Anderson zurück. »Ich habe mich einverstanden erklärt, eng mit Ihnen zusammenzuarbeiten. Und das werde ich tun.«

»Wenn Sie einen Anruf vom Gouverneur brauchen, um es

offiziell zu machen, dann kann ich das einrichten. Von jetzt an werden die Ermittlungen von meiner Abteilung geleitet, sprich, von *mir.*«

»Vielleicht würde ein Anruf vom Gouverneur tatsächlich helfen, die Dinge klarzustellen«, erwiderte Anderson.

»Lassen Sie mich eines gleich hier und jetzt klarstellen«, sagte O'Donnell. »Wenn Sie beide gerade den Jungen befragt haben, dann haben Sie das ohne die Zustimmung seiner Eltern getan. Das bedeutet, seine Aussage wurde nicht aus freien Stücken gemacht und kann bei Billys Prozess nicht verwendet werden.«

Billys Prozess. So lief der Hase also.

Anderson verriet ihm nicht, ob wir Garret befragt hatten oder nicht. Ebenso wenig erwähnte er den Schlüssel zu Garrets Spind.

»Und was Ms. Buckley betrifft«, fuhr O'Donnell fort, »kann ich einfach nicht begreifen, warum sie überhaupt auf der Liste der Verdächtigen steht. Ich weiß, dass Ihnen die angebliche Affäre mit Darwin Bishop im Kopf herumgeht, aber diese Affäre ist bislang nicht bewiesen, und selbst wenn, dann wäre das wohl ein ziemlich schwaches Motiv für einen Doppelmord.«

»Im Augenblick haben wir es nur mit einem Mord zu tun«, korrigierte ich ihn. »Und hoffentlich bleibt es auch dabei.«

»Wie auch immer«, sagte O'Donnell und warf mir einen verärgerten Blick zu, während er sich langsam wieder beruhigte. »North, ich will Ihnen hier nicht die Flügel stutzen«, erklärte er, »sondern nur, dass alles nach Vorschrift gemacht wird, damit uns der Fall nicht baden geht. Aber das Wichtigste sollte zuerst kommen, also lassen Sie uns erst mal Billy schnappen, dann sehen wir weiter.«

»Sind Sie ihm schon auf der Spur?«, erkundigte ich mich.

»Ich schätze, er geht uns bald ins Netz«, antwortete O'Donnell. »Wir gehen so schnell vor, wie wir können, aber wiederum nicht so schnell, dass wir die potenziellen Gefahren ignorieren. Die Commons haben sich als ein unerwartet unzugängliches Terrain herausgestellt. Und wir wissen nicht, ob Billy bewaffnet ist oder nicht.«

Diese Bemerkung erinnerte mich an Carl Rossettis Befürchtung, dass die sauberste Methode, die Wahrheit in diesem Fall zu begraben, darin bestünde, Billy zu begraben. »Er hat nie zuvor eine Schusswaffe benutzt«, wandte ich ein.

»Er hatte auch noch nie zuvor eins seiner Geschwister erstickt und versucht, ein anderes zu vergiften«, gab O'Donnell zurück.

»Falls er es getan hat«, bemerkte ich.

O'Donnell schmunzelte. »Ich weiß, dass Sie mit Billy im Payne Whitney gesprochen haben. Das Gespräch war wie lang – eine halbe Stunde?«

»Es war lang genug, um das, was ich erfahren habe, dafür benutzen zu können, mehr herauszufinden«, sagte ich.

»Eines sollten Sie über mich wissen, Doktor: Auch ich bin mittlerweile reichlich geübt darin, schnelle Schlussfolgerungen zu ziehen. Ich habe sechsundzwanzig Mordermittlungen geleitet. Und in diesem Fall bin ich überzeugt, dass jedes Familienmitglied, das auf irgendjemandes Verdächtigenliste landet, nichts weiter als eine falsche Fährte ist«, erklärte er. »Billy Bishop sieht wie der Killer aus, riecht wie der Killer, und er ist der Killer. Punktum. Er hat sich auf die übliche Weise zu Mord hochgearbeitet, über Zwischenstopps bei Sachbeschädigung, Diebstahl, Brandstiftung und Tierquälerei. Es gibt keine Zweifel, was ihn angeht.«

»Klingt, als sei der Fall glasklar«, bemerkte Anderson.

»Denken Sie, was Sie wollen«, erwiderte O'Donnell. »Aber tun Sie bitte, was Sie versprochen haben, nämlich, dass Sie Ihre Vorgehensweise mit mir abklären.«

Ich sah, wie Anderson die Zähne zusammenbiss, während seine Atmung zu einer zengleichen Studie in Selbstbeherrschung wurde.

O'Donnell bemühte sich sichtlich, sich zu entspannen. »So laufen die Dinge nun mal, North«, sagte er. »Ich weiß, dass es nicht angenehm ist, Ihr Reich an die State Police abtreten zu müssen, aber Sie sind uns bald wieder los.« Er machte eine kurze Pause. »Wir haben etwa eine halbe Meile hinter dem Randgebiet der Commons einen Stofffetzen von einer von Billys Jacken gefunden. Also wissen wir, dass wir auf der richtigen Spur sind. Jetzt ist es nur noch eine Frage der Zeit.«

Anderson nickte. »Wir sehen uns.« Er ging zu seinem Wagen.

Ich wandte mich ebenfalls zum Gehen.

»Hat mich gefreut, Sie kennen zu lernen, Dr. Clevenger«, sagte O'Donnell und streckte seine Hand aus.

Ich schüttelte sie. »Ich bin sicher, wir werden uns wieder sehen«, sagte ich.

15

Ich wappnete mich zwar, als Anderson mit Vollgas von der Bishop-Villa wegbrauste, doch mein Rücken protestierte nichtsdestotrotz und schrie nach Ruhe. Ich angelte vier Motrin aus meiner Tasche und schluckte sie.

»Claire muss O'Donnell angerufen haben, während wir mit Garret gesprochen haben«, sagte Anderson. »Vorhin war ich mir nicht sicher, aber jetzt bin ich es: Bishop hat ihn eindeutig in der Tasche.«

»Ein Grund mehr weiterzumachen«, erwiderte ich. »Mir hat seine Bemerkung nicht gefallen, dass Billy bewaffnet sein könnte.«

»Mir auch nicht.«

Anderson und ich schienen abermals auf gleicher Wellenlänge zu sein, was gut war. »Wenn wir das Nortriptylin-Fläschchen geholt haben, sollte ich Julia einen weiteren Besuch in Boston abstatten«, erklärte ich. »Ich würde ihre Reaktion auf den Brief gern sehen, nicht nur hören.«

»Gut«, sagte er und wählte eine Nummer auf seinem Handy. »Aber sieh erst mal zu, wie es heute so läuft. Du kannst einen der späten Flüge heute Abend oder den ersten morgen früh nehmen.« Während wir an den versammelten Reportern vorbeibrausten, sah Anderson starr geradeaus durch die Windschutzscheibe und hielt sich sein Telefon ans Ohr, ehe er es abschaltete und den Kopf schüttelte. »Der Anwalt, mit dem du befreundet bist, ist nicht auf den Kopf gefallen«, sagte er.

»Rossetti? Wieso? Was ist los?«, fragte ich.

»Der Detective, den ich beauftragt habe, die Lebensversicherungspolice der Bishops zu überprüfen, hat mir eine Nachricht hinterlassen, während wir in der Villa waren.«

»Die Zwillinge waren versichert?«

»Mit zehn Millionen pro Kind«, bestätigte er.

»Zwanzig Millionen Dollar sind eine Menge Geld, selbst für Darwin Bishop.«

»Besonders wenn seine Aktien im Keller sind«, pflichtete Anderson bei.

Ich dachte an Bishops gatsbygleichen Aufstieg aus Brooklyn, den Abstand, der er zwischen sich und die Armut und den Hunger gebracht hatte, unter denen er als Kind gelitten hatte. Wenn seine finanziellen Probleme ihn fürchten ließen, er könnte wieder auf dem Weg dorthin zurück sein, sah er sich möglicherweise gezwungen, alles in seiner Macht Stehende zu tun, um sein aufgeblasenes Selbstbild am Leben zu erhalten – und sogar Brooke und Tess zu ermorden. Er könnte sich sogar einreden, ihr Leben sei mit einem bankrotten Vater wertlos. Warum sie also nicht zum Wohle aller opfern, damit ihr Blut dem Rest der Familie als rettende Infusion diente?

Manche Leute stellen diese sonderbaren Gleichungen an, wenn sie sich bedrängt fühlen, ob ihre Panik nun rational ist oder nicht. Einmal habe ich als Zeuge im Prozess gegen einen Mann ausgesagt, der seine Frau ermordet hatte, weil sie sich, zumindest laut seiner Aussage, wie eine Tyrannin ihm und den beiden Töchtern des Paares gegenüber verhalten hatte. Er war überzeugt, sie alle wären ohne seine Frau besser dran, selbst wenn dies bedeutete, dass er sein Leben hinter Gittern verbringen musste. Also war er eines Tages, nachdem er vorgegeben hatte, zur Arbeit zu fahren, nach Hause zurückgekommen und hatte sechsunddreißigmal auf sie eingestochen. Dann war er zum Einkaufen in den Supermarkt gegangen, während sie bewusstlos auf ihrem Ehebett lag und verblutete. Er hatte den Kühlschrank aufgefüllt und die Zimmer seiner Kinder aufgeräumt. Er hatte gewollt, dass alles wohl geordnet war, inmitten des bevorstehenden Chaos – seiner Festnahme, der Beerdigung seiner Frau und seines Prozesses. Dann hatte er sich ein frisches Hemd und eine saubere Hose angezogen, die Polizei gerufen und ein Geständnis abgelegt.

Ein Neunzehnjähriger, über den ich ein Gutachten erstellt hatte, war außer sich darüber gewesen, dass sein Cousin – ein Mitglied einer Gang in South Boston, der Schwarze hasste – Leukämie bekommen hatte. Um die Genesung seines Cousins voranzutreiben, hatte er sich wahllos einen vierzehnjährigen schwarzen Jungen in Roxbury ausgesucht und vier Kugeln auf seine Brust abgefeuert. »Ich hab einfach nur getan, was mein Cousin tun würde, damit er eben wieder gesund wird«, hatte mir der junge Mann erklärt.

Wirklich sonderbare Gleichungen. Und nichts in dieser Hinsicht kann mich noch überraschen – ganz sicher nicht nach dem, was ich noch über die Bishops herausfinden sollte.

Anderson und ich trafen kurz nach 14 Uhr im Brant Point Racket Club ein, wo genügend Betrieb herrschte, sodass wir nicht sonderlich auffielen, als wir nach Garrets Spind suchten.

Als North den Schlüssel ins Schloss steckte, bekam ich plötzlich Angst. »Einen Augenblick«, bat ich.

Anderson hielt inne und sah mich an. »Was ist los?«

»Wir machen hier einfach bedenkenlos, was Garret will.

Besteht irgendeine Chance, dass dieses Ding hochgehen könnte?«

Anderson sah mich zweifelnd an. »Du meinst, da drin könnte Sprengstoff oder so etwas sein?«

Ich zuckte mit den Schultern.

»Ich vermute, diese Chance besteht.« Er drehte den Schlüssel herum und zog die Tür einen Spaltbreit auf. »Ich glaube allerdings, dass es eine sehr geringe Chance ist.« Er grinste. »Du verbringst zu viel Zeit mit Paranoiden. Du musst dringend auf Urlaub, wenn diese Sache hier vorbei ist.«

»Klar«, gab ich zurück, obwohl ich nicht glaubte, dass die Symptome meiner Patienten im Mass General auf mich abfärbten. Viel wahrscheinlicher war, dass die Ursache in meinem Gefühl lag, von Julia betrogen worden zu sein, und meiner Sorge darüber, welche Bomben *sie* noch hochgehen lassen könnte.

Garrets Spind war ein Fenster zu seiner Seele. Ein einzelner Schläger stand schräg eingeklemmt zwischen zwei Wänden des unteren Fachs, ansonsten war nichts von dem typischen Zubehör der Tennis-Fanatiker zu sehen – kein Lederhandschuh, keine Sportbandage, keine Schweißbänder, keine Bolle-Brille, nicht einmal ein Paar Tennisschuhe. Die Rückwand des unteren Fachs war mit sehr kunstvollen Schwarzweißfotos von Nantucket beklebt – Bilder vom Hafen, den Commons, von Dünen und vom Strand.

»Der Junge kann wirklich mit der Kamera umgehen, wenn das seine Fotos sind«, bemerkte Anderson bewundernd.

»Sie sind wunderschön«, pflichtete ich bei. Ich betrachtete die Bilder noch eine Weile länger, dann wanderte mein Blick zum oberen Fach des Spinds und dem guten Dutzend alter Bücher, die sich dort stapelten – Werke von Kafka, J.D. Salinger und Steinbeck.

Anderson zog eine Papiertüte hervor und streifte sie sich wie einen Handschuh über. Eine Plastiktüte könnte an dem Tablettenfläschchen kleben bleiben und Fingerabdrücke verwischen. Er betrachtete die Bücher. »Garret liebt Klassiker«, bemerkte er.

»Es gibt schlimmere Zerstreuungen als Fotografie und Literatur«, sagte ich, wobei ich an meine eigenen dachte.

Anderson griff an den Büchern vorbei in die hintere rechte Ecke des Fachs, wo laut Garret das Nortriptylin-Fläschchen in einer Tennisball-Dose versteckt sein sollte.

Schlagartig wurde mir klar, dass wir an der Schwelle der Entdeckung von Beweismaterial stehen könnten, das helfen würde, Billy zu entlasten. Die Erregung angesichts dieser Möglichkeit betäubte die Schmerzen in meinem Rücken, zumindest für den Moment. Vielleicht war es meine eigene sonderbare Gleichung, doch ich empfand es so, als erhielte ich die Chance, eine Schuld abzutragen, die ich seit Jahren mit mir herumschleppte – eine Schuld gegenüber Billy Fisk und dem Kosmos und, letztendlich, mir selbst, weil ich diesen netten jungen Mann durch Selbstmord verloren hatte. Darüber hinaus hatte ich das Gefühl, dass auch noch eine andere Schuld beglichen werden würde. Sollte Win Bishop schließlich als der Mörder entlarvt werden, würde ich in einem tiefen Winkel meiner Seele die Befriedigung haben, dass ich meinem Vater zurückgezahlt hatte, was ich ihm schuldete: Prozess, Verurteilung und Bestrafung dafür, dass er mir meine Kindheit gestohlen hatte.

»Ich hab sie«, verkündete Anderson und zog die Tennisball-Dose aus dem Fach. Mit Hilfe eines Taschentuchs öffnete er den Deckel, dann ließ er das Nortriptylin-Tablettenfläschchen – eines dieser typischen orangebraunen Plastikdinger – in seine noch immer in der Papiertüte steckende Hand fallen und kehrte die Tüte von innen nach außen, sodass die Flasche darin geschützt war. »Wenn Wins Fingerabdrücke auf dieser Flasche sind und Billys nicht«, sagte er, »dann wird sich der alte Herr noch lange fragen, warum er das Ding nicht über die Klippen geworfen hat.« Er lächelte. »Du wolltest doch sowieso zurück nach Boston fahren. Warum geben wir das Tablettenfläschchen nicht im kriminaltechnischen Labor der State Police ab? Ich kann zwar auch hier auf dem Revier Fingerabdrücke nehmen, aber ich würde es lieber von den Fachleuten machen lassen.«

Anderson besorgte einen Hubschrauber, der uns auf direktem Weg zum kriminaltechnischen Labor in Boston flog. Ich war froh, unterwegs zu Julia zu sein – und dazu noch auf schnellstem Wege –, nicht nur, um sie mit dem Brief zu konfrontieren, sondern auch, um sie vor Darwin zu beschützen, der bereits einige Stunden zuvor in Boston eingetroffen sein musste. Letzteres Motiv war eindeutig das stärkere der beiden. Denn obwohl sie immer höher auf der Liste der Verdächtigen stieg und ich neuerliche Zweifel daran hegte, was, wenn überhaupt etwas, ihr unsere »Liebe« wirklich bedeutete, verspürte ich noch immer den Drang, sie zu retten. Sie war die verführerischste Frau, der ich je begegnet war.

Während des Flugs rief Anderson über Funk das New York City Police Department an, um den Computertransfer von Bishops Fingerabdrücken zu arrangieren. Wir gingen nicht davon aus, dass Darwin leugnen würde, das Tablettenfläschchen angefasst zu haben, wollten jedoch kein Risiko eingehen; Beweismittel können in den unpassendsten Momenten verloren gehen, besonders solche gegen einen einflussreichen Verdächtigen.

Billys Fingerabdrücke befanden sich in der Datenbank der Einwanderungsbehörde und waren bereits Teil der Ermittlungsakte, von der Anderson einen Satz bei sich hatte.

Wir trafen uns mit Art Fields, dem Direktor des kriminaltechnischen Labors, der sich bereit erklärte, Anderson und mich bei der Untersuchung zusehen zu lassen. Fields war ein kleiner, stämmiger Mann um die sechzig mit buschigen schwarzen Augenbrauen und einem schelmischen Dauerlächeln, als hätte er gerade eine geistreiche, etwas anzügliche Anekdote gehört. »Wonach suchen wir?«, fragte er Anderson.

»Die wichtigste Frage ist, ob Billy Bishops Fingerabdrücke

auf dem Tablettenfläschchen sind«, erklärte Anderson. »Wenn nicht, dann ist dies ein sehr wichtiger Beweis, der ihn als Verdächtigen entlastet.«

»Ist dieser Junge unterbelichtet oder so was?«, sagte Fields. »Geistig, meine ich.«

»Nein«, versicherte ich. »Er hat einen ausgesprochen wachen Verstand.«

»Und trotzdem soll er nicht daran gedacht haben, Handschuhe zu tragen?«, fragte Fields.

»Natürlich könnte er das«, bestätigte Anderson, »aber der Tatort ist übersät mit seinen Abdrücken: am Fenster und am Fensterrahmen, durch die er eingestiegen ist, im Zimmer der Zwillinge und an den Wiegen, selbst an dem antiken Schreibtisch, aus dem er fünf Riesen gestohlen hat. Und er hat eine Botschaft hinterlassen. Deshalb kann ich mir kaum vorstellen, dass er sich ausgerechnet ein Paar Handschuhe angezogen hat, als er das Baby vergiftet hat, um sich der Verhaftung zu entziehen.«

»Ich glaube nicht, dass es für Captain O'Donnell schwer vorstellbar ist«, bemerkte Fields. »Er ist felsenfest von der Schuld des Jungen überzeugt. Und er ist ein ziemlich scharfer Hund.«

»Scheint so«, pflichtete Anderson bei, offensichtlich, um einen Streit zu vermeiden.

Fields grinste noch breiter als gewöhnlich. »Sehr diplomatische Antwort«, meinte er. »Ich persönlich kann dieses Arschloch nicht ausstehen.«

Anderson kicherte. »Dann wären wir wohl schon zu zweit«, sagte er. »Vielleicht sogar zu dritt!«, fügte er mit einem Blick auf mich hinzu.

»Was haben Sie gegen O'Donnell?«, wollte ich von Fields wissen.

»Ich bin Pathologe, kein Staatsanwalt«, antwortete er. »Ich bin an Fakten interessiert, nicht an ihrer Auslegung. Ich versteife mich nicht darauf, dass da einfach Blut an einem bestimmten Kleidungsstück sein *muss*. Wenn ich welches finde, dann finde ich es. Wenn nicht, dann nicht.«

»Wohingegen O'Donnell …«, sagte ich.

»Er sieht es gern, wenn die Beweismittel sich der Stoßrichtung seiner Ermittlungen anpassen. Er macht sich für ein bestimmtes Ergebnis stark. Nicht, dass er Beweise unterschieben oder verschwinden lassen würde, aber seine unerschütterliche Überzeugung, dass die Dinge dieses und nicht jenes Resultat ergeben müssen, kann die beteiligten Kriminaltechniker beeinflussen. Außerdem hat er die Angewohnheit, ihnen pausenlos über die Schulter zu sehen. Deshalb fürchte ich, dass sie, wenn sie ein wenig fahrig werden, über die Ergebnisse stolpern, die er von ihnen erwartet, ohne dass sie es überhaupt bemerken.«

Das war eine ziemlich beeindruckende psychologische Beurteilung, insbesondere von einem Pathologen.

Mein Gesichtsausdruck muss meine Gedanken verraten haben. »Ich habe einen Doktortitel in Psychologie«, erklärte Fields. »Das hier ist meine zweite Laufbahn.«

»Eine ziemlich große Umstellung«, sagte ich. »Was hat Sie veranlasst, das Fach zu wechseln?«

»Ich wurde es leid, den Leuten die Wahrheit aus der Nase zu ziehen«, gestand er. »Wenn ich die Fakten von einer Haarprobe haben will, dann brauche ich mir nicht die Mühe zu machen, zuerst eine geborgene therapeutische Umgebung zu schaffen. Ich werfe das Haar in einen Mixer und ziehe die DNS anschließend in einem Gel auf.«

»Das kann man mit Psychotherapie-Patienten nun wirklich nicht machen«, gestand ich augenzwinkernd zu.

»Nicht, wenn man davon abhängig ist, dass sie wiederkommen«, konterte er.

Fields führte uns von seinem Büro zum Labor. Wir stellten uns neben ihn an einen langen schwarzen Labortisch mit verchromten Gasdüsen und Hähnen und beobachteten Leona, eine schmächtige, kaum einsfünfzig große Frau mit von Arthritis gezeichneten Händen, wie sie das Tablettenfläschchen mit einem Straußenfederpinsel einstäubte. Jede Bewegung schien eine Qual für sie zu sein, und von Zeit zu Zeit ließ sie der stechende Schmerz in ihren Gelenken zusammenzucken. Sie brauchte beinahe zwanzig Minuten, um mit fünf Zentimeter langen Streifen einer speziellen Klebefolie die Hälfte der Fingerabdrücke auf dem kleinen Tablettenfläschchen zu sichern. Als die Schmerzen sie zu überwältigen schienen, fragte Fields sie, ob er weitermachen solle. »Nein«, erwiderte sie scharf. »Hierbei darf nicht geschludert werden.«

Fields lachte und gab sich geschlagen, worauf wir eine weitere Viertelstunde warteten, bis Leona fertig war.

»Wir bringen den ganzen Satz zu Simon Cranberg«, erklärte Fields. »Er kann uns dann sagen, ob die Fingerabdrücke mit denen von Darwin Bishop oder Billy übereinstimmen.«

Wir waren bereits auf dem Weg zur Tür, als Leona uns zurückrief. »Ich schätze, ich hätte auch das Innere des Fläschchens einstäuben sollen«, sagte sie.

Wir sahen sie verblüfft an.

»Der Verdächtige könnte darauf geachtet haben, die Außenfläche nicht anzufassen«, erläuterte sie, »aber vielleicht war er beim Herausnehmen der Pillen nicht so vorsichtig.«

»Sie hat Recht«, sagte Fields.

Wir kehrten an den Labortisch zurück, und Anderson übergab Leona erneut die Papiertüte mit dem Tablettenfläschchen.

Leona holte sie heraus, schraubte den Verschluss ab und spähte hinein. »Hmm«, sagte sie.

»Hmm, was?«, fragte ich.

Sie antwortete nicht, sondern griff nach einer Pinzette und schob sie in das Fläschchen. Als sie die Pinzette wieder herauszog, klemmte darin ein zweieinhalb Zentimeter großes Fotonegativ.

»Was zum Teufel ist das?«, entfuhr es Anderson.

»Es hatte sich an die innere Wölbung des Fläschchens gelegt«, sagte sie. »Die Farbe ist der der Flasche so ähnlich, dass wir es übersehen hätten, wenn wir uns nicht die Zeit genommen und die Sache anständig gemacht hätten.« Sie deutete mit ihrem krallengleichen Finger auf Fields. »Lassen Sie sich das eine Lehre sein.« Sie hielt das Negativ gegen das Licht, sodass wir einen Blick darauf werfen konnten. Das Bild war klein und schemenhaft, doch es sah wie eine Strandszene aus, mit winzigen Gestalten im Vordergrund.

»Wir lassen gleich einen Abzug machen«, sagte Fields. »Das dauert nur ein paar Minuten.«

Wir ließen das Fläschchen bei Leona zurück, damit sie mögliche Fingerabdrücke auf der Innenseite sichern konnte, gaben das Negativ in der Foto-Abteilung ab und gingen zu Cranbergs Büro.

Simon Cranberg entpuppte sich als ein schwerfälliger Mann in einem Overall mit breiten Koteletten und einer Halbbrille. Er sah aus wie eine Kreuzung aus Ben Franklin und Attila dem Hunnen. Er hatte Darwin Bishops Fingerabdrücke bereits auf seinen Computer heruntergeladen, deshalb machten wir uns als Erstes daran, nach ihrer Entsprechung auf Leonas Klebefolienstreifen zu suchen. Cranberg betrachtete jeden Streifen mit einer Lupe, wobei er hin und wieder einen Blick auf seinen Computerbildschirm warf. Binnen einer Minute beschloss er, einen der Streifen durch den Scanner laufen zu lassen, der die gesicherten Abdrücke auf ein Bildschirmfeld neben jenen aus Bishops Polizeiakte übermittelte. »Treffer«, erklärte er nachdrücklich. »Darwin Bishops Fingerabdrücke sind auf dem Tablettenfläschchen.«

Das überraschte uns nicht. Ich sah zu Anderson und erwartete, auf seinem Gesicht einen befriedigten Ausdruck zu sehen, doch er sah seltsam beunruhigt drein. »Was ist los?«, fragte ich.

»Nichts«, antwortete er wenig überzeugend. »Läuft alles so, wie wir es erwartet haben.«

»Dann nehmen wir uns jetzt mal den Jungen vor«, schlug Fields vor.

Cranberg studierte jeden der Klebestreifen eingehend und lud jeden Abdruck auf das Bildschirmfeld neben Billys Fingerabdrücke von der Einwanderungsbehörde. Einige Male kehrte er zu den Klebestreifen zurück, die er bereits betrachtet hatte, doch nachdem er den letzten durch den Scanner hatte laufen lassen, schüttelte er den Kopf. »Keiner der gefundenen Fingerabdrücke gehört Billy Bishop«, verkündete er.

»Und Sie sind ganz sicher«, sagte ich.

»Mehrere Leute haben dieses Medikamentenfläschchen mit bloßen Händen angefasst«, erklärte Cranberg, »aber Billy eindeutig nicht.«

»Das wär's dann also«, sagte Fields. »Sie haben Ihre Antwort. Ich kann Ihnen versichern, dass Captain O'Donnell das gar nicht gefallen wird.«

Zum ersten Mal, seit ich den Bishop-Fall übernommen hatte, empfand ich ungetrübte Erleichterung, denn ich stimmte mit Anderson überein: Wenn Billy versucht hätte, Tess zu ermorden, dann hätte er nicht überall mit Ausnahme des Tablettenfläschchens Fingerabdrücke hinterlassen, von einer Botschaft ganz zu schweigen. Und wenn Billy Tess nicht vergiftet hatte, dann war es auch sehr unwahrscheinlich, dass er Brooke getötet hatte. Ich hoffte, dass die Geschworenen das ebenso sehen würden.

Ich sah abermals zu Anderson, in der Erwartung, ein Spiegelbild meiner eigenen Stimmung zu sehen. Er zwinkerte mir zu und nickte verhalten, doch es war kein Anzeichen von Triumph zu erkennen. Vielleicht war ihm bei dieser anstrengenden Ermittlung ganz einfach die Puste ausgegangen.

Ein junger Mann aus der Foto-Abteilung erschien mit einem braunen Umschlag in der Hand in der Tür.

»Sie kommen genau zum richtigen Zeitpunkt«, verkündete Fields. »Dann lassen Sie uns mal einen Blick auf das Foto werfen. Vielleicht haben wir ja eine Glückssträhne.«

»Möchten Sie es sich zuerst ansehen?«, fragte der junge Mann Fields.

Entweder Fields hörte das Unbehagen in der Stimme des jungen Mannes nicht, oder er ignorierte es. »Nicht nötig«, sagte er. »Wir sind hier unter Freunden.« Er nahm den Umschlag entgegen, öffnete ihn und holte einen 13 mal 18 Zentimeter großen Schwarzweiß-Hochglanzabzug heraus. Er starrte wie vom Donner gerührt darauf, und zum ersten Mal, seit ich ihn kennen gelernt hatte, erlosch sein Dauerlächeln. »Was geht hier vor?«, stieß er leise hervor.

Ich trat neben ihn und schaute mir das Foto an. Mir stockte das Herz. Ich sah Anderson an, der mit hängendem Kopf dastand. Zweifellos hatte er die Strandszene bereits erkannt, als Leona das Negativ hochgehalten hatte. Denn er und Julia waren die einzigen beiden Personen darauf, die eng umschlungen an einem verlassenen Stück Strand auf Nantucket standen. Bevor ich darüber nachdenken konnte, was ich zu ihm sagen sollte, schob er sich an Fields und mir vorbei und verließ den Raum.

Ich folgte Anderson, während ich mich darauf konzentrierte, einen Fuß vor den anderen zu setzen. Wogen verschiedenster Emotionen brachen sich über mir. Ich fühlte mich verraten, wütend und dumm, alles zugleich. Und ich hatte Angst. Ich hatte mich hoffnungslos in der Geografie des Bishop-Falls verlaufen. Wenn Anderson mich über seine Beziehung zu Julia angelogen hatte, worüber hatte er dann sonst noch gelogen? Konnte ich den Informationen trauen, die er mir über Bishop gegeben hatte? Schließlich war er es gewesen, der mir von Bishops Affäre mit Claire Buckley erzählt hatte. Er war es gewesen, der bestätigt hatte, dass Bishop Lebensversicherungen auf die Zwillinge abgeschlossen hatte.

Doch damit begnügte sich mein Verstand noch lange nicht. Hatte Anderson von Anfang an meine Verführung inszeniert? Steckten er und Julia unter einer Decke und benutzten mich dazu, den Verdacht auf Darwin Bishop zu lenken, um ihn aus dem Weg zu schaffen?

Und was war mit dem Überfall auf mich am Mass General? Anderson kannte meinen Terminplan besser als sonst irgendjemand. War es möglich, dass ich eine Frau für mich gewann, nach der er sich so sehr verzehrte, dass er mich ihretwegen ermorden lassen würde? War der Brief, den Julia geschrieben hatte, an ihn gerichtet gewesen?

Ich konnte mir zwar nicht vorstellen, dass die Notwendigkeit dazu bestand, doch ich tastete trotzdem nach der Browning Baby in meiner Tasche, während ich den Flur hinunter auf den Ausgang zum Helikopterlandeplatz zuging.

Doch so weit kam ich nicht. Als ich einige Meter vor dem Ausgang an einer offenen Tür zu meiner Rechten vorbeiging, hörte ich Anderson meinen Namen rufen. Ich spähte in den mit polierten Edelstahl-Seziertischen voll gestellten Raum. Auf einem von ihnen saß Anderson. Vorsichtig trat ich ein.

Anderson starrte zur Decke, schüttelte den Kopf, dann sah er mich an. »Ich würde es so gern erklären, aber ich kann nicht«, sagte er. »Es ist einfach passiert. Ich hätte niemals …«

»Es ist einfach passiert …«, setzte ich an, doch im nächsten Augenblick platzte mir der Kragen. »Ich wollte nichts mit diesem verdammten Fall zu tun haben!«, schrie ich. »Dieser Fall war das Letzte, was ich gebraucht habe! Verstehst du? Du hast mich da hineingezogen.« Die Nähte zerrten an meinen Eingeweiden. Ich schloss die Augen und rang nach Atem, während der Schmerz langsam verebbte. »Warum zum Teufel hast du mir nichts davon gesagt?«

»Ich hab's versucht, auf meine Art«, sagte er. »Ich hab dich immer wieder gewarnt, du sollst dich von ihr fern halten.«

»Das ist nicht dasselbe, wie mir zu sagen, dass du mit ihr zusammen warst«, hielt ich dagegen.

»Ich war nie mit ihr *zusammen*«, sagte Anderson und hob beide Hände. »Wir sind darauf zugesteuert – vielleicht. Ich kann nicht einmal sagen, ob es je so weit gekommen wäre.« Er ließ seine Hände auf seine Schenkel sinken. »Ich kann dir erzählen, was genau passiert ist.«

Ich starrte ihn an.

»Ich habe sie etwa einen Monat, nachdem ich den Posten hier angenommen hatte, kennen gelernt. Das ist jetzt knapp anderthalb Jahre her. Sie und Darwin haben eine Wohltätigkeits-Party für das Pine Street Inn gegeben, das Obdachlosenasyl in Boston. Sämtliche hohen Tiere aus dieser Gegend waren gekommen, einschließlich aller Lokalpolitiker. Ich war neu in der Stadt, also hab ich vor der versammelten Mannschaft eine kurze Rede über meine Pläne für die Polizeiarbeit auf der Insel gehalten. Drei, vier Wochen später hat sie mich angerufen und gemeint, sie wolle sich mit mir darüber unterhalten, wie man etwas für die Jugendlichen auf den Inseln tun könnte, die Drogenprobleme haben ... vielleicht so eine Art Bürgerinitiative gründen.«

Ich musterte ihn argwöhnisch. »Sie hat dich angerufen?«

»Ich weiß, dass das nicht entschuldigt, was passiert ist.« Er hielt einen Augenblick inne. »Zu Hause liefen die Dinge damals nicht besonders gut. Vielleicht war es nur eine dieser Phasen, die alle verheirateten Paare durchmachen, jedenfalls hatten Tina und ich eine schwere Zeit. Wir haben kaum noch miteinander geredet, dafür haben wir uns umso mehr gestritten. Außerdem hatte ich plötzlich Bedenken, ob der Umzug hierher wirklich eine gute Idee gewesen war. Eine Zeit lang war ich ziemlich durcheinander deswegen.«

»Warum?«, fragte ich. Selbst in meinem Zorn war ich außerstande, nicht den Therapeuten zum Vorschein kommen zu lassen.

»Weil ich Baltimore geliebt habe. Die Stadt war ein Teil von mir. Ich bin wegen des ganzen Mists hergekommen, den du und ich während des Lucas-Falls durchgemacht hatten, und weil ich dachte, dass es hier besser – sicherer, sauberer, schöner – für Tina und Kristie wäre.«

Ich war nicht bereit, ihn so leicht vom Haken zu lassen. »Julia hat dich also angerufen. Was war dann?«

»Nachdem wir uns ein- oder zweimal auf einen Kaffee getroffen hatten, hat sie mir erzählt, wie unglücklich sie wäre. Und ich fing an, von dem zu erzählen, was mir auf der Seele lag. Wir sind zusammen spazieren gegangen, haben miteinander telefoniert.« Er senkte den Blick und seufzte. »Ich fühlte mich gut. Ehrlich. Zum ersten Mal seit langer Zeit. Sie sieht unbeschreiblich aus, und das war ganz sicher ein Teil der Anziehung. Aber es war mehr als das. Ihre Stimme, die Art, wie sie mich ansah, wie sie mir zuhörte ... Ich dachte, ich hätte jemanden gefunden, der mir helfen könnte, mein Leben zu ändern.«

Es gefiel mir nicht, hören zu müssen, wie nahe Anderson sich Julia gefühlt hatte und wie sehr seine emotionale Erfahrung mit ihr der meinen glich. »Wann hast du das erste Mal mit ihr geschlafen?«, fragte ich, um den wehmütigen Blick aus Andersons Augen zu vertreiben. »Und wie hat es sich auf die Ermittlungen ausgewirkt?«

Anderson kniff die Augen zusammen. Seine Züge verhärteten sich. »Nie, als Antwort auf deine erste Frage. Das würde ich nie zulassen, lautet die Antwort auf die zweite.«

»Klar, und wer's glaubt, wird selig, in dieser Reihenfolge«, knurrte ich.

»Ich hab nie mit ihr geschlafen, Frank«, schnaubte Anderson aufgebracht. »Ich bin nicht *du*.«

Ich schüttelte den Kopf. »Nimm die Frau und diesen Fall und ...« Ich wandte mich zum Gehen.

»Warte doch«, rief er mir nach. »Es tut mir Leid. Das hätte ich nicht sagen dürfen.«

Ich blieb stehen und drehte mich wieder um.

»Na schön«, kapitulierte er. »Ich erzähle dir die ganze Geschichte. Meine ... Beziehung mit Julia lief vielleicht zweieinhalb oder drei Monate, als Tina mir erklärt hat, sie wolle die Scheidung. Sie wusste nichts von Julia, konnte aber sehen, dass wir uns immer weiter auseinander lebten. Ich wollte es nicht zur Scheidung kommen lassen, also hab ich versucht, den Kontakt zu Julia abzubrechen, aber ich musste ständig an sie denken, wollte mit ihr reden, ihre Hand halten. Also hab ich mich weiter mit ihr getroffen.« Er verdrehte die Augen. »Zu mehr als einem Kuss kam es zwischen uns nie, Frank. Es hört sich vielleicht lächerlich an, aber mehr ist wirklich nicht passiert. Und willst du wissen, was das Merkwürdige daran war?«

»Was?«

»Irgendwie reichte es mir, sie zu umarmen und zu küssen. Es kümmerte mich nicht einmal, dass wir keinen Sex hatten. Ich wollte nicht das, was wir hatten oder was ich dachte, dass wir hatten, aufs Spiel setzen.« Er verstummte.

Der traurige Unterton in Andersons Stimme entging mir nicht. »Du bist noch nicht über sie hinweg«, stellte ich fest.

Er sah mir in die Augen. »Nein«, bestätigte er. »Ich denke, das werde ich auch nie sein.«

»Dann war also deine Warnung, mich von ihr fern zu halten ... was genau?«, fragte ich. »Eifersucht?«

»Ein bisschen, vielleicht. Aber darum ging es nicht wirklich.« Er beugte sich vor. »Was ich gesagt habe, war mein Ernst. Ich wusste aus erster Hand, wie schwer es mir die Nähe zu ihr machte, in diesem Fall einen klaren Kopf zu bewahren. Ich wollte nicht, dass du auch deine Objektivität verlierst.«

»Wie nobel«, sagte ich.

Er ignorierte meine Bemerkung. »Da ist noch etwas anderes, das vielleicht seltsam klingt. Aber das, was ich für sie empfunden habe ... was ich vielleicht immer noch für sie empfinde ... ich bin nicht sicher, ob das überhaupt normal ist. Ich meine, keine Woche, nachdem ich mich das erste Mal mit Julia getroffen hatte, war ich bereits drauf und dran, meine Frau zu verlassen. Auch wenn du es mir wahrscheinlich nicht glaubst, aber ich habe mir Sorgen um dich gemacht. Deshalb hab ich dich so wegen deines Trinkens zusammengestaucht.«

Ich hätte Anderson am liebsten entgegengeschleudert, dass er völligen Blödsinn daherredete, doch ein Teil von mir erkannte sich in seinen Worten wieder. Es war dasselbe Rätsel, vor dem ich in meiner Beziehung zu Julia stand: Wie hatten meine Gefühle für sie so schnell so übermächtig werden können? Warum war ich bereit, alles für sie zu tun, obwohl ich mir nicht einmal sicher war, wer sie eigentlich war? Warum hatte ich professionelle Grenzen überschritten, die ich immer als unantastbar betrachtet hatte?

Ich sah Anderson an und versuchte abzuwägen, ob ich ihm je wieder würde trauen können. Auf all die Fragen, die mich gequält hatten, während ich den Flur hinuntergegangen war, hatte ich noch immer keine Antwort. Er könnte durchaus nach wie vor eine sexuelle Beziehung mit Julia haben und insgeheim wütend auf mich sein, weil ich ebenfalls mit ihr schlief. Die beiden könnten mich benutzen, um Darwin Bishop als Mörder hinzustellen. »War der Brief, den Claire Buckley uns gegeben hat, an dich gerichtet?«, fragte ich. »Bist du derjenige, an den Julia ihn schicken wollte?«

»Ich glaube nicht«, antwortete Anderson.

»Du *glaubst* nicht?«

»Ich weiß es nicht genau, aber es war einfach nicht der Tonfall, der normalerweise zwischen uns herrschte«, erklärte er. »Der Stil ist viel blumiger. Dieser Brief hätte mich ehrlich aus der Bahn geworfen, wenn er an mich gerichtet gewesen wäre. Aber abgesehen davon, hatten wir schon Wochen vor Brookes Ermordung keinen Kontakt mehr gehabt.«

»Dann denkst du also, dass es noch jemand anderen in ihrem Leben gibt, außer dir und mir.«

»Ja«, bestätigte Anderson. »Ich schätze, das ist der Grund, weshalb ich Claire so wegen ihrer Affäre mit Darwin zugesetzt habe.« Er zuckte mit den Schultern. »Ich war wütend über das, was ich da gerade gelesen hatte. Und ich habe es an ihr ausgelassen.«

Ich war hin und her gerissen, ob ich hier einem Waffenbruder gegenüberstand, der im selben Krieg wie ich gekämpft hatte, oder einem Feind, den ich auf frischer Tat dabei ertappt hatte, wie er mir ein Messer in den Rücken rammte. Vielleicht sogar wortwörtlich. »Hast du mich gebeten, diesen Fall zu übernehmen«, sagte ich, »weil du Julia geliebt hast und ihr helfen wolltest?«

»Sie hat mich wissen lassen, dass sie Billy nicht für den Täter hielt«, antwortete er. »Mein Instinkt sagte mir dasselbe.«

»Das beantwortet meine Frage nicht.«

Er zögerte, wenn auch nur für den Bruchteil einer Sekunde. »Ja«, sagte er. »Ich habe dich dazugeholt, weil ich ihr helfen wollte.«

»Und …«

»Und weil ich dachte, ich …« Er hielt inne und korrigierte sich. »Und weil ich sie liebte.« Er zuckte mit den Schultern. »Du wolltest eine Antwort hören. Da hast du sie. Es klingt verrückt, aber ich habe sie geliebt.«

Ich nickte. Diese ehrliche Antwort reichte beinahe, um mich zu überzeugen, dass Anderson die Wahrheit sagte. Trotzdem quälten mich noch immer Zweifel. Ich sah Anderson durchdringend an. »Wenn ich nicht der Ansicht wäre, dass Darwin Bishop ganz oben auf die Liste der Verdächtigen gehört, würde ich dann noch an diesem Fall arbeiten?«

»Was für eine Frage, Frank.« Anderson gelang es nur mit Mühe, seine Stimme ruhig klingen zu lassen. »Willst du wissen, ob ich einen Mann für den Rest seines Lebens hinter Gitter bringen würde, nur um ihm seine Frau wegzunehmen?«

Genauso lautete die Frage, obwohl es abscheulich klang, als Anderson sie aussprach. Ich schwieg.

»Als ich gesagt habe, sie müssten zuerst mich feuern, wenn sie dich aus diesem Fall hinausdrängen wollten, habe ich es auch so gemeint«, erklärte er. »Es mag schwer sein, das jetzt noch zu glauben. Aber wenn du mir erzählt hättest, dass Billy alle Charakterzüge eines Mörders aufweist, dann würde er ganz oben auf unserer Liste stehen, nicht Darwin. Ich würde niemals jemandem einen Mord anhängen. Nicht einmal für Julia Bishop.«

16

Anderson flog zurück nach Nantucket, während ich mit einem Taxi vom Präsidium der State Police zum Mass General fuhr. So sehr wir auch Abstand und Zeit brauchten, um zu entscheiden, wie es zwischen uns weitergehen sollte, wussten wir doch beide, dass wir am Ball bleiben mussten. Bei all den Komplikationen des Bishop-Falls war eines unverändert geblieben: Jemand hatte versucht, die fünf Monate alte Tess Bishop zu ermorden – und würde es vielleicht ein zweites Mal versuchen.

Während das Taxi den Storrow Drive entlangbrauste und der Charles River zu meiner Linken und die Bostoner Skyline zu meiner Rechten vorbeiflogen, begann ich mich zu fragen, wer das Negativ in das Medikamentenfläschchen gesteckt hatte. Angesichts seiner Leidenschaft für Insel-Fotografie und der Tatsache, dass er es gewesen war, der das Fläschchen an Anderson und mich übergeben hatte, war Garret der offensichtlichste Kandidat. Doch es war zumindest vorstellbar, dass Darwin Bishop es dort hineingegeben hatte – dass er einen Teil seines Motivs für den versuchten Mord zusammen mit den Mitteln, mit denen er Tess zu ermorden versucht hatte, darin verwahrt hatte. Die Antwort sollte nicht lange auf sich warten lassen; Leona würde inzwischen das Negativ auf Fingerabdrücke hin untersuchen.

Es war bereits nach 18 Uhr und wurde langsam dunkel, als ich durch den Haupteingang des Krankenhauses trat. Ich hatte den flüchtigen Impuls, einen kurzen Abstecher in die Notaufnahme zu machen und mir von Colin Bain ein Rezept für Percocet geben zu lassen, um den Schmerz von den Verletzungen meines Körpers und meiner Psyche – meinem verstümmelten Rücken, meinem verletzten Stolz, meiner zerbrochenen Freundschaft – zu betäuben. Jeder Suchtberater würde mir unter den gegebenen Umständen diesen kleinen Rückfall verzeihen. Zum Glück erkannte ich, dass meine Nüchternheit möglicherweise eines der wenigen Dinge war, über die ich noch Kontrolle hatte. Es hatte keinen Sinn, mir selbst das Messer in den Rücken zu rammen, wenn andere Leute das weit besser konnten.

Ich fuhr mit dem Aufzug zur pädiatrischen Intensivstation hinauf und lenkte meine Schritte automatisch zu Tess' Zimmer. Als ich sah, dass ein fünf- oder sechsjähriges asiatisches Kind in dem Bett lag, blieb ich abrupt stehen und ließ meinen Blick über die Fenster der anderen Zimmer schweifen, doch Tess lag in keinem von ihnen. Augenblicklich zog mein Verstand den tragischsten Schluss – dass ihr Herz den Kampf verloren hatte. Ich hielt eine junge Krankenschwester an, die gerade vorbeikam. »Ich bin einer der Ärzte, die an dem Bishop-Fall arbeiten«, erklärte ich. Ich brachte es nicht über mich, die offensichtliche Frage zu stellen. »Sie war gestern noch hier«, sagte ich stattdessen.

»Können Sie sich ausweisen?«, fragte die Frau.

Ihre Reaktion schien meine Befürchtung zu bestätigen. Sie verlangte einen Beweis, dass ich zum Krankenhauspersonal gehörte, bevor sie mir die traurige Nachricht überbrachte. Mir wurde schwindlig.

»Ist alles in Ordnung?«, erkundigte sie sich. »Möchten Sie sich hinsetzen?«

Bevor ich antworten konnte, trat John Karlstein durch die automatische Tür der Station. »Frank!«, rief er hinter mir.

Reflexartig drehte ich mich um und überdehnte dabei meine aufgeschlitzten Muskeln. »Gott«, zischte ich mit zusammengebissenen Zähnen.

»Meine Mutter hat mich zumindest früher immer dafür gehalten«, feixte Karlstein. »Seither aber niemand mehr. Bain hat mir erzählt, was dir passiert ist. Kannst du dich noch an diesen Raubüberfall vor etwa einem Jahr erinnern? Diese Gasse sollte wie ein Stadion beleuchtet sein. Verklag das Krankenhaus, Mann.«

»Ich glaube, ich verzichte darauf.«

»Irgendeine gottverdammte Versicherungsgesellschaft muss blechen«, sagte er. »Was kümmert es dich? Die legen uns schließlich auch kräftig aufs Kreuz, oder nicht? Du solltest mir einen Finderlohn geben, weil ich es vorgeschlagen habe.«

Wahrscheinlich sollte das ein Scherz sein, aber bei Karlstein war ich mir da nie ganz sicher. »Was ist mit dem Bishop-Baby passiert?«, fragte ich, während ich mich auf das Schlimmste gefasst machte. »Schlechte Nachrichten?«

»Nur für meine Bilanz«, antwortete er. »Wir haben sie auf die Beobachtungsstation verlegt. Sie ist über das Schlimmste hinweg. Der Schrittmacher wirkt wahre Wunder.«

Die Beobachtungsstation ist eine Unterabteilung der Kardiologie, wo die Herzen der Patienten zwar noch immer überwacht werden, jedoch in einer entspannteren Umgebung. »Gott sei Dank«, seufzte ich.

»Wir hatten ein bisschen Ärger, bevor sie verlegt wurde«, sagte Karlstein.

»Inwiefern?«

»Der Milliardär. Er wollte das Baby sehen – unbedingt.«

»Wer hat ihn davon abgehalten?«

»Deine Freundin. Wie sich gezeigt hat, besitzt sie ganz schön Rückgrat.«

»Meine Freundin ...«

»Julia. Die Mutter.« Karlstein zwinkerte mir zu, was von seiner Vermutung zeugte, dass Julia und ich uns nahe standen. »Sie war bereits ein paar Stunden, bevor ihr Mann hier eingetrudelt ist, beim Gericht. Hat ein vorläufiges Kontaktverbot gegen ihn erwirkt. Sie hatte alle nötigen Papiere sorgfältig in einem Umschlag parat. Unser Wachdienst hat ihm und seinen Leibwächtern die Tür gewiesen.«

»Er ist mit seinen Leibwächtern hergekommen?«

»Ich nehme zumindest an, dass sie das waren. Sie waren größer als ich.«

Mir war klar, dass dies nicht die letzte Konfrontation gewesen war. »Wie hat Julia sich gehalten?«

»Sie hat sich nichts anmerken lassen, solange ihr Mann hier war, aber dann ist sie zusammengebrochen. War in Tränen aufgelöst. Ich hab Caroline Hallissey noch einmal zu ihr geschickt, nur um sicherzugehen, dass sie sich wieder in den Griff bekommen würde.«

»Und?«

»Hallissey hat ihre eigenen Ansichten«, antwortete Karlstein ausweichend.

»Was hat sie gesagt?«

»Nichts Vernünftiges.«

»Komm schon, John. Raus damit.«

»Sie war der Meinung, dass Mrs. Bishops Aufregung *gespielt* war«, sagte er, »dass sie ihre Emotionen vorgetäuscht hat, um uns dazu zu bringen, uns Sorgen um sie zu machen.«

»Hattest du auch das Gefühl?«

Er schüttelte den Kopf. »Wenn das gespielt war, dann verdient sie dafür einen Oscar. Du kennst mich, ich bin nicht der Mitleids-Typ. Wenn ich einen Psychiater hole, und noch dazu *zweimal,* dann muss jemand schon in einem wirklich schlimmen Zustand sein.«

»Na ja, trotzdem vielen Dank, dass du mir Hallisseys Einschätzung erzählt hast«, sagte ich. »Je mehr Informationen ich habe, desto besser.« Ich hielt kurz inne. »Und vielen Dank für alles, was du für Tess getan hast.«

»Bedank dich nicht, verklage das Krankenhaus, und gib mir meinen Anteil.« Er grinste in einer Weise, die mir deutlich verriet, dass er mich auf den Arm nahm. Dann beugte er sich dichter heran und senkte seine Stimme. »Ruh dich aus«, sagte er. »Du siehst aus, als würdest du gleich zusammenklappen. Und wir können es uns hier wirklich nicht leisten, dich zu verlieren.«

Ich ging über die Treppe zur Beobachtungsstation, einer Abteilung, deren Krankenzimmer alle von einem zentralen Flur abgingen. Am Schwesternzimmer fand ich Tess Bishops Zimmernummer und ging zu ihrer Tür. Julia saß an Tess' Bett und beobachtete sie angestrengt, wie sie es schon auf der Intensivstation getan hatte. Ich lotete meine Gefühle aus, die ihr Anblick in mir auslöste. Die erwartete Anspannung war eindeutig vorhanden, ebenso wie Wut, doch diese negativen Emotionen wurden von einem anderen Gefühl überlagert, das ich nicht vorausgesehen hatte – einer seltsamen Form von Trost. Es war so, als käme man inmitten einer Familientragödie nach Hause, wenn man zwar wusste, dass etwas Schlimmes passiert war, sich jedoch gleichzeitig sicher war, dass man die Sache *gemeinsam* durchstehen würde. Leid zu teilen kann eine seltsam herzerwärmende und erfüllende Erfahrung sein.

Tess war inzwischen von den meisten der Schläuche und Kabel, die aus ihren Gliedmaßen geragt hatten, befreit worden und sah beinahe wieder wie ein normaler Säugling aus. Ihr Schlaf schien bedeutend ruhiger als auf der pädiatrischen Intensivstation. Ihre Atemzüge waren regelmäßiger und weniger angestrengt, außerdem war ihre gräuliche Gesichtsfarbe einem wesentlich gesünderen Rosa gewichen.

Julia drehte sich um und sah mich in der Tür stehen. Sie stand auf, atmete tief durch und lächelte. »Wie lange stehst du da schon?«, fragte sie.

»Ich bin gerade erst gekommen.« Ich betrat das Zimmer und deutete mit einem Nicken auf Tess. »Dr. Karlstein hat gesagt, sie sei auf dem Weg der Besserung«, sagte ich.

»Er war unglaublich«, erwiderte sie. »Ich hätte mir niemand Besseren wünschen können.« Sie sah zu Boden, dann wieder zu mir. »Darwin ist hergekommen. Zum Glück waren wir Nummer zwei auf seinem Terminkalender, wie gewöhnlich. Er hat angerufen, bevor er zu einer Vorstandssitzung bei irgendeinem Unternehmen mit Sitz hier in Boston ging. Das hat mir Zeit gegeben, zum Gericht zu fahren und ein Kontaktverbot gegen ihn verhängen zu lassen.«

»Das hat Karlstein mir auch schon erzählt«, sagte ich. »Gut gemacht.«

Sie kaute an ihrer Unterlippe und lächelte schüchtern. »Ich hätte niemals die Kraft für so etwas gehabt, wenn du nicht wärst.«

Ich wollte ihr glauben, was mir deutlich zeigte, wie sehr ich ihr verfallen war. Gerade erst hatte ich von einer anderen Affäre von ihr erfahren, und sehr wahrscheinlich war noch ein dritter Mann im Spiel, vorausgesetzt, der Brief, den Claire Buckley uns gegeben hatte, war nicht an North Anderson gerichtet. Und dennoch hatte ich das Gefühl, dass unsere Beziehung für sie einer anderen Kategorie angehörte und unvergleichbar wichtiger war. »Hast du nie *Das zauberhafte Land* gesehen?«, erwiderte ich. »Niemand kann dir Mut geben – oder ein Herz oder Verstand. Du musst es immer schon in dir gehabt haben.«

»Nimm mich in den Arm«, bat sie.

Ich trat bis auf zwei oder drei Schritte an sie heran, ehe ich stehen blieb und sie einfach nur ansah.

»Was ist los?«, fragte sie.

»Wir müssen reden.«

Sie legte ihren Kopf zur Seite. »Worüber?«

»North Anderson«, antwortete ich. »Zunächst.«

Sie nickte, als hätte sie gewusst, dass dieser Moment irgendwann kommen würde. »Er hat dir erzählt, dass wir ein wenig Zeit zusammen verbracht haben«, sagte sie.

»Ja«, bestätigte ich. Ich erwähnte noch nichts von dem Foto.

»Und ich hoffe, er hat dir gesagt, dass nichts passiert ist«, sagte sie. »Denn es ist nichts passiert. Ich meine, wir haben nicht …«

»Aber ihr habt euch nahe gestanden, gefühlsmäßig, meine ich«, sagte ich. »Und vielleicht tut ihr das immer noch. Ich weiß es nicht.«

»Nein«, erklärte sie. »Das tun wir nicht. Nicht in der Weise, wie du denkst. Ich mag ihn immer noch, aber es ist wirklich nur Freundschaft.«

Ich zuckte mit den Schultern. »Na gut«, sagte ich wenig überzeugend.

»Können wir uns nicht hinsetzen?«

Ich setzte mich in einen der Sessel neben Tess' Bett, während Julia auf dem anderen Platz nahm.

»Du weißt, wie schwierig mein Leben mit Win war«, begann sie. »Ich meine, du glaubst mir doch, was ich dir erzählt habe – was ich durchgemacht habe?«

»Ja«, sagte ich. Und ich tat es. Dennoch ertappte ich mich dabei, wie ich an Caroline Hallisseys Einschätzung von Julia als einen Menschen dachte, der Emotionen vortäuschte.

»Ich habe North bei einer Wohltätigkeitsveranstaltung für das Pine Street Inn in Boston kennen gelernt«, fuhr Julia fort. »Ich dachte, er könnte mir vielleicht bei einem Projekt behilflich sein, das ich ins Leben rufen wollte – eine Anlaufstelle für Kinder und Jugendliche, die Drogen nehmen. Davon gibt es auf der Insel nämlich mehr, als irgendjemand sich eingestehen will, und ich dachte, da North aus Baltimore kommt, wäre er vielleicht weniger naiv als seine Vorgänger.«

Ich bemerkte, wie sehr es mir missfiel, dass Julia North beim Vornamen nannte – beinahe ebenso sehr, wie wenn sie von Darwin als »ihrem Mann« sprach. »Er ist wirklich alles andere als naiv«, sagte ich. »Er hat in seinem Leben alles gesehen und zwar mindestens zweimal.« Ich forderte sie mit einer Geste auf fortzufahren.

»Wir fingen an, uns wegen dieses Drogen-Projekts regelmäßig zu treffen, und ich fühlte mich zu ihm hingezogen«, sagte sie. »Aber wir hatten nie eine so starke Verbindung zueinander wie du und ich.« Sie beugte sich dichter zu mir. »Das musst du mir glauben. North hat mir ein Gefühl von Sicherheit gegeben, und ich habe ihn bewundert, aber ich habe ihn nicht *geliebt*.«

Womit sie sagen wollte, dass sie *mich* liebte. Das hörte ich klar und deutlich heraus. Und ich hörte es gern. »Ich habe ein Foto von euch beiden am Strand gesehen«, sagte ich.

»Am Strand?«

»Ihr habt einander umarmt«, sagte ich. »Und geküsst.«

Selbst in meinen eigenen Ohren klang mein Tonfall wie der eines eifersüchtigen Schuljungen, und ich wand mich innerlich.

Sie starrte mich ungläubig an. »Win hat dir das Foto tatsächlich gegeben?«

Ich antwortete nicht. Ich wollte Julias Version davon hören, wo das Foto hergekommen sein könnte.

»Ich kann nicht glauben, dass er das getan hat«, sagte sie. »Er ist wirklich krank.«

»Was meinst du damit?«

»Einer von Darwins Wachmännern hat das Foto aufgenommen«, sagte sie. »Win hat mich beschatten lassen und das Foto benutzt, um mich zu einer Abtreibung zu zwingen.«

»Was?«

»Er hat gesagt, wenn ich meine Schwangerschaft nicht abbrechen würde, dann würde er das Foto der Presse zuspielen«, sagte Julia. »Das hat mir Angst gemacht. Natürlich wollte ich in keinen Skandal verwickelt werden, aber darüber hinaus machte ich mir auch Sorgen, dass North seinen Posten verlieren oder seine Ehe aufs Spiel setzen könnte, oder sogar beides. Also habe ich einen Termin bei der Familienplanungsstelle gemacht.«

Ich war erleichtert, dass Julias Geschichte zumindest halbwegs glaubhaft klang. »Hat Darwin von Scheidung gesprochen, nachdem er herausgefunden hatte, dass du dich mit North getroffen hast?«, fragte ich.

»Nie. Ich schätze, ihm hat es gefallen, dass er etwas gegen mich in der Hand hatte. Dadurch hatte er mehr Macht über mich«, sagte sie. »Er genießt das.«

»Aber er hat das Foto nicht der Presse übergeben«, bemerkte ich.

»Ich hätte wissen müssen, dass das ein Bluff war. Meine Untreue publik zu machen, hätte sein Ego mehr verletzt, als es seinen Rachedurst gestillt hätte.« Tränen traten in ihre Augen. »Ich schätze, er hat einfach abgewartet, bis er es mir heimzahlen konnte – mit Brooke und Tess.«

Am liebsten hätte ich Julia nicht weiter bedrängt, da sie den Tränen so nahe war, doch ich musste sie nach dem Brief fragen. »Da ist noch etwas anderes«, sagte ich.

Sie wischte sich die Tränen ab. »Was? Ich erzähle dir, was immer du willst.«

Eine beunruhigende Wortwahl, die die Frage in mir aufkeimen ließ, ob Julia mir nur erzählte, was ich hören wollte. »Eine Seite eines Briefes, den du geschrieben hast, ist aufgetaucht«, erklärte ich.

»Aufgetaucht?«

»Möglicherweise, als die Polizei das Haus durchsucht hat«, log ich.

»Ach, wirklich«, sagte sie.

Es gefiel mir nicht, sie anlügen zu müssen, und gleichzeitig kam mir der Gedanke, dass es vielleicht gar keine so schlechte Idee wäre, ein wenig Unfrieden zwischen Julia und Claire zu stiften. »Ehrlich gesagt, hat Claire Buckley ihn uns gegeben«, gestand ich. »Sie hat ihn gefunden – in deinem Kleiderschrank.«

»Ein Brief, den ich geschrieben habe«, sagte sie. In ihrer Stimme lag nicht einmal ein Anflug von Zorn.

»Ja«, sagte ich.

»Was stand darin?«, fragte sie.

Ich hatte im Präsidium der State Police eine Fotokopie des Briefes gemacht, die ich nun aus der hinteren Hosentasche meiner Jeans zog. Ich entfaltete das Blatt Papier und reichte es Julia.

Sie betrachtete es einen Moment lang mit ausdruckslosem Gesicht. »Was möchtest du wissen?«, fragte sie schließlich, ohne jede Besorgnis in der Stimme.

»Es klingt eindeutig wie ein Brief an jemanden, mit dem du eine Beziehung hattest«, sagte ich.

»Das stimmt auch«, erwiderte sie gelassen. »Und die Beziehung besteht noch immer.«

Die Beziehung besteht noch immer. Diese schlichte Aussage traf mich wie ein Schlag. Meine Hoffnung, Julia würde alles erklären, all meine Zweifel zerstreuen, löste sich schlagartig in Luft auf. Meine Rückenschmerzen meldeten sich wieder. »Wer war …«, setzte ich an, ehe ich mich besann. »Wer ist *er*?«

»*Sie*«, betonte Julia.

Es dauerte einen Moment, bis ich sicher war, dass ich sie richtig verstanden hatte. »Du hast … eine Beziehung mit einer Frau?«

»Schockiert dich das?«

»Nun, ja. Ich meine, nicht, dass es eine Frau ist.« Zugegeben, das war gelogen. »Sondern, dass es jemand anderen in deinem Leben gibt. Und es klingt nicht nach einer lockeren oder bedeutungslosen Beziehung.«

»Ganz und gar nicht«, sagte sie. »Sie gibt mir Kraft. Wie es in dem Brief steht: Seit dem Tag, an dem ich dich zum ersten Mal gesehen habe.«

»Wann hat es angefangen?«

»Vor sechs oder sieben Monaten.«

»Und die Sache läuft noch immer?«

»Ja.«

»Warum hast du mir nichts davon gesagt?«, fragte ich. »Lebt sie auf der Insel?«

»Sie lebt in Manhattan. Während des Sommers fliege ich einmal pro Woche zu ihr, wenn ich kann.« Julia lächelte. »Ansonsten telefonieren wir, fünfzig Minuten lang.«

»Fünfzig Minuten lang …« Ich stockte.

Julia schüttelte den Kopf und sah mich an, als wäre ich schwer von Begriff. »Sie ist meine Therapeutin«, erklärte sie. »Marion Eisenstadt. Ihr habe ich diesen Brief geschrieben. Ich habe ihn nie abgeschickt, weil ich ihn für … na ja … unpassend und ein wenig morbid hielt.«

Ich konnte es einfach nicht glauben. »Der Brief war an deine Therapeutin gerichtet?«, bemerkte ich skeptisch.

»Ich kann dir ihre Nummer geben, wenn du es überprüfen

willst«, sagte sie. »Ich habe ihr noch andere Briefe geschrieben.«

War das möglich? Könnte Julia einfach so verzweifelt nach Beistand gesucht haben, dass sie ihre Hand nach jedem ausgestreckt hatte, einschließlich North und ihrer Therapeutin? War es möglich, dass sie mich für eine andere und umfassendere Rolle in ihrem Leben ausgewählt hatte, so wie ich sie? Ich wünschte mir von ganzem Herzen, es wäre wahr. »Ich brauche ihre Nummer nicht«, erwiderte ich.

Sie überflog den Brief, dann sah sie mich an. »Ich war an diesem Tag sehr niedergeschlagen.«

Diese Bemerkung lieferte mir eine ideale Überleitung zu meiner zweiten Sorge. »Der Vers, den du am Ende geschrieben hast, klingt so, als hättest du Todesgedanken gehabt«, sagte ich.

»Ist das die höfliche Art, mich zu fragen, ob ich darüber nachgedacht habe, meine Tochter umzubringen?«, fragte sie.

»Versteh mich bitte. Ich muss diese Fragen ...«

»Ich hatte das Gefühl, mein Leben wäre zu Ende, Frank. Ich hatte das Gefühl, ich hätte mich an Darwin verkauft. Beantwortet das deine Frage? Ich wusste ja nicht, wie viel schlimmer die Dinge werden konnten – bis ...« Sie kämpfte mit den Tränen. »Bis ich Brooke verloren habe«, presste sie hervor.

»Wir können uns ein andermal weiter unterhalten«, sagte ich.

Sie räusperte sich. »Vielleicht habe ich es mir selbst zuzuschreiben«, fuhr sie fort. »Vielleicht will Gott mir eine Lektion erteilen. Ich hätte nichts weiter tun müssen, als Win zu verlassen. Aber ich war schwach. Erbärmlich. Und ich habe an dem Haus und den Kunstwerken und all dem Quatsch gehangen.«

»Aber du hast gelernt, was wirklich zählt«, sagte ich. »Damit hast du mehr erreicht als die meisten Menschen in ihrem Leben.« Es wunderte mich selbst, wie schnell ich wieder bereit war, mich auf ihre Seite zu stellen.

»Wenn ich dich verloren habe, dann solltest du es mir jetzt sagen«, bat sie.

Das klang wie ein Ultimatum. Vielleicht wollte Julia mir aber auch nur klarmachen, dass sie nicht damit fertig wurde, wenn ich mir unserer Beziehung nicht sicher war. Sie hatte Brooke verloren. Ihre Ehe war gescheitert. Billy würde vielleicht lebenslänglich ins Gefängnis wandern. Tess' Gesundheit war angegriffen. War es da nicht verständlich, dass sie die Gewissheit brauchte, dass sie sich auf mich verlassen konnte? Und warum sollte ich ihr die Antwort verwehren, wo mein Herz sie doch bereits kannte? »Du hast mich nicht verloren«, versicherte ich ihr.

Sie schmiegte sich an mich, ließ ihre Finger zärtlich über meinen Rücken gleiten und hielt mich auf eine Art in ihren Armen, wie es noch nie eine Frau getan hatte – irgendwo auf dem schmalen Grat zwischen ungezügelter Sexualität und mitfühlendem Trost. Und jede dieser beiden Kräfte sprach ein entsprechendes Bedürfnis in mir an. »Verbringst du die Nacht heute bei mir?«

Sie sah zu Tess hinüber. »Ich möchte noch eine Weile hier bleiben«, erwiderte sie. »Ich nehme mir nachher ein Taxi und komme zu dir nach Chelsea.«

»Ich seh dich dann später«, sagte ich.

Ich war todmüde, dennoch beschloss ich, Lilly einen Besuch abzustatten, bevor ich das Krankenhaus verließ. Ich hatte vor, am nächsten Tag wieder nach Nantucket zu fahren, und angesichts der Fortschritte, die Lilly bereits gemacht hatte, konnte ich nicht genau sagen, wie lange sie noch als Patientin hier sein würde.

Als ich zu ihrem Zimmer kam, saß sie in einem Sessel neben ihrem Bett und starrte aus dem Fenster. Ihr blondes, lockiges Haar war mit einer schwarzen Schleife zu einem Zopf gebunden. Ich klopfte an die Tür. Lilly warf mir einen kurzen Blick zu, ehe sie wieder in die Dunkelheit hinausstarrte.

»Darf ich reinkommen?«, fragte ich.

Sie zuckte desinteressiert mit den Schultern.

Ich fühlte mich, als hätte ich etwas falsch gemacht, etwas, das Lillys Vertrauen in mich erschüttert hatte, obwohl ich mir beim besten Willen nicht vorstellen konnte, was es gewesen sein könnte. Ich hatte nicht ihr Vertrauen verraten, indem ich mit ihrer Familie gesprochen hatte. Ich hatte noch nicht einmal ihrem Internisten oder Chirurgen ein detailliertes klinisches Gutachten über sie gegeben. Ich war jedes Mal gekommen, wenn ich es versprochen hatte. War sie noch immer verärgert, weil ich es abgelehnt hatte, sie als Patientin anzunehmen?

»Nur weil du denkst, dass sie das Vertrauen verloren hat«, sagte die Stimme in meinem Hinterkopf, *»muss das noch lange nicht bedeuten, dass es so ist.«*

Das stimmte. Selbst während der kürzesten Therapien ist der Psychiater eine leere Leinwand, auf die der Patient seine Gefühle gegenüber anderen wichtigen Personen in seinem Leben projiziert. Lillys Schweigen und ihre abweisende Körpersprache mochten sich gegen mich richten, konnten jedoch ebenso gut ihre Wut auf jemand anderen widerspiegeln, zum Beispiel auf ihren Mann oder ihren Großvater.

Als ich das Zimmer betrat, sah ich, dass Lilly nur noch an zwei Infusionstropfen hing. Ihr Bein war zwar noch immer in einen Mullverband gehüllt, doch die Schwellung schien zurückgegangen zu sein. Ihr Gesicht war nicht mehr ganz so blass. Sie erholte sich.

Ihre Miene verfinsterte sich, und sie atmete tief ein, ohne den Blick vom Fenster abzuwenden. »Dieser miese Dreckskerl«, sagte sie. »All diese Jahre. Er hat tatsächlich mein Leben verkorkst.«

Ich setzte mich in den Sessel neben ihr. »Wen meinen Sie?«, fragte ich, obgleich ich die Antwort bereits zu kennen glaubte: Lillys Verstand hatte begonnen, ihren Selbsthass in Zorn auf ihren Großvater zu kanalisieren.

Sie schüttelte den Kopf. Es sah aus, als müsste sie gegen eine Woge der Übelkeit ankämpfen. Sie schluckte. »Ich war ein kleines Mädchen«, stieß sie wütend hervor. »Er hat sich einen dabei heruntergeholt, ein Kind zu manipulieren.«

»Sie haben sich an Ihren Großvater erinnert«, stellte ich fest.

»Seine dummen Bemerkungen«, wütete sie weiter, den Blick noch immer starr geradeaus gerichtet. »Die Art, wie er mich angestiert hat.«

Ich wartete, um herauszufinden, ob sie mich an ihren Erinnerungen teilhaben lassen würde.

Sie sah mich an. Einige Augenblicke verstrichen, ohne dass ein Wort gesprochen wurde.

Ich brach das Schweigen nicht, um ihr zu vermitteln, dass es allein in ihrer Hand lag, was sie enthüllte und was sie für sich behielt.

»Meine Freundin Betsy wurde neun«, sagte Lilly schließlich. »Ich war auch neun. Ich weiß noch, wie ich mich für ihre Geburtstagsfeier zurechtgemacht habe. Es war Sommer, und meine Mutter hat mir ein hellgelbes Kleid angezogen, das über und über mit kleinen weißen Schmetterlingen bestickt war. Ich vermute, man konnte durch den dünnen Stoff meine Unterwäsche sehen. Rosa Baumwollunterwäsche.« Sie verdrehte die Augen. »Ich weiß noch, wie mein Großvater mich mit diesem derart blöden Grinsen angesehen hat.« Ihre Hände ballten sich zu Fäusten. »Und dann hat er gesagt: ›Trag nur weiter Kleider, durch die man dein Höschen sehen kann, und alle Jungs werden dich anstarren. Ich würde es auf alle Fälle tun.‹«

Er würde es auf alle Fälle tun. Er würde auf das Unterhöschen seiner Enkelin starren. »Erinnern Sie sich daran, was Sie dabei empfunden haben?«, fragte ich.

»Ich versuche, mir alles ins Gedächtnis zurückzurufen«, antwortete sie. »Weil Sie mir gesagt haben, ich solle mich den Bildern stellen und nicht vor ihnen weglaufen.« Sie hielt inne, um ihre Gedanken zu sammeln. »Ich glaube, zum Teil kam ich mir albern vor, weil ich nicht verstanden habe, wovon zum

Teufel er geredet hat. Wen interessierte denn schon meine Unterwäsche? Aber die Art, wie er mich angesehen hat, sagte mir, dass ich etwas tat, das ihm gefiel, oder zumindest etwas, das seine Aufmerksamkeit erregte. Und ich war irgendwie stolz darauf, obwohl es mir gleichzeitig peinlich war.« Erneut schüttelte sie angewidert den Kopf. »Die Art, wie er *Höschen* sagte. Daran erinnere ich mich noch. Er hat das Wort gedehnt ausgesprochen, so als würde er es ... auskosten.«

Ich wollte, dass Lilly ihrem Ekel freien Lauf ließ, ihre emotionalen Wunden offen hielt, damit ihre Infektion abfließen konnte. »Das Wort hat ihm gefallen«, sagte ich. »Es hat ihn erregt.«

Sie schloss die Augen. Statt wütender zu werden, errötete sie. »Wollen Sie etwas wirklich Seltsames wissen: Das gehört zu den Dingen, die meinem Mann auch gefallen. In den Flitterwochen hat er mich gebeten, mich anschauen zu dürfen, in ... in meinem Slip.«

»Haben Sie es ihm erlaubt?«, fragte ich.

Sie nickte verlegen.

»Er wollte Sie einfach nur ansehen, in Ihrem Slip?«

Ihre Wangen wurden feuerrot. »Während ich mich selbst gestreichelt habe«, antwortete sie hastig.

Ich hatte den Eindruck, dass wir erst den halben Weg zum Kern des Problems zurückgelegt hatten. Lilly hatte nicht ihren Mann dafür angegriffen, dass er ihren Körper bewundert hatte, sondern sich selbst, indem sie sich Schmutz injiziert hatte. Der Auslöser für ihre Pathologie war ihre Scham. »Was ist mit Ihnen?«, fragte ich. »Hat es Ihnen gefallen, als er Ihnen dabei zugeschaut hat? Während Sie sich selbst gestreichelt haben?«

»Ich schätze schon. Ich meine, ich ...« Sie brach mitten im Satz ab. »Sie wissen schon.«

»Sie hatten einen Orgasmus«, sagte ich.

»Aber dann, gleich danach, habe ich mich so geekelt«, gestand sie.

»Okay«, sagte ich. Lillys Problem bestand darin, zwischen ihrer Sexualität als Erwachsene und den verwirrenden, verängstigten, widerlichen sexuellen Intimitäten zu unterscheiden, die sich mit Worten und Blicken zwischen ihr und ihrem Großvater abgespielt hatten. »Es braucht Zeit, genügend Abstand zu Ihren vergangenen Erfahrungen mit Ihrem Großvater zu gewinnen, um die gegenwärtigen mit Ihrem Mann genießen zu können. Sie müssen auf eine Menge von widersprüchlichen Emotionen vorbereitet sein. Und Sie müssen sich die Zeit zugestehen, sie auszuleben und zu überwinden.«

»Aber werde ich das je schaffen?«, wollte sie wissen. »Werde ich sie je überwinden?«

»Ja«, versicherte ich ihr.

»Ich habe in Dr. James' Praxis angerufen«, sagte sie. »Wir haben in einer Woche einen Termin.«

»Das freut mich.« Ich war sehr zufrieden, dass sie sich tatsächlich an Ted gewandt hatte, während ich zugleich bedauerte, dass ich meine eigenen Therapiestunden mit ihm nicht fortgesetzt hatte. Er fehlte mir – sein klarer Verstand und seine ruhige Hand. Ich hätte gern seinen Rat in Bezug auf Julia gehört. »Er kann Ihnen helfen, mit jedem kleinen Stück, an das Sie sich erinnern. Sie können ihm rückhaltlos vertrauen.«

»Ich werde es versuchen«, versprach sie. Die Art und Weise, wie sie mich ansah, zeigte mir, wie hilfsbedürftig und verletzlich sie noch immer war. »Kommen Sie noch einmal vorbei, bevor ich entlassen werde?«, fragte sie. »Die Ärzte haben gesagt, ich muss noch ein paar Tage hier bleiben. Es würde helfen, wenn ich wüsste, dass ich bis zu meiner Entlassung nicht ganz allein bin.«

»Sie werden immer besser damit zurechtkommen«, versicherte ich ihr. »Aber, ja. Ich werde vorbeikommen, bevor Sie entlassen werden.«

17

Ich nahm mir ein Taxi zurück nach Chelsea und trat um 21 Uhr 17 durch die Tür meines Lofts. Um 21 Uhr 22 hatte ich mir von der Telefonauskunft bereits die Nummer von Dr. Marion Eisenstadt besorgt und die Angestellte ihres Telefondienstes überredet, sie über ihren Pieper zu rufen. Ich musste mehr als fünf Minuten warten.

»Dr. Eisenstadt«, meldete sie sich schließlich. Ihre Stimme klang jünger, als ich erwartet hatte.

»Ich bin Dr. Frank Clevenger aus Boston«, stellte ich mich vor. »Ich bin Psychiater und betreue die Bishop-Familie.«

»Ja?«

»Ich rufe an, um …«

»Sie sind forensischer Psychiater«, unterbrach sie. »Ist das hier eine polizeiliche Ermittlung?«

Es ist nicht immer ein Vorteil, wenn einem der eigene Ruf vorauseilt. »Nicht offiziell«, schränkte ich ein. »Die Bishops haben mir erlaubt, ein Gutachten über ihren Sohn Billy zu erstellen. Jetzt versuche ich, so viel wie möglich über die gesamte Familie herauszufinden, um mir ein vollständiges Bild von ihm machen zu können, wenn ich bei seinem Prozess aussage.«

»Gut«, sagte Eisenstadt abwartend.

»Und Julia Bishop hat mir erzählt, Sie hätten sie behandelt. Es war ihr Vorschlag, Sie anzurufen.«

Sie zögerte, bevor sie antwortete. »Ich glaube nicht, dass ich Ihnen ohne eine schriftliche Einverständniserklärung von Ms. Bishop viel sagen kann.«

Mir fiel ein Stein vom Herzen. Zuerst einmal gab es Dr. Eisenstadt tatsächlich. Zum Zweiten war Julia eindeutig ihre Patientin. »Das verstehe ich voll und ganz«, sagte ich. »Wir hatten bislang keine Zeit für all diese Formalitäten. Sie wissen wahrscheinlich, dass Billy noch immer auf der Flucht ist. Ich hatte telefonisch Kontakt mit ihm. Alles, was Sie mir sagen, kann mir helfen – sowohl um ihn jetzt zur Aufgabe zu überreden als auch später bei seinem Prozess.«

»Zum Beispiel …?«

»Zum Beispiel, wie er sich Ihrer Ansicht nach in die Familiendynamik einfügt«, sagte ich, um von meinem eigentlichen Anliegen abzulenken. »Ist Ms. Bishop schon lange bei Ihnen in Behandlung?«

»Sporadisch«, antwortete Eisenstadt, noch immer zurückhaltend.

»Während des Sommers ist sie natürlich auf Nantucket«, sagte ich.

Wieder verstrichen einige Augenblicke. »Ich denke, das ist nur ein Grund für ihre seltenen Besuche. Wir haben uns insgesamt vier-, vielleicht fünfmal gesehen, würde ich sagen. Aber das ist auch wirklich schon alles, was ich Ihnen erzählen kann.«

Mein Vertrauen in Julias Geschichte schwand augenblicklich. Ich setzte mich hin. »Ich wusste nicht, dass es so selten war«, sagte ich. »Vielleicht sind Sie trotz allem der Ansicht, dass Sie sie gut genug kennen, um …«

»Sobald Sie besagte Einverständniserklärung haben, bin ich gern bereit, Ihnen Einsicht in ihre Unterlagen zu geben.«

»Würde das ihre Briefe einschließen?«, fragte ich, in der Hoffnung, sie aus der Reserve zu locken.

Eisenstadt schwieg.

»Ms. Bishop hat erwähnt, sie hätte Ihnen von Zeit zu Zeit geschrieben«, fügte ich hinzu. Ich konnte hören, wie mein Tonfall in den eines Ermittlers abglitt, was auch Dr. Eisenstadt nicht entging.

»Ohne schriftliche Erlaubnis eines Patienten kann ich die Existenz irgendeines speziellen Teils der Behandlungsunterlagen weder bestätigen noch verneinen«, erklärte sie tonlos. »So lautet das Gesetz. Ich bin sicher, Sie sind damit vertraut.«

»Das verstehe ich«, sagte ich und änderte die Taktik. »Soll

ich Ms. Bishop die Freigabe der Briefe gesondert gestatten lassen, oder genügt eine allgemeine Einverständniserklärung?«

»Ich kann nichts weiter dazu sagen«, erwiderte sie fast eisig.

»Selbstverständlich. Vielen Dank für Ihre Mühe. Ich melde mich wieder.«

»Gern geschehen. Ich spreche jederzeit gern wieder mit Ihnen.« Sie legte auf.

Ich stand mit dem Hörer in der einen Hand da und rieb mir mit der anderen die Augen. Es schien unvorstellbar, dass Julia in nur vier oder fünf Therapiestunden eine so enge Beziehung zu Dr. Eisenstadt aufgebaut hatte, um schreiben zu können, die Therapeutin gäbe ihr »Kraft«, sie müsse »unablässig« an ihre gemeinsam verbrachten Stunden denken und fände nur den Willen zum Weiterleben, wenn »ich dich sehe«. Darüber hinaus war Dr. Eisenstadt eine Frau – das falsche Geschlecht, um bei Julia eine solche Intimität entstehen zu lassen.

Julia hatte einen anderen Liebhaber. Ich wusste nicht, was mich mehr beunruhigte – die Tatsache an sich oder dass sie in dieser Hinsicht gelogen hatte. In jedem Fall war bei den Ermittlungen etwas Wichtiges versäumt worden: die Person zu vernehmen, mit der Julia zur Zeit von Brookes Ermordung geschlafen hatte, wer auch immer es sein mochte.

Es war unmöglich, vorauszusagen, was eine solche Vernehmung zutage fördern würde. Was, wenn Julia und ihr Liebhaber Pläne geschmiedet hatten, gemeinsam wegzugehen – Pläne, die ihr Liebhaber aufgegeben hatte, als sie schwanger geworden war? Was, wenn Julia Brooke und Tess zunehmend als die einzige Hürde zwischen ihr und einem Neuanfang mit einem anderen Mann gesehen hatte?

Und was, wenn ihr Liebhaber die Zwillinge als Hindernis betrachtet hätte? Es war nur zu gut vorstellbar, dass ein Mann alles tun würde, um Julia zu bekommen.

Ein dumpfer Kopfschmerz pochte in meinem Nacken. Ich brauchte dringend bessere Neuigkeiten. Etwas Angenehmes. Ballast. Ich rief im Präsidium der State Police an und fragte nach Art Fields, wobei ich mir vorkam, als würde ich den Hebel eines einarmigen Banditen ziehen, der gerade meine letzte Münze geschluckt hatte. Eine Minute später war Fields am Apparat. »Frank Clevenger hier«, sagte ich.

»Ich bin froh, dass Sie angerufen haben.«

»Wissen wir schon, von wem die Fingerabdrücke auf dem Negativ stammen?«, fragte ich.

»Nur von einer einzigen Person«, antwortete Fields zögernd. »Darwin Bishop.«

Ich fühlte mich, als hätte ich den Jackpot geknackt, obwohl in Fields' Stimme keinerlei freudige Begeisterung mitschwang. »Sie klingen nicht sonderlich erfreut«, bemerkte ich.

»Es gibt keine anderen Abdrücke«, sagte er. »Nicht von Billy Bishop. Von *niemandem sonst.* Ich hätte gern wenigstens einen nicht identifizierten Abdruck gesehen – von demjenigen, der den Film entwickelt hat, von irgendeinem Angestellten im Fotogeschäft, von demjenigen, der die Fotos für Bishop aufgenommen und ihm die Negative gegeben hat. Von *irgendjemandem.*«

»Sind diese Leute denn nicht speziell ausgebildet, die Negative anzufassen, ohne die Oberfläche zu berühren?«, fragte ich. »Tragen einige nicht sogar Handschuhe?«

»Aber viele von ihnen kriegen das nicht hin, scheren sich nicht darum oder was auch immer«, hielt Fields dagegen. »Also stellt sich die Frage, ob jemand mit Absicht darauf geachtet hat, dass nichts auf die Negative kommt, bevor sie in Bishops Hände gelangten. Und das führt zu der Frage, warum.«

»Es sei denn, es ist ein Zufall«, sagte ich. »Ich meine, einer von Darwins Wachmännern könnte die Fotos gemacht, den Film zur Entwicklung ins Labor gegeben und die Negative artig in einem Umschlag zurückgebracht haben, ohne dass irgendjemand je die Oberflächen berührt hat.«

»Sicher. Das ist möglich. Manchmal trifft ein Chor tatsächlich einen reinen Ton. Ich würde mich nur einfach wohler fühlen, wenn da ein paar Störgeräusche wären.«

»Verständlich«, sagte ich. »Haben Sie die Ergebnisse schon Chief Anderson durchgegeben?«

»Sollte ich das?«

Die Frage zielte offensichtlich darauf ab, ob man Anderson in Anbetracht dessen, was Fields auf dem Foto gesehen hatte, noch trauen konnte, und sie ließ mich erkennen, dass ich nach wie vor Vertrauen zu Anderson hatte. Ich glaubte ihm seine Geschichte, dass er sich magisch zu Julia hingezogen gefühlt und den Kopf verloren hatte. Sie besaß diese Macht. Das war mir jetzt klarer als je zuvor. »Ja«, erklärte ich, ohne zu zögern. »Er ist derjenige, bei dem alle Informationen zusammenlaufen sollten.«

»Dann werde ich es umgehend tun«, versprach Fields.

»Danke. Und vielen Dank für Ihre Hilfe.«

»Gern geschehen«, sagte er. »Ich arbeite für jeden, der mit den nötigen Referenzen zur Tür hereinkommt, aber wirklich Freude bereitet es mir nur bei denen, die die Wahrheit hören wollen. Passen Sie auf sich auf.« Er legte auf.

Ich stimmte zu, dass das Negativ ein noch überzeugenderer Beweis gewesen wäre, wenn sich noch mehr Abdrücke darauf befunden hätten. Doch das Bild von Darwin Bishop als Mörder war nichtsdestotrotz unumstößlich. Seine Fingerabdrücke waren die *einzigen* auf dem Negativ. Er hatte Julia bedrängt, die Zwillinge abzutreiben. Er hatte Lebensversicherungen auf sie abgeschlossen, besaß einen ausgeprägten Hang zu Gewalt und hatte Julia das Tablettenfläschchen mit dem Nortriptylin abgenommen.

Es war kurz nach 22 Uhr. Julia würde bald kommen. Ich musste dringend etwas schlafen, und wenn es nur für eine halbe Stunde war. Ich ließ mich in einen Gobelinsessel sinken, von dem ich Ausblick auf die Tobin Bridge hatte und den lautlosen, glühwürmchengleichen Verkehr genießen konnte, der sich in einem Bogen durch die Nacht zog, dann schloss ich die Augen und nickte tatsächlich ein.

Zehn Minuten später klingelte das Telefon. Ein Blick auf die

Rufnummernanzeige verriet mir, dass es North Anderson war, der mich vom Handy aus anrief. Ich nahm an, dass er sich über die Neuigkeiten unterhalten wollte, die Fields ihm über Bishops Fingerabdrücke mitgeteilt hatte. Ein Teil von mir hätte es am liebsten weiterklingeln lassen, doch ich wusste, dass dies keine Lösung war. Ich griff nach dem Hörer. »Frank hier«, sagte ich.

»Wie geht's dir?«

»Gut«, erwiderte ich etwas steifer als geplant. »Und dir?«

Er ignorierte die Frage. »Sie haben Billy erwischt«, teilte er mir mit. »Er will dich sehen.«

»Sie haben ihn erwischt? Geht es ihm gut?«

»Er ist erschöpft, aber ansonsten unversehrt, soweit ich höre. Er hat nicht viel gegessen und geschlafen.«

»Wo haben sie ihn gefunden?«

»In Queens. Auf dem La-Guardia-Flughafen«, antwortete Anderson. »Er wollte gerade in eine Maschine nach Miami einsteigen.«

»Wie hat er es geschafft, von der Insel herunterzukommen, ohne der Polizei in die Arme zu laufen?«

»Er hat sich wahrscheinlich sofort nach dem Einbruch abgesetzt.«

»Ich komme mit der ersten Maschine nach New York«, sagte ich.

»Bleib, wo du bist. Er ist auf dem Weg zu dir«, meinte Anderson. »Die State Police holt ihn mit einem Wagen ab und bringt ihn zum Bezirksgefängnis in Boston. Ich kann dir sofort eine Besuchserlaubnis beschaffen. Er ist offiziell in Untersuchungshaft, angeklagt des Mordes, versuchten Mordes und einer ganzen Latte minderschwerer Straftaten – Einbruch, schwerer Diebstahl, Verlassen des Gerichtsbezirks. Im Laufe des morgigen Tages wird eine Anklagejury entscheiden, ob ein Verfahren gegen ihn eröffnet wird. Wenn sie grünes Licht geben, wird Billy nach Erwachsenenrecht vor Gericht gestellt. Er könnte lebenslänglich bekommen.«

»Hat er einen Anwalt?«, fragte ich.

»Bislang nur einen, den das Gericht für ihn bestellt hat. Darwin Bishop war nicht bereit, für einen Anwalt zu zahlen, vorausgesetzt, er hätte überhaupt das nötige Kleingeld dazu. Ich dachte, du könntest vielleicht mit Julia reden. Vielleicht kann sie ja etwas arrangieren.«

Ich konnte einen Ölzweig erkennen, wenn jemand damit vor meiner Nase wedelte. Anderson überließ mir Julia. »Ich werde ihr Carl Rossetti empfehlen«, sagte ich. »Er ist brillant. Und ich kenne ihn beinahe so lange wie dich. Wir können ihm vertrauen.«

Anderson begriff, dass ich ihm die Hand der Freundschaft reichte. »Danke, Frank«, sagte er. Er ließ einen Moment verstreichen. »Billy wird jemanden wie Rossetti brauchen. O'Donnell und der Staatsanwalt sind beide überzeugt, dass sie ihren Mann haben. Sie werden Billy in der Presse als solches Ungeheuer hinstellen, dass er Staatsfeind Nummer eins sein wird, wenn es schließlich zur Verhandlung kommt.«

Ihr *Mann* war zufällig noch immer ein Junge, dachte ich. Wenn man Kinder nach Erwachsenenrecht vor Gericht stellen konnte, warum machte man dann einem unreifen Fünfzigjährigen nicht als Jugendlichem den Prozess? Eine weitere Einbahnstraße, die der Bundesstaat angelegt hat. »Hast du schon mit Fields gesprochen?«

»Ja. Es gibt eine Menge, das auf unseren alten Freund Darwin hinweist – das Negativ eingeschlossen –, aber es sind alles Indizienbeweise. So wie die Staatsanwaltschaft die Sache sieht, ist der Einbruch der springende Punkt. Wenn sie die Geschworenen überzeugen können, dass Tess' Herzstillstand und Billys Einbruch zeitlich zu nahe beieinander liegen, um ein Zufall zu sein, dann haben sie praktisch schon gewonnen. Dass Billy aus dem Gerichtsbezirk geflohen ist, sieht auch nicht gerade gut aus.«

»Nein. Tut es nicht«, pflichtete ich bei.

»Sonst noch was Neues?«

»Ich habe mit Julia über den Brief gesprochen«, sagte ich.

»Was hat sie gesagt?«

»Sie hätte ihn an ihre Therapeutin in Manhattan geschrieben. Dr. Marion Eisenstadt.«

»Kannst du das überprüfen?«

»Ich habe sie bereits angerufen«, sagte ich. »Sie wollte ohne schriftliche Einverständniserklärung von Julia nicht richtig mit der Sprache rausrücken, aber sie hat mir zumindest erzählt, sie hätten nur vier oder fünf Therapiestunden zusammen gehabt.«

»Und?«

»Und Julias Brief klingt wie etwas, das man einem Therapeuten nach vier oder fünf Therapiestunden *pro Woche* schreibt, und zwar nach vielen, vielen Wochen.«

»Stimmt«, bestätigte er. »Aber vergiss nicht, mit wem wir es hier zu tun haben.«

»Soll heißen?«

»Julia weckt unglaublich starke Gefühle in Menschen, und zwar unglaublich schnell. Vielleicht funktioniert das in beiden Richtungen.«

»Du meinst, sie baut ebenso schnell eine enge Bindung zu ihrem Therapeuten auf? Spontane Übertragung?«

»Du bist der Psychiater«, sagte Anderson, »aber es scheint durchaus möglich.«

»Möglich ist es schon«, pflichtete ich bei. »Aber wahrscheinlicher ist, dass es ein Liebesbrief an einen anderen Mann war.«

»Ein Mann, mit dem wir uns dringend unterhalten sollten«, sagte er.

»Wenn wir je herausfinden, wer er ist.«

Anderson schwieg einen Moment lang. »Plötzlich fühlt man sich gar nicht mehr so einzigartig, stimmt's?«

»Nein. Du hast Recht«, bestätigte ich, obwohl ich es nicht wirklich glaubte. Ich klammerte mich tatsächlich noch immer an die vage Chance, dass Julia eine Frau mit einer komplizierten Vergangenheit war, die sich für eine Zukunft mit mir entschieden hatte. Ich wollte ihr verzeihen – fast alles.

»Fährst du noch mal zum Krankenhaus, um mit ihr zu reden?«, fragte er. »Ich würde zu gern wissen, was sie zu sagen hat, wenn du ihr erzählst, dass du mit ihrer Ärztin gesprochen hast.«

Ich wollte ihm nicht sagen, dass Julia auf dem Weg zu mir war. »Ich werde sie schon auf die eine oder andere Weise sehen«, sagte ich. Das klang nicht besonders toll, selbst in meinen eigenen Ohren.

»Es ist deine Entscheidung«, sagte Anderson. »Sei nur immer auf der Hut. Letztes Mal hattest du Glück. Du könntest tot sein.«

»Das brauchst du mir nicht zu sagen.« Ich verstummte, als ich bemerkte, dass sich abermals ein Anflug von Paranoia in meine Gedanken stahl. Ich konnte an seinem Tonfall nicht erkennen, ob er mich warnte oder mir drohte. *Letztes Mal hattest du Glück. Du könntest tot sein.* »Kannst du für morgen früh um acht ein Gespräch mit Billy für mich arrangieren?«, fragte ich.

»Kein Problem«, versprach er.

»Wir hören voneinander«, sagte ich und legte auf. Ich war körperlich und emotional erschöpft. Ausgelaugt. Ich schloss erneut die Augen.

Ich schreckte aus dem Schlaf hoch und wusste einen Moment lang nicht, wo ich war. Ich sah auf meine Uhr – 1 Uhr 20, und Julia war noch immer nicht hier. Ich rief im Mass General an, um herauszufinden, ob sie noch auf der Beobachtungsstation war.

Die Stationssekretärin meldete sich. »Dr. Frank Clevenger hier«, sagte ich. »Ich wollte fragen, ob Mrs. Bishop zufällig noch bei ihrer Tochter ist?«

»Können Sie kurz dranbleiben?«

»Natürlich.«

Fast eine Minute verstrich. Langsam wurde ich nervös und fragte mich, ob etwas mit Tess passiert war, als John Karlstein an den Apparat kam. »Frank?«

»Ich bin noch dran.« Ich war mir nicht sicher, ob er Tess auch außerhalb der Intensivstation weiterbetreute, doch mir war klar, dass seine Anwesenheit nichts Gutes verhieß.

»Es gab hier unten ein kleines Problem mit Tess«, sagte Karlstein. »Ich war noch hier, um ein paar Dinge zu erledigen, also bin ich vorbeigekommen.«

Ich schloss die Augen. »Was für ein Problem?«

»Ihre Atmung hat sich verlangsamt. Die Atemfrequenz ging runter auf acht, die Sauerstoffkonzentration in ihrem Blut fiel auf siebenundsiebzig. Ich wollte ihr keine Sauerstoffmaske aufsetzen, weil ich Angst hatte, dass wir damit den Atemreflex gänzlich unterbinden würden. Zwanzig Minuten lang konnten wir nur mit angehaltenem Atem warten, genau wie sie. Dann hat sich alles langsam wieder normalisiert. Inzwischen geht es ihr wieder gut, die Sauerstoffsättigung ist rauf auf fünfundneunzig.«

»Wie ist das passiert?«

»Ich weiß es nicht, ganz ehrlich«, sagte er. »Möglicherweise hat sie einen begrenzten neurologischen Schaden zurückbehalten, der irgendwie ihre Atemfrequenz beeinträchtigt. Es könnte auch sein, dass das Nortriptylin nicht das einzige Gift in ihrem Blutkreislauf war, als sie eingeliefert wurde. Oder es könnte eins dieser Dinge sein, die aus heiterem Himmel passieren, vor denen ich dich ja schon gewarnt hatte. Patienten, die einen Herz- oder Atemstillstand hatten, neigen dazu, noch einen zu bekommen.«

»Ist Julia Bishop bei ihr?«, fragte ich und hängte ihren Nachnamen an, um die Beziehung möglichst professionell klingen zu lassen.

Ein seltsam besorgter Unterton stahl sich in seine Stimme. »Sie ist vor einer Weile gegangen – kurz bevor das hier los gegangen ist«, sagte er.

»Machst du dir immer noch Sorgen wegen ihr und dem Baby?«

»Ich weiß es nicht. Aber ich habe mich ein-, zweimal dabei ertappt, dass ich an Caroline Hallisseys Einschätzung gedacht habe. Kurz gesagt, ich schätze, es kann nicht schaden, wenn der behandelnde Arzt hier unten eine Sitzwache rund um die Uhr anordnet.« Er räusperte sich. »Sehr wahrscheinlich war es nur ein kleiner Rückschlag. So etwas passiert. Ich hatte schon Patienten, die aussahen, als würden sie jeden Moment abgehen, bevor sie sich wundersamerweise wieder erholt und nie wieder das geringste Problem hatten.«

»Oder es war doch nicht nur ein Rückschlag«, sagte ich halb zu mir selbst.

»Es gibt jede Menge Arzneimittel, die die Atmung behindern können«, erklärte Karlstein. »Aktivan. Klonopin. Sie alle werden Menschen mit Depressionen häufig verschrieben.« Womit er Julia meinte. »Wir ordnen eine toxikologische Untersuchung von Tess' Blut an, nur um ganz sicherzugehen.«

»Das halte ich für angebracht«, pflichtete ich bei.

»Ich wusste, du würdest mir zustimmen, Doc. Du kannst dich jederzeit nach ihr erkundigen«, sagte Karlstein. »Ich hoffe, ich kann bald gehen, aber ich werde Anweisung geben, dass sie dir Bescheid sagen, wenn es irgendeine Veränderung gibt. Du bist über den Pieper zu erreichen?«

»Natürlich«, bestätigte ich.

»Bestens«, sagte er.

Wir legten auf. Es gefiel mir nicht, dass Julia die Station unmittelbar, bevor Tess' Atemprobleme eingesetzt hatten, verlassen hatte. Karlstein gefiel es augenscheinlich auch nicht. Doch es gab keinen Grund zur Annahme, dass zwischen den beiden Geschehnissen ein kausaler Zusammenhang bestand. Zumindest noch nicht. Die toxikologische Untersuchung würde jegliches neue Medikament in Tess' Blutkreislauf aufzeigen.

Keine zwei Minuten später ertönte die Klingel an der Eingangstür. Ich ging zur Gegensprechanlage. »Hallo?«

»Tut mir Leid, dass ich so spät komme«, sagte Julia. »Willst du mich noch immer sehen?«

»Das weißt du doch«, erwiderte ich und ließ sie ein.

Als sie die Wohnung betrat, wirkte Julia entspannter, als ich sie je gesehen hatte, was ich dahingehend interpretierte, dass sie das von Tess nicht gehört hatte und vermutlich auch nicht wusste, dass Billy verhaftet worden war. Ich hingegen war alles andere als entspannt. »Möchtest du einen Kaffee? Einen Drink?«, fragte ich, während ich in die Küche ging.

Sie schlenderte durch die Wohnung und blieb schließlich vor dem Panoramafenster stehen, vor dem die Skyline von Boston leuchtete.

»Kann ich dir etwas anbieten?«, erkundigte ich mich abermals.

Langsam drehte sie sich um. Vor der Kulisse des nächtlichen Himmels mutete sie wie eine Göttin an. »Geh nur einfach mit mir ins Bett, ja?«, sagte sie auf eine erschöpfte, bedürftige Art, die trotz der Umstände das spontane Bedürfnis in mir weckte, ihr aus den Kleidern zu helfen.

Ich suchte in ihrem Gesicht nach irgendeinem Anzeichen von Anspannung oder Angst, doch ich fand keines. War es auch nur im Entferntesten vorstellbar, dass sie gerade versucht hatte, ihre Tochter umzubringen? »Wir müssen reden«, erklärte ich.

Sie atmete tief durch und setzte sich auf die Bettkante. »Ich habe dir alles über North erzählt, was es zu erzählen gibt«, sagte sie. »Aber frag nur.«

»Es geht nicht um North.« Ich trat vor sie und streckte automatisch meine Hand aus, außerstande, körperliche Distanz zu wahren. Sie ergriff meine Hand, während ich mit einem Nicken auf die Couch deutete. »Komm, setzen wir uns da hin.«

Die Mutter in Julia musste den Teil meiner Gedanken gelesen haben, der um Tess' Atemprobleme kreiste – es sei denn, sie wusste bereits darüber Bescheid, weil sie sie selbst hervorgerufen hatte. »Stimmt etwas im Krankenhaus nicht?«, hauchte sie.

»Nicht mehr«, erwiderte ich. »Es ist alles wieder in Ordnung.« Ich half ihr auf und führte sie zur Couch. Wir setzten uns dicht nebeneinander.

»Es ist etwas passiert«, presste sie hervor. »Was? Sag es mir.«

»Es ist alles in Ordnung. Ich habe auf der Beobachtungsstation angerufen, weil ich mit dir reden wollte. Stattdessen bekam ich Dr. Karlstein an den Apparat.«

»Doktor ...«

»Er war dort, weil Tess Probleme mit der Atmung hatte.«

Sie vergrub ihr Gesicht in den Händen. »Geht es ihr gut?«

»Das tut es«, versicherte ich ihr nachdrücklich. »Ihre Atmung ist wieder normal.«

»Ich muss sofort zu ihr«, sagte sie. »Kannst du mich hinfahren?«

»Nicht so schnell. Es geht ihr gut. Wirklich.« Ich legte meine Hand auf ihr Knie und bemerkte, wie mein Atem unwillkürlich schneller ging. »Lass mich erst zu Ende reden«, bat ich.

Julia musterte panisch mein Gesicht. »O Gott. Da ist noch etwas.«

»Es geht nicht um Tess«, sagte ich, ehe ich einen Moment innehielt. »Sie haben Billy gefunden. Er war am LaGuardia und hat auf einen Flug nach Miami gewartet.«

Sie seufzte erleichtert. »Wenigstens ist er jetzt in Sicherheit.«

»Sie bringen ihn ins Bezirksgefängnis von Boston. Ich werde dort morgen früh mit ihm sprechen.«

Sie schüttelte den Kopf. »Er sollte nicht einen einzigen Tag in irgendeinem Gefängnis zubringen müssen«, sagte sie. »Er ist unschuldig. Ich weiß das jetzt.«

Ich nahm meine Hand von ihrem Knie und nickte zustimmend.

Julia sah mich besorgt an. »Was noch?«, fragte sie.

»Nichts«, antwortete ich, doch mein Seufzen strafte meine

Worte Lügen. »Ich hatte Gelegenheit, Marion Eisenstadt anzurufen«, erklärte ich.

Sie starrte mich einen Moment lang an. »Das ist nicht dein Ernst.«

»Du kannst es mir sagen, wenn der Brief nicht an sie gerichtet war«, sagte ich.

»Ich kann nicht glauben, dass du sie tatsächlich damit belästigt hast. Hinter meinem Rücken.«

»Sie hat mir erzählt, ihr hättet vier oder fünf Therapiestunden zusammen gehabt. Mehr wollte sie nicht sagen.«

»Sie hat dir nichts von den Briefen erzählt?«

Bluffte sie? »Sie hat sich geweigert«, antwortete ich. »Ohne schriftliche Einverständniserklärung von dir wollte sie nichts sagen.« Ich wartete ab, wie sie auf diesen nicht sonderlich subtilen Wink reagieren würde.

»Du willst, dass ich irgendein Formular unterschreibe, damit du dir meine psychiatrischen Unterlagen ansehen kannst, um zu beweisen, dass ich niemand anderen gevögelt habe? Machst du Witze?«

»Ich will nur, dass du mir gegenüber offen bist. Ich will, dass du weißt, dass du mir gegenüber offen sein kannst.«

Sie schüttelte enttäuscht den Kopf, während sich ihre Augen mit Tränen füllten.

»Wenn der Brief an jemand anderen gerichtet war, dann muss ich im Zuge der Ermittlungen mit der betreffenden Person reden. Ich kann nicht einfach …«

Sie sah mich an, und der Zorn in ihrem Blick vertrieb jegliches Anzeichen von Traurigkeit. »Stimmt genau. Du kannst einfach keine Ruhe geben. Du kannst die Vergangenheit nicht loslassen und uns die Chance auf ein gemeinsames Leben geben. Du siehst überall Phantomliebhaber von mir. Weil Eifersucht keinen Mut erfordert, Vertrauen hingegen schon. Jemanden zu lieben erfordert Mut. Und du bist unfähig, jemanden wirklich zu lieben.«

Ich ließ nicht locker, obgleich Julias Diagnose von mir einen

Nerv getroffen hatte. »Trotz allem ist es schwer, zu verstehen, wie du nach nur vier oder fünf …«

»Es ist nicht meine Aufgabe, dich von irgendetwas zu überzeugen«, entgegnete sie. »Glaub, was du willst.« Sie stand auf. »All das hier ist völlig idiotisch. Wir sind völlig idiotisch. Ich muss zu meiner Tochter.«

Ich war mir nicht sicher, ob ich wirklich wollte, dass sie ging – die Wohnung oder mich verließ. Denn selbst wenn Julia log, bezog sich ihre Lüge vermutlich nur auf ihre komplizierte Vergangenheit mit Männern. Und mein eigenes Liebesleben war schließlich auch nicht gerade unkompliziert gewesen. Vielleicht hatte sie Recht, und ich stand tatsächlich zaudernd an der Schwelle eines Gefühls, dem ich mein ganzes Leben lang nachgelaufen war – dem Gefühl bedingungsloser Liebe für eine Frau.

Sie ging zur Tür.

»Geh nicht«, bat ich.

Sie blieb stehen, ohne sich jedoch zu mir umzudrehen. »Du bist derjenige, der gegangen ist«, erklärte sie und ging weiter.

»Es ist spät«, sagte ich. »Lass mich dich doch wenigstens hinfahren.«

Sie öffnete die Tür und schlug sie hinter sich zu.

18

Sonnabend, 29. Juni 2002

Ich tigerte eine Weile in der Wohnung auf und ab, sorgsam darauf bedacht, dem Schnapsschrank nicht zu nahe zu kommen, während ich überlegte, ob ich Julia nachgehen sollte. Doch ich blieb, wo ich war, obwohl die Entscheidung ziemlich knapp war. Ob sie mich angelogen hatte oder nicht, ob sie in meine Seele geblickt hatte oder nicht, fing ich endlich an, tief in meinem Herzen zu glauben, was North Anderson mir schon die ganze Zeit über gesagt hatte. Ich konnte diesen Fall nicht klar sehen, solange sie mein gesamtes Blickfeld einnahm.

Ich griff zum Telefon und rief Anderson zu Hause an, um ihm zu erzählen, wie Julia reagiert hatte. Er meldete sich nach dem ersten Klingeln. »Anderson.«

»Frank hier«, sagte ich.

»Gut, dass du anrufst. Hier laufen ein paar ganz üble Dinge ab.«

»Inwiefern?«

»Bürgermeister Keene hat mich angerufen. Er will mich gleich morgen früh in seinem Büro sehen. Ich schätze, er wird mich feuern – oder mir zumindest damit drohen.«

»Dich feuern?«

»Bezirksstaatsanwalt Harrigan und Captain O'Donnell sind überzeugt davon, dass sie ihren Schuldigen haben«, erklärte er. »Sie wollen, dass alle hinter ihnen stehen. Und sie wissen, dass ich da nicht mitmachen werde.«

»Mein Gott«, entfuhr es mir. »Ist dieser Keene denn wirklich nur ein Strohmann für Bishop?«

»Schlimmer als das«, erwiderte Anderson. »Er würde dieselbe Drecksarbeit für mindestens zwanzig andere seiner Wahlkampf-Spender tun. Ich hätte ihm auch einen Riesen zustecken sollen.« Er hielt einen Augenblick inne. »Ich fürchte, Bishop hat ihm das Foto von mir und Julia gegeben, weil er meinte, er hätte Bedenken wegen meines Anstandsgefühls.«

»Sie erpressen dich?«, sagte ich. »Vielleicht solltest du eine verdammte Wanze tragen, wenn du zu ihm gehst.«

»Ich will die Sache im Moment nicht an die große Glocke hängen, sondern in erster Linie, dass du dich noch einmal mit Billy treffen kannst und dann mit ein paar Reportern hier und in Boston redest. Ich finde, du solltest mit deinen Zweifeln bezüglich seiner Schuld an die Öffentlichkeit gehen – vorausgesetzt, du hast nach eurem Gespräch noch immer welche.«

»Wann kann ich Billy sehen?«

»Ich hab dich für drei Uhr früh angemeldet. Billy wird im U-Haft-Trakt sein. Freunde von mir haben heute Nacht Dienst am Eingang und in der Haftaufnahme. Sie werden dir die Erlaubnis für ein Gespräch unter vier Augen geben.«

»Ich werde dort sein«, versprach ich. »Aber was ist mit dir? Wie sieht dein Plan für morgen früh aus?«

»Ich kann nicht behaupten, dass es der beste Zeitpunkt ist, sich zum Heer der Arbeitslosen zu gesellen«, sagte Anderson. »Nicht, wo ein Baby unterwegs ist.«

»Nein.« Ich wollte, dass Anderson wusste, dass er sich aus der Affäre ziehen konnte und ich den Kopf dafür hinhielt. »Warum ziehst du dich nicht für eine Weile zurück? Lass mich mit dem, was ich denke, an die Öffentlichkeit gehen. Sag denen, ich wäre dir aus dem Ruder gelaufen. Du kannst mich sogar feuern, wenn das einen besseren Eindruck macht. Ich mache einfach weiter. Ich bin sicher, Billys Verteidiger holt mich nichtsdestotrotz in den Zeugenstand.«

»Ich schätze, ich könnte klein beigeben«, pflichtete er bei. »Das Problem ist nur, dass ich keine Lust dazu habe. Deshalb werde ich Keene etwas anderes erzählen.«

»Und zwar?«

»Ich werde ihm sagen, dass du und ich zusammen Fälle bearbeitet haben, die genauso übel waren wie dieser, wenn nicht sogar noch übler, und zwar an bedeutend unschöneren Orten, wie zum Beispiel Baltimore. Ich werde ihm sagen, dass wir Männern begegnet sind, gegen die er und Darwin Bishop und O'Donnell und Harrigan wie Schulhof-Rowdys aussehen. Vielen Dank auch, Sir, aber Frank Clevenger und ich schätzen unsere Chancen, bei diesem Fall als Sieger vom Platz zu gehen, bedeutend höher ein als Ihre. Einen schönen Tag noch.«

Ich grinste. »Ich glaube nicht, dass dir das deinen Job retten wird.«

»Ich habe wichtigere Dinge zu retten«, sagte er. »Meine Selbstachtung zum Beispiel. Wie ich schon sagte, meine Frau und ich bekommen ein Baby.«

»Ich stehe hinter dir«, versicherte ich ihm.

»Daran habe ich keinen Moment gezweifelt«, erwiderte er. »Billy, drei Uhr früh. Es ist alles arrangiert.«

Ich versuchte erneut, ein wenig zu schlafen, was jedoch nur damit endete, dass ich vollständig angezogen auf dem Bett lag und grübelte. Alles deutete darauf hin, dass Billy wegen Mordes und versuchten Mordes vor Gericht kam, obgleich niemand in der Bishop-Villa gänzlich von der Liste der Verdächtigen gestrichen werden konnte. Abgesehen von Darwin Bishop, hing ein Schatten des Zweifels über Garret, Claire und, ob es mir nun gefiel oder nicht, Julia.

Ich befürchtete noch immer, dass Tess Bishops Leben an einem seidenen Faden hing – teils wegen ihres angegriffenen Gesundheitszustands, teils, weil sie inmitten der Ermittlungen von Brookes Tod vergiftet worden war. Der versuchte Mord an ihr in Verbindung mit dem Überfall auf mich bewies, dass das Motiv, das den Mörder antrieb, Gewalt nährte, selbst wenn das Risiko der Entlarvung hoch war. Er (oder sie) stand unter dem Zwang zu töten. Dieser unwiderstehliche Drang würde mit Billys Verhaftung oder seiner Verurteilung nicht aufhören. Er würde nicht aufhören, bis das angestrebte Ziel erreicht war.

Die Uhr zeigte 2 Uhr 26. Das Bezirksgefängnis war nur fünfzehn Autominuten von meiner Wohnung entfernt. Ich malte mir aus, wie Billy in Handschellen und Fußeisen in das Gebäude gezerrt und in eine kalte Zelle gestoßen wurde, wo er die erste von vielen Nächten bis zu seinem Prozess verbringen würde. Der Rat, den ich ihm am Telefon gegeben hatte, sich zu stellen und das Justizsystem seinen Dienst tun zu lassen, musste ihm inzwischen vollkommen absurd erscheinen. Vielleicht hatte er doch das Richtige getan, indem er weggelaufen war – seine Chancen standen so schlecht, dass schon ein Wunder passieren musste, damit North und ich gegen sie gewannen.

Abermals beschlich mich ein paranoider Zweifel an meiner wiederhergestellten Freundschaft mit Anderson. Ich würde den Loft in den frühen Morgenstunden verlassen und ins Zentrum von Boston fahren, irgendwo in der Nähe des Gefängnisses parken und dann eine verlassene Straße entlang zum Eingang gehen. Wenn Anderson hinter dem Überfall auf mich am Mass General steckte, wenn er wirklich noch nicht über Julia hinweg war … »Hör mit diesem Unsinn auf«, befahl ich mir laut. Ich zwang meinen Verstand, von diesen Verdächtigungen abzulassen, trotzdem blieb ein gewisses Gefühl der Vorsicht zurück, wahrscheinlich weil mein innerer Radar so sensibilisiert war, dass er selbst die wohlwollendsten Informationen als einen Beweis einer Invasion bewerten würde.

Ich schlief tatsächlich für eine knappe Viertelstunde ein, was mich müder statt wacher machte und sich enorm schlecht auf meinen Rücken auswirkte, dessen Mitte sich anfühlte, als wäre sie in einen Schraubstock eingespannt.

Ich hievte mich aus dem Bett, schlurfte in die Küche und trank ein Glas Milch, um meinen Magen zu beruhigen, damit er zwei weitere Motrin verkraften konnte. Ich schluckte die Tabletten, was mich beinahe in die Knie zwang, bevor sie endlich anfingen, den Schmerz auf ein erträgliches Maß zu betäuben.

Dann stieg ich in meinen Pick-up und fuhr Richtung Boston. Die Route 1 war verlassen, sodass ich förmlich über die Tobin Bridge, um die Kurven des Storrow Drive und die Ausfahrt zum Bezirksgefängnis entlangflog.

Der größte Teil des Parkplatzes neben dem Gebäude war einer Baustelle zum Opfer gefallen, während der Rest für die Angestellten des Gefängnisses reserviert war. Ich fand eine Parklücke etwa fünf Blocks entfernt und tastete nach meiner Pistole, als mir wieder einfiel, dass ich sie zu Hause gelassen hatte. Prima.

Ich stieg aus dem Pick-up und machte mich auf den Weg, wobei ich wesentlich schneller ging, als ich es bei Tageslicht getan hätte, und mich immer wieder umsah. Beim Gedanken daran, was Laura Mossberg wohl zu meinem Verhalten gesagt hätte – ein weiterer Beweis für ein posttraumatisches Belastungssyndrom, das von dem Überfall auf mich noch verstärkt worden war –, musste ich unwillkürlich grinsen.

Ich war etwa einen Block weit gekommen, als mir plötzlich ein Penner in den Weg trat. Sein Gesicht war unrasiert, seine Augen blutunterlaufen, und sein Atem stank nach Alkohol. »Du hast meine Kohle«, zeterte er.

Ich wich einen Schritt zurück. Dies war mit Sicherheit die interessanteste Methode, mit der ich je um Geld angehauen worden war. Genau das sagte ich ihm auch, während ich in meine Tasche griff und dabei seine Hände beobachtete, um sicherzugehen, dass sie nicht in seiner Kleidung verschwanden und mit einer Waffe wieder auftauchten.

»Man muss sich aus der Masse herausheben«, erklärte er. »Heutzutage hat doch jeder schon alles gehört.«

Wir waren keine Viertelmeile vom Mass General entfernt. »Ich schätze, Sie könnten sich einen Kaffee gönnen und sich dann für eine Ausnüchterung einweisen lassen«, schlug ich vor.

»Ich gönn mir lieber ein Bier«, erwiderte er augenzwinkernd.

Für viele wäre diese Ehrlichkeit ein hinlänglicher Grund gewesen, ihr Geld zu behalten, doch ich wusste nur zu gut, wie es war, wenn man ein Bier brauchte. »Hier.« Ich gab ihm zwei Dollar.

»Ich hab dir fünf Mäuse gegeben«, knurrte er. »Wo ist mein Fünfer?«

Ich lächelte. »Jetzt übertreiben Sie es ein wenig. Viel Glück.« Ich trat an ihm vorbei.

Keine zehn Meter weiter hörte ich hinter mir Schritte auf dem Bürgersteig. Ich drehte mich um und sah denselben Mann auf mich zulaufen. Sein Blick war zielgerichteter als zuvor, und er hielt mit einer Hand etwas umklammert, das im fahlen Schein der Straßenbeleuchtung schimmerte. Ich erwog loszurennen, doch er war bereits bis auf zwei Meter an mich herangekommen.

Er lächelte und entblößte eine Reihe makelloser, strahlend weißer Zähne, was mir wie ein Beweis erschien, dass er mir aufgelauert hatte und nur so tat, als wäre er ein Penner. Er hob seinen Arm über den Kopf.

Hastig wich ich zurück, brachte meine Fäuste in Karatehaltung und wartete darauf, dass er einen Schritt näher kam. Wenn er nur ein Messer hatte, dann würde ich ihn zu Boden bringen, bevor er es benutzen konnte.

Er blieb stehen und ließ seinen Arm sinken. »Tut mir Leid«, sagte er. »Ich hab dich erschreckt.« Zögernd hielt er ein silbernes Kruzifix in die Höhe. »Hab ich vergessen«, sagte er. »Vielen Dank. Und Gott segne dich.« Er schenkte mir abermals jenes strahlende Lächeln, ehe er mit dem Kruzifix auf seinen Mund deutete. »Auf Wohlfahrtsschein. Alle ganz neu«, sagte er, als könnte er meine Gedanken lesen. »Hab sie heute gekriegt.« Dann drehte er sich um und ging Richtung Charles Street davon, wahrscheinlich, um auf seine neuen Zähne anzustoßen, wer weiß.

Ich atmete tief durch, überredete mein Herz, wieder langsamer zu schlagen, und machte mich wieder auf den Weg Richtung Gefängnis. Vielleicht wäre ein Anruf bei Laura Mossberg doch gar keine so schlechte Idee, dachte ich.

Ich war noch immer knapp zwei Blocks vom Gefängnisgebäude entfernt, als ich eine Reihe Fernsehteams eilig in Position gehen sah. Ich beschleunigte meine Schritte. Ich wollte nicht über Billys Fall sprechen, bis ich die richtige Botschaft parat hatte, um die Geschichte zu widerlegen, die Bishop, O'Donnell und Harrigan sich ausgesponnen hatten.

Wie versprochen, hatte North Anderson mir den Weg für mein Gespräch bei Billy geebnet, sodass ich problemlos am Eingangstresen meinen Besucherausweis erhielt. Ich schrieb mich ins Wachbuch ein, ging durch den Metalldetektor und dann durch drei Eisentüren, von denen sich jede erst öffnete, nachdem die dahinter liegende zugeschlagen war.

Obwohl ich schon häufig Gefängnisse besucht habe, ist es mir nie gelungen, das Gefühl von Melancholie abzustreifen, das sie in mir wecken. Bei jedem Besuch ist mir, als würde ich in Fragen ertrinken. Durch welche Wendung des Schicksals sind diese Leute hier gelandet? Wer erinnert sich noch daran, wie sie als kleine Jungen waren, so unschuldig und erstaunt? Und die Frage, die im Kern dieser Überlegungen liegt: Welcher glückliche Zufall erlaubt es mir, als freier Mann umherzugehen? Denn ich empfinde nicht dieselbe Kluft zwischen mir und diesen Vergewaltigern, Mördern und Dieben, wie es wahrscheinlich die meisten anderen Menschen tun. Was mich von ihnen trennt, ist kaum mehr als eine hauchdünne, durchscheinende Membran. Und ich glaube, sie spüren das. An mir haftet der Geruch ihres Rudels. Wären da nicht die gelegentlichen freundlichen Worte meines unberechenbar gewalttätigen Vaters gewesen, ein Lehrer in der sechsten Klasse, der mich mochte und mir versicherte, dass aus mir einmal etwas werden würde, und unzählige andere, unendlich kleine Einzelheiten meiner Lebensgeschichte, hätte ich ohne weiteres als einer der Insassen hier enden können.

Ich ging einen langen, breiten Flur zu den Vernehmungszimmern entlang. Im Licht der Neonröhren wirkte meine Haut leichenblass. Das gebohnerte graue Linoleum des Fußbodens verwandelte jeden meiner Schritte in ein unheilvolles Echo, das von den strahlend weißen Ytong-Wänden widerhallte.

Am Ende des Flurs erwartete mich ein Wärter und brachte mich zu Billy Bishop, der bereits an einem kleinen Tisch in einem zwei mal zwei Meter fünfzig großen Raum mit einer Glastür saß. Er trug den obligatorischen orangefarbenen Overall mit einer aufgedruckten schwarzen Nummer auf seiner Brust. Er sah noch genauso drahtig aus wie im Payne Whitney, doch war sämtliche Unverfrorenheit aus seiner Haltung gewichen. »Ich wünschte, Sie hätten mir das Geld geliehen«, sagte er und zwang sich zu einem Grinsen. »Ich wär schon längst weg gewesen.«

Ich nickte dem Wärter zu, worauf er das Zimmer verließ. Ich blieb an der Tür stehen. »Ich bin froh, dass es dir gut geht«, sagte ich.

Billy ließ seinen Blick durch den Raum schweifen. »Ich würde das hier nicht als gut bezeichnen«, gab er zurück.

Ich musterte ihn eine Sekunde lang. »Lass uns reden«, sagte ich und nahm auf dem Stuhl ihm gegenüber Platz, während ich bemerkte, dass er seine Finger so fest verschränkt hatte, dass die Knöchel weiß schimmerten.

»Ist schon ein seltsamer Ort«, sagte er. Plötzlich klang seine Stimme wie die eines verängstigten Sechzehnjährigen.

»Das ist es.« Ich hielt einen Moment lang inne. »Erzähl mir, wie es dir geht.«

»Wie es mir geht? Ich bin erledigt«, sagte er. In seinen Augen loderte inzwischen kein Feuer mehr. »Win hat gewonnen.«

»Noch nicht«, widersprach ich. »Wir ermitteln weiter.«

Er schloss die Augen und nickte. »Ich bin in Schutzhaft, weil man mir vorwirft, ich hätte einem Baby etwas angetan … es getötet. Ich schätze, damit stehe ich auf einer Stufe mit den Kerlen, die Sex mit Kindern haben. Wenn sie an mich rankommen könnten, dann würden sie …« Er verstummte und sah mir in die Augen.

Eingesperrt zu sein ist aufreibender, als viele Männer ertragen können. Doch als ein Ausgestoßener, eine Zielscheibe eingesperrt zu sein lässt alles andere im Vergleich dazu harmlos aussehen. »Ich möchte dir eine klare Frage stellen«, begann ich. »Hattest du irgendetwas mit dem zu tun, was mit Brooke oder Tess passiert ist?«

Den Blick noch immer starr auf mein Gesicht gerichtet, schüttelte er den Kopf.

»Also, nein«, sagte ich. Ich wollte, dass er die Worte aussprach.

»Die Zwillinge tun mir Leid«, sagte er. »Sie wurden zum falschen Zeitpunkt geboren, in die falsche Familie hinein. Wie ich, denn ich habe meine Eltern verloren. Ich würde ihnen niemals wehtun wollen.«

Ich nickte. »Ich werde dir helfen, einen Anwalt zu finden«, sagte ich. »In der Zwischenzeit musst du versuchen, deinen Verstand beschäftigt zu halten, während du hier drin bist. Und du darfst niemals die Hoffnung aufgeben.«

»Keine leichte Aufgabe«, meinte er. »Ich hab ausgespielt, meinen Sie nicht auch?«

»Es ist noch nicht alles verloren. Das verspreche ich dir.«

Tränen traten in Billys Augen. Er wandte den Blick ab, während er mit ihnen rang, dann holte er tief Luft und sah wieder mich an. »Ich hab da noch eine Idee«, sagte er. »Meine letzte Hoffnung, sonst würde ich es gar nicht erwähnen.«

»Und zwar?«

»Wenn Garret in der Nacht von Brookes Ermordung etwas gesehen hätte, etwas in Bezug auf Darwin, hätte sein Wort dann vor Gericht irgendein Gewicht? Würden ihm die Geschworenen überhaupt glauben, was er zu sagen hat?«

Ich dachte an all die Indizienbeweise, die Darwin Bishop mit dem Verbrechen in Verbindung brachten. Ein Augenzeuge, besonders Bishops Sohn, könnte genügen, um die Geschworenen zu überzeugen, dass Billy fälschlicherweise angeklagt worden war. »Ich denke, seine Aussage könnte entscheidend sein«, sagte ich.

»Dann sollten Sie ihn danach fragen.«

»Das habe ich bereits«, sagte ich.

»Das war, bevor sie mich erwischt haben. Fragen Sie ihn noch mal.«

»Warum erzählst du es mir nicht?«, schlug ich vor. »Was hat Garret denn gesehen? Er hat es dir doch offensichtlich erzählt.«

Billy schüttelte den Kopf. »Es ist nicht meine Aufgabe, das zu tun.«

Ich war mir nicht ganz sicher, warum Billy Stillschweigen über etwas wahrte, das ihn von den Anklagen wegen Mordes und versuchten Mordes entlasten könnte. »Warum nicht? Warum kannst du nicht darüber sprechen?«

»Weil die Chance meiner Meinung nach groß ist, dass die Geschworenen sich nicht umstimmen lassen, selbst bei Garrets Zeugenaussage, und dann wandere ich lebenslänglich hinter Gitter, während er ganz allein mit dem Teufel ist. Nur Garret und Darwin. Ich an seiner Stelle würde dieses Risiko wahrscheinlich nicht eingehen. Ich meine, so nahe stehen wir uns nicht. Ich bin nicht sein leiblicher Bruder. Und ich habe einige wirklich abscheuliche Sachen getan, seit ich mit ihm zusammenlebe. Das Stehlen und all das. Er wäre besser dran gewesen, wenn es mich nicht gegeben hätte.«

Diese Worte ließen tiefes Mitleid für Billy in mir aufsteigen. Er hatte seine Familie in Russland verloren und war nie wirklich ein vollwertiges Mitglied der Bishop-Familie geworden. Julia, zum Beispiel, war im Grunde gegen seine Adoption gewesen. Vielleicht war das zum Teil der Grund dafür, weshalb er überhaupt in Schwierigkeiten geraten war. »Ich werde Garret bitten, es sich zu überlegen«, sagte ich. »Und du solltest das auch tun. Denn das könnte das Blatt wirklich wenden und dafür sorgen, dass du hier herauskommst.«

Er nickte und warf mir einen schüchternen Blick zu, ehe er die Tischplatte anstarrte. »Wenn ich freigelassen werden sollte …«, setzte er an, dann verstummte er.

»Red weiter«, ermunterte ich ihn. Ich war froh, dass er zumindest zu dem Gedanken fähig war, möglicherweise freizukommen.

»Ach, nichts«, sagte er. »Es ist dumm.«

»Komm schon, raus damit.«

Doch er zuckte mit den Schultern.

»Ich habe in meinem Leben mehr dumme Dinge gesagt, als ich zählen kann«, versicherte ich ihm. »Das holst du nie mehr ein.«

Das entlockte ihm ein Lächeln. Er sah mich abermals an, dieses Mal länger. »Na ja, wenn ich hier je herauskommen sollte, dann habe ich keinen Ort, an den ich gehen kann. Zu Hause werden sie mich nicht wieder aufnehmen.« Er räusperte sich. »Davon abgesehen, dass ich sowieso nicht wieder dorthin zurückgehen würde.«

»Es wird sich schon etwas finden«, sagte ich. »Das Sozialamt und die Familienfürsorge werden ganz sicher …«

»Was ich sagen will, ist … Na ja, vielleicht könnte ich für eine Weile bei Ihnen unterkommen«, sagte er. »Ich schätze nämlich, ich kann mich ändern. Wenn ich jemanden hätte, dem ich trauen kann. Verstehen Sie?« Er versuchte, in meinem Gesicht eine Reaktion abzulesen.

Ich antwortete nicht sofort, da mindestens die Hälfte meines Verstands mit Gedanken an Billy Fisk beschäftigt war – damit, dass die Dinge vielleicht anders für ihn ausgegangen wären, wenn ich bereit gewesen wäre, über meinen Schatten zu springen.

Billy sah mich verlegen an. »Es ist eine dumme Idee. Ich meine …«

»Ich wäre bereit, einen Versuch zu wagen«, erklärte ich.

»Wirklich?« In seiner Stimme schwang eine Mischung aus Verblüffung, Zweifel und Erleichterung mit.

»Klar«, sagte ich. »Warum nicht? Was haben wir schon zu verlieren?«

Nachdem Billy und ich uns voneinander verabschiedet hatten, machte ich mich wieder auf den Weg. Einer von Andersons Freunden führte mich zum Hintereingang, sodass ich zu meinem Wagen gelangen konnte, ohne von der Presse überfallen zu werden. »Die lauern da draußen schon auf Sie«, erklärte er und reichte mir Ausgaben des *Boston Globe* und des *Boston Herald*. Beide Zeitungen hatten, offenbar aus Angst, sie könnten ihre Leser mit der Familiensaga der Bishops überfüttern, Artikel über mich gedruckt. Als Schlagzeilen dienten die typischen Boulevardblatt-Reißer: »Geisel-Doc erlebt Comeback mit Milliardär-Babys« und »Der Sigmund Freud des Mordens«. Die Fotos von mir, die die Artikel begleiteten, waren während meiner Zeugenaussage bei Trevor Lucas' Sensationsprozess aufgenommen worden.

Mir war klar, dass diese Berichterstattung alles in allem nicht schlecht war, denn damit wäre die Presse darauf vorbereitet, sich das anzuhören, was Anderson und ich über Billy zu sagen hatten. Ich musste nur darauf Acht geben, im richtigen Moment auf den Knopf zu drücken.

Es war 4 Uhr 10 morgens. Auf der Heimfahrt rief ich im chemischen Labor des Mass General an, um mich nach Tess' Blutbild zu erkundigen. Der Labortechniker erklärte mir, die toxikologische Untersuchung sei negativ gewesen; im Blutkreislauf des Babys war keine neue Substanz entdeckt worden. Das schloss aus, dass Julia Tess etwas gegeben hatte, um ihre Atmung zu verlangsamen – zumindest irgendetwas, das bei einem Standardtest nachweisbar wäre.

Als Nächstes rief ich North Anderson an, der inzwischen von Art Fields über die Fingerabdrücke informiert worden war, die Leona auf der Innenseite des Tablettenfläschchens gesichert hatte. Drei Personen – einschließlich Darwin Bishop, aber nicht Billy Bishop – hatten das Innere des Fläschchens berührt. Diesbezüglich also keine Überraschungen. »Ich vermute, die anderen Abdrücke stammen von Julia und möglicherweise dem Apotheker, der ihr das Medikament ausgehändigt hat«, sagte Anderson. »Ein weiteres schwaches Glied in Harrigans Beweiskette gegen Billy.« Er wechselte das Thema. »Wie ist dein Gespräch mit ihm gelaufen? Sie haben dich doch zu ihm gelassen, oder nicht?«

»Ich komme gerade von dort«, erklärte ich.

»Welchen Eindruck hat er auf dich gemacht? Hält er durch?«

»Er hat abgenommen. Und er hat Angst. Aber er hat die Hoffnung noch nicht verloren.«

»Gut«, sagte Anderson. »Er ist also ein zäher Bursche. Hat er dir irgendetwas erzählt, was nützlich für uns sein könnte?«

»Er glaubt, Garret verheimlicht möglicherweise etwas«, berichtete ich. »Er will, dass wir ihn noch einmal fragen, was er in der Nacht von Brookes Ermordung gesehen hat.«

»Es wird schwierig sein, an ihn heranzukommen, aber wir können es auf alle Fälle versuchen.«

»Es ist die beste Spur, die wir haben«, sagte ich.

»Du kommst also wieder her?«

»Mit der ersten Maschine.«

»Ruf mich an, bevor du losfährst. Dann komme ich zum Flughafen und hole dich ab.«

»Wird gemacht.«

Ich bog nach links in die Winnisimmet Street ab und fuhr in Richtung meiner Wohnung. Zum Glück warf ich zufällig einen Blick in die erste Querstraße und sah die beiden Range Rover, die mit laufendem Motor etwa auf der Hälfte des ersten Blocks parkten. Das war ein sehr schlechtes Zeichen. Ich fuhr an meinem Haus vorbei und entdeckte zwei von Bishops Männern, die sich im Eingang herumdrückten – entweder, um höflich bei mir zu klingeln, oder, was wahrscheinlicher war, um die Eingangstür aufzustemmen.

Meine Verletzung tat immer noch höllisch weh, und meine Pistole lag fünf Stockwerke über mir auf dem Couchtisch, deshalb würde ich mich nicht auf irgendwelchen Ärger einlassen. Wahrscheinlich war es besser, ohne Gepäck nach Nantucket zu reisen und mir auf der Insel Kleidung zum Wechseln zu kaufen. Ich brauchte sowieso eine neue Jeans und ein neues schwarzes T-Shirt. Meine Lieblingskombination war blutgetränkt, außerdem zog sich ein breiter Riss quer über den Rücken meines T-Shirts.

Ich bog in die Front Street ein und fuhr auf direktem Weg zum Flughafen, um den ersten Cape-Air-Pendlerflug zu nehmen.

Anderson holte mich um 7 Uhr 30 ab, eine Stunde vor seinem Termin mit Bürgermeister Keene. Wir fuhren zur mobilen Einsatzzentrale der State Police für die Bishop-Ermittlung, einem speziell ausgestatteten Wohnwagen, der neben dem Polizeirevier von Nantucket aufgestellt worden war.

Brian O'Donnell begrüßte uns durchaus höflich, vielleicht weil er dachte, dass Anderson sowieso gefeuert werden würde.

Während wir den Planungsraum durchquerten, in dem ein Konferenztisch voller Landkarten der Insel stand und dessen Wände voller Luftaufnahmen des vielseitigen Terrains hingen, musste ich mir mühsam verkneifen, O'Donnell die Tatsache unter die Nase zu reiben, dass Billy anscheinend von der Insel geflüchtet war, bevor all die Geländewagen und Hubschrauber über die Sümpfe und die unzugänglichen Wälder hereingebrochen waren.

Anderson zeigte weniger Zurückhaltung. »Haben die da draußen in den Commons Infrarot-Suchgeräte eingesetzt?«, fragte er O'Donnell.

»Ich glaube, ja«, antwortete O'Donnell ungerührt.

»Irgendwas gefunden? Einen vermissten Hund vielleicht oder eine Katze oder so was? Das könnte eine ergreifende Story für die New England Cable News abgeben und dem Police Department etwas Wohlwollen seitens der Öffentlichkeit einbringen. Wenn man ein so kostspieliges Spektakel wie das hier auf die Beine stellt, sollte man am Ende wenigstens etwas vorzuweisen haben.«

»Wir haben gefunden, wonach wir gesucht haben«, erwiderte O'Donnell und warf uns über seine Schulter ein kurzes Lächeln zu. »Das allein zählt.«

O'Donnells Büro nahm das hintere Drittel des Wohnwagens ein. Er setzte sich hinter einen zusammenklappbaren Aluminiumtisch, der ihm als Schreibtisch diente, während Anderson und ich auf den Plastikstühlen ihm gegenüber Platz nahmen. O'Donnell verschränkte seine Finger im Nacken.

»Gentlemen, womit kann ich Ihnen heute Morgen behilflich sein?«

Ich kam ohne Umschweife zur Sache. »Ich würde gern noch einmal mit Garret Bishop sprechen.«

»Unmöglich«, entgegnete O'Donnell.

»Warum?«, wollte Anderson wissen.

»Sie wissen bereits, warum. Die Ermittlungen sind abgeschlossen. Garret hat seine Aussage gemacht. Wir haben den Verdächtigen in Gewahrsam. Die Anklagejury wird in ein, zwei Tagen das offizielle Verfahren gegen Billy eröffnen.«

Die Bedeutung seiner Worte war nur zu offensichtlich. *Spuckt uns ja nicht in die Suppe.* »Ich glaube, dass Garret entscheidende Informationen darüber hat, was in der Nacht von Brookes Ermordung im Bishop-Haus passiert ist«, sagte ich.

»Wir haben bereits ein sehr klares Bild«, erwiderte O'Donnell grinsend. Die nicht gerade subtile Doppeldeutigkeit seiner Worte und der Blick, mit dem er Anderson ansah, verrieten deutlich, dass er das Foto von ihm und Julia am Strand gesehen hatte. »Dieses Bild hat sich entwickelt, seit Billy zum ersten Mal ein Tier gequält hat. Von da an ist das Ganze eskaliert. Einbruch. Sachbeschädigung. Brandstiftung. Mord. Wir haben das alles schon durchgekaut.«

»Das Bild passt aber nicht mit den Fingerabdrücken zusammen, die Ihr kriminaltechnisches Labor gefunden hat«, wandte Anderson ein.

»Das muss es auch nicht«, konterte O'Donnell. »Wenn man nicht gerade ein Navy-SEAL ist, kommt man nicht in ein Haus hinein und wieder heraus, ohne irgendwelche Spuren zu hinterlassen. In Anbetracht der Tatsache, dass Billy sowieso schon jahrelang alles in dem Haus angefasst hatte, war nur eines wichtig, nämlich, dass seine Fingerabdrücke auf nichts zu finden waren, das direkt mit der Untat in Verbindung stand, die er begangen hatte, während er im Haus war. Es ist ganz einfach. Er hat Handschuhe getragen. Ende der Geschichte.«

»Ich glaube nicht, dass Sie mit Ihren vorliegenden Informationen eine Verurteilung erreichen werden«, bemerkte ich. »Garret könnte die Sache am Ende sogar erleichtern. Wenn er überhaupt etwas zu erzählen hat, dann könnte es Billy möglicherweise belasten statt entlasten. Ich habe keine Ahnung.«

»Wir werden eine Verurteilung erreichen«, erklärte O'Donnell. »Billy kriegt lebenslänglich. Denken Sie an meine Worte.«

»Jeder halbwegs brauchbare Verteidiger wird sich eine eidesstattliche Erklärung von mir holen und feststellen, dass ich Zweifel an Billys Schuld habe«, sagte ich. »Die Geschworenen werden diese Zweifel zu hören bekommen. Lassen Sie mich diese Zweifel jetzt anpacken und sie aus dem Weg räumen.«

»Mark Herman ist vom Gericht als Billys Pflichtverteidiger bestellt worden«, sagte O'Donnell. »Ich bin sicher, er wird sich mit Ihnen in Verbindung setzen. Er ist ein guter Mann. Die Bishops haben keinen eigenen Anwalt engagiert.«

Ich kannte Mark Herman nicht, doch O'Donnells Tonfall ließ die Frage in mir aufkeimen, ob Herman möglicherweise ebenfalls bei diesem abgekarteten Spiel mitmischte. Vielleicht würde er sich nicht für einen Freispruch einsetzen, sondern versuchen, Billy zu überreden, sich eines minderschweren Verbrechens schuldig zu bekennen, Totschlag zum Beispiel. Ich warf Anderson einen zynischen Blick zu. Mir war vollkommen klar, dass wir bei O'Donnell nichts erreichen würden, deshalb beschloss ich, alle Brücken hinter mir niederzubrennen. »Ich habe wirklich großes Mitleid mit Leuten wie Ihnen«, bemerkte ich.

»Tatsächlich, Doktor?«, sagte O'Donnell.

»Es ist schwer, einen Soziopathen zu erkennen, wenn er Uniform trägt«, erklärte ich. »Aber mir ist klar, dass Sie etwas Schreckliches durchgemacht haben müssen, das Sie zerstört hat. Nichts kommt von ungefähr.«

»Ich denke, unsere Besprechung ist zu Ende«, sagte O'Donnell.

»Die Frage ist nur, was dieses Etwas war«, fuhr ich ungerührt fort.

Er stand auf.

»Was war es? Was in Ihrem Leben war so schmerzvoll, dass nicht einmal Ihre Polizeimarke genügt hat, um Ihren Hass zu zügeln?«

O'Donnell marschierte aus dem Büro. »Sie finden selbst hinaus«, rief er uns über die Schulter zu.

Der Rest des Tages war so, als würden wir in einem endlosen Labyrinth gegen eine Wand nach der anderen laufen. Andersons Treffen mit Bürgermeister Keene verlief mehr oder weniger so, wie er es erwartet hatte. Keene reichte ihm einen Abzug des Fotos von ihm und Julia eng umschlungen am Strand, dann verhängte er eine dreimonatige Suspendierung ohne Gehalt wegen moralischen Fehlverhaltens im Dienst. Anschließend versuchten Anderson und ich, zum Bishop-Anwesen zu fahren, um herauszufinden, ob wir Garret vielleicht noch einmal zufällig über den Weg liefen, wurden jedoch von State-Police-Fahrzeugen abgefangen und wieder zurückgeschickt.

Ich rief Julia im Mass General an, um sie zu bitten, uns zu helfen und ein Treffen mit Garret zu arrangieren, doch sie legte auf, noch bevor ich drei Worte gesagt hatte.

Schließlich rief ich Carl Rossetti an, um mich zu erkundigen, ob er mit Julias Einwilligung eine gerichtliche Verfügung für die Vernehmung von Garret besorgen könnte. Er machte sich die Mühe, Julia im Mass General aufzusuchen und ihr schriftliches Einverständnis einzuholen, nur um dann zu erfahren, dass Darwin Bishops Anwaltsteam sich bereits eine vorsorgliche gerichtliche Verfügung beschafft hatte, die jeglichen Kontakt mit Billy oder Garret untersagte, sofern nicht *beide* Elternteile zustimmten.

Ich musste gestehen, dass die Dinge immer schlechter für Billy standen. Es war so, als würde sich eine spezielle Version der Geschehnisse um ihn herum verfestigen und ihn unwiderruflich und unausweichlich in die Rolle des Mörders in einem

Drama zwingen, das sich nichts beugte, nicht einmal der Wahrheit.

19

North Anderson und ich beschlossen, bei einem Kaffee im Brotherhood of Thieves, einem seiner Lieblingslokale, unsere Alternativen zu besprechen. Wir vereinbarten, uns mit den Informationen, die wir in der Hand hatten, an die Presse zu wenden, in der Hoffnung, genügend Fakten ans Licht zu bringen, dass Billy wenigstens noch den Schatten eines Zweifels zu seinen Gunsten genießen konnte, wenn sein Prozess begann. Wenn es uns schnell und erfolgreich gelang, uns Gehör zu verschaffen, würde die Staatsanwaltschaft vielleicht sogar anfangen, sich Sorgen um ihre Chancen einer Verurteilung zu machen und erst einmal abwarten, bevor sie mit dem Fall vor die Anklagejury ging. Das würde uns mehr Zeit verschaffen. In jedem Fall war ich nahezu sicher, dass Carl Rossetti sich bereit erklären würde, Billy zu vertreten – *pro bono*, wenn nötig. Die Publicity würde ihn hundertfach dafür entschädigen.

Diese Strategie war beileibe kein Selbstläufer. Anderson hatte seine Polizeimarke beim Bürgermeister abgeben müssen, was bedeutete, dass ich offiziell ebenfalls nicht mehr an dem Fall arbeitete. O'Donnell würde wahrscheinlich versuchen, uns als ausgebootete, verärgerte ehemalige Mitglieder seines Teams hinzustellen. Und das könnte genügen, um unsere Version der Beweise aus den Schlagzeilen oder den Nachrichtensendungen zu halten. Heutzutage sind draufgängerische Reporter ebenso rar wie draufgängerische Investmentbanker.

Wir warteten gerade auf die Rechnung, als mein Handy klingelte. Auf der Anzeige erschien die Nummer des Mass

General. Ich nahm an, dass es möglicherweise Julia war, die sich dafür entschuldigen wollte, dass sie aufgelegt hatte. Mir war ein wenig unwohl dabei, den Anruf entgegenzunehmen, während Anderson neben mir am Tisch saß, ich wollte mir jedoch keine wichtigen Neuigkeiten entgehen lassen.

Anderson musste den Grund für mein Zögern erraten haben. Zweifelsohne kreisten seine Gedanken noch immer oft um Julia. »Wenn sie es ist, geh ran«, sagte er. »Ich kann einen Spaziergang machen, wenn du möchtest.«

»Bleib hier.« Ich nahm den Anruf entgegen. »Frank hier«, meldete ich mich.

»Frank, ich bin's, John.« John Karlstein. Seine Stimme klang düsterer, als ich sie je gehört hatte.

Auf einen Schlag schienen die Hintergrundgeräusche des Restaurants zu verstummen. Ich konnte fühlen, förmlich hören, wie mein Herz raste. Tess war tot, schoss es mir durch den Sinn. Ich starrte North Anderson an, als müsse ich mich vergewissern, dass er an meiner Seite war. Als zusätzlicher Ballast. Ich hatte das Gefühl, als wäre ich zu weit in ein Unwetter hineingesegelt.

Anderson nickte mir ermutigend zu.

»Bist du noch dran, Frank?«, fragte Karlstein.

Wenn Leute einen beim Namen nennen, während sie mit einem reden – besonders, wenn sie ihn zweimal in ebenso vielen Sätzen benutzen –, tun sie dies meist, weil sie es für nötig halten, eine persönliche Bindung herzustellen und Mitgefühl zu bekunden. »Schlechte Nachrichten«, sagte ich.

»Leider ja«, bestätigte er. »Es kam wirklich völlig unerwartet.«

Ich schloss die Augen. »Sag's schon.«

»Es geht um Julia.«

Ich öffnete verwirrt die Augen. »Julia? Was ist mit ihr?«

Anderson warf mir den typisch besorgten Blick eines Liebenden zu. »Mein Gott«, presste er hervor. »Ist ihr etwas passiert?«

Ich senkte den Blick und lauschte Karlstein. Schuldgefühle zerrten wie Klauen an meinen Eingeweiden. Ich hatte Julia im Stich gelassen, hatte sie schutzlos der Gefahr ausgesetzt.

»Vergiss aber nicht, dass ich all das auch nur aus zweiter Hand gehört habe«, erklärte Karlstein. »Ich war nicht auf der Beobachtungsstation, als das Ganze passiert ist. Jedenfalls ist ihr Ehemann zurückgekommen. Ich glaube, er wollte, dass sie irgendwelche Papiere unterschrieb. Sie hat das Richtige getan – sie hat ihn daran erinnert, dass ein Kontaktverbot gegen ihn verhängt worden war, und hat ihn aufgefordert zu gehen. Er hat sich nicht von der Stelle gerührt, also hat sie eine der Schwestern gebeten, die Polizei zu rufen.«

»Und …«, sagte ich.

»Und dann ist er einfach durchgedreht«, erklärte Karlstein. »Es brauchte mehrere Pfleger, um ihn von ihr wegzuzerren.«

Ich sah North an. »Darwin hat sie zusammengeschlagen.«

»Das miese Dreckschwein«, zischte Anderson.

Ich hatte das seltsame Gefühl, dass Karlstein mir etwas verheimlichte. »Aber sie hat es überstanden? Ich meine, sie lebt?«

»Ja. Ja«, sagte er. »Natürlich.«

»Wie schwer ist sie verletzt?«, fragte ich.

»Sie ist außer Lebensgefahr«, antwortete Karlstein, »aber sie hat einiges einstecken müssen. Starke Schwellungen im Gesicht, die von einem gebrochenen Jochbogen herrühren. Außerdem hat sie vier gebrochene Rippen und einen Leberriss. Ich habe sie auf die Intensivstation verlegen lassen, um auf Nummer sicher zu gehen. Wir haben eine Computertomographie von ihrem Kopf gemacht, aber alles scheint in Ordnung. Ich ordne noch eine an, bevor sie entlassen wird, um sicherzugehen, dass sie keine Hirnblutungen davongetragen hat. Jemand von der Augenklinik ist vorbeigekommen. Ihr rechtes Auge ist vollständig zugeschwollen. Wie es aussieht, ist die Netzhaut aber unbeschädigt.« Er machte eine Pause. »Sie wird wieder gesund werden, zumindest physisch, aber es wird noch lange dauern, bis die emotionalen Wunden verheilt sind.«

»Ist sie bei Bewusstsein?«, fragte ich.

»Ich habe sie mit Darvocet voll gepumpt, deshalb ist sie die meiste Zeit in einem Dämmerzustand. Aber wenn sie wach ist, hält sie sich hervorragend. Sie ist bei klarem Verstand. Sie weiß, wer ich bin, welcher Tag heute ist, wo sie ist, wer der Präsident ist – all die Fragen, mit denen ihr Jungs Leute auf die Probe stellt.«

»Was ist mit Tess?«, fragte ich. »Darwin hat ihr doch nicht auch etwas angetan, oder?«

»Er ist nicht in ihre Nähe gekommen«, sagte Karlstein. »Ich meine, das war keine typische Szene eines Vaters, der nicht ertragen kann, von seinem Kind getrennt zu sein, und ausrastet. Die Sitzwache sagt, Bishop sei nicht einmal an Tess' Bett gegangen.«

»Wurde er festgenommen?«

»Der Wachdienst hat ihn festgehalten, bis die Polizei eingetroffen ist. Er wurde in Handschellen abgeführt«, berichtete Karlstein. »Ich bin kein Anwalt, aber ich würde sagen, er wird für eine ganze Weile hinter Gittern verschwinden, trotz all seiner guten Verbindungen. Es gibt jede Menge Zeugen für das, was er getan hat. Und nach deren Schilderungen zu urteilen, wie er sich auf sie gestürzt hat … Er hat versucht, sie umzubringen.«

»Sag ihr, dass ich so schnell wie möglich bei ihr bin«, bat ich ihn. »Ich und mein Freund North Anderson.«

»Ich werde es ihr gleich sagen«, versprach Karlstein.

»Danke, John«, sagte ich. »Nochmals vielen Dank.«

»Gern geschehen«, erwiderte er. »Ich sehe dich dann später.«

Ich legte auf.

»Kommt sie durch?«, fragte Anderson. »Was zum Teufel ist passiert?«

Ich wiederholte, was Karlstein mir erzählt hatte. »Anscheinend ist Bishop völlig durchgedreht«, sagte ich. »Was einen bei seiner Vergangenheit nicht zu wundern braucht, würde ich sagen. Jedenfalls kommen jetzt Anklagen wegen Verstoßes gegen ein gerichtliches Kontaktverbot und versuchten Mordes auf ihn zu. Er könnte für zwanzig Jahre hinter Gitter wandern.«

»Das macht es für O'Donnell bedeutend schwerer, die Ermittlungen abzuschließen«, sagte Anderson. »Und selbst wenn er es tut, sollte es deinem Freund Rossetti ein Leichtes sein, bei den Geschworenen Zweifel aufkommen zu lassen, ob der Staatsanwalt nicht möglicherweise den Falschen vor Gericht gestellt hat.«

Anderson hatte Recht. »Eigentlich hätte ich mir ja eine andere Art und Weise gewünscht, ihnen einen Strich durch die Rechnung zu machen, aber einem geschenkten Gaul schaut man nicht ins Maul.«

»Ich frage mich, für welche Papiere er wohl ihre Unterschrift wollte«, überlegte Anderson laut.

»Ich vermute, das werden wir von den Bostoner Cops erfahren, die ihn festgenommen haben«, erwiderte ich. »Kommst du mit?«

»Wenn du lieber allein hinfahren möchtest, brauchst du es nur zu sagen.«

»Das weiß ich«, sagte ich. »Genau das ist der Grund, weshalb wir zusammen hinfahren sollten.«

Trotz John Karlsteins Schilderung von Julias Verletzungen und obwohl er seine Beschönigungen Lügen gestraft hatte, indem er behauptet hatte, sie sei nur zur Beobachtung auf der Intensivstation, war ich nicht auf den Anblick gefasst, der mich erwartete, als ich dort eintraf. Vielleicht war es die Erinnerung an ihre überwältigende Schönheit, vielleicht hatte ich auch in gewisser Weise die Tatsachen vor mir selbst geleugnet, um ein Telefongespräch mit Karlstein durchzustehen, doch die Schwellung und Verfärbung von Julias rechtem Auge, Wangenknochen und Lippen traf mich wie ein Schlag. Ebenso wie die nasogastrale Sonde, die durch ihre Nasenlöcher ihre

Kehle hinunter- und in ihren Bauch hineinführte, blutige Flüssigkeit ableitete und ihr das Sprechen erschwerte. Und dennoch, als ich sie so dort liegen sah, wünschte ich nichts sehnlicher, als sie in meinen Armen zu halten, ihr Haar zu streicheln und ihr zu versprechen, dass alles wieder gut werden würde. Ich zwang mich, ein fröhliches Lächeln aufzusetzen und meine Stimme ruhig klingen zu lassen, denn ich konnte sehen, dass sie versuchte, eine Reaktion auf unseren Gesichtern abzulesen.

Dankbarerweise versuchte Anderson, die Situation mit einem Scherz zu retten. »Ich wüsste gern, wie der andere Kerl erst aussieht«, feixte er. Es war eine Variante eines altgedienten Klischees, doch er brachte sie mit Herzlichkeit und Zuversicht, was genau das zu sein schien, was Julia im Moment brauchte. Sie lächelte.

»Ich habe mit Dr. Karlstein gesprochen«, sagte ich. »Du wirst wieder gesund. Du brauchst nur viel Ruhe.«

Julia versuchte, etwas zu sagen, verschluckte sich jedoch an der Sonde und wurde von einem Hustenanfall geschüttelt.

Ich beugte mich über das Bett und half ihr, sich aufzusetzen, wobei ich die Gelegenheit genoss, meinen Arm um sie zu legen.

»Ich hole einen Stift und Papier«, schlug Anderson vor. »Dann kannst du aufschreiben, was immer du uns sagen willst.« Er verschwand Richtung Schwesternzimmer.

Ich hauchte einen Kuss auf Julias Ohr und spürte, wie ihre Hand gegen meinen Schenkel drückte. »Verzeih mir, dass ich nicht hier war«, sagte ich. »Ich werde von jetzt an immer für dich da sein.« Eine einzelne Träne kullerte über ihre Wange, die ich mit meinem Hemdsärmel abwischte.

Anderson kam zurück ins Zimmer und reichte Julia einen Kugelschreiber und einen Block. Sie schrieb nur vier Worte: *Was ist mit Tess?*

Ich spürte, wie sich meine Kehle zusammenschnürte. Julias Sorge um ihr Baby, im Angesicht ihres eigenen geschundenen Körpers, ließ die Vorstellung, sie könnte für Brookes Tod oder Tess' Herzstillstand verantwortlich sein, plötzlich vollkommen absurd erscheinen. »Dr. Karlstein sagt, es geht ihr prima. Ich werde nachher nach ihr sehen.«

Sie nickte matt, ehe sie einen Finger hob, um uns zu bedeuten, dass sie noch mehr schreiben wollte. *Gut, euch beide zusammen zu sehen*, schrieb sie.

Anderson und ich lasen die Worte und nickten. Es war gut, dass unsere Freundschaft überlebt hatte, obwohl wir dieselbe Frau wollten. Es bedeutete, dass unsere Freundschaft praktisch alles überstehen konnte.

Ich persönlich zog noch einen tieferen Sinn aus Julias Worten, denn sie schienen zu sagen, dass sie sich trotz ihrer Zuneigung für North offen für mich entschieden hatte und bereit war, uns sogar vor ihm zu einem Paar zu erklären. Vielleicht konnte sie sich tatsächlich an einen einzelnen Mann binden, und der Vater von Brooke und Tess war kein Teil ihres Lebens mehr. Und vielleicht wäre sie eines Tages imstande, einzugestehen, dass der Brief, den Claire Buckley gefunden hatte, an ihn und nicht an ihre Therapeutin gerichtet war. Es musste ja nicht gleich heute sein. Oder morgen. »Ruh dich jetzt aus«, sagte ich, während ich ihr half, sich wieder auf die Kissen sinken zu lassen.

Sie runzelte die Stirn. »Billy«, hauchte sie.

»North und ich werden uns um Billy kümmern«, versprach ich.

Sie sah North an, um es auch von ihm bestätigt zu hören.

»Wir werden ihn nicht im Stich lassen«, versicherte er.

Um 18 Uhr 30 traten wir aus Julias Krankenzimmer und wollten gerade die Intensivstation verlassen, als Garret Bishop im Korridor auftauchte. Wir blieben stehen, während er auf uns zukam. »Was machen Sie hier?«, herrschte er uns an.

»Wir haben deine Mutter besucht«, sagte ich. »Ich nehme an, du weißt, was passiert ist.«

Er blitzte North Anderson wütend an. »Sitzt dieser Dreckskerl noch in einer Zelle, oder haben sie ihn für ein paar Hunderttausender Kaution freigelassen?«

»Er sitzt im Gefängnis, hier in der Stadt«, versicherte Anderson.

Garrets Unterlippe zuckte.

»Wenn du uns alles über die Nacht, als Brooke gestorben ist, erzählen würdest«, sagte Anderson, »dann bleibt der Dreckskerl vielleicht für immer hinter Gittern. Wenn du nicht bereit bist, ihm die Stirn zu bieten, kann ich für nichts garantieren.«

Garret wandte einen Moment den Blick ab, dann sah er uns wieder an und atmete tief ein. »Würde ich irgendwelchen Schutz bekommen?«

Mein Herz schlug höher bei dem Gedanken, dass Garret endlich bereit war, sich gegen seinen Vater aufzulehnen.

»Polizeischutz?«, fragte Anderson. »Das kann unter den gegebenen Umständen arrangiert werden. Da bin ich sicher.«

»Wem gegenüber würde ich meine Aussage machen?«, wollte Garret wissen, sichtlich darum bemüht, Ruhe zu bewahren.

»Ich würde ein Gespräch mit drei Herren arrangieren: einem Officer von der Bostoner Polizei, einem Officer von der State Police und dem Bezirksstaatsanwalt. Dr. Clevenger und ich wären ebenfalls dabei.« Er warf mir einen kurzen Seitenblick zu, ehe er sich wieder an Garret wandte. »Möglicherweise könnten wir auch ein Interview mit einigen Reportern arrangieren. Auf diese Weise könntest du dem ganzen Bundesstaat erklären, was du zu sagen hast. Sogar dem ganzen Land.«

Garret starrte einen Moment lang nachdenklich zu Boden, dann hob er den Kopf. »Tun Sie es«, sagte er. »Ich will, dass dieses Tier lebenslänglich hinter Gittern verschwindet. Er wird nie wieder Hand an meine Mutter legen.«

»Alles klar«, erklärte Anderson. »Wir treffen uns in einer Stunde unten am Eingang und fahren dich zum Bostoner Polizeipräsidium. Ich trommle sofort die anderen zusammen.«

»Ich sehe Sie dann unten am Eingang«, sagte Garret und ging an uns vorbei zur Intensivstation.

»Das könnte Bishops Ende sein«, sagte Anderson. »Ein Augenzeuge, der Darwin mit dem Mord an Brooke in Verbindung bringt, ist alles, was wir brauchen. Hoffen wir, dass er keinen Rückzieher macht.«

»Was ist mit der gerichtlichen Verfügung, dass Garret nicht ohne die Zustimmung beider Elternteile vernommen werden darf?«, fragte ich.

»Ruf deinen Kumpel Rossetti an, und sag ihm, er soll sofort zum Gericht gehen«, sagte er. »Jetzt, wo Darwin wegen seines Angriffs auf Julia hinter Gittern ist, sollte er im Handumdrehen eine Anhörung vor einem Richter bekommen, um die Verfügung aufheben zu lassen. Ich werde in der Zwischenzeit alles andere in die Wege leiten.«

»Wird gemacht«, versprach ich.

»Dann treffen wir uns also in, sagen wir, einer Dreiviertelstunde unten am Eingang?«

»In einer Dreiviertelstunde«, bestätigte ich.

Es dauerte bis 22 Uhr, bis alle Betreffenden in einem Vernehmungszimmer im Bostoner Polizeipräsidium an der Causeway Street versammelt waren: Detective Terry McCarthy von der Bostoner Polizei, Captain O'Donnell, Bezirksstaatsanwalt Tom Harrigan und Carl Rossetti, inzwischen offiziell Julias, Garrets und Billys Anwalt.

Zwei Stunden zuvor hatte Rossetti Barton überzeugen können, im Eilverfahren eine gerichtliche Verfügung zu erlassen, die uns erlaubte, Garrets Aussage aufzunehmen.

Darwin Bishops Angriff auf Julia hatte die Animositäten zwischen den Anwesenden im Raum größtenteils beigelegt. Bishop war nicht mehr zu retten, und seine Handlanger wussten das. Wie sich herausgestellt hatte, handelte es sich bei den Papieren, auf deren Unterschrift er gedrängt hatte, um Formulare für die Auflösung zweier Bankkonten im Namen der

Zwillinge, jedes mit einer Einlage von 250.000 Dollar. Zufällig hatte er bei seiner Festnahme auch zwei einfache Flugtickets nach Athen bei sich, einem idealen Ort für einen Zwischenstopp auf dem Weg ins endgültige Untertauchen. Die Tickets waren auf seinen und Claire Buckleys Namen ausgestellt.

Wir beschlossen, dass Terry McCarthy die Vernehmung durchführen sollte. McCarthy, ein ruhiger Mann von zweiundvierzig, der wie fünfundfünfzig aussieht, ist ein ehemaliger Eishockeyspieler des Boston College. Gewöhnlich beugt er sich bei jedem Schritt mit seiner rechten Schulter vor und lässt seine Füße über den Boden schleifen, als stünde er noch immer auf dem Eis. Trotz seiner sanften Stimme schafft er es noch immer, diesen Blick aufzusetzen, als würde er einen im nächsten Augenblick gegen die Bande rammen oder seine Handschuhe ausziehen und einen mit den Fäusten bearbeiten. Möglicherweise ist die Kombination dieser Gegensätzlichkeiten der Grund dafür, warum er nahezu jedem die Wahrheit entlocken kann.

McCarthy saß über Eck von Garret am Tisch, während der Rest von uns in respektvollem Abstand Platz genommen hatte. Er schaltete den Kassettenrecorder an.

»Warum fangen wir nicht mit deinem Namen an?«, forderte McCarthy Garret auf.

»Das ist leicht«, erwiderte er. »Garret Bishop.«

»Dein Geburtsdatum?«

»13. Oktober 1984.«

»Und das heutige Datum?«, fragte McCarthy.

»29. Juni 2002.«

»Garret, machst du diese Aussage freiwillig? Aus freien Stücken?«

»Ja«, antwortete Garret.

»Niemand hier hat dich in irgendeiner Weise dazu genötigt – oder dir irgendetwas als Gegenleistung angeboten?«

»Nein, Sir«, erklärte Garret mit einem angedeuteten Lächeln. »Ich wünschte, es wäre so.«

Captain O'Donnell kicherte.

Garret stieß ein nervöses Lachen aus.

McCarthy setzte diesen besagten Blick auf.

»Beantworte einfach nur seine Fragen«, wies Rossetti Garret an. »Spiel nicht den Witzbold.«

»Ich frage dich noch einmal«, sagte McCarthy und beugte sich vor. »Hat dir jemand irgendetwas als Gegenleistung für deine Aussage angeboten?«, fragte er übertrieben freundlich.

»Nein«, wiederholte Garret.

»Gut. Dann lass uns anfangen. Erzähl uns, was du in der Nacht des 21. Juni 2002 gesehen hast.«

Garret starrte McCarthy an und wollte offenbar gerade ansetzen, als er unvermittelt in sich zusammensank und auf den Tisch hinunterstarrte. Einige Augenblicke verstrichen.

»Garret?«, fragte McCarthy.

Keine Antwort.

Ich warf Anderson einen Blick zu. Er schien ebenso besorgt zu sein wie ich, dass Garret die Nerven verlor.

»Garret, wenn du nicht …«, setzte McCarthy an.

»Sagen Sie mir noch einmal, wie Sie meine Sicherheit garantieren wollen«, sagte Garret, die Augen noch immer starr auf den Tisch gerichtet.

»Na gut, wir gehen es noch einmal durch«, erklärte McCarthy. »Du bekommst einen State Trooper als Leibwächter zugeteilt. Er wird für mindestens sechs Monate bei dir bleiben, und natürlich noch länger, wenn jemand, den du durch deine Aussage mit einem Verbrechen in Verbindung bringst, vor Gericht gestellt wird. Trotzdem ist es wichtig, dass du eines verstehst, wie wir auch schon deiner Mutter und deinem Anwalt erklärt haben: Es gibt keine Garantien. Durch nichts, was wir tun können, wird jedes Risiko ausgeräumt werden können.«

Garret schürzte nachdenklich die Lippen.

Mir blieb keine andere Wahl, als dazusitzen und abzuwarten. Ich ließ meinen Blick über die Gesichter schweifen. Tom Harrigan verdrehte die Augen und zuckte mit den Schultern.

»Hast du Bedenken, Garret?«, fragte McCarthy. »Du solltest dich nicht unter Druck gesetzt fühlen, etwas zu sagen.« Sein Tonfall besagte das genaue Gegenteil. »Wir können die ganze Sache vergessen, wenn dir das lieber ist. Wir gehen alle nach Hause, als wäre das hier nie passiert.«

Garret sah ihn an, ehe sein Blick zu mir wanderte. Einige Augenblicke verstrichen. »Ich habe in meinem Zimmer gelesen. Es war so gegen halb zwölf«, sagte er schließlich.

Ich spürte, wie sich mein Körper entspannte. Ich witterte den Sieg. Ich sah zu Anderson, dessen Hand zur Faust geballt war. Dies war der Moment, auf den wir die ganze Zeit hingearbeitet hatten.

»Ich habe gelesen, und dann habe ich unten etwas gehört – im Keller«, fuhr er fort. »Ein Poltern, so als wäre etwas umgefallen.«

McCarthy nickte ermutigend.

»Ich dachte, alle wären schon im Bett, deshalb fand ich es etwas seltsam, verstehen Sie? Also bin ich hinuntergegangen.« Er runzelte die Stirn, als rufe er sich die Szene ins Gedächtnis. »Ich bin bis zum Wohnzimmer gekommen und wollte gerade in die Küche zur Kellertür gehen. Aber bevor ich sie erreicht hatte, habe ich Schritte auf mich zukommen gehört. Also bin ich stehen geblieben. Darwin ist ins Zimmer gekommen.« Garret hielt inne und sah McCarthy ins Gesicht. »Er hatte eine Tube Dichtungsmasse in der Hand.«

Schlagartig war es im Vernehmungszimmer totenstill. Was Garret gesagt hatte, genügte, um Billy zu entlasten, doch Garret hatte noch mehr in der Hinterhand.

»Ich habe zu Darwin gesagt, ich hätte etwas im Keller gehört«, fuhr Garret fort. »Er hat gesagt, ich sollte mich nicht darum kümmern, er hätte etwas umgestoßen, und ich solle wieder auf mein Zimmer gehen.«

»Und was hast du getan?«, fragte McCarthy.

»Ich bin wieder nach oben gegangen. Aber ich hatte ein mulmiges Gefühl. Die Sache war irgendwie unheimlich. Erstens geht Darwin nie in den Keller, außerdem wirkte er irgendwie, na ja, weggetreten.«

»Weggetreten«, wiederholte McCarthy.

»Total gestresst oder wütend oder so was«, sagte Garret. »Ich wusste es nicht genau.«

»Was ist dann passiert?«

»Ich habe ihn an meinem Zimmer vorbeigehen hören, Richtung Kinderzimmer. Also habe ich gewartet, bis er am Ende des Flurs war, dann bin ich aus meinem Zimmer geschlichen und ihm nachgegangen.«

»Und?«

Garret schloss die Augen. »Ich habe gesehen, wie er die Tube genommen hat und …«

»Was hat er mit der Tube gemacht?«, fragte McCarthy.

»Er hat Dichtungsmasse in Brookes Nase gespritzt. Erst ins eine Nasenloch, dann in das andere«, erklärte Garret. »Dann in ihren Hals.« Er öffnete die Augen, in denen Tränen glitzerten.

Es war das erste Mal, dass ich Garret weinen sah. Und zum ersten Mal ließ er sein Alter erkennen. Er sah aus wie ein unbeholfener Teenager, der unter den schrecklichsten Umständen krampfhaft versuchte, ein Mann zu sein.

»Was ist dann passiert?«, hakte McCarthy ungerührt nach.

»Ich bin wieder in mein Zimmer gegangen«, antwortete Garret und wischte sich die Tränen von seiner Wange.

»Und du hast das bis heute niemandem erzählt?«, sagte McCarthy.

»Nein.«

»Warum nicht?«

»Weil ich Angst hatte«, erklärte Garret.

»Wovor?«

»Darwin.«

»Warum?«

»Weil ich gesehen habe, wie er meinen Bruder Billy fast bewusstlos geprügelt hat«, antwortete Garret. »Weil er mir mehr als einmal gedroht hat, er würde mich umbringen, wenn ich ihm nicht gehorche – ganz zu schweigen davon … ihn zu verraten.«

»Und wie kommt es dann, dass du jetzt dein Schweigen brichst?«, wollte McCarthy wissen.

Garret schluckte und holte tief Luft. »Ich habe gesehen, was er meiner Mutter angetan hat«, sagte er, und seine Unterlippe fing erneut an zu zucken. »Wenn ich den Mumm gehabt hätte, ihn früher aufzuhalten, dann wäre das nicht passiert. Ich werde nicht warten, bis sie tot ist, bevor ich endlich das Richtige tue.«

Garret verließ das Vernehmungszimmer mit einer Polizeieskorte. Es war vereinbart worden, dass er über Nacht in Boston bleiben und dann nach Nantucket zurückfahren würde.

O'Donnell ergriff als Erster das Wort. »Chief Anderson«, sagte er, »auf der Grundlage dessen, was ich gerade gehört habe, in Verbindung mit den Fingerabdrücken, die Sie gefunden haben, und anderen Indizienbeweisen in diesem Fall beabsichtige ich, Darwin Bishop unter Anklage wegen Mordes an seiner Tochter Brooke und des versuchten Mordes an seiner Tochter Tess zu stellen.« Er sah zu Tom Harrigan. »Ich vermute, die Staatsanwaltschaft wird die Anklagejury auffordern, das offizielle Verfahren gegen Mr. Bishop hinsichtlich dieser Verbrechen zu eröffnen, neben dem zum versuchten Mord an seiner Frau Julia heute.«

»Wir werden uns umgehend an die Anklagejury wenden, sobald sie zusammentreten kann«, erklärte Harrigan.

»Ich hoffe, wir können Billy Bishops Freilassung innerhalb desselben Zeitraums veranlassen«, bemerkte Carl Rossetti.

»Wir lassen die Anklagen gegen ihn so schnell wie möglich fallen«, versicherte Harrigan.

»Und wann genau wäre das?«, fragte Rossetti ausdruckslos.

»Ich werde mich morgen früh persönlich darum kümmern«, versprach Harrigan.

Terry McCarthy sah zu Anderson und mir. »Das bedeutet, dass Billy morgen früh freigelassen wird«, sagte er. »Holt ihr beide ihn?«

Anderson wandte sich an mich. »Macht es dir etwas aus, wenn du das übernimmst, Frank?«, fragte er augenzwinkernd. »Ich sollte lieber wieder auf die Insel zurückfahren.«

»Es macht mir nichts aus«, versicherte ich. »Nicht das Geringste.«

20

Sonntag, 30. Juni 2002

Obwohl es bereits nach Mitternacht war, fuhr ich nicht nach Hause, sondern zum Bezirksgefängnis.

Zum Glück hatten abermals Andersons Freunde die Nachtschicht. Tony Glass, ein hoch aufgeschossener Mann von etwa fünfunddreißig mit einer dicken Brille, tat am Eingangstresen Dienst. Er fragte mich, ob ich für einen weiteren Besuch bei Billy gekommen wäre.

»Nein«, erklärte ich. »Ich möchte Darwin Bishop sprechen.«

»Schon seltsam, was?«, bemerkte Glass. »Vater und Sohn zur selben Zeit im selben Gefängnis?«

»Nicht für lange«, sagte ich. »Billy wird morgen Vormittag entlassen.«

»Gut. Er scheint ein netter Bursche zu sein«, sagte Glass. »Einige von den Wärtern sagen das. Sie mögen ihn.«

Ich lächelte. Billy mochte ein netter Bursche sein, doch zugleich war er destruktiv und manipulierend. Das hatte ich nicht vergessen. »Er kann sehr charmant sein«, pflichtete ich bei.

»Sein Vater ist in Schutzhaft«, erklärte Glass. »Er hat sich mit einem anderen Insassen angelegt und ein wenig Prügel eingesteckt. Sie werden ihn unten im Zellentrakt besuchen müssen, wenn's Ihnen nichts ausmacht.«

»Kein Problem.« Ich fragte mich, ob Bishop wirklich einen Zusammenstoß mit einem anderen Insassen gehabt hatte oder an einen Wärter geraten war, der nichts für Frauenschläger übrig hatte.

Die Schutzhaftabteilung liegt im Keller des Gefängnisses und ist ein Zellentrakt wie alle anderen auch, allerdings ohne Zugang zu den Gemeinschafts- und Freizeiteinrichtungen. Außerdem war es hier unten kalt und dunkel, möglicherweise um die Insassen daran zu erinnern, dass ihr Schutz eine zusätzliche Bürde für das System darstellte und nichts, das ihnen Mitleid einbrachte.

Nur eine Hand voll der Zellen waren besetzt. Ein Wärter führte mich zur letzten in der Reihe. Darwin Bishop, bekleidet mit dem gleichen anonymen orangefarbenen Overall wie Billy, lag auf einer Pritsche. »Besuch für Sie, Bishop«, sagte der Wärter, ehe er sich umdrehte und davonging.

Bishop setzte sich auf. Seine Lippe war aufgeplatzt, doch ansonsten schien er keinen großen Schaden genommen zu haben. »Dr. Clevenger«, sagte er matt. »Was führt Sie hierher?«

Gute Frage. Wollte ich mit eigenen Augen sehen, dass die Wahrheit einen Mann eingeholt hatte, der so lange vor ihr davongelaufen war? Oder hatte Julia einen so ursprünglichen Konkurrenztrieb in mir geweckt, dass ich mich an der Niederlage eines Rivalen weiden wollte? Schließlich war es meine Absicht gewesen, sie ihm wegzunehmen. »Ich bin nicht sicher, warum ich hier bin«, gestand ich.

»Ich bin nicht ins Krankenhaus gekommen, um Julia etwas anzutun«, sagte er. »Ich liebe sie, wahrscheinlich mehr, als ich sollte. Ich habe die Beherrschung verloren. Und das ist zum Teil Ihre Schuld. Sie haben eine Affäre mit ihr.«

»Ihre Familie zu terrorisieren ist nicht die beste Strategie, um sich ihre Treue zu sichern«, bemerkte ich. »Selbst Affären zu haben hilft auch nicht gerade.«

»Das ist keine Entschuldigung für das, was Sie getan haben«, konterte er. »Ich habe Ihnen nie etwas weggenommen, was Ihnen gehört.«

»Haben Sie deshalb gestern Ihre Leibwächter zu meiner Wohnung geschickt?«, fragte ich. »Um es mir heimzuzahlen?«

»Ja«, antwortete er. »Ich wünschte, Sie wären zu Hause gewesen. Dann würden Sie jetzt schlimmer aussehen als ich.«

»Dafür ist es zu spät«, erwiderte ich.

»Wahrscheinlich.« Er fuhr sich mit dem Finger über seine Lippe. Sie blutete. »Sie sind nicht der Erste, nur damit Sie das wissen. Ihr Kumpel North hat sich auch schon mit ihr vergnügt. Sie ist nicht wählerisch«, sagte er und betrachtete das Blut.

Ich schwieg.

Bishop sah mich an. »Es macht Ihnen nicht einmal etwas aus«, stellte er fest. »Sie wollen sie trotz allem. Sie sind süchtig nach ihr, genau wie er es war.« Er stockte. »Genau wie ich es bin.« Er sah zur Decke, holte tief Luft und schüttelte den Kopf, als könne er noch immer nicht ganz glauben, was mit ihm geschehen war. Dann wanderte sein Blick über die Wände der Zelle. »Ich bin nicht das erste Mal in dieser Lage«, erklärte er leise. »Allein. Mit nichts. Ich bin bald wieder obenauf.«

Die Art, wie er diese Worte aussprach, beinahe wie ein Mantra, um sich zu beruhigen, ließ beinahe so etwas wie Mitleid in mir aufkeimen. »Ich bin sicher, dass Sie mit Ihren Talenten innere Bereicherung finden werden«, bemerkte ich.

Drake Slattery, Lillys Internist, rief mich kurz vor 7 Uhr früh an, um mir mitzuteilen, dass Lilly im Lauf des Vormittags entlassen werden würde. Ich versprach ihm, dass ich kommen würde, um mich von ihr zu verabschieden.

Als ich ihr Zimmer betrat, saß sie in Alltagskleidung – einer weißen Jeans und einer schlichten hellgrünen Bluse – in einem der Sessel neben ihrem Bett und las. Sie hatte ihre blonden Locken über eine Schulter frisiert und rosa Lippenstift aufgelegt. »Kommen Sie rein«, sagte sie lächelnd.

Ich setzte mich in den anderen Sessel. »Irgendetwas Interessantes?«, fragte ich und deutete mit einem Nicken auf die Zeitschrift.

Sie hielt sie hoch, damit ich das Titelblatt sehen konnte. Es war eine Ausgabe von *True Confessions*, einer jener Illustrierten mit wahren Lebensbeichten. »Passt doch, oder nicht?«, bemerkte sie.

Ich lächelte. »Irgendwie schon.«

»Entlassungstag«, sagte sie.

»Wie fühlen Sie sich?«

»Ehrlich?«

»Natürlich.«

»Ich würde es so gern wieder tun«, gestand sie.

»Das Spritzen.«

Sie nickte. »Ich denke fast den ganzen Tag daran. Manchmal träume ich sogar nachts davon.« Sie sah mir in die Augen. »Es wird nicht leicht werden.«

Lilly beschrieb etwas, das dem Verlangen gleichkam, das Süchtige empfinden, wenn sie auf Entzug gehen. Für sie waren die Injektionen und die daraus resultierenden Infektionen schließlich nichts anderes als Rauschmittel gewesen. Sie hatten ihren Verstand betäubt, damit sie sich nicht ihren komplizierten Gefühlen für ihren Großvater stellen musste. Nun, da die schmerzvolle Realität über sie hereinbrach, flehte ihr Verstand sie an, weiter zur Droge zu greifen. »Haben Sie noch weiter über Ihre Beziehung zu Ihrem Großvater nachgedacht?«, fragte ich.

»Ein bisschen, während des Tages«, antwortete sie. »Aber sehr viel, wenn ich kurz vor dem Einschlafen bin.«

Sie schien nicht mehr sagen zu wollen, deshalb beschloss ich, sie zu provozieren. »Was geht Ihnen durch den Sinn, wenn Sie im Bett liegen?«, fragte ich sanft.

Sie wurde rot. »Ich habe diese Träume. Sie sind anders als die, die ich hatte, wenn ich mir selbst wehgetan habe.«

»Inwiefern?«, fragte ich.

»Ich tue ... ihm weh«, sagte sie.

Das überraschte mich nicht. Je länger Lilly ihrer krankhaften Angewohnheit entsagte und über die unangemessene Beziehung nachdachte, die diese Angewohnheit hervorgerufen hatte, desto wütender würde sie werden. »In welcher Weise tun Sie ihm weh?«, fragte ich sie.

»Es ist schrecklich«, sagte sie.

»Es sind nur Gefühle«, beschwichtigte ich sie. »Der einzige Mensch, dem Sie in Wahrheit wehtun, sind Sie selbst.«

Sie sah einen Moment lang auf ihr Bein. »In den Träumen bin ich im Bett«, begann sie zögernd. »Grandpa kommt in mein Zimmer, um mir einen Gutenachtkuss zu geben.« Sie sah mich an.

»Und dann?«, fragte ich mit ruhiger Stimme.

»Ich tue so, als würde ich schlafen, aber das ist nicht wahr. Er kommt immer näher. Es scheint so, als würde es ewig dauern, bis er bei mir ist. Am Ende sehe ich seinen Schatten an der Wand. Ich beobachte den Schatten, während er sich über mich beugt, um mich zu küssen. Und dann, wenn seine Lippen fast meine Stirn berühren, drehe ich mich um und ...« Sie schloss die Augen.

»Und ...«, ermutigte ich sie.

Sie ließ ihre Augen geschlossen. »Ich habe ein Messer.«

»Was passiert dann?«

Sie sah mir ins Gesicht. »Ich schneide ihm die Kehle durch.« Ihr Gesicht war von Entsetzen verzerrt.

»Und dann?«

»Dann starrt er mich so schrecklich verwirrt an. So als hätte er keine Ahnung, warum ich das getan habe. Und das ist das Schlimmste daran. Dieser Ausdruck auf seinem Gesicht. Es ist sogar noch schlimmer, als mir auszumalen, was ich ihm angetan habe – Sie wissen schon, all das Blut, das aus seinem

Hals spritzt. Ich kriege diesen Gesichtsausdruck nicht mehr aus dem Kopf.«

»Sorg dafür, dass sie ihn nicht in die Realität holt«, ermahnte mich die Stimme in meinem Hinterkopf.

»Sie verspüren aber nicht den Drang, sich tatsächlich in dieser Weise an Ihrem Großvater zu rächen, oder?«, fragte ich. »Wenn Sie wach sind?«

Sie starrte mich an, als hätte ich zwei Köpfe. »Mein Gott, nein. Ich könnte ihm niemals wehtun.«

»Das hatte ich auch nicht gedacht«, sagte ich.

Lillys Albtraum war leicht zu deuten. Ihr Großvater hatte mit ihr gespielt, hatte sie jahrelang verführt. Er war *immer näher* gekommen, ohne jemals Hand an sie zu legen. Dem Unterbewusstsein eines pubertierenden Mädchens muss es so vorgekommen sein, als würde er sich ewig Zeit lassen, sie sich zu Eigen zu machen. Doch die Wut dieses Mädchens darüber, manipuliert zu werden, wuchs Hand in Hand mit ihrem sexuellen Trieb, was ihre Fantasien erklärte, dass sie ihren Großvater tötete, während sie im Bett lag, gerade *als seine Lippen fast meine Stirn berühren*. Selbst die *Verwirrung* ihres Großvaters traf genau ins Schwarze. Er mochte nie bewusst die Absicht gehabt haben, Lilly etwas anzutun, sondern war mechanisch seiner eigenen perversen emotionalen Triebhaftigkeit gefolgt – seinem Schatten –, geboren aus welchem Kindheitstrauma auch immer.

Etwas, das Ted James mir vor Jahren gesagt hatte, kam mir wieder in den Sinn. Er hatte versucht, mir zu helfen und mich von meiner Wut auf meinen Vater zu befreien, was mir nie vollständig gelungen war. »Irgendwann«, hatte James gesagt, »wirst du erkennen, dass niemand Schuld hat und dass es niemanden gibt, den man hassen muss. Dein Vater war ein Opfer, genauso wie du.«

Ich sah Lilly an. »Vielleicht sieht Ihr Großvater verwirrt aus, weil er nie verstanden hat, was Ihre Beziehung vergiftet hat«, sagte ich. »Die Dynamik, die sie in eine destruktive

Richtung trieb. Vielleicht hat er es ebenso wenig verstanden wie Sie.«

»Mit anderen Worten«, erwiderte sie, »er hat nicht absichtlich mein Leben verkorkst?«

»Vielleicht nicht.«

Es schien ihr schwer zu fallen, das zu akzeptieren.

»Sagen Sie irgendetwas zu ihm, wenn er Sie mit diesem verwirrten Gesichtsausdruck ansieht?«, fragte ich. »Nachdem Sie ihm die Kehle durchgeschnitten haben?«

»Nein«, antwortete sie. »Das ist der Moment, in dem ich aufwache.«

»Was würden Sie zu ihm sagen?«

Sie schüttelte den Kopf. »Keine Ahnung.«

»Denken Sie nach«, drängte ich sanft.

Sie lächelte, dann wanderte ihr Blick an mir vorbei ins Leere, während sie sich die Situation auszumalen schien. Schließlich sah sie wieder mich an. »Schlaf gut. Lass dich nicht von den bösen Feen holen«, sagte sie und lachte.

Ich stimmte in ihr Lachen ein, um die angespannte Atmosphäre zu lockern. Wäre sie eine reguläre Patientin von mir gewesen, hätten ihre Worte und ihr Tonfall – diese Kombination aus Unschuld, Wut und etwas fast Sinnlichem – einen perfekten Ausgangspunkt für einen längeren Ausflug in das Terrain ihres Traumas dargestellt. Das war ein wirklich sehr gutes Zeichen. »Sie werden es schon schaffen«, sagte ich.

»Glauben Sie das wirklich?«, fragte sie.

»Ja.« Ich reichte ihr meine Hand, und sie schüttelte sie. »Viel Glück«, sagte ich. »Ich werde an Sie denken.«

Billy sollte eigentlich an jenem Vormittag freigelassen werden, doch die Mühlen des Justizsystems mahlen nun einmal langsam. Er wurde weder an jenem Tag freigelassen noch am nächsten. Wir machten Witze darüber, ob er am Unabhängigkeitstag aus dem Gefängnis kommen würde, doch auch das geschah nicht. Es dauerte zehn Tage, bis alle nötigen Formulare ihren Weg von der Staatsanwaltschaft zum Gefängnis gefunden hatten. Am 10. Juli konnte ich endlich zum Bezirksgefängnis fahren und ihn in Empfang nehmen, als er durch die beiden hintereinander aufragenden Stahltore trat, die vorgaben, die Guten von den Schlechten zu trennen. Er sah nur einmal über seine Schulter zurück, während er auf mich zueilte. »Ich kann nicht glauben, dass ich tatsächlich draußen bin«, sagte er. »Vielen Dank.«

»Wenn du mir wirklich danken willst«, erwiderte ich, »dann teile deine Sorgen mit mir.«

»Sorgen worüber?«, fragte er.

»Über dich. Das Stehlen, die Tierquälerei, die Brandstiftung – das kann so nicht weitergehen.«

»Das ist alles Vergangenheit«, versicherte er. »Ich baue keinen Mist mehr.«

»Die Vergangenheit ist die Zukunft, solange du davor wegläufst«, erklärte ich. »Der Verlust deiner Eltern, Russland, das Leben mit Darwin – jede Abkürzung, die du nimmst, um dich diesen Dingen nicht stellen zu müssen, führt auf direktem Weg wieder hierher zurück, das verspreche ich dir. Ich habe das schon oft gesehen. Zu oft. Bei Kindern, die einen ebenso guten Kern hatten wie du.«

Dieser letzte Satz ließ ihn strahlen. »Werden Sie mir helfen?«, fragte er.

»Das werde ich, wenn du es möchtest«, antwortete ich.

»Ich möchte es wirklich«, versicherte er.

Die Behandlung eines Soziopathen ist bedeutend schwieriger als die eines Patienten mit Depressionen oder gar Psychosen. Das Problem mit Soziopathen ist, dass sie nicht von ihrer Krankheit überzeugt sind. *Alle anderen* sind das Problem. Wenn die Welt sie doch nur in Ruhe lassen und ihnen geben würde, was ihnen zusteht, dann wäre alles wunderbar. »Wir werden es versuchen«, erklärte ich.

Er streckte seine Hand aus. Ich schlug ein. »Und wo geht's jetzt hin?«, fragte er.

Die Art, wie Billy die Frage stellte, verriet mir, dass er mein Versprechen, ihn bei mir wohnen zu lassen, nicht vergessen hatte. Ich erinnerte mich ebenfalls daran. Es war nicht schwer, dieses Versprechen einzulösen, zumindest vorübergehend, da ich im Augenblick mit Julia und Garret im Haus von Julias Mutter auf Martha's Vineyard wohnte. Julia war drei Tage zuvor aus dem Mass General entlassen worden und war noch immer etwas angeschlagen, sowohl physisch als auch emotional. »Wir fahren zu deiner Großmutter nach Martha's Vineyard«, sagte ich. »Ich wohne im Moment im Gästehaus, während die Dinge wieder ins Lot kommen.«

»Dann können wir also zusammen sein, wie Sie gesagt haben«, sagte er erfreut.

»Es spricht nichts dagegen.«

»Ist Garret auch dort?«

»Er hat den Großteil seiner Sachen schon geholt«, erklärte ich.

Billy sah über seine Schulter. »Ich habe bessere Erinnerungen an das Gefängnis als an Darwins Haus«, sagte er. »Wenigstens sind sich hier alle einig, dass es ein Gefängnis ist. Da weiß man irgendwie, was man zu erwarten hat.«

Zwei Tage später sagte Garret vor der Anklagejury aus. Carl Rossetti war anwesend, ebenso wie Bezirksstaatsanwalt Tom Harrigan.

Rossetti berichtete mir, die Szene wäre herzzerreißend gewesen. Garret war ein Nervenbündel gewesen, zitternd und schwitzend, und es war erheblich mehr gutes Zureden notwendig gewesen als im Bostoner Polizeipräsidium. Trotzdem hatte er schließlich mit seiner Augenzeugen-Schilderung, nach der sich die Tube Dichtungsmasse in Bishops Hand und das Tablettenfläschchen Nortriptylin in seinem Schreibtisch befand, den letzten Nagel in Darwin Bishops Sarg getrieben. Alles passte perfekt zu den Fingerabdrücken. Nicht einmal eine Stunde, nachdem Garret den Zeugenstand verlassen hatte, wurde gegen Darwin Bishop formelle Anklage wegen Mordes mit extremer Heimtücke und Grausamkeit (ein besonderer Zusatz, den das Strafgesetzbuch von Massachusetts vorsieht) sowie versuchten Mordes in zwei Fällen (Tess und Julia) erhoben.

»Ich bin lange genug in dieser Branche, dass mich die meisten Dinge kalt lassen«, hatte Rossetti mir erklärt, »aber als Garret zusammengebrochen ist und geschluchzt hat, er würde seinen Vater noch immer lieben, auch wenn er sich nicht erklären könnte, warum, da sind mir selbst beinahe die Tränen gekommen.«

»Beinahe«, hatte ich bemerkt.

»Ehrlich, Franko, mich siehst du nur weinen, wenn ich auf der Rennbahn verliere. Wenn ich mehr als einen Riesen verliere, plärre ich wie ein Baby. Alles andere berührt mich nicht, wenn du verstehst, was ich meine.«

»Dir sind also die Tränen gekommen«, stellte ich fest.

»So gut wie«, bestätigte er.

Als Garret nach Hause kam, setzte ich mich mit ihm zusammen. »Ich habe mit Carl Rossetti gesprochen«, erklärte ich. »Ich weiß, wie schwer es heute für dich war.«

»Ich hätte nicht gedacht, dass es das sein würde«, sagte er. »Ich dachte, es wäre leichter als beim letzten Mal. Vielleicht liegt es daran, dass der Prozess immer näher rückt.«

»Und der Prozess selbst wird sogar noch schwerer sein«, warnte ich. »Trotz allem, was Darwin getan hat, ist es ganz normal, dass du eine seltsame Art von Hingabe für ihn empfindest.«

»Das ist es, was ich nicht verstehe«, sagte er. »Warum kümmert es einen, was mit jemandem passiert, der einen gequält hat?«

Die Antwort auf diese Frage ist eine weitere von jenen sonderbaren menschlichen Gleichungen. Die meisten Kinder erhalten lieber um jeden Preis das Wunschbild einer liebevollen Beziehung zu ihren Vätern und Müttern aufrecht, selbst wenn es sie ihre Selbstachtung kostet. Wenn man drei oder sieben Jahre alt ist, ist es weniger beängstigend, sich selbst als einen enttäuschenden Versager zu sehen, den niemand lieben kann, als die Tatsache zu akzeptieren, dass man mit einem Ungeheuer zusammenlebt. »Deine Liebe zu Darwin in Frage zu stellen würde bedeuten, Zweifel daran zuzulassen, ob *er dich* je geliebt hat«, erwiderte ich. »Das ist schwer, egal ob du nun siebzehn bist oder siebenundzwanzig. Glaub mir.«

»Hat Ihr Vater Sie ... misshandelt?«, fragte er.

»Ja«, sagte ich. »Er hat mich geschlagen.«

»Scheiße«, entfuhr es ihm. »Das tut mir Leid.«

»Danke.«

Er schüttelte den Kopf und atmete tief durch. »Trotz allem, was Darwin mir angetan hat, bin ich immer davon ausgegangen, dass er es nicht ernsthaft so meinte. Aber das muss er getan haben. Er kann nichts für mich empfunden haben. Nicht auf irgendeine normale Weise.«

Ich konnte die Schuldgefühle in Garrets Stimme hören. Schließlich stand er kurz davor, seinen Vater für den Rest seines Lebens ins Gefängnis zu schicken. »Das ist keine Frage, die du einfach aus dem Stegreif für dich klären kannst«, sagte ich. »Aber wenn du wieder und wieder darauf zurückkommst, dann wirst du der Wahrheit immer näher kommen. Und du wirst immer weniger Angst davor haben. Selbst wenn es wehtut.«

Wir saßen einen Moment lang schweigend da. »Ich bin froh, dass Sie hier sind – dass Sie für eine Weile bei uns wohnen, meine ich«, sagte er schließlich.

Ich streckte die Hand aus und drückte seine Schulter. »Ich auch«, erklärte ich.

21

Das Haus von Julias Mutter war typisch für Martha's Vineyard – eine übergroße umgebaute Scheune auf einem grünen Hügel, einen Steinwurf vom Meer entfernt. Das Gästehaus, in dem ich wohnte, war ein verwittertes graues Cottage von 1852, das um die Jahrhundertwende von Edgartown hierher umgesetzt worden war. Überall wuchsen wild Heidelbeeren, Stachelbeeren und Wein, und der Duft von Paprikasträuchern schwängerte die Luft.

Die ersten zwei Wochen dort waren wie das Paradies. Nicht nur, dass Billy und Garret mich in allem, von Sport über Mädchen bis hin zu Berufswünschen, um Rat fragten und mich so den guten Vater spielen ließen, auch Julia verschmolz ihre Hilfsbedürftigkeit und Sinnlichkeit in noch fesselnderer Weise denn je zuvor. Es gab Abende, an denen sie in meinen Armen über irgendeine übermächtige Erinnerung an Darwins Grausamkeit weinte und sich von niemand anderem trösten ließ. Sie mischte ihre Tränen mit unvermittelten Zärtlichkeiten – eine Kombination, die der Kern meines Wesens wie ein Zaubertrank aufsog. In einem Moment flüsterte sie mir zu, sie hätte Angst, im nächsten, sie wolle mich in sich spüren. Und wenn wir uns liebten, dann taten wir es mit einer solchen Intensität, dass ich die Grenze zwischen meiner Lust und der ihren nicht mehr erkennen konnte und von beiden gleichermaßen angetrieben und entrückt wurde.

Jene Tage waren wie eine Droge, eine Droge, die ich nie wieder aufgeben wollte. Doch am Sonntag, dem 21. Juli, knappe drei Wochen nach Darwin Bishops Festnahme, war der Rausch zu Ende, und alles stürzte in ein gähnendes Loch.

Der Tag war mein bislang schönster auf Martha's Vineyard gewesen. Julia, ihre Mutter Candace, die Jungs und ich hatten uns einen verspäteten Gourmet-Brunch gegönnt, der dann genüsslich in einen geruhsamen Tag übergegangen war, den

Julia lesend auf der Veranda verbrachte, während ich mit Garret und Billy Ball spielte, ehe wir uns zu dritt in den Wellen abkühlten. Als der Abend heranrückte, meinte Julia, sie fühle sich schon wieder fast wie sie selbst, und schlug vor, dies mit ihrem ersten echten Ausflug zu feiern – einem Spaziergang im Sonnenuntergang auf den Klippen von Gay Head. Also fuhren wir zusammen hin.

Die fünf Meter hohen Klippen leuchteten im verblassenden Licht des Tages wie der Mittelpunkt der Erde. Es herrschte gerade Ebbe, und die Wellen spülten in trägem Rhythmus über den samtenen Strand unter uns und ließen ganze Felder von schillernden Bläschen zurück.

Julia hakte sich bei mir unter und schmiegte sich beim Gehen an mich. »Zum ersten Mal in meinem Leben fühle ich mich geborgen«, sagte sie.

Ich blieb stehen, drehte mich zu ihr um und küsste sie auf die Stirn. Ihre smaragdgrünen Augen funkelten. »Ich auch.«

»Wirklich?«

Ich nickte.

»Du vertraust mir?«

»Natürlich vertraue ich dir«, versicherte ich ihr.

»Dann schließ die Augen«, sagte sie mit einem spitzbübischen Grinsen.

Ich sah zum Rand der Klippen, der knapp einen Meter entfernt war. »Wenn ich dich langweile, brauchst du es einfach nur zu sagen.«

Julia lachte wie ein kleines Mädchen. »Du hast gesagt, du würdest mir vertrauen.« Sie küsste mich leidenschaftlich, schmiegte sich an mich und ließ ihre Hand zwischen meine Beine wandern, während sie uns gleichzeitig einen Schritt näher an den Abgrund manövrierte. Zwei Schritte weiter, und ich hätte Drachenfliegen ohne Drachen ausprobieren können. »Komm, mach deine Augen zu«, sagte sie, während ihre Finger meinen Schritt massierten. »Es wird dir gefallen. Das verspreche ich.«

Ich atmete tief durch und schloss meine Lider, bis Julia nur noch als Schatten erkennbar war. Eine erregende Mischung aus Leidenschaft und Furcht ergriff mein Herz. Schweißperlen liefen über meine Brust und an meinem Bauch hinab, die sich in meinem Nabel sammelten, dann überliefen.

Julias warme, flinke Zunge wanderte zu meinem Hals, dann in mein Ohr. »Lass die Augen zu«, flüsterte sie, ehe sie sich von mir löste.

Ich stand einen Moment lang in einer Art Trance da, lauschte meinen Atemzügen und beobachtete durch meine halb geschlossenen Augen, wie Julia einige Schritte zurückwich.

»Nicht schummeln«, sagte sie, drehte sich um und lief davon.

Sie verschwand im grellen Sonnenschein. Fünfzehn, zwanzig Sekunden verstrichen. Ich konnte nur den Wind und das rauschende Gras hören.

»Okay«, rief Julia aus einiger Entfernung. »Such mich.«

Ich öffnete die Augen und sah mich um. Die Farben des Grases, des Ozeans, des Himmels und der Klippen schienen plötzlich noch leuchtender als zuvor. Die Sonne war ein lodernder orangeroter Strandball, der über dem Horizont schwebte.

Julia war nirgends zu sehen.

»Wo bist du?«

Keine Antwort.

Niedrige Hügel erstreckten sich über eine Viertelmeile vor mir. Julia konnte praktisch überall in dem wogenden Gras liegen. Ich trat von den Klippen zurück und suchte den Boden mit den Augen nach Fußabdrücken ab. Ich war noch nicht weit gekommen, als ich ein kleines Gehölz aus hohen, blühenden Paprikasträuchern erspähte, die etwa zehn, zwölf Meter von mir entfernt aufragten. Ein gerade noch erkennbarer Trampelpfad führte durch das wild wuchernde Gras zu dem Gehölz. Irgendetwas sagte mir, dass sie sich darin versteckt hatte, also ging ich auf die Büsche zu. Als ich auf wenige Meter herangekommen war, hörte ich ein Kichern aus dem Gebüsch. Langsam ging ich ein paar Schritte weiter, wobei ich vorsichtig die dicht belaubten Zweige auseinander schob. Dann blieb ich stehen und starrte sie an.

Julia lag auf einem Bett aus ihren Kleidern, nackt, die Knie angewinkelt und gegeneinander gelehnt. Sie mutete wie eine Meerjungfrau in einem verborgenen Garten an, die sich zwischen Ebbe und Flut ausruhte. Ihr seidiges schwarzes Haar flatterte in der sanften Brise, die die Äste um sie herum rascheln ließ. Sie lächelte mich schüchtern an und spreizte langsam die Beine. »Möchtest du nicht reinkommen?«

Kurz nach 22 Uhr kehrten wir zum Haus zurück, wo wir auf Garrets Leibwächter, Pete Magill, stießen, der durch den Vorgarten schlenderte. Wir grüßten ihn, dann gingen wir hinein.

Candace saß auf der abgewetzten Ledercouch im Wohnzimmer und las eine Zeitschrift. In einer beleuchteten Vitrine neben ihr stand eine Auswahl der Spielsachen ihrer Kinder. Eine Original-Barbie, ein GI-Joe, ein Rennwagen aus Metall, eine Zündplättchenpistole. Candace sah auf, als wir hereinkamen. »Habt ihr beiden euch amüsiert?«, fragte sie.

»Ich schon«, antwortete Julia. »Und ich glaube, er auch.« Sie lachte.

»Das haben wir«, versicherte ich.

»Wie geht es Tess?«, erkundigte sich Julia.

»Sie schläft«, erklärte Candace. »Sie war ganz lieb.«

»Sind die Jungs zu Hause?«, fragte Julia.

»Garret, ja«, antwortete Candace. »Billy ist mit einem Jungen, den er letzte Woche am Strand kennen gelernt hat, im Kino. Jason …«

»Sanderson«, sagte ich. »Macht einen recht netten Eindruck.«

»Er könnte Billys erster richtiger Freund werden«, bemerkte Julia und lächelte glücklich. »Billy beginnt ein neues Leben. Wir müssen den richtigen Doktor im Haus haben.«

»Das hoffe ich.«

»Ich sehe kurz nach Tess, dann gehe ich ins Bett«, verkündete Julia, gab mir einen Kuss auf die Wange und wandte sich zu ihrer Mutter um. »Warum unterhaltet ihr beide euch nicht ein bisschen. Das tut ihr nie.«

Candace sah mich an. »Ich wusste gar nicht, dass sie uns beobachtet, Frank.«

Ich zwinkerte ihr zu.

»Vielleicht tun wir das ja tatsächlich«, sagte Candace zu Julia.

Ich sah Julia hinterher, während sie nach oben ging, dann setzte ich mich in einen gemütlichen alten Ledersessel schräg neben der Couch.

»Sie hat eine Menge durchgemacht«, bemerkte ich.

»Unter all der Schönheit ist sie sehr zäh«, erwiderte Candace in ihrem gewählten, doch freundlichen Tonfall. Die pergamentdünne Haut ihrer schmalen Hände ließ die darunter verlaufenden blauen Venen durchscheinen. »Sie hatte keine leichte Kindheit, müssen Sie wissen.«

»Sie hat mir ein wenig von Ihrem Mann erzählt«, sagte ich.

»Das war schrecklich«, erklärte Candace. »Absolut schrecklich.«

Julia hatte mir erzählt, dass sie mit ihren Brüdern um die Aufmerksamkeit ihres Vaters konkurrieren musste, aber nicht sehr erfolgreich dabei gewesen war, ihn für sich zu gewinnen, was jedoch nicht gerade nach einer Katastrophe klang. »Was war Ihrer Meinung nach das Schlimmste daran?«, fragte ich vorsichtig.

»Dass er sie ignoriert hat«, antwortete Candace.

Ich nickte schweigend, in der Hoffnung, dass sie fortfahren würde.

Sie brauchte keinerlei Aufforderung. Vielleicht hatte sie sich diese Unterhaltung ja herbeigewünscht. »Wenn Julia auch nur das Geringste getan hat, das ihm missfallen hat, dann hat er nicht mehr mit ihr geredet. Er hat sie nicht einmal mehr angesehen, so als würde sie nicht existieren.« Sie schüttelte den Kopf. »Den Jungs gegenüber war er nicht so. Nie.«

Ich schaute zu der Vitrine hinüber. Ein Blechkarussell mit handbemalten Pferden fiel mir ins Auge, daneben saß eine kleine Porzellanpuppe mit lebensechten blauen Kristallaugen. So hübsche Spielsachen. Niemand stellt hässliche Erinnerungen zur Schau. »Wie lange hat er sie ignoriert?«, fragte ich.

»Das konnte wochenlang so gehen.« Sie rang mit den Händen. »Einige Male hat er es mehr als einen Monat durchgehalten.«

Kein Wunder, dass es für Julia so wichtig war, die Aufmerksamkeit von Männern auf sich zu ziehen. »Glauben Sie, das ist der Grund, weshalb sie Model geworden ist?«, fragte ich. »Niemand ignoriert eine Frau auf dem Laufsteg.«

»Durchaus«, antwortete Candace. »Ich schätze, es ist der Grund für viele Entscheidungen in ihrem Leben.«

»Zum Beispiel?«

»Zum einen für ihre Ehe – dass sie so lange bei ihm geblieben ist. Ich glaube nicht, dass jemand anders die Misshandlungen so lange ertragen hätte.«

Candace hatte natürlich Recht. Schon als kleines Mädchen, als sie sich noch nicht dagegen hatte wehren können, hatte Julia gelernt, endlose Misshandlungen zu erdulden.

»Und warum haben *Sie* Ihren Mann nicht verlassen?«, fragte ich, überrascht von der Schärfe meines Tonfalls. Es war eine Frage, die ich ebenso gut meiner eigenen Mutter hätte stellen können, was die Wut erklärte, die ich empfand.

Candace sah auf ihre Hände hinab und schüttelte den Kopf. »Ich weiß nicht«, erklärte sie. »Es war ein Fehler. Ich hätte es tun sollen.«

Dieses Geständnis genügte, um mein Mitgefühl abermals die Oberhand gewinnen zu lassen. Es bestand kein Zweifel daran, dass Candace ihre eigene traumatische Lebensgeschichte hatte, die erklärte, warum sie ihren sadistischen Ehemann nicht vor die Tür gesetzt hatte. »Julia hat schließlich den

Absprung geschafft«, sagte ich. »Sie hat ein Kontaktverbot erwirkt und es durchgesetzt. Das hat großen Mut erfordert.«

»Ich schätze, sie ist jetzt auf dem richtigen Weg«, erklärte Candace und deutete mit einem Nicken auf mich. »Schließlich hat sie Sie gefunden.«

Candace ging zu Bett, und ich machte mich auf den Weg zurück zum Gäste-Cottage. Es hatte nur etwa fünfzehn Grad, und vom Meer wehte eine salzige Brise herüber. Der Vollmond strahlte so rund und weiß, dass er wie eine idealisierte Version der Realität aus einer Kinderzeichnung aussah.

Auf halbem Weg zum Cottage bemerkte ich, dass das Licht in Julias Zimmer noch brannte. Durch die geöffneten Fensterläden konnte ich sehen, wie Julia ihr T-Shirt aus ihren Shorts zog. Ich blieb stehen und starrte zu ihrem Fenster hinauf, während sie sich streckte und das T-Shirt über ihren Kopf zog, sodass ihre makellosen Brüste entblößt waren. Sie knöpfte den Bund ihrer Shorts auf und zog den Reißverschluss herunter. Unter ihren Fingern konnte ich die anmutigen Wölbungen ihres Beckens ausmachen. So oft ich sie auch schon berührt und liebkost hatte, verschlug mir der Anblick ihres nackten Körpers doch noch immer den Atem.

Gerade als Julia sich vorbeugte und aus ihren Shorts stieg, hörte ich Schritte hinter mir. Ich wirbelte herum und sah Billy, der keine fünf Meter von mir halb im nächtlichen Schatten verborgen stand. Ich fühlte mich wie ein auf frischer Tat ertappter Spanner, doch gleichzeitig war es auch, als hätte ich Billy beim Spannen überrascht. Hatte er vor Julias Fenster gelauert und darauf gewartet, dass sie sich auszog?

»Ist alles in Ordnung?«, fragte ich, da mir nichts anderes einfiel.

Er antwortete nicht.

»Billy?«

»Es tut mir Leid«, sagte er leise.

Er klang so verlegen und verängstigt, dass meine Sorge wegen seines vermeintlichen Voyeurismus augenblicklich der Sorge um ihn wich. »Wir können über alles reden«, sagte ich und ging auf ihn zu. Doch schon nach wenigen Schritten blieb ich wie angewurzelt stehen. Mir wurde schwindlig. »Was zum Teufel ist passiert?«, stieß ich hervor.

Billy sah an sich hinunter und strich mit seiner Hand über sein blauweiß gestreiftes Hemd, dessen Vorderseite blutbefleckt war. Seine Finger und Handfläche schimmerten rubinrot in der Nacht.

Mir brach der kalte Schweiß aus. »Ist dir etwas passiert?«, fragte ich und trat näher.

»Ich glaube … Ich habe vielleicht jemanden umgebracht«, stammelte er, ehe er in Tränen ausbrach.

Ich blieb stehen. »Umgebracht … Wen?« Mein Blick glitt zu Billys Händen auf der Suche nach einer Waffe, doch ich konnte keine entdecken. »Sag mir, was passiert ist.«

Er betrachtete seine blutige Hand.

»Was ist passiert?«, brüllte ich.

»Ich kann mich nicht erinnern«, sagte er.

Ich musste Billy förmlich zum Cottage schleifen. Er starrte mit leerem Blick geradeaus, stolperte hier und dort, bis er auf der Schwelle beinahe zusammenbrach. Ich fing ihn auf und half ihm zur Couch, wo ich sein blutgetränktes Hemd aufknöpfte und ihm auszog. Er zitterte wie Espenlaub. Der Anblick der Narben von Darwin Bishops Gürtel auf seinem Rücken schockierte mich noch immer. Ich legte ihm eine Decke um die Schultern. »Erzähl mir alles, woran du dich erinnern kannst«, forderte ich ihn auf.

Er ließ den Kopf hängen. »Ich habe Mist gebaut.«

»Mist gebaut? Inwiefern? Komm schon, Billy. Erzähl's mir.«

Er schloss die Augen und schüttelte den Kopf.

Ich griff zum Telefon. »Du erzählst mir jetzt alles, woran du dich erinnerst, oder ich rufe die Polizei, dann kannst du es denen erzählen«, drohte ich.

Er atmete tief durch und öffnete die Augen, ohne den Blick vom Fußboden zu wenden. »Ich war mit meinem Freund Jason zusammen«, sagte er. »Wir sind ins Kino gegangen. Als wir herauskamen, haben ihm drei Jungs von seiner Schule aufgelauert. Sie haben angefangen, ihn zu ärgern und zu hänseln. Sie haben blöde Sachen zu ihm gesagt, wie Schwuli, Weichei, Versager. Ich hätte einfach weggehen sollen.«

»Aber das hast du nicht getan«, stellte ich fest.

»Ich habe sie gewarnt.« Er schüttelte den Kopf und biss die Zähne zusammen. »Ich hab gesagt: ›Verpisst euch, lasst uns in Ruhe. Sonst ...‹«

»Sonst – was?«

Seine Oberlippe zitterte. *»Bringe ich sie um.«* Er sah mir ins Gesicht.

»Und was ist dann passiert?«

»Einer von ihnen ist auf mich losgegangen.« Eine Träne lief über seine Wange. »Er hat mir ins Gesicht gespuckt.«

»Und was hast du getan?«, fragte ich.

»Ich hab ihm eine verpasst. Was dann passiert ist, weiß ich nicht. Vor meinen Augen ist alles einfach ... schwarz geworden.«

Ich wünschte, jemand gäbe mir tausend Dollar für jeden Gewalttäter, der für den Zeitraum des Überfalls Amnesie vorschützt. »Wie bist du wieder nach Hause gekommen?«, fragte ich.

»Ich schätze, ich war wie ferngesteuert. Ich erinnere mich an so gut wie nichts, bis ich Sie gesehen habe.«

Ich wollte nicht die Polizei rufen, solange es nicht unbedingt nötig war. Aber ich musste wissen, was tatsächlich passiert war. »Kannst du mir Jasons Nummer geben?«, fragte ich.

»508-931-1107.«

Das kam reichlich zügig für jemanden, der unter Gedächtnisverlust litt. Ich griff zum Telefon und wählte.

»Hallo?«, meldete sich eine gekünstelte Frauenstimme beim ersten Klingeln.

»Dr. Frank Clevenger hier. Spreche ich mit Mrs. Sanderson? Jasons Mutter?«

»Ja«, bestätigte sie zögernd.

»Ich bin ein enger Freund von Julia Bishop und ihrer Mutter Candace«, sagte ich. »Billy ist hier bei mir.«

»Oh.« Ihr Tonfall wurde eisig.

»Er ist ziemlich durcheinander«, erklärte ich. »Ich hatte gehofft, Sie könnten mir vielleicht erzählen, was heute Abend passiert ist.«

»Ich kann Ihnen nur sagen, was Jason mir erzählt hat.«

Hatte ich mehr verlangt? »Bitte«, sagte ich.

Mrs. Sanderson seufzte, als würde ich ein schweres Opfer von ihr verlangen. »Wir haben schon lange ein Problem mit einer Gruppe von Jungs in Jasons Schule. Wir leben das ganze Jahr auf der Insel, müssen Sie wissen, und sie hänseln ihn schon seit Ewigkeiten – schon seit der zweiten Klasse. Jason ist kein schwächlicher Junge, aber er hat die Angewohnheit, sich bei Konfrontationen zurückzuziehen.«

Mich beschlich der Verdacht, dass Jason sich dieses Verhalten zu Hause angewöhnt hatte, wenn er Mommy gegenüber klein beigeben musste. »Kinder können sehr grausam sein«, stellte ich fest. »Und heute Abend? Was ist heute Abend passiert?«

»Das Übliche, soweit ich das sagen kann. Hänseleien, mehr nicht.«

Das Übliche. Mrs. Sanderson erwies sich als nicht sonderlich hilfreich. »Billy hatte Blut an seinem Hemd, als er nach Hause gekommen ist«, sagte ich, in der Hoffnung, das würde sie aus der Reserve locken. »Hat Jason eine Prügelei erwähnt?«

»Eine Prügelei. Nun, ja, natürlich. Wenn Sie es so nennen wollen. Billy ist auf die drei Jungs losgegangen«, sagte sie. »Blutige Nasen. Aufgeplatzte Lippen. Anscheinend ein gebrochener Arm.«

Eine Woge der Erleichterung durchflutete mich. Zumindest

klang es nicht so, als hätte Billy jemanden umgebracht. »Ist mit Jason alles in Ordnung?«, fragte ich.

»Er ist verängstigt. Er meinte, Billy sei völlig durchgedreht.« Sie machte eine Pause. »Er hatte Schaum vor dem Mund.«

»Hat Jason erzählt, dass einer der Jungs Billy angespuckt hat?«

»Nein«, sagte sie. »Soweit ich es verstanden habe, waren es nur Hänseleien, bis Billy ...«

»Billy kann es nicht ertragen, drangsaliert zu werden«, erklärte ich, während mein Blick zu den Narben auf seinem Rücken huschte.

»Verstehe«, erwiderte Mrs. Sanderson, obwohl ihr Tonfall das genaue Gegenteil besagte. Sie schwieg einen Moment lang. »Trotzdem bin ich froh, dass Sie angerufen haben. Wenn auch aus einem anderen Grund«, fuhr sie schließlich fort, wobei ihr Tonfall zu einer beinahe komischen Mischung aus gekünstelter Vornehmheit und feierlichem Ernst wurde.

»Ach ja?«

»Es gab da einen äußerst beunruhigenden Zwischenfall mit Billy, bevor die beiden heute Abend ins Kino gegangen sind«, erklärte sie. Es folgte eine bedeutungsschwangere Pause. »Halten Sie es für angebrachter, die Sache mit Julia zu besprechen?«

»Julia ist nach wie vor nicht ganz auf dem Posten«, erwiderte ich. »Ich werde sie natürlich über alles informieren, was Sie mir erzählen.«

»Na gut«, sagte sie. »Mein Mann und ich haben so etwas wie eine zweite Familie gegründet. Wir haben vor zwei Monaten noch ein Baby bekommen.«

»Herzlichen Glückwunsch«, gratulierte ich. Ich hatte zwar keine Ahnung, worauf sie hinauswollte, doch die Richtung, die dieses Gespräch zu nehmen schien, gefiel mir nicht. Seit Brookes Ermordung war einfach noch nicht genügend Zeit verstrichen, um bei der Erwähnung von Säuglingen nicht automatisch den Gedanken an Tod in mir aufkeimen zu lassen. Ich sah zu Billy hinunter, der damit beschäftigt war, sich das Blut von der Brust zu wischen.

»Bevor die Jungen losgegangen sind, musste Jason noch einiges im Haus erledigen – nichts Wichtiges, nur seine Sachen im Garten zusammenpacken und so.«

»Verstehe«, sagte ich, gierig auf die Pointe.

»Währenddessen war Billy allein in seinem Zimmer. Jason hat ein neues Nintendo-Spiel, das die Jungs gerne spielen.«

»Schön.«

»Als Jason draußen fertig war, bat er meinen Mann, Billy zu sagen, er solle herunterkommen, damit sich die Jungs auf den Weg machen konnten.«

Langsam verlor ich die Geduld. »Was genau ist passiert?«, fragte ich nachdrücklich.

»Nur dies: Mein Mann hat Billy neben Naomis Wiege im Kinderzimmer gefunden. Er hat dagestanden und sie angestarrt. Sie hat geschlafen. Ich hatte sie etwa eine Stunde zuvor hingelegt.«

Trotz der Tatsache, dass Darwin des Mordes an Brooke angeklagt war, war es wahrscheinlich nicht gerade beruhigend für Mr. Sanderson gewesen, den ehemaligen Hauptverdächtigen des Falls dabei zu ertappen, wie er seine kleine Tochter anstarrte. »Wie hat Billy erklärt, was er dort gemacht hat?«

»Das hat ihn mein Mann auch gefragt, aber er hat keine Antwort gegeben. Er sah aus, als wäre er … weggetreten, wie in einer Art Trance. Nicholas musste ihn an den Schultern packen und ihn schütteln, damit er wieder zu sich kam.«

Sie hätte Billys Zustand als benommen oder benebelt bezeichnen können. *Trance* hingegen ist eines jener Kodeworte, die Leute für Psychopathen reservieren. »Sie hatten Angst, er könnte Ihrer Tochter etwas antun?«, brachte ich es auf den Punkt.

Billy sah mich stirnrunzelnd an.

»Das will ich so nicht sagen«, erwiderte Mrs. Sanderson.

Sie zögerte kurz. »Freunde von uns aus Nantucket haben uns erzählt, dass Billy lange vor der Tragödie mit seiner Schwester Brooke schon Probleme hatte. Ich meine sein Stehlen. Die Tierquälerei.«

»Das stimmt«, bestätigte ich. Es sah nicht so aus, als gäbe Martha's Vineyard Billy eine zweite Chance.

»Und heutzutage weiß man einfach nie, was man glauben soll«, fuhr sie fort. »Egal, worum es geht. Es scheint immer eine neue Wendung zu geben. Irgendetwas Unerwartetes.«

Übersetzung: Die Polizei könnte es vermasselt und Darwin Bishop fälschlicherweise des Kindsmords angeklagt haben, während der wahre Schuldige sein irrer russischer Adoptivsohn war. Vielleicht opferte Darwin sich sogar, um den Jungen vor dem Gefängnis zu bewahren. »Ich verstehe das sehr gut«, sagte ich.

»Wir – mein Mann und ich – haben darüber gesprochen. Es wäre uns lieber, wenn Billy nicht mehr hierher kommen würde. Wir halten es für das Beste, wenn er sich auch nicht mehr mit Jason trifft.«

Ich spürte in meinem eigenen Innern die Gefühle, die Billy zweifelsohne empfinden würde: Enttäuschung, Isolation, Verlassenheit. Einen Freund zu verlieren ist für jeden schwer, doch für ein Waisenkind wie Billy, der gerade eine Schwester verloren hatte … »Ich werde es ihm sagen«, versicherte ich. »Und ich werde dafür sorgen, dass er sich Ihren Wünschen fügt.«

»Ja, gut. Dann also gute Nacht«, sagte sie.

Ich setzte mich neben Billy auf die Couch. Er fing an zu weinen. »Hör mir jetzt bitte gut zu«, sagte ich. »Du hast niemanden umgebracht. Aber du hast diese Jungs, die Jason gehänselt haben, verletzt. Es sieht so aus, als hättest du sie sogar ziemlich schwer verletzt – möglicherweise hast du ihnen ein paar Knochen gebrochen.«

Sichtlich darum bemüht, seine Fassung wieder zu finden, nickte er. »Ich bin ausgerastet«, gestand er.

»Da ist noch etwas anderes«, sagte ich.

Billy hatte genug von dem Telefongespräch mit angehört, um zu wissen, was damit gemeint war. »Ich hab einfach nur dagestanden und versucht, mir vorzustellen, was Brooke durchgemacht haben muss«, sagte er. »Das habe ich bisher noch nie getan. Nicht ein einziges Mal. Aber als ich am Zimmer von Jasons Schwester vorbeigekommen bin und sie schlafen gesehen habe, konnte ich einfach nicht anders.« Er starrte auf den Fußboden. »Also bin ich einfach reingegangen und hab sie angesehen. Ich meine, stellen Sie sich das doch nur mal vor: aufzuwachen und nicht atmen zu können. In einem kleinen Bett zu ersticken, während deine Mutter unten im Haus ist und dein Vater dasteht und dich sterben lässt.«

So sehr ich Billys Mitgefühl mit dem Leiden anderer begrüßte, bereitete es mir doch Sorgen, dass er nicht begriff, wie unangemessen sein Verhalten gewesen war. »Mr. Sanderson hatte Mühe, dich aus deiner Versenkung herauszureißen. Er musste dich schütteln.«

»Ich habe sie angestarrt, aber ich habe Brooke gesehen.«

Der Blick, den er mir zuwarf, verriet tiefe Trauer, doch ich glaubte auch (oder bildete ich es mir nur ein?), einen Anflug morbider Neugier darin zu erkennen, beinahe schon so etwas wie Erregung. »Du hast bei diesen Jungs die Kontrolle verloren«, sagte ich. »Und es war falsch, ohne Erlaubnis in das Zimmer von Jasons Schwester zu gehen.«

Billy nickte.

Ich sah durch das Fenster des Cottage zum Vollmond hinauf, während ich den Mut zusammennahm, ihm die Konsequenzen seines Verhaltens zu schildern. »Es wird eine Weile dauern, bis den Sandersons wieder wohl bei dem Gedanken ist, dass du bei ihnen bist. Sie möchten nicht, dass du zu ihnen kommst – oder dich mit Jason triffst.«

Billy starrte mich wütend an. »Warum nicht?«

»Du hast ihnen Angst gemacht«, erklärte ich.

»Ich habe Jason verteidigt«, sagte er.

»Nein. Du bist weit darüber hinausgegangen. Und du bist

ohne Erlaubnis durch das Haus der Sandersons spaziert, ins Kinderzimmer und …«

»Glauben sie, ich hätte Brooke umgebracht?«, stieß er empört hervor.

»Die Sandersons müssen an ihr Baby denken«, erwiderte ich ausweichend. »Wahrscheinlich erinnerst du sie daran, wie schnell ein Leben zu Ende sein kann, darauf läuft es hinaus. Und im Moment wollen sie nicht daran erinnert werden. Sie sind frisch gebackene Eltern.«

»Schwachsinn«, gab er zurück. »Sie glauben, ich hätte es getan.« Höhnisch verzog er den Mund. Kein Zittern mehr. Keine Tränen. »Die können mich mal. Meinetwegen können sie alle zur Hölle fahren.« Er stand auf. »Ich werde nicht aufhören, mich mit Jason zu treffen, nur weil seine Eltern arrogante Arschlöcher sind.« Er machte einen Schritt auf die Tür zu.

Ich stand auf und hob meine Hand, in der Hoffnung, ihn überzeugen zu können, sich seine Wut von der Seele zu reden. Doch bevor ich ein Wort sagen konnte, stieß er mich beiseite und stürzte hinaus.

»Billy!«, rief ich ihm nach.

Er lief los und verschwand in Richtung des Hauses.

22

Ich gab Billy ein paar Minuten, damit er sich ein wenig beruhigen konnte, ehe ich ihm zum Haus folgte. Da ich die anderen nicht wecken wollte, schloss ich mit meinem eigenen Schlüssel auf, doch Julia, ihre Mutter und Garret standen bereits im Wohnzimmer und sahen mich unbehaglich an. Billy hatte das ganze Haus aufgeweckt, als er hereingestürzt war, die Tür zugeschlagen hatte und den ganzen Weg zu seinem Zimmer hinauf lautstark mich, die Sandersons und sein eigenes elendes Leben verwünscht hatte.

»Was ist passiert?«, fragte Julia. Sie trug das schlichte weiße T-Shirt, das sie zuvor in ihrem Zimmer ausgezogen hatte und das kaum ihre Blöße bedeckte. Als sie meinen Blick bemerkte, sah sie verlegen auf ihre Oberschenkel hinunter.

»Warum reden wir nicht irgendwo darüber, wo wir ungestört sind«, schlug ich vor.

»Er wünschte, er wäre tot, hat er gebrüllt«, sagte Garret.

Ich war mir nicht sicher, wie viel Garret und Candace von der ganzen Sache erfahren sollten. »Er hat sich heute Abend mit ein paar Rabauken angelegt. Eine Hand voll von Jungs, die Jason Sanderson ständig hänseln. Die Dinge sind außer Kontrolle geraten, und die Sandersons machen sich Sorgen wegen Billys Jähzorn. Sie wollen nicht, dass er sich weiterhin mit ihrem Sohn trifft.«

Candace schüttelte bestürzt den Kopf.

»Wurde jemand ernstlich verletzt?«, sagte Julia. »Hat Billy ...«

»Sieht so aus, als wäre nicht mehr als ein möglicherweise gebrochener Arm dabei herausgekommen«, beschwichtigte ich sie. »Es könnte ein juristisches Nachspiel geben, aber ...« Ich sah Julia an. »Ich denke, wir sollten unter vier Augen darüber sprechen und entscheiden, was zu tun ist.«

»Das halte ich für eine gute Idee«, pflichtete sie bei.

Julia und ich gingen ins Esszimmer und setzten uns an den Tisch. Im Schein der gedimmten Lampen erzählte ich ihr alles, was ich wusste. »Billy kann so liebenswert sein, dass man leicht vergisst, wie viel Hilfe er noch braucht«, sagte ich.

»Findest du, er sollte irgendwo eingewiesen werden?«, fragte Julia. »In eine Privatklinik oder so etwas? Würde das nicht helfen, falls Anklage gegen ihn erhoben wird?«

Die Vorstellung, Billy so kurz nach seinem Aufenthalt im Payne Whitney in eine weitere Klinik zu stecken, gefiel mir nicht sonderlich, doch mir war klar, dass dies möglicherweise die einzige Lösung war. »Wir sollten mit ihm darüber reden, sobald er sich beruhigt hat. Außerdem sollten wir Carl Rossetti anrufen, für den Fall, dass Billy einen Anwalt braucht.« Ich sah auf die Uhr. Fast 2 Uhr früh. »Die Polizei hat sich bislang noch nicht gemeldet. Das ist ein gutes Zeichen.«

»Gibt es denn irgendeine Einrichtung, wo er hinkönnte und die ... freundlich ist?«, fragte Julia. »Ich meine, nicht in irgendeine geschlossene Psychiatrie. Das wäre zu schrecklich für ihn.«

Ich überlegte einen Moment lang, dann kam mir eine Möglichkeit in den Sinn. »Ich könnte mit Ed Shapiro sprechen, einem Freund von mir, der das Riggs Center in Stockbridge leitet«, sagte ich. »Es ist eher eine Art Sanatorium. Sie nennen es ›therapeutische Gemeinschaft‹. Die Patienten wohnen in kleinen Häusern und werden täglich psychotherapeutisch behandelt.« Ich atmete tief durch und schüttelte den Kopf. »Ich weiß nur nicht, ob sie jemanden mit einem so ausgeprägten Hang zur Gewalttätigkeit wie Billy aufnehmen würden, auch wenn es sich um einen persönlichen Gefallen handelt.«

»Es schien alles so gut zu laufen«, seufzte Julia und ergriff meine Hand. »Damit sind die Flitterwochen wohl zu Ende.«

Damit sind die Flitterwochen wohl zu Ende. Wenn ich mir die Zeit genommen hätte, über diesen Satz nachzudenken, dann hätte ich mich vielleicht daran erinnert, dass ich ihn fast wortwörtlich schon einmal gehört hatte – von Lilly. Und dann wäre mir vielleicht auch aufgefallen, dass die beiden Frauen etwas sehr Wichtiges gemeinsam hatten. Doch der Ärger mit Billy führte dazu, dass ich mich Julia noch näher fühlte. Mein Verstand begann bereits, ihn als unser Kind zu betrachten. Ich strich mit den Fingern über die Innenseite von Julias Arm, als ich plötzlich Garret in der Esszimmertür stehen sah. Abrupt zog ich meine Hand zurück. Wir achteten sehr sorgsam darauf, vor den Augen der Jungs Körperkontakt zu vermeiden. »Was gibt's, Kumpel?«, fragte ich.

»Ich schätze, ich sollte Ihnen besser etwas sagen«, erklärte er.

»Was?«

Garret trat mit ernster Miene neben uns.

»Garret?«, sagte Julia. »Was ist los?«

»Es geht um Billy«, erwiderte er.

»Möchtest du dich hinsetzen?«

»Nein. Ich wollte eigentlich nichts davon sagen«, erklärte er und sah dabei zuerst mich, dann Julia an.

»Was hast du auf dem Herzen?«, fragte ich.

»Ich habe etwas gefunden«, sagte er und pulte mit dem Nagel seines Mittelfingers an der Haut seiner Daumenkuppe.

Ich wartete.

»Ich habe einfach gehofft«, setzte er an. »Ich weiß nicht mal, worauf.«

»Was hast du gefunden, Garret?«, fragte Julia mit sanftem Nachdruck.

»Eine Katze«, sagte er und sah sie an.

»Eine Katze«, wiederholte ich, während ich reflexartig im Stillen den Rest ergänzte, doch zugleich inbrünstig hoffte, dass ich mich irrte.

»Ich war auf dem Weg zum Bach.« Er sah mich an. »Es gibt da einen Bach im Wald, ein ganzes Stück hinter dem Gästehaus. Manchmal gehe ich dorthin, um nachzudenken. Billy auch. Und da habe ich die Katze gefunden.«

»Tot«, sagte ich.

Garret nickte.

Julias Gesichtszüge entgleisten. Instinktiv griff ich nach ihrer Hand, doch sie zog sie hastig weg und bedachte mich mit einem Blick, der mich ermahnte, mich mit Intimitäten zurückzuhalten.

»Vielleicht ist sie einfach nur so gestorben«, fuhr Garret fort. »Ich meine, so was kommt vor.«

»Das tut es durchaus«, pflichtete ich bei.

»Ich bin froh, dass du es uns erzählt hast«, sagte Julia. »Danke.«

»Es tut mir Leid«, sagte er mehr zu mir als zu seiner Mutter.

Ich schüttelte den Kopf. »Du brauchst dich für nichts zu entschuldigen.« Ich bemühte mich, ihn so aufmunternd anzulächeln, wie ich nur konnte. »Du hast das Richtige getan. Wir haben Billy nicht aus dem Gefängnis geholt, um tatenlos zuzuschauen, wie er schnurstracks wieder dahin zurückwandert.«

Die Tür zu Billys Zimmer war geschlossen. Ich klopfte. Keine Antwort. »Ich bin's, Frank«, sagte ich. Noch immer keine Antwort. Ich rüttelte sacht am Türgriff. Abgeschlossen. »Billy, lass mich rein«, bat ich. Einige Augenblicke verstrichen, dann hörte ich die Federn seines Betts knarren, ehe die Tür aufging – wenn auch nur einen Spaltbreit.

»Was?«, sagte er, ohne mich anzusehen.

»Darf ich für ein paar Minuten reinkommen?«

Er drehte sich um und ging zurück zu seinem Bett, ohne jedoch die Tür zu schließen.

Ich betrat sein Zimmer. Er saß mit verschränkten Armen auf der Bettkante und wiegte sich hin und her. »Es ist alles so unfair«, stieß er verbittert hervor.

Ich setzte mich neben ihn. »Ich halte es für fair«, widersprach ich.

Er hörte auf, sich hin und her zu wiegen, und starrte mich an, als wäre ich ein Verräter.

»Ich schätze, die Sandersons können unmöglich in dich hineinschauen und erkennen, warum du ihre Tochter angestarrt hast«, sagte ich.

Er senkte den Blick.

»Und ich finde, du bist weit über das Ziel hinausgeschossen, Jason zu verteidigen«, fuhr ich fort. »Ich finde, du bist ausgerastet.«

Er schüttelte den Kopf und schluckte, als würde er im nächsten Moment wieder anfangen zu weinen.

Ich legte meine Hand auf seine Schulter. »Du hattest einen Filmriss. Du kannst von Glück reden, dass du keinen von diesen Jungs umgebracht hast.«

»Was soll jetzt werden?«, fragte er, während er noch immer mit den Tränen rang.

Ich hatte das Gefühl, dass er mir die Tür nun vollends geöffnet hatte. »Ich möchte mit einem Freund von mir reden, der das Riggs Center leitet.«

»Noch so eine beschissene psychiatrische Abteilung?«

»Es ist keine psychiatrische Abteilung, sondern eine Klinik, eine Art Sanatorium, das im Westen von Massachusetts liegt.«

»Oh, Verzeihung«, gab er zurück. »Mein Fehler. Ein Irrenhaus.«

»Der medizinische Leiter ist ein guter Freund von mir. Er …«

»Ich gehe nirgendwohin«, unterbrach er. »Lassen Sie mich in Ruhe.«

Ich hatte nicht vorgehabt, die Katze zu erwähnen, die Garret gefunden hatte, doch ich musste Billy davon überzeugen, sich selbst zu helfen, ohne dabei jegliche Hoffnung auf eine Beziehung zwischen den Jungen zu zerstören. »Ich habe hinter dem Gästehaus eine Katze gefunden«, log ich. »Auf dem Weg zum Bach?«

Billy sah mich an und blinzelte nervös.

»Eine tote Katze«, sagte ich.

Das Blinzeln hörte auf. »Und?«

»Das macht mir Sorgen«, erklärte ich. »Und es sollte dir ebenfalls Sorgen machen.«

»Warum?«, fragte er. »Glauben Sie, ich hätte sie auf dem Gewissen?«

Ich sagte nichts, was Billy und ich gleichermaßen als meine Antwort verstanden. Etwas in Billys Augen erlosch – etwas, das ich nicht einmal bewusst bemerkt hatte, ehe es verschwunden war. Sein Vertrauen in mich. Mir war jedoch nicht ganz klar, ob es nicht nur das Vertrauen eines Soziopathen war, dass ich ihm nicht in den Rücken fallen würde. Er stand auf. »Verschwinden Sie«, sagte er und ballte die Hände zu Fäusten.

»Billy …«

»Bitte«, sagte er, und die Muskeln an seinen Armen zuckten.

Ich stand auf. »Denk über meinen Vorschlag nach«, sagte ich. »Es ist der richtige Weg.« Ich ging an ihm vorbei aus dem Zimmer.

Als ich mich kurz vor 3 Uhr früh schlafen legte, brannte im Haus noch immer Licht. Um 3 Uhr 45 klopfte jemand an meiner Tür. Aus irgendeinem Grund nahm ich an, es wäre Julia, die aus Sorge um Billy nicht schlafen konnte und die Angelegenheit mit mir besprechen wollte. Mühsam stand ich auf, zog meine Jeans an und ging zur Tür. Doch als ich durch die Glasscheibe in der Tür spähte, sah ich zu meiner Überraschung Billy vor mir stehen. Zum ersten Mal fragte ich mich bei seinem Anblick unwillkürlich, wo meine Browning Baby versteckt war – in der Schublade des Nachttischs. Ich öffnete die Tür.

»Ich wollte nicht bis morgen früh damit warten«, sagte er kleinlaut.

»Es ist bereits morgen früh«, gab ich augenzwinkernd zurück.

»Das stimmt wohl.«

Ich erwog, ihn ins Haus zu bitten, entschied mich jedoch dagegen. »Was ist los?«

Er sah mich an. »Ich hab die Katze nicht getötet.«

»Okay …«

»Aber ich gehe trotzdem in diesen Riggs-Laden.«

Ich nickte. Ein Schritt nach dem anderen, dachte ich. Ein Teil von mir war froh darüber, dass Billys Scham, ein hilfloses Tier getötet zu haben, wenigstens groß genug war, um es zu leugnen. Wenn er sich auf die Therapie einließ, konnte er den Schritt, die Tat einzugestehen, später immer noch machen. »Was hat dich umgestimmt?«

»Garret.«

»Garret?«

»Wir haben zum ersten Mal miteinander geredet – richtig

geredet«, sagte Billy. »Über die Adoption und das Leben mit Darwin und die Prügel und all das. Darüber, dass es mich am schwersten getroffen hat.« Er zuckte mit den Schultern. »Garret hat das Gefühl, er hätte mich im Stich gelassen.«

Vielleicht war eine weitere Krise notwendig gewesen, um die nächste Phase der Heilung für die Bishops einzuläuten – die dieses Mal in einer Überbrückung der Kluft zwischen Garret und Billy bestand. »Das freut mich für dich«, sagte ich. »Für euch beide. Es wäre wunderbar, wenn ihr Freunde werden würdet.«

»Ich habe ihm von Ihrem Vorschlag erzählt, und er hat gesagt, ich soll es durchziehen. Er hat mich darum gebeten, es zu tun. Für ihn.«

Es wäre mir lieber gewesen, wenn Billy zur Gänze akzeptiert hätte, dass er Hilfe *brauchte*, doch ich würde Garrets Geschenk keinesfalls ablehnen. »Ich werde alles in die Wege leiten«, versprach ich.

»Gut«, sagte er. Er wandte den Blick ab, dann sah er mich beinahe schüchtern wieder an.

»Was?«

»Würden Sie mich hinbringen? Zum Riggs? Sie kennen den Arzt, der es leitet. Wenn Sie irgendwo in der Nähe bleiben würden, dann würde er Ihnen vielleicht erlauben, dass Sie mich während der ersten ein, zwei Wochen besuchen.«

»Klar«, sagte ich.

»Das war auch Garrets Idee. Aber wenn es zu viel verlangt ist oder …«

»Es ist eine blendende Idee«, versicherte ich ihm.

Montag, 22. Juli 2002

Um 9 Uhr 30 hatte Ed Shapiro bereits Billys Einweisung ins Riggs für den 25. Juli arrangiert und dabei die übliche viermonatige Warteliste auf vier Tage verkürzt.

Garret und Billy überraschten uns damit, dass sie das Frühstück für Julia, Candace und mich zubereiteten. Sie machten Waffeln und schnippelten Obst wie die Weltmeister. Angesichts der guten Stimmung im Haus musste ich mich zwingen, mir Billys Zustand und die harte Arbeit ins Gedächtnis zu rufen, die vor uns lag, wenn wir ihm helfen wollten.

Wir hatten vor, ein Segelboot zu mieten und wie eine Familie einen gemütlichen Tag zusammen zu verbringen. Ich ging kurz im Gästehaus vorbei, um ein paar Sachen zu holen. In dem Strohkorb, der neben der Tür hing, lag ein großer brauner Umschlag. Als ich ihn herausnahm, sah ich, dass er den Poststempel vom 18. Juli trug und von Dr. Laura Mossberg stammte. Ich nahm an, dass sie mir endlich Billys alte Krankenblätter geschickt hatte, um die ich sie gebeten hatte.

Ich öffnete den Umschlag, während ich das Gästehaus betrat, dann setzte ich mich auf die Couch und las den Begleitbrief:

Dr. Clevenger

hiermit übersende ich Ihnen Unterlagen einer urologischen Behandlung von Mr. Darwin Bishop, die ich selbst erst heute erhalten habe. Unter normalen Umständen wäre es mir nicht gestattet, Ihnen Einblick in diese Akte zu geben, doch im Vorfeld Ihres Besuchs in der Klinik haben Mr. und Mrs. Bishop unsere Standard-Einverständniserklärung unterschrieben, die die Freigabe aller Krankenunterlagen der Familie im Cornell Medical Center und der angegliederten Payne Whitney Clinic abdeckt. Möglicherweise sind die beigefügten Unterlagen hilfreich für Ihre Ermittlungen.

Leider habe ich noch keine früheren Behandlungsberichte über Billy Bishop von anderen Einrichtungen erhalten.

Ich würde mich freuen, von Ihnen zu hören.
Alles Gute, *Laura Mossberg*

P. S. Außerdem habe ich eine Ausgabe von *Ich will nicht darüber sprechen* beigelegt, ein sehr gutes Buch über Männer und Trauma. Ich hoffe, Sie nehmen es mir nicht übel (und nehmen sich vielleicht sogar die Zeit, es zu lesen).

Ich schmunzelte. Da sollte noch einmal jemand sagen, dass Psychiater Patienten vorschnell aufgaben. Und dabei bezahlte ich sie noch nicht einmal. Ich begann, den Stapel ärztlicher Unterlagen durchzusehen, und stieß auf ein Formular mit der Überschrift »Präoperatives Gutachten«. Mein Puls pochte in meinen Schläfen, als ich den ersten Absatz las:

Mr. Darwin Bishop, ein fünfzigjähriger, verheirateter Weißer, Vater von zwei Adoptivsöhnen, ist vorstellig geworden, um eine fakultative Vasektomie vornehmen zu lassen. Laut Aussage des Patienten ist seine Frau mit dem Eingriff einverstanden. Seine Entscheidung beruht auf dem lang gehegten philosophischen Standpunkt, dass »es nicht fair ist, Kinder in diese Welt zu setzen«. Mr. Bishop erklärt, dass sich diese Ansicht während seiner Erlebnisse in Vietnam herausgebildet hat, wobei er sich allerdings weigert, näher auf sie einzugehen. Er vertritt diese Überzeugung schon seit vielen Jahren und schätzt die Wahrscheinlichkeit, dass er seine Ansicht ändert und sich wünscht, leibliche Kinder zu zeugen, als gleich null ein.

Das Formular war von Dr. med. Paisley Marshall unterzeichnet und mit dem 15. April 1999 datiert, also gute zwei Jahre vor der Zeugung von Brooke und Tess Bishop.

Meine Gedanken begannen sich zu überschlagen. Darwin Bishop war unfruchtbar. Brooke und Tess Bishop waren nicht seine leiblichen Töchter. Julia hatte eine Affäre gehabt und war schwanger geworden.

Ich blätterte Seite um Seite um, halb in der Erwartung, einen Hinweis auf Bishops Sinneswandel im Hinblick auf den Eingriff zu finden, doch stattdessen stieß ich auf ein chirurgisches Protokoll vom 12. Mai 1999:

> Der Patient bekräftigt seine Entscheidung für eine operativ induzierte Zeugungsunfähigkeit. Sämtliche Risiken des Eingriffs wurden erklärt, einschließlich Infektion, allergische Reaktion auf Medikamente, Beeinträchtigungen beim sexuellen Akt, Beeinträchtigungen bei der Ausscheidung. Der Patient akzeptiert alle Risiken.
>
> Dem Patienten wurden das Lokalanästhetikum Marcain gegen Schmerzen und Versed zur Ruhigstellung verabreicht.
>
> Vitalfunktion bei Beginn des Eingriffs gut.
>
> Es wurde der gesamte Samenleiter entfernt. Der Eingriff verlief ohne Komplikationen.
>
> Keine wesentliche Nachblutung.

Auf einen Schlag erschien mir Julias Erklärung für den Brief, den Claire Buckley gefunden hatte, noch unglaubwürdiger. Ihre Therapeutin Marion Eisenstadt war offenkundig nicht die beabsichtigte Empfängerin gewesen. Julia hatte den Brief an ihren Liebhaber geschrieben, den Vater ihrer Kinder.

Die Ermittlungen zum Mord an Brooke waren nicht nur dahingehend gescheitert, Julias Geliebten ausfindig zu machen, sondern wir hatten versäumt, den leiblichen Vater der Zwillinge zu vernehmen – einen potenziellen Verdächtigen.

Ich überlegte, ob ich versuchen sollte, North Anderson anzurufen, doch er war für zehn Tage nach Paris geflogen, um dort einen offenbar mehr als verdienten Urlaub mit Tina zu verbringen. Abgesehen davon war ich nicht sicher, ob ich seine Hilfe überhaupt brauchte. Ich hatte nicht den Hauch eines Beweises, noch nicht einmal einen begründeten Verdacht, dass Darwin Bishop fälschlicherweise des Mordes an Brooke angeklagt worden war. Meine Zweifel drehten sich um Julia; sie hatte mich angelogen und mich im Dunkeln tappen lassen. Ihr Charakter stand wieder einmal in Frage.

Ich hatte eine Aufgabe zu erledigen, die ich dieses Mal jedoch allein auf mich nehmen musste. Ich musste herausfinden, in wen genau ich mich verliebt hatte.

Meine Erinnerung an den Rest jenes Tages ist wie eine Reihe von Schnappschüssen: das sonnenüberflutete Panorama des Vineyard-Sunds, Julias surreale Schönheit, Candaces stille Anmut, Billy und Garret, die sich zusammen um die Segel und das Ruder kümmerten, eine starke Brise, die ihnen das Haar aus der Stirn blies und sie jünger, kräftiger und gut aussehender wirken ließ, als ich sie je zuvor gesehen hatte. Die Szenen hätten perfekte Postkarten abgegeben, was in mir die Frage hätte wecken müssen, ob die Heiterkeit echt oder nur aufgesetzt war. Doch ich war wie mit Scheuklappen auf die große Lüge konzentriert – Julias Lüge. Ich betrachtete sie im Geiste von allen Seiten, auf der Suche nach einem Blickwinkel, der mir erlauben würde, sie wegzuerklären, sie ohne weiteres Nachbohren zu entschuldigen. So sehr liebte ich Julia.

Mit bestimmten Teilen der Lüge hatte ich mich bereits abgefunden. Ich machte mir keine Illusionen darüber, dass Julia Darwin Bishop treu gewesen wäre. Ich erwartete nicht unterschwellig, dass sie mir jedes Kapitel ihres Liebeslebens offenbaren würde. Und ich konnte sogar jenen Teil akzeptieren, in dem sie von einem anderen Mann als ihrem Ehemann geschwängert wurde.

Womit ich mich jedoch nicht abfinden konnte, war die Tatsache, dass sie die Ermittlungen zum Mord an ihrer Tochter aufs Spiel gesetzt hatte, indem sie Informationen zurückgehalten hatte.

Und noch etwas anderes beunruhigte mich. Sehr sogar. Warum hatte Darwin Bishop nicht die Tatsache enthüllt, dass die Zwillinge nicht seine leiblichen Kinder waren? Wäre es denn nicht in seinem Interesse gewesen, wenn sich die Polizei mit einem weiteren potenziellen Verdächtigen beschäftigt hätte? Oder befürchtete er, dass die Geschworenen ihn vielleicht eher des Mordes am Kind eines anderen Mannes für fähig halten würden?

Nach einem Tag wie aus dem Bilderbuch kehrten Julia, die Jungs, Candace und ich kurz nach 19 Uhr zum Haus zurück. Ich hätte bis zum nächsten Tag damit gewartet, Julia mit meinen Erkenntnissen zu konfrontieren, doch kurz nach Mitternacht rief sie im Gästehaus an.

»Komm zu mir«, flüsterte sie.

»In dein Zimmer?«

»Die Jungs schlafen«, sagte sie. »Sie sind völlig erschöpft.«

»Warum kommst du nicht hierher?«, schlug ich vor.

Sie kicherte. »Weil ich gerade geduscht habe und mein Haar nass ist und ich nichts anhabe und bereits im Bett liege.«

»Ich bin gleich da«, versprach ich.

Ich schloss das Haus mit meinem eigenen Schlüssel auf und ging hinauf zu Julias Zimmer. Ihre Tür stand offen, doch das Licht war ausgeschaltet, sodass es praktisch stockdunkel im Zimmer war.

»Lass das Licht aus«, flüsterte sie vom Bett aus. »Mach einfach nur die Tür zu.«

Ich gehorchte. »Du magst es, wenn ich dich nicht sehen kann«, bemerkte ich.

»Ich werde deine Augen sein«, sagte sie. »Ich liege auf dem Bauch. Ich habe zwei Kissen unter meinen Hüften und ein anderes, in das ich hineinbeißen kann, wenn es sein muss. Hast du das verstanden?«

Langsam tastete ich mich zum Bett und setzte mich auf die

Matratzenkante. Ich streckte meine Hand aus und ließ sie über die samtene Haut von Julias Rücken gleiten. Ich seufzte. »Wir müssen über etwas reden«, erklärte ich.

»Danach«, sagte sie.

Ich strich mit der Hand über die noch samtigeren Wölbungen ihres Hinterteils, bevor ich alle Kraft zusammennahm und meine Hand wegzog. »Nein«, sagte ich. »Wir müssen zuerst reden.« Ich spürte, wie sie die Bettdecke über sich zog und die Hand nach der Nachttischlampe ausstreckte.

»Was ist los?«, fragte sie, während sie im grellen Licht die Augen zusammenkniff. Ich sah, dass sie die Bettdecke nur bis unter ihre Brüste hochgezogen hatte, und wandte den Blick ab, um einen klaren Kopf zu bewahren. An den Wänden des Zimmers hingen hübsche Ölgemälde vom Ozean und von Marschlandschaften sowie Schwarzweißfotos von Julia als kleines Mädchen und junge Frau. »Ich habe heute mit der Post ein paar Krankenunterlagen aus New York bekommen«, erklärte ich.

»Und?«

Ich sah sie an. Inzwischen hatte sie die Bettdecke bis an ihr Kinn hochgezogen. Ich sah keine Veranlassung, lange um den heißen Brei herumzureden. »Ich weiß über die Vasektomie Bescheid«, sagte ich. »Ich weiß, dass Darwin nicht der Vater der Zwillinge ist.«

Julia sah mich ausdruckslos an, so als hätte sie noch nicht entschieden, ob sie direkt antworten oder mir ausweichen sollte.

»Warum hast du mir das nicht während der Ermittlungen gesagt – mir oder North Anderson?«

Sie nickte, als sei sie zu einer Entscheidung gelangt, dann sah sie wieder mich an. »Es mag für dich vielleicht keinen Sinn ergeben, aber ich habe nichts gesagt, weil ich Darwin versprochen habe, dass ich es niemals preisgeben würde. Ich habe es ihm versprochen, bevor die Zwillinge geboren wurden, als er mich gedrängt hat, abtreiben zu lassen. Geheim zu halten, was passiert war, schien das Einzige zu sein, was ihm wichtig war.« Ein verbittertes Lächeln spielte um ihre Mundwinkel. »Ich habe es beim Leben von Brooke und Tess geschworen.«

»Du hättest es uns sagen müssen«, beharrte ich. »Und zwar nicht nur, damit wir mit dem leiblichen Vater der Zwillinge hätten sprechen können. Ein Mann wie Darwin könnte das Gefühl haben, du hättest ihm eine Situation aufgezwungen, mit der er nicht leben wollte. Er hätte auf die Idee kommen können, die Dinge auf seine Art zu bereinigen. Das hätte ein Motiv sein können.«

»Wenn man die Wahrheit so tief begräbt, wie Darwin und ich das getan haben«, entgegnete Julia, »dann ist es fast so, als wäre sie plötzlich tabu. So als existierte sie nicht mehr. Ich bin nicht einmal mehr auf die Idee gekommen, dass es für das, was passiert ist, relevant sein könnte. Wir waren alle so darauf fixiert, dass Billy der Schuldige war.«

»Als wir uns damals in Boston zum Mittagessen getroffen haben, im Bomboa«, sagte ich, »hast du mich gefragt, ob ich Darwin für fähig hielte, sein ›eigen Fleisch und Blut‹ zu töten. Wieso hast du ausgerechnet diese Worte gewählt?«

»›Wieso habe ich ausgerechnet diese Worte gewählt?‹ Du klingst wie ein Polizist«, entgegnete sie.

»Ich bin aber kein Polizist. Ich möchte es nur wissen. Warum gerade diese Worte?«

»Es gibt keinen Grund dafür. Ich habe es nicht wortwörtlich gemeint. Es ist eine Floskel. Ich meinte, seine Kinder.« Sie machte eine Pause. »Das sind sie, juristisch gesehen. Ich meine, wir sind verheiratet.«

»Und du behauptest noch immer, dass der Brief, den Claire gefunden hat ... an deine Therapeutin gerichtet war, nicht an den Mann, von dem du schwanger warst.«

Sie musterte mich argwöhnisch. »Jetzt verstehe ich«, sagte sie. »Du glaubst mir nicht mehr. Du glaubst mir überhaupt nichts mehr.«

Ich antwortete nicht.

»Weil ich dir nicht alles über mein *Liebesleben* erzählt habe.« Ihre Stimme war deutlich lauter geworden.

»Leise«, warnte ich sie. »Denk an die Jungs.«

»Weil ich dir nicht erzählt habe«, sagte sie, ohne ihre Stimme wirklich zu senken, »dass mein Mann so verbittert über die Welt und so herrschsüchtig war, dass er mir keine Kinder schenken wollte? Ich habe dir nicht mein Herz ausgeschüttet und erzählt, wie es ist, wenn man wie ein hübsches Schmuckstück behandelt wird, das sich nett bumsen lässt und dabei die ganze Zeit weiß, dass es niemals Mutter sein wird?« Sie schüttelte den Kopf. »Es mag dich vielleicht überraschen, Frank, aber ich bin einsam gewesen. Das Leben mit Darwin war nicht leicht. Also habe ich, als ich vor ein paar Jahren jemanden kennen gelernt habe, dem ich etwas zu bedeuten schien, bei ihm Zuflucht gesucht. Ich dachte, es bestünde eine Chance auf eine gemeinsame Zukunft. Ich wurde schwanger, und er wurde nicht damit fertig. Wir haben uns nicht wieder gesehen.«

»Wer war er?«, fragte ich.

»Das kann ich dir nicht sagen«, erklärte Julia. »Er ist ein Bekannter von Darwin. Er ist sehr berühmt.« Sie machte eine Pause. »Er war bei Brookes Beerdigung. Wir haben nicht einmal miteinander gesprochen.«

»Ich soll dir also glauben, dass du eine sexuelle Beziehung mit einem Freund deines Mannes hattest, ihm Kinder geboren hast und inzwischen keinerlei Kontakt mehr mit ihm hast?«

»Weißt du, was *ich* einfach nicht glauben kann?«, entgegnete sie. »Wie du dir anmaßen kannst, dass dich alles etwas angeht, was mir passiert ist, bevor du auf der Bildfläche erschienen bist. Habe ich von dir je eine Liste aller Frauen verlangt, die du gefickt hast?« Sie wandte den Blick ab. »Lass mich in Ruhe«, sagte sie.

»Julia …«

»Verschwinde«, sagte sie. »Verschwinde einfach.«

23

Garret stand in der Tür seines Zimmers, als ich auf den Flur hinaustrat. »Anstrengende Nacht?«, bemerkte er. Er trug Jeans, aber kein Oberteil. Er war ebenso durchtrainiert und muskulös wie Billy und besaß eine Brust wie ein Weltergewichtler und einen Waschbrettbauch. Er wirkte nervös, vielleicht auch besorgt und ein wenig aufgeregt.

Es war mir alles andere als recht, dass er den Streit zwischen Julia und mir mit angehört hatte. »Scheint sich so entwickelt zu haben«, erwiderte ich. »Tut mir Leid, dass wir dich geweckt haben.«

»Ich war nicht müde«, sagte er.

Ich deutete mit einem Nicken auf sein Zimmer. »Willst du reden?«

»Ich könnte mir denken, dass Ihnen nicht mehr sonderlich danach zumute ist.«

Ich wollte Garret versichern, dass die Dinge nicht gänzlich den Bach hinuntergingen, obwohl ich befürchtete, dass es vermutlich so war – zuerst mit Billy und jetzt mit Julia. Und beide innerhalb von vierundzwanzig Stunden. »Um ehrlich zu sein, könnte ich ein bisschen Gesellschaft brauchen«, erklärte ich. »Ich werde dich auch nicht lange stören.«

»Toll«, sagte er und ging in sein Zimmer zurück.

Ich folgte ihm. Er war noch nicht dazu gekommen, seine Sachen zu ordnen, sodass überall überquellende Kartons mit Kleidungsstücken, Fotoalben, ein paar Kameras mit langen Objektiven und Hunderten von Filmdosen herumstanden. Ich setzte mich an seinen Schreibtisch.

»Hier herrscht das totale Chaos«, entschuldigte er sich, »wie peinlich.« Er fing an, ein paar Sachen aufzusammeln und sie in seinen Kleiderschrank zu stopfen. »Es ist eine schwere Zeit für meine Mutter«, sagte er und sah mich an.

»Das denke ich auch«, pflichtete ich bei.

»Nicht nur, weil sie sich von den Verletzungen erholen muss und all das«, fuhr er fort und nahm einen weiteren Karton. »Es liegt an all den Veränderungen. Vor allem, dass Darwin nicht mehr hier ist. Obwohl das gut ist, ist es eine ziemlich große Sache, verstehen Sie?«

Das stimmte. Bishop hatte eine Menge physischen und emotionalen Raum in dieser Familie eingenommen. Seine Abwesenheit hinterließ eine Leere. Selbst der Verlust negativer Energie kann Schwindel erregend sein. »Ich schätze, es ist ein bisschen so, als würde man aus einem Krieg heimfahren«, sagte ich. »Die Dämonen verfolgen einen noch eine ganze Weile.«

Garret stopfte den Karton in seinen Schrank und drückte die Tür zu, dann drehte er sich um und sah mich an. »Ohne hier dem Seelenklempner mit Psychologie kommen zu wollen, aber sie wollte zum Beispiel da drinnen, dass Sie sie schlagen.«

»Was?«

»Sie hat geschrien«, erklärte Garret. »Darwin wäre explodiert. Sie hat ausgetestet, ob Sie sie schlagen würden.«

Garrets Schlussfolgerung ergab durchaus einen Sinn. Ich hatte Julia aufgefordert, mir zu vertrauen und mir rückhaltlos ihre Vergangenheit zu offenbaren. Eine mögliche Interpretation ihrer extremen Reaktion war, dass sie damit ausloten wollte, wie weit sie gehen konnte, ehe ich mich zur Wehr setzte. »Du kennst deine Mutter ziemlich gut«, sagte ich.

Er zuckte mit den Schultern. »Ich habe das gleiche Verhalten an mir festgestellt, seit Sie mit uns zusammenleben«, erklärte er. »Nehmen Sie zum Beispiel dieses Zimmer. Hier hätte niemals eine solche Unordnung herrschen dürfen, wenn Darwin hier gewesen wäre. Es sei denn, ich wäre scharf darauf gewesen, seinen Gürtel zu spüren zu bekommen. Ich schätze, ich habe dieses Durcheinander geschaffen, um herauszufinden, ob Sie es mir durchgehen lassen.«

»Es steht mir nicht zu, dir zu sagen, was du mit deinem Zimmer machen darfst«, sagte ich.

»Sie sind praktisch der Mann im Haus«, erwiderte er.

Ich fühlte mich eigentlich nicht so. »Was liest du denn im Moment so?«, fragte ich mit einem Nicken auf seinen Schreibtisch.

»Gedichte.«

»Von wem?«, fragte ich und sah auf den Titel. *Das Land der Herzenswünsche*.

»Yeats.«

»Ist er dein Lieblingsdichter?«

»Ich habe keinen wirklichen Lieblingsdichter«, antwortete er und ließ sich auf einen Sitzsack in der Ecke des Zimmers sinken. »Ich mag Emerson und Poe ebenso gern. Vielleicht sogar noch lieber.«

Ich schaute zu den Bücherregalen, dem einzigen Platz im Zimmer, der sauber und ordentlich war. Ich ließ meinen Blick über die alphabetisch nach den Autoren geordneten Bände schweifen. Auden, Beckett, Emerson, Hegel, Hemingway, Locke, Paz, Poe, Shakespeare. Yeats stand am Ende des Regals – sieben oder acht Bände allein von ihm. »Was gefällt dir an Gedichten?«, fragte ich.

»Mehr mit weniger zu sagen«, antwortete er. »Die Leute benutzen zu viele Worte. Und dadurch werden sie bedeutungslos.«

»Stimmt«, pflichtete ich bei. »Schreibst du auch selbst Gedichte?«

»Manchmal«, sagte er. »Nur für mich selbst.«

Damit schien er andeuten zu wollen, dass ich nicht darauf hoffen sollte, irgendwann eines von Garrets Werken lesen zu dürfen. »Du selbst bist dein einzig wichtiges Publikum«, bemerkte ich.

»Darwin ist immer sauer geworden, wenn er mich beim Schreiben erwischt hat«, erinnerte sich Garret. »Er hat gesagt, das wäre nur etwas für Mädchen. Das war einer der Gründe, weshalb er mir nicht erlaubt hat, zu lange in meinem Zimmer zu bleiben.«

»Das ist doch lächerlich«, sagte ich. »Niemand hat Hemingway je für ein Mädchen gehalten.«

»Seine Mutter schon«, bemerkte Garret.

Ich schmunzelte. Hemingways Mutter hatte den heranreifenden Schriftsteller von Zeit zu Zeit in Mädchenkleider gesteckt – ein Grund für sein beinahe übertrieben männliches Auftreten als Erwachsener. »Mit Ausnahme von ihr«, räumte ich ein.

»Vielleicht zeige ich Ihnen irgendwann mal etwas von dem, was ich geschrieben habe«, sagte Garret zaudernd.

»Ich würde sehr gern etwas von dir lesen«, versicherte ich.

Er schaute aus dem Fenster, dann sah er wieder zu mir. »Sie braucht einfach Zeit – und Freiraum. Vielleicht ist es gut, dass Sie mit Billy zu diesem Riggs Center fahren.«

»Ich möchte dir dafür danken, dass du ihn überredet hast, dorthin zu gehen«, sagte ich. »Es ist die richtige Entscheidung. Glaubst du, du kannst hier für ein, zwei Wochen allein die Stellung halten?«

»Kein Problem.«

»Tut mir Leid, dass wir dir Angst gemacht haben – deine Mom und ich«, sagte ich.

»Kein Problem«, erwiderte er. »Ich werde nie wieder solche Angst haben müssen wie früher.«

Ich verließ Garrets Zimmer kurz vor 1 Uhr früh. Als ich an Billys Zimmer vorbeikam, ging gerade sein Licht aus. Hatte er gelauscht, oder hatten Garret und ich ihn einfach nur wach gehalten, weil wir uns zu laut unterhalten hatten?

Bevor ich das Haus verließ, betrachtete ich die Spielsachen, die Candace in der Vitrine aufgestellt hatte. Ein kleiner Aufzieh-Bär mit Messingzimbeln fiel mir ins Auge. Ich konnte mir ohne weiteres vorstellen, wie Julia als Kind stundenlang mit ihm gespielt hatte. Ich lächelte, während ich mir ausmalte, wie begeistert sie gewesen sein musste, als sie ihn zum ersten Mal aufgezogen und seine Bewegungen beobachtet hatte. Wie einfach sie damals doch zu befriedigen gewesen war.

Mich fröstelte. Denn tief in meinem Herzen wusste ich, ohne genau zu wissen, warum, dass sich alles in Auflösung befand und sie niemals mir gehören würde.

Mein Schlaf in jener Nacht war unruhig und von ständigen Unterbrechungen gestört. Jedes Mal, wenn ich aufwachte, hatte sich eine andere Erinnerung an Julia, Darwin oder die Jungs in meinem Gedächtnis festgesetzt. Vor meinem geistigen Auge sah ich meine erste Begegnung mit Julia vor der Bishop-Villa und unser Mittagessen im Bomboa in Boston. Ich dachte an meine Unterhaltung mit Billy in der geschlossenen Abteilung des Payne Whitney zurück, an mein Wortduell mit Darwin bei Brookes Beerdigung, an Anderson und mich bei der Durchsuchung von Garrets Spind im Brant Point Racket Club. Ich erinnerte mich abermals an Claire Buckleys Verhalten, als sie North Anderson und mir den mysteriösen Brief übergeben hatte. Und ich ließ noch einmal Andersons und meine Unterhaltung mit ihr im Mass General nach dem Überfall auf sie Revue passieren. Die Schlafphasen zwischen den Erinnerungen wurden immer kürzer, die Bilder immer lebendiger. Es war, als spulte mein Verstand noch einmal die letzten drei Wochen ab, auf der Suche nach einem Fenster zum Familiengeheimnis der Bishops.

Um 3 Uhr 47 öffnete sich jenes Fenster sperrangelweit und ließ einen eisigen Wind herein, der mich im wahrsten Wortsinn erschauern ließ. Ich setzte mich mit einem Ruck im Bett auf. Mein Verstand war augenblicklich hellwach von einer Erinnerung, die nicht Tage oder Wochen, sondern nur wenige Stunden zurücklag. Es war etwas, das ich im Haus gesehen hatte, und es mutete wie ein unerwartetes, abnormales Laborergebnis für einen Patienten an, das besagt, dass ein längst überwunden geglaubtes Krebsgeschwür still und heimlich den Knochen und das Mark zerfressen hat.

Eine ganze Gedankenkette spulte sich in meinem Kopf ab. Angestrengt starrte ich in die Dunkelheit, während ich versuchte, die Punkte zu einem ausgesprochen hässlichen Bild zu verbinden. Einem fast undenkbaren Bild. Ich fing an, im Zimmer auf und ab zu gehen. Die Gedanken kamen immer schneller und wirbelten durch die Nacht. Mir war übel und schwindelig.

Erst zwei Stunden später kehrte ich ins Bett zurück, doch von Schlaf war keine Rede. Ich war nicht mehr davon überzeugt, dass Darwin Bishop die kleine Brooke umgebracht hatte. Stattdessen wuchs in mir die Gewissheit, dass jemand anders der Mörder war. Jemand, dem ich vertraut hatte. Und zwar aus Motiven, die mich gleichermaßen mit Mitleid und Abscheu erfüllten.

Ich war in kalten Schweiß ausgebrochen. Wenn ich Recht hatte, dann hatte diese Person es immer noch auf Tess abgesehen, die in ihrem Kinderzimmer schlief, keine fünfzig Meter von meinem Gästehaus entfernt.

Die Gedanken kreisten bis Sonnenaufgang in meinem Kopf, während ich eine Strategie ersann, den Mörder zu entlarven. Es war eine Strategie der psychologischen Kriegsführung, die darauf abzielte, die emotionalen Schutzwälle der betreffenden Person mit einem Schlag niederzureißen und ihren ungebändigten Zorn freizusetzen. Wenn es klappte, würde Brookes Mörder binnen der nächsten vierundzwanzig Stunden auch mir nach dem Leben trachten.

Dienstag, 23. Juli 2002

Um 9 Uhr rief ich im Payne Whitney an und ließ Laura Mossberg ausrufen. Wenige Minuten später meldete sie sich.

»Frank Clevenger hier«, sagte ich. »Ich brauche Ihre Hilfe.«

»Ach«, erwiderte sie mit dieser typischen Therapeuten-Freundlichkeit in ihrer Stimme.

»Beim Bishop-Fall«, erklärte ich, um sie gar nicht erst auf falsche Gedanken kommen zu lassen.

»Ich dachte, der Fall wäre abgeschlossen«, sagte sie. »Ich habe gelesen, dass der Vater verhaftet wurde. Ich war schockiert.«

»Man kann den Menschen eben nie ins Herz schauen.«

»Sie scheinen das zu können«, sagte sie. »Schließlich haben Sie nie daran geglaubt, dass Billy schuldig ist.«

Ich ging nicht weiter auf das Kompliment ein. »Es gibt da ein loses Ende, das ich noch verknüpfen möchte«, erklärte ich. »Um meines eigenen Seelenfriedens willen.«

»Und zwar welches? Hat es mit den Unterlagen zu tun, die ich Ihnen geschickt habe?«

»Ja«, bestätigte ich. »Außerdem habe ich mich gefragt, ob Sie mir noch eine weitere Information aus den Krankenunterlagen der Familie besorgen könnten.«

»Was brauchen Sie?«

»Ich hatte gehofft, Sie könnten für mich vielleicht die Blutgruppen aller Mitglieder der Bishop-Familie ausfindig machen, einschließlich aller Kinder«, sagte ich. »Die von Julia, den Zwillingen und den Jungs.«

»Das sollte kein Problem sein«, antwortete Mossberg. »Wir haben den chirurgischen Bericht von Mr. Bishops Vasektomie, das Entbindungsprotokoll seiner Frau und die Geburtsblätter der kleinen Mädchen. Angesichts der Tatsache, dass sie adoptiert wurden, bin ich sicher, dass Billys und Garrets Blutgruppen ebenfalls untersucht worden sind.«

»Ausgezeichnet.«

»Ich frage Sie nicht, wofür Sie diese Informationen brauchen«, sagte sie, obwohl ihr Tonfall genau das Gegenteil verriet.

»Ich weiß Ihre Hilfe wirklich zu schätzen«, erklärte ich. »Ich vermute zwar nicht, dass die Informationen etwas ändern werden, aber ich lasse es Sie natürlich wissen, falls es doch so ist.«

Sie lachte über die Art, wie ich ihrer Neugier ausgewichen war. »Ich freue mich immer, von Ihnen zu hören«, sagte sie.

Nachdem wir aufgelegt hatten, ging ich zurück zum Haus, um damit anzufangen, die psychologische Schraubzwinge um die Bishops fester zu ziehen.

Glücklicherweise fand ich sie alle zusammen in der Küche, wo sie sich für das inzwischen übliche Familienfrühstück versammelt hatten. »He«, begrüßte mich Billy von seinem Platz Garret gegenüber in der Frühstücksecke. »Sind Sie zum Langschläfer geworden?«

Garret nickte mir zur Begrüßung zu, was ich mit einem Nicken erwiderte.

Julia war damit beschäftigt, Spiegeleier zu braten. Sie drehte sich nicht zu mir um.

Ich sah zu Tess hinüber, die in ihrem Reisebettchen mit ihren Teletubbies spielte, ehe ich neben Julia trat. Sie trug enge weiße Tennisshorts, unter denen sich ihr Tanga-Höschen abzeichnete. Ich gab ihr einen kräftigen Klaps auf ihr Hinterteil, der laut genug war, um sicher sein zu können, dass die Jungs es hören würden. Bevor sie mir ausweichen konnte, küsste ich ihren Nacken. »Mein Gott, du schmeckst lecker«, bemerkte ich.

Sie wirbelte mit zornesrotem Gesicht zu mir herum.

Ich berührte zärtlich ihre Wange.

Die Eier brutzelten.

Julia räusperte sich. »Hast du gut geschlafen?«, fragte sie schroff.

»Fantastisch. Und du?«

»Ja, fantastisch«, sagte sie. Sie sah zu Candace, die den Blick senkte und sich wieder daranmachte, Spargel zu schneiden. Offensichtlich hatte ein Mutter-Tochter-Gespräch stattgefunden, bevor ich hereingekommen war.

Ich ging hinüber zur Frühstückstheke. Billy rutschte ein Stück weiter, um Platz für mich zu machen. »Was steht heute auf dem Programm, Kumpel?«, fragte ich ihn und setzte mich hin.

»Nicht viel«, antwortete er. »Ich wollte mich eigentlich mit

Jason treffen.« Er zuckte mit den Schultern. »Das kann ich jetzt ja wohl abschreiben.«

»Ich habe versucht, ihn zu überreden, angeln zu gehen«, sagte Garret.

»Wo?«, fragte ich Garret. »Ich fahr euch beide hin, wenn ihr möchtet.«

»Das ist nicht nötig«, wehrte er ab. »Wir können im Bach angeln. Dort schwimmt zwar nicht viel herum, aber Spaß macht es trotzdem.«

Ich stieß Billy mit dem Ellbogen an. »Warum probierst du es nicht mal aus?«

Er schenkte mir ein müdes Lächeln.

Ich zwinkerte ihm zu, deutete mit einem Nicken auf Julia, stand auf und stellte mich wieder zu ihr.

Diesmal sah sie mich kommen, und ihr Gesichtsausdruck warnte mich, Abstand zu halten.

Einige Schritte vor ihr blieb ich stehen, hob einen Finger und hauchte stumm: »Tut mir Leid.« Ihre Züge entspannten sich ein wenig. »Vergiss die Krankenunterlagen«, flüsterte ich. »Und auch den Brief. Ich werde sie nie wieder erwähnen. Wir ziehen einen Strich unter die Vergangenheit.«

Sie sah mir durchdringend in die Augen, um sich zu vergewissern, ob ich es ernst meinte, dann nickte sie zaudernd.

Ich machte einen Schritt auf sie zu, ergriff sanft ihre Hand und beugte mich vor. »Komm nachher zum Gästehaus«, flüsterte ich ihr ins Ohr.

Sie sah verlegen zur Frühstücksnische.

»Ich konnte letzte Nacht nicht schlafen«, flüsterte ich noch leiser. »Ich konnte nicht aufhören, daran zu denken, wie stark mein Verlangen nach dir war.«

Sie errötete. »Hör auf damit«, sagte sie und kaute verführerisch an ihrer Unterlippe.

»Ich warte im Gästehaus«, erklärte ich und drehte mich um.

Candace lächelte mir viel sagend zu.

»Ich mache einen kurzen Spaziergang«, sagte ich und sah dabei Billy und Garret an. »Will jemand mitkommen?«

Billy starrte auf seinen Teller.

Garret stand auf. »Klar«, sagte er.

»Ich seh euch alle dann später«, rief ich und ging mit ihm hinaus.

Garret und ich waren noch keine zehn Meter vom Haus entfernt, als sein Leibwächter Pete hinter uns auftauchte. Das war ungewöhnlich. Er und Garret waren inzwischen nachlässig geworden und befanden sich selten zusammen auf dem Grundstück. Ich drehte mich um. »Wir kommen schon allein zurecht«, rief ich Pete zu.

Wir folgten einem Pfad, der sich etwa zweihundert Meter Richtung Meer schlängelte und dann eine Kehrtwendung machte, sodass er eine Ellipse formte, deren einen Scheitelpunkt Candaces Haus und den anderen der Horizont bildete. »Deiner Mom scheint es heute Morgen etwas besser zu gehen«, bemerkte ich.

»Es ist so, wie ich Ihnen gesagt habe«, erwiderte er. »Sie stellt Sie auf die Probe.«

»Ich habe darüber nachgedacht«, sagte ich.

»Und was haben Sie sich gedacht?«

»Vielleicht werde ich in mehr als einer Hinsicht auf die Probe gestellt. Diese ganze Sache mit Billy – der Ärger mit den Sandersons und die Sache mit der Katze – könnte ebenfalls ein Test sein. Um herauszufinden, ob ich zu ihm halte, zur gesamten Familie.«

»Möglich«, pflichtete Garret bei.

»Deshalb denke ich, ich sollte meine Rolle hier definieren.«

»Wie meinen Sie das?«

»Ich finde, wir sollten eine richtige Familie sein«, erklärte ich und beobachtete seine Reaktion. »Auf diese Weise kann Billy mich als einen richtigen Vater betrachten. Er könnte auf mich zählen. Du auch.«

Garret blieb stehen und starrte mich an.

Wir waren noch immer kaum mehr als einen Steinwurf vom Haus entfernt. Ich spannte meine Falle. »Ich werde deine Mom bitten, mich zu heiraten«, sagte ich.

»Wow«, entfuhr es ihm. Er schaute verwirrt drein. »Wow«, wiederholte er.

»Wie würde dir das gefallen?«, fragte ich.

»Das wäre toll«, antwortete er. Er klang, als würde er es ernst meinen.

»Mir ist klar, dass das für alle Beteiligten etwas gewöhnungsbedürftig ist«, sagte ich. »Ich habe noch nicht einmal mit deiner Mutter darüber gesprochen. Aber irgendwie ist mir plötzlich klar geworden, dass es das Richtige ist.« Ich blickte zum Ozean, der sich wie eine blaugrüne Decke unter dem sonnengetränkten Horizont ausbreitete. »Ich muss gestehen, Garret, dass ich noch nie für jemanden das empfunden habe, was ich für sie empfinde. Wenn ich mit ihr zusammen bin, fühle ich mich vollkommen. Und wenn ich es nicht bin, sehne ich mich nach ihr.« Ich sah ihn wieder an. »Hast du je so empfunden?«

»Ich weiß nicht«, sagte er. »Vielleicht.«

»Dann hast du es nicht. Ansonsten würdest du es wissen. Es ist das schönste Gefühl der Welt.«

Er nickte.

»Du gehst in ein paar Wochen nach Yale?«, meinte ich. »Glaub mir, da wird es mehr als eine Studentin geben, die dir den Kopf verdreht. Ich hoffe, eine davon weckt in dir dieselben Gefühle, die deine Mom in mir weckt.«

»Wir werden sehen«, erwiderte er.

»Und es gibt noch einen weiteren Grund, weshalb wir es offiziell machen sollten: Ich fühle mich unwohl dabei – na ja, du verstehst schon –, ein Zimmer mit deiner Mutter zu teilen, bis wir verheiratet sind. Sie auch.«

Selbst Garret mit seinen siebzehn Jahren erkannte, dass ich ihn eingeladen hatte, eine Grenze zu überschreiten, die tiefer und breiter als ein Schützengraben war. »Das ist eine Sache zwischen Ihnen und ihr«, sagte er.

»Wir wollen nur alles richtig angehen«, erklärte ich. Ich ließ einen Moment verstreichen. »Ich finde, wir sollten durchbrennen. Ich werde sie bitten, mit mir nach Vegas zu fliegen – vielleicht schon morgen.«

»Sie sind noch nicht geschieden«, sagte Garret grinsend.

»Nevada kann ein Geheimnis wahren«, hielt ich dagegen. »Der ganze Papierkram wird sich am Ende schon regeln.«

»Klingt ... überwältigend«, sagte er.

»Aber kein Wort zu deiner Mutter«, beschwor ich ihn. Ich ermahnte ihn jedoch nicht, es auch vor Billy geheim zu halten. Mir war klar, dass Garret ihn binnen der nächsten fünf Minuten einweihen würde – ich wollte, dass er es tat.

»Ich schätze, ich gehe besser wieder zurück«, verkündete Garret. »Ziemlich erstaunliche Neuigkeiten.«

»Sehe ich dich nachher?«

»Auf alle Fälle«, sagte er.

Ich sah ihm nach, während er zum Haus zurückging. Aus dem Augenwinkel bemerkte ich Julia, die am Panoramafenster des Wohnzimmers stand und uns anstarrte. Plötzlich spürte ich ein weiteres Augenpaar, das auf mich gerichtet war. Als ich nach oben sah, erhaschte ich einen Blick auf Billy, der auf dem Balkon im ersten Stock stand. Er drehte sich um und ging wieder ins Haus. Als ich wieder zu dem Panoramafenster sah, war auch Julia verschwunden.

Ich blieb stehen, bis Garret durch die Haustür verschwand, und stellte mir währenddessen vor, wie die psychosexuelle Spannung in Candaces elegantem Inseldomizil unaufhaltsam ansteigen würde. Ich konnte förmlich die Flammen des emotionalen Scheiterhaufens an den blanken Fensterscheiben hochlodern sehen.

Dr. Mossberg rief mich um 13 Uhr 20 auf meinem Handy aus der Registratur des Cornell Medical Center an. Die Informationen, die sie aus den Krankenblättern der Bishops zusammengetragen hatte, stützten meine Theorie, dass Darwin Bishop trotz seiner Gewalttätigkeit wahrscheinlich nicht der Mörder von Brooke war. Um genau zu sein, wiesen sie schnurgerade auf die Person, die ich verdächtigte. Als ich auflegte, drohten meine Knie unter der Last dieser Tatsache nachzugeben. Ich musste mich zwingen, tief durchzuatmen, um mich nicht zu übergeben.

Eines der düstersten Dramen, die man sich vorstellen kann, hatte zu Brookes Tod geführt, und ich hatte unwissentlich eine Rolle darin gespielt.

Ich war noch immer etwas zittrig, als es an der Tür des Gästehauses klopfte. Mühsam rappelte ich mich hoch und öffnete vorsichtig. Wieder war es Billy.

»Sie sehen aus, als hätten Sie einen Geist gesehen«, bemerkte er.

»Ich habe noch nichts gegessen«, erwiderte ich. »Das ist alles.«

Er trat an mir vorbei und setzte sich auf die Couch. »Garret hat mir das mit Ihnen und Mom erzählt«, sagte er.

Wie ich erwartet hatte. »Oh?« Ich tat, als wäre ich überrascht.

»Sie wollen durchbrennen?«, fuhr er fort. »Morgen?«

»Vorausgesetzt, deine Mutter sagt Ja«, erklärte ich. »Ich habe sie noch nicht gefragt.« Ich setzte mich ans andere Ende der Couch.

»Das wird sie«, sagte er.

»Woher weißt du das?«

»Sie konnte noch nie Nein sagen«, stellte er fest.

»Das heißt?«

»Das heißt«, sagte er und beugte sich zu mir, »dass nicht jeder hier taub, stumm und blind ist.«

»Ich höre …«

»Ich will Ihnen nicht das Herz brechen, aber Sie sind nicht der Erste, in den sie ihre Krallen geschlagen hat. Keineswegs.«

Er hielt inne und blinzelte nervös. »Sie verliert schnell das Interesse. Okay?«

Lass nicht locker, mach mehr Druck, ermahnte ich mich. »Ich werde schon damit fertig«, erwiderte ich.

»Sie werden nur alles kaputtmachen«, sagte er mit ausdrucksloser Miene. »Was haben Sie vor?« Er musterte mein Gesicht. »Ist das der wahre Grund, weshalb Sie mich aus dem Weg haben und in diesen Riggs-Laden verfrachten wollten? Hat meine Mutter Ihnen so Ihren beschissenen Kopf verdreht, dass Sie Garret nach Yale und mich in dieses Irrenhaus abschieben wollen?« Er stand auf. »Sie hatten nie vor, für mich da zu sein.«

»Du verstehst das alles völlig falsch«, beschwichtigte ich ihn.

»Ich kann einfach nicht glauben, dass ich Ihnen vertraut habe«, sagte er kopfschüttelnd.

»Du kannst mir immer vertrauen.«

Er stapfte hinaus.

Ich stellte mich ans Fenster des Gästehauses und schaute ihm hinterher, während er in Richtung des Hauses davonging. Dann griff ich zum Telefon und wählte die Privatnummer von Art Fields, dem Direktor des kriminaltechnischen Labors der State Police in Boston.

Fields bestätigte, dass ich eine wissenschaftlich fundierte Schlussfolgerung aus den Blutgruppen gezogen hatte, die Laura Mossberg mir besorgt hatte. Das bedeutete, dass es einen handfesten forensischen Beweis gab, der Brooke und ihren Mörder verband. Fields warnte mich, dieser Beweis sei trotz allem nur ein Indiz, konnte aber nicht leugnen, dass er überzeugend war.

Ich legte auf und sah auf die Uhr. Es war 13 Uhr 29. Jetzt blieb mir nichts weiter zu tun, als auf Julia zu warten.

Es wurde zwei Uhr. Es wurde drei. Und vier. Langsam begann ich mich zu fragen, ob mein Plan mir vielleicht doch nicht das schnelle Resultat bringen würde, das ich erwartet hatte. Doch um Viertel nach vier ertönte schließlich Julias Stimme vor der Tür. Ich öffnete, und sie stand in einem hellgelben Sommerkleid vor mir, durch dessen hauchzarten Stoff ich den Schatten ihrer Brustwarzen erkennen konnte. »Wir ziehen einen Strich unter die Vergangenheit«, sagte sie. »Meinst du das wirklich ernst? Was vergangen ist, ist vergangen?«

»Ich schwöre.«

»Bei deinem Leben?«

Ich trat vor die Tür, nahm sie in meine Arme und küsste sie. Ich spürte, wie ich hart wurde, als sie sich an mich schmiegte.

»Lass uns reingehen«, schlug sie vor.

Ich schüttelte den Kopf, ließ meine Hand an ihrem Schenkel hinaufwandern und schob ihr Kleid zu ihren Hüften hinauf, während meine Finger unter den Saum glitten. Sie trug keinen Slip.

»Komm«, sagte sie und versuchte, sich mir zu entwinden. »Keine öffentliche Vorstellung.«

Ich zog meine Hand zurück und küsste sie leidenschaftlicher. »Führ mich noch einmal irgendwohin. Irgendwo im Freien, wo uns keiner sieht. Ich habe eine Überraschung für dich.«

Ihr Blick wanderte zu meinem Unterleib. »Die hast du schon verraten.«

»Du hast einmal ein abgeschiedenes Plätzchen erwähnt«, sagte ich.

Julia lächelte. »Okay.«

Sie führte mich am Haus ihrer Mutter vorbei durch den Garten, dann auf einen Pfad, der sich durch ein dichtes Wäldchen zog. Ein kleiner Zauberwald. Nach etwa zehn Metern hielt ich sie an und drückte sie gegen einen der schlanken Baumstämme. Ich ließ meine Hände an ihren Beinen hinauf unter ihr Kleid gleiten. Zärtlich strich ich über die Innenseite ihrer Oberschenkel, ehe ich schließlich einen Finger tief in sie hineinschob. Sie versuchte, mich zu küssen, doch ich wich ihr aus. Langsam ließ ich meine Hände sinken, sodass ihr Kleid wieder herunterrutschte. Ich trat einen Schritt zurück. »Nicht hier. Bring mich dahin, wo du mich hinführen wolltest.«

Julia wandte ihr Gesicht ab. Einen Moment lang sah sie aus, als wäre sie wütend, ehe sich ein spitzbübisches Lächeln auf ihrem Gesicht ausbreitete. »Fang mich doch«, lockte sie und rannte den Pfad hinunter.

Ich lief ihr nach. Sie war sehr schnell. Ich musste beinahe in Sprint verfallen, um mit ihr Schritt zu halten. Doch trotz des trampelnden Geräusches meiner eigenen Füße und des pfeifenden Winds in meinen Ohren glaubte ich mehrmals Schritte hinter mir zu hören. Ich hoffte, dass ich sie mir nicht einbildete. Wenn mein Plan wie erhofft funktionierte, dann wurden Julia und ich verfolgt, und der Hexenkessel fing endlich an zu brodeln.

Ich hatte Julia beinahe eingeholt, als sie eine Lichtung erreichte. Zwischen zwei niedrigen Hügeln plätscherte ein Bach über sein steiniges Bett. Die Luft roch nach Lavendel. Ich blieb stehen und beobachtete, wie Julia zum Wasser lief und sich dann keuchend umdrehte. Sonnenschein fiel durch das Laubdach und tauchte sie in gesprenkeltes Licht.

Sie löste die Schleife am Ausschnitt ihres Kleides, schob es von ihren Schultern und ließ es auf den Boden gleiten. Sie war nackt. Und makellos. Eva vor dem Sündenfall. Sündig schön.

Wohl wissend, dass wir beobachtet wurden, doch zugleich in der Gewissheit, dass ich mich in keiner unmittelbaren Gefahr befand, trat ich zu ihr. Der Lauscher würde niemals zuschlagen, solange Julia bei mir war. Er konnte nicht riskieren, ertappt zu werden. Es war an der Zeit, seine krankhafte Eifersucht zum Überkochen zu bringen.

Ich kniete mich vor Julia und zwang mich, die Wölbungen ihres Bauches zu küssen und meine Zunge in ihren Nabel zu stecken. Es überraschte mich, dass sie mich immer noch derart erregte, nach allem, was sie getan hatte. Ich sah hinauf zu ihren Augen, die strahlender als je zuvor waren. »Ich möchte, dass du mich heiratest«, sagte ich und ließ meine Zunge zwischen ihre Beine wandern.

»Frank«, stöhnte sie und schloss die Augen. Sie atmete keuchend und zitterte, als meine Zunge noch tiefer wanderte.

Ich umfasste ihre Handgelenke, spürte, wie ihr Puls raste, und stand auf. »Heirate mich«, wiederholte ich, während ich mit meinen Fingern über ihre Wange strich. Inzwischen wusste ich, dass Julia nach mindestens drei Dingen süchtig war: Sex, Geld und Luxus. Und ich wollte ihr einen Cocktail aus allen dreien anbieten. »Wir chartern einen Jet, der uns morgen nach Vegas fliegt, heiraten und verbringen den Rest der Woche in Paris. Ich habe bereits eine Suite im Ritz gebucht. Ich möchte mein Leben mit dir teilen.«

Sie strich mit den Fingern über meine Lippen. »Das möchte ich auch«, sagte sie. »Ich kann nur …«

»Sag einfach nur Ja.«

Sie sah mir tief in die Augen. Einige Augenblicke verstrichen. »Ja«, hauchte sie. Dann ließ sie sich ohne ein weiteres Wort auf die Knie sinken und knöpfte meine Jeans auf.

24

Mittwoch, 24. Juli 2002

Es war kurz nach 1 Uhr nachts. Um Mitternacht hatte ich alle Lichter im Gästehaus ausgeschaltet, sodass nur der fahle Schein des Halbmondes durch die Leisten der Fensterläden fiel.

Ich lag wach und vollständig angezogen im Bett und kämpfte gegen die Müdigkeit an. Meine Browning Baby steckte in der vorderen Hosentasche meiner Jeans.

Ich war überzeugt, dass ich genügend Köder ausgelegt hatte. Julia hatte bereits angefangen, für die geplante Reise zu packen. Ich hatte die sexuelle Trophäe errungen, nach der Brookes Mörder sich verzehrte. Er musste sich nur noch meiner entledigen.

Das Cottage hatte eine Hintertür mit Sicherheitskette, die ich jedoch nicht vorlegte. Auch die beiden Fenster an der Rückseite des Gästehauses ließ ich sperrangelweit offen – eine Einladung zum Mord.

Ich war mir ziemlich sicher, wen ich zu erwarten hatte, doch die forensischen Daten, die den Kern meiner Theorie bildeten, waren nicht unumstößlich. Der versuchte Mord an mir würde den endgültigen Beweis darstellen.

Meine Lider wurden von Minute zu Minute schwerer. Ich hatte in der vergangenen Nacht nicht geschlafen, seit Wochen schon hatte ich mich nicht mehr richtig ausgeruht. Ich stand auf, ging zur Spüle in der Küche und spritzte mir kaltes Wasser ins Gesicht. Es half nicht viel. Dann legte ich mich wieder ins Bett und kniff mir von Zeit zu Zeit in den Schenkel, um mich wach zu halten.

Doch das funktionierte auch nicht. Schließlich nickte ich ein und schreckte panisch wieder hoch. Es mochten fünf Minuten verstrichen sein. Oder fünfzehn. Oder gar fünfzig. Ich wusste es nicht. Mein Herz hämmerte, und mein Blick huschte nervös in dem schummrigen Gästehaus hin und her. Ich sah nichts. Für den Moment war ich allein, in Sicherheit.

Ich setzte mich auf und schwang meine Beine über die Bettkante. Vielleicht würde eine sehr eilige, sehr kalte Dusche helfen, überlegte ich. Ich stand auf und ging in Richtung Badezimmer, als ich plötzlich Schritte hinter der Hintertür hörte.

Ich tastete nach der Browning Baby in meiner Hosentasche und ging auf das Geräusch zu. Jemand trat auf das Laub und die herabgefallenen Zweige hinter dem Gästehaus. Ich lauschte angestrengter. Das Geräusch verstummte.

Ich hielt mich dicht an der Wand, schob vorsichtig eine der kurzen Gardinen zur Seite, die vor der Scheibe in der Hintertür hingen, und spähte hinaus in die Nacht. Schlagartig stockte mir der Atem, während mein schlimmster Albtraum Wirklichkeit wurde.

Garret saß auf dem untersten Ast einer uralten Ulme, etwa zweieinhalb Meter über dem Boden, fünf Meter von der Tür entfernt. Der Mondschein beleuchtete fahl seinen muskulösen Rumpf und die Schlinge um seinen Hals.

Entsetzt, dass sich mein Leben in der schlimmsten Weise wiederholen sollte, stürzte ich nach draußen. Ich hatte nur einmal einen jungen Mann durch Selbstmord verloren – Billy Fisk, dessen Erinnerung mich letztendlich in den Bishop-Fall hineingezogen hatte. Stand ich nun kurz davor, erneut Zeuge der Tödlichkeit meiner eigenen Unzulänglichkeiten zu werden? Ich hatte Garret offenkundig zu weit getrieben – nicht an die Schwelle zum Mord, sondern zum Selbstmord.

Der Blick auf Garrets Bücherregal am Abend zuvor, das voll gestopft war mit Titeln des Dichters Yeats, hatte mir den Schlüssel zu seiner Schuld gegeben. Julia hatte in dem geheimnisvollen Brief Yeats zitiert:

Meine Versuchung ist verstummt.
Hier an des Lebens Ende.

In diesem Moment hatte ich endlich erkannt, dass Julia jenen Brief an Garret geschrieben hatte und nicht an ihre Therapeutin oder irgendeinen Geschäftspartner von Darwin. Sie hatte sich Garret zum Liebhaber genommen.

Garret war es gewesen, der mich in einem Anfall von Eifersucht vor dem Mass General überfallen und einen Vers von Yeats zitiert hatte, bevor er mir ein Messer in den Rücken bohrte:

Was wäre ihre Wahl gewesen, Gefang'ne ihrer selbst?

»Guten Morgen«, sagte Garret leise.

Ich sah zu ihm hinauf. Seine Brustmuskeln zuckten, während er rhythmisch seine Fäuste öffnete und schloss. Jede Faser seines Körpers war angespannt. »Tu es nicht«, flehte ich.

»Sie wollen sie so sehr«, sagte er. »Sie können sie haben.«

»Lass mich dir helfen«, bat ich.

Er stieß ein schrilles Lachen aus und reckte seinen Hals zum dunklen Himmel empor, wie ein irres Tier, ehe er mit weit aufgerissenen Augen wieder zu mir herabsah. »Das hier geht auf Ihr Konto.«

Übelkeit stieg in mir hoch. War es möglich, dass meine psychologische Strategie – die sexuelle Spannung im Haus zum Überkochen zu bringen – in Wahrheit eine unbewusste Methode gewesen war, mich meines letzten Rivalen um Julias Gunst zu entledigen? Darwin saß im Gefängnis unter Mordanklage. Garret könnte schon bald tot sein. Hatte ich geplant, Vater und Sohn gleichermaßen zu bezwingen? »Deine Mutter hat dich benutzt, Garret«, sagte ich. »Sie hat dich manipuliert. Genau wie sie es mit mir und North Anderson und wer weiß wie vielen anderen Männern noch getan hat. Das ist mir jetzt klar. Ich weiß, dass du nicht die alleinige Schuld an dem trägst, was mit Brooke passiert ist. Oder mit Tess.«

Er schwieg.

»Ich glaube, ich weiß, was passiert ist«, fuhr ich mit beschwichtigender Stimme fort. »Nachdem deine Mutter die Zwillinge zur Welt gebracht hatte, hat sie die ›besondere Beziehung‹ abgebrochen, die ihr beide hattet. Sie hatte jemand anderen, den sie lieben konnte. Brooke. Und Tess. Und wenn sie einen Schlussstrich zieht, dann tut sie es auch. Kaltherzig. Es ist grausam. Und es tut weh.«

»Billy hat die Katze nicht umgebracht«, sagte er. »Das sollten Sie wissen. Sie mögen ihn.« Er hob einen Fuß vom Ast.

»Bitte«, flehte ich.

»Sie haben es so gewollt«, sagte er.

Ich senkte den Blick und schüttelte den Kopf, während ich nach Worten rang, die Garret Hoffnung geben würden.

»Leb wohl, Frank«, sagte Garret.

Genau in dem Moment, als Garret von dem Ast sprang, sah ich hoch. Ich schloss die Augen und sah Billy Fisks Gesicht vor mir, während ich mich für das Geräusch wappnete, wenn sein Genick von der Wucht des Seils brach. Doch stattdessen fühlte ich plötzlich das volle Gewicht von Garrets Körper auf mir, sodass ich zu Boden geworfen wurde. Mein Kopf schlug auf der Erde auf, während die ansatzweise verheilten Muskeln in meinem Rücken aufrissen und ein stechender Schmerz durch meinen Körper schoss.

Garret kauerte grinsend über mir – in der einen Hand ein Messer, in der anderen das Ende des Seils. Er zog sich die Schlinge über den Kopf und warf sie beiseite. »Es war nirgendwo festgemacht«, sagte er. »Das berühmte lose Ende. Sie hätten sich vergewissern müssen.«

Ich griff nach meiner Waffe, doch Garret machte einen Satz auf mich zu, bevor ich sie zu fassen bekam. Ich konnte gerade noch mein Knie anheben, während er sich auf mich stürzte, sodass es mit voller Wucht in seinem Bauch landete und ihn für einen Moment außer Gefecht setzte.

Das Messer fiel zwischen uns zu Boden.

Wir griffen beide danach, doch seine Hand bekam es zuerst zu fassen. Ich packte sein Handgelenk und zwang ihn auf den Rücken. Ich hatte ihn fast am Boden, als er plötzlich mit dem Kopf gegen mein Kinn knallte. Es gelang ihm, einen seiner Arme meinem Griff zu entwinden, ehe er mir seinen Ellbogen ins Gesicht rammte und mich von sich herunterstieß.

Er hockte sich auf mich, holte mit dem Messer aus und zielte auf meine Brust. Ich packte abermals sein Handgelenk. Er war stärker, als ich gedacht hatte. Die Klingenspitze kam immer näher.

»Jene, gegen die ich kämpfe, hass ich nicht«, zitierte er und drückte das Messer mit aller Kraft nach unten. »Yeats. Mein Lieblingsdichter.« Er verzog verächtlich den Mund. »Du hattest kein Recht, dich zwischen uns zu drängen. Wenn du uns doch nur in Frieden gelassen hättest …«

Die Messerspitze war keine dreißig Zentimeter mehr von meiner Brust entfernt. Ich hatte nur eine Chance. Wenn ich unvermittelt aufhörte, mich zu wehren, würde Garret von seinem eigenen Schwung auf mich zukatapuliert werden, sodass ich ihm im Fallen das Handgelenk umdrehen und ihn auf die Klinge ziehen konnte. Ich wollte ihn nicht töten. Die Erkenntnis, dass ich als Sieger aus einer grotesken Ödipus-Geschichte hervorgehen würde, entsetzte mich, doch mir blieb keine andere Wahl.

Ich spürte, dass meine Kräfte nachließen. Die Klinge war kaum mehr als zwei Handbreit von meiner Brust entfernt. Ich musste handeln. Mit aller Kraft stemmte ich mich gegen Garret, drückte die Klinge ein paar Zentimeter von mir weg und richtete ihn für den Sturz aus. Ich sah in seine Augen, während ich im Bruchteil einer Sekunde den Griff plante, mit dem ich die Klinge in seine Brust stoßen und seine Aorta durchtrennen würde.

Ich wollte gerade meine Arme nachgeben lassen, als ich einen dumpfen Schlag hörte. Stöhnend sackte Garret auf dem Boden zusammen.

Als ich aufsah, erkannte ich Billy über mir mit einem Baseballschläger in seinen Händen. Der Ausdruck auf seinem Gesicht verriet eine Mischung aus Verwirrung und Wut. Ich war nicht sicher, ob er sich überhaupt bewusst war, was er tat. Er hatte den Baseballschläger hoch über seinen Kopf erhoben, und in seinen Augen loderte blanker Zorn. Ich war überzeugt, dass er im nächsten Moment dafür sorgen würde, dass ich ihn nie in eine psychiatrische Anstalt schicken könnte. Doch dann fiel sein Blick auf Garret. Er atmete tief durch und holte aus.

»Tu's nicht!«, schrie ich. »Es ist nicht seine Schuld.«

Billy erstarrte, den Baseballschläger noch immer erhoben.

Ich sah, dass seine Pupillen auf die Größe von Stecknadelköpfen zusammengeschrumpft waren. Speichel lief aus seinem Mundwinkel. Augenscheinlich strömte pures Adrenalin durch seine Adern. Dies war der Billy, den ich in jenem Moment gesehen hätte, als er in ein fremdes Haus einbrach, Feuer auf dem Bishop-Anwesen legte oder eine Katze erdrosselte. Dies war der Billy, der über Jason Sandersons Schulfreunde hergefallen war. Er war eins mit seinen Dämonen. »Du bist kein Mörder«, beschwor ich ihn. »Leg den Schläger weg.«

Er reagierte nicht.

Ich war nicht einmal sicher, ob er mich überhaupt gehört hatte. Ich zog meine Browning Baby aus der Hosentasche. »Billy«, sagte ich mit bebender Stimme. »Leg den Schläger weg. Sofort.«

Er holte tief Luft und lehnte sich zurück.

Ich entsicherte die Pistole, doch ich war nicht bereit, einen Schuss abzugeben, selbst als Billy seine Arme vorschnellen ließ, brachte ich es nicht über mich, den Abzug zu drücken.

Der Baseballschläger sauste an mir und Garret vorbei, prallte von zwei Bäumen ab und landete im Laub. Billy sah mir ins Gesicht. »Irgendjemandem muss man schließlich vertrauen«, sagte er, dann beugte er sich vor und streckte mir seine Hand hin.

Während Candace Julia tröstete, die offenbar echte Tränen vergoss, führte die Polizei Garret in Handschellen ab.

Darüber hinaus nahmen die Officer auch einiges an Beweisstücken mit – Dinge, die ich in Garrets Schrank gefunden hatte, bevor die Polizei eingetroffen war, darunter ein Album voller Fotos von Julia. Sie schien nicht zu posieren, obgleich sie auf jedem ganz das makellose Model war. Wie es schien, hatte Garret die Aufnahmen ohne ihr Wissen gemacht. Einige von ihnen waren harmlos: Julia beim Spazierengehen im Garten des Anwesens auf Nantucket, beim Heranwinken eines Taxis in Manhattan, beim Reiten. Andere hingegen waren eindeutig aufreizend: Julia beim Sonnenbaden und Schwimmen in einem knappen Bikini, beim Ausziehen eines Sweatshirts, unter dem ein durchscheinendes T-Shirt zu sehen war, und beim Stillen von Brooke. Wieder andere überschritten die Grenze zur Erotik: Julia schlafend, nackt und nur halb verdeckt von einem weißen Laken. Julia als Silhouette hinter einer beschlagenen Duschkabinentür. Julia oben ohne, aufgenommen durch ein Fenster des familieneigenen Penthouse in Manhattan. Julia in inniger Umarmung mit North Anderson. Und ein letztes Bild, bei dem es mir noch immer kalt über den Rücken läuft, während ich gleichzeitig von Schuldgefühlen übermannt werde: Julia und ich bei einem leidenschaftlichen Kuss, in meinem Zimmer im Breakers.

Die Officer nahmen auch einen Stapel Briefe mit, die in Garrets Schrank versteckt gewesen waren. Sie alle dufteten nach Julias Parfüm und waren auf dem gleichen schweren Büttenpapier geschrieben wie der Brief, den Claire Buckley North Anderson und mir gegeben hatte. Garrets Name stand auf allen Umschlägen, in derselben zarten Handschrift.

Der erste der Briefe, den ich gelesen hatte, stammte aus der Mitte des Stapels. Er hatte mir geholfen, zu erkennen, wie rücksichtslos Julia ihren eigenen Adoptivsohn umgarnt hatte:

> *Garret,*
> niemand sollte ertragen müssen, was du heute mit Darwin durchgemacht hast. Sein Beharren darauf, dass du dein Zimmer verlässt und dich stundenlang im Freien aufhältst, zeigt, dass er deine einzigartigen Begabungen nicht erkennt – vor allen Dingen deine Gedichte. Obgleich wir alle Angst vor Darwin haben, solltest du wissen, dass er mehr Angst vor dir hat, auch wenn er das niemals zugeben würde. Du wächst zu dem Mann heran, der er niemals sein könnte – stark, einfühlsam, intelligent. Er sieht das. Ebenso wie ich. Frauen träumen davon, ihr Leben mit jemandem wie dir zu teilen. Auch ich habe es einst getan.
> Dein Lieblingsdichter, Yeats, sagt es treffender:

Doch ich war jung und töricht, und jetzt kenn ich nur Leid.

12. April 2001 Julia

Der Tonfall war in allen Briefen derselbe. Niedergeschlagenheit. Verzweiflung. Verführung.

Die Officer nahmen noch etwas anderes mit. Ein Paar schwarze Springerstiefel, dieselben Stiefel, die ich in jener Nacht gesehen hatte, als ich vor dem Mass General von einem Messer verletzt worden war. Der Absatz des linken Stiefels war mit blauer Farbe beschmiert, von der sich herausstellen sollte, dass sie von einem Zebrastreifen in der Nähe des Parkhauses stammte, der keine Stunde vor dem Überfall frisch gestrichen worden war.

Die Blutgruppen, die Laura Mossberg für mich herausgefunden hatte, stützten meine Theorie, dass Garret und Julia ein Liebespaar gewesen waren und dass er der Mörder war. Julias Blutgruppe war B-negativ, die der Zwillinge 0-positiv. Folglich konnte nur ein Mann mit Blutgruppe A-positiv oder B-positiv der Vater sein. Billy war A-negativ. Garret war B-positiv.

Ich bin sicher, dass Garret nie klar gewesen war, was ein DNS-Test später unwiderruflich bewies – dass Tess und Brooke Bishop seine Töchter waren. Doch Julia hatte es gewusst, und das war das Ende ihrer Affäre mit ihm gewesen. Sie hatte sich von ihm zurückgezogen, die Kinder jedoch behalten, die sie sich so verzweifelt gewünscht hatte.

Garret hatte nur erkannt, dass Julia ihm nach der Geburt der Zwillinge ihre Zuneigung entzogen hatte und dass ihre Mutterliebe für sie aus irgendeinem Grund ihre sexuelle Liebe für ihn ausschloss. Wütend und wild entschlossen, seinen rechtmäßigen Platz in ihrem Leben zurückzugewinnen, war er zu einem gerissenen und opportunistischen Mörder geworden.

Der Mord an Brooke hatte keinerlei Probleme dargestellt. Die Schuld würde auf Billy fallen. Und als Garret zufällig mit angehört hatte, wie Julia und Darwin sich über das Nortriptylin stritten, hatte er Billys Einbruch als Deckmantel genutzt, um Tess zu vergiften, sorgsam darauf bedacht, keine Fingerabdrücke auf dem Tablettenfläschchen zu hinterlassen. Er hatte vermutlich bereits das Fotonegativ von North und Julia irgendwohin gelegt, wo sein Vater es finden, anschauen und anfassen würde. Danach hatte er sich das Negativ zurückgeholt und es uns in die Hände gespielt.

Garret hatte seinem Vater sogar ein augenscheinliches Motiv untergeschoben – krankhafte Eifersucht, das Verlangen nach Rache an Julia, weil sie ihn mit North Anderson betrogen hatte. Und er hatte die nötigen Beweisstücke dafür manipuliert. Doch der wichtigste Teil zum Gelingen seines Plans war selbst für ihn unerwartet gekommen. Nachdem Darwin die Beherrschung verloren und seine Frau angegriffen hatte – zweifellos eine Reaktion darauf, dass sie ihn des Mordes bezichtigt und ein Kontaktverbot gegen ihn hatte verhängen lassen, während sie gleichzeitig eine Affäre hatte –, war er für den Todesstoß bereit gewesen. Garret hatte nichts weiter tun müssen, als sich als Augenzeuge anzubieten und sich anschließend die Augen auszuweinen, während Daddy hinter Gitter wanderte.

Eine Sache, die Garret wahrscheinlich nicht vorausgesehen hatte, war, dass ich Julia ebenfalls verfallen würde. Und das konnte er nicht ertragen. Er musste handeln. Ein Messer in den Rücken. Für ihn war es wahrscheinlich so, als hätte ich ihm zuerst ein Messer in den Rücken gestoßen.

Epilog

Sonnabend, 23. November 2002

Lilly Cunninghams Heldenmut bewies sich letztendlich in ihrer Bereitschaft, sich ihren emotionalen Wunden zu stellen – dem Schmerz, von ihrem Großvater verführt worden zu sein, dem Selbsthass und dem Hass auf ihn, die daraus erwachsen waren. Bis sie den Mut dazu gefunden hatte, absorbierte sie wortwörtlich ihre eigene potenzielle Destruktivität, injizierte sie zurück in ihren Körper – sie besudelte, infizierte und verstümmelte sich selbst, ohne dabei jedoch irgendjemand anderem wehzutun.

Julia Bishop besaß diesen Mut nicht. Sie hatte nicht gewagt, sich der Demütigung und dem Gefühl der Wertlosigkeit zu stellen, die ihr Vater in ihr hervorgerufen hatte, und hatte sich stattdessen hinter ihrem schönen Gesicht und ihrer anziehenden Art versteckt und sich an ihren sexuellen Eroberungen berauscht. Man kann es Sucht nennen. Man kann es sexuellen Sadismus nennen. Welches Etikett man der Sache auch gibt, im Endeffekt reichte sie ihre Destruktivität weiter – an Garret.

Im Gerichtssaal, nachdem er nach Erwachsenenrecht des Mordes und des versuchten Mordes angeklagt, schuldig gesprochen und zu lebenslänglich verurteilt worden war, bat Garret nur um eines. Er wollte, dass Julia ihn umarmte. Sie tat es. Mittlerweile besucht sie ihn dreimal die Woche im Staatsgefängnis von Massachusetts in Cedar Junction.

Julia hat Darwin Bishop nicht ein einziges Mal besucht, aber ich habe es getan. Er wurde wegen versuchten Mordes an Julia im Mass General zu neun Jahren Haft verurteilt. Wenn man seiner Version glaubt (und das tue ich), dann war er tatsächlich überzeugt gewesen, Billy hätte Brooke ermordet. Und er hatte tatsächlich versucht, die Strafjustiz auszumanövrieren und ihn im Payne Whitney unterzubringen, damit ihm dort geholfen werden konnte.

Julia lebt noch immer bei ihrer Mutter auf Martha's Vineyard. Nachdem ihre Affäre mit Garret ans Licht gekommen war, übertrug sie das Sorgerecht für Tess freiwillig dem Sozialamt. Sie wurde keines Verbrechens angeklagt, obgleich Anderson, O'Donnell und ich überzeugt sind, dass sie von Anfang an vermutet hatte, dass Garret der Mörder war, diesen Verdacht aber nicht der Polizei mitgeteilt hatte, um ihr Geheimnis zu wahren. Doch zu beweisen, dass sie sich der Beihilfe schuldig gemacht hatte, war so gut wie unmöglich. Es gab keine handfesten Beweise, die sie mit irgendeinem Verbrechen in Verbindung brachten. Und nicht einmal Bezirksstaatsanwalt Harrigan war bereit, sich auf einen so aussichtslosen Kampf einzulassen.

Claire Buckley ist inzwischen offiziell zu Darwin Bishops Verlobter aufgestiegen. Sie wartet in einem netten kleinen Trump-Parc-Studio-Apartment auf ihn – dem Einzigen, was von Bishops Reichtum noch übrig ist. Sie sagt, er würde ein noch größeres Vermögen denn je anhäufen, sobald er aus dem Gefängnis entlassen wird. Sie könnte Recht damit haben.

Es kostete mich drei Monate und eine Menge Betteln und Schmeicheln, doch schließlich hatte ich das Sozialamt so weit, dass sie einwilligten, Billy bei mir in Chelsea wohnen zu lassen. Ich spiele jetzt den allein erziehenden Vater, und es gefällt mir, meistens zumindest. Die tote Katze war – natürlich – eine Finte von Garret, doch ich mache mir keine Illusionen über Billys Fähigkeit, sich von all seinen psychologischen Narben zu befreien. Aber ich habe Hoffnung, was ihn betrifft. Und ich bete, dass ich ihm dabei helfen kann, genügend Selbstvertrauen zu gewinnen, um hoch erhobenen Hauptes in die Zukunft zu gehen statt in die Vergangenheit.

Dank

Ich möchte mich vor allen anderen bei meinem außerordentlichen Lektor, Charles Spicer, und meiner begnadeten Agentin, Beth Vesel, bedanken.

Eine Anzahl von Leuten hat dieses Buch in seinen verschiedenen Entwicklungsstufen gelesen und mir wertvollen Rat gegeben. Namentlich sind dies: Jeanette Ablow, Dr. Karen Ablow, Christopher Burch, Charles »Red« Donovan, Maryann Siegel, Holly Fitzgerald, Helena Le Hane, Marshall Persinger, Dr. Rock Positano und Dr. John Schwartz.

Abschließend möchte ich dem Künstler George Rodrigue dafür danken, dass er mich auf den richtigen Weg gebracht hat.

Ausgelöscht

Aus dem Amerikanischen
von Ute Thiemann

Für Karen Ablow

Doch wenn das Ich zum Ich spricht, wer spricht dann? – die begrabene Seele, der Geist, der tief, tief in die unterste Katakombe getrieben wurde; das Ich, das den Schleier genommen und der Welt entsagt hat – ein Feigling, möglicherweise, doch auch wunderschön, während es mit seiner Laterne rastlos die dunklen Korridore entlanghuscht.

Virginia Woolf, »An Unwritten Novel«

PROLOG

12. Januar 2005, 4 Uhr 40

Die Schatten der Nacht klammerten sich noch an den frostigen Bostoner Morgen, und die Stille wurde nur von einem scharfen, klaren Geräusch gestört, als der Schlitten der Glock-Pistole zurückgezogen wurde, eine 9-mm-Patrone aus dem Magazin sprang und in die Kammer rutschte.

John Snow, fünfzig Jahre alt, M. I. T.-Professor und genialer Erfinder, stand in einer Seitengasse der Francis Street zwischen den Blake- und Ellison-Türmen des *Massachusetts General Hospital.* In einer Stunde wurde er dort für einen experimentellen neurochirurgischen Eingriff erwartet, eine Operation, die sein Leben grundlegend verändern würde.

Er sah auf die Pistole, die sich gegen seine Brust drückte. Sein Puls raste vor Angst, doch es war eine distanzierte Angst, so als wäre er Zeuge der Erschießung von jemand anderem. Er fragte sich, ob es daran lag, dass er sich bereits von den Menschen verabschiedet hatte, die er liebte – oder einmal geliebt hatte.

»Das kannst du nicht tun«, sagte er mit zitternder Stimme, und seine Worte hallten leise von den Gebäuden wider.

Abermals herrschte Stille. Ein eisiger Nieselregen setzte ein. Die Pistole zitterte leicht.

»Wenn du je mehr sein möchtest, als du bist, dann musst du bereit sein, dich neu zu erschaffen.«

Die Pistole hörte auf zu zittern.

In der Ferne waren Schritte zu vernehmen. Er sah die Gasse hinunter, während eine schwache Hoffnung sein Herz ergriff.

Der Lauf der Pistole berührte seine Brust knapp unterhalb des Sternum.

Er schloss die behandschuhte Faust darum.

Der Lauf drückte fester gegen ihn.

Die Schritte kamen näher.

»Du darfst dich nicht an die Vergangenheit klammern«, brachte er mit zusammengebissenen Zähnen heraus.

Der Abzug der Pistole begann sich zu bewegen.

Er sank auf die Knie und sah hinauf in die Dunkelheit, nunmehr sprachlos, während sein Verstand einen, wenn auch schwachen, Trost in den Worten fand, die ihm während seiner medizinischen Odyssee Kraft gegeben hatten, Worte aus der *Bhagawadgita*, dem heiligen Hindu-Text, der schon Thoreau und Ghandi inspiriert hatte:

Jedem, der geboren wurde, ist der Tod gewiss,
und jedem, der gestorben ist, ist die Geburt gewiss.
Deshalb solltest du bei der Erfüllung
deiner unausweichlichen Pflichten nicht klagen.

Die Pistole wich einige Zentimeter von seiner Brust zurück.

Seine Lippen verzogen sich zu einem grimmigen Lächeln.

Der Abzug bewegte sich von neuem.

Er fühlte den Schmerz, noch bevor er den Knall hörte, einen Schmerz, der alles überstieg, was er je empfunden oder für möglich gehalten hatte, als würde ein Blitz in ihn fahren und ihm wie flüssiges Feuer durch Brust, Arme, Beine, Unterleib und Kopf laufen, so dass er kaum noch sehen und schon gar nicht spüren konnte, wie sein Blut sein Hemd und seine Hände tränkte, ihm zwischen den Fingern hindurchrann und auf das Pflaster tropfte. Es war ein Schmerz, der alles auf seiner Bahn auslöschte, so dass er schon im nächsten Moment zu groß schien, als dass Snows Körper und dann auch Snows Verstand ihn überhaupt fassen konnten. Und dann existierte der

Schmerz plötzlich nicht mehr. John Snow war davon befreit, genau wie von seinem Leiden und von allen Menschen – so, wie er es gewollt hatte.

1

Um 4 Uhr 45 schoben Sanitäter John Snow hastig auf einer Rolltrage in die Notaufnahme des *Mass General*. Er war bewusstlos, und sein Atem ging flach. Die Sanitäter hatten ihr Eintreffen per Funk angekündigt. Snow sei Opfer einer selbst beigebrachten Schusswunde in der Brust, hieß es. Snows Neurochirurg, J. T. »Jet« Heller, neununddreißig, war einer aus der Gruppe von sechs Ärzten und fünf Krankenschwestern, die sich versammelt hatten, um den Notfall zu behandeln.

Der Assistenzarzt Peter Stratton hatte den Schuss auf dem Heimweg von seiner Nachtschicht gehört und sofort auf dem Handy 911 angerufen. Ein Streifenwagen kam, und man fand Snow in der Gasse, zusammengesackt in einer Blutlache. Arme und Beine hatte er eng an die Brust gezogen, in Fötalhaltung. Eine schwarze Reisetasche und eine Glock-9-mm-Pistole lagen neben ihm auf dem Pflaster.

Snow erhielt noch vor Ort erste Hilfe, aber als die Trage über die Schwelle der Notaufnahme geschoben wurde, setzte das EKG aus. Das Team holte ihn mit Defibrillationsschocks dreimal wieder zurück, doch sein Puls schlug nie länger als einige Sekunden.

Heller erwies sich als Held der Stunde und versuchte es mit allen nur denkbaren Wiederbelebungsmaßnahmen, angefangen mit einer Perikardpunktion. Der Herzmuskel ist von einer festen faserigen Hülle namens Perikard, oder auch Herzbeutel, umgeben, die sich wie ein Latexhandschuh um den Muskel spannt. Doch es kann zu einer Blutung – einem Perikarderguss – zwischen dem Muskel und der Membran kommen, die bewirkt, dass das Perikard anschwillt wie ein Ballon und dadurch auf das Herz drückt und es am Pumpen hindert. Daher setzte Heller, als Snows Herz auf nichts anderes mehr reagierte, knapp unterhalb von Snows Brustbein eine fast fünfzehn Zentimeter lange Nadel an und trieb sie in einem Dreißig-Grad-Winkel auf das Herz zu, um auf diesem Wege das Perikard zu punktieren, dort angesammeltes Blut zu drainieren und so der linken Herzkammer den dringend benötigten Bewegungsspielraum wiederzugeben. Er versuchte es sieben Mal, doch jedes Mal, wenn er die Nadel zurückzog, kam nichts als Luft.

Snows EKG befand sich seit über einer Minute im Stillstand.

»Sollen wir aufhören?«, fragte eine Krankenschwester.

Heller strich sich das lange, blonde Haar aus dem Gesicht und starrte auf Snow. »Geben Sie mir eine Spritze mit Epinephrin«, befahl er.

Epinephrin ist ein cardiostimulatives Notfallmedikament, das in bestimmten Fällen von Herzstillstand intravenös verabreicht wird. Niemand rührte sich, um es zu holen. Alle wussten, dass J. T. Heller eine bedeutend invasivere Maßnahme als eine Injektion vorschwebte, und sie wussten auch, dass es sinnlos war: Ob die Kugel nun ein Loch in Snows Herz gerissen oder die Aorta durchschlagen hatte, die Verletzung war tödlich.

»Er ist tot, Jet«, sagte Aaron Kaplan, einer der Ärzte. »Ich weiß, er ist dein Patient, aber ...«

»Gebt mir Epinephrin«, donnerte Heller, die saphirblauen Augen noch immer starr auf Snow gerichtet.

Die Ärzte und Schwestern des Teams sahen einander ratlos an.

Heller drängte sich an den anderen vorbei zum Reanimationswagen, suchte hektisch zwischen den Instrumenten und Medikamenten, fand eine Spritze mit Epinephrin. Er trat wieder neben Snow, spritzte ein wenig von dem Epinephrin in die Luft, dann stieß er die Nadel unterhalb von Snows Sternum in dessen Brust und drückte die 10 ccm direkt in die linke Herzkammer. Er sah wütend zum Monitor hinauf. »Schlag, verdammt noch mal!« Er starrte fünf, zehn, zwanzig Sekunden auf den Monitor. Doch da war nichts außer einer flachen, durchgehenden Linie und einem schrecklichen Pfeifton.

Da wagte Heller den letztmöglichen Schritt. Er langte nach dem Instrumententablett, griff sich ein Skalpell und machte ohne zu zögern einen fünzehn Zentimeter langen Einschnitt unterhalb von Snows Sternum, griff in den offenen Brustkorb, schloss die Finger um Snows Herz und begann eine direkte Herzmassage, indem er die dicken Muskelwände abwechselnd drückte und losließ.

»Herrgott noch mal, Jet«, flüsterte ein anderer Arzt, »es ist vorbei.«

Heller pumpte noch energischer. »Gib bloß nicht auf«, murmelte er. »Wag es ja nicht aufzugeben.« Doch es hatte keinen Zweck. Jedes Mal, wenn Heller mit dem Drücken aufhörte, setzte auch das EKG aus.

Schließlich zog Heller die blutige behandschuhte Hand aus Snows Brustkorb. Daraufhin wurde Snow unwillkürlich von einem Muskelkrampf gepackt, sein Körper zitterte wie ein Fisch auf dem Trockenen, die Zähne klapperten, die Augen verdrehten sich, bis nur noch das Weiße zu sehen war. Das Ganze dauerte etwa eine halbe Minute. Dann lag Snow reglos da, und die Augen starrten blind an die Decke.

Heller trat von der Rolltrage zurück. Er war durchnässt von Schweiß und Blut. Er starrte auf Snow und schüttelte wie betäubt den Kopf. »Du Feigling«, sagte er. »Du …« Er sah zu den anderen. »Hören wir auf.« Er warf einen Blick auf die Wanduhr. »Zeitpunkt des Todes: fünf Uhr siebzehn.«

2

8 Uhr 35

Grace Baxter, Besitzerin einer ambitionierten Kunstgalerie in der Newbury Street und Ehefrau von George Reese, Gründer und Präsident der Beacon Street Bank & Trust, schlang die Arme um sich, um das Zittern zu unterdrücken. Ihr Internist verschrieb ihr seit rund einem Jahr Zoloft und Ambien und manchmal auch Klonopin, aber dies war ihre erste Therapiesitzung und höchstwahrscheinlich auch das erste Mal, dass ihr jemand knapp eine Stunde lang zugehört – wirklich zugehört – hatte. »Es tut mir Leid, dass ich mich so gehen lasse«, hauchte sie. »Aber die Tabletten wirken nicht. Ich muss mich zwingen, morgens aus dem Bett aufzustehen. Ich muss mich zwingen, zur Arbeit zu gehen. Ich muss mich zwingen, mich abends zu meinem Mann ins Bett zu legen. Ich muss mich zwingen zu leben.«

Dr. Frank Clevenger, achtundvierzig Jahre alt, schaute aus dem Fenster seiner am Hafenrand von Chelsea gelegenen Praxis auf die Autoschlange, die Richtung Bostoner Innenstadt kroch. Er fragte sich, wie viele von den Leuten in jenen Autos wirklich an den Ort wollten, zu dem sie unterwegs waren. Wie viele von ihnen genossen den Luxus, einen Platz anzusteuern, an dem sie etwas Echtes, Ehrliches über sich selbst aussagen würden oder zumindest etwas, das ihnen nicht das Gefühl gäbe, Schwindler zu sein, Theater zu spielen? Wie viele von ihnen kehrten zu einem Zuhause zurück, in dem sie tatsächlich leben wollten? »Spielen Sie mit dem Gedanken, sich etwas anzutun, Grace?«, fragte er sanft und sah sie an.

»Ich will einfach nur, dass der Schmerz aufhört.« Sie wiegte sich im Sessel vor und zurück. »Und ich will nie wieder jemandem wehtun.«

Irrationale Schuldgefühle waren eins der Kennzeichen für eine klinische Depression. Manche Patienten konnten sich tatsächlich in die Überzeugung hineinsteigern, sie seien für den Holocaust oder alles sonstige Leid der Welt verantwortlich.

»In welcher Weise wehtun?«, fragte Clevenger.

Sie senkte den Blick. »Ich bin ein schlechter Mensch. Ein abscheulicher, abscheulicher Mensch.«

Clevenger sah, dass ihr Tränen über die Wangen liefen. Sie war achtunddreißig und noch immer sehr attraktiv. Ihr welliges kastanienbraunes Haar, ihre smaragdgrünen Augen und der perfekte Schnitt von Nase und Wangenknochen verrieten, dass sie geradezu überirdisch schön gewesen sein musste, als sie mit sechsundzwanzig den vierzehn Jahre älteren und bereits sagenhaft reichen George Reese geheiratet hatte. Erst jetzt, wo ihre physische Anziehungskraft nachließ, stellte sie sich der Tatsache, dass sie weder ihren Mann noch ihre Arbeit noch ihren Lebensstil mochte – nicht die teuren Autos und auch nicht den Privatjet oder das Patrizierhaus am Beacon Hill oder die Feriendomizile auf Nantucket und in Aspen. Sie spürte, dass Schönheit und Reichtum sie weit von ihrem eigentlichen Selbst entfernt hatten, und sie wusste nicht, wie sie zu sich zurückfinden sollte oder ob überhaupt noch etwas von ihr übrig wäre, wenn sie tatsächlich zurückkehren könnte.

»Manchmal lässt es sich nicht vermeiden, dass man Menschen wehtut, Grace«, sagte Clevenger. »Nicht, wenn man ein wirklicher Mensch sein möchte.«

Grace faltete die Hände im Schoß. »Als ich ihn heiratete, ließ er mich meinen Namen behalten. Es sollte ein Symbol dafür sein, dass keiner von uns Eigentum des anderen ist.« Sie zupfte an den drei diamantenen Armbändern, die sie um ihr eines Handgelenk trug. Mit dem Daumen fuhr sie über das

Uhrglas der goldenen brillantbesetzten Rolex am anderen Handgelenk. »Ich hasse diese Dinge«, sagte sie. »George hat sie mir geschenkt. Hochzeitstagsgeschenke. Es könnten ebenso gut Handschellen sein.«

Bei diesen Worten fragte sich Clevenger, wie düster Graces Gedanken tatsächlich waren. Vielleicht erging sie sich bloß in einer eleganten Metapher für ihr Leben im goldenen Käfig, doch die Tatsache, dass sie praktisch im gleichen Atemzug davon gesprochen hatte, jemandem wehzutun und Handschellen zu tragen, beunruhigte ihn: Vielleicht hatte sie doch etwas wirklich Zerstörerisches im Sinn.

In dem Jahr, seit Clevenger den Fall mit dem Highway-Killer gelöst und Serienmörder Jonah Wren gefasst hatte, bevor der irgendwo an einem einsamen Straßenrand eine weitere enthauptete Leiche zurücklassen konnte, hatte sich die Kluft zwischen seiner forensischen Arbeit und seiner psychotherapeutischen Praxis geschlossen. Es klopften nur noch wenige Wald-und-Wiesen-Depressive und -Neurotiker an seine Tür. Die meisten Leute, die sich Heilung von ihm erhofften, kämpften gegen den Drang an, anderen Menschen etwas anzutun.

Grace wäre nicht die erste Frau, die sich so sehr als Gefangene ihrer Ehe fühlte, dass sie sie gegen eine Gefängniszelle eingetauscht hätte. »Stellen Sie sich manchmal in Ihrer Fantasie vor, jemand Bestimmtem etwas anzutun?«, fragte er.

Sie starrte zu Boden und stellte sich dabei eindeutig etwas vor. Was immer es war, es ließ sie erröten. »Nein«, antwortete sie. Sie sah auf und strich einige imaginäre Falten an ihrem Rock glatt. »Ich meinte einfach nur, dass ich gern ein besserer Mensch wäre. Ich möchte das, was ich habe, auch lieben können.«

Das klang nach einem Ausweichmanöver. Leute werden rot, wenn eines ihrer innersten Geheimnisse enthüllt wird. Etwas, das in ihrer Seele wurzelt. Der Name eines Liebhabers. Eine sexuelle Vorliebe. Selbst eine unausgesprochene persönliche Ambition. Und es sah ganz danach aus, dass Grace in ihrem Innersten den Drang verspürte, jemandem etwas anzutun. Diese Tatsache – mehr noch als ihre eilfertige Erklärung, dass sie Clevenger im Fernsehen über den Highway-Killer habe sprechen sehen und ihr seine ganze Erscheinung, Jeans, schwarzer Rollkragenpullover und kahl geschorener Schädel, gefallen habe – war wohl der eigentliche Grund dafür, dass sie sich von einem forensischen Psychiater mit der Gabe, sich in Mörder hineinzuversetzen, therapieren lassen wollte.

»Sie können es mir ruhig sagen«, hakte Clevenger nach.

»Ich muss gehen«, erklärte Grace und wischte sich die Tränen aus dem Gesicht. »Ich schwöre Ihnen: Ich bin für niemanden eine Gefahr, mich selbst eingeschlossen. Derlei Gedanken sind mir noch nie gekommen.«

Das war das, was Psychiater einen *Contract for Safety* nennen, eine Art Sicherheitsversprechen, die Worte, die ein potenziell gefährlicher und gefährdeter Patient aussprechen muss, um einer Zwangseinweisung zu entgehen – um nicht in die geschlossene Psychiatrie zu wandern. Clevenger fragte sich, ob Grace sich vielleicht besser mit den psychiatrischen Gepflogenheiten auskannte, als sie vorgab. »Ich muss Sie rundheraus fragen: Haben Sie die Absicht, Ihrem Mann etwas anzutun?«

»Habe ich … Das ist ja lächerlich.« Sie starrte ihn an.

Er wich ihrem Blick nicht aus. »Gut.«

Sie stand auf und strich mit den Fingerspitzen über die Goldknöpfe an ihrer schwarzen Chanel-Jacke. »Ich rufe Sie in den nächsten Tagen an, wegen eines Termins, falls Sie etwas frei haben.«

Clevenger blieb sitzen. Er wollte klarstellen, dass es einzig und allein Graces Entscheidung war, nicht tiefer vorzudringen. Sie würde ihm den Rücken zukehren müssen. Und damit der Wahrheit. »Wir haben noch zehn Minuten«, sagte er.

Sie stand einen Moment lang da und sah unbehaglich drein, so als könnte Clevengers Schweigen sie vielleicht doch verleiten, sich wieder hinzusetzen. Aber zuletzt wandte sie sich abrupt um und ging.

Clevenger beobachtete vom Fenster aus, wie sie zu ihrem Wagen ging, einem großen, blauen BMW mit getönten Scheiben. Sie wühlte in ihrer Handtasche, schüttelte sie aufgebracht, griff abermals hinein. Tränen liefen ihr über die Wangen. Schließlich fand sie den Schlüssel, riss die Wagentür auf, stieg ein und schlug die Tür hinter sich zu.

»Kriegt sie ihr Geld zurück?«, fragte North Anderson von der Tür zu Clevengers Büro aus.

Clevenger drehte sich um.

Anderson war seit zwei Jahren Clevengers Geschäftspartner bei *Boston Forensics.* Er war ein ehemaliger Cop aus Baltimore, der in die Privatdetektivbranche gewechselt hatte, ein Schwarzer, der ein Jahrzehnt jünger als seine fünfundvierzig Jahre aussah, wahrscheinlich, weil er ein besessener Gewichtheber war – drei Stunden täglich. Es gab an seinem ganzen Körper nicht ein Gramm Fett. Der einzige Hinweis auf sein früheres hartes Leben waren die schartige Narbe über dem rechten Auge und das leichte Nachziehen seines linken Beins, Ersteres ein Andenken von einem messerschwingenden Verdächtigen, Letzteres ein Andenken von einem Verdächtigen mit einer .45er. Beide hatten bäuchlings auf dem Pflaster geendet. Der mit dem Messer war in den Knast gewandert. Der mit der Pistole ins Leichenschauhaus.

»Sie lebt eine Lüge«, sagte Clevenger, als Grace Baxters Wagen an dem Maschendrahtzaun und dem Tor vorbeifuhr, die die Fitzgerald-Werft – auf deren Gelände *Boston Forensics* seine Heimstatt gefunden hatte – vom Rest von Chelsea trennten. »Das tut weh. Jeden Tag mehr.«

»Die Wahrheit wird dich befreien«, bemerkte Anderson. »Es sei denn, du bist schuldig.« Seine Lippen verzogen sich zu jenem gewinnenden Lächeln, das andere Leute unweigerlich dazu brachte, ihn zu mögen und sich ihm zu öffnen, in Boston nicht anders als zuvor in Baltimore. Weil er die Menschen mochte, mit all ihren Schwächen. »Detective Mike Coady von der Bostoner Polizei hat gerade angerufen.«

»Was wollte er?«, fragte Clevenger.

»Hast du von dem Typen gehört, bei dem sie im Massachusetts General so eine Hirnoperation durchführen wollten?«

»Klar, war für heute Morgen angesetzt. John Snow. Der *Globe* hat ihn wieder mal als Aufmacher benutzt.«

»Die Operation findet nicht statt.«

»Warum?«

»Er ist tot.«

»Tot? Wie denn das?«

»Sie haben ihn in einer Gasse hinter dem Krankenhaus gefunden. Mit einer 9-mm-Kugel in der Brust.«

»Mein Gott. Haben sie den Schützen?«

»Coady denkt schon – Snow höchstpersönlich.«

»Er hat Selbstmord begangen?«

»Keine Zeugen. Die Kugel stammte aus Snows eigener Waffe.«

»Und wofür braucht Coady uns dann?«, wollte Clevenger wissen.

»Der Gerichtsmediziner schließt offiziell Mord nicht aus«, erklärte Anderson. Er verschränkte die massigen Arme. »Coady hat derzeit noch elf andere Mordfälle auf dem Schreibtisch.«

»Also möchte der werte Detective, dass ich mit dem passenden Psychogramm aufwarte, posthum, um die Selbstmordtheorie zu untermauern«, sagte Clevenger. Er schüttelte den Kopf. »Ich werde ihn anrufen und ihm sagen, dass er besser das Ergebnis der ballistischen Untersuchung abwartet.«

Anderson zuckte die Achseln. »Ich könnte ein bisschen herumschnüffeln, mal horchen, ob irgendwas gemunkelt wird, nur um ein Gefühl für die Sache zu bekommen.«

»Warum Energie verschwenden, wenn Coady nichts weiter will, als dass wir seine Theorie absegnen, damit er den Fall zu den Akten legen kann.«

»Niemand würde je glauben, dass wir irgendetwas einfach unbesehen absegnen.«

»Vielleicht hofft er gerade deshalb, dass wir es diesmal tun. Glaubwürdigkeit wird mitgeliefert.« Er griff nach dem Telefonhörer. »Hast du seine Nummer?«

»Klar«, sagte Anderson. Doch er rührte sich nicht von der Stelle.

Clevenger sah ihn fragend an. »Was ist?«

»Kennst du das nicht, dass man manchmal einfach so ein komisches Gefühl hat? Vielleicht lasse ich mich bloß von all den Lobeshymnen auf diesen Snow blenden, aber er stand kurz davor, eine Reise in medizinisches Neuland anzutreten. Er war nahe daran, Geschichte zu schreiben. Jeder Reporter des Landes brannte darauf, den Typen nach der Operation zu interviewen. Ich bin kein Seelenklempner, aber ich würde denken, das kann einem genug Auftrieb geben, dass es einen über ein paar miese Tage hinwegträgt. Und er erschießt sich in einer Gasse, einen Steinwurf vom OP entfernt? Das ergibt einfach alles keinen Sinn.«

»Du denkst also nicht, dass es Selbstmord war?«

»Ich denke, Selbstmord ist die Antwort, die Coady sich erhofft. Es könnte die richtige sein. Doch jemand hat heute Morgen eine Kugel in die Brust bekommen, und mein Instinkt sagt mir, dass ich die vollständige Geschichte hören sollte.«

»Von einem Toten.«

»Wenn es leicht wäre, die Wahrheit ans Licht zu bringen«, gab Anderson zurück, »dann hätte Coady dich gar nicht erst anzurufen brauchen.«

3

11 Uhr 30

Clevenger stieg in seinen schwarzen Ford F-150-Pick-up und begann die Fahrt über die Tobin Bridge nach Boston. Er hatte mit Detective Mike Coady verabredet, dass sie sich um 12 Uhr im Leichenschauhaus an der Albany Street treffen würden. Wenn er sich in John Snow hineinversetzen wollte, war es vielleicht gar nicht die schlechteste Idee, mit seiner Leiche anzufangen – der letzten Seite seiner Lebensgeschichte – und sich von dort zurückzuarbeiten.

Was er bis jetzt über Snow wusste, hatte er aus Zeitungen und aus dem Fernsehen: Snow war ein Luftfahrtingenieur, der seinen Doktor in Harvard gemacht hatte und schnell durch die akademischen Ränge aufgestiegen war, bis ihm – im Alter von zweiunddreißig Jahren – die Ehre zuteil wurde, als jüngster Ordinarius an das berühmte Lincoln Labor des Massachusetts Institute of Technology berufen zu werden. Einige Jahre später verließ er das M. I. T., um *Snow-Coroway Engineering*, mit Sitz in Cambridge, zu gründen. Und über die nächsten zwei Jahrzehnte brachten ihm seine Erfindungen in den Bereichen Radartechnologie und Raketenantrieb über einhundert Millionen Dollar von Unternehmen wie Boeing und Lockheed Martin ein.

Doch Snows Genialität hatte anscheinend ihren Preis. Er litt unter Anfällen, so als würde die kombinierte Kraft von Wissen und Inspiration, die in seinem Verstand wogte, manchmal allzu stürmisch branden. Und dabei handelte es sich nicht um Absencen, harmlosere Anfälle von Geistesabwesenheit, bei denen der Betroffene ins Leere starrt. Es waren vielmehr tonisch-klonische Grand-mal-Anfälle, bei denen Snow das Bewusstsein verlor, zusammenbrach und sich auf dem Boden wälzte, während seine Gliedmaßen zuckten und seine Zähne sich in seiner Zunge verbissen.

Laut eines *20/20*-Beitrags über Snow hatte er seinen ersten Anfall im Alter von zehn Jahren, als er sich mit der Lösung einer Gleichung herumschlug, die sein Rechentutor ihm als Aufgabe gestellt hatte, eine Gleichung, die die meisten Mathematiker überfordert hätte. Als Snow seinen Bleistift zerbrach, entschuldigte sich der Tutor dafür, zu viel von ihm verlangt zu haben. Aber dann bemerkte er, dass Snow unten auf der Seite die richtige Lösung hingekritzelt hatte – und dass seine stocksteifen Glieder zu zittern begannen.

Seine Mutter und sein Vater befürchteten das Schlimmste – einen Gehirntumor. Doch eine eingehende neurologische Untersuchung fand keine Gewebewucherung. Es gab keine Blutung, keinen Infarkt. Ein EEG brachte die Lösung: hochamplitudige Theta-Delta-Aktivität, die sich schwerpunktmäßig in den Regionen seiner Schläfenlappen und Frontallappen ausbreitete. Mit anderen Worten: ein Gewitter ungesteuerter Gedankenblitze.

John Snow hatte Epilepsie. Und während in seiner Kindheit Dilantin die Anfälle unter Kontrolle hielt, brauchte er am Ende seiner Highschoolzeit bereits eine Kombination aus zwei Medikamenten, um die Anfälle zumindest halbwegs in Zaum zu halten. Als er fünfunddreißig war, nahm er drei Medikamente ein und litt immer noch unter Anfällen. Je intensiver er sich auf das konzentrierte, was er liebte – das Erfinden –, desto unerbittlicher beutelte ihn die Epilepsie. Es war, als würde seine Gabe seine Krankheit verstärken. Als er fünfzig war, nahm er täglich vier Antiepileptika ein. Und selbst mit diesem Medikamentencocktail wurde er noch wenigstens ein Dutzend Mal pro Jahr von Konvulsionen geschüttelt.

Also hatte John Snow den Plan gefasst, sein Gehirn zu reparieren. Er hatte Dutzende von Neurologie- und Neurochirurgie-Fachbüchern, wissenschaftlichen Zeitschriften und Forschungsstudien gelesen, hatte Neurologen und Neurochirurgen auf der ganzen Welt zu Rate gezogen, das Internet durchforstet, immer auf der Suche nach der Antwort auf eine einzige Frage: Welche Teile seines Gehirns müssten entfernt werden, um ihn von den kaputten Schaltkreisen zu befreien, die für seine Konvulsionen verantwortlich waren?

Das war eine monumentale Frage, da die Schaltungen des Gehirns feucht sind. Probleme haben hier die Tendenz, durch das Gewebe zu sickern. Jede Nervenzelle im Gehirn (und es gibt über einhundert Milliarden davon) verliert und absorbiert unablässig geladene Ionen, während elektrische Impulse am Axon entlangwandern, bis sie eine Ansammlung von Synapsenendknöpfen erreichen, die Bläschen enthalten, in denen chemische Botenstoffe wie Serotin und Noradrenalin gespeichert sind, worauf diese Bläschen platzen und sich die Neurotransmitter über die nächste Nervenzelle ergießen – und so weiter und so weiter. Eine jegliches Vorstellungsvermögen übersteigende elektrochemische Reaktion, die in alle Richtungen weiterläuft.

Doch nicht endlos. Das Gehirn besteht aus separaten Abschnitten, wie die Bundesstaaten eines Landes, mit Grenzen, die schwer zu überqueren sind, selbst für Elektrizität.

Snow überredete seinen Neurologen, eine umfassende Kombination von EEGs, Positron-Emissions-Tomographien und Magnetresonanztomographien an ihm durchführen zu lassen, um die Quelle der Krankheit aufzuspüren. Dann schrieb er ein Softwareprogramm, das die verschiedenen Ergebnisse untereinander abglich und eine dreidimensionale Computergrafik seines Gehirns erstellte, in der die Bereiche, die am eindeutigsten für die Anfälle verantwortlich waren, rot leuchteten. Die weniger verdächtigen Bereiche leuchteten blau.

Zusammengenommen umfassten sie Teile des Schläfenlappens, des Hinterhauptlappens, des Gyrus cinguli, des Mandelkernkomplexes und des Hippocampus – das war der Sammelplatz für den Neuroterrorismus, dessen Überfälle ihn geißelten.

Als Nächstes wählte Snow seinen Neurochirurgen aus – J. T. »Jet« Heller, Medizinischer Leiter der Neurochirurgie des Massachusetts General Hospital. Heller, gerade einmal neununddreißig Jahre alt, brillant und unverfroren, hatte sich mit der erfolgreichen Trennung von am Kopf zusammengewachsenen siamesischen Zwillingen einen Namen gemacht. Er war außerdem für elegante, beinahe blutlose kryochirurgische Eingriffe berühmt, mit denen er aggressive Glioblastome entfernte, ohne das gesunde Gewebe anzurühren.

Heller war ein Draufgänger, immer bereit, für einen Patienten durchs Feuer zu gehen und das augenscheinlich Unmögliche zu versuchen, selbst wenn es bedeutete, sich mit den hohen Tieren des Mass General, einschließlich der medizinischen Ethikkommission, anzulegen. Genau das hatte er für Snow getan, hatte eine Pressekonferenz abgehalten, um gegen die ursprüngliche Entscheidung der Ethikkommission zu protestieren, Snows Operation aus dem Grunde abzulehnen, dass sie zu aggressiv sei und unvorhersehbare Nebenwirkungen haben könne – einschließlich möglicher Beeinträchtigungen von Snows Seh-, Erinnerungs- und Sprachvermögen. Heller hielt dagegen, dass es Snows Recht sei, selbst zu entscheiden, was er aufs Spiel zu setzen bereit war, um sich von seiner Krankheit zu befreien. Er drohte mit Kündigung, sollte die Kommission auch weiterhin ihre Zustimmung zu der Operation verweigern.

Bostoner Radiomoderatoren wie der legendäre Matty Siegel nahmen sich Snows Sache an. Eine Briefflut überschwemmte das Krankenhaus. Landesweit bekannte und angesehene Ethiker machten sich für ihn stark. Und schließlich trat die Ethikkommission, in einer praktisch nie dagewesenen Kehrtwendung, erneut zusammen und gab grünes Licht für die Operation.

Jetzt war Snow tot, niedergestreckt von einem Schuss ins Herz, keine Stunde bevor er sich unters Messer begeben sollte. Vielleicht war Hellers Entschlossenheit, Snow zu seiner Operation zu verhelfen, stärker gewesen als Snows eigenes Verlangen danach, überlegte Clevenger. Möglicherweise war Snow von der Kampagne, die Entscheidung der Ethikkommission umzustoßen, mitgerissen worden und hatte nicht gewusst, wie er Heller seinen Sinneswandel gestehen sollte. Er könnte auf dem Weg ins Krankenhaus depressiv gewesen sein, unfähig zu entscheiden, ob er das Handtuch werfen und weiter unter unerträglichen Anfällen leiden oder sich einer Operation unterziehen solle, die ihn blind oder stumm machen konnte. Vielleicht konnte er mit keiner der beiden Aussichten leben.

Clevenger parkte vor dem Leichenschauhaus und ging hinein. Am Empfang sagte man ihm, er werde Jeremiah Wolfe, den leitenden Gerichtsmedizinier, im »Kühlraum« finden, wo die Obduktionen durchgeführt wurden. Detective Coady sei bereits bei ihm.

Clevenger ging den Betonkorridor hinunter und trat durch eine Schwingtür in einen eisigen Raum. Jazzmusik erklang blechern aus einem Lautsprecher. Wolfe und Coady standen rechts und links von einem Edelstahltisch, auf dem ein mit einem Laken zugedeckter Leichnam lag. »Doktor Clevenger«, rief Wolfe, »herzlich willkommen.«

Wolfe ging auf die siebzig zu, ein spargeldünner Mann mit Nickelbrille und einem vollen Schopf ungebändigter, unnatürlich schwarzer Haare. Er hatte Clevenger mehr Tote gezeigt, als beiden Männern lieb war.

»Wir scheinen uns niemals aus einem erfreulichen Anlass zu treffen«, bemerkte Clevenger und gesellte sich zu den anderen beiden.

»Berufsrisiko«, erwiderte Wolfe. »Detective Coady«, stellte

er vor und deutete mit einem Nicken auf den Mann auf der anderen Seite des Tisches. Coady war eine Bulldogge von einem Mann, um die fünfundvierzig, mit roten Haaren und einem roten Gesicht über einem dunkelblauen Anzug. Er war um die einssiebzig groß und hatte breite Schultern.

»Danke fürs Kommen, Doc«, sagte Coady.

Clevenger schüttelte Coadys fleischige Hand. Dann starrte er auf Snows lebloses Gesicht, aus dem selbst die letzten Reste der grenzenlosen Energie, die einst seinen erfinderischen Verstand und seinen athletischen Körper angetrieben hatte, verschwunden waren. Er wirkte zwanzig Jahre älter als der etwas ungepflegte, doch auffällig gut aussehende Mann, den Clevenger noch vor wenigen Tagen im Fernsehen gesehen hatte; seine Augen, der Intelligenz beraubt, die einst in ihnen gelodert hatte, blickten jetzt scheinbar in weite Ferne, die Haut hatte bereits die graue Färbung von ausgetrocknetem Pergament angenommen, und das volle, silbergraue Haar war blutverkrustet. »Er sieht noch schlimmer aus, als sie es gewöhnlich tun«, bemerkte Clevenger.

»Dafür kann er sich bei der Glock bedanken«, sagte Coady. Er deutete mit einem Nicken auf die blutige 9-mm-Kugel auf dem Edelstahltablett neben dem Tisch.

»Er hat fast siebzig Prozent seines Blutvolumens verloren«, sagte Wolfe.

Vielleicht erklärte das, wie ausgehöhlt Snow anmutete. Doch Clevenger hatte eine Ahnung, dass das nicht alles war. Nichts an Snows Miene vermittelte ihm den Eindruck von innerem Frieden. Zuerst tat er diese Beobachtung ab, sagte sich, dass er mehr in Snows verkniffene Lippen, das vorgereckte Kinn und den suchenden Blick hineinlas, als da war, dass er vermutlich nichts weiter als die ersten Anzeichen der Leichenstarre sah. Doch das konnte das komische Gefühl in seinem Magen nicht vertreiben. Denn obgleich er ein ausgebildeter Arzt war, obgleich er lange, bevor er sich der Psychiatrie zuwandte, Physik, Epidemiologie und Biochemie studiert hatte, hatte der Wissenschaftler in ihm nie vermocht, den Dichter in ihm zum Verstummen zu bringen. Und er konnte nicht leugnen, dass er die bestimmte Ahnung hatte, dass noch ein schönes Stück Arbeit vor ihm lag, bevor John Snow seine letzte Ruhe finden konnte. Vielleicht war es das, was North Anderson zuvor im Büro gefühlt hatte – dass das letzte Kapitel von Snows Geschichte noch nicht geschrieben war.

»Gefällt Ihnen die Musik, oder möchten Sie etwas anderes hören?«, erkundigte sich Wolfe.

Clevenger und Coady sahen einander an. Coady zuckte mit den Achseln.

»Ich denke, wir können es ertragen«, erklärte Clevenger.

»Bitte nehmen Sie zur Kenntnis«, sagte Wolfe, »dass in der Notaufnahme nichts unversucht gelassen wurde, um Dr. Snow wieder zu beleben.« Er sah die beiden Männer an, um sich zu vergewissern, dass sie sich seine Warnung zu Herzen nahmen. Dann schlug er das Laken zurück.

»Himmelherrgott«, entfuhr es Coady.

Ein Loch von der Größe einer Männerfaust – Jet Hellers Faust – klaffte in Snows Brust. Die linke Herzkammer, angeschwollen und blau-schwarz von Hellers Pumpen, quoll aus dem geöffneten Brustkorb. Die Anatomie war so entstellt, die Haut so überzogen von Prellungen, dass die Pathologie, die mit Snows Todesursache assoziiert war – eine Einschusswunde oberhalb der ersten Rippe –, fast nicht mehr zu erkennen war.

»Die Ärzte haben versucht, ihn zu retten, indem sie in einen Einschnitt in Dr. Snows Brust gegriffen und sein Herz von Hand gepumpt haben«, sagte Wolfe. »Wie Sie sehen können, wurde dabei Gewebe gespannt und zerrissen. Ich bin mir sicher, was die Eintrittstelle der Kugel angeht: knapp oberhalb der ersten Rippe.« Er benutzte einen ausziehbaren Zeigestab, um auf die Stelle zu deuten. »Ich bin mir ebenfalls sicher, dass die Kugel die rechte Herzkammer durchschlagen hat und im dritten Brustwirbel stecken geblieben ist. Doch um mit einiger Bestimmtheit sagen zu können, ob die Wunde selbst beigebracht ist, müsste ich den genauen Einschusswinkel der Kugel kennen. Das würde mir einen Hinweis darauf geben, ob ein Angreifer die Waffe auf Dr. Snow gerichtet und sie parallel zum Boden gehalten hat oder ob Dr. Snow sich, den Lauf leicht nach oben gerichtet, selbst erschossen hat.«

»Und warum können Sie das nicht herausfinden?«, wollte Coady wissen. »Den Winkel, meine ich.«

»Weil die Haltung des Opfers eine zusätzliche Variable ist. Und die kenne ich nicht. Dr. Snow könnte aufrecht gestanden haben oder nach links oder rechts gelehnt. Er könnte auf den Knien um sein Leben gefleht haben. Ohne zu wissen, in welcher Haltung er sich befand, als ihn der Schuss traf, kann ich keine Rückschlüsse aus seinen Verletzungen ziehen und eine eindeutige Schussbahn für die Kugel errechnen.«

Coady schüttelte den Kopf. »Sie vergessen wohl Charles Stuart? Damals haben Sie gesagt, es bestehe eine 99,9-prozentige Gewissheit, dass er selbst auf sich geschossen hat. Was ist diesmal anders?«

Coady bezog sich auf den berüchtigten Fall von Charles Stuart. 1989 hatte Stuart seinen Wagen in einem gefährlichen Viertel von Boston geparkt und seine schwangere Frau Carol ermordet, bevor er sich selbst in den Bauch geschossen hatte. Später behauptete er, ein Schwarzer habe sie auf der Heimfahrt von einem Schwangerschaftskurs im Krankenhaus überfallen und dann das Feuer auf sie eröffnet.

»Erstens war bekannt, dass Stuart zum Zeitpunkt des ›Überfalls‹ hinter dem Lenkrad gesessen hatte. Die Kugel steckte in der Rückenlehne des Sitzes. Zweitens gibt es hier umfangreiche iatrogene Verletzungen.«

»Etwas Zurückhaltung bei der Silbenzahl, bitte«, feixte Coady. »Ich hab nur ein paar Semester an der örtlichen Uni abgerissen.« An der angesehenen University of Massachusetts, summa cum laude, Mitglied der Phi-Beta-Kappa-Verbindung, Abschlüsse in Strafrecht und Soziologie – aber das behielt Coady lieber für sich. Er konnte es sich nicht leisten, dass die Jungs auf dem Revier dachten, er sei was Besseres als sie.

»*Iatrogen*«, meldete Clevenger sich zu Wort. »Durch ärztliche Einwirkung entstanden.« Er deutete mit einem Nicken auf Snows angeschwollene linke Herzkammer. »Die Herzmassage.«

»Hurra«, sagte Coady. »Richtig toll. Was ist mit seinem Handschuh?«, fragte er Wolfe. »Sagten Sie nicht, dass da Schmauchspuren dran wären?«

»Es finden sich in der Tat Pulverspuren am Leder«, bestätigte Wolfe. »Doch auch hier wurde das Muster durch Vermischung mit Flüssigkeiten – Blut, Transfusionen, Antiseptika – in der Notaufnahme zerstört. Ich kann nicht mit Sicherheit sagen, ob die Pulverrückstände entstanden sind, als Dr. Snow die Waffe in der Hand gehalten und abgefeuert hat, oder als jemand anders den Abzug gedrückt und er versucht hat, die Waffe wegzustoßen.«

»Mit anderen Worten, wir haben absolut nichts in der Hand«, sagte Coady.

»Wir haben noch immer genauso viel oder wenig, wie wir hatten, als wir am Telefon miteinander gesprochen haben«, erwiderte Wolfe. »Nichts Schlüssiges.«

Clevenger beugte sich vor, um einen besseren Blick auf Snows Fingernägel zu haben, die im grellen Lichtschein der Neonröhren schimmerten. »Klarer Nagellack, kaum zerkratzt oder abgeplatzt.«

»Wenn er auch eine Pediküre hatte, dann könnten wir uns zumindest einer Sache, die ihn betrifft, sicher sein«, feixte Coady mit einem Blick auf Snows Füße.

Wolfe beachtete Coady nicht. »Hatten Sie da einen Gedanken, an dem Sie uns teilhaben lassen wollten, Doktor?«, fragte er.

»Warum sollte sich ein Mann, der depressiv genug ist, sich selbst zu erschießen, einen Tag – allerhöchstens zwei – vor besagtem Selbstmord die Nägel maniküren lassen?«, fragte Clevenger.

Coady schürzte nachdenklich die Lippen. »In meinem ersten Dienstjahr wurde ich zum Hancock-Tower geschickt. Ein Kerl im Smoking auf 'ner Weihnachtsfeier drohte damit, einen Köpfer vom Dach zu machen. Fliege, Manschettenknöpfe. Ganz schick in Schale geschmissen. Ich wette, dessen Nägel waren auch auf Hochglanz poliert.«

»Guter Einwand«, gestand Clevenger.

»Ich bin kein Psychiater«, fuhr Coady fort, »aber soweit ich sagen kann, ist das Verhalten von Leuten oft sehr widersprüchlich. Ein Mann liebt seine Frau so sehr, dass er sie umbringt, als sie ihm sagt, sie würde ihn verlassen. Er bringt sie um, weil er den Gedanken nicht ertragen kann, sie zu verlieren. Das ergibt keinen Sinn, stimmt's? Denn er wird wohl kaum noch viel mit ihr unternehmen, wenn sie in der Kiste liegt und er lebenslänglich im Knast sitzt.«

»Oberflächlich betrachtet ergibt es tatsächlich keinen Sinn«, sagte Clevenger.

»Oberflächlich betrachtet, klar doch. Aber wenn jemand wie Sie ein bisschen – oder auch sehr viel – tiefer vordringt, vielleicht fügen sich die Puzzleteile dann zusammen. Sie können sich in den Mörder hineinversetzen. Die Welt mit seinen Augen sehen. Deshalb habe ich Sie dazugeholt. Tun Sie das mit unserem Snow hier, und ich denke, wir werden schon bald verstehen, warum er sich in der Gasse das Lebenslicht ausgeblasen hat, manikürte Fingernägel hin oder her. Dann hab ich was in der Hand, um die Presse glücklich zu machen, und kann mich einem Fall mit einem echten Opfer zuwenden.«

»Nicht dass Sie hier jemanden beeinflussen wollen«, bemerkte Wolfe.

»Nichts läge mir ferner«, gab Coady zurück.

Zumindest gab Coady nicht vor, unvoreingenommen zu sein, dachte Clevenger bei sich. »Sie haben eine Lieblingstheorie – dass Snow Selbstmord begangen hat«, sagte er. »Haben Sie auch eine Theorie darüber, warum er es getan hat?«

»Wie ich schon dem Professor hier sagte«, erwiderte Coady, »ich denke, er hatte nicht den Mumm, in den OP zu gehen. Er hat Muffensausen gekriegt.«

»Ein Augenblick der Feigheit«, sagte Clevenger. »Der Gedanke war mir auch schon gekommen.« Er nickte nachdenklich. »Aber wenn er sich aus einer plötzlichen Eingebung heraus erschossen hat, wie erklären wir dann, dass er überhaupt die Pistole bei sich hatte?«

»Er hatte einen Waffenschein für das Tragen einer Pistole. Wahrscheinlich wollte er die Pistole bei sich haben, wenn er aus der Operation aufwachte.«

»Warum?«

»Er war reich«, sagte Coady. »Seine Firma hat Geschäfte mit Rüstungsunternehmen gemacht. Er …«

»Er könnte sich bedroht gefühlt haben«, warf Wolfe ein. »Nicht dass es mir zusteht, zu spekulieren.«

»Alles ist möglich«, erwiderte Coady bissig.

»Ist er mit seinem eigenen Wagen zum Krankenhaus gefahren?«, fragte Clevenger.

»Nein«, antwortete Coady. »Er hatte während der letzten siebzehn Jahre einen Chauffeur. Ein tschechischer Immigrant namens Pavel Blazek. Er sagt aus, er hätte ihn an der Ecke Stanford Street abgesetzt, zwei Blocks von der Stelle, wo er sich erschossen hat, etwa eine Viertelstunde, bevor der 911-Ruf bei der Zentrale eingegangen ist.«

»Und Snow war verheiratet, hatte eine Familie? Ich glaube, das habe ich gelesen. Seine Frau ist eine ziemlich bekannte Architektin.«

»Frau, zwei Kinder; sechzehnjähriger Sohn, achtzehnjährige Tochter.«

»Aber er ist allein zum Krankenhaus gefahren, für eine Hirnoperation. Die Snows wirken nicht gerade wie die Waltons.«

»He, bei einem Fall wie diesem kann es jede Menge Verdächtige geben«, wiegelte Coady ab. »Ein Mann wurde tot in einer Gasse gefunden. Es gibt keine Augenzeugen. Wenn wir ein Dutzend Leute finden, die ihn gehasst haben, hat die Hälfte davon kein Alibi. Drei, vier von ihnen profitieren von seinem Ableben. *Aber das bedeutet nicht, dass sie ihn umgebracht haben.* Tatsache ist und bleibt, er wurde mit seiner eigenen Pistole erschossen.«

»Hatte er noch irgendetwas außer der Pistole bei sich, als er gefunden wurde?«, fragte Clevenger.

»Eine schwarze Ledertasche mit einem Laptop und einer Art Notizbuch oder Tagebuch darin. Seiten und Aberseiten voll mit Kringeln und Kritzeleien. Haben wir alles als Beweisstücke auf dem Revier.«

»Kann ich einen Blick darauf werfen?«

»Wann immer Sie möchten. Ich mache Ihnen Kopien von dem Tagebuch und sämtlichen Dateien auf dem Laptop.«

»Ich könnte morgen vorbeikommen und sie abholen.«

»Geht klar«, versprach Coady. Er räusperte sich. »Eine Sache noch: Ich weiß, dass die Medien seit der Highway-Killer-Sache gar nicht genug von Ihnen kriegen können.«

»Das gehört jetzt aber wirklich nicht ...«, setzte Wolfe an.

»Mir sitzen bereits der *Globe*, der *Herald* und alle Sender der Stadt im Nacken«, schnitt ihm Coady das Wort ab. »Ich würde gern vermeiden, dass mir auch noch Geraldo Rivera, Larry King und der Rest der Bagage den letzten Nerv raubt, wenn möglich. Wenn Sie etwas zu sagen haben, dann sollte es unter uns bleiben.«

»Kein Kommentar, zu niemandem«, versprach Clevenger.

»Ausgezeichnet«, sagte Coady. »Ich weiß das zu schätzen.«

»Kein Problem«, sagte Clevenger. »Eins kann ich Ihnen

gleich hier und jetzt sagen: Wenn das hier kein Selbstmord ist, könnten Sie es schon sehr bald mit einer zweiten Leiche zu tun bekommen. Denn wenn Dr. Snow sich nicht eigenhändig die Pistole an die Brust gesetzt und abgedrückt hat, dann war es jemand, der keine Scheu hatte, auf Tuchfühlung vor seinem Opfer zu stehen und eine Glock abzufeuern. Jemand, der von Wut zerfressen ist. Und es gibt keinen Grund zu der Annahme, dass er jetzt weniger wütend ist.«

»Danke für die Warnung«, entgegnete Coady kühl.

»Nur so unter uns gesagt.«

4

Clevenger blieben noch ein paar Stunden, bevor er seinen achtzehnjährigen Adoptivsohn Billy Bishop vom Boxtraining im Somerville Boxing Club abholen musste. Er beschloss, zum Mass General zu fahren und J. T. Heller einen Besuch abzustatten.

Er stellte den Wagen im Parkhaus des Krankenhauses ab und ging zu Fuß zum Wang-Gebäude.

Hellers Büros lagen im siebten Stock, einen nichts sagenden Korridor hinunter. Eine automatische Milchglastür mit der Aufschrift NEUROCHIRURGISCHE ABTEILUNG, MEDIZINISCHER LEITER: J. T. HELLER, MD öffnete sich auf sein Wartezimmer.

In dem Raum saßen rund ein halbes Dutzend Patienten – einige mit jüngst kahl geschorenen Köpfen und Narben, die sich quer über ihre Schädel zogen – auf altmodisch-gediegenen Ledersofas und lasen Zeitschriften oder dösten unter wenigstens fünfzig gerahmten Fotos, Zeitungsausschnitten und Zeitschriftenartikeln, die den Siegeszug ihres Chirurgen dokumentierten. Es gab Aufnahmen von Heller mit Prominenten jeglicher Couleur – Politiker, Schauspieler, Profisportler. Schwarzweiß-Schnappschüsse zeigten Heller bei Wohltätigkeitsveranstaltungen und Preisverleihungen in Gesellschaft von Filmstars, Models und Debütantinnen, mit denen er zum einen oder anderen Zeitpunkt liiert war. Ein Artikel aus dem *Boston Magazine*, vergrößert und auffällig platziert, trug die Schlagzeile: »Jet Heller setzt Himmel und Hölle in Bewegung, um Leben zu retten.«

Clevenger trat vor Hellers Sprechstundenhilfe, eine schlanke schwarzhaarige Frau um die fünfundzwanzig, die aussah, als wäre sie der Titelseite von *Vogue* entstiegen. Sie sah ihn an, als könnte sie ihn nicht ganz einordnen. »Sind Sie ein neuer Patient?«, fragte sie mit britischem Akzent. Das Telefon klingelte. Sie ließ Clevenger nicht aus den Augen, während sie sich meldete. »Büro Dr. Heller.«

Clevenger hörte eine andere Leitung klingeln. Er schaute auf das blinkende Lämpchen am Telefon. Jemand nahm den Anruf entgegen und schaltete ihn in die Warteschleife.

»Ich kann Ihren Namen notieren und ihn dem Doktor geben«, sagte die Sprechstundenhilfe. »Nein. Ich kann nicht mit Gewissheit sagen, wann er Sie zurückrufen wird.« Sie notierte *Joshua Resnek, Independent News Group*, gefolgt von einer Telefonnummer. »Nein, ich kann Sie leider nicht in der Leitung warten lassen, bis er frei ist.«

Clevenger kannte Resnek gut. Er war Bostons aggressivster Reporter und hatte Clevenger das Leben zur Hölle gemacht, als es aussah, als ob Jonah Wrens, alias der Highway-Killer, möglicherweise bis in alle Ewigkeit Leichen entlang der Interstates hinterlassen würde.

»Sehr gut«, sagte die Sprechstundenhilfe. »Ja. Ja, selbstverständlich. Ich sorge dafür, dass er es erhält.« Sie legte auf und sah wieder Clevenger an. »Welcher Arzt hat Sie überwiesen?«

Clevenger begriff, dass er mit seinem kahl geschorenen Kopf bestens unter Hellers postoperative Patienten passte. Er senkte die Stimme zu kaum mehr als einem Flüstern. »Ich bin kein Patient. Mein Name ist Frank Clevenger. Ich bin Psychiater und helfe der Polizei bei ihren Ermittlungen im Fall John Snow. Ich hatte mich gefragt, ob Dr. Heller vielleicht ein paar Minuten Zeit für mich hätte.«

»Oh, herrje. Es tut mir sehr Leid«, sagte sie. Sie streckte ihm die Hand hin. »Sascha Monroe.«

Clevenger schüttelte die Hand und bemerkte dabei ihre langen, schlanken Finger, die schmalen Handgelenke und die unverkennbare Selbstsicherheit ihres Handschlags.

»Ich wollte Sie nicht beleidigen«, sagte sie. »Ich hätte Sie erkennen müssen. Ich habe Sie so oft im Fernsehen gesehen.«

»Sie müssen sich nicht entschuldigen.«

»Die Sache mit Dr. Snow ist ein furchtbarer Schock gewesen.«

»Kannten Sie ihn gut?«, fragte Clevenger.

»Wir haben uns immer unterhalten, während er auf Dr. Heller wartete. Ich dachte immer, wir würden uns wirklich gut verstehen.«

»Aber jetzt zweifeln Sie daran?«

»Ich hätte nie gedacht, dass er so etwas tun würde.«

Monroe glaubte offensichtlich, dass Snow Selbstmord begangen hatte. »Es ist schwer, menschliches Verhalten vorauszusehen«, sagte Clevenger.

»Ich bin sehr stolz auf meine Intuition – zumindest war ich das, aber ich habe einfach alle Anzeichen übersehen. Er muss so gelitten haben. Er muss innerlich ganz zerrissen gewesen sein. Und ich habe es nicht gemerkt.« Sie schien ehrlich enttäuscht von sich zu sein.

»Ich sehe, dass Sie ihn sehr gemocht haben«, sagte Clevenger. »Und das bedeutet, dass er es auch sehen konnte. Manchmal ist das das Einzige, was wir einem Menschen geben können, wenn alles im Dunkeln versinkt.«

»Danke«, sagte sie. »Das ist ein wirklicher Trost.« An der Art, wie sie ihn ansah, merkte Clevenger, dass sie es ernst meinte. »Lassen Sie mich sehen, ob Dr. Heller Zeit für Sie hat.« Sie stand auf und verschwand zwischen zwei Säulen, die einen Durchgang in der rosafarbenen Marmorwand hinter dem Schreibtisch flankierten.

Clevenger sah ihr hinterher, während sie an zwei Sekretärinnen vorbeiging, die in Hellers Vorzimmer arbeiteten, und durch eine hohe zweiflügelige Mahagonitür verschwand.

Keine zwanzig Sekunden später kam sie wieder heraus. »Sie können zu ihm, sobald er mit der momentanen Patientin fertig ist. Also in fünf oder zehn Minuten, wenn Sie so lange Zeit haben.«

»Ich kann warten.«

Hellers Patientin, eine Frau um die vierzig, kam fünf Minuten später heraus, doch es dauerte fünfundzwanzig Minuten, bevor Heller Monroe telefonisch Anweisung gab, Clevenger in sein Büro zu führen. Clevenger vermutete, dass Heller die Zeit entweder brauchte, um das Krankenblatt seiner Patientin durchzusehen und einen Untersuchungsbericht zu schreiben oder um sein Ego zu streicheln, indem er klarmachte, dass er nicht einfach alles stehen und liegen ließ, nur weil jemand wie Clevenger hereingeschneit kam.

Monroe begleitete Clevenger zu Hellers offen stehender Bürotür. »Dr. Clevenger ist hier«, verkündete sie, dann drehte sie sich um und ging davon.

Heller stand hinter seinem Schreibtisch auf. »J. T. Heller«, stellte er sich vor und kam auf Clevenger zu. Er war mindestens einsneunzig groß, hatte ein strahlendes Lächeln und blondes, fast schulterlanges Haar. Seine Augen waren unbeschreiblich blau – dunkel, aber funkelnd, wie Saphire. Seine Stimme war tief, aber überraschend sanft. Er sah aus und klang wie ein vierschrötiger, freundlicher Wikinger in schwarzen Krokodilleder-Cowboystiefeln. Sein Name stand gestickt in großen roten Schnörkellettern über der Tasche seines gestärkten weißen Arztkittels, der ihm bis knapp zu den Knien reichte. Er trug den Kittel nicht zugeknöpft und offenbarte darunter einen schwarzen Krokodilledergürtel mit einer großen Silberschnalle, auf der ein rotes emailliertes Harvard-University-Wappen prangte. »Tut mir Leid, dass Sie warten mussten. Bitte, kommen Sie herein.«

Clevenger schüttelte Hellers Hand. »Frank Clevenger.«

»Als ob Sie einer Vorstellung bedürften«, sagte Heller. »Lassen Sie uns ehrlich sein: Sie sind berühmter, als ich es je sein werde.« Er ließ Clevengers Hand los. »Das war eine ganz schöne Achterbahnfahrt, auf die der Highway-Killer Sie damals geschickt hat.«

»Ja«, pflichtete Clevenger bei, während er versuchte, die Bilder von Jonah Wrens enthaupteten Opfern zu verdrängen. »Es war eine ganz schöne Achterbahnfahrt.«

»Aber Sie haben ihn geschnappt.«

»Wir haben ihn geschnappt«, sagte Clevenger, »nachdem er siebzehn Menschen ermordet hatte.«

»Wenn man den Krebs besiegen will, dann zählt nur das, sonst nichts, mein Freund«, sagte Heller. »Auf dem Weg zum Sieg muss man zwangsläufig das eine oder andere abschreiben. Verluste gibt es nun mal in jedem Krieg.«

»Das ist die chirurgische Sichtweise«, bemerkte Clevenger und rang sich ein Lächeln ab.

»Welche andere Sichtweise gibt es?«, entgegnete Heller mit einem breiten Grinsen. »Bitte, nehmen Sie Platz.« Er deutete auf zwei schwarze Wildledersessel vor seinem langen Schreibtisch mit Glasplatte.

Clevenger setzte sich in einen der Sessel. Heller nahm in dem anderen Platz, statt in seinem Schreibtischsessel. War das seine Art, es sich mit seinem Besucher bequem zu machen, fragte Clevenger sich. Oder war es seine Art, Clevengers Blick über Hellers Schulter hinweg auf eine Wand zu lenken, an der sich akademische Urkunden vom Harvard College und der Harvard Medical School, Mitgliedszertifikate der amerikanischen Ärztekammer und des Verbandes amerikanischer Neurochirurgen, ein Phi-Beta-Kappa-Abzeichen, ein Foto von Heller und dem Präsidenten, der Harvard-Technik-Preis für 2001 und 2003 und Auszeichnungen des *Boston Magazin*s für den besten Bostoner Arzt der Jahre 2003 und 2004 drängten.

»Ich bin froh, dass Sie gekommen sind, Frank«, erklärte er. »Darf ich Sie bei Ihrem Vornamen nennen?«

»Selbstverständlich.«

»Und Sie nennen mich bitte Jet.«

Clevenger nickte. Er warf einen Blick auf Hellers Schreibtisch, der sich durch eine an Obsession grenzende Ordnung auszeichnete. Die einzigen Gegenstände auf der Glasplatte waren ein schwarzer Computermonitor und eine schwarze Tastatur, eine schwarze Lederunterlage mit einem unbeschriebenen Briefbogen genau in der Mitte und ein silberner Cartier-Kugelschreiber mit einer kleinen eingebauten Uhr in der Kappe.

»Zwangsstörung«, bemerkte Heller. »Ich habe alle Symptome.«

»Da kann ich helfen«, scherzte Clevenger.

Heller schüttelte den Kopf. »Ich mag meine Pathologie. Sie ist … wie nennt man das in Ihrer Branche noch? *Egosyntonisch*. Ich mag saubere Schnitte.«

Heller bezog sich auf das vollständige Entfernen von Tumoren, so dass keine Krebszellen zurückblieben.

»Dann würde es mir natürlich nicht im Traum einfallen, Sie Ihrer Symptome zu berauben. Ihre Patienten profitieren ganz offensichtlich davon.«

»Vielleicht.« Heller sah unvermittelt niedergeschlagen aus. »Ich weiß nicht genau, warum Sie hier sind, Frank, aber ich bin froh darüber. Ich brauche jemanden, der mir hilft zu verstehen, was mit John Snow passiert ist.« Er klang halb traurig, halb zornig. »Ich muss es Ihnen ehrlich sagen, diese Sache macht mir zu schaffen.«

»Erklären Sie es mir genauer.«

»Ich muss Ihnen nicht erst sagen, dass es für mich natürlich nichts Neues ist, dass mir ein Patient wegstirbt. Haben Sie die Frau gesehen, die gerade hinausgegangen ist?«

»Ja, habe ich.«

»Einundvierzig Jahre alt. Drei kleine Kinder. Ich gebe ihr fünf, sechs Wochen. Allerhöchstens sieben.«

»Tut mir Leid, das zu hören. Wie lautet die Diagnose?«

»Glioblastom.« Seine Lippe verzog sich, als genügte die bloße Erwähnung des Feindes, um seinen Zorn zu entfachen. »Vor zehn Tagen hatte sie ein komisches Erlebnis. Sie konnte sich nicht an den Namen ihres schwarzen Labradors erinnern. Nach fünfzehn, zwanzig Sekunden fiel er ihr wieder ein. Doch es kam ihr merkwürdig vor. Bei ihrer Mutter hatten die ersten Anzeichen von Alzheimer eingesetzt, bevor sie fünfzig wurde. Also geht sie zu ihrer Internistin – Karen Grant, drüben im Brigham & Women's Hospital. Karen lässt eine Magnetresonanztomographie machen. Und da ist es. Malignes Gewebe hat vierzig Prozent ihrer Großhirnrinde zerstört. Inoperabel. Ich kann absolut nichts für sie tun.«

»Das muss hart sein.«

»Für sie ja«, sagte Heller.

»Ich meinte, für Sie«, erwiderte Clevenger.

»Nein. Ist es nicht. Verstehen Sie, dass ist es ja, worauf ich hinauswill. Wenn ich von vornherein keinerlei Chance habe, dann verschwende ich kein Herzblut darauf. Ich bin kein Masochist. Aber bei John …« Er beugte sich leicht vor und hob die Hände wie ein Priester, der eins seiner Schäfchen segnet. »Ich hätte John Snows Leben verändern können. Deshalb habe ich mich mit der Ethikkommission angelegt. Ich habe für ihn meine Karriere aufs Spiel gesetzt.« Seine blauen Augen loderten. »Ich hätte ein Wunder vollbringen können.«

Da war die Arroganz, für die Heller berühmt und berüchtigt war. »Sie hätten seinen Anfällen ein Ende setzen können«, sagte Clevenger, um auszutesten, wie schnell Heller wieder auf den Boden der Tatsachen zurückgebracht werden konnte.

Heller schien sich plötzlich bewusst, dass er die Hände halb erhoben hielt. »Das wäre nur der Anfang gewesen«, erklärte er und legte die Hände auf seine Schenkel. »Es bestand eindeutig eine Verbindung zwischen Johns Epilepsie und seiner Genialität. Wenn er seinen Verstand am intensivsten gebrauchte –

wenn er Dinge erfand –, bestand das größte Risiko eines Anfalls. Ich weiß nicht, warum das so war, aber es war so. Befreit von seinen Anfällen, hätte er mit seinem Verstand Dinge anstellen können, die zuvor wortwörtlich einen Kurzschluss in seinem Gehirn ausgelöst hätten. Diese Aussicht schien ihm Auftrieb zu geben. Und dann macht er so etwas.« Er schaute grimmig drein. »Ich verstehe es einfach nicht.«

»Was für ein Mensch war er?«, fragte Clevenger.

Heller überlegte einen Moment lang. »Besessen.« Er schmunzelte. »Das hatten wir gemeinsam.«

Clevenger lachte. Heller mochte arrogant sein, aber er war sich dessen offenkundig bewusst, und das machte ihn gleich umso sympathischer.

»Er war ein leidenschaftlicher Mann«, fuhr Heller fort. »Bei seiner Arbeit, bei allem in seinem Leben. Er hasste die Tatsache, dass sein Gehirn ›kaputt‹, ›defekt‹ war – das sind seine Worte, nicht meine. Also, sagen Sie mir: Warum hat er aufgegeben?«

Clevenger sah keinen Grund dafür, Heller in Bezug auf die Ermittlungen gänzlich im Dunkeln zu lassen. »Warum denken Sie, dass er *aufgegeben* hat?«, fragte er.

Heller zuckte mit den Achseln. »Sie stören sich an dem Wort. Okay. Sie sind Psychiater. Ich respektiere das. Ich weiß, dass Menschen sich manchmal das Leben nehmen, weil sie depressiv sind. Sie werden arbeitslos, gehen bankrott. Ihre Ehe zerbricht. Einige von ihnen wurden als Kinder vielleicht misshandelt oder verlassen. Und ich weiß, dass auch John seinen Anteil an Problemen hatte. Für ihn lief derzeit vieles schief.« Er schien plötzlich Mühe zu haben, seinen Zorn in Zaum zu halten. »Vielleicht können Sie mir also helfen zu verstehen, warum er das Handtuch geworfen hat, nachdem ich …«

»Ich meinte«, unterbrach Clevenger, »warum denken Sie, dass er *Selbstmord* begangen haben soll?«

Heller schaute perplex drein. »Statt …«

»*Ermordet* worden zu sein.«

Heller setzte sich auf, als hätte eine plötzliche Windböe ihn gegen die Rücklehne seines Sessels geworfen. »Er hat sich mit seiner eigenen Waffe erschossen.«

»Ein Schuss aus seiner Pistole war die Ursache seines Todes«, korrigierte Clevenger. »Doch es ist möglich, dass jemand anders heute Morgen in jener Gasse bei ihm war.«

»Jemand anders«, wiederholte Heller verwirrt. »Der Gedanke ist mir noch gar nicht … Die Polizei schien heute Morgen am Telefon so sicher. Genau wie die Sanitäter in der Notaufnahme. Sie sagten, es wäre Selbstmord. Ein Detective Coady.«

»Möglicherweise war es das«, sagte Clevenger. »Und wenn Snow Selbstmord begangen hat, dann werde ich versuchen, herauszufinden, warum.«

Heller stand auf und ging zu den Fenstern hinter seinem Schreibtisch, verschränkte die Arme und schaute hinaus auf die Skyline von Boston. Eine Weile herrschte Schweigen, dann schüttelte er den Kopf. »Sie wären nicht hier, wenn die Polizei sicher wäre, dass es Selbstmord war«, erklärte er. »Sie sagen, dass eine reelle Chance besteht, dass mein Patient ermordet wurde. Er könnte tatsächlich vorgehabt haben, den Weg mit mir zusammen bis zum Ende zu gehen.«

Für Heller schien sich an der Frage von Snows Todesursache zu entscheiden, ob Snow ihn im Stich gelassen hatte oder nicht. »Ich kann es jetzt noch nicht sagen«, erwiderte Clevenger. »Ich muss erst mehr darüber erfahren, wer er war – und ob es jemanden gibt, der seinen Tod gewollt haben könnte.«

»Und Sie müssen sorgfältig vorgehen. Sie müssen versuchen, jede noch so unbedeutende Information über ihn zu finden.«

»Auch ich mache gern saubere Schnitte«, bemerkte Clevenger.

»Dann sollten Sie etwas wissen.« Heller drehte sich um und sah Clevenger an. »John hätte heute im OP mehr als sein Sprach- oder Sehvermögen aufs Spiel gesetzt.«

»Wie meinen Sie das?«

Heller schien unsicher, wie viel er preisgeben wollte.

»Bestand eine Gefahr für sein Leben?«, fragte Clevenger.

»Man könnte es so ausdrücken«, sagte Heller. Er kehrte zu seinem Sessel zurück und setzte sich. »Was ich Ihnen jetzt sage, muss unter uns bleiben. Es fällt unter die ärztliche Schweigepflicht. So wie ich es sehe, sind Sie in gewisser Hinsicht Johns Psychiater – post mortem. Das hier ist eine informelle Konsultation. Von Arzt zu Arzt.«

»Okay«, stimmte Clevenger zu. »Von Arzt zu Arzt.«

Heller beugte sich vor und stützte die Ellbogen auf seine Schenkel. »Zu den Abschnitten des Gehirns, die für Johns Anfälle verantwortlich waren, gehörten unter anderem der Hippocampus, der Gyrus cinguli und die Amygdala«, erklärte er. »Das sind auch die Bereiche, die vorrangig für Gesichtserkennung und die emotionalen Komponenten der Erinnerung zuständig sind – zumindest wenn man den Tierstudien Glauben schenkt, die derzeit an der UCLA und der University of Minnesota laufen. Es sind vorläufige Studien, aber es scheint sich mehr und mehr herauszukristallisieren, dass diese Strukturen die Datenbank sind, in der wir speichern, wen wir kennen und was wir für die betreffende Person empfinden. Ich glaube, erste Forschungsergebnisse werden in zwei, drei Monaten in *Neurosciences* veröffentlicht werden.«

»Sie sagen also, Snow hätte unter Amnesie leiden können?«

»Einer sehr weit greifenden und speziellen Form von Amnesie«, sagte Heller. »Sein Gedächtnis für Fakten wäre unbeeinträchtigt geblieben. Sein Intellekt hätte überlebt. Sein Ideenreichtum hätte ungeahnte neue Höhen erreichen können. Doch er wäre allein gewesen. Die Operation hätte sehr wahrscheinlich alle, mit denen er eine emotionale Verbindung hatte, in Fremde verwandelt – seine Frau, seine Kinder, einfach alle.«

Diesmal war Clevenger derjenige, der sich interessiert vorbeugte. »Er hätte also weiterhin Erfinder sein können, aber er hätte sich nicht an die Menschen erinnert, die ihm nahe standen. Eine Art zwischenmenschlicher Amnesie.«

»Ganz genau«, bestätigte Heller.

»Und trotzdem war er bereit, sich der Operation zu unterziehen?«

»Das dachte ich zumindest – bis heute Morgen. Sein Leben war … schwierig. Er und sein Geschäftspartner – Coroway – waren zerstritten über Coroways Absicht, mit dem Unternehmen an die Börse zu gehen. John war absolut dagegen. Er wollte von niemandem kontrolliert werden, erst recht nicht von Erbsenzählern. Und seine Ehe war zerrüttet.« Er verstummte, abermals unsicher, wie viel er preisgeben sollte.

»Ich muss alles wissen«, hakte Clevenger nach.

Heller sah ihm in die Augen. »Er hatte eine Geliebte. Ich glaube, er sah die Operation als eine Chance auf Wiedergeburt, eine Chance, allem zu entfliehen.«

»Zu entfliehen …«, wiederholte Clevenger nachdenklich.

»All den losen Enden in seinem Leben. Der Unordnung. Allem, was kaputt war. Er hatte Vorsorge getroffen – eine Art Patientenverfügung gemacht. Er wollte seinen Kindern ihre Erbteile auszahlen, seine Frau finanziell abfinden, einen klaren Schlussstrich ziehen.«

»Und die Ethikkommission hatte nichts dagegen einzuwenden?«, fragte Clevenger. »Kommt das nicht einer selbst gewählten Amnesie gleich?«

»Sie haben sich nicht damit beschäftigt«, erklärte Heller und lehnte sich zurück.

»Sie haben sich nicht damit beschäftigt, oder Sie haben es ihnen nicht erzählt?«

»Wie ich schon sagte, die Forschungsergebnisse sind sehr neu«, erklärte Heller mit unbewegtem Gesicht. »Sie haben sich nicht damit beschäftigt.«

Clevenger konnte sich nicht einmal ansatzweise vorstellen,

welche Auswirkungen Snows Entscheidung, die Reset-Taste für die Software seiner Existenz zu drücken, auf die Leute gehabt hätte, die er hinter sich zurücklassen wollte. Seinen Sohn. Seine Tochter. Seine Frau. Seinen Geschäftspartner. Seine Geliebte. Sie wären für ihn zu Fremden geworden. Hätten sie sich im Stich gelassen gefühlt? Wären sie wütend geworden? »Hat er sich Gedanken darüber gemacht, welche Auswirkungen es auf seine Familie haben würde?«, wollte Clevenger wissen. »Wenn er sie so plötzlich verließ? So endgültig?«

»Es war sein Leben«, antwortete Heller, und seine Stimme hatte einen schneidenden Unterton. »Das hat die Ethikkommission einfach nicht verstanden – anfänglich. John wollte zwei Dinge: von seinen Anfällen befreit werden, aber auch von seiner Vergangenheit. Zufällig war ich in der Lage, ihm zu beidem verhelfen zu können. Wenn ein Mensch etwas wirklich sein Eigen nennen kann, dann sein Gehirn und seinen Verstand. Oder sind Sie anderer Meinung?«

Clevenger war nicht bereit, diese Frage zu beantworten. Etwas an Hellers Art weckte in einem geradezu den Drang, ihm zuzustimmen. Er war außerordentlich charismatisch. Seine Persönlichkeit war wie eine starke, kühle Strömung, die einen mit sich riss, wenn man es zuließ. Doch Clevenger wusste nicht, was er von Hellers Plan halten sollte, die emotionalen Bindungen seines Patienten zu anderen Menschen mit einem Skalpell zu kappen. Es war ein bisschen zu sehr wie Gott spielen. »Es spielt keine Rolle, was ich denke«, erwiderte er schließlich. »Wichtig ist nur, was die Leute um ihn herum gedacht haben, ob einer von ihnen sich so bedroht oder verletzt gefühlt hat, dass er ihn umbringen wollte. Hat jemand von seiner Familie versucht, die Operation zu verhindern?«

»Seine Frau Theresa hat ein ausführliches psychiatrisches Gutachten verlangt, um seine Zurechnungsfähigkeit und seine Fähigkeit, der Operation zuzustimmen, feststellen zu lassen. Sie fand, das Risiko sei zu groß und er handele irrational. Doch soweit ich weiß, wusste sie nur von den Gefahren für sein Sprach- und Sehvermögen sowie den möglichen Beeinträchtigungen seines Kurzzeitgedächtnisses. John fügte sich ihren Wünschen. Er hat fünf Tage hier auf Station Axelrod sechs verbracht.«

»Können Sie mir seine Patientenakte beschaffen?«, fragte Clevenger.

»Lassen Sie mir Ihre Adresse da. Ich schicke Ihnen die Akte, sobald ich kann«, versprach Heller. »Wenn er nicht den Glauben an mich verloren hat, wenn er tatsächlich vorhatte, sich der Operation zu unterziehen, dann will ich um jeden Preis, dass der Dreckskerl, der John die Zukunft gestohlen hat, den Rest seiner Tage hinter Gittern verbringt.«

»Glauben Sie, dass er je seiner Frau – oder sonst jemandem – das wahre Ausmaß der Amnesie eingestanden hat?«

»Soweit ich weiß, hatten nur zwei Menschen sein uneingeschränktes Vertrauen: ich und sein Anwalt, Joe Balliro, Junior.«

»Balliro. Snow hat ja wirklich große Geschütze auffahren lassen.«

»Er hat schließlich einen sehr komplizierten und heiklen juristischen Präzedenzfall geschaffen«, sagte Heller. »Mit Patientenverfügung und dergleichen.«

»Also könnte bei all dem juristischen Papierkram durchaus jemand darauf gestoßen sein. Eine Sekretärin in der Kanzlei. Ein Kanzleigehilfe. Die Freundin einer Freundin von Snows Geliebter.«

Heller nickte. »Seine Geliebte. Da hätten wir eine wirklich unbekannte Größe.«

»Wie das?«

»John hat ein paar Wochen vor der Operation versucht, die Affäre zu beenden. Er dachte, das würde es leichter für sie machen. Sie sah sich und ihn als Seelenverwandte. Sie drängte auf ein gemeinsames Leben.«

»Und Snow?«

»Ich glaube, es fiel ihm schwer, Menschen zu lieben.«

»Wieso sagen Sie das?«

»Ich habe mir ziemlich oft angehört, was er zu sagen hatte. Er war ein Perfektionist. Er liebte Ideen und Ideale. Genialität. Schönheit. Die perfekte Liebesbeziehung. Kaum etwas auf der Welt erfüllte seine Erwartungen – nicht einmal sein eigenes Gehirn. Er war völlig kompromisslos.« Er überlegte kurz. »Er hat mir erzählt, dass sie die Trennung nicht gut aufgenommen hätte.«

»Haben Sie eine Ahnung, was er damit gemeint hat?«

»Sie hat gedroht, sich etwas anzutun, wieder einmal. Ich glaube, sie hatte sich schon bei früherer Gelegenheit die Pulsadern aufgeschnitten oder etwas Ähnliches.«

»Klingt nach Borderline-Syndrom«, sagte Clevenger und meinte damit eine Persönlichkeits*störung*, die sich durch Symptome wie intensive, instabile Beziehungen, übersteigerte Angst vor dem Verlassenwerden und wiederholte Selbstmorddrohungen auszeichnet.

»Ich besitze nicht das nötige Rüstzeug für eine Diagnose«, sagte Heller. »Ich weiß nur, dass sie sehr schön, sehr reich und sehr labil ist. Sie ist verheiratet. Hat irgendwo in der Stadt eine Galerie.«

Clevenger schwieg, doch sein Puls raste. Plötzlich überkam ihn das ungute Gefühl, dass seine Mitarbeit am Snow-Fall bereits vor dem Besuch im Leichenschauhaus begonnen hatte. »Hat Snow ihren Namen erwähnt?«, fragte er Heller.

»Er hat sie Grace genannt«, antwortete Heller. »Ich weiß nicht, ob das ihr richtiger Name war, und ich habe nie nachgefragt.« Heller bemerkte Clevengers blasses Gesicht. »Ist alles in Ordnung?«, erkundigte er sich.

»Hat er zufällig erwähnt, in welcher Branche ihr Mann tätig ist?«, fragte Clevenger. Und dann wartete er stumm darauf, dass sein Tag wieder zu seinem Anfangspunkt zurückkehrte, wie ein Bumerang. Eine Sekunde, zwei, drei …

»Ich weiß, dass sie in der Hinsicht sehr verschwiegen war. Praktisch paranoid. Sie sagte, sie wolle nicht länger im Schatten ihres Mannes stehen. Sein Eigentum sein. Aber ich bin ziemlich sicher, dass sie gesagt hat, es wäre die Bankenbranche. Ja, ganz sicher. So viel hat sie ihm verraten.«

BEGEGNUNGEN

Ein anderer Wintertag, ein Jahr zuvor

Snow hatte gerade die Einführungsrede bei einer Konferenz über Radartechnologie im Four-Seasons-Hotel an der Tremont Street gehalten. Er trat aus dem Hotel. Der Himmel war grau. Ein leichter Nieselregen hatte eingesetzt. Snow konnte den Gedanken, wieder hineinzugehen, nicht ertragen, daher überquerte er die Straße und verschwand in den Parkanlagen des Public Garden.

Er hatte einige Stunden frei bis zu seinem nächsten Termin – eine Podiumsdiskussion über Raketenfrühwarnsysteme. Wäre er in der Hotellobby geblieben oder auf den Konferenzempfang gegangen, wäre er lauter Ingenieuren begegnet, die unermüdlich versucht hätten, seinen Rat zu irgendeinem technischen Problem einzuholen. Was sie anscheinend nie begriffen, war, dass er sein Wissen nicht vermitteln konnte. Am M. I. T. hatte er überwältigenden Erfolg als Forscher gehabt, aber als Lehrer hatte er sich als totaler Fehlschlag erwiesen. Wie sollte er eine plötzliche Inspiration, eine Offenbarung lehren? Die Fakten in seinem Kopf waren wirkungslos, bis eine über ihm stehende Macht sie zum Leben erweckte und sie in die Keime von Ideen verwandelte. Diese Ideen wuchsen ohne sein Zutun weiter, trieben aus, wo immer es nötig war. Im Grunde war er nicht mehr als ein Plagiator der Erfindungen, die in ihm geboren wurden.

Er schlenderte an der Eislaufbahn des Parks vorbei, sah die fröhlichen Gesichter der Kinder und ihrer Eltern, die über das Eis glitten. Er selbst hatte wenig Zeit für derartige Vergnügungen. Die kreative Kraft in ihm trieb ihn sieben Tage pro Woche, zweiundfünfzig Wochen pro Jahr. Er hatte eine Frau, einen Sohn und eine Tochter, ein luxuriöses Haus, genug Geld, um nie wieder auch nur einen Tag lang arbeiten zu müssen. Aber er war die Geisel jener Kraft, und das stellte alles andere in den Schatten.

Der Park endete an der Arlington Street. Er überquerte sie und schlenderte die Newbury hinunter. Er erinnerte sich an ein Café drei Blocks weiter und beschloss, dort Halt zu machen und einen Espresso zu trinken. Doch binnen Minuten war der Himmel pechschwarz, und Eisregen schüttete wie aus Kübeln herab. Und gerade als der Himmel seine Schleusen öffnete, sah Snow zufällig in das nächstgelegene Schaufenster und erblickte die schönste Frau, die er je gesehen hatte.

Sie war Mitte dreißig, hatte kastanienbraunes Haar und den Körper einer Meerjungfrau, den ihr schlichtes schwarzes Kleid gekonnt betonte – und sie erwiderte seinen Blick aus unbeschreiblich grünen Augen. Er hatte das Gefühl, dass sie ihn schon einige Zeit beobachtet hatte. Den Bruchteil einer Sekunde lang fragte er sich, ob sie wirklich existierte oder nur eine weitere Ausgeburt seiner Fantasie war.

Er betrat das Geschäft und war unvermittelt umgeben von erlesenen Ölgemälden, die inmitten von Lichtinseln an den Wänden hingen. Es waren Stadtansichten von Boston, einschließlich des Public Garden und der Commonwealth Avenue, doch der Künstler hatte sie in mehr als bloße Abbilder der Realität verwandelt, hatte alle Härten von Linie und Form aufgelöst, um eine ideale Stadt zu erschaffen, in der Menschen und Gebäude und Straßen und Himmel in leuchtenden Farben verschmolzen und in eine Welt entführt wurden, die bedeutend märchenhafter war als die Summe ihrer Einzelteile.

Sein Blick wanderte zur gegenüberliegenden Wand, zu dem Aktporträt einer Frau, die in der Abenddämmerung hinter einer Spitzengardine stand und aus dem Erkerfenster ihres aus

Backstein errichteten Patrizierhauses auf die von Straßenlaternen beleuchtete Beacon Street hinabblickte.

Snow ging langsam auf das Porträt zu, blieb drei Meter vor dem Gemälde stehen. Er erkannte auf den ersten Blick, dass es die Frau war, die er im Schaufenster gesehen hatte. In seiner Fantasie versetzte er sich in das Gemälde hinein, stellte sich hinter sie, die Hände auf ihre Schultern gelegt, und küsste ihren Nacken.

»Der Maler heißt Ron Kullaway«, sagte sie und trat neben ihn. »Er lebt in Maine.«

Ihre Stimme verband Stärke und Intelligenz mit einem Hauch von Verletzlichkeit. »Einzigartig«, sagte er, ohne sie anzusehen.

»Er ist auf dem Weg, einer der ganz Großen der amerikanischen Malerei zu werden. Haben Sie schon andere Werke von ihm gesehen?«

»Leider nein.«

»Ich finde, er hat die Gabe, das Leben lohnend erscheinen zu lassen«, sagte sie. »Lebenswert.«

Er spürte, wie ihr Handrücken ganz sacht seine Finger streifte. Oder war es nur Einbildung? »Wie gelingt ihm das?«, fragte er.

»Ich glaube, der Schlüssel liegt in den Dingen, die er weglässt, nicht so sehr in den Dingen, die er malt.«

»Die Struktur«, sinnierte Snow laut. »Die Grenzen.«

»Das, was uns einengt. Entweder er sieht es nicht, oder er ignoriert es absichtlich.«

Jetzt endlich erlaubte Snow sich, sie anzusehen, was seine Bewunderung nur noch steigerte. »Haben Sie ihn nie danach gefragt? Er muss lange gebraucht haben, Sie auf seine Leinwand zu bannen.« Sein Blick kehrte zu dem Gemälde zurück.

Sie lächelte.

»Wie viel kostet es?«

»Zweihunderttausend.«

»Für einen flüchtigen Blick auf ein lebenswertes Leben.«

»Manchen Menschen wird nicht einmal der zuteil.« Sie überlegte kurz. »Wenn Sie sich davon nicht fesseln lassen, dann ist es nichts für Sie.«

Er trat einen Schritt von dem Gemälde zurück und wandte sich zu ihr um. »John Snow«, sagte er und streckte ihr die Hand hin.

»Grace Baxter«, sagte sie und ergriff seine Hand.

Er bemerkte, dass sie einen Ehering und einen Solitärdiamanten von an die fünf Karat trug. An ihrem Handgelenk sah er drei mit Brillanten besetzte Armbänder. All diese Juwelen gaben zu verstehen, dass sie zu jemandem gehörte, aber davon abgesehen vermittelte nichts den Eindruck, dass sie gebunden wäre – weder ihr Tonfall noch der Blick ihrer Augen oder die Berührung ihrer Hand. »Würden Sie heute Abend mit mir essen gehen?«, fragte er und gab ihre Hand frei. »Ich verspreche, eine Entscheidung bezüglich des Gemäldes zu fällen, bevor wir das Restaurant verlassen.«

Sie verabredeten, sich im Anschluss an seinen letzten Vortrag im Aujourd'hui, dem französischen Restaurant des Four Seasons, zu treffen. Aber sie kam schon früher. Er sah, dass sie hinten im Saal stand und seinen Ausführungen zur »Reduktion der Rotationsenergie während des Fluges« zuhörte. Er bemerkte, dass etliche Männer im Saal, einschließlich seines Geschäftspartners Collin Coroway, ihr verstohlene Blicke zuwarfen. Er wünschte, er würde über etwas weniger Prosaisches reden, würde etwas Tiefschürfendes über das Universum oder Kreativität oder Liebe sagen. Doch er blieb auf die Naturgesetze beschränkt.

Trotzdem sah es in keinem Moment so aus, als würde sie sich langweilen.

»Wie nennen Sie den Beruf, in dem Sie tätig sind?«, fragte sie ihn hinterher, als er ihr ein Glas Wein einschenkte.

»Ich bin Luftfahrtingenieur. Ein Erfinder.«

»Und was für Dinge genau erfinden Sie?«

»Radarsysteme. Raketenleitsysteme.«

Sie schmunzelte.

»Was amüsiert Sie daran so?«

»Das kann ich nicht sagen. Ich kenne Sie ja kaum.«

Dort mit ihr zu sitzen, ihrer Stimme zu lauschen, ihr Parfüm zu riechen, weckte in ihm den Drang, ihr die unverblümte Wahrheit zu sagen. »So kommt es mir aber gar nicht vor«, sagte er.

»Ja, mir auch nicht.«

Er fühlte, wie etwas in ihm, das vor langer Zeit zu Eis erstarrt war, zu schmelzen begann. »Also können Sie mich durchaus an Ihren Gedanken teilhaben lassen«, sagte er.

»In Ordnung …«, sagte sie. »Warum verwenden Sie so viel Energie auf die Frage, was gesehen werden kann und was nicht? Warum interessieren Sie sich so für Radar und wie man ihn umgehen kann?«

»Es ist etwas, wofür ich eine Gabe besitze«, antwortete er. »Ich habe es mir nicht ausgesucht. Es hat mich ausgesucht.«

»Aber *warum*?«, fragte sie. »*Warum* haben Sie diese ›Gabe‹?«

Er sah sie verständnislos an.

»Gibt es etwas an Ihnen, John Snow, das andere Menschen nicht sehen sollen? Oder ist es eher so, dass Sie nicht bereit sind, sich selbst zu betrachten?«

In diesem Moment fühlte Snow etwas, das er noch nie zuvor empfunden hatte – als hätte jemand die Tür zu seiner innersten Wahrheit geöffnet, einer Wahrheit, die tiefer ging als seine Genialität, einer Wahrheit des Herzens.

»Sie kennen die Antwort, aber Sie sind noch nicht bereit, sie zu offenbaren«, sagte sie.

»Vielleicht«, erwiderte Snow.

»Sie bestätigen es nicht, und Sie leugnen es nicht.« Sie trank einen Schluck Wein.

»Erzählen Sie mir mehr über sich.«

»Ich soll also den Anfang machen. In Ordnung. Was wollen Sie wissen?«

»Lassen Sie sich von all Ihren Kunden zum Essen einladen?«

»Oh.« Sie fuhr mit der Fingerspitze am Rand ihres Weinglases entlang. »Sie wollen wissen, ob Sie etwas Besonderes sind.«

Abermals fühlte Snow eine schier überwältigende Anziehungskraft, die auf seinen innersten Kern einwirkte. »Ja«, gestand er ein. »Ich schätze, das will ich.«

»Allein um meiner Provision willen wäre ich nicht hergekommen. Geld ist wirklich das Letzte, was ich brauche.«

Das zumindest hatten sie gemein. »Und was brauchen Sie?«

Sie schüttelte den Kopf. »Wir verfügen beide über einen sehr guten Radar, John. Und wir fliegen beide gern darunter.«

»Sie sind verheiratet«, sagte er.

»Das bin ich. Und Sie?«

Er nickte.

Ihre Miene wurde traurig, und es überraschte ihn, wie sehr ihn ihre augenscheinliche Traurigkeit rührte. Er wusste nie, was er tun sollte, wenn Leute in seiner Gegenwart gefühlvoll wurden, er war außerstande, auszuloten, was sie empfanden oder warum, und dadurch fühlte er sich noch einsamer als ohnehin schon, noch mehr als Geisel seines Verstands. Aber nicht bei dieser Frau. »Ich will nicht unsichtbar sein«, sagte er.

Sie sah sich im Restaurant um, vergewisserte sich, dass niemand herüberschaute, dann schob sie ihre Hand unter die seine.

Die Berührung ließ seine Atemzüge und seinen Puls augenblicklich ruhiger gehen. Er wusste nicht, was er tun oder sagen sollte, also zog er ganz langsam seine Hand weg, griff in die Jackettasche und holte einen Scheck über zweihunderttausend Dollar, ausgestellt auf die Newbury Gallery, heraus. »Ich kaufe das Gemälde«, sagte er. »Aber das hier darf nicht unsere letzte Begegnung sein.«

»Ich sagte Ihnen bereits, dass ich nicht käuflich bin.«

Ihre Stimme hatte einen schneidenden Unterton, der Panik in ihm aufsteigen ließ. »So habe ich es nicht gemeint«, sagte er. »Ehrlich. Ich bin einfach nicht gut in solchen Dingen.« Er sah ihr in die Augen, und diesmal war er es, der seine Hand unter die ihre schob. »Was ich sagen wollte, war ... ich möchte nicht, dass das Gemälde mich später einmal daran erinnert, dass es uns gelungen ist, uns voreinander zu verstecken.«

Sie sah ihm in die Augen, sah, dass seine Worte ernst gemeint waren, und strich mit dem Daumen über die Innenfläche seiner Hand.

Sie trafen sich eine Woche später im Four Seasons, diesmal in einer Suite mit Ausblick auf den Public Garden. Sie hatten seit dem gemeinsamen Abendessen täglich telefoniert, oft mehrmals am Tag, hatten darin geschwelgt, immer mehr über die Welt des anderen zu erfahren – die Kunst, von der Baxter in der Newbury Gallery umgeben war, Snows Erfindungen bei Snow-Coroway Engineering, die langsam Gestalt annahmen.

Keiner der beiden konnte sich erlauben, dass die Beziehung publik wurde, deshalb störte sich keiner der beiden daran, dass sie ihre Intimitäten in einem Hotel ausleben mussten.

Snows Chauffeur, Pavel Blazek, ein Mann, dem er blind vertraute, nahm die Reservierung für die Suite vor und bezahlte sie mit seiner eigenen Kreditkarte.

Snow traf eine Viertelstunde vor Baxter ein. Er ging in das marmorne Badezimmer und betrachtete sich im Spiegel. Er hatte die Haut und das Haar und die Statur eines bedeutend jüngeren Mannes. Seine Stirn war hoch, sein Kinn markant, mit einer kleinen Kerbe. Er sah gut aus, und er wusste es, aber er wusste es objektiv, in der gleichen Weise, wie er wusste, welche Eigenschaften Kohlenstoff besitzt oder wie sich die Erdanziehung auswirkt. Er hatte nie gewusst, wie und wofür er sich sein gutes Aussehen zunutze machen sollte.

Jetzt, zum ersten Mal, wollte er attraktiv sein – für Grace. Er trug ein neues Hemd und ein neues Sakko, obgleich es für ihn auch seine alten Kleidungsstücke getan hätten. Er hatte sein widerspenstiges Haar stutzen lassen. Er hatte seinen Zweitagebart abrasiert, auch wenn er gewöhnlich bedeutend länger wartete, bis die Stoppeln kratzten und ihn bei der Arbeit störten.

Er schenkte sich ein Glas Wasser ein, holte zwei Dilantin-Tabletten aus der Tasche und schluckte sie. In all den Stunden, die er mit Grace am Telefon verbracht hatte, hatte er nur ein einziges Mal beiläufig erwähnt, dass er in der Kindheit unter Anfällen gelitten hatte. Er verschwieg die Tatsache, dass sie nie wirklich aufgehört hatten. Er wollte nicht, dass sie dachte, er sei ein körperlich gebrochener Mann.

Er ging durch das Schlafzimmer zu einem Panoramafenster, das Ausblick über den Public Garden bot. Es war ein sonniger, eiskalter Tag. Alles sah frisch aus. Er konnte die Eislaufbahn sehen, proppenvoll mit Familien. Und er dachte bei sich, wie schön es wäre, wenn er eines Tages dort mit Grace Schlittschuh laufen könnte.

Er warf einen Blick auf die Uhr. Fast 16 Uhr. Sie musste jeden Moment kommen. Er war erregt und besorgt zugleich. Denn er fragte sich noch immer, ob Grace wirklich existierte oder jemand war, den er sich bloß zusammengeträumt hatte. Er hatte sich erlaubt, ihr mehr von seinen Gedanken und Gefühlen mitzuteilen als jedem anderen Menschen. Lag es daran, dass sie seine Seelenverwandte war, oder wünschte er sich nur, zu der Art von Männern zu gehören, die imstande ist, einen Seelenverwandten zu besitzen? Hatte er schlicht einen Grund heraufbeschworen, seine zerrüttete Ehe endgültig als gescheitert erklären zu können? War er fähig, ganz Mensch zu sein, oder machte er sich da etwas vor?

Es klopfte an der Tür. Er erstarrte, von der Angst gepackt, seine Frau könnte ihm gefolgt sein oder schlimmer noch, seine

Tochter oder sein Sohn. Doch die Angst war irrational; sie konnten unmöglich wissen, wo er war. Blazek hätte ihn niemals verraten. In diesem Moment, innerhalb dieser vier Wände, war er frei. Bei dem Gedanken atmete er tief durch und ging zur Tür.

Als Beweis seines Vertrauens spähte er nicht durch den Spion, bevor er die Hand ausstreckte und die Tür öffnete.

Grace Baxter stand vor ihm, in ihrem schlichten schwarzen Kleid, ganz wie er sie gebeten hatte – dem Kleid, das sie bei ihrer ersten Begegnung getragen hatte.

Sein Herz begann zu rasen. Ein neues Gefühl. Ein Gefühl, das ihm gefiel.

Sie streckte ihm die Hand hin. Er ergriff ihre beiden Hände und führte sie rückwärts gehend ins Wohnzimmer. »Ich schätze, wir werden uns hiermit bescheiden müssen«, scherzte sie, während ihr Blick durch den weitläufigen, fast einhundert Quadratmeter großen Raum mit asiatischen Wandbehängen, getäfelten Wänden, Kuppeldecken, verzierten Deckenleisten und Kristalllüstern wanderte. Sie warf einen Blick durch die zweiflügelige Tür ins Schlafzimmer, sah das große Doppelbett mit den gestärkten weißen Kissen und Decken und der warmen Steppdecke. Sie ließ ganz sacht seine Hand los und trat an das Fenster, das Ausblick über den Park bot. Dann stieg sie graziös aus ihren Schuhen und lehnte sich an den Fensterrahmen, ganz dicht hinter den hauchzarten Gardinen.

Es kam ihm beinahe so vor, als stünde er mit ihr hinter den Spitzengardinen ihres Patrizierhauses, während Kullaway den Akt von ihr malte. Und noch während er sich das vorstellte, griff sie in ihren Nacken, knöpfte das Kleid auf und ließ es auf den Boden gleiten. Sie lehnte sich wieder an den Fensterrahmen. Sie war nackt und makellos, ihr kastanienbraunes Haar fiel weich über die zarten Schultern, ihr Rücken verjüngte sich zu einer schlanken Taille, dann wölbte er sich sanft über den Teilen, deren Berührung Snow kaum erwarten konnte. Ihre

Beine waren wohlgeformt, aber nicht muskulös. Sie war alles, was er sich je erträumt hatte. Makellos. Er ging auf sie zu, halb in der Erwartung, dass sie sich in Luft auflösen würde, sobald er die Hand nach ihr ausstreckte. Aber als er es tat, drehte sie sich um, schlang die Arme um ihn und küsste ihn. Und dann spürte er, wie er jegliches Gefühl für Zeit und Raum verlor und etwas Mächtigeres dafür bekam, etwas, das lange in ihm geschlummert hatte und nun erwachte – Leidenschaft für einen anderen Menschen. Er schmiegte sich an sie, küsste sie noch drängender.

Sie löste sich atemlos von seinen Lippen. »Zieh dich für mich aus«, sagte sie.

Snows Frau hatte ihm nie beim Ausziehen zugesehen, hatte ihn überhaupt nur selten nackt gesehen. Sex zwischen ihnen war etwas, das sie des Nachts unter der Bettdecke voneinander stahlen. Ganz langsam knöpfte er sein Hemd auf, zog es aus, ließ es auf den Boden fallen. Er schnallte den Gürtel auf, öffnete den Knopf an seinem Hosenbund, zögerte, dann zog er den Reißverschluss auf. Er machte einen Schritt auf sie zu.

Sie hielt abwehrend die Hand hoch. »Mach weiter.«

Er war verlegen, und sie musste es ihm angesehen haben.

»Es ist alles in Ordnung«, sagte sie. »Ich möchte dich nur in voller Gänze sehen.«

Er stieg aus der Hose, zog Socken und Unterwäsche aus, stellte sich nackt vor sie.

»Du hast wirklich keine Ahnung, wie wunderschön du bist, stimmt's?«, fragte sie ihn und trat zu ihm. Sie küsste seinen Hals, seine Ohren, seine Brust, dann sank sie auf die Knie. »Hier drinnen«, erklärte sie, »tun wir alles, was wir wollen.«

5

15 Uhr 40

Clevenger hatte Mühe, sich auf den Verkehr zu konzentrieren, als er aus dem Parkhaus des Mass General fuhr, um Billy vom Somerville Boxing Club abzuholen. Er dachte an die Therapiestunde mit Grace, an ihre Schuldgefühle, daran, wie besorgt er gewesen war, sie könne kurz davor stehen, sich selbst oder jemand anderen umzubringen. Er sah vor seinem geistigen Auge, wie sie sich im Sessel vor und zurück gewiegt hatte, die Arme fest um sich geschlungen. Und er dachte an das, was sie gesagt hatte: *Ich will nie wieder jemandem wehtun*.

Hatte sie nur wenige Stunden zuvor getötet? War sie deshalb so aufgelöst? Hatte sie gerade dem Mann, den sie liebte, mitten ins Herz geschossen, weil er sie allein in einer Ehe zurückgelassen hatte, in der sie sich wie begraben vorkam?

Oder hatte sie niemandem wehgetan? Selbst wenn sie von Snows bevorstehender Amnesie erfahren hatte – vielleicht hatte sie einfach nur beschlossen, an dem Tag, an dem er sich unters Messer begab, mit einer Therapie anzufangen. Vielleicht hatte seine Entscheidung, sein Leben zu überarbeiten, ihr den Anstoß gegeben, auch das ihre zu überarbeiten.

Clevenger griff nach dem Handy und rief im Büro an, um nachzufragen, ob Baxter sich gemeldet habe. Kim Moffett, die Sekretärin von Boston Forensics, eine Neunundzwanzigjährige, die die Weisheit einer Achtzigjährigen besaß, ging an den Apparat.

»Hat jemand für mich angerufen?«, erkundigte sich Clevenger.

»Ich versuche schon seit einer Stunde, Sie zu erreichen«, erwiderte Kim.

Er warf einen Blick auf sein Handy und sah, dass er eine Nachricht hatte. Er hatte das Klingelzeichen abgeschaltet, bevor er zu Heller gegangen war. »Was gibt's?«

»Das meiste kann warten. Aber Grace Baxter hat fünf Mal angerufen.«

»Ist mit ihr alles in Ordnung?«

»Sie sagt, es sei kein Notfall, aber sie ruft immer wieder an. Sie möchte einen Termin morgen Vormittag. Nach meinem Kalender sind Sie morgen den ganzen Tag über im MCI Concord – wegen des Verhandlungsfähigkeitsgutachtens. Aber ich habe ihr versprochen, Sie zu fragen.«

Clevenger hatte einen Besuch im Staatsgefängnis in Concord angesetzt, um festzustellen, ob ein schizophrener Mann, der seinen Vater getötet hatte, geistig normal genug war, um vor Gericht gestellt zu werden. Der Prozess würde nicht vor dem Winter beginnen. »Sagen Sie ihr, ich kann sie morgen um acht sehen«, sagte er. »Und rufen Sie doch bitte in Concord an und besorgen Sie mir einen neuen Termin.«

»Kein Problem. Wo sind Sie? Sie werden in einer Viertelstunde in Somerville erwartet.«

»Bin schon auf dem Weg.«

»North lässt Ihnen ausrichten, dass er Informationen über jemanden namens Collin Coroway hat.«

»Ist er da?«

»Nein, aber ich kann Sie mit ihm verbinden. Bleiben Sie dran.«

Moffett stellte ihn zu Anderson durch.

»Frank?«, meldete sich Anderson.

»Am Apparat.«

»Ich hab angefangen, Snows Geschäftspartner Coroway zu durchleuchten.«

»Und?«

»Er ist niemand, den man auf die leichte Schulter nehmen sollte. Ehemaliger Green Beret, aktiver Dienst in Vietnam, beste Verbindungen zu den Geheimdiensten. Es gibt etliche Artikel über ihn in den Fachzeitschriften der Rüstungsindustrie. Wie's aussieht, wird Snow-Coroway Engineering von Snows Einfallsreichtum und Coroways Verbindungen getragen. Fünfundachtzig Prozent der Aufträge kommen von der Regierung. Radarsysteme, Sonar, Raketentechnologie.«

»Und die beiden haben sich darüber gestritten, ob sie mit dem Unternehmen an die Börse gehen sollen.«

»Die beiden haben sich bekriegt. Die klassische Konfrontation. Der Mann mit dem Geschäftssinn gegen den Mann mit den großen Ideen. Coroway war der Buchhalter. Snow war der Träumer. Da muss man sich schon fragen, wie verbissen die Schlacht war.«

»Sehe ich genauso«, sagte Clevenger. Die Liste der Leute, die Snow den Tod gewünscht haben könnten, wurde immer länger. Wenn Collin Coroway von Snows Absicht erfahren hatte, die persönliche Beziehung zwischen ihnen aufzulösen und damit potenziell zu einem direkten Konkurrenten zu werden, könnte er beschlossen haben, ihre Partnerschaft mit einer Kugel zu beenden. »Er ist nicht der Einzige, der genauer unter die Lupe genommen werden muss«, sagte Clevenger. »Ich komme gerade von Jet Heller. Er hat mir ein Geheimnis verraten: Snow hatte eine Affäre – mit meiner Patientin von heute Morgen, Grace Baxter.«

»Die zufälligerweise aussah, als wäre sie dem Tod noch einmal von der Schippe gesprungen«, bemerkte Anderson.

»Du hast meine Gedanken gelesen.«

»Das ist eine beängstigende Vorstellung. Siehst du sie wieder?«

»Gleich morgen früh. In der Zwischenzeit wäre es nett, herauszufinden, wo Collin Coroway heute um fünf Uhr früh war.«

»Treten wir damit nicht Detective Coady auf die Zehen?«

»Ganz bestimmt.«

»Du kannst ihm ja meine Entschuldigung ausrichten«, sagte Anderson. »Ich hab nie Tanzen gelernt.«

»Entschuldigung angenommen.«

»Ich meld mich später wieder.« Er legte auf.

Clevenger fuhr über die Hanover Street Bridge aus Boston heraus und erreichte den Somerville Boxing Club ein paar Minuten zu früh.

Billy sparrte im Ring, der die Hälfte der Halle einnahm. Nackte Glühbirnen brannten an der Decke. Um den Ring herum waren fünfzehn oder zwanzig andere Teenager damit beschäftigt, auf Sandsäcke einzuschlagen, Gewichte zu stemmen und Seil zu springen. In der Halle herrschten gut und gerne dreißig Grad, und es roch, als hätte das Mauerwerk den Schweiß von den Hunderten von Boxern aufgesogen, die hier trainiert hatten und von denen es einige, wie Billy, bis zu den Golden-Glove-Amateurmeisterschaften und einer, Johnny Ruiz, sogar zum Schwergewichtsweltmeister gebracht hatten.

Clevenger schlenderte in die hintere Ecke der Halle, lehnte sich gegen die Ytongwand und schaute Billy dabei zu, wie er mit kurzen Jabs auf seinen Gegner einhieb, einen etwas kleineren Jungen mit massigen Schultern, der sich hinter seine Fäuste duckte und zurückwich.

»Schätz ihn in Ruhe ab«, rief Trainer Buddy Donovan, ein Mann über sechzig, dessen rechter Haken einem noch immer das Genick brechen konnte, von der Seite des Rings. Er trug einen schlichten, altmodischen grauen Trainingsanzug mit dem aufgedruckten Schriftzug S. B. C. auf dem Rücken. »Warte auf deine Gelegenheit.« Er bemerkte Clevenger und nickte ihm zu.

Clevenger nickte zurück, dann sah er zu, wie Billy eine harte Rechte gegen den Kiefer seines Gegners krachen ließ. Der Junge sah aus, als würde er in die Seile gehen, aber im letzten Moment fing er sich.

Keine Frage, Billy konnte kämpfen. Er war stark und blitzschnell und verfügte über eine große Reichweite. Er hatte seinen Körper gestählt, bis sein Torso anmutete wie eine Rüstung. Doch er besaß mehr als Muskeln und gute Reflexe. Er besaß den Instinkt eines Kämpfers. Er konnte die Strategie seines Gegners erahnen und die eigene dementsprechend anpassen, erkannte instinktiv die Schwächen des anderen und machte sie sich zunutze. Er hatte den Sport studiert, hatte Bücher darüber gelesen, hatte sich wieder und wieder Videos mit den Boxlegenden angesehen: Marciano. Liston. Ali. Frazier. Foreman. Leonard.

Es war Billys Idee gewesen, mit dem Boxen anzufangen, aber Clevenger hatte ihn unterstützt. Er fand, dass es eine gute Methode für Billy wäre, etwas von seiner Wut herauszulassen, sodass er sich dafür nicht auf den Straßen von Chelsea ein Ventil suchen musste.

Er hatte Billy zwei Jahre zuvor adoptiert, nachdem er den Mord an Billys kleiner Schwester auf Nantucket aufgeklärt hatte. Billys Vorstrafen für Drogenmissbrauch und Körperverletzung hatten dafür gesorgt, dass die Polizei ihn schnell als Hauptverdächtigen auserkoren hatte. Doch Clevenger hatte bewiesen, dass sie falsch lag. Als er den Fall schließlich gelöst hatte, war Billys Name reingewaschen und sein Vater und sein Stiefbruder saßen im Gefängnis. Seiner Mutter war das Erziehungsrecht entzogen worden.

Damit hatte Billy alle familiären Bindungen verloren und war schnurgerade auf dem Weg in eine Pflegefamilie, bis Clevenger eingeschritten war.

Clevenger sah, wie Billy eine mächtige Linke gegen die Stirn einstecken musste. Er schüttelte den Schlag ab und fing an zu tänzeln. Die Glocke erscholl und beendete die Runde.

»Lass dich von ihm nicht gegen die Seile drängen, Nicky«, rief Buddy Donovan Billys Gegner zu. »Halt deine Deckung und gönn ihm keine Pause.«

Billy entdeckte Clevenger. »Wir haben einen Arzt im Haus«, rief er aus, während er sich in seine Ecke trollte.

»Siehst gut aus«, erwiderte Clevenger.

Billy zwinkerte ihm zu.

Um der Wahrheit die Ehre zu geben, Billy sah Furcht einflößend aus. Seine langen schmutzig blonden Haare waren zu Dreadlocks verfilzt. Auf dem Rücken prangten die Worte »Let It Bleed«, jeder grünschwarze Buchstabe an die fünf Zentimeter hoch und über die Narben der Prügel tätowiert, die er von seinem Vater bezogen hatte.

Billy aufzuziehen war, als würde man seine Hand halten, während er auf einem Drahtseil über den Flammen seiner schmerzlichen Vergangenheit balancierte. Manchmal schien es, als ob er recht sicher auf den Beinen wäre und gut vorankäme. Dann wieder wirkte er wie dazu verdammt, in jene Hölle hinabzustürzen, ein Teil von ihr zu werden.

Am meisten beunruhigte ihn, dass er keine Angst kannte. Es hatte ihm als Kind nichts genützt, Angst zu haben: Er war trotzdem verprügelt worden. Doch die Fähigkeit, Angst zu empfinden, ist eine der wesentlichen Voraussetzungen, um Mitgefühl zu empfinden. Man muss imstande sein, selbst zu leiden, um den Schmerz anderer nachempfinden zu können.

Donovan läutete die Glocke für die nächste Runde. Billy trabte in die Mitte des Rings. Sein Gegner kam auf ihn zu, geduckt, pirschend. Billy tänzelte von einem Fuß auf den anderen. Er wartete ab, bis der Junge in Reichweite war, dann versetzte er ihm blitzschnell drei linke Jabs, die von seinem Kopfschutz abgefangen wurden.

Der Junge kam einen Schritt näher und ließ eine Rechte los, die Billy punktgenau an der Schulter traf und ihn aus dem Gleichgewicht warf.

»Er ist stärker als du«, rief Donovan Billy zu. »Bleib in Bewegung.«

Billy warf einen Blick zu Donovan und fing abermals an zu

tänzeln. Aber er konnte es nicht ertragen, als Schwächling bezeichnet zu werden, und noch weniger konnte er es auf sich sitzen lassen. Er hörte auf zu tänzeln, machte einen Schritt auf seinen Gegner zu und baute sich breitbeinig auf. Genau in dem Moment, traf ein linker Haken seine Nase. Blut strömte ihm über die Lippen.

»Ich hab dir gesagt, du sollst in Bewegung bleiben«, rügte ihn Donovan. »Du kannst es nicht auf einen direkten Schlagabtausch ankommen lassen.«

Etwas Neues blitzte in Billys Augen auf. Die strategische Vision, die Suche nach einer Gelegenheit, war verschwunden, und an ihre Stelle war etwas getreten, das wie blanker Hass anmutete. Es war, als ob der Geschmack des Blutes etwas Primitives und tief in ihm Verwurzeltes geweckt hätte. Er senkte die Boxerhandschuhe auf Taillenhöhe und machte einen weiteren Schritt auf seinen Gegner zu. Der Junge holte zu einer rechten Geraden aus, die den Kampf beendet hätte, wenn sie getroffen hätte, doch Billy beugte sich weit zurück, und der Handschuh streifte nur sein Kinn. Dann brach er mit der Urgewalt eines tropischen Unwetters über seinen Gegner herein, feuerte Rechte und Linke mit der Unerbittlichkeit eines Straßenkämpfers ab. Etliche seiner Fausthiebe waren ungezielt, aber genügend trafen die Schultern, den Kopf und den Hals des Jungen, um ihn taumeln zu lassen.

»Zurück in eure Ecken«, brüllte Donovan. »Der Kampf ist zu Ende.« Er stieg in den Ring.

Clevenger setzte sich ebenfalls Richtung Ring in Bewegung.

Billy versuchte einen linken Haken, der sein Ziel verfehlte, und setzte dann mit einem gewaltigen rechten Cross nach, der gegen das linke Ohr des Jungen krachte.

Der Junge ging in die Knie.

»Ich sagte, aufhören!«, donnerte Donovan, diesmal lauter. Er schubste Billy gegen die Seile. »Wenn ich sage, der Kampf ist vorbei, dann ist der Kampf vorbei. Verstanden?«

Billy rieb sich mit den Handschuhen die Augen, wie ein kleiner Junge, der aus einem Traum erwacht. »Tut mir Leid«, sagte er. Er wischte sich die Nase ab und starrte auf das Blut.

»Geh unter die Dusche und kühl dich erst mal ab, Herrgott noch mal«, befahl Donovan. Er drehte sich um und ging zu dem anderen Jungen, der sich wieder aufgerichtet hatte, aber noch immer wackelig auf den Beinen war.

Billy sah zu Clevenger, der außerhalb des Rings stand.

»Zieh dich an«, sagte Clevenger. »Ich fahr dich nach Hause.«

Donovan gesellte sich zu Clevenger, während Billy im Umkleideraum verschwand. »Er hat das Zeug zum Boxer, Doc. Er könnte es eines Tages zum Profi bringen, wenn er es wirklich will. Er muss nur lernen, sich zu beherrschen.«

»Ja, das muss er.«

»Denn jemand mit mehr Erfahrung als Nicky hätte ihn auf die Bretter geschickt, als er angefangen hat, ziellos um sich zu schlagen.«

Clevenger machte sich aus einem gänzlich anderen Grund Sorgen wegen Billys mangelnder Selbstbeherrschung als Donovan. »Er hat auch nicht aufhören können, als Sie es ihm gesagt haben«, bemerkte er.

»Deswegen würde ich mir keinen Kopf machen. Diese Jungs kommen beim Trainieren ganz schön auf Touren, und sie können nicht auf Stichwort abschalten. Das kommt mit dem Alter und der Erfahrung.«

»Wollen wir's hoffen«, sagte Clevenger.

»Ich bin schon lange in diesem Geschäft«, erklärte Donovan. Er klopfte Clevenger auf die Schultern und verschwand ebenfalls im Umkleideraum.

Clevenger setzte sich Richtung Ausgang in Bewegung, musterte dabei die anderen Jungs, die schwitzend ihr Training absolvierten. Er hätte gern geglaubt, dass Donovan Recht hatte, dass Billy nicht anders als sie war, dass die Bremsen seines achtzehnjährigen Nervensystems einfach von Zeit zu Zeit nicht griffen. Doch Clevenger kannte Billy besser als Donovan. Er kannte Billys gewalttätige Ausbrüche außerhalb des Boxrings, all die Gelegenheiten, bei denen er andere Jungs verprügelt hatte, bis sie blutend und mit gebrochenem Kiefer und Gehirnerschütterung auf dem Pflaster lagen.

Und er wusste noch etwas anderes über Billy, denn er wusste es von sich selbst. Wenn man das Opfer eines brutalen Vaters gewesen war, dann sickerte Brutalität in die eigene Psyche ein. Die Gesetze der Energieerhaltung gelten für den Verstand ebenso wie für die Planeten. Wenn ein Mann seine Wut an einem ausließ, war das wortwörtlich zu verstehen. Man kann sie entweder fühlen und mit aller Kraft darum kämpfen, sich davon reinzuwaschen, oder man kann versuchen, sie zu ignorieren, wodurch sie nur stärker und stärker wird, bis sie – ob durch Depression oder Aggression – jeden Winkel der Seele beherrscht.

Während Clevenger im Pick-up auf Billy wartete, wanderten seine Gedanken abermals zu Grace Baxter. Er überlegte, sie anzurufen, um sich zu vergewissern, dass sie die Absicht hatte, ihren Termin einzuhalten. Doch er befürchtete, dass sie ihn am Telefon festhalten könnte, und er versuchte immer, sich ganz auf Billy zu konzentrieren, wenn sie zusammen waren.

Billy kam in voller Teenager-Aufmachung aus der Sporthalle: schwarzes Aéropostale-T-Shirt, übergroße Army-Hosen, die sackgleich von den Hüften herunterhingen, und nicht zugeschnürte Nike-Basketballstiefel. Im linken Ohr blitzten wieder die drei silbernen Ohrringe. Er trug auch wieder das Lederhalsband. Er kam betont breitbeinig daherstolziert, wie ein Kind, das einen harten Burschen aus einem Film nachahmt.

Er stieg ein und starrte nach vorn durch die Windschutzscheibe. »Danke fürs Abholen.«

»Kein Problem.«

Clevenger bog aus der Parklücke und fuhr den Broadway hinunter Richtung Route 99, auf den Heimweg nach Chelsea.

»Ich hab mich von Casey getrennt«, verkündete Billy.

Billy war seit zwei Jahren mit Casey Simms zusammen gewesen, einer Siebzehnjährigen aus Newburyport, eine Stunde Fahrt auf der 95 North entfernt. Clevenger fragte sich, ob Billy mit der Bekanntgabe seiner Trennung zu erklären versuchte, warum er im Ring ausgerastet war. »Das hatte ich nicht erwartet«, sagte Clevenger. »Ich hatte immer den Eindruck, ihr beide würdet euch gut verstehen.«

»Sie hat aus heiterem Himmel angefangen, total zu klammern. Obereifersüchtig.«

»Aus heiterem Himmel. Irgendeine Ahnung, warum?«

»Sie ist 'ne Frau«, erwiderte Billy, ohne den Blick von der Straße zu lösen.

»Bist du damit einverstanden? Mit der Trennung?«

»Klar.«

Das stellte auch schon das Höchstmaß an Zugang zu Billys Gefühlsleben dar, den Clevenger in letzter Zeit erhielt. »Hatte die Trennung von ihr irgendetwas damit zu tun, dass du weiter auf den Jungen eingedroschen hast, nachdem Donovan den Kampf beendet hatte?«

Billy zuckte mit den Achseln. »Ich hab ihn nicht gehört.«

Clevenger sah ihn an.

»Echt nicht«, sagte er und sah kurz zu Clevenger. »Ich weiß, was du denkst: dass ich meine Frustration über Casey auf Nick übertragen habe. Aber ich habe nicht die Absicht, die Schuld an meinem Verhalten auf irgendeine unbewusste Dynamik zu schieben.« Er wandte sich zu Clevenger um und schenkte ihm sein gewinnendstes Lächeln. »Mit anderen Worten, ich hätte besser hinhören sollen und übernehme die volle Verantwortung. Bist du damit zufrieden, Doc?«

Billy hatte so eine Art, seine Probleme als einen Witz hinzustellen. Aber Clevenger konnte sie nicht auf die leichte

Schulter nehmen. »Wenn du dich noch einmal taub stellst, wenn Donovan was sagt, dann kannst du das Training den Sommer über abschreiben, Freundchen«, sagte Clevenger. »Wenn du den Sport respektierst, gut. Wenn es nur Ausrede für eine Schlägerei ist, dann ist Schluss.«

»Schon kapiert«, sagte Billy. Er wandte sich wieder ab und starrte durch die Windschutzscheibe. Einen Moment lang herrschte Schweigen. »Geben sie dir den Fall von dem Typen in der Gasse hinter dem Mass General? Inzwischen sagen sie, dass er sich vielleicht doch nicht selbst das Lebenslicht ausgeblasen hat.«

»Wer sagt das?«

»Irgendein Reporter im Radio. Ich hab's zufällig gehört, als ich mich aufgewärmt hab.«

Clevenger hatte den Versuch aufgegeben, Billy von seiner forensischen Arbeit fern zu halten. Er fand nicht, dass es besonders heilsam für ihn war, sich mit Gewalt zu beschäftigen, aber er fand ebenso wenig, dass es besonders heilsam für Billy wäre, mit einem Vater aufzuwachsen, der ein Geheimnis aus seinem Beruf macht. Und vielleicht würde Billy, wenn er Clevenger mit der Polizei zusammenarbeiten sah, geneigter sein, das Gesetz zu achten. »Die Bostoner Polizei hat mich heute angeheuert. Ich soll ihnen helfen, herauszufinden, ob Snow Selbstmord begangen hat oder nicht.«

»Irre«, begeisterte sich Billy. »Was ist deine Meinung?«

»Es ist noch zu früh, um eine Meinung zu haben.«

Billy nickte nachdenklich. »Den Typ wollten sie doch am Gehirn operieren, stimmt's?«

»Stimmt.«

»Hätte er dabei sterben können?«

»Die Möglichkeit besteht bei einem neurochirurgischen Eingriff immer.«

»Dann hat er sich auf keinen Fall selbst kaltgemacht.«

Clevenger warf einen Blick zu ihm. »Warum nicht?«

»Weil, wie es so schön heißt, Freiheit bedeutet, dass man nichts mehr zu verlieren hat. Umbringen kannst du dich *immer*, Mann. Wenn du denkst, dass du vielleicht sowieso den Löffel abgibst, warum es dann nicht drauf ankommen lassen? Vielleicht wachst du ja nicht wieder auf. Oder vielleicht wachst du auf und fühlst dich besser – wie ein neuer Mensch.« Er stockte kurz. »Das hab ich mir früher immer gewünscht. Du nicht?«

»Als neuer Mensch aufzuwachen oder überhaupt nicht wieder aufzuwachen?«

»Beides. Entweder, oder. Wie immer es sich ergab.«

Clevenger sah Billy an, der zum ersten Mal, seit er in den Wagen eingestiegen war, wirklichen Blickkontakt mit ihm aufnahm. Er hatte so eine Art, einem ganz unvermittelt sehr nah zu kommen. Es war ein großartiges Gefühl, wenn es passierte, aber es passierte nicht oft, und es schien nie lange anzudauern. »Ja«, gestand er. »Beides.«

»Und hast du mir nicht mal erzählt, dass sich Depressive am Morgen am beschissensten fühlen?«, fragte er.

»Viele von ihnen.«

»Das ist, weil sie aufstehen und noch immer genau derselbe Mensch sind, der sie am Abend zuvor waren. Aber dieser Typ wollte sich am *Gehirn* herumschnippeln lassen. Alles Mögliche hätte passieren können.«

Was Billy sagte, besaß bestechende Schlichtheit und ebenso bestechende Logik. Snow wollte sich befreien, sein Leben hinter sich lassen und einen Neuanfang machen. Wo Selbstmord eine Möglichkeit war, die ihm immer offen stand, hätte er da nicht wenigstens abgewartet, um zu sehen, wie die Operation ausging? Wäre die Vorstellung, sich neu zu erschaffen, nicht gerade für ihn als Erfinder berauschend gewesen? »Das ist eine sehr interessante Sichtweise«, sagte Clevenger. »Du könntest Recht haben.« Sein Bauchgefühl sagte ihm, dass er das Thema wechseln sollte. Er wollte wirklich nicht, dass Billy sich zu intensiv mit Mord oder Selbstmord beschäftigte. »Zurück zu Casey«, sagte er. »Hast du wirklich keine Ahnung, warum sie so eifersüchtig ist, dass du dich mit anderen Mädchen triffst?«

»Ich bin nur mit denen unterwegs gewesen«, erwiderte Billy. »Es ist nicht das, was sie denkt.« Er starrte wieder durch die Windschutzscheibe.

Viel mehr würde er Billy nicht entlocken, schätzte Clevenger. »Wir können uns später darüber unterhalten«, sagte er.

»Klar«, antwortete Billy. »Später ist gut.«

6

17 Uhr 20

Billy aß bloß rasch etwas – dann zog er los, um sich mit Freunden zu treffen. Damit war Clevenger allein in dem 175-Quadratmeter-Loft, dessen vom Boden bis zur Decke reichende Bogenfenster Chelsea bei Nacht einrahmten, den alles dominierenden Strom der Autoscheinwerfer, der sich über die Tobin Bridge nach Boston bewegte, den Rauch eines nahe gelegenen zwanzig Stockwerke hohen Schornsteins, der durch das grüne Eisenskelett der Brücke waberte.

Unter der Brücke breiteten sich über eine Fläche von zwei Quadratkilometern Mietskasernen, Fabriken und backsteinerne Häuserzeilen aus, die Welle um Welle von Immigranten aufgenommen hatten, die nach Chelsea hineinschwappten, als wäre es ein zweiter Mutterleib – sie schickten ihre Kinder auf Chelseas Schulen, beantragten Stütze beim Sozialamt an der Everett Avenue, lernten die Sprache, fanden eine erste Anstellung in Chelseas Tankstellen, Schnapsläden und Lagerhäusern –, bis sie wieder geboren wurden und aus- und umzogen in wohlhabendere Orte wie Nahant, Marblehead und Swampscott.

Clevenger schaltete den Computer an, der auf dem Kiefernholzschreibtisch vor den Fenstern stand. Er wollte seine eigene Suche in Bezug auf John Snow, Collin Coroway und Snow-Coroway Engineering starten. Und er wollte so viel wie möglich über Grace Baxter herausfinden. Während er darauf wartete, dass das System geladen wurde, ging er zu Billys Tür hinüber und schaute in sein Zimmer. Die Hantelbank und die Gewichte standen in der Mitte. An einer Wand lag eine Matratze. An einer anderen türmten sich gut zweihundert CDs und DVDs. Kleidung quoll aus dem Kleiderschrank. Clevengers Blick fiel auf das Foto, das an der Schranktür hing, und er lächelte – es zeigte Billy und ihn an dem Tag, an dem Billy eingezogen war.

Die meiste Zeit war das Aufziehen eines gestörten Teenagers – selbst eines Teenagers, der so schwierig wie Billy war – eine erstaunlich lohnende Angelegenheit. Es gab Clevengers Dasein eine Struktur, in einer Weise, wie es nur durch das Übernehmen von Verantwortung für einen anderen Menschen möglich wird. Und Clevengers psychiatrische Ausbildung half ihm, sich mit der Tatsache abzufinden, dass das Leben mit Billy Gefühle der Isolation und Wut in ihm weckte, weil es ihn an seine eigene grausame Jugend, seinen eigenen sadistischen Vater erinnerte.

Der Teil des Vaterseins, für den Clevenger am wenigsten gerüstet war, war die Tatsache, dass das Aufziehen eines Teenagers einen tatsächlich isolierte. Man verwandte eine Menge Zeit und Energie auf einen anderen Menschen – einen Menschen, der kein Freund war, niemand, der einen nach einem schlechten Tag wieder aufrichtete oder an dem man seine miese Laune auslassen konnte.

Clevenger fand langsam heraus, wie einsam man sich in einem Zimmer neben seinem Kind fühlen konnte, selbst wenn man dieses Kind so sehr liebte wie er Billy. Und er konnte die Einsamkeit nicht mehr so einfach vertreiben wie früher.

Mit Frauen, zum Beispiel. Clevenger hatte in den letzten zwei Jahren verschiedene Affären gehabt, einschließlich einer wechselhaften Beziehung mit Whitney McCormick, der leitenden forensischen Psychiaterin des FBI, mit der er beim Jonah-Wrens-Fall zusammengearbeitet hatte. Doch er konnte sich nicht in einer Liebesbeziehung verlieren, nicht einmal mit ihr, obgleich sie noch immer durch seine Träume geisterte. Er konnte sich nicht einfach einer Frau hingeben und seine Ängste im Rausch der Leidenschaft vergessen. Wenn er seinem Sohn das Gefühl vermitteln wollte, dass er der Mittelpunkt seines Lebens war, bedeutete das, allein ins Bett zu gehen und allein aufzustehen. Es bedeutete, Liebesaffären als Teilzeitjobs zu führen.

Und dann war da seine wechselhafte Liebesaffäre mit Alkohol und Drogen. Er hatte es weniger belastend gefunden, sich selbst zuliebe nüchtern zu bleiben, Tag für Tag, als diese Verpflichtung im Namen des behüteten Aufwachsens eines Kindes einzugehen. Denn ein gelegentlicher Ausrutscher war ja zumindest denkbar, wenn man damit nur sich selbst wehtat und niemandem sonst. Wenn der Schmerz zu unerträglich wurde, wusste man, dass man ihn lindern konnte, selbst wenn man dafür im Nachhinein mit Zins und Zinseszins bezahlen musste. Jetzt, wo Billys Zukunft mit seiner eigenen verwoben war, wo ein Drink bedeutet hätte, dass Billys Vater ein *Trinker* war, konnte Clevenger das Zeug nicht mehr anrühren. Er war an die Realität gekettet, egal, wie quälend sie wurde.

Ihm ging abermals durch den Sinn, was John Snow vorgehabt hatte, sein Plan, sich von seinen verwickelten Neuronen zu befreien – und sehr wahrscheinlich von allen Verwicklungen. Einerseits war die Vorstellung berauschend: Snow hätte das befreite Leben eines Fremden in einem fernen Land leben können, ohne Verpflichtungen irgendjemandem gegenüber, ohne Schuldgefühle wegen der Sünden der Vergangenheit, so dass sich ihm nichts mehr in den Weg gestellt oder ihm Grenzen gesetzt hätte. Andererseits war zu fragen, wie viel Snows Freiheit die Menschen gekostet hätte, die ihn als Teil *ihrer* Lebensgeschichten, *ihrer Wirklichkeit* betrachteten. Hätten sie ohne ihn jemals die Dramen auflösen können, in denen er eine tragende Rolle gespielt hatte, oder hätten sie auf ewig an ihrer Bürde zu tragen gehabt? Und sollte das seine Sorge sein? Ist irgendeiner von uns so frei, dass er die Freiheit besitzt, sich vollständig von allem zu lösen?

Wie würde Billy reagieren, wenn Clevenger beschlösse, dass ihre emotionalen Bindungen – die positiven wie die negativen – null und nichtig seien, dass sie keine gemeinsame Zukunft hätten, ja nicht einmal eine gemeinsame Vergangenheit? Wäre er imstande, ein solches Verstoßenwerden zu überstehen? Wäre er in der Lage, all die Liebe und die Angst, das Vertrauen und den Unmut, die sie geteilt hatten, allein zu tragen? Oder würde die Last ihn erdrücken?

War Snows Absicht, sich von allem zu trennen, ein Akt der Selbsterhaltung, ein Akt der Zerstörung, oder beides?

Das Telefon klingelte. Clevenger kehrte an seinen Schreibtisch zurück und nahm den Hörer ab. »Frank Clevenger.«

»Schlechte Neuigkeiten«, sagte North Anderson.

»Was? Wo bist du?«

»Im Büro. Mike Coady hat gerade angerufen. Die Polizei wurde über 911 in die Beacon Street 214 gerufen. George Reese, Grace Baxters Ehemann.«

»O Gott, nein«, entfuhr es Clevenger, denn er dachte, sie hätte ihn ermordet oder es zumindest versucht. Ihm wurden die Knie weich. Grace Baxter hatte ihm einen flüchtigen Einblick in ihre Verzweiflung erlaubt, und er hatte die falsche Entscheidung getroffen und sie nach Hause gehen lassen, statt sie in die geschlossene Psychiatrie einzuweisen. »Wie schlimm ist es?«, fragte er.

»Die Sanitäter haben alles versucht, aber sie hatten keine Chance. Der Tod ist vermutlich ein, zwei Stunden zuvor eingetreten.«

Clevenger konnte sich gerade noch auf den Schreibtischsessel sinken lassen, bevor seine Beine nachgaben. »Wie hat sie ihn umgebracht?«

»Wie hat sie …«, setzte Anderson an, dann stockte er. »Dem Ehemann ist nichts passiert, Frank.«

Clevengers Verstand konnte – oder wollte – die Fakten nicht zu der schrecklichen Antwort addieren. »Ich verstehe nicht.«

»Es ist Grace«, sagte Anderson. Er schwieg einen Moment lang. »Sie hat sich umgebracht.«

Clevenger schloss die Augen. Er schaute in den Nachthimmel über Chelsea hinaus. »Wie?«, brachte er mühsam heraus.

»Schön ist es nicht gewesen.«

»Ist es das je?«

»In diesem Fall …«

»Spuck's einfach aus.«

»Sie ist ins Badezimmer gegangen und hat sich erst die Pulsadern aufgeschnitten und dann die Kehle durchschnitten. Dann ist sie aufs Bett getaumelt und verblutet.«

»Wer hat sie gefunden?«

»Ihr Mann. Sie wurde auf einer Cocktailparty in der Beacon Street Bank erwartet. Irgendeine Wohltätigkeitsveranstaltung oder so was. Sie ist nicht gekommen. Er ist nach Hause gegangen, um nach ihr zu sehen.«

»Hat sie einen Abschiedsbrief hinterlassen?«

»Ja. Coady hat nicht gesagt, was drinstand.«

»Können wir uns dort treffen?«, fragte Clevenger. Einerseits wollte er dorthin, weil Grace seine Patientin gewesen war, wenn auch bloß für eine Sitzung. Andererseits waren die beiden Geliebten im Abstand weniger Stunden gestorben. Es konnte sich also um Mord, gefolgt von Selbstmord handeln – dann hätte Grace Baxter erst John Snow und danach sich selbst umgebracht. Doch es gab noch andere Möglichkeiten. Er wollte mit eigenen Augen sehen, wo Grace gestorben war, wollte sich einen Eindruck von dem Ort verschaffen, wollte sehen, ob es Anzeichen für einen Kampf gab.

»Übrigens: Sie haben auf dem Nachttisch auch einen Zettel mit deinem Namen und deiner Telefonnummer gefunden, sowie mit dem Termin für morgen. Ich schätze, der Ehemann weiß, dass sie heute bei dir gewesen ist. Er sucht nach einem Sündenbock.«

»Nach mir wird er nicht lange suchen müssen. Ich bin in einer Viertelstunde in der Beacon Street.«

»Bis gleich dann.«

Clevenger hinterließ eine Nachricht für Billy, dann fuhr er los. Er wusste, dass Psychiater manchmal Patienten verlieren, wie andere Ärzte auch, wusste, dass manche psychiatrischen Erkrankungen tödlich sind. Und er wusste, dass er alles zu hören bekommen hatte, was er dem Gesetz nach von Grace Baxter hören musste – ihr Versprechen, weder sich selbst noch anderen etwas anzutun. Doch in seinem Kopf spielte er immer wieder die knapp vierzig Minuten durch, die sie zusammen verbracht hatten, kehrte immer wieder zu dem Moment zurück, als er sie gefragt hatte, ob sie die Absicht habe, ihrem Mann ein Leid zuzufügen. Warum hatte er nicht die wirkliche Gefahr erkannt – dass sie sich selbst umbringen würde? Warum hatte ihn sein Instinkt nicht vor diesem Risiko gewarnt?

Er fand eine Parklücke in der Beacon Street und joggte die drei Blocks bis Nummer 214, einem imposanten Patrizierhaus aus zweihundert Jahre altem Backstein, mit breiten Granitstufen, die zu einer glänzend scharlachroten Tür führten, die von zwei schwarzen schmiedeeisernen Laternen flankiert wurde. Zwei Polizisten standen vor dem Aufgang. Drei Streifenwagen und North Andersons schwarzer Porsche Carrera parkten davor.

Die Polizisten erkannten Clevenger und traten beiseite.

Noch während er die Stufen hinaufging, öffnete sich die Haustür. Anderson kam heraus und schloss die Tür hinter sich.

Clevenger sah die Beacon Street hinunter. »An diese Möglichkeit hatte ich nicht gedacht.«

»Wenn du nicht daran gedacht hast, hätte jemand anders schon gar nicht daran denken können.«

Clevenger sah ihn an. »Da bin ich mir nicht so sicher.«

Diesmal war es Anderson, der den Blick abwandte. »Den Ehemann hat das Ganze mehr mitgenommen, als Coady hat durchblicken lassen. Vielleicht ist es besser, wir warten, bis sie im Leichenschauhaus ist. Du kannst alles Nötige von Wolfe erfahren.«

Clevenger schüttelte den Kopf. »Wo ist sie?«

»Es reicht doch, wenn ich mir das hier ansehe.«

Clevenger wollte sich an ihm vorbeidrängen.

Anderson hielt ihn am Arm zurück. »Oben, im Schlafzimmer. Coady ist auch dort. Ihr Mann ist im Wohnzimmer, rechts von der Diele.«

Clevenger öffnete die Tür und ging ins Haus.

George Reese, Grace Baxters Ehemann, erhob sich aus einem burgunderfarbenen ledernen Ohrensessel, legte den Kopf zur Seite und starrte Clevenger mit gewittergrauen blutunterlaufenen Augen an. Er war schlank, etwa einsachtzig groß und sah jünger aus als seine zweiundfünfzig Jahre. Sein weißes Smokinghemd war blutgetränkt. Die pechschwarzen, mit Haaröl zurückgekämmten Haare fielen ihm in die Stirn.

Clevenger ging auf ihn zu. Seine Handflächen und eine seiner Wangen waren ebenfalls blutverschmiert. »Mein Beileid …«, setzte er an.

Rote Flecken leuchteten an Reeses Hals. »Sie haben vielleicht Nerven, in mein Haus zu kommen«, entgegnete der und hatte dabei sichtlich Mühe, nicht zu schreien.

Anderson baute sich neben Clevenger auf.

Reese blitzte Clevenger wütend an. »Sie hat mir erzählt, dass sie Sie heute fünfmal angerufen hat. Und Sie haben nicht zurückgerufen. Was war Ihnen wichtiger als das Leben meiner Frau?«

Reeses Atem roch nach Alkohol. Clevenger ließ den Blick durch das Wohnzimmer schweifen und sah eine offene Flasche Scotch auf dem Couchtisch. »Sie hat angerufen, um sich einen Termin geben zu lassen«, sagte Clevenger. »Sie hat einen für morgen um acht Uhr früh bekommen.« Er war sich bewusst, dass das keine sonderlich überzeugende Antwort war.

»Sie hat es nicht bis morgen früh geschafft«, wütete Reese.

»Ich wünschte, ich hätte mehr tun können«, sagte Clevenger.

Reese machte einen Schritt auf ihn zu. Anderson machte Anstalten, dazwischen zu gehen, doch Clevenger gab ihm ein Zeichen, sich herauszuhalten.

»Fünf Anrufe«, sagte Reese. »Rufen viele Ihrer Patienten Sie ein halbes Dutzend Mal binnen weniger Stunden an?« Er sprach mit zusammengebissenen Zähnen. »Was wissen Sie denn überhaupt über Grace, Dr. Clevenger? Haben Sie sich auch nur die Mühe gemacht, sich ihre Krankenakte zu besorgen, bevor Sie das Gespräch mit ihr hatten? Haben Sie mit ihrem vorigen Psychiater gesprochen?«

Diese Fragen weckten in Clevenger eine weitere unangenehme Erinnerung an seine Therapiesitzung mit Grace Baxter – wie mühelos ihr der »Contract for Safety« über die Lippen gekommen war, so dass er sich gefragt hatte, ob wohl schon andere Psychiater sich Sorgen um ihre Sicherheit gemacht hatten. Doch er hatte sie nicht danach gefragt.

»Drei Selbstmordversuche«, sagte Reese. »Neun Einweisungen in die Psychiatrie.«

Clevenger senkte kurz den Blick, dann zwang er sich, Reese abermals in die Augen zu sehen.

»Und Sie hatten nicht eine Stunde für sie Zeit, am Ende Ihres geschäftigen Tages vielleicht? Wurden Sie woanders erwartet?«

»Der Tod Ihrer Frau tut mir sehr Leid«, sagte Clevenger.

Reese beugte sich vor und flüsterte Clevenger ins Ohr. Sein Atem hatte unverkennbar vierzig Prozent. »Gehen Sie ruhig hinauf ins Schlafzimmer und sehen Sie sie sich gut an. Sehen Sie sich an, was Sie getan haben.« Er trat beiseite.

Clevenger ging an ihm vorbei und die geschwungene Treppe in den ersten Stock hinauf. Anderson folgte dicht hinter ihm. Vom Ende des Korridors schallte Mike Coadys Stimme herüber, und Clevenger hielt darauf zu. Er betrat das Schlafzimmer und erstarrte.

Anderson legte ihm eine Hand auf die Schulter. »Sie muss umhergetaumelt sein, bevor sie schließlich aufs Bett gefallen ist.«

Die Steppdecke war zurückgeschlagen und gab den Blick auf Grace Baxter frei, die nackt auf dem blutgetränkten Laken lag. Die Wände und der Teppich waren blutbespritzt. Einer der hellblauen Samtvorhänge, die vor den Fenstern hingen, war heruntergerissen und lag in einem blutbefleckten Knäuel auf dem Boden.

Clevenger ging über die Plastikbahn, die die Spurensicherung ausgerollt hatte, zum Bett und betrachtete Grace. Rubinrote Schnitte zogen sich kreuz und quer über ihren Hals – die Verstümmelungen blanker Verzweiflung. An den Handgelenken prangte jeweils ein einzelner horizontaler Schnitt. Sie trug noch immer ihre Diamantarmbänder und die Rolex. Der Schmuck war blutverschmiert.

Coady trat an die gegenüberliegende Seite des Betts. »Patientin von Ihnen?«

»Sie hat mir gesagt, sie fühlten sich wie Handschellen an«, sagte Clevenger.

»Hä?«

»Die Armbänder«, erklärte er. »Die Uhr.«

»Ziemlich teure Handschellen.«

»Allerdings.«

»Sie hat beide Halsschlagadern erwischt«, sagte Coady. »Das Badezimmer sieht noch schlimmer aus.«

»Womit hat sie es getan?«

»Mit einem Teppichmesser. Sie renovieren gerade den zweiten Stock. Ihr Mann sagt, es muss einem der Handwerker gehören.«

Clevenger nickte.

»Sie hat ihm einen Brief hinterlassen«, sagte Coady. Er hielt ihm einen Plastikbeutel mit einem DIN-A-5-großen Briefbogen darin hin.

Clevenger nahm den Beutel. Das Blatt Papier war blutbespritzt, aber lesbar.

Mein Liebster,
ich kann nicht mehr weitermachen. Jede Nacht, wenn ich einschlafe, und jeden Morgen, wenn ich aus dem Schlaf auftauche, sind mir nur wenige kurze Momente vergönnt, in denen ich mich lebendig fühle, bevor ich vollends erwache und erkenne, wozu mein Leben verkommen ist. Stelle Dir vor, wie es ist, einen ganzen Tag und eine ganze Nacht mit diesen kurzen Augenblicken des Glücks auskommen zu müssen, einer so lieblichen, flüchtigen Illusion von Freiheit, und Du wirst vielleicht verstehen und sogar verzeihen, was ich getan habe.

Ich erinnere mich an jeden unserer Küsse, an jede Berührung. Jedes Mal, wenn Du in mich eingedrungen bist, bin ich in Dich eingedrungen. Ich bin geflohen und habe meinen Schmerz hinter mir gelassen. Ich schaffe es allein nicht.

Es war falsch von mir, Dich zum Mittelpunkt meines Glücks zu machen. Dein Leben gehört Dir. Doch die Vorstellung, dass Du mich verlässt, verdunkelt meinen Horizont so sehr, dass ich keine Zukunft mehr sehe und nicht ertragen kann, auch nur noch einen Schritt daraufzu zu machen.

Bitte verzeih mir, alles.

Auf ewig Dein,
Grace

»Ihr Mann sagt, sie hätten überlegt, sich zu trennen«, sagte Coady. »Er war schon bei einem Anwalt gewesen.«

Clevenger gab ihm den Plastikbeutel zurück. »Können wir irgendwo ungestört reden?«

»Kommen Sie mit.«

Clevenger folgte Coady über eine weitere Plastikbahn ins Badezimmer. Die Wände waren verspiegelt. Wo immer Clevenger hinschaute, sah er sich selbst bedeckt mit dem Blut, das aus Baxters Halsschlagader gespritzt war. Kalter Schweiß trat ihm auf die Stirn.

Coady schloss mit seiner in einem Latexhandschuh steckenden Hand die Tür hinter ihnen. »Das Teppichmesser«, sagte er und zeigte auf das Waschbecken.

Clevenger schaute in das Becken, sah das Teppichmesser und die blutige Klinge. »Sie war Snows Geliebte«, sagte er, ohne aufzuschauen.

»Wovon reden Sie da?«

»Grace Baxter und Snow. Sie hatten eine Affäre.«

»Das hat sie Ihnen erzählt?«

»Nein«, sagte Clevenger und sah Coady ins Gesicht. »Ich habe heute mit J. T. Heller gesprochen. Snow hat ihm davon erzählt.«

Coady sah aus, als würde sein Verstand auf Hochtouren arbeiten, um eine einfache Lösung für ein kompliziertes Problem zu finden. »Vielleicht hat sie gehört, dass ihr Liebhaber sich das Leben genommen hat, und da ist sie durchgedreht und …«

»Möglich«, gestand Clevenger zu. Er überlegte kurz. »Wieso sind Sie sicher, dass es nicht der Ehemann war?«

»Was?«

»Die häufigste Methode, mit der Frauen Selbstmord begehen, ist eine Überdosis«, erklärte Clevenger. »Manchmal schneiden sie sich die Pulsadern auf. Aber den Hals und ein einzelner horizontaler Schnitt an jedem Handgelenk? Das wäre einen Artikel in einer psychiatrischen Fachzeitschrift wert. Wenn jemand sich die Halsschlagadern aufschneidet, dann tut er es aus einer Psychose heraus – der Wahnvorstellung, dass das Blut des Teufels durch seine Adern fließt, zum Beispiel. Ich habe bei Baxter keine Anzeichen von einer Psychose bemerkt.«

»Seien wir doch mal ehrlich«, sagte Coady. »Sie haben überhaupt keine Anzeichen hierfür festgestellt.«

Die Worte trafen Clevenger wie ein Tritt in den Magen. Er brauchte einen Moment, um sich zu erholen. »Nein«, gestand er schließlich. »Habe ich nicht. Aber das sagt auch schon einiges aus.«

»Oh, ich verstehe«, sagte Coady. »Das hier kann nicht sein, weil der allwissende Dr. Frank Clevenger es nicht vorhergesehen hat. Wir dürfen das Offensichtliche nicht akzeptieren, wenn es bedeutet, dass Sie offensichtlich Mist gebaut haben.«

»Er ist über und über mit Blut beschmiert.«

»Er ist hereingekommen, hat die Frau, mit der er seit zwölf Jahren verheiratet ist, auf dem Bett ausbluten sehen und hat versucht, sie wieder zu beleben. Als wir eintrafen, war sie noch warm. Kein Puls, aber noch warm.«

Clevenger antwortete nicht.

»Was für ein Motiv soll er denn gehabt haben?«, wollte Coady wissen. »Eifersucht? Snows Tod war heute in allen Nachrichten. Ihm muss doch klar gewesen sein, dass Snow kein Rivale mehr war.« Seine Worte schienen ihm selbst ein wenig zynisch vorzukommen.

»Einverstanden«, sagte Clevenger. »Snow war ihm nicht mehr im Weg.«

»Oh, jetzt hat er also einen Doppelmord auf dem Gewissen. Wir haben einen Bankier, eine Stütze der Gemeinde, der im Blutrausch erst in aller Herrgottsfrühe den Geliebten seiner Frau umbringt und dann am Frühabend seine Frau umlegt. Und es ist nicht etwa so, dass er sie zusammen in flagranti erwischt hätte, sich eine Pistole gegriffen und sie erschossen hätte. Nein, das hier geschah nicht im Affekt. Er hat *geplant*, die beiden am selben Tag abzumurksen.« Er machte eine Kunstpause. »Und *das* wäre einen Artikel in einer kriminologischen Fachzeitschrift wert.«

»Vielleicht hat er die Sache nicht gut durchdacht«, sagte Clevenger. Er lenkte ein. »Hören Sie, ich sage ja nicht, dass er zweifelsfrei die Finger im Spiel hat. Aber seine Frau hat ihn betrogen. Sie und ihr Liebhaber sind tot. Und er ist von Kopf bis Fuß mit Blut beschmiert.«

»Okay«, sagte Coady abfällig. »Ich werde ihn offiziell nicht als möglichen Verdächtigen ausschließen.«

»Nur offiziell?«

»Wie wär's, wenn ich meine Ermittlungen so führe, wie ich es für richtig halte? Ich hatte Ihnen eine einzige Frage gestellt: War John Snow psychologisch fähig, Selbstmord zu begehen? Wenn Sie bei diesem Fall mitmachen wollen, dann ist die Beantwortung dieser Frage der einzige Beitrag zu den Ermittlungen, den ich von Ihnen erwarte. Ob wir Baxters Tod als Selbstmord behandeln oder nicht, geht Sie nichts an.«

»Schon verstanden«, sagte Clevenger.

Coady merkte es sofort, wenn jemand ihn nicht ernst nahm. »Sie sollten sich zurückhalten. Sie haben ein persönliches Interesse daran, dass es *kein* Selbstmord war. Denn wenn es einer war, dann könnten Sie einer Klage wegen Fahrlässigkeit entgegensehen, die sich gewaschen hat.«

»Was möglicherweise der einzige Weg ist, um die Sache wirklich aufzuklären«, konterte Clevenger, drehte sich auf dem Absatz um und ging hinaus.

7

20 Uhr 40

Clevenger und Anderson verließen das Haus in der Beacon Street gemeinsam. Sie fuhren getrennt zurück nach Chelsea und trafen in ihrem Büro wieder zusammen.

»Was meinst du?«, fragte Anderson und setzte sich in den Sessel neben Clevengers Schreibtisch – den Sessel, in dem Grace Baxter gesessen hatte.

»Zwei Menschen, die einander lieben oder zumindest eine intime Beziehung miteinander haben, sterben innerhalb weniger Stunden«, sagte Clevenger. »Ich finde schon, dass ihre Affäre der logische Ausgangspunkt ist, um mit den Ermittlungen zu beginnen. Jemand konnte nicht ertragen, was zwischen den beiden war, oder konnte nicht ertragen, dass es vorbei war.«

»Das könnte Grace selbst sein. Sie könnte die Schützin gewesen sein.«

»Möglich«, pflichtete Clevenger bei. »Aber um sich diese Verletzungen selbst zuzufügen, hätte sie psychotisch sein müssen.« Er schüttelte den Kopf. »Vielleicht war sie verstörter, als ich erkannt habe. Sie hat von Schuldgefühlen gesprochen. Vielleicht war es mehr als das. Vielleicht war sie überzeugt, schlecht zu sein. Vielleicht glaubte sie, sich ausbluten zu lassen wäre der einzige Weg, um sich von ihren Sünden rein zu waschen.«

»Könnte der Mord an Snow sie in diese Verfassung gebracht haben?«, fragte Anderson.

Clevenger sah ihn nachdenklich an. »Durchaus möglich.« Eine der Feinheiten von forensischen Gutachten über Mörder bestand darin, zu verstehen, dass ihre geistige Verfassung drastisch vom Akt des Tötens selbst beeinflusst werden kann. Zu töten kann einen Menschen in einen Zustand stürzen, der wie ein Wahn oder sogar paranoide Schizophrenie anmuten kann – manchmal Minuten, manchmal Stunden nach der Tat. Clevenger schüttelte den Kopf. »Aber ich hatte bei ihr trotzdem nicht den Eindruck, dass sie im Begriff stand, den Bezug zur Realität zu verlieren.«

»Bis wir etwas anderes in den Händen haben, folgen wir deinem Instinkt. Wenn das hier ein Mord gefolgt von einem Selbstmord war, ist die Sache erledigt. Das Gleiche gilt, wenn beide Selbstmord begangen haben. Aber wenn da draußen ein Doppelmörder herumläuft, dann sind wir die Einzigen, die ihm auf der Spur sind.«

Anderson hatte Recht. Sie beide waren die Einzigen, die auf der Suche nach der Wahrheit waren. Und wenn diese Wahrheit einen Mörder beinhaltete, der unverfroren genug war, einen berühmten Erfinder und seine Highsociety-Geliebte umzubringen, war es an der Zeit, dass sie anfingen, sich über ihre eigene Sicherheit Gedanken zu machen. »Wir sollten ab sofort vorsichtiger sein«, sagte er.

»Keine Frage«, pflichtete Anderson bei.

»Ich denke, meine nächste Anlaufstelle ist Snows Frau, um herauszufinden, ob sie über Grace Baxter Bescheid wusste. Morgen früh kriege ich von Coady Snows Tagebuch. Ich werde einen Blick hineinwerfen, bevor ich ihr einen Besuch abstatte.«

»Ich muss immer noch Coroway ausfindig machen. Und irgendwie müssen wir an George Reese herankommen.«

»Sehe ich auch so.«

»Es ist dir doch klar, dass wir hier eigentlich keinen Auftraggeber haben«, bemerkte Anderson. »Du sollst für Coady ein Gutachten über Snows geistige Verfassung erstellen, aber er könnte dir selbst das wieder entziehen, wenn wir mit der Doppelmord-Theorie auf Volldampf voraus schalten.«

Clevenger ließ es sich durch den Kopf gehen. Es stand ihnen frei, sich von dem Fall loszusagen, und in einem Winkel seines Herzens hätte er das auch gern getan. Im Büro warteten jede Menge Fälle auf sie, ganz zu schweigen von der Zeit und Energie, die es Clevenger kostete, ein Auge auf Billy zu halten. Doch er wusste nur zu gut, falls tatsächlich jemand Grace Baxter und John Snow ermordet hatte, würde dieser Jemand bedeutend ruhiger schlafen, wenn er und Anderson das Handtuch warfen. Und das würde ihm schlaflose Nächte bereiten und Albträume bescheren, in denen sein betrunkener Vater in Raserei wütete. Nachdem er Stück um Stück von jenem Mann getötet worden war, konnte er es einfach nicht ertragen, einem Mörder freie Bahn zu lassen. So waren die zerbrochenen Bruchstücke seiner Psyche zusammengewachsen, so hatte sich seine Persönlichkeit gebildet. »Genau betrachtet war John Snow von Anfang an unser einziger Auftraggeber«, erklärte er. »So wie ich die Sache sehe, ist er der Einzige, der uns von unseren Posten abberufen kann.«

»Dann lass uns mal hoffen, dass er es per Ferngespräch macht, wenn es so weit ist.«

22 Uhr 35

Clevenger fuhr mit dem Frachtaufzug in den vierten Stock und ging auf die Stahltür zu seinem Loft zu. Stimmen und Gelächter schollen durch die Tür. Er fragte sich, ob Billy einen Freund mitgebracht hatte, etwas, das er immer noch gelegentlich unter der Woche tat, obgleich Clevenger ihn wiederholt gebeten hatte, es auf die Wochenenden, wenn er am nächsten Tag keine Schule hatte, zu beschränken. Clevenger versuchte, seine Gedanken von den Ermittlungen loszureißen und sich für eine väterliche *Jetzt-ist-hier-mal-Schluss*-Rede – und einige strengere Worte, sobald er und Billy allein waren – zu wappnen. Doch als er die Tür öffnete, sah er J. T. Heller mit

Billy in der Küche sitzen und Cola trinken, als wären sie alte Kumpel.

Heller stand auf und kam auf Clevenger zu. In der Hand hielt er einen dicken Umschlag. »Tut mir Leid, dass ich so unangemeldet hereingeschneit bin«, sagte er.

»Kein Problem«, erwiderte Clevenger etwas perplex.

»Ich wollte nur die Unterlagen vorbeibringen, um die Sie gebeten hatten. Snows psychiatrisches Gutachten.«

»Danke.«

»Ich wollte, dass Sie sie so schnell wie möglich bekommen«, sagte Heller. »Sie hatten vergessen, mir Ihre Adresse dazulassen. Ich habe sie mir von der Ärztekammer besorgt. Billy hat gesagt, Sie müssten jeden Moment nach Hause kommen.« Er hielt ihm den Umschlag hin.

Clevenger nahm ihn. »Vielen Dank für die Mühe.«

»Wie ich sehe, halten Sie's auch mit der flexiblen Arbeitszeit. Ich habe gerade sechs Stunden im OP hinter mir.«

»Setzen Sie so spät noch Operationen an?«

»Nein. Da war so ein Mann, der mit den schlimmsten Kopfschmerzen seines Lebens zu seinem Neurologen gegangen ist. Sie haben ihn umgehend geröntgt, wie es sich gehört, und haben ein Angiogramm gemacht. Ein riesiges Aneurysma saß mitten an der oberen Kleinhirnarterie. Da hieß es, keine Zeit zu vergeuden.«

»Wie hat er es überstanden?«

»Als ich ihn aufgemacht habe, leckte das Ding bereits. Wenn er es auch nur eine Stunde länger aufgeschoben hätte, zu seinem Arzt zu gehen, wäre das sein Ende gewesen. Ich habe es sauber abgeklammert und anschließend alles wieder zugemacht. Sollte die nächsten hunderttausend Meilen halten.« Er zwinkerte Clevenger zu und verdrehte die Augen zur Decke. »So Gott will.«

»Das haben Sie gut hinbekommen.«

»Der Tag hat bedeutend besser geendet, als er angefangen

hat, so viel steht fest«, sagte er. Die Worte schienen die Erinnerung an den Morgen wachzurufen. Schlagartig sah er so erschöpft aus, wie man es von einem Mann erwartet hätte, der einen Patienten verloren und einen anderen nur um Haaresbreite gerettet hatte. »Ich mache mich besser wieder auf den Weg«, sagte er.

»Es ist doch noch nicht spät«, platzte Billy heraus, dann sah er verlegen zu Boden, als hätte er seine lässige Fassade irgendwo zu seinen Füßen fallen gelassen.

Clevenger war nicht sicher, ob er ihn je so begeistert mit einem Erwachsenen hatte reden hören.

»Ich bin erledigt«, sagte Heller zu Billy. »Aber ein anderes Mal gern. Versprochen.« Er zwinkerte Clevenger zu. »Billy und ich haben festgestellt, dass wir Etliches gemeinsam haben.«

Billy sah strahlend hoch.

»Das ist ja toll«, sagte Clevenger. »Was denn so?«

»Mein Weg zur Heilkunde war auch recht gewunden und steinig, dass ich zur Adoption freigegeben wurde eingeschlossen.«

»Und nicht nur das«, warf Billy ein.

Clevenger bedachte Heller mit einem Blick, der ihn aufforderte, die Lücken zu füllen.

»Meine leiblichen Eltern haben mich im Krankenhaus ausgesetzt, nachdem meine Mutter entbunden hatte. Sie sind einfach mitten in der Nacht auf und davon und haben den Bundesstaat verlassen. Ein Ehepaar aus Brookline hat mich schließlich aufgenommen. Er war Arzt – im Mass General. Sie war Krankenschwester. Sie konnten keine eigenen Kinder bekommen.« Er sah zu Billy, dann wieder zu Clevenger. »Ich muss gestehen, ich habe ihnen das Leben jahrelang zur Hölle gemacht. Schule schwänzen, Autos knacken. Als ich elf war, wurde ich wegen Körperverletzung angeklagt, und das hat mir acht Monate im Jugendgefängnis eingebracht.«

»Genau wie bei mir«, sagte Billy.

Billy hatte ein Jahr zuvor drei Monate im Jugendgefängnis zugebracht, nachdem er und ein Freund in eine Schlägerei mit drei anderen Teenagern aus dem nahe gelegenen Saugus geraten waren. Die Saugus-Jungs waren alle in der Notaufnahme gelandet.

»Was hat die Wende herbeigeführt?«, fragte Clevenger.

»Meine Religion«, erklärte Heller. »Das Nervensystem.« Er ließ seine Worte einen Moment lang wirken. »Ich fing an, meinen Dad – meinen Adoptivvater – zur Arbeit zu begleiten. Er war Neurologe. Ich durfte nach der Schule im Krankenhaus vorbeikommen, mir in seinem Büro die Zeit vertreiben, hin und wieder Anrufe entgegennehmen und manchmal sogar dabei sein, wenn er Patienten untersucht hat – die wirklich interessanten Fälle.«

»Ist das nicht total cool?«, fragte Billy.

Clevenger vermutete, dass Billy es bedeutend cooler fand als Clevengers Zurückhaltung, ihn an seiner forensischen Arbeit teilhaben zu lassen. »Und am Ende wurden Sie Neurochirurg«, sagte er zu Heller. »Ihnen hat gefallen, was Sie gesehen haben.«

»Ich war fasziniert davon. Ich war fasziniert von ihm. Dass er mir Einblick in sein Berufsleben gegeben hat, war buchstäblich meine Rettung. Bis ich sah, was er für diese Leute tun konnte, welche Kraft er hatte, ihnen zu helfen, wusste ich nicht, dass wir diese Kraft in uns haben. Die Kraft, Gutes zu tun.«

»Er hat gesagt, ich darf ihm bei einer Operation zuschauen«, jubilierte Billy. »Ich darf *mit in den OP*.« Er sprach die letzten Worte aus, als hätte man ihm Aufnahme in einen Geheimbund gewährt. In gewisser Weise war Neurochirurgie das auch.

»Ich habe es nicht über Ihren Kopf hinweg entschieden«, wand Heller ein. »Ich habe ihm gesagt, dass ich natürlich erst bei Ihnen nachfragen würde, ob es in Ordnung ist.«

Billy sah Clevenger erwartungsvoll an.

»Natürlich darf er«, sagte Clevenger. Er verspürte einen Stich von Eifersucht, doch er wusste, dass das irrational war.

Schließlich war er es gewesen, der Billy immer wieder abgehalten hatte, an seiner Arbeit teilzuhaben. Billy hätte sich mit Begeisterung darauf gestürzt.

»Ich rufe an und gebe Ihnen ein paar Termine, sobald ich weiß, wann wir interessante Fälle haben«, sagte Heller zu Clevenger.

»Hört sich gut an«, erwiderte Clevenger.

»Vielleicht schon nächste Woche, wenn wir den Terminplan nicht wieder mal über den Haufen werfen. Ich habe da eine Operation an einer Frau angesetzt, die seit elf Jahren blind ist. Sie ist dreiunddreißig. Gutartiger Tumor am Ophthalmicus. Wenn alles nach Plan verläuft und wenn ich etwas Glück habe, wacht sie auf, schlägt die Augen auf und kann sehen.«

»Mein Gott«, entfuhr es Billy.

»Gott ist bei jeder Operation mit im OP«, sagte Heller zu Billy. Er wandte sich wieder an Clevenger und deutete mit einem Nicken auf den Umschlag in seiner Hand. »Lassen Sie mich wissen, wenn ich sonst noch etwas für Sie tun kann.«

»Um ehrlich zu sein, wenn Sie vielleicht ein paar Minuten Zeit hätten«, sagte Clevenger, »ich würde Sie gern in Bezug auf ein paar Dinge im Snow-Fall auf den neusten Stand bringen. Wir können auf dem Weg zu Ihrem Wagen reden.« Er sah Billys enttäuschtes Gesicht. Es war nicht seine Absicht gewesen, ihn auszuschließen. Und er wollte schon gar nicht den Eindruck erwecken, er versuche im Kampf um Hellers Aufmerksamkeit zu konkurrieren. Aber er wollte auch nicht in Billys Anwesenheit über Grace Baxters Tod reden. Er versuchte, die Situation zu retten. »Aber wahrscheinlich sind Sie genauso müde wie ich – also unterhalten wir uns vielleicht doch besser morgen früh.«

Billy stand von seinem Hocker auf. »Auf mich braucht ihr keine Rücksicht zu nehmen«, sagte er. »Ich muss mich jetzt sowieso in die Falle hauen.« Er trollte sich in sein Zimmer.

»Ich seh dich dann im General«, rief Heller ihm hinterher.

»Phett«, antwortete Billy.

Clevenger sah zu, wie er in seinem Zimmer verschwand.

»Gibt es was Neues in dem Fall?«, fragte Heller.

»Allerdings«, antwortete Clevenger. »Grace Baxter wurde heute Abend tot aufgefunden.«

»Grace Baxter ...«, sagte Heller gedehnt, während er versuchte, den Namen einzuordnen.

»Ihr Mann George Reese ist Präsident der Beacon Street Bank.«

»Snows Grace.«

Clevenger nickte. »Ich komme gerade von Reeses Haus in der Beacon Street.«

»Wie ist sie gestorben?«

»Ihre Pulsadern waren aufgeschnitten, und ihre Kehle war durchschnitten.«

»Sie hat Selbstmord begangen.« Er sah Clevenger forschend an, und seine Oberlippe verzog sich leicht. »Sie denken, sie hat Snow umgebracht? Was soll das sein, irgend so ein lächerlicher Mord-Selbstmord-Dreiecksverhältnis-Mist? Das hat mich meinen Patienten gekostet?«

»Ich weiß es nicht«, sagte Clevenger, wieder einmal verblüfft darüber, dass Heller alles durch das Prisma des Eigennutzes betrachtete. Dass Snow sein Leben gelassen hatte, schien für ihn nicht halb so wichtig wie die Tatsache, dass er seinen Star-Patienten verloren hatte. »Ich habe es nicht erwähnt, als wir uns heute Vormittag in Ihrem Büro unterhalten haben«, fuhr Clevenger fort, »aber Grace Baxter war meine Patientin. Eine neue Patientin. Ich hatte eine Sitzung mit ihr.«

»Sie haben sie behandelt?«

»Sie war heute Morgen für ihre erste Therapiestunde bei mir.«

»Das ist seltsam.«

»Sie hat den Termin wahrscheinlich abgemacht, weil sie depressiv war, nachdem Snow sie verlassen hatte.«

»Hat sie über die Affäre gesprochen?«

»Nein.«

»Sie hatte deswegen mit Selbstmord gedroht«, sagte Heller. »Ich glaube, das habe ich bereits bei unserem ersten Gespräch erwähnt.«

»Ich wünschte, ich hätte ihre psychiatrische Vorgeschichte gekannt«, brachte Clevenger gegen den erbitterten Widerstand seiner Schuldgefühle heraus. »Ich hätte sie eingehender danach befragen sollen.«

»Sie geben sich die Schuld an ihrem Tod«, stellte Heller fest. Er sah Clevenger in die Augen.

Was hatte Jet Heller an sich, dass er sofortige Kameradschaft, sofortiges Vertrauen weckte? War es seine eigene Bereitschaft, sich zu öffnen? Lag es daran, dass er sich nicht an strikte Grenzen hielt – dass er einfach zu einem spätabendlichen Besuch hereinschneite, dass er Billy in den OP einlud? Oder war es einfach seine Vertrautheit und Unerschrockenheit in allen Dingen, einschließlich Tod und Sterben. Konnte irgendetwas einen Mann erschüttern, der von Berufs wegen jeden Tag die Köpfe von Menschen öffnete? »Es gibt da Fragen, die ich nicht gestellt habe«, sagte Clevenger. Er ließ unerwähnt, dass er nicht überzeugt war, dass Baxter tatsächlich Selbstmord begangen hatte.

»Kommen Sie, Frank. Von Arzt zu Arzt. Sie denken, Sie wären für ihren Tod verantwortlich.«

Clevenger räusperte sich. »Sie hat ein Sicherheitsversprechen gegeben.«

Heller nickte. »Ich habe siebenundzwanzig Patienten auf dem Operationstisch verloren«, sagte er. »Wollen Sie wissen, bei wie vielen davon ich Mist gebaut habe?«

»Hören Sie, Sie müssen nicht …«

»Bei sechs. Möglicherweise sieben. Sie sind wegen meiner Unzulänglichkeiten als Heiler tot.«

Clevenger ertappte sich dabei, dass er alle Kraft aufwenden

musste, um Heller als Psychiater und nicht als seinem Patienten zuzuhören. »Und was bedeutet das für Sie?«, fragte er.

»Das bedeutet für mich, dass ich einen verdammt harten Job habe, den ich zufällig liebe, und es bedeutet für mich, dass ich auch nur ein Mensch bin, egal, was die Zeitungen behaupten. Wenn ich nicht mit meinen Schwächen fertig werden kann, dann habe ich nichts in einem OP, und schon gar nichts im Kopf eines anderen Menschen zu suchen.«

Clevenger schluckte schwer.

»Und wie steht es mit Ihnen, Frank? Sind Sie ein Mensch? Oder glauben Sie inzwischen selbst, was die Zeitungen über Sie schreiben – dass Sie jeden heilen, jeden Fall lösen können?« Er streckte die Hand aus und drückte Clevengers Arm.

Wenn man mit einem Vater aufwächst, der einem keinerlei Liebe zeigt, kann einen die freundschaftliche Berührung eines anderen Mannes erstarren oder dahinschmelzen lassen. Clevenger wandte den Kopf ab, während ihm Tränen in die Augen traten.

»Richtige Antwort, Bruder«, sagte Heller. »Ich bin ein halbes Dutzend Mal nach Hause gefahren und habe mich so gefühlt wie Sie jetzt, und ich werde noch ein Dutzend Mal mit diesem Gefühl nach Hause fahren, bis ich zu alt bin, um ein Skalpell zu halten.«

Clevenger atmete tief durch und sah ihn an. »Danke«, sagte er schlicht.

»Halten Sie mich auf dem Laufenden, sofern das nicht gegen die Regeln bei Ermittlungen verstößt«, bat Heller. »Und wenn Sie irgendwann denken, jemand anders als Snow selbst könnte für seinen Tod verantwortlich sein, und mehr Kohle brauchen, um den Mistkerl zur Strecke zu bringen, brauchen Sie es nur zu sagen. Wenn jemand Snow das Leben geraubt hat, dann hat er auch mich beraubt.«

»Ich lasse es Sie wissen, wenn sich etwas Wichtiges ergibt«, versprach Clevenger. Er musste sich ins Gedächtnis rufen, dass er Heller im Grunde überhaupt nicht kannte. »Alles, was nicht der Geheimhaltung unterliegt. Das verstehen Sie sicher.«

»Wir haben alle unseren Ehrenkodex«, sagte Heller. »Ich würde niemals verlangen, dass Sie den Ihren brechen.« Er deutete mit einem Nicken auf Billys Zimmer. »Nebenbei bemerkt, Ihr Junge wird sich schon zurechtwachsen. Er hat ein wirklich gutes Herz.« Er zuckte mit den Achseln. »Man kann nie wissen, unter all dem Haar und den Piercings könnte ein Neurochirurg stecken.«

»Man kann nie wissen.«

»Gute Nacht.«

»Gute Nacht.«

Heller drehte sich um und ging hinaus.

Clevenger ging zu Billys Zimmer. Die Tür war geschlossen. Kein Licht schien darunter hervor. Entweder schlief Billy, oder er tat so. Clevenger wäre am liebsten hineingegangen und hätte ihn geweckt, um einen überzeugenderen Versuch zu machen, an Billys Begeisterung über Heller und die Operation teilzuhaben. Doch er wusste, dass er nur das übliche »Später, okay? Ich bin erledigt« ernten würde.

Er ging zu seinem Schreibtisch vor der Fensterwand mit Ausblick auf die Tobin Bridge, setzte sich und öffnete den Umschlag, den Jet Heller ihm gegeben hatte. Er blätterte zur Anamnese, geschrieben von einem gewissen Dr. Jan Urkevic, und las den Abschnitt mit der Überschrift »Gegenwärtiger Krankheitsverlauf«.

> Dr. Snow, ein 54-jähriger, verheirateter Vater von zwei Kindern, der unter Epilepsie leidet, unterzieht sich der Begutachtung zur Feststellung seiner Zurechnungsfähigkeit im Vorfeld eines neurochirurgischen Eingriffs, der sehr ernste Risiken, einschließlich Blindheit und Sprachverlust, birgt. Er ist als freiwilliger Proband vorstellig geworden und erklärt,

dass er sich mit dem Ersuchen um dieses Gutachten den Wünschen von Familienmitgliedern – speziell seiner Frau – fügt. »Sie muss wissen, dass ich rational denke, dass ich bei der Entscheidung, der Operation zuzustimmen, Nutzen und Risiken abgewogen habe – selbst wenn sie mit meiner Entscheidung nicht übereinstimmt.«

Dr. Snow beschreibt den geplanten Eingriff als »experimentell«. Dr. J. T. Heller wird bestimmte Abschnitte seines Gehirns entfernen, in dem Bestreben, die Anfall-Foci zu beseitigen, die für Dr. Snows Epilepsie verantwortlich sind, eine Erkrankung, die er als »lebenslängliche Gefangenschaft in mir selbst« beschreibt. Er sagt aus: »Mein Gehirn ist kaputt. Es kommt zu Kurzschlüssen, wenn mein Verstand meine besten Ideen hervorbringt. Meine Nervenbahnen können nicht mit den elektrischen Impulsen fertig werden, die meine Vorstellungskraft erzeugt.«

Dr. Snow ist sich bewusst, dass es sich bei dieser Aussage um eine Metapher handelt, mit der er seinen Zustand beschreibt. Er ist sich vollends bewusst, dass die Entfernung der Anfall-Foci in seinem Gehirn – selbst wenn die Operation ihn von seiner Epilepsie heilt – möglichweise nicht in einer gesteigerten intellektuellen Funktionsfähigkeit resultiert. Er ist bereit, die Risiken der Operation (welche er akkurat auflistet) in Kauf zu nehmen, ungeachtet dessen, ob er in dieser Hinsicht einen Zugewinn erfährt.

Dr. Snow ist promovierter Luftfahrtingenieur und arbeitet als Erfinder in einem Unternehmen, dessen Mitgründer er ist (Snow-Coroway Engineering). Es gibt keine Anzeichen dafür, dass er außerstande wäre, Aufgaben auszuführen, die Erinnerungsvermögen, Konzentration oder rationale Entscheidungsfähigkeit verlangen.

Clevenger überflog die Seiten, bis er zu dem Abschnitt »Psychiatrische Krankengeschichte« kam, aus dem hervorging, dass Snow verneint hatte, in der Vergangenheit an irgendeiner psychiatrischen Erkrankung gelitten oder einen Psychiater konsultiert zu haben. Unter »Untersuchung des Geisteszustands« hatte Urkevic notiert, dass Snow bestritt, Selbstmord- oder Tötungsfantasien zu hegen oder an irgendwelchen Halluzinationen zu leiden. In seiner abschließenden Zusammenfassung erklärte er Snow für zurechnungsfähig, vorbehaltlich der Ergebnisse der psychodiagnostischen Untersuchung.

Clevenger überflog die Seiten, bis er einen »Psychologischen Untersuchungsbericht« von Dr. Kenneth Sklar fand. Das war der Teil von Snows Krankenakte, der den besten Einblick in seinen Intellekt und sein emotionales Innenleben bieten würde, einschließlich einer möglichen bewussten oder unbewussten Todessehnsucht. Die Bewertung beinhaltete eine Vielzahl von Verfahren, einschließlich Intelligenztests, Persönlichkeitserfassung und Tintenklecksen.

Clevenger begann zu lesen.

PSYCHODIAGNOSTISCHE VERFAHREN:

Gespräch
Rorschach-Test
Thematischer Apperzeptionstest (TAT)
Multidimensionaler Persönlichkeitstest (MMPI-2)
Hamburg-Wechsler-Intelligenztest-Revision für Erwachsene (HWI-R)
Bender-Gestalt-Test (BGT), inklusive Hintergrund-Interferenz-Verfahren (HIV)
Klinische Demenzskala-2

BEOBACHTUNGEN ZUM VERHALTEN:

Dr. Snow wurde für alle Verfahren in meinem Büro im Haus Ellison 7 im Massachusetts General Hospital vorstellig. Er ist ein hoch gewachsener, attraktiver Mann, der sich während unserer Treffen sehr umgänglich zeigte. Sein Gedankenfluss war normal, und er zeigte keinerlei Anzeichen von Beklommenheit (s. unten). Er erkundigte sich nach der rationalen Grundlage für jeden der durchgeführten Tests, doch nicht aggressiv. Er bewies eine Neigung, zu hinterfragen, ob sein Gutachter hinlängliche Erfahrung in der Psychodiagnostik besaß, einschließlich Fragen nach meiner Ausbildung und der Anzahl der Jahre, die ich bereits in meinem Beruf tätig bin. Davon einmal abgesehen, zeigte er sich willig und in jeder Hinsicht kooperativ.

TESTERGEBNISSE:

Die Ergebnisse von Dr. Snows HWI-R-Test zeigen einen außerordentlich intelligenten und intellektuellen Mann. Verbale und nonverbale Argumentation liegen im Hochbegabten-Bereich, mit einem Intelligenzquotienten von 165, der ihn am oberen Ende des Genie-Spektrums einordnet.

Der HWI-R hat außerdem die Fähigkeit zu sowohl faktenorientiertem wie auch abstraktem Denken gezeigt. D. h. sein technisches Know-how schränkt seine Kreativität nicht ein. Diese Dualität ist höchst ungewöhnlich und erklärt, wie Dr. Snow eine komplexe wissenschaftliche Disziplin meistern kann und zugleich in der Lage ist, jene Disziplin in neuer, »bahnbrechender« Weise anzuwenden.

Die Ergebnisse der Projektions- und Objekt-Beziehungstests (einschließlich MMPI) offenbarten jedoch gewisse Beschränkungen: Er zeigt eine starke Tendenz zu Selbstkritik und Kritik an anderen. Er beschäftigt sich weit mehr mit seinen Schwächen als mit seinen Stärken und ist gleichermaßen fixiert auf die Schwächen anderer. Er beschreibt viele der Charaktere in den ihm vorgestellten Geschichten als »defekt« oder »wertlos«. Menschen werden von ihm an idealisierten, statt realistischen Verhaltensmaßstäben gemessen. Intelligenz wird gepriesen, doch nur, wenn sie Genialität repräsentiert. Niedrigere Intelligenzniveaus werden verachtet. Ideale physischer Schönheit werden überbewertet. Physische Unzulänglichkeiten werden übertrieben gesehen.

Diese Themen wiederholten sich beim Rorschach-Test. Für Dr. Snow repräsentierten viele der Karten »Chaos« oder »einen Sturm«, was darauf hindeutet, dass symmetrische, doch zufällige Muster ihm Unbehagen bereiten. In Bezug auf eine der farbigsten Karten machte er die folgende Feststellung: »Vielleicht ein Garten. Nicht gut angelegt. Ein Durcheinander. Alles verläuft ineinander.«

Interessanterweise rief Unordnung bei Dr. Snow keine Beklemmung hervor, sondern eher ein gesteigertes Maß von Erregung, die an Verärgerung grenzte. Er verglich die Emotion mit der, die er während des Erfindens empfindet. Er erklärte, dass das Finden der richtigen Lösung für ein Problem das Verwerfen der falschen Lösungen voraussetzt, einschließlich jener, die im strikten Sinne korrekt, aber mittelmäßig sind. »Diese fehlerhaften Ideen«, sagte er, »machen mich wütend, so wütend, dass ich sie auslöschen möchte – besonders, wenn es meine eigenen sind.« Es ist ein Gefühl, das er genießt und das seiner Überzeugung nach in direkter Verbindung zu seiner Kreativität steht.

Diese Fixierung auf das Bedürfnis nach Perfektion und Ordnung kann Dr. Snow in grüblerisches, egozentrisches Denken stürzen. Von anderen Leuten erwartet er, dass sie »das Beste aus sich machen« und nicht zulassen, dass ihre Emotionen ihren Intellekt beherrschen. Wenn sie dies nicht tun, werden sie als »schwach« oder »kaputt« betrachtet, besonders, wenn ihr Verhalten ihm zusätzlichen Stress bereitet.

Dr. Snows Thematischer Apperzeptionstest bestätigt dies. Er entwickelte zum Beispiel folgende Erzählung als Reaktion auf das Bild eines kleinen Jungen, der nachdenklich eine Geige betrachtet:

Er denkt an Mendelssohn und was dieser mit seiner Geige geleistet hat, und fragt sich, ob er wohl ebenso gut spielen könnte. Es gibt immer Hoffnung. Vielleicht ist er begabt. Und es gibt keinen anderen Weg, das herauszufinden, außer zu spielen. Doch das verlangt großen Mut. Ich meine, wer wagt es, sich der Prüfung zu unterziehen, nur um festzustellen, dass er bloß das Zeug hat, in der Highschool-Band mitzuspielen?

Als ich diese elitäre Denkweise bewusst in Abrede stellte, rechtfertigte Dr. Snow seine Ansichten damit, dass sie nur die in der Gesellschaft vorherrschenden Einstellungen reflektieren würden, »selbst wenn niemand den Mumm hat, es zuzugeben«. In seinen eigenen Worten:

Warum werden im Fernsehen keine Freundschafts-Basketballspiele aus dem örtlichen Stadtpark übertragen? Weil es niemanden interessiert. Sie sind be-

deutungslos. Alles, was wirklich zählt, ist die NBA, und selbst da nur die Weltmeister, und selbst da nur der Superstar im Mittelpunkt der betreffenden Mannschaft. Das ist es, worauf jedes Freundschaftsmatch und Highschoolmatch und Collegematch in Amerika hinführt. Die ganze Energie wird bis hinauf in die oberste Spitze gesogen, wie bei einem Wurzelsystem, damit wir Zeuge eines Drei-Punkte-Wurfs in den letzten zwei Sekunden des Endspiels auf CBS werden und aufspringen und jubeln können, was eine Art der Anbetung ist – eine Verehrung von erhabener Größe, die ihrerseits nur ein Abglanz Gottes ist.

Dr. Snow legt die gleichen harten Maßstäbe an seine eigene Arbeit an. Er verachtet Gruppenleistungen, ist selbst sein unerbittlichster Kritiker und misst seine Leistungen an denen von Benjamin Franklin, Albert Einstein und Bill Gates.

ZUSAMMENFASSUNG:

Abschließend lässt sich feststellen, dass ein anders gearteter Mensch möglicherweise Dr. Snows Epilepsie tolerieren und die Risiken der Operation, die er akzeptiert, ablehnen würde. Er hat seine Anfälle immer als »eine unerträgliche Schwäche« betrachtet, ging sogar so weit, sie als »grotesk« zu bezeichnen. Doch diese harte Sicht seiner Pathologie ist nicht wahnhaft und dürfte keinen beeinträchtigenden Einfluss auf seine Fähigkeit haben, einer Operation zuzustimmen, deren Ziel die Heilung jener Pathologie ist.

Dr. Snows Intellekt, Erinnerungsvermögen und Konzentrationsfähigkeit sind intakt. Es gibt keine klaren Hinweise auf eine Denkstörung oder Psychose. Meiner Einschätzung nach ist er voll zurechnungsfähig.

Sollte Dr. Snow von Seiten der Ethikkommission die gewünschte Operation verweigert werden, befürchte ich, dass dies negative Auswirkungen auf seinen Geisteszustand haben könnte. Es besteht die Möglichkeit, dass er die Vorstellung, bis ans Ende seiner Tage an seiner Krankheit zu leiden, als zunehmend unzumutbar betrachten könnte.

Clevenger fiel es schwerer als je zuvor zu glauben, dass Snow tatsächlich den Mut verloren und am Morgen seiner Operation in einer Gasse Selbstmord begangen haben sollte. Weder Urkevic noch Sklar hatten Hinweise auf eine akute oder vergangene Depression entdeckt, die hätte erklären können, warum er suizidal geworden war. Er litt nicht unter Ängsten. Er besaß ein positives, vielleicht sogar übersteigertes Selbstbild, und sein Zorn richtete sich gegen seine eigenen Unzulänglichkeiten, derer er sich durch die Operation zum größten Teil zu entledigen hoffte. Er stand im Begriff, nicht nur die Teile seines Gehirns auszulöschen, die für seine Anfälle verantwortlich waren, sondern auch diejenigen seiner Erinnerungen, die für ein gut Teil seines Leidens verantwortlich waren, weil sie ihn an kaputte Beziehungen ketteten. Er musste euphorisch gewesen sein.

Das Telefon klingelte. Er ging ran. »Clevenger.«

»Wie geht's?«, erkundigte sich Mike Coady.

Clevenger hörte ehrliches Mitgefühl in Coadys Stimme mitschwingen. »Ich halte durch«, antwortete er.

»Gut, sehr gut.« Er machte eine kurze Pause. »Ich bin hier bei Jeremiah Wolfe im Leichenschauhaus. Er obduziert gerade Grace Baxter.«

»Und?«

»Sie hatte Essen im Magen. Sie hat eine Stunde vor ihrem Tod gegessen.«

Was nicht gerade zu einem hysterischen Selbstmord passte. Aber es sprach auch nicht völlig dagegen. Clevenger fragte sich, weshalb Coady wirklich angerufen hatte. »Sie hat also entschieden, eine Henkersmahlzeit zu sich zu nehmen«, sagte er. »Na und?«

»Ich bin sicher, das kommt vor.«

»Zweifellos.«

»Aber es ist trotzdem merkwürdig.«

Clevenger war nicht sicher, worauf Coady hinauswollte oder warum er es nicht rundheraus sagte. »Zugegeben, es ist merkwürdig.«

»Also hat Jeremiah ihren Mageninhalt genauer unter die Lupe genommen. Er hat ein Tablettenfragment gefunden und es anhand von einem der Fotos im Ärztehandbuch identifiziert.«

»*Die rote Liste*«, sagte Clevenger.

»Es stellte sich heraus, dass das Tablettenfragment augenscheinlich von einer Vitamintablette stammt – irgendwas namens Materna.«

Clevenger sank der Mut. »Das ist ein Schwangerschaftsvitamin«, sagte er leise.

Coady antwortete nicht gleich. »Die Ultraschalluntersuchung zeigt, dass sie, ähm ... Sie war im dritten Monat schwanger. Vielleicht etwas mehr.«

»Im dritten Monat«, wiederholte Clevenger.

»Also, nun ja, ich weiß nicht, vielleicht ist ja doch was dran an dem, was Sie gesagt haben. Ich bin kein Psychiater, aber ich glaube einfach nicht, dass eine Frau eine von diesen Tabletten schluckt, bevor sie sich umbringt. Und ich kenne die Statistiken nicht, aber ich würde nicht denken, dass überhaupt allzu viele Schwangere Selbstmord begehen.«

»Nein. Nein, tun sie nicht.«

»Weil sie sich auf die Geburt freuen und so. Stimmt's? Es geht nicht mehr allein um ihr Leben.«

Clevenger glaubte, Coadys Stimme zum Ende des Satzes hin brechen zu hören. Er wollte ihm Gelegenheit geben zu sagen, was er fühlte. »Ich glaube nicht, dass ich mich je an diese Arbeit gewöhnen werde«, sagte er.

Coady machte keinen Gebrauch von dem Angebot. »Anderseits gibt es einen Abschiedsbrief.«

»Ich würde gern eine Kopie davon haben.«

»Ich besorge Ihnen eine.« Er räusperte sich. »Ich habe keine handfesten Beweise, die George Reese mit dem Tod seiner Frau in Verbindung bringen«, erklärte er. »Und ich halte es noch immer für ziemlich weit hergeholt, ihm gleich einen Doppelmord innerhalb von zwölf Stunden zur Last zu legen. Das wäre ein unglaublich dummer Plan, und er ist kein Dummkopf. Für mich war Snow weiterhin allein in jener Gasse.«

Clevenger wollte jetzt nicht darüber streiten. »George Reese ist nicht der Einzige, der über die Affäre erzürnt gewesen sein könnte«, gab er zu bedenken. »Ich habe noch mit niemandem von Snows Familie gesprochen.«

»Wann werden Sie das machen?«

»Wenn es nach mir geht, morgen.«

»Ich werde es arrangieren. Reese kann ich jederzeit zur Befragung herholen. Aber je mehr wir aus anderen Quellen über die Beziehung seiner Frau mit John Snow erfahren, desto besser.«

»Klingt, als wären wir da auf der gleichen Wellenlänge«, bemerkte Clevenger.

Coady nahm auch dieses Versöhnungsangebot nicht an. »Eine Sache noch«, sagte er. »Nachdem Sie gegangen waren, hat Reese eine Drohung ausgesprochen.«

»Was für eine Drohung?«

»Er hat gesagt, dass Sie derjenige sein sollten, den man ins Leichenschauhaus bringt, nicht seine Frau.«

»Danke für die Warnung.«

»Ich kann Ihnen auf Grundlage dieser Drohung Polizeischutz anbieten«, sagte Coady. »Er ist ein Mann, der über Mittel und Wege verfügt.«

»Nein, vielen Dank«, erwiderte Clevenger.

»Ich hatte auch nicht erwartet, dass Sie mein Angebot annehmen.« Er verstummte kurz gedankenverloren. »Mit drei, dreieinhalb Monaten kann man ein Baby nicht retten, stimmt's? Selbst mit vier nicht.«

Clevenger schloss die Augen. Er begriff, dass Coady sich fragte, ob er Graces Baby hätte retten können. Es war ein irrationaler Gedanke – er hatte zu dem Zeitpunkt noch nicht einmal gewusst, dass sie schwanger war –, aber es waren gerade die irrationalen Gedanken, die die Macht hatten, einem Löcher in die Seele zu brennen. »Nein«, versicherte Clevenger. »Das Baby hätte nicht überleben können.« Er wusste, dass Coady etwas noch Nachdrücklicheres brauchen würde als Rüstzeug, wenn die Zweifel tief in der Nacht zurückkehrten – vielleicht nicht in dieser Nacht, vielleicht in sechs Wochen oder sechs Jahren. »Keine Chance«, erklärte er. »Absolut null.«

»Natürlich nicht«, sagte Coady, und es schwang Erleichterung in seiner Stimme mit. Er räusperte sich. »Wir reden morgen weiter.«

8

13. Januar 2005

Clevenger erhielt kurz nach 7 Uhr früh einen Anruf von Mike Coady, der ihm mitteilte, dass er um 10 Uhr einen Termin mit der Snow-Familie bei ihnen zu Hause in der Brattle Street, in Cambridge, habe. Bevor er sich auf den Weg dorthin machte, legte Clevenger einen Zwischenstopp am Polizeipräsidium ein und holte den Umschlag ab, den Coady für ihn hinterlegt hatte. Darin waren eine Kopie von Snows Tagebuch sowie fünf Floppydisks mit den Dateien, die auf Snows Laptop gefunden worden waren.

Er erreichte den Harvard Square um 9 Uhr 35 und parkte in der Massachusetts Avenue, eine halbe Meile von Snows Haus entfernt. Er öffnete den Umschlag und holte die gut hundert Seiten heraus. Das Erste, was ihm ins Auge fiel, war die Überschrift auf der ersten Seite: Renaissance, das französische Wort für Wiedergeburt. Das Zweite war Snows Handschrift: Die Druckbuchstaben waren so klein, dass sie kaum zu entziffern waren. Es mussten an die tausend Worte pro Seite sein. Einige waren eingekreist, andere eingerahmt, wieder andere unterstrichen. Sätze wuchsen über den Text hinaus, kletterten zum oberen Seitenrand hinauf, drehten sich auf den Rücken und zogen sich am oberen Rand entlang, um schließlich an der anderen Seite wieder hinabzuwandern, als ob Snows Gedanken durch nichts aufzuhalten gewesen wären.

Clevenger überflog die Seiten, sah, dass der Text immer wieder von schematischen Skizzen und mathematischen Berechnungen unterbrochen war.

Dann bemerkte Clevenger noch etwas: Es gab keine Fehler – kein einziges Wort war durchgestrichen oder überschrieben worden. Jeder einzelne winzige Buchstabe war makellos. Inmitten des augenscheinlichen Chaos herrschte vollkommene Ordnung, wie bei einem Puzzle mit einhunderttausend Teilen, die sich zusammenfügen und ein perfektes Labyrinth bilden.

Er fing an zu lesen, hielt die Seite manchmal seitlich oder kopfüber, um dem Text zu folgen.

RENAISSANCE

Wir existieren in unseren Körpern, doch unabhängig von ihnen.

Juristisch ist es einem Menschen, so er bei klarem Verstand ist, gestattet, seinen Körper sterben zu lassen, in Übereinstimmung mit seinen religiösen Überzeugungen alle medizinischen Maßnahmen abzulehnen, die ihn am Leben erhalten würden. Denn die Religion der betreffenden Person besteht darauf, dass *das Überleben der Seele allem anderen übergeordnet ist*.

Wir existieren in unseren Körpern, doch unabhängig von ihnen.

Ein Fötus lebt in einer Frau. Doch das Gesetz erlaubt dieser Frau zu *entscheiden*, diesen Teil ihrer Biologie zu entfernen, wenn er *unvereinbar mit ihrer Lebensgeschichte* ist.

Die nächste Stufe. Was, wenn die Seele, die dem Körper eines Menschen innewohnt, sich *jener speziellen Biologie* entledigen möchte, *die ihn an alle Beziehungen der Vergangenheit kettet*? Denn Biologie und nichts weiter ist dafür verantwortlich, Neuronennester im Gyrus cinguli, dem Temporallappen und dem Hippocampus. Was, wenn die dort gespeicherten Erinnerungen nicht länger mit seinem Selbstbild übereinstimmen? Was, wenn er dies spirituell mit der gleichen Inbrunst wüsste, mit der eine Frau wissen kann, dass *sie unvereinbar ist* mit dem Leben, das sich in ihrem Mutterleib regt?

Der Mann weiß, dass seine Seele sich noch immer in ungeahnte Höhen aufschwingen könnte, wenn sie nicht an die Vergangenheit gekettet wäre. Er leidet furchtbar in dieser Knechtschaft, denn er ist außerstande, der Richtung seiner Träume zu folgen. Warum verdient dieser Mann weniger Rücksichtnahme als die anderen? Warum soll seine Seele nicht freigesetzt werden? Warum soll seine Seele im Gleichschritt mit seinem Körper altern und sterben, wenn er in Wahrheit durch die simple Entfernung der betreffenden Hindernisse im Nervensystem wieder geboren werden kann?

Ich bin dieser Mann, erstickt von Fesseln, die mich an eine lieblose Ehe binden, an Kinder, denen ich kein Vater bin, an Freunde und einen Geschäftspartner, die dies nur dem Namen nach sind. Ich möchte von ihnen allen frei sein.

Meine Lebensgeschichte ist falsch gelaufen, und ich sehne mich danach, eine andere zu schreiben.

Sollen sie ihr Leben leben, und ich lebe das meine. Doch lasst mich wirklich neu beginnen, unbelastet von der leisesten Erinnerung an sie. Denn sie haben kein Recht, Anspruch auf mich zu erheben.

Der Mann, den sie kennen, wird tot sein.

Und ich werde wieder geboren werden.

Das medizinische Wissen, um diese persönliche Wiedergeburt zu erreichen, ist verfügbar. Habe ich das Recht, es zu nutzen? Ist es normal, mich von der Vergangenheit abzutrennen, einen Schlussstrich unter meine derzeitige Lebensgeschichte zu ziehen, um eine andere zu beginnen?

An dieser Stelle hatte Snow mit dem Schreiben aufgehört und die folgenden Seiten stattdessen mit Zeichnungen und Berechnungen angefüllt. Die Zeichnungen waren dreidimensional und sehr detailliert und stellten einen Zylinder in verschiedenen Positionen dar – liegend, in einem Dreißig-Grad-Winkel, in einem Fünfundvierzig-Grad-Winkel, aufrecht. Bei einer Skizze hatte Snow Pfeile eingezeichnet, um anzudeuten, dass der Zylinder sich gegen den Uhrzeigersinn drehte, bei einer anderen im Uhrzeigersinn. Bei wieder einer anderen drehte er sich kopfüber.

Die Berechnungen sahen wie die komplexen Lösungen von physikalischen Gleichungen aus. Darunter hatte Snow geschrieben: »Für jede Aktion gibt es eine UNGLEICHARTIGE und entgegengesetzte Reaktion.«

Clevenger blätterte um und erstarrte. Etwa auf halber Höhe auf der rechten Seite, umgeben von Berechnungen, war die fünf mal fünf Zentimeter große Zeichnung des Kopfes und der Schultern einer Frau – Grace Baxters. Snow hatte offensichtlich lange daran gearbeitet, hatte sich die Mühe gemacht, ihr Haar, ihre Augen, ihre Lippen zu schattieren, die Feinheiten ihrer Schönheit einzufangen.

Das Porträt war erfüllt von all der Passion, die nicht nur Snows Skizzen und Berechnungen, sondern auch seine geschriebenen Worte vermissen ließen. Es ließ große Leidenschaft erkennen.

Clevenger blätterte Seite um Seite um – noch mehr Zylinder und Zahlen, noch mehr philosophische Betrachtungen.

Er sah auf die Uhr. 9 Uhr 47. Er ließ den Motor an, fuhr zur Brattle Street und hielt vor Nummer 119, einer majestätischen Backsteinvilla im Kolonialstil auf einem Grundstück von einem Viertel Hektar, hinter einer fünfzig Meter langen Steinmauer und einer halbrunden Auffahrt, auf die mächtige Eichen ihre Schatten warfen. Das Anwesen musste mindestens fünf Millionen Dollar wert sein. Ein Mercedes, ein Land Cruiser und drei Streifenwagen parkten davor.

Clevenger stieg aus und ging zur Haustür. Ein Cop namens Bob Fabrizio stieg aus seinem Streifenwagen und kam auf ihn zu. Clevenger kannte ihn von einem anderen Fall, an dem er in Cambridge gearbeitet hatte – ein Harvard-Professor, der seine Frau ermordet hatte. »Das nenne ich Polizeipräsenz«, bemerkte Clevenger.

»Bezahlter Überwachungsdienst«, erwiderte Fabrizio. »Die Witwe fühlt sich bedroht.«

»Genug, um drei Streifenwagen anzufordern.«

»Vier. Wir hatten nur drei verfügbar.«

»Ich schätze, man kann es ihr nicht verdenken«, sagte Clevenger. »Ihr Mann wurde vor dreißig Stunden erschossen.«

»He, gegen die Extraarbeit hab ich nichts einzuwenden«, sagte Fabrizio. »Aber es verleiht der ganzen Sache ein gewisses O. J. Simpson-Flair, wenn Sie mich fragen.«

»Soll heißen?«

»Vier Streifenwagen? Was denkt sie denn, wer es auf sie abgesehen hat, der verdammte Mossad? Sie fanden es ja selbst merkwürdig. Vielleicht ist das hier alles nur Schau. Vielleicht will sie verängstigt *aussehen*, damit niemand sie zu genau unter die Lupe nimmt – oder ihren Sohn.«

»Ist er Ihnen bekannt?«

»Mir und jedem anderen Cop in Cambridge. Zwei Festnahmen wegen Kokain-Besitz. Eine Festnahme, Körperverletzung. Eine für groben Unfug. Hat mit einer Bombendrohung bei seinem Internat in Connecticut angerufen. Er hatte irgend so einen selbst gebastelten Sprengsatz bei sich, mit dem er nicht mal ein Kaminfeuer hätte anzünden können. Alle Anklagen hat man entweder fallen lassen, oder sie sind im Sande verlaufen. Clevere Anwälte. Im Grunde ist er nichts weiter als ein Hitzkopf, aber man kann ja nie wissen. Ich meine, entweder hat dieser Snow sich selbst umgebracht, oder er wurde von jemandem mit Zugang zu seiner Waffe ermordet. Wie auch immer, mein Instinkt sagt mir, die Suche sollte in diesem Haus anfangen.«

»Danke für die Konsultation.«

»War gratis. He, wie läuft's mit Billy?«

»Gut«, sagte Clevenger, etwas verblüfft von Fabrizios Interesse. Manchmal vergaß er, dass Billy durch den Mordfall auf Nantucket, der seine kleine Schwester das Leben gekostet hatte, berühmt geworden war. Sobald sein Name rein gewaschen war, hatte praktisch jede überregionale Zeitung und Zeitschrift einen Artikel über ihn gebracht. Und als Clevenger ihn adoptierte, hatte die Sensationslust der Presse kein Halten mehr gekannt.

»Freut mich zu hören«, sagte Fabrizio. »Wir drücken ihm alle die Daumen.« Er ging wieder zu seinem Streifenwagen zurück.

Clevenger trat vor die Haustür und klingelte. Es dauerte eine Weile, doch schließlich machte eine sehr hübsche junge Frau mit langen brünetten Haaren und dunkelbraunen Augen auf. Sie trug einen eng anliegenden schwarzen Pullover mit V-Ausschnitt und noch engere Levis. Sie musste so um die zweiundzwanzig, dreiundzwanzig sein. »Sind Sie von der Polizei?«, fragte sie.

»Ja, stimmt«, antwortete er und streckte ihr die Hand hin. »Frank Clevenger.«

Sie schüttelte halbherzig seine Hand und ließ schnell wieder los. »Mum wartet im Wohnzimmer auf Sie.«

War sie wirklich erst achtzehn?, ging es ihm durch den Sinn. »Sind Sie John Snows Tochter?«

»Lindsey.«

»Mein herzliches Beileid.«

Tränen schossen ihr in die Augen. »Danke«, sagte sie, doch

es war kaum mehr als ein Flüstern. Sie trat beiseite. »Geradeaus.«

Clevenger ging über einen Orientläufer, der ihn an einer gedrechselten Treppe vorbei und durch eine Diele mit halbhoher weißer Holzverkleidung und einer breit gestreiften Tapete in Dunkelgrün- und Olivtönen führte. Antike architektonische Zeichnungen von Cambridger Wahrzeichen hingen an den Wänden – wahrscheinlich ausgesucht von Snows Frau, der Architektin in der Familie. Die Diele endete am Wohnzimmer, das auf beiden Seiten von einen Meter achtzig hohen Kaminen flankiert wurde, deren Kalksteinsimse von gemeißelten Engeln mit Trompeten getragen wurden. Darüber hingen zwei erlesene Ölgemälde. Und darüber wurde die Decke von gut dreißig Zentimeter breiten, reich mit geschnitztem Eichenlaub und Eicheln verzierten Deckenleisten gesäumt.

Der Raum war so imposant, dass Clevenger einen Moment brauchte, bevor er die schlanke, knapp einen Meter sechzig große Frau bemerkte, die an einem Bogenfenster stand und auf den eisverkrusteten Garten hinabstarrte, der in der Vormittagssonne glitzerte. Sie trug eine graue Flanellhose und einen schlichten hellblauen Pullover, so dass sie sich beinahe vor der graublau gestreiften Tapete verlor. »Entschuldigen Sie bitte«, sagte er.

Sie drehte sich um. »Tut mir Leid. Ich hatte Sie nicht gehört. Bitte, kommen Sie herein.« Sie deutete auf ein Paar Zweisitzersofas in der Mitte des Zimmers.

Sie trafen sich bei den Sofas. »Frank Clevenger«, stellte er sich vor und streckte ihr die Hand hin.

»Theresa Snow.« Sie schüttelte steif seine Hand, dann erschlafften ihre Finger, und sie ließ los. Sie sah elegant aus, wenngleich nicht schön. Ihre Augen hatte die gleiche hellblaue Farbe wie ihr Pullover, ihr Haar war vorzeitig ergraut und reichte knapp bis auf ihre Schultern. Ihr Gesicht – ihre Wangenknochen und ihr Kinn – hatte etwas Kantiges, was sie aussehen ließ, als würde sie sich angestrengt konzentrieren. Sie lächelte kurz, aber das machte ihre Züge nicht weicher. Sie setzte sich.

Er nahm ihr gegenüber Platz.

»Detective Coady hat mir gesagt, dass Sie bei den Ermittlungen helfen«, sagte sie.

»Das stimmt«, bestätigte Clevenger.

»Danke. Das bedeutet uns mehr, als Sie ahnen können.« Sie faltete die Hände unter dem Kinn, als würde sie beten.

»Ich muss so viel wie möglich über Ihren Mann erfahren«, begann Clevenger. »Ich muss ihn verstehen, um zu verstehen, was passiert ist.«

»Sie meinen, ob er Selbstmord begangen hat«, sagte sie. Sie seufzte tief.

»Das auch.«

»Detective Coady hat bereits davon gesprochen.« Sie beugte sich vor und legte die Hände auf ihr Knie. »Sie müssen mir glauben: Mein Mann hätte niemals Selbstmord begangen.«

Clevenger fiel auf, dass sie als einzigen Schmuck einen schlichten Solitär-Diamanten und einen schmalen Ehering trug. »Warum sagen Sie das?«, fragte er.

»Weil er ein Narziss war.«

Das war kein Kompliment, aber Snows Frau klang nicht verbittert. Sie klang so, als würde sie eine Tatsache feststellen – ihr Mann liebte sich selbst über alles. »Interessierte er sich nicht für andere Menschen?«, fragte Clevenger.

»Nur insofern sie seine Ansichten über sich und seine Umwelt bestätigten. Er hat Menschen als Spiegel benutzt, um sein Selbstbild in ihnen reflektiert zu sehen.«

»Und wie sah dieses Selbstbild aus?«, fragte Clevenger und warf einen Blick auf das Ölgemälde, das hinter Theresa Snow über dem Kaminsims hing. Es war die Silhouette einer nackten Frau, die in der Abenddämmerung hinter einer Spitzengardine stand und auf eine von Laternenlicht beleuchtete Bostoner Straße schaute. Etwas daran kam ihm vertraut vor, so als hätte er das Bild schon mal gesehen, vielleicht in einem Buch.

»Dass er unfehlbar war, allmächtig«, sagte Mrs. Snow. Sie lehnte sich wieder auf dem Sofa zurück. »Er fehlt mir schrecklich. Ich weiß nicht, wie es ohne ihn weitergehen soll. Aber ich möchte unser gemeinsames Leben nicht schönreden. Er war ein schwieriger Mann.«

»Was wird Ihnen fehlen?«

»Sein Selbstvertrauen. Seine Kreativität. Er war brillant. Wirklich brillant. Wenn man einmal einem solch überragenden Verstand nah war, fällt es einem sehr schwer, sich mit anderer Gesellschaft zu begnügen. Mir zumindest.«

Nicht nur, dass Clevenger keine Verbitterung aus Theresa Snows Worten und Tonfall heraushören konnte, er konnte auch nur sehr wenig Trauer heraushören. Sie klang wie eine Nachrichtensprecherin, die einen Nachruf auf einen berühmten Politiker vortrug, über den sie zwei Jahrzehnte lang berichtet hatte. »Selbstbesessene Menschen sind nicht immun gegen Selbstmordabsichten«, sagte Clevenger. »Manchmal können sie die Kluft zwischen dem Bild, das sie von sich selbst haben, und dem Bild, das die Welt von ihnen hat, nicht ertragen.«

»Das mag auf jemanden zutreffen, der sich um die Welt um ihn herum schert«, entgegnete sie. »Aber John hat niemandem diese Macht über sich gegeben. Er hat sich nie gefragt, ob seine Ansichten und Gefühle in Bezug auf sich oder irgendjemand anders gerechtfertigt waren. Vielleicht habe ich ihn deshalb nie depressiv erlebt. Er war immer überzeugt, dass die Probleme in seinem Leben außerhalb von ihm ihren Ursprung hatten, nie in ihm.«

»Wurde er schnell wütend?«

»Er war leicht reizbar.«

»Wie hat sich das ausgedrückt?«, fragte er. Er blickte abermals auf das Gemälde.

»Indem er Menschen das Gefühl gab, tot zu sein«, antwortete sie.

»Wie bitte?«, fragte Clevenger und sah sie an.

»Wenn Sie nicht Johns Vision der Realität entsprachen, hat er Sie schlicht so behandelt, als ob *Sie* nicht real wären. Es gab Zeiten, als wir noch frisch verheiratet waren, da haben wir uns manchmal gestritten – über ganz unbedeutende Dinge –, und dann hat er wochenlang nicht mit mir gesprochen. Er hatte die Fähigkeit, so zu tun, als ob sein Gegenüber sich in Luft aufgelöst hätte.«

Was, genau betrachtet, das war, was John Snow in Bezug auf alle Menschen in seinem Leben vorhatte – mit Hilfe von Jet Hellers Skalpell. Clevenger brauchte Theresa Snow nicht zu fragen, warum sie über zwanzig Jahre mit einem so selbstbesessenen Mann verheiratet geblieben war: Die einzig überzeugende Antwort war, dass sie psychologisch zu keiner tiefer gehenden Beziehung fähig war. Das Leben mit Snow hatte ihr das ganze Drum und Dran von Familie gegeben, einschließlich eines luxuriösen Heims und Kindern, aber dafür musste sie in Kauf nehmen, auf der Gefühlsebene nichts zu bekommen. Ein solcher Kuhhandel kann erfolgreich eine Ehe zwischen zwei emotional gestörten Menschen tragen, er kann aber auch zum Nährboden von Problemen werden: Wenn Theresa Snow zu der Überzeugung gelangt war, dass ihr Mann mit jemand anders echte Intimität gefunden und so gegen ihren Kodex gemeinsamer Isolation verstoßen hatte, könnte sie Angst bekommen haben, dass nur sie als gebrochene Seele gebrandmarkt wäre und allein in ihrer Einsamkeit zurückbleiben würde. Und darüber hätte sie sehr zornig werden können.

Clevenger fragte sich, wie gut, falls überhaupt, Snows Frau über Grace Baxter Bescheid wusste. Und diese Frage ließ ihn erkennen, warum ihm das Gemälde über dem Kaminsims so vertraut vorgekommen war. Es erinnerte ihn an Grace. Aber nicht als Tote. Sondern so wie auf der Zeichnung, die er in

John Snows Tagebuch gesehen hatte. Snow hatte Graces Kopf und Schultern aus genau derselben Perspektive gezeichnet. Er war unverfroren genug gewesen, ihr Porträt in seinem Heim aufzuhängen.

»Gefällt es Ihnen?«, fragte Theresa Snow.

»Wie bitte?«

»Das Gemälde«, sagte sie. »Sie scheinen sehr davon beeindruckt.«

»Es ist ein erlesenes Werk.«

»John hat sie gefunden.« Sie sah über die Schulter auf das Porträt. »Sie ist wunderschön, nicht wahr?«

Stellte sie sich nur dumm und spielte eigentlich auf Grace an, fragte Clevenger sich.

»Der Künstler stammt aus dieser Gegend«, fuhr Theresa Snow fort. »Ron Kullaway.« Sie deutete mit einer Kopfbewegung über Clevengers Schulter. »Das ist auch von ihm.«

Clevenger sah hinter sich, auf das Gemälde über dem anderen Kaminsims, eine Winteransicht der öffentlichen Eisbahn im Public Garden, überfüllt mit Schlittschuhläufern. »Bemerkenswert.« Er drehte sich wieder um.

»John hat sich nie sehr für Kunst interessiert, bis vor kurzem. Er hat sich sehr schnell zu einem großen Kenner entwickelt. Er hat mehrere bedeutende Werke angekauft.«

»Das muss schön für Sie beide gewesen sein«, sagte Clevenger, doch er hörte selbst, wie hohl seine Worte klangen.

»Ich glaube, John hat es viel Freude bereitet«, erklärte Theresa Snow tonlos. »Ich habe seine Leidenschaft nie ganz nachvollziehen können.«

Clevenger wollte Theresa Snow eine Brücke bauen, damit sie ihm gestehen konnte, dass sie über Grace Baxter Bescheid wusste – falls das so war. »Ihrer Ansicht nach war er also ein guter Ehemann, trotz seines Narzissmus?«, fragte er.

Sie starrte Clevenger lange mit ausdruckslosem Gesicht an. »Er war *mein* Mann«, sagte sie schließlich. »Er war nicht so perfekt, wie er glaubte. Aber ich habe ihm seine Fehler verziehen. Ich habe nicht von ihm erwartet, normal zu sein. Er war außergewöhnlich.«

Das beantwortete Clevengers Frage nicht. »Ich hatte mich nur gefragt, ob Sie beide sich verstanden haben«, hakte er nach. »Am Morgen der Operation hat ihn sein Chauffeur zum Krankenhaus gefahren.«

»Und?«

»Ich habe mich gefragt, warum.«

Zum ersten Mal schien Theresa Snow ein wenig verärgert. »Sie fragen sich das, weil Sie innerhalb Ihres eigenen Bezugsrahmens denken«, sagte sie. »Sie glauben, wenn ein Mensch den Gefahren einer Operation entgegensieht, sollte seine Familie an seiner Seite sein – wortwörtlich. Die meisten Menschen teilen diese Sichtweise. Auch ich. John dagegen hielt sich für unverwundbar. Er hätte niemals zugelassen, dass ich oder die Kinder ihn in einem Moment der Schwäche oder Angst sahen, ob vor oder nach der Operation. Der Beistand, den wir ihm leisten konnten, war, ihn in Frieden zu lassen. Er hat mir gesagt, dass Pavel ihn fahren würde, und ich kannte ihn zu gut, um mich seinen Wünschen zu widersetzen.«

»Sonst hätte er so getan, als würden Sie nicht existieren?«

»Ich war zufrieden damit, ihm einen Abschiedskuss zu geben und ihm alles Gute zu wünschen.«

»Sie haben den Mann, mit dem Sie verheiratet waren, sehr gut verstanden.«

»Ich bin nicht sicher, ob irgendjemand ihn verstanden hat. Ich habe ihm seine Unzulänglichkeiten nachgesehen. Das mag selbstsüchtig von meiner Seite aus gewesen sein.«

»Warum sagen Sie das?«, wollte Clevenger wissen.

»Ich habe ein Genie geheiratet. Ich habe es nie bereut. Was John an zwischenmenschlichen Fähigkeiten fehlte, machte er mit seinen intellektuellen Fähigkeiten mehr als wett. Manchmal war seine Intelligenz buchstäblich beängstigend. Es war atemberaubend, ihr nah zu sein. Ich kann es nicht richtig beschreiben. Ich schätze, es ist ein wenig so, als würde man einer Naturgewalt gegenüberstehen. Einem Sonnenaufgang. Einem Sturm. So als würde man an einem Strand leben, gänzlich in den Bann geschlagen von den Wellen, die ohne Vorwarnung die Fundamente Ihres Hauses fortspülen können. Aber für meine Tochter war das nicht zu akzeptieren, und trotzdem musste sie mit unter unserem Dach leben. Ich glaube, das hat es ihr sehr schwer gemacht.«

»In welcher Hinsicht?«

»Der beständige Druck, perfekt zu sein«, sagte Snow. »Sie kann sich glücklich schätzen. Sie ist wunderschön, und sie besitzt einen Verstand, der dem ihres Vaters beinahe ebenbürtig ist – wenn sie sich dazu herablässt, ihn zu benutzen. Er hat sie vergöttert. Aber ich glaube, das ständige Bemühen, ihm zu gefallen, war eine große Last für sie. In jüngster Zeit hat sie sich nicht mehr ganz so bemüht, und die Dinge liefen weniger gut.«

»Was hatte sich geändert?«

»Ich glaube, sie war abgelenkt, im besten Sinne des Wortes. Sie hat sich ganz aufs Lernen konzentriert.« Sie lächelte, beinahe verlegen. »Und ich habe das Gefühl, dass sie endlich angefangen hat, sich für das andere Geschlecht zu interessieren.« Das Lächeln erlosch. »Früher waren sie und John unzertrennlich, so als wäre sie sein Schatten. Sie machte ihre Hausaufgaben in seinem Arbeitszimmer hier im Haus, während er seine eigenen Arbeiten erledigt hat. Sie hat ihn mehrmals täglich bei Snow-Coroway angerufen, um ihm zu erzählen, was sie gerade tat. All das hat aufgehört.«

»Und was ist mit Ihrem Sohn? Wie war das Zusammenleben mit Ihrem Mann für ihn?«

»Bei ihm ist es eine gänzlich andere Geschichte.« Ihr Gesicht verriet eine Mischung aus Traurigkeit und Frustration. Sie seufzte. »Kyle ist es nie gelungen, die Liebe seines Vaters zu gewinnen, so sehr er sich auch bemüht hat.«

»Und warum das?«

»Er hat … eine Lernschwäche.«

Es schien ihr zu widerstreben, die Dinge beim Namen zu nennen. »Legasthenie?«

»Das, und Probleme mit der Konzentration.«

»Wie hat sich das auf seine Beziehung zu Ihrem Mann ausgewirkt?«, fragte Clevenger. Er kannte die Antwort bereits von den psychodiagnostischen Tests in Snows Krankenakte. Snows Besessenheit von Schönheit, Stärke und Intelligenz ließ nicht viel Raum für ein Kind mit »Lernschwäche«.

»John betrachtete Kyle als defekt. Als Säugling und als Kleinkind war er ganz vernarrt in ihn. Kyle war ein absolut wonniges Kind. Aber als offensichtlich wurde, dass er anders war … Zuerst setzte John alle Hebel in Bewegung, um eine Lösung zu finden – um ihn zu reparieren. Mass General. Johns Hopkins. Er ist sogar mit ihm nach London gereist, für ein Programm, das computer-unterstütztes Lernen einsetzt. Als er feststellte, dass er ihn nicht normal machen konnte, begann er, ihn zu meiden.«

»Wie hat er das angestellt?«

»Er hat Kyle schon sehr früh auf Sonderschulen geschickt. Die erste war in Portsmouth, New Hampshire. Da war er sieben. Das bedeutete einen langen Tag für ihn, denn es kam ja immer noch die Fahrt dazu. Er verließ das Haus um sieben Uhr in der Früh und kam um sieben Uhr abends heim, manchmal sogar noch später. Von der sechsten Klasse an ging er auf ein Internat in Connecticut. Er lebt erst seit seinem Highschoolabschluss im Juni wieder ständig bei uns.«

Clevenger nickte. »Hatten Sie keine Einwände gegen die Schulwahl?«

»Mir hat die Idee nicht gefallen«, gestand sie. »Aber ich dachte – denke noch immer –, dass es für ihn besser war als die Alternative: Es hätte ihn völlig zerstört, wenn er mehr Zeit hier verbracht hätte und von John ignoriert worden wäre.«

»Hätte Ihr Mann nicht mit der Zeit gelernt, ihn mehr zu akzeptieren?«

»John nicht. Nein.«

Es sah nicht so aus, als ob Theresa Snow sich je gegen ihren Mann aufgelehnt hätte, selbst als er ihren lernschwachen Sohn für ein Jahrzehnt auf ein privates Internat außerhalb des Bundesstaates verbannte. Doch Clevenger wusste, dass sie ihm zumindest einmal die Stirn geboten und ihn gezwungen hatte, sich im Vorfeld der Operation einem Gutachten über seine Zurechnungsfähigkeit zu unterziehen. War das geschehen, weil sie wusste, dass es ihre letzte Chance war, ihn in ihrem Leben zu halten? Wusste sie, dass er im Begriff stand, sie zu verlassen? »Sind Sie dann nicht ein großes Risiko eingegangen, als Sie ihn gezwungen haben, sich einem psychiatrischen Gutachten zu unterziehen?«, fragte er. »Das muss ein schwerer Angriff auf sein Selbstbild gewesen sein. Er hätte sich gänzlich von Ihnen abwenden können.«

»Sie haben mit Dr. Heller gesprochen«, sagte sie. »Haben Sie Johns Krankenakte gesehen?«

»Ja«, sagte Clevenger.

Sie nickte. »Ihn zu dem Gutachten zu zwingen barg dieses Risiko«, sagte sie. »Ich war mir bewusst, dass er möglicherweise nie wieder mit mir sprechen würde. Doch ich musste wissen, ob er noch rational denken konnte. Er setzte sein Seh- und sein Sprachvermögen aufs Spiel. Und er hatte sich merkwürdig benommen, noch bevor er sich für die Operation entschieden hatte – beinahe euphorisch. Das war über Monate immer stärker geworden.« Sie zuckte mit den Achseln. »John hat sich nicht sonderlich gegen das Gutachten gewehrt. Ich bin überzeugt, dass er von Anfang an wusste, dass die Untersuchung feststellen würde, dass er bei klarem Verstand war. Wenn sie das nicht getan hätte, hätte ich vielleicht nie wieder von ihm gehört. John war immer ein großmütiger Sieger, aber kein guter Verlierer.«

»Es muss hart gewesen sein, einen Mann wie ihn zu lieben.«

»Nein«, entgegnete sie ohne Zögern. »Es war leicht, ihn zu lieben. Ich habe ihn verstanden. Er brauchte all seine Toleranz für Schwäche für eine Sache auf: seine Anfälle. Er konnte sie nur mit Mühe ertragen. Jeder Mangel an Ordnung war ihm ein Greuel. Das ist ein weiterer Grund, weshalb er niemals Selbstmord begangen hätte. Er hatte die Chance, sich von seinen Anfällen zu befreien. Diese Vorstellung erfüllte ihn mit Begeisterung.«

»Teilte er Ihre Bedenken in Bezug auf die Operation nicht?«

»Er hatte volles Vertrauen in Dr. Heller. Er kannte die potenziellen Nebenwirkungen, aber er glaubte nicht, dass er davon betroffen werden würde.«

Clevenger nickte nachdenklich. Es gab eine Nebenwirkung, von der John Snow voll und ganz erwartete, »betroffen« zu werden – Gedächtnisverlust. »Wenn Ihr Mann sich nicht selbst das Leben genommen hat«, fragte Clevenger, »wer hat es dann getan, Ihrer Meinung nach?«

Sie zögerte, doch nur kurz. »Ich habe Detective Coady dringend angeraten, sich auf Collin zu konzentrieren«, sagte sie.

Diese Antwort war eindeutiger, als Clevenger erwartet hatte. »Warum Collin?«, fragte er.

»John und er waren zerstritten über die Richtung, die das Unternehmen einschlagen sollte. Collin war sehr aufgebracht deswegen.«

»Stritten sie, ob Snow-Coroway in eine Aktiengesellschaft umgewandelt werden sollte?«, fragte Clevenger.

»Darum ging es hauptsächlich. John hätte es niemals zugelassen.«

»Und worum ging es noch?«

»Eine von Johns Erfindungen.«

»Was für eine Erfindung?«

»John war in der entscheidenden Phase bei der Entwicklung

eines Systems, das fliegende Objekte für den Radar unsichtbar macht. Er nannte es Vortek.«

»Ein fliegendes Objekt, soll heißen, ein Flugzeug?«

»Das System war speziell für Raketen entwickelt worden. So wie John es erklärte, können Raketen neben dem Vorwärtsbewegen drei weitere Dinge tun: Sie können sich drehen, Purzelbäume schlagen und hin und her kippen. Radar funktioniert auf der Basis der Erkennung einer dieser drei Bewegungen. John hatte eine Reihe von Gyroskopen entwickelt, die all diese Bewegungen verhindern sollten. Snow-Coroway Engineering versprach sich einen Riesengewinn von den Rüstungsunternehmen.«

»Aber …«

»John waren Bedenken gekommen. Er war ein Erfinder, und er liebte die Tatsache, dass sein Verstand eine so revolutionäre Idee wie Vortek hervorbringen konnte. Aber er erkannte auch, dass er ein Ungeheuer erschuf. Er war sich bewusst, dass es letztlich den Tod vieler, vieler Menschen heraufbeschwören könnte. Er weigerte sich, dem Verkauf seines geistigen Eigentums zuzustimmen.«

»Er besaß Vetorecht?«

»Jede wichtige Entscheidung bei Snow-Coroway braucht zwei Unterschriften – seine und Collins.«

»Und im Fall des Todes Ihres Mannes …«

»Werden seine Erfindungen Eigentum des Unternehmens, und die alleinige Entscheidungsgewalt geht an Collin über.«

»Mit anderen Worten«, sagte Clevenger, »Collin Coroway kann jetzt nach Belieben über das Projekt verfügen.«

»Ja. Und John war überzeugt, dass Vortek über eine Milliarde Dollar an Einkünften einbringen würde. Das hätte die Aktien-Emission zu einer Sensation gemacht. Jetzt hält nichts mehr Collin davon ab, seine Pläne zu verwirklichen.«

Clevenger fand, dass Theresa Snow sich große Mühe gab, die Ermittlungen Richtung Collin Coroway zu lenken. Weil sie nicht wollte, dass der Verdacht auf sie fiel? Auf ihren Sohn?

»Waren Sie der gleichen Ansicht wie Ihr Mann?«, fragte er. »Fanden Sie auch, dass seine Erfindung nicht publik gemacht werden sollte?«

»Selbstverständlich.«

»Das ist eine höchst moralische Haltung – und eine sehr kostspielige.«

Ihr entging die Anspielung in Clevengers Bemerkung nicht. »Sie möchten wissen, ob ich das Leben meines Mannes gegen ein größeres Erbe eintauschen würde?«

»Das wollte ich nicht …«

»Eine gute Frage«, schnitt sie ihm tonlos das Wort ab. »Ich gebe Ihnen eine sehr offene Antwort: Den Anteil meines Mannes an Snow-Coroway, unsere sonstigen Vermögenswerte und seine Lebensversicherung zusammengenommen, dürfte ich um die einhundertfünfzig Millionen Dollar erben. Mindestens einhundertzwanzig Millionen. Damit sollte ich auskommen.«

Clevenger verspürte den Drang zu fragen, ob Snows Kinder ebenfalls in seinem Testament bedacht waren – besonders der Sohn, für den er niemals hatte Liebe empfinden können. Aber er hielt sich zurück. »Haben Sie etwas dagegen, wenn ich in den nächsten Tagen mit Kyle und Lindsey spreche?«, fragte er stattdessen.

»Zu welchem Zweck?«

»Ich bin sicher, dass sie ihre persönlichen Ansichten über Ihren Mann haben. Eine vollständige Familiengeschichte ist bei einem Gutachten wie diesem üblich. *Nicht* mit ihnen zu sprechen wäre sehr seltsam.«

»Wenn es denn sein muss«, sagte sie. »Wir tun alles in unserer Macht Stehende, um bei den Ermittlungen zu helfen.« Ihre Züge spannten sich an, was ihrem Gesicht eine gewisse Härte verlieh. »Wer immer John umgebracht hat«, sagte sie, »hat mich meines Mannes beraubt. Doch er hat uns alle der Früchte von Johns Intellekt beraubt. Wenn dieser Jemand Collin ist, dann will ich nicht, dass er davon profitiert. Ich will, dass er dafür bezahlt.«

»Haben Sie Detective Coady irgendwelche anderen Verdächtigen nennen können?«, fragte Clevenger.

»Nein. Wenn Collin beweisen kann, dass er gestern früh nicht in der Nähe des Mass General war, dann habe ich keine Ahnung, wer es getan haben könnte. Ich muss mich darauf verlassen, dass die Polizei – und Sie – es herausfinden.«

»Denken Sie, Collin könnte versuchen, Ihnen etwas anzutun?«, fragte Clevenger. »Ich habe die Streifenwagen vor dem Haus gesehen.«

»Es ist lächerlich, ich weiß«, erwiderte sie. »Ich sehe keinen Grund, weshalb jemand mir oder den Kindern etwas antun sollte. Aber um ehrlich zu sein, ich weiß nicht mehr, was ich denken oder tun soll. John hat die Welt immer so vorhersehbar und handhabbar erscheinen lassen, beinahe so, als könnte er seine Zukunft – und unsere – eigenhändig erfinden. Offensichtlich hat er sich da geirrt.«

9

Clevenger hatte schon fast seinen Wagen erreicht, als eine junge Frau seinen Namen rief. Er drehte sich um und sah Lindsey Snow auf sich zulaufen.

Sie blieb vor ihm stehen. Sie hatte keine Jacke angezogen und hatte die Arme um sich geschlungen, um sich zu wärmen. »Haben Sie eine Minute Zeit?«

»Natürlich.«

»Haben Sie meinen Vater gesehen?«, fragte sie leise. »Ich meine … hinterher.«

Clevenger hatte nicht erwartet, dass Snows Tochter ihm so unvermittelt die Last ihrer Trauer überantworten würde. Er spürte, wie sich seine Atmung und sein Herzschlag verlangsamten, und fragte sich, warum es ihn immer beruhigte, den Schmerz anderer zu teilen. »Ja«, bestätigte Clevenger. »Ich habe Ihren Vater gesehen.«

»Ich weiß, dass Sie gerade erst am Anfang Ihrer Untersuchungen stehen.« Sie schlang die Arme fester um sich. Tränen schimmerten in ihren Augen.

»Es ist kalt. Warum unterhalten wir uns nicht im Haus weiter?«

Sie schüttelte den Kopf. »Mum will nicht, dass ich überhaupt mit Ihnen rede.«

»Warum denn nicht?«

»Lassen Sie uns irgendwo hinfahren.«

Clevenger hatte nicht die Absicht, mit einer Teenagerin davonzufahren, die er gerade erst kennen gelernt hatte. »Wir können uns in meinem Wagen unterhalten«, schlug er vor.

»Okay.«

Er ging mit ihr zu seinem Pickup und hielt ihr die Beifahrertür auf. Sie stieg ein. Er stieg auf der Fahrerseite ein, ließ den Motor an und schaltete die Heizung ein.

Sie blickte starr nach vorn durch die Windschutzscheibe, so wie Billy es manchmal tat, wenn er durcheinander war. »Ich schätze, was ich wissen möchte, auch wenn Sie es wahrscheinlich noch nicht sagen können oder es mir sowieso nicht sagen würden …« Sie schluckte und kniff die Augen zusammen. »Ich möchte wissen, ob mein Vater Selbstmord begangen hat.« Sie sah ihn an, dann wandte sie den Blick eilig wieder ab. »Ich muss es wissen.« Sie zog die Beine an und legte den Kopf auf die Knie.

Zum ersten Mal wirkte sie mehr wie ein verstörtes Kind und nicht wie eine Frau. »Ist das die schmerzlichste Frage für Sie?«, wollte Clevenger wissen.

Tränen liefen ihr über die Wangen.

»Fragen Sie das, weil Sie die Antwort zu kennen glauben?«

Sie nickte, und jetzt strömten die Tränen nur so herab. »Ich fühle mich so allein«, brachte sie mühsam heraus.

Clevenger verspürte den Impuls, sie in den Arm zu nehmen und zu trösten wie ein Vater. Doch das würde die professionelle Grenze auflösen, die er intakt lassen musste. Wenn er anfing, Lindsey als jemanden zu betrachten, der beschützt werden musste, dann würde er vielleicht niemals die wahre Familiendynamik der Snows ergründen.

Er fragte sich, warum es Lindsey offensichtlich so leicht fiel, hier in seinem Pick-up zu sitzen und sich einem Fremden zu öffnen. Warum hatte sie vorgeschlagen, dass sie zusammen wegfahren sollten? Versuchte sie, ihn zu verführen? »Sie brauchen mir nicht zu erzählen, was Sie denken«, sagte er, um zu sehen, ob sie drängender werden würde, wenn er auf Distanz ging.

Es wirkte augenblicklich. »Ich muss es irgendjemandem erzählen«, sagte sie. Sie hatte die Arme noch immer um die Knie geschlungen, doch jetzt wandte sie das Gesicht ihm zu.

Die simple Bewegung, mit der sie ihr Haar über die Wange fallen ließ und die dunkelbraunen, tränenfeuchten Augen und vollen Lippen ins rechte Licht rückte, verwandelte sie – aus dem Mädchen wurde wieder eine Frau. »Ich habe ihn umgebracht«, erklärte sie.

Clevenger sah ihr in die Augen und entdeckte etwas von der Leere, die er in den Augen von Mördern kannte. Und plötzlich überkam ihn eine andere Sorge. Er drückte das Bein gegen die Tür, um sich zu vergewissern, dass er daran gedacht hatte, sich die Pistole ans Schienbein zu schnallen, bevor er in Chelsea losgefahren war. Während er das tat, sah er, wie ein verzweifelter Ausdruck in Lindseys Augen trat und sie sich wieder von der Frau zum Mädchen, vom Mörder zum Opfer zurückverwandelte. »Wollen Sie damit sagen, Sie hätten Ihren Vater erschossen?«, fragte er sie.

Sie sah wieder durch die Windschutzscheibe. »Ich habe ihn dazu getrieben, sich zu erschießen«, erklärte sie.

»Sie haben ihn dazu getrieben?«

»Ich …« Sie sah aus, als würde es ihr großen Schmerz bereiten, die Worte auszusprechen. »Ich habe ihm das Gefühl gegeben, es wäre besser, wenn er tot wäre.«

»Wie haben Sie das gemacht?«

»Ich habe ihm gesagt, dass ich wünschte, er wäre es.«

»Und Sie denken, das hätte genügt, um ihn dazu zu bringen, seinem Leben ein Ende zu setzen?«

Ihr Blick wurde wieder kalt und leer. »Ja.«

Lindsey Snow glaubte offenkundig, dass sie große Macht über ihren Vater besaß – die Macht, ihm den Lebenswillen zu rauben. Das bedeutete wahrscheinlich, dass Snow ihr das Gefühl gegeben hatte, seine Glückseligkeit hänge allein von ihr ab. »Warum haben Sie Ihrem Vater den Tod gewünscht?«, fragte Clevenger.

Sie schlang die Arme fester um sich und ließ das Haar wieder vor ihr Gesicht fallen. »Er hat mich belogen«, flüsterte sie.

»Über …?«

»Alles«, erklärte sie, und ein zorniger Unterton stahl sich in ihre Stimme.

Wusste Lindsey über Snows Liebesaffäre mit Grace Baxter Bescheid? Oder wusste sie, dass ihr Vater die Absicht hatte, alle zu verlassen – sie eingeschlossen? Und wer könnte es ihr erzählt haben? Ihre Mutter? Ihr Bruder? »Welche Lüge hat Sie am wütendsten gemacht?«, fragte Clevenger.

Sie schüttelte den Kopf.

»Sie können es mir ruhig sagen.«

Sie streckte die Hand nach dem Türgriff aus.

»Lindsey, warten Sie.«

Sie öffnete die Tür, sprang aus dem Wagen und lief zum Haus zurück.

Clevenger sah, wie sie die Schritte verlangsamte, als sie in Sichtweite der Streifenwagen vor dem Haus kam. Gerade als sie an ihnen vorbeiging, trat ihre Mutter aus der Haustür. Und als er die beiden so nebeneinander sah, erkannte Clevenger, dass sie in vielerlei Hinsicht das genaue Gegenteil voneinander waren – die eine reserviert, die andere extrem gefühlsbetont; die eine schön, die andere bedeutend weniger; die eine sehr vergebend in Bezug auf John Snows Schwächen, die andere erzürnt darüber.

Lindsey ließ den Kopf hängen, marschierte stumm an ihrer Mutter vorbei und verschwand im Haus. Ihre Mutter folgte ihr. Die Tür schloss sich.

Clevenger legte einen Gang ein und begann die zwanzigminütige Rückfahrt zu seiner Praxis in Chelsea. Ihm fiel Mike Coadys Warnung wieder ein, dass die Verdächtigenliste bei einem Fall wie dem von Snow sehr lang sein konnte, selbst wenn Snow tatsächlich Selbstmord begangen hatte. Er fragte sich, ob North Anderson irgendetwas herausgefunden hatte, um Collin Coroway von der Liste zu streichen. Er wählte Andersons Nummer.

»He, Frank«, meldete sich Anderson.

»Irgendwas Neues über Coroway?«

»Jede Menge. Er hat gestern um sechs Uhr dreißig einen US-Air-Pendlerflug nach Washington genommen. Keine Reservierung, hat sich das Ticket um fünf Uhr fünfzig am Schalter gekauft. Und er ist noch nicht zurückgekommen.«

»Snow wird ins Leichenschauhaus verfrachtet, und er verlässt zur gleichen Zeit in einem Flieger den Bundesstaat«, bemerkte Clevenger.

»Und er ist nicht stehenden Fußes zurückgekommen, um Snows Witwe zu trösten oder bei Snow-Coroway die Zügel in die Hand zu nehmen. Er wohnt noch immer in seinem Zimmer im Hyatt.«

»Er hat ein Motiv. Ich habe herausgefunden, dass die Kontrolle über alles geistige Eigentum des Unternehmens an Coroway übergeht. Bislang brauchte er bei allen Entscheidungen Snows Unterschrift. Sie haben da eine brandheiße Erfindung in der Entwicklung, die Snow begraben und Coroway ans Militär verkaufen wollte. Das wäre der Schlüssel dazu gewesen, dass Coroway den Startschuss geben konnte, um mit Snow-Coroway an die Börse zu gehen.«

»Und jetzt wird Snow beerdigt«, bemerkte Anderson. »Aber wenn wir von einem Doppelmord ausgehen, dann ist er nicht unser Mann. Er war bereits in Washington, als Grace Baxter gestorben ist.«

»Es sei denn, wir haben es mit zwei Mördern zu tun«, erwiderte Clevenger mechanisch. Ihm gefiel selbst nicht sonderlich, wie seine Worte klangen.

»Unwahrscheinlich«, sagte Anderson. »Snow und Baxter hatten eine Affäre. Alles in allem ist immer noch George Reese mein Favorit für beide Morde. Ein eifersüchtiger Ehemann ist zu allem fähig.«

»Trotzdem werde ich wahrscheinlich einen Ausflug nach Washington machen und Coroway einen Überraschungsbesuch abstatten«, sagte Clevenger.

»Viel Glück. Wie ich höre, ist er ein eiskalter Hund.«

»Ist er mit dem Limousinen-Dienst zum Flughafen gefahren?«

»Keine Ahnung«, antwortete Anderson. »Du meinst, der Chauffeur könnte uns sagen, ob er mitgenommen aussah?«

»Oder er erlaubt uns, den Rücksitz auf Blutflecke zu untersuchen.«

»Wenn er sich eine Limousine bestellt hat, werd ich mich darum kümmern. Wenn er seinen eigenen Wagen im Flughafen-Parkhaus abgestellt hat, werd ich mal einen Blick darauf werfen. Ich bin sicher, Coady kann einen Durchsuchungsbefehl besorgen, wenn es irgendetwas gibt, das genauer unter die Lupe genommen werden muss.«

»Ich hatte gerade eine kleine Unterhaltung mit Theresa und Lindsey Snow«, berichtete Clevenger.

»Irgendwas, was ich wissen sollte?«

»Snow hatte beide um den kleinen Finger gewickelt, auf unterschiedliche Weise. Sie haben ihn angebetet. Der Gedanke, ihn zu verlieren, könnte bei jeder von ihnen das Gefühl geweckt haben, sie würde alles verlieren.«

»Der Gedanke, ihn an eine andere Frau zu verlieren oder an die Neurochirurgie?«, fragte Anderson.

»Beides.« Clevenger fiel das Porträt über dem Kaminsims ein. »Snow hat ein Gemälde von Grace Baxter an der Wand seines Wohnzimmers hängen.«

»Was?«

»Der Künstler ist ein gewisser Kullaway. Ich konnte nicht herausfinden, ob seine Frau wusste, dass es Grace Baxter darstellt. Sie hat nicht verraten, ob sie von der Affäre Wind bekommen hatte.«

»Er hat ein Porträt seiner Geliebten vor den Augen seiner

Frau und seiner Kinder aufgehängt? Das ist krank. Was hat er sich dabei gedacht?«

»Ich bin nicht sicher. Wenn ich eine Vermutung abgeben müsste, würde ich sagen, es beweist, wie wenig John Snow imstande war, seine Familie als reale Menschen zu betrachten.«

»Wie meinst du das?«

»Er hat von ihnen erwartet, perfekt zu sein. Der Nachteil davon war, dass er sie nicht als Menschen sah, mit Stärken ebenso wie mit Schwächen – und mit *Gefühlen*. Er wollte Grace nah sein, also hat er sie in sein Haus geholt. Coady hat mir sein Tagebuch gegeben. Es besteht hauptsächlich aus Skizzen und Berechnungen, einigen Überlegungen über die Operation. Aber er hat darin auch Grace Baxter gezeichnet. Sehr detailliert, sehr gefühlvoll in der Art, wie er sie gemalt hat. Es ist beinahe so, als ob es ihr gelungen wäre, die Schutzwälle niederzureißen, mit denen er alle anderen auf Abstand hielt. Ich glaube, er könnte sie auf eine ganz andere Weise geliebt haben, als er seine Arbeit oder seine Frau oder sogar seine Tochter liebte. Diese Liebe ging tiefer.«

»Du hast seinen Sohn nicht erwähnt.«

»Ich habe ihn nicht kennen gelernt«, sagte Clevenger. »Seine Mutter hat mir ein bisschen was über ihn erzählt. Er hat eine Lernstörung. Snow konnte nichts mit ihm anfangen. Klingt, als hätte er ihn so ziemlich sein Leben lang ignoriert.«

»Snow war schon ein Herzblatt. Ich meine, niemand verdient, erschossen zu werden, aber er war wohl kaum der netteste Mensch der Welt.«

»Nein«, pflichtete Clevenger bei. Er dachte an Billy, wie vernichtend es für ihn gewesen war, einen Vater zu haben, der ihn als Ausschuss betrachtete. »Wie's aussieht, kam Snow besser mit Dingen zurecht, die vorhersehbar und klar strukturiert waren, als mit Beziehungen. Wenn man als Kind unter Anfällen leidet, wenn man weiß, dass man jeden Moment das Bewusstsein verlieren und sich zuckend auf dem Boden wälzen könnte, kann man besessen davon werden, alles fest unter Kontrolle und funktionstüchtig zu halten. Bei einer Rakete oder einem Radarsystem konnte er das. Bei einem Sohn oder einer Tochter – oder einer Geliebten – ist das bedeutend schwieriger.«

»Andererseits besaß er die emotionale Bandbreite, mehr als eine Frau zu handhaben.«

»*Zu handhaben*, durchaus. Aber *zu lieben*, da bin ich mir nicht sicher. Ich frage mich ernsthaft, ob Grace nicht die Einzige gewesen ist, die seine Leidenschaft geweckt hat.«

»Der Bursche war fünfzig. Willst du behaupten, dass niemand sonst je sein Herz erobert hat?«

»Es ist durchaus vorstellbar«, sagte Clevenger.

»Aber warum gerade Grace? Snow war berühmt. Er war reich. Gut aussehend. Viele Frauen müssen sich zu ihm hingezogen gefühlt haben.«

»Vielleicht war sie seine ›*Lovemap*‹.«

»Seine was?«

»Seine ›*Lovemap*‹, eine Art unbewusste Liebes-Landkarte. Ich hatte während des Studiums einen Professor namens Money. John Money. Er hat Kinder in der ersten und zweiten Klasse befragt, hat ihnen Fotos von kleinen Jungs und Mädchen gezeigt und sie gefragt, wen sie süß fänden – und warum. Wenn eins der Mädchen sagte, dass ihr das Foto eines bestimmten Jungen gefiel, hat Money sie gefragt, *was* ihr daran gefiel. Sie hat dann vielleicht geantwortet, es wäre die Art, wie der Junge lächelte, der linke Mundwinkel etwas höher als der rechte. Anschließend hat Money all ihre Antworten, alle Eigenheiten, die ihr gefielen, in einer Datei gespeichert. Ihre, und die von Tausenden von anderen Kindern. Dann hat er die Befragungen dreißig Jahre später mit denselben Kindern wiederholt. Wie sich herausstellte, hatte sich das, was ihnen mit sieben oder acht gefallen hat – ihr Schönheitsideal –, nicht sonderlich verändert. Das kleine Mädchen, das den kleinen Jungen mit dem schiefen Lächeln gemocht hatte, hatte einen Mann mit dem gleichen Lächeln geheiratet – der linke Mundwinkel etwas höher als der rechte. Manche der Kinder haben nie gefunden, wonach sie suchten, und waren einfach nie glücklich in ihren Beziehungen.«

»Es gibt also tatsächlich die einzig wahre Liebe für jeden von uns.«

»Laut Money zumindest. Er glaubt, dass wir mit einer *Lovemap* geboren werden – einem Satz von körperlichen Merkmalen, die in unserem Gehirn wie eine Matrix gespeichert sind und unseren Idealpartner repräsentieren. Wenn man den physischen Teil richtig hinbekommt und die betreffende Person dann noch psychologisch zu einem passt, dann hat man die perfekte Verbindung. Wahre Liebe, auf ewig. Unter einer Million Menschen gibt es vielleicht nur eine Person, die so genau zu einem anderen passt. Vielleicht war Baxter für Snow diese Person.«

»Meinst du, dass du je deine finden wirst?«, fragte Anderson.

»Meine *Lovemap*?«, fragte Clevenger zurück und lachte.

»Meinst du?«

Whitney McCormick, die forensische Psychiaterin des FBI, die Clevenger bei der Aufklärung des Highway-Killer-Falles geholfen hatte, tauchte vor seinem geistigen Auge auf. Die Beziehung war intim geworden, dann kompliziert, dann war sie in den Hintergrund getreten, während Clevenger sich vor allem darauf konzentrierte, Billy ein guter Vater zu sein. Es war ein Jahr her, seit er sie zum letzten Mal gesehen hatte. »Ich weiß es nicht«, gestand er Anderson. »Der physische Teil könnte bedeutend leichter hinzubekommen sein als der psychologische. Meine Psyche hat so manchen seltsamen Knacks, der nur schwer seine Entsprechung finden dürfte.«

Anderson lachte. »Die gleiche Geschichte wie bei mir, mein Freund. Versteh mich nicht falsch, ich liebe meine Frau. Aber ich schätze, es ist möglich, dass ich eines schönen Tages von einem Laster angefahren werde, und am Steuer sitzt meine *Lovemap*.«

»Und was denkst du, was du dann tun würdest?«

»Jedenfalls würde ich mich nicht erschießen, das steht mal fest.«

Clevenger schmunzelte. »Ruf mich an, wenn du irgendwas über Coroways Wagen herausfindest, ja? Und ich lass dich wissen, was sich in Washington ergibt.«

Clevenger nahm den US-Air-Flieger um 12 Uhr 30 nach Washington. Er hatte Billy von seinem Handy aus angerufen und abgesprochen, dass er im Somerville Boxing Club warten würde, bis Clevenger wieder nach Hause kam, was so gegen 18 Uhr 30 sein sollte. Darauf kam ein »Kein Problem« von Billy. Wenn es nach ihm ginge, würde er sich rund um die Uhr in der Sporthalle herumtreiben.

Sobald das Flugzeug gestartet war, schlug Clevenger John Snows Tagebuch auf und begann, den nächsten Eintrag zu lesen:

> Hat ein Mann das Recht, ein neues Leben zu beginnen? Ist er der Alleineigentümer seiner Existenz, oder ist er nichts weiter als ein beschränkter Teilhaber?
>
> Ein Mann wird als Kind seiner Eltern geboren. Er ist *ihr Sohn*, und ihre Lebensgeschichten entwickeln sich neben der seinen, überschneiden sich, so dass der Handlungsstrang jedes Einzelnen teilweise von den anderen abhängig ist. Sie wechseln seine Windeln, halten ihm am ersten Schultag die Hand. Sie sorgen sich endlos um und mit ihm, feiern seine Siege, leiden bei seinen Niederlagen mit, jahrzehntelang. Doch was ist, wenn ihre Vision von ihm nichts

mit seiner wahren Natur zu tun hat? Was ist, wenn sie *sein wahres Ich* nicht kennen? Wäre es fair, wenn er, ihr Sohn, den Faden seiner Identität aus den Mustern des *Familienlebens* löste, um sich selbst zu finden, indem er sich von ihnen trennte? Besitzt ein Mann die Freiheit, seine Herkunft zu vergessen, damit er ungehindert zu jenem Ort weiterziehen kann, zu dem ihn seine Seele führt?

Ein anderes Beispiel. Eine Frau ist seit zwanzig Jahren verheiratet, hat Kinder im Teenageralter und einen Mann. Ein Zuhause. Haustiere. Foto- und Sammelalben, die von Erinnerungen überquellen. Was geschieht, wenn eine solche Frau kein Verlangen mehr nach einer gemeinsamen Zukunft mit ihrem Mann und ihren Kindern verspürt? Was, wenn sie sich fühlte, als würde sie nicht existieren?

Ist sie depressiv? Braucht sie Zoloft? Eine höhere Dosis? Zwei Medikamente? Oder ist es möglich, dass ihr Leben sie so weit von ihrer inneren Wahrheit fortgeführt hat, dass sie praktisch ein Zombie ist – eine lebende Tote?

Hat diese Frau das Recht – moralisch und ethisch –, ihr Heim und ihre Familie und ihre Freunde zu verlassen, sich so vollständig von ihnen zu trennen, dass sie keine Erinnerung mehr an sie hat? Sie hat ihre Kinder in die Welt gesetzt – steht sie deshalb für den Rest ihrer Tage in ihrer Schuld, oder steht es ihr frei, die Vergangenheit Vergangenheit sein zu lassen und ihrer Wege zu gehen, sich eine neue Zukunft ohne sie zu schaffen?

Die Antwort kann nur ein uneingeschränktes »Ja« sein.

Ein Mensch kann spirituell tot sein, so dass der Kadaver seiner Seele in einem Käfig aus Haut und

Knochen gefangen ist, der ihn überlebt hat. Welche Mutter oder Vater, Schwester oder Bruder, Ehemann oder Ehefrau würde seine oder ihre Anhänglichkeit an eine gemeinsame Vergangenheit über die Zukunft jenes Menschen stellen – über seine Wiedergeburt?

Wahre Liebe würde niemals solches Leiden verlangen.

Clevenger legte das Tagebuch beiseite. Ihm wurde bewusst, wie sehr sich John Snows Weltbild von seinem unterschied. Clevenger glaubte fest daran, dass Menschen sich verändern und wachsen können, egal, wie sehr sich die Umstände gegen sie verschwören. Mit dem richtigen Ansporn und der richtigen Anleitung und, ja, manchmal sogar mit der richtigen Medikation konnten sie sich neu erschaffen und die Vergangenheit überwinden. Das war damit gemeint, ein erfolgreiches Leben zu leben. Es konnte schmerzlich sein, manchmal quälend, doch es war ein Schmerz, mit dem sie allein fertig werden mussten. Jenes Leiden an andere weiterzugeben, indem man sich durch einen chirurgischen Eingriff von einem Drama befreite, um ein anderes zu beginnen, war für Clevenger unmoralisch. Es mochte der Seele eines Menschen das dringend benötigte Lebensblut wiedergeben, doch dafür würden ein Dutzend andere verbluten.

Er dachte an Theresa Snows Einschätzung ihres Mannes als Narziss, unfähig, die Bedürfnisse von anderen gegen seine eigenen abzuwägen. Und vielleicht war das der Kern der Sache. Aber die Frage musste dennoch gestellt werden: Was hatte Snow an den Punkt gebracht, dass er glaubte, er sei ein Toter in einem lebendigen Körper und seine Geschichte habe ihr Ende erreicht?

Etwas hatte John Snow getötet, bevor er in jener Gasse von einer Kugel niedergestreckt worden war.

Clevenger blätterte weitere Seiten des Tagebuchs durch. Die

nächsten zehn, zwölf Seiten waren mit Berechnungen und Zeichnungen gefüllt, die sich offenkundig auf Vortek bezogen, Snows letzte Erfindung, die sich nun in den Händen von Collin Coroway befand. Clevenger betrachtete die Rakete, in einigen Skizzen größer, in anderen kleiner, manchmal mit Flügeln, manchmal ohne. In einigen Zeichnungen war sie geöffnet, und Snow hatte Spulen in ihrem Innern hinzugefügt.

Clevenger schlug eine weitere Seite um und starrte unvermittelt auf ein chaotisches Gewirr aus Buchstaben, Zahlen und mathematischen Symbolen. Sie waren noch winziger als Snows übliche Handschrift, formierten sich hier zu einer gestrichelten Linie, dort zu Bögen, manchmal zu gestaltlosen Wolken aus Buchstaben und Zahlen. Er hielt die Seite weiter weg und starrte angestrengt darauf. Und dann begann das augenscheinliche Chaos langsam, Gestalt anzunehmen. Haare. Augen. Eine Nase. Lippen. Er schaute noch angestrengter hin. Und dann erkannte er staunend, dass er Grace Baxters Gesicht vor sich sah.

BEGEGNUNGEN

Ein Frühlingstag, neun Monate zuvor

Alles schien brandneu. Die Tage waren lang, und die Sonne strahlte, und die Blumen im Public Garden blühten rosa und blau und weiß am Ufer des Sees, auf dem die so beliebten Schwanenboote unter flüsternden Bäumen dahintrieben.

Die Fenster der Suite standen offen, die Vorhänge waren aufgezogen, die zarten Gardinen wallten in dem warmen Luftzug, der hereinwehte. Grace Baxter und John Snow lagen nackt auf dem Bett, umspielt von der sanften Brise, eingelullt vom leisen Rauschen des fernen Straßenverkehrs, und stellten sich vor, sie lägen nebeneinander draußen im Park auf dem weichen Rasen.

Er war an der Reihe bei dem Spiel, das Grace ihm beigebracht hatte, ein Spiel der Intuition, bei dem einer von ihnen erraten musste, was der andere sich wünschte. Dabei mussten Lippen und Finger sich durch die leiseste Veränderung des Atems führen lassen, durch das Aufrichten der Härchen auf der Haut, das An- oder Entspannen eines Muskels. Ein Seufzen. Ein Schaudern.

Er war hoffnungslos schlecht gewesen, als sie das Spiel das erste oder zweite oder zehnte Mal spielten, und sie hatten zusammen darüber gelacht. Es gelang ihm nicht, ihre Bedürfnisse zu erahnen. Sie musste seine Hand dorthin führen, wo sie gestreichelt werden wollte, musste ihn an sich ziehen, wenn sie wollte, dass er sie in den Armen hielt, musste ihm die geheimen Schlüssel zu ihrer Lust ins Ohr flüstern. Doch inzwischen war er besser geworden. Er entwickelte die Art von emotionalem, sexuellem Radar, den Grace besaß.

Er stützte sich neben ihr auf den Ellbogen, verzaubert von dem Anblick ihres kastanienbraunen Haars, das auf dem weißen Laken ausgebreitet war, von ihren Augen, die im Sonnenlicht smaragdgrün funkelten, von ihrem langen, anmutigen Hals, ihren makellosen Brüsten, dem Heben und Senken ihres Bauchs.

Die drei Monate, die sie sich nun schon trafen – ein- oder zweimal die Woche –, hatten sein Verlangen nach ihr nicht gestillt. Nach über hundert Stunden am Telefon dürstete er noch immer nach ihrer Stimme. Dass er sich zu Grace hingezogen fühlte, hatte ihn aus der Isolation gelockt, in der er den Großteil seines Lebens zugebracht hatte, und das Bröckeln der Mauern, die er errichtet hatte, war erregend.

Er legte seine Hand auf Graces Knie, spürte, wie sich ihr Schenkel an seinen schmiegte. Er ließ die Hand einige Zentimeter an ihrem Bein hinaufgleiten. Ihr Knie schob sich zwischen seine Beine, ihr Schenkel presste sich gegen seinen Unterleib. Er beugte sich über sie und küsste sie zärtlich, stillte den Hunger ihrer Lippen nicht ganz, so wie sie es gern hatte. Als sie den Kopf in den Nacken legte, küsste er ihr Kinn, dann ihren Hals. Ihre Atemzüge gingen schneller, und sie stieß ein Stöhnen aus, halb Schmerz, halb Lust. Er sah, wie sich ihre Schulterblätter anspannten, und umfasste mit den Fingern ihre Brust. Sie ließ den Fuß an seinem Schienbein hinaufgleiten. Er wusste, was das bedeutete. Er ließ die Lippen küssend an ihrem Bauch hinabwandern. Sie spreizte die Knie. Und seine Lippen wanderten noch tiefer hinab.

Später, als er mit dem Kopf auf ihrem Bauch dalag, der sich im hypnotisierenden Rhythmus ihrer Atemzüge hob und senkte, erinnerte er sich an die Frage, die sie ihm bei ihrem allerersten Treffen in dem Hotel gestellt hatte: Warum beschäftigte er sich so sehr damit, was gesehen werden konnte und was nicht? Weshalb hatte er das Perfektionieren von Radarsystemen und das Ersinnen von Wegen, sie zu umgehen, zu seinem Lebensinhalt erkoren? Bis zu diesem Moment hatte er keine Antwort darauf gewusst. »Es war der leichtere Weg«, sagte er leise.

»Hmm?«, schnurrte sie.

»Als wir im Aujourd'hui gegessen haben, beim ersten Mal, als wir uns hier getroffen haben, hast du mich gefragt, warum ich so interessiert daran wäre, ausfindig zu machen, was dort draußen ist – am Himmel, im Weltall.«

»Ich erinnere mich.«

»Ich glaube, ich habe alles getan, um bloß nicht in mich selbst hineinschauen zu müssen.«

»Warum?«

»Weil ich nie ganz sicher war, ob es dort etwas zu sehen gab«, gestand er.

»Natürlich gab es das. Du hast dich selbst nur irgendwie aus den Augen verloren.«

»Irgendwie.«

Einen Moment lang schwiegen beide. »Wie?«, fragte sie.

Er überlegte. »Als Kind habe ich die Leute fasziniert«, sagte er. »Ich war von mir selbst fasziniert. Von dem, was ich mit dem Verstand leisten konnte.«

»Und was konntest du leisten?«

»Berechnungen. Problemlösungen. Komplexe wissenschaftliche Gleichungen.«

»Ein kleines Genie«, sagte sie.

»So sahen mich die Leute.«

»Waren deine Eltern stolz auf dich?«

»Sehr«, bestätigte er.

»Also war wichtiger, was du alles konntest, nicht, wer du warst.«

Wie schaffte sie es, immer mitten ins Herz der Dinge zu treffen?, fragte Snow sich. Und wie schaffte sie es, genau den richtigen Tonfall zu treffen, der ihm das beruhigende Gefühl vermittelte, dass er ihr die Wahrheit erzählen könne?

»Ja«, sagte er.

»Sie haben dein Gehirn geliebt.«

»Wenn es funktionierte«, erwiderte er mit einem etwas gezwungenen Lachen. Sein Lächeln erlosch augenblicklich wieder.

Sie stimmte nicht mit in sein Lachen ein. »Was wäre gewesen, wenn nicht?«, fragte sie. »Was, wenn es aufgehört hätte zu funktionieren? Hätten sie dich dann trotzdem geliebt?«

Snow dachte an den ersten Anfall im Alter von zehn Jahren zurück. Er erinnerte sich daran, wie sehr es ihm im Krankenhaus gefallen hatte, daran, dass sein Vater und seine Mutter in dem weiß getünchten Zimmer mehr Zeit mit ihm verbrachten als je zuvor. Und er erkannte, warum. Sie waren dort, weil sein Gehirn krank war, nicht, weil *er* es war. Die Sache, auf die sie stolz waren, hatte einen Kurzschluss erlitten. »Ich weiß es nicht«, erklärte er Grace. »Ich weiß nicht, ob sie mich je geliebt haben.«

»Es tut mir so Leid«, sagte sie und fuhr ihm mit den Fingern durchs Haar. »Wenn du das nicht mit Gewissheit weißt, dann ist es schwer, sich je irgendeiner Sache sicher zu sein.«

»Es ist schon in Ordnung«, wiegelte er ab.

»Ist es das? Warum musst du immer den Tapferen spielen, John? Du kannst ruhig gelegentlich eine Schwäche zeigen, davon geht die Welt nicht unter.«

Etwas in seinem Innern drängte Snow, Grace den Rest der Geschichte erzählen – dass sein Gehirn immer wieder ausgefallen war, dass es selbst jetzt, Jahrzehnte später, vier Medikamente brauchte, damit es zuverlässig arbeitete. Doch er war nicht bereit, sich ihr in all seiner Schwäche zu offenbaren. Vielleicht lag es daran, dass er nicht glaubte, dass sie ihn liebte. Vielleicht hatte sie mit allem Recht, was sie gesagt hatte, sogar damit, wie er endlich die Frage beantworten könnte, ob er ihrer oder irgendjemandes Liebe würdig war, seiner eigenen eingeschlossen: indem er sich ein wenig gehen ließ, sie seine Schwächen sehen ließ, sich gestattete, bei ihr einfach nur Mensch zu sein. Aber er konnte es schlichtweg nicht über sich bringen, dieses Risiko einzugehen. Er schloss die Augen, ließ sich vom sanften Auf und Ab von Graces Bauch wiegen, bis der Schmerz verebbte. »Und wie steht es mit dir?«, fragte er. »Bist du geliebt worden?«

Wieder ein tiefes Seufzen. »Nein«, antwortete sie. »Ich glaube nicht, dass ich je geliebt wurde.«

»Als Kind?«

»Du warst ein Genie. Ich war hübsch.«

»Und das war alles, was sie sahen?«

»Ich war *sehr* hübsch.« Sie lachte.

Diesmal war es Snow, der nicht lachen konnte. »Deine Eltern müssen doch erkannt haben, wie intelligent du bist. Du siehst Dinge – verstehst Dinge –, die andere Menschen nicht sehen.«

»Vielleicht war das das Problem.«

»Wie meinst du das?«

»Ich habe sie gesehen.«

»Und was hast du gesehen?«, fragte er sie.

»Du wirst langsam gut in diesem Spiel.«

Er war gut genug, um Graces Widerstreben zu spüren, mehr zu sagen.

Sie strich mit der Fingerspitze über seine Stirn, am Rand seines Ohrs entlang, an der Wange hinab. »Erzähl mir von deiner Frau«, forderte sie ihn auf.

Er stützte sich abermals auf den Ellbogen und sah sie an. »Was hat dich denn jetzt darauf gebracht?«

»Ich denke eben manchmal über sie nach. Wie ist sie? Wie ist es, mit ihr zusammenzuleben?«

Er antwortete nicht gleich.

»Du kannst es mir ruhig erzählen«, versicherte sie.

Er rutschte im Bett nach oben, legte sich neben sie. Er musste lange und angestrengt nachdenken, bis ihm etwas Bedeutungsvolles einfiel. »Sie ist ein besserer Mensch als ich«, sagte er schließlich.

»In welcher Hinsicht?«

»Sie ist in einer Weise für meinen Sohn und meine Tochter da gewesen, wie ich es nie war.«

»Wie hättest du? Du bist ja nicht einmal für dich selbst da gewesen. Dein Gehirn war zu beschäftigt.«

»Das ist keine Entschuldigung.«

»Doch, das ist es«, widersprach sie. Sie beugte sich zu ihm und küsste ihn auf die Wange. »Machst du noch immer Liebe mit ihr?«

»Ich glaube nicht, dass ich das je getan habe«, sagte er.

Diesmal küsste sie ihn auf die Lippen.

»Wie steht es mit deinem Mann?«, fragte er. »Machst du noch immer Liebe mit ihm?«

»Ich bin nicht einmal im selben Zimmer. Ich flüchte mich irgendwo anders hin, im Kopf. An einen verlassenen Strand. Eine Straße in den Bergen. Irgendwohin, wo ich allein bin.«

Snow küsste zärtlich ihre Stirn. »Warum kommst du nicht hierher?«

Sie schloss die Augen, legte ihren Kopf auf seine Schulter. »Ich könnte es versuchen«, sagte sie. »Wenn du es auch tust. Ich meine, wenn du mit ihr zusammen bist. Auf die Weise bringen sie uns einander näher.«

»Das werde ich.«

»Gut«, sagte sie. »Und jetzt leg dich hin.« Als er es tat, richtete sie sich auf dem Ellbogen auf. »Ich bin an der Reihe«, verkündete sie. Sie berührte mit einer Fingerspitze sein Knie, dann ließ sie ganz langsam die Hand an seinem Schenkel hinaufgleiten.

10

13. Januar 2005

Clevenger landete um kurz vor 14 Uhr auf dem Reagan-National-Flughafen. Er schaltete das Handy wieder ein und stellte fest, dass er zwei Nachrichten hatte. Er hörte sie auf dem Weg zum Taxistand ab. Die erste war von Detective Coady, der ihm mitteilte, dass er einige interessante Neuigkeiten von Grace Baxters Obduktion habe. Die zweite stammte von J. T. Heller, der Bescheid sagte, dass er die Operation an der Blinden, der er das Augenlicht zurückzugeben hoffte, auf diesen Abend vorgezogen habe. Sie hatte angefangen unter migräneartigen Kopfschmerzen zu leiden, was Heller befürchten ließ, dass ihr Tumor sich rapide ausbreitete. Er fragte, ob Billy vielleicht bei der Operation zuschauen wolle.

Clevenger rief zuerst Hellers Büronummer an, und seine Sprechstundenhilfe Sascha meldete sich. »Frank Clevenger hier, Dr. Heller hatte mich um Rückruf gebeten«, erklärte er.

»Er hat mir Anweisung gegeben, Sie gleich durchzustellen«, sagte sie. »Aber ich wollte mich zuerst bei Ihnen bedanken.«

»Wofür …?«

»Für das, was Sie mir gesagt haben – über John Snow. Dass es Menschen gibt, die man nicht retten kann. Dass ihnen zu zeigen, dass sie einem am Herzen liegen, manchmal das Einzige ist, was man für sie tun kann.«

»Und nur sehr wenige Menschen tun das.«

»Kommen Sie bald wieder vorbei?«

Clevenger bemerkte die echte Wärme in ihrer Stimme. Und etwas in ihm hätte liebend gern die nächste Frage gestellt – ob

Sascha mit ihm ausgehen wollte. Aber er wusste, dass ihre Antwort nicht viel besagen würde. Er hatte ihr Absolution von ihren Schuldgefühlen angeboten, und wahrscheinlich war es das, wonach sie verlangte. Nach der Botschaft, nicht nach dem Überbringer. »Ich bin sicher, dass ich demnächst wieder vorbeikommen werde«, antwortete er.

»Nun, dann hoffe ich, Sie zu sehen«, erwiderte sie etwas förmlicher. »Bleiben Sie dran.«

»Frank«, donnerte Heller einen Augenblick später.

Er klang, als hätte er gut dreißig Tassen Kaffee intus. »Ich habe Ihre Nachricht erhalten«, erklärte Clevenger. »Ich denke, Billy wäre sehr gern dabei.«

»Dann bringen Sie ihn doch um, sagen wir, vier Uhr zum General.«

»Leider bin ich nicht in der Stadt«, sagte Clevenger. »Ich werde versuchen, zu arrangieren, dass ein Freund ihn vom Boxtraining abholt und zu Ihnen bringt – immer vorausgesetzt, dass er bei der Operation dabei sein will. Gegebenenfalls könnte er auch mit der U-Bahn fahren.«

»Ich kann ihn abholen«, bot Heller an. »Ich habe bis zur Operation nichts in meinem Terminkalender. Und ich könnte die Fahrt nutzen, um mich zu entspannen. Ich bin immer total angespannt, wenn ich vor einer Operation stehe. Ich gehe noch mal den kompletten Schlachtplan durch, verstehen Sie?«

»Den Schlachtplan ...«

»Meine Strategie. Jede Operation ist ein Krieg, mein Lieber. Und dieser Tumor, der sich um den Ophthalmicus meiner Patientin geschlungen hat, will genauso brennend den Sieg davontragen wie ich. Das will er, seit sich die erste Stammzelle vom Programm gelöst hat, das Gott für sie geschrieben hat, um sich selbstständig zu machen, sich einzunisten, wo sie nicht hingehört. Er versucht mit jedem Quäntchen seines Protoplasmas die Baupläne der Natur nach seinen eigenen perversen, mörderischen Vorstellungen umzuarbeiten. Wissen Sie was?«

Clevenger fragte sich, ob Heller möglicherweise die Schwelle zum Größenwahn überschritten hatte. »Was?«

»Heute ist der Tag der Abrechnung.«

»Mit dem Tumor.«

»Mit dem Tumor. Mit der Krankheit. Mit der Entropie. Heute werde ich, so Gott will, wiederherstellen, was Er in seiner unerschöpflichen Weisheit eingerichtet hat.« Er kicherte. »Was meinen Sie, Frank, eine kleine Dosis Lithium für Ihren neuen Freund?«

Eines war Clevenger klar: Sein neuer Freund klang tatsächlich, als bräuchte er medikamentöse Hilfe. Aber vielleicht war es ungerecht, seine geistige Normalität in Frage zu stellen. Vielleicht brauchte man, um den Kopf einer Frau zu öffnen und Teile ihres Gehirns herauszuschneiden, einfach die Kraft eines Kriegers, die Überzeugung, dass man gegen das Böse in die Schlacht zieht. »Wie kommen Sie darauf, dass Sie nur eine kleine Dosis bräuchten?«, gab Clevenger scherzend zurück.

»Gut bemerkt«, sagte Heller. »Also, was sagen Sie? Soll ich ihn abholen? Ich habe gerade einen Aston Martin gekauft. Feuerrot. Ich denke, eine kleine Spritztour in dem Wägelchen würde Billy sicher Spaß machen.«

Clevenger verspürte abermals das Unbehagen, das er empfunden hatte, als er Billy und Heller im Loft beim Plaudern überraschte. Lag es daran, dass Heller einen Beschützerinstinkt in ihm weckte? Oder lag es daran, dass er seine Eifersucht weckte? Clevenger musste sich eingestehen, dass es wahrscheinlich eher Letzteres war. Schließlich gaben Tag für Tag Menschen ihr Leben in Jet Hellers Hände. Und außerdem konnte Billy auf sich selbst aufpassen. »Ich werde ihn fragen, ob es ihm Recht ist«, versprach Clevenger.

»Wenn ja, brause ich so in einer Dreiviertelstunde zum Somerville rüber.«

Es verblüffte Clevenger sehr, zu hören, dass Heller wusste, dass er Billy im Somerville finden würde.

Heller schien sein Unbehagen zu bemerken. »Er hat mir alles über den Club erzählt«, sagte er. »Golden Gloves. Ziemlich beeindruckend. Aber man macht sich natürlich wegen des Kopftraumas Sorgen. Ich habe Patienten, die vier oder fünf Jahre geboxt haben und sich nicht mehr erinnern können, was sie zum Frühstück gegessen haben.«

»Ich mache mir deswegen auch Sorgen«, sagte Clevenger. Er hatte abermals das Gefühl, Heller versuche, ihn in Bezug auf väterliche Fürsorge zu übertrumpfen. »Er trägt einen Kopfschutz.« Er wusste, dass er sich nicht zu rechtfertigen brauchte, konnte sich aber nicht zurückhalten. Da sein Vater ihm nie ein richtiger Vater gewesen war, wurde er von beständigen Selbstzweifeln geplagt, ob er seinerseits je ein guter Vater sein könnte. »Billy hat die eine oder andere Gehirnerschütterung einstecken müssen, aber keine davon im Ring.«

»Ich selbst hatte sieben. Dreimal habe ich dabei das Bewusstsein verloren. Alles vor meinem sechzehnten Geburtstag. Ich weiß genau, womit Sie zu kämpfen haben. Ich war an dem gleichen Punkt, an dem Billy jetzt steht. Am Rand des Abgrunds. Ihn in den Ring zu schicken war eine brillante Idee.«

Wie viel konnten zwei Menschen gemein haben? Und warum beunruhigte es ihn so, das alles zu hören? »Ich hoffe nur, dass für ihn alles so gut ausgeht wie für Sie.«

»Falls Sie es für einen guten Ausgang halten, wenn man seinen Lebensunterhalt damit verdient, Leuten die Köpfe aufzumachen«, feixte Heller. »Nebenbei gefragt, wann sind Sie denn wieder zurück?«

»Mit etwas Glück heute Abend.«

»Ich denke nicht, dass wir vor neun Uhr aus dem OP raus sein werden. Vielleicht können Sie und ich uns ja ein Bierchen genehmigen, nachdem ich Billy abgeliefert habe.«

Jetzt gehörte es also auch schon zum Plan, Billy nach Hause zu fahren. »Gern.« Er wollte Heller nicht den Eindruck vermitteln, Billy werde sein Boxtraining aufgeben, um sich im

Abglanz seines Ruhms zu sonnen. »Ich lasse Sie innerhalb der nächsten Stunde wissen, ob er Ihr Angebot annimmt.«

»Geht klar.«

»Danke.«

»Und, Frank?«, sagte Heller.

»Ja?«

»Ich hoffe, Sie halten mich nicht für merkwürdig oder aufdringlich, weil ich angeboten habe, Billy zu zeigen, was ich tue. Er erinnert mich einfach so sehr an mich selbst. Ihnen geht es wahrscheinlich genauso. Und ich denke, er ist ein guter Junge, tief drin. Aber wenn es Ihnen lieber ist, dass ich Abstand halte …«

In diesem Moment erkannte Clevenger Hellers bemerkenswerte Fähigkeit, den Widerstand anderer zu überwinden, indem er selbst ihre Bedenken zur Sprache brachte. Wenn man die eigenen Einwände aus seinem Munde hörte, hatte man sogleich weniger einzuwenden. War das manipulierend? Oder war das seine Art, freimütig zu sein? »Sie müssen nicht auf Abstand gehen«, versicherte Clevenger. »Ich denke, bei einer Operation zuzuschauen wird ein großartiges Erlebnis für ihn sein.«

»Ich wollte nur nicht, dass es zwischen uns irgendwelche Missverständnisse gibt.«

»Keine Sorge. Ich melde mich nachher noch mal.«

Clevenger beendete das Gespräch. Er nahm sich ein Taxi in die Innenstadt und rief auf der Fahrt Billys Handy an, um ihm eine Nachricht zu hinterlassen. Die Schule war noch nicht zu Ende.

Billy meldete sich. »Was gibt's? Schon in Washington?«

»Gerade angekommen. Wo bist du?«

»Auf dem Weg zum Somerville. Meine letzte Stunde ist ausgefallen. Der Lehrer ist krank geworden. Sie haben uns nach Haus geschickt.«

»J. T. Heller hat bei mir angerufen. Die Operation an der Frau ist schon heute – die Frau, von der er denkt, dass er ihr das

Augenlicht wiedergeben kann. Er möchte wissen, ob du zuschauen möchtest.«

»Ich fahr mit der U-Bahn hin. Das Training kann ich ausfallen lassen.«

»Nicht nötig«, sagte Clevenger. »Dr. Heller hat angeboten, dass er vorbeikommt und dich von der Sporthalle abholt. Du kannst eine Stunde trainieren und dann mit ihm rüber zum General fahren.«

»Irre.«

Clevenger hatte schon sehr lange nicht mehr solche Begeisterung bei Billy erlebt. »Ich seh dich dann hinterher daheim.«

»Geht klar«, sagte Billy. »Cool.« Er klang so aufgekratzt wie Heller. »Danke.«

Das Dankeschön war ebenfalls etwas Neues. »Kein Problem«, sagte Clevenger.

Er rief abermals Heller an und gab ihm grünes Licht, Billy zum Krankenhaus und hinterher nach Hause zu fahren. Dann rief er im Bostoner Polizeipräsidium an und ließ sich mit Coady verbinden. »Was gibt's Neues?«, fragte er ihn.

»Jeremiah Wolfe hat angerufen. Er ist gerade mit den mikroanatomischen Untersuchungen an Grace Baxter beschäftigt.«

»Und?«

»Er denkt nicht, dass die Schnitte an den Handgelenken von dem Teppichmesser stammen«, berichtete Coady.

»Warum nicht?«

»Er sagt, das Gewebe wäre mit etwas aufgeschlitzt worden, das eine feinere Schneide hatte. Die Ränder sind dafür viel zu wenig aufgerissen, oder so. Er schätzt, dass es eher eine Rasierklinge gewesen ist.«

»Die wir nicht gefunden haben.«

»Es waren Rasierklingen im Badezimmer, aber an keiner davon waren Blutspuren.«

»Dafür denkt Wolfe, dass das Teppichmesser für die Schnitte am Hals verantwortlich ist?«

»Ja«, sagte Coady. »Ich glaube nicht, dass es viele Leute gibt, die mit zwei verschiedenen Klingen Selbstmord begehen. Aber ich glaube auch nicht, dass viele Mörder die Waffe wechseln.«

»Es sei denn, die Rasierklinge hat nicht den gewünschten Erfolg gehabt«, sagte Clevenger. »Lassen Sie uns für den Moment mal annehmen, sie war betrunken und hat das Bewusstsein verloren. Jemand, der es wie Selbstmord aussehen lassen wollte, könnte mit der Rasierklinge an ihren Pulsadern angefangen haben, immer in der Hoffnung, dass sie nicht aufwachen, sondern im Schlaf sterben würde. Auf die Weise hätte er leichtes Spiel gehabt. Aber vielleicht war ihr Rausch nicht so tief, wie er gedacht hatte. Sie fing an, sich zu wehren. Er musste sie schnellstens zum Schweigen bringen. Vielleicht hatte er das Teppichmesser parat, für alle Fälle.«

»Möglich«, sagte Coady. »Und die Rasierklinge hat er im Klo runtergespült?«

»Oder abgewaschen.«

»Ich setz die Spurensicherung darauf an, jedes scharfe Metallstück in dem Badezimmer unter die Lupe zu nehmen. Mal sehen, ob sie irgendwelche Blutspuren an den neuen Klingen finden können. Und ich lass sie die Abflüsse abmontieren. Mal sehen, ob irgendwas in den Rohren hängen geblieben ist.«

»Gute Idee.«

»Ich würde Sie gern mal was fragen«, sagte Coady.

»Schießen Sie los.«

»Was halten Sie von folgendem Szenario? Sie fängt an, sich die Pulsadern aufzuschneiden …«

Wieso kehrte er wieder zur Selbstmordhypothese zurück? »Sie wissen, dass ich nicht glaube …«, fiel Clevenger ihm ins Wort.

»Hören Sie es sich doch erst mal an.«

Clevenger spürte, wie sich sein Puls beschleunigte. Er biss die Zähne zusammen. »Okay.«

»Sie fängt an, sich im Badezimmer die Pulsadern aufzuschneiden. Sie ist betrunken. Blut tröpfelt aus den Schnitten. Sie torkelt umher. Sie denkt daran, dass Snow tot ist, dass ihre Liebesaffäre vorbei ist. Oder vielleicht wird sie auch völlig hysterisch, weil sie ihn umgebracht hat.«

Coady konnte eben doch nicht von seiner Mord-Selbstmord-Theorie lassen. Clevenger biss die Zähne noch fester zusammen.

»Vielleicht hasst sie sich für das, was sie getan hat«, fuhr Coady fort. »Und sie schaut auf all das Blut, das aus den Wunden fließt. Sie fängt an zu weinen, jammert, dass ihr Leben vorbei ist. Entweder sie stirbt hier und jetzt, oder sie stirbt im Gefängnis. Snow hat sie auf jeden Fall verloren. Sie sieht das Teppichmesser, das vermutlich einer der Handwerker da vergessen hat, als er aufs Klo gegangen ist. Sie greift es sich …«

»Und schneidet sich die Kehle durch und bringt auf diese Weise sich und das Baby um«, vollendete Clevenger den Satz. »Ich dachte, das hätten wir inzwischen abgehakt. Erinnern Sie sich noch an die Schwangerschaftsvitamin-Tablette? Materna, oder?«

»So hieß sie. Ja. Wir hatten es abgehakt. Aber dann hab ich noch mal darüber nachgedacht. Und ich dachte mir, was, wenn es *sein* Baby gewesen ist? Snows.«

Clevenger hatte sich keine großen Gedanken gemacht, wessen Baby Grace unter dem Herzen getragen hatte. Und dieser blinde Fleck weckte unwillkürlich die Frage in ihm, ob es eine Sichtweise dieses Falls gab, die er nicht wahrhaben wollte. War es möglich, dass er sich so schuldig fühlte, weil er sie nicht eingewiesen hatte, dass er einfach abschaltete? War er irgendwo im hintersten Winkel seines Verstands überzeugt, dass er für zwei Tode verantwortlich sei – den von Grace und den ihres ungeborenen Kindes? »Einverstanden. Nehmen wir für den Moment an, dass es Snows Baby war«, sagte er, und es lag kein Zorn mehr in seiner Stimme.

»Na ja, da fange ich dann an zu überlegen, dass sie doch getan haben könnte, was sie möglicherweise getan hat. Ich meine, ich kann mir vorstellen, wie sie, eine Stunde bevor sie sich umbringt, diese Vitamintablette schluckt. Es ist Teil ihrer alltäglichen Routine. Sie versucht, alles wieder in die gewohnten Bahnen zurückzulenken, versucht, darüber hinwegzukommen, was sie in jener Gasse verloren hat oder was sie in jener Gasse *getan* hat. Doch dann wird ihr, selbst durch den Alkoholnebel, langsam alles wirklich bewusst. Sie ist mit Snows Kind schwanger. Sie hat den Vater ihres Babys ermordet. Sie lebt einen Albtraum. Und er wird nie enden. Sie guckt auf ihre Arme, kann nicht glauben, was sie mit ihren Pulsadern gemacht hat. All ihre Wut, ihre Trauer, ihre Schuldgefühle kommen zusammen …«

»Und sie will, dass es aufhört.«

»Kein bloßes Getröpfel mehr. Sie will, dass es endgültig vorbei ist.«

»Das Teppichmesser«, sagte Clevenger. Das Taxi hielt vor dem Hyatt.

Der Portier öffnete die Wagentür. »Herzlich willkommen, Sir. Haben Sie Gepäck dabei?«

Clevenger winkte ihn fort. Er bezahlte den Taxifahrer, stieg aus, schloss die Wagentür. Er fühlte nicht einmal die kalte Luft auf dem Gesicht.

»Ich sage ja nur, dass es eine Theorie ist, die man vielleicht im Blick behalten sollte«, sagte Coady. »Ich weiß nicht, ob die Psychologie passt.«

Das war die Frage aller Fragen. »Möglich ist es schon«, gestand Clevenger zu. »Ich denke, es könnte so passiert sein.«

»Nicht dass wir hier irgendeine Möglichkeit vorschnell ausschließen wollen«, sagte Coady, offensichtlich ermutigt. »Wir können George Reese – oder jeden anderen Verdächtigen – trotzdem immer noch aufs Präsidium holen.«

»Klar.«

»Haben Sie heute bei den Snows alles bekommen, was Sie brauchen?«

»Ich habe nicht mit dem Sohn, Kyle, sprechen können«, brachte Clevenger mit Mühe hervor. »Er war nicht zu Hause. Zumindest hat Theresa Snow das gesagt. Ich denke, sie könnte versuchen, ihn von mir fern zu halten.«

»Warum?«

»Keine Ahnung.«

»Ich kann ihn jederzeit verhaften lassen«, schlug Coady vor.

»Mit welcher Begründung?«

»Sein Urin-Drogentest heute bei der Bewährungsstelle war positiv. Opiate. Das ist ein Verstoß gegen die Auflagen. Wollen Sie nachher herkommen und ihn sich mal vornehmen?«

»Ich bin gerade in Washington angekommen«, erklärte Clevenger.

»Washington? Was machen Sie denn da?«

»Collin Coroway ist gestern hierher geflogen.«

»Wer hat das herausgefunden?«

»Was für eine Rolle spielt das?«

»Hatten Sie vor, mir diese Tatsache irgendwann mitzuteilen?«

»Wie ich schon sagte, ich bin gerade erst angekommen. Es war eine spontane Entscheidung.« Er wusste, dass das Coadys Frage eigentlich nicht beantwortete. »Ich hätte Ihnen Bescheid sagen sollen«, gestand er zu.

»Es ist mein Fall.«

»Es ist Ihr Fall.«

Coady schwieg einen Moment lang. »Nicht dass Sie mir das Handtuch werfen«, sagte er. Wieder kurzes Schweigen. »Ich brauche Sie bei dieser Sache mehr als je zuvor. Ich mag ja eine Theorie darüber haben, was passiert ist, aber ich bin noch nicht einmal ansatzweise in der Lage, irgendwas zu beweisen. Und ich könnte völlig falsch liegen. Das ist mir durchaus klar.«

»Ich werfe niemals bei einem Fall das Handtuch«, versicherte Clevenger, und er gab sich alle Mühe, überzeugend zu klingen.

»Ich sorge dafür, dass Kyle morgen früh auf Sie wartet. Wie wär's mit neun Uhr?«

»Ich werde dort sein.«

»Bis dann.«

Clevenger beendete das Gespräch und betrat das Foyer des Hyatt. Er versuchte, sich darauf zu konzentrieren, Collin Coroway zu finden, aber ihm ging immer wieder durch den Kopf, was er gerade gehört hatte. Denn die Szene, die Coady heraufbeschworen hatte, war ganz und gar nicht weit hergeholt. Wenn Grace Baxter mit John Snows Baby schwanger gewesen war, wäre ihr Hass auf ihn, weil er sie und ihr gemeinsames Kind verlassen wollte, ein überzeugendes Mordmotiv. Und ihre Verzweiflung nach seinem Tod könnte zu einer psychologischen Implosion geführt haben.

Er erinnerte sich daran, dass er Coady erklärt hatte, warum Graces durchschnittene Kehle nicht zum Selbstmord einer Frau passte. Männer wählten die gewalttätigeren Methoden, *außer in Fällen, wenn die betreffende Person – Mann oder Frau – unter Wahnvorstellungen litt.* Er hatte ein Beispiel gegeben: eine Frau, die glaubt, dass das Blut des Teufels durch ihre Adern fließt. Doch was, wenn das Ding, das Grace hasste und von dem sie sich befreien wollte, kein Dämon war, sondern das neue Leben, das in ihr heranwuchs? Was, wenn sie das Baby nach Snows Tod als einen Eindringling betrachtete, als Blut von seinem Blut, das sich mit ihrem vermischte und sie vergiftete? Dann hätte sie nur noch den einen Drang verspürt, auszubluten. Ihm schwirrte von diesen Gedanken noch immer der Kopf, als er an die Rezeption trat.

»Kann ich Ihnen helfen?«, fragte ein freundlich aussehender Inder in den Dreißigern.

»Könnten Sie bitte in Collin Coroways Zimmer anrufen und ihm Bescheid sagen, dass ich hier bin?«

Der Mann rief die betreffende Datei in seinem Computer auf. »Und welchen Namen soll ich nennen?«

»Dr. Clevenger. Frank Clevenger.«

»Einen Moment bitte.« Er griff nach dem Hörer, rief das Zimmer an und lauschte. Zehn, fünfzehn Sekunden verstrichen. Er schüttelte den Kopf. »Er scheint nicht da zu sein.«

Clevenger schätzte, dass er besser daran tat, den Angestellten mit einzubeziehen. Das würde weniger Aufmerksamkeit erregen, als wenn er selbst herumschnüffelte. »Könnten Sie wohl den Portier fragen, ob Mr. Coroway einen Fahrdienst bestellt hat? Vielleicht kann ich ihn ja noch einholen.«

»Einen Moment.« Er wählte die Nummer des Portiers und fragte, ob Coroway das Hotelgelände verlassen habe. Er erhielt eine Antwort und legte auf. »Sie haben Glück. Er hat sich zur Pennsylvania Avenue 1300 fahren lassen. Dem Reagan-Gebäude. Soll ich Ihnen auch einen Wagen kommen lassen?«

Der wunderbare Service des Hyatt. »Bitte«, sagte Clevenger. »Dieselbe Firma, wenn das geht.«

Zum ersten Mal sah ihn der Mann etwas argwöhnisch an.

»Spesenkonto«, erklärte Clevenger augenzwinkernd.

»Selbstverständlich. Kein Problem, Sir.«

Keine Viertelstunde später war Clevenger in einem schwarzen Lincoln von Capital Limousine auf dem Weg zur Pennsylvania Avenue 1300. »Woher kommen Sie?«, fragte der Chauffeur, ein vierschrötiger Mann um die sechzig mit einem sonoren Bariton.

»Aus Boston«, antwortete Clevenger. »Und Sie?«

»Los Angeles.« Er kicherte. »Konnte das Wetter da nicht vertragen.«

Clevenger wusste, dass der Scherz eine Einladung war, nach dem wahren Grund für seinen Umzug zu fragen. Er hätte diese Einladung gern ignoriert, um sich ganz auf Snow und Baxter zu konzentrieren. Doch er hatte den Lebensgeschichten anderer noch nie widerstehen können. »War Ihnen wohl zu heiß dort«, griff er den Faden auf.

»Könnte man so sagen.«

Noch eine Einladung. »Nicht nur das Wetter, wollen Sie sagen.«

Der Chauffeur schüttelte den Kopf. »Eine Frau.«

»Schlecht gelaufen?«

»Schlechter als schlecht.«

Die Geschichte kam langsam in Schwung. »Ach?«, sagte Clevenger und lehnte sich zum Zuhören zurück.

»Hatte zwei Kinder, als ich sie kennen gelernt habe. Aber ich hab mich trotzdem auf den ersten Blick in sie verguckt. Verstehen Sie? Jedenfalls, ich bin ein gutes Jahr mit ihr zusammen. Alles ist bestens. Sie liebt mich. Ich liebe sie. Die Kinder nennen mich bereits Dad, was mir vielleicht zu denken hätte geben sollen, wo ihr richtiger Vater im Knast saß.« Er hob einen Finger, um den nächsten Punkt zu betonen. »Wegen bewaffnetem Raub, dachte ich.«

»Bewaffneter Raub«, wiederholte Clevenger.

Wieder reckte sich der Finger hoch. »Jedenfalls, ich heirate sie. Das kleine Mädchen ist da elf. Aus heiterem Himmel heraus beschuldigt mich die Mutter, ich würde ihr zu nah treten.«

»Sie meinen, anfassen.«

Er ignorierte die Korrektur. »Ich hab nichts getan. Das schwöre ich bei den Seelen meiner Eltern. Ich hab die Badezimmertür einen Spalt weit aufgemacht und meinen Kopf abgewandt, aus Respekt vor ihrer Privatsphäre. Ihre Mutter ist am anderen Ende des Flurs. Sie sieht es und fängt an zu schreien. Ich meine, sie hat sich wirklich die Seele aus dem Hals geschrien. Jedenfalls, langer Rede kurzer Sinn, ich wurde festgenommen.«

»Was hat man Ihnen vorgeworfen?«

»Tätlicher Angriff und Unzucht. Meine Frau hat behauptet, ich hätte die Tür aufgebrochen. Und das Mädchen, dem ich zufällig gerade Stubenarrest erteilt hatte, weil es ein Zeugnis mit drei Dreiern und zwei Vieren mit nach Haus gebracht hatte, behauptet, ich hätte es angetatscht.« Er legte sich die Hand auf die Brust. »*Ich habe nichts davon getan.*« Er sah in den Rückspiegel, vermutlich, um sich zu vergewissern, ob Clevenger ihm glaubte. Er schien beruhigt. »Ich musste mir einen Anwalt nehmen und ihm dreißig Riesen hinblättern, damit man mich für unschuldig erklärt, was ich ja war. Aber bei so einem Fall, da braucht es keine Beweise, da zählt allein das Wort des Opfers. Im Zeugenstand hat sie alles zurückgenommen.« Er nickte versonnen. »Dreimal dürfen Sie raten, wofür ihr Ex im Knast saß.«

»Tätlicher Angriff und Unzucht mit dem Mädchen.«

Er schaute in den Rückspiegel. »Sie sind wirklich gut. Verstehen Sie, ich musste den Kopf für ihn hinhalten. Er hat was Unanständiges getan, also haben sie und ihre Mutter vorschnelle Schlüsse gezogen und gedacht, ich wär genauso.«

»Wenn er so war«, sagte Clevenger.

»Wie meinen Sie das?«

»Vielleicht hat der erste Ehemann das Mädchen missbraucht, vielleicht auch nicht. Vielleicht wurde Ihre Frau von ihrem eigenen Vater missbraucht, als sie zehn oder elf war. Vielleicht ist es im Badezimmer des Hauses passiert, in dem sie aufgewachsen ist. Dann öffnen Sie die Badezimmertür einen Spalt weit, und für sie passiert alles wieder von neuem – diesmal mit ihrer Tochter.«

»Das ist mir nie in den Sinn gekommen.«

»Sie sind weggezogen«, sagte Clevenger.

»Es ist da unten in allen Zeitungen breitgetreten worden. Riesige Schlagzeilen, als ich festgenommen wurde. Keine Schlagzeilen, als ich freigesprochen wurde. Dazu wurde ich noch bei der Scheidung über den Tisch gezogen. Und, Sie werden es nicht glauben …«

»Sie müssen Alimente zahlen.«

»Schon wieder ein Volltreffer.« Er wandte den Kopf um und sah Clevenger an.

Clevenger bemerkte erst jetzt, dass seine Augen blassgrün und außergewöhnlich sanft waren. Er sah auf die Hand am Lenkrad und stellte fest, dass er einen Ehering trug.

»Also hab ich mich verabschiedet«, fuhr der Chauffeur fort. »Pleite, und mein Ruf ist auch hin.«

»Haben Sie wieder geheiratet?«, fragte Clevenger.

»Nee.«

»Sie tragen einen Ehering.«

Er zuckte mit den Achseln. »Verrückt, ich weiß. Ich habe ihn einfach nie abgenommen. Nicht, als ich vor Gericht stand. Nicht, als sie mich für unschuldig erklärt haben. Nicht, als ich den Scheidungsbescheid erhalten habe.«

»Warum nicht?«, wollte Clevenger wissen.

»Ich liebe sie noch immer.« Er schüttelte den Kopf. »Ich liebe die Kinder noch immer. Über manche Dinge kommt man eben nie hinweg.«

Über manche Dinge kommt man tatsächlich nie hinweg, dachte Clevenger bei sich. Er verdrängte eine weitere Erinnerung an Whitney McCormick. Aber man macht eben weiter. Wenn der Chauffeur die Wahrheit sagte – und zumindest klang er so –, dann hatte er die Frau verloren, die er liebte, und zwei Stiefkinder, die ihm ans Herz gewachsen waren, hatte seinen guten Ruf verloren, hatte all sein Geld für Anwälte hingegeben, um sich gegen eine Anklage wegen Unzucht zu verteidigen, und war dann ans andere Ende des Landes gezogen, um neu anzufangen. Warum konnte John Snow nicht das Gleiche tun? Selbst wenn seine Ehe zu Ende war, selbst wenn die angespannten Beziehungen zu seinen Kindern kurz vor dem Zusammenbruch standen, warum konnte er nicht einfach einen Neuanfang machen? Waren seine Gefühle für Grace Baxter letztendlich zu unkontrollierbar, zu bedrohlich? Diente seine Operation ebenso dazu, sie aus seinem Kopf zu entfernen, wie alle anderen? »Haben Sie je daran gedacht, Kontakt mit ihnen aufzunehmen?«, fragte Clevenger.

»Ich schicke ihnen jeden Monat einen Brief, erzähle ihnen, was ich so mache«, antwortete er. »Ich schreibe ihnen, dass ich ihnen verziehen habe. Einundzwanzig Briefe, bis jetzt. Fast zwei Jahre.«

»Haben sie je geantwortet?«

»Noch nicht. Aber die Briefe kommen nicht zurück. Sie kommen bei ihnen an.«

»Ich schätze, das bedeutet schon etwas.«

»Es bedeutet mir etwas.« Er hielt vor dem Reagan-Gebäude, einem gigantischen Granitkomplex von dreihunderttausend Quadratmetern auf viereinhalb Hektar. »Pennsylvania dreizehnhundert.« Er drehte sich um. »Sagen wir, zwanzig Mäuse. Und danke, dass Sie sich meinen Müll angehört haben.«

Clevenger gab ihm einen Hunderter. »Vielleicht können Sie mir auch bei etwas helfen«, sagte er.

»Ich werd's auf alle Fälle versuchen.«

»Ein Mann namens Collin Coroway hat sich von Capital Limo vom Hyatt hierher fahren lassen. Ist es irgendwie möglich herauszufinden, ob er noch immer im Gebäude ist?«

»Sind Sie so 'ne Art Detektiv?«, fragte der Chauffeur und musterte Clevenger eingehender. »Sie sind ein echt guter Zuhörer – so als ob Sie wussten, worauf ich hinauswollte, bevor ich es ausgesprochen hatte.«

»Ich bin Psychiater«, erklärte Clevenger.

»Klar doch.« Sein breites Grinsen besagte, dass er das nie und nimmer glaubte. »Geht mich ja auch nichts an. Vergessen Sie, dass ich gefragt habe.« Er griff nach seinem Handy und wählte. Eine Frau meldete sich. »Katie, Al hier«, sagte er. »Collin Coroway, Hyatt nach Pennsylvania dreizehnhundert. Hat er sich schon wieder abholen lassen?« Er lauschte. »Lass dir Zeit. Ich bleib dran.«

Eine gute halbe Minute verstrich, bevor Katie sich wieder meldete. Sie ratterte eine Telefonnummer herunter.

Der Chauffeur langte nach einem Kugelschreiber und notierte die Nummer. »Du hast was bei mir gut«, erklärte er der Frau. Er beendete das Gespräch, dann wählte er die Nummer. Sobald sich am anderen Ende der Verbindung jemand meldete, legte er auf. Er drehte sich wieder zu Clevenger um. »Er ist noch immer hier. Und unter unserer Kontaktnummer für den Fall, dass es irgendwelche Probleme mit seiner Rückfahrt gibt, meldet sich eine Sekretärin für einen Laden namens InterState Commerce.«

»Das ist ja schnell gegangen.«

»Mein Geschenk an Sie«, sagte er augenzwinkernd. »Von einem Schnüffler an den anderen.«

»Sind Sie Privatdetektiv?«

»Lizensiert in Kalifornien. Aber von irgendwas muss man ja die Miete zahlen, oder?«

»Stimmt.«

»Passen Sie auf sich auf, mein Freund.« Er reichte Clevenger seine Visitenkarte.

Clevenger las den Namen – Al French. »Sie auch, Al.«

Er stieg aus, ging in das Reagan-Gebäude und suchte auf dem Firmenverzeichnis im Foyer InterState Commerce heraus. Neunter Stock. Das Penthouse. Er fuhr mit dem Aufzug hinauf.

InterState gehörte eine von nur zwei Suiten in der Etage. Jede davon musste gute ein einhalb- bis zweitausend Quadratmeter groß sein. Clevenger trat vor den InterState-Eingang, eine imposante Milchglastür mit einem eingeätzten, fast anderthalb Meter hohen *I* auf einem Türflügel und einem entsprechenden *S* auf dem anderen. Clevenger klingelte.

»Kann ich Ihnen behilflich sein?«, fragte eine Frauenstimme.

»Ich wollte zu Collin Coroway.«

Die Tür klickte. Clevenger zog sie auf und trat ein.

Der Empfangsbereich war ultramodern, mit Edelstahlwänden und riesigen Flachbildschirmen, die an riesigen Betonsäulen hingen. Auf einem liefen die »CNN Headline News«. Auf dem anderen war eine Weltkarte mit an die hundert kobaltblauen Kugeln mit dem Logo *IS* zu sehen, die über allen sechs Kontinenten leuchteten wie ein Gewitter aus Pingpongbällen. Zwischen den Bildschirmen, hinter einem kobaltblauen Schreibtisch, saß eine wunderschöne Schwarze mit einem Kopfhörer und einem aufgesetzten Lächeln.

Clevenger trat vor sie. »Ich bin Frank Clevenger«, stellte er sich vor.

»Ich glaube nicht, dass Mr. Coroway schon einen Wagen angefordert hat.«

Eine Empfangsdame verwechselte ihn mit einem Hirnoperationspatienten, eine andere mit einem Chauffeur. »Ich bin nicht vom Limousinenservice. Würden Sie ihm bitte Bescheid sagen, dass ich hier bin, um mit ihm zu sprechen.«

»Weiß er, wer Sie sind?«

»Ich untersuche in Zusammenarbeit mit der Polizei den Tod seines Partners, John Snow.«

Keine Reaktion. »Erwartet er Sie?«

»Er wird mit mir sprechen wollen.«

Ein noch gekünstelteres Lächeln. »Warten Sie bitte hier.« Sie verschwand hinter einer durchscheinenden Wand aus Wellplastik, die den Empfang vom Rest der Suite trennte.

Clevenger entdeckte auf ihrem Schreibtisch einen Stapel von Broschüren über InterState. Er nahm sich eine. Das Titelbild war eine Collage aus Fotos – ein Düsenjäger, ein Öltanker, ein Atomkraftwerk, ein Soldat in Tarnkleidung, der in ein Walkie-Talkie sprach. Clevenger schlug die erste Seite auf und las die Selbstdarstellung des Unternehmens:

> InterState hat sich der Aufgabe verschrieben, verlässliche Partnerschaften zwischen Unternehmen und Regierungsbehörden zu schmieden, über ein breites Spektrum von Branchen und Bereichen, ein-

schließlich Bau, Transport, Arzneimittel und öffentliche Versorgung.

Und Rüstungsbedarf, dachte Clevenger bei sich. Er blätterte Seite um Seite mit Empfehlungen von Vorstandsvorsitzenden großer Konzerne durch, die über stimmungsvolle Bilder von Wellen, Sonnenuntergängen und Gewitterhimmeln gedruckt waren. Neben jedem Foto war ein Beispiel für InterStates Rolle bei der Zusammenführung eines bestimmten Bedarfs der Regierung mit einem bestimmten Produkt. Getty Oil lieferte den Treibstoff für die US-Kriegsmarine. Mercks Antibiotika heilten die geknechteten Menschen im Irak. Viacom-Satelliten strahlten die »Stimme von Amerika« aus.

»Er hat jetzt Zeit für Sie«, sagte die Empfangsdame, als sie wieder hinter der Plastikwand hervorkam.

Clevenger folgte ihr einen langen, breiten Korridor hinunter, der auf der einen Seite von gläsernen Büros und auf der anderen von Dutzenden gerahmter Fotos bedeutender Staatsmänner gesäumt wurde. Auf jedem Foto schüttelte ein Politiker oder hochrangiger Militär die Hand eines hoch gewachsenen Mannes mit kahl geschorenem Schädel und dem immergleichen schwarzen Anzug. Er musste so um die siebzig sein, doch er wirkte bemerkenswert fit. Und er kam Clevenger bekannt vor. »Ihr Vorstandsvorsitzender?«, fragte Clevenger und zeigte im Vorbeigehen auf eins der Fotos.

»Ja, das ist Mr. Fitzpatrick«, antwortete sie.

Das half Clevenger, ihn einzuordnen. Byron Fitzpatrick war während des letzten Jahres von Gerald Fords Präsidentschaft Außenminister gewesen. Offensichtlich hatte er verstanden, seine Verbindungen nutzbringend einzusetzen.

Clevengers Handy klingelte. Er warf einen Blick auf die Anzeige. North Anderson. Er ging ran. »Ich bin auf dem Weg zu einem Treffen mit Collin Coroway«, sagte er leise.

»Er ist selbst zum Flughafen gefahren«, berichtete Anderson. »Keine Blutflecken im Wagen, soweit ich das sagen kann, aber der Kühlergrill ist kaputt.«

»Das Konferenzzimmer ist gleich um die Ecke«, sagte die Empfangsdame, eindeutig verärgert darüber, dass Clevenger den Anruf entgegengenommen hatte.

»Du hast zehn Sekunden Zeit«, erklärte Clevenger Anderson.

»Coady hat die Unfallmeldungen überprüft. Coroway hat gestern eine rote Ampel überfahren und einen *Boston-Globe*-Lieferwagen gerammt. Rate mal, wo und wann.«

»Drei Sekunden.«

»Storrow Drive, fünfzig Meter vom Mass General, 4 Uhr 47 in der Früh.«

»Damit war er am Tatort.«

»Hier wären wir«, verkündete die Empfangsdame und blieb vor einer weiteren Milchglastür stehen.

»Pass auf dich auf«, gab Anderson ihm mit auf den Weg.

»Werd ich«, versicherte Clevenger und beendete das Gespräch.

Sie hielt Clevenger die Tür auf. »Mr. Coroway, Frank Clevenger.«

Coroway stand von seinem Sessel am hinteren Ende eines langen schwarzen Konferenztisches auf. Er war ein elegant aussehender Mann um die fünfundfünfzig, etwa einsachtzig groß, mit gepflegten silbergrauen Haaren, breiten Schultern und einer schlanken Taille. Er trug einen dunkelgrauen Nadelstreifenanzug, ein weißes Hemd mit Umschlagmanschetten und Clubkrawatte. »Bitte, kommen Sie herein«, sagte er.

Clevenger betrat den Raum.

»Danke, Angela«, sagte Coroway. Seine Stimme klang so geschmeidig wie die Seide seiner Krawatte.

Die Empfangsdame zog sich zurück.

Coroway kam auf Clevenger zu und streckte ihm die Hand hin. »Collin Coroway.«

Clevenger schüttelte die Hand, registrierte dabei den festen Händedruck und die Tatsache, dass Coroway einen großen goldenen Universitätsring trug, mit einem Saphir in der Mitte und dem eingravierten Schriftzug *Annapolis, 70*. Die Marineakademie. »Frank Clevenger.«

»Ihr Ruf eilt Ihnen voraus. Freut mich, dass Sie hergekommen sind. Das Team scheint mir doch um einiges stärker, seit Sie dabei sind.«

Coroway tat, als ob er Clevenger nach Washington bestellt hätte. Er wirkte nicht im Geringsten erschüttert. »Und welches Team soll das sein?«, fragte Clevenger.

Coroway schürzte die Lippen und nickte. »Ich weiß, dass Johns Tod von Detective Coady untersucht wird. Senator Blaines Büro war so freundlich, sich diesbezüglich für mich zu erkundigen. Er ist unbestreitbar ein sehr kompetenter Mann. Doch er hat noch eine Menge anderer Ermittlungen laufen.«

»Dieser Fall hat Priorität«, sagte Clevenger.

»Lassen Sie uns hoffen, dass dem so ist.« Er deutete auf den Konferenztisch, der von schwarzen Lederdrehsesseln umringt war. »Bitte.« Er ging zu seinem Sessel zurück.

Clevenger suchte sich einen Sessel auf halbem Wege zwischen Coroway und der Tür aus. »Danke, dass Sie mich ohne Anmeldung empfangen«, sagte er.

»Das ist doch selbstverständlich. Ich habe John Zack vom Büro des Senators Bescheid gegeben, wo ich zu finden bin. Ich war überrascht, dass sich nicht schon früher jemand bei mir gemeldet hat. Das ist einer der Gründe, weshalb ich meine Zweifel bezüglich Detective Coady habe. Ich sollte sehr hoch oben auf der Liste der Verdächtigen stehen.« Er beugte sich vor und offenbarte dabei goldene Manschettenknöpfe in der Form von Düsenjägern. »Ich möchte nicht vorschnell oder übertrieben kritisch klingen. Aber John war für mich mehr als nur ein Geschäftspartner. Er war wie ein Bruder.«

»Erzählen Sie mir von ihm.«

»Er war der kreativste, intelligenteste, anständigste Mann, dem ich je begegnet bin oder den ich mir auch nur vorstellen konnte. Er war mein bester Freund.«

Warum war Coroway dann nicht sichtbar erschüttert über seinen Tod? Warum war er nicht nach Boston zurückgekehrt? »War er ein schwieriger Mensch?«, fragte Clevenger.

»Ganz im Gegenteil. Er war im Grunde sehr unkompliziert. Er liebte das Erfinden. Er liebte es, sich etwas auszudenken und zu sehen, wie es Realität wurde.«

»Allerdings nicht alles, was er sich ausdachte«, bemerkte Clevenger.

Coroway lehnte sich im Sessel zurück. »Sie haben mit Johns Frau gesprochen.«

»Das habe ich.«

»Sie hat Ihnen von Vortek erzählt.«

»Sie hat mir erzählt, dass Sie und John sich uneins darüber waren, ob sie das Projekt vermarkten oder begraben sollten.«

»Und jetzt habe ich Carte blanche – durch Johns Tod. Ich kann Vortek einfach in die Produktion gehen lassen und die Emission von Snow-Coroway-Aktien bekannt geben.«

»So sieht sie es jedenfalls.«

Coroway schwieg einen Moment lang. »Möchten Sie wissen, warum ich hier in Washington bin?«, fragte er schließlich.

Etwas in Clevenger hätte gern geantwortet, dass es nicht der schlechteste Ort war, um unterzutauchen, bis die Schmauchspuren an seinen Händen verschwunden waren, doch er hielt sich zurück. »Gern«, sagte er und beließ es dabei.

»InterState hat einen beträchtlichen Teil der Forschungs- und Entwicklungskosten von Vortek getragen. Ich habe gerade rund die Hälfte der fünfundzwanzig Millionen zurückgegeben, die sie in uns investiert hatten.«

»Warum?«, wollte Clevenger wissen.

»Weil wir nichts vorzuweisen haben. Ich glaube nicht, dass

das, was John vorgeschwebt hat, je erreicht werden kann. Vortek war ein Hirngespinst.«

»Hat er die Konstruktionspläne nicht vollendet?«

»Wir haben zwei Prototypen getestet. Beide waren Fehlschläge auf ganzer Linie.«

»Seine Frau hat gesagt, seine Arbeit wäre vollendet gewesen. Er wollte sich einfach nicht von seinem geistigen Eigentum trennen.«

Coroway schmunzelte. »Der heilige Sankt John, Beschützer der Geknechteten, Feind aller Massenvernichtungswaffen. Hat Theresa tatsächlich drei Streifenwagen vor dem Haus stehen?«

»Ich bin sicher, dass Sie das bereits wissen.«

»Sie glaubt wirklich, dass es nichts gab, das er nicht mit seinem genialen Verstand hätte bewältigen können. Ich habe mich auch davon blenden lassen. Bis vor sechs Monaten.«

»Weil er Vortek nicht vollenden konnte.«

»Weil er nicht einmal nah dran war. Nicht einmal mit fünfundzwanzig Millionen an Forschungsgeldern. Glauben Sie mir, es wird in absehbarer Zukunft keinen Börsengang geben.«

»Warum sollte Theresa lügen?«

»Ich denke, dass sie ehrlich geglaubt hat, was John ihr erzählte. Er habe den Radar geschlagen, habe eine Rakete erschaffen, die imstande sei, wie ein Geist geradewegs durch die Verteidigungsanlagen des Feindes hindurchzufliegen. Er sei einfach nur zu menschenfreundlich, um seine Erfindung das Licht der Welt erblicken zu lassen.« Er hielt kurz inne. »Die Wahrheit ist, John wäre der Erste gewesen, der die Patente für Vortek an die amerikanische Regierung verkauft hätte – wenn es ihm je gelungen wäre, etwas Patentierbares zu erfinden. Dieser pazifistische Mist, den er seiner Frau aufgetischt hat, war nichts weiter als sein Versuch, sein Gesicht zu wahren.«

»Hatte er Vortek aufgegeben?«, fragte Clevenger.

»Nein. Das hätte bedeutet, dass er nicht allmächtig wäre. Es hätte bedeutet, dass sein Verstand nicht die Naturgesetze außer Kraft setzen konnte.« Abermals hielt er kurz inne. »Stattdessen schob er die Schuld auf sein Gehirn.«

»Soll heißen?«

»Jedes Mal, wenn er glaubte, dem Durchbruch bei Vortek nah zu sein, hatte er einen Anfall. Ich glaube, das ist der Grund, weshalb er mit Jet Heller seine Odyssee zum OP begonnen hat. Er war überzeugt, die Operation würde geistige Kräfte freisetzen, die er aufgrund seiner Epilepsie nicht nutzen konnte.«

»Und was denken Sie?«

»Ganz ehrlich? Ich denke, es wäre einfacher gewesen, Grace Baxter in die Wüste zu schicken. Er wurde von ihr abgelenkt.«

»Hat John Ihnen von ihr erzählt?«

»Wir hatten keine Geheimnisse voreinander.«

Wie es schien, hatte Snow generell kein Geheimnis aus Grace Baxter gemacht. Heller wusste Bescheid. Coroway wusste Bescheid. Ihr Porträt hing in seinem Haus. »Ihren Tod untersuche ich ebenfalls«, erklärte Clevenger.

»Das weiß ich.«

Keine Überraschung. Coroway schien alles über die Ermittlungen zu wissen. »Irgendwelche Ideen?«

»Ich denke, sie konnte ohne ihn nicht weiterleben.«

»Sie glauben also, dass sie sich das Leben genommen hat.«

»Solange es keine handfesten gegenteiligen Beweise gibt. Sie hatte damit gedroht.«

»Wann war das?«

»Als John ihr das erste Mal sagte, dass es vorbei wäre, so vor einem Monat ungefähr. Sie hat gedroht, sich die Kehle durchzuschneiden.«

Clevenger schnürte sich der Magen zusammen.

»Und das war nur der letzte und schwerste in einer langen Reihe von Tiefschlägen, mit denen sie ihn aus der Bahn geworfen hat«, sagte Coroway.

Sie hat gedroht, sich die Kehle durchzuschneiden. Die Worte hallten durch Clevengers Kopf. Er starrte Coroway an, doch er sah Grace Baxter in ihrem Badezimmer, mit dem Teppichmesser in der Hand.

»Alles in Ordnung, Doktor?«

Clevenger zwang sich, sich zu konzentrieren. »In welcher Weise hat sie ihn noch aus der Bahn geworfen?«

»Sie hat sich in seinem Kopf eingenistet. Anders kann ich es nicht beschreiben. Er war besessen von ihr, wie ein verdammter Fünfzehnjähriger.« Er beherrschte sich wieder. »Es war eine gänzlich neue Erfahrung für John. Sie müssen verstehen, Theresa und er haben zusammengelebt. Sie hatten gemeinsame Kinder. Doch sie waren nie wirklich *ein Liebespaar*. John liebte seinen Verstand. Sie ebenfalls. Es war eine Ménage à trois. Aber als er sich in einen anderen Menschen verliebte, geriet alles aus den Fugen. Er fühlte sich plötzlich wie ein Mann, nicht mehr wie eine Maschine.«

Was auch eine Bedrohung für Snow-Coroways Bilanzen hätte darstellen können. Es war Johns Verstand, der dem Unternehmen seine Profite bescherte. »Haben Sie sich für ihn gefreut?«, fragte Clevenger.

»Eine Weile lang schon. Es war schlichtweg atemberaubend. Alles veränderte sich. Seine Laune wurde besser. Seine Energie war schier unerschöpflich. Er kaufte sich sogar anständige Sachen zum Anziehen, Herrgott noch mal. Er war fasziniert von Dingen, für die er früher nicht das geringste Interesse gezeigt hatte. Kunst. Musik. Selbst sein Sohn. Er wurde lebendig.«

Seine Frau hatte Snows neu gefundenes Interesse an Kyle nicht erwähnt. »Aber seine Arbeit ...«

»Seine Arbeit ging zum Teufel.«

Coroways Analyse von Snow ergab einen Sinn, im Lichte dessen, was Clevenger bereits über ihn wusste. Aber seine Behauptung, Vortek sei ein Blindgänger, war nur schwer zu beweisen. Soweit Clevenger wusste, hätte Coroway die Erfindung gerade vor einer Stunde zum Patent angemeldet haben können. Und Clevenger hatte auch nicht vergessen, dass Coroway mit einem Lieferwagen zusammengestoßen war, als er vom Mass General wegraste, während John Snow in einer Gasse verblutete. »Hatten Sie John in den letzten vierundzwanzig Stunden gesehen?«, erkundigte er sich.

Coroway beugte sich wieder vor. »Reden Sie nicht lange um den heißen Brei herum. Wenn Sie den Unfallbericht inzwischen noch nicht gefunden hätten, dann müsste ich mir in Bezug auf Sie und North Anderson ebensolche Sorgen machen wie in Bezug auf Detective Coady.«

Coroway mochte des Mordes schuldig sein oder nicht, aber niemand konnte ihm vorwerfen, dass er unzulänglich oder falsch informiert wäre. »In Ordnung. Haben Sie ihn gestern Morgen am General getroffen?«

»Ich konnte ihn nicht finden. Ich habe sein Handy angerufen. Er ist nicht rangegangen.«

»Warum haben Sie nach ihm gesucht?«

»Ich wollte ein letztes Mal versuchen, ihn davon abzubringen, sich unters Messer zu begeben«, erklärte Coroway. »Es war ein spontaner Entschluss. Deshalb bin ich ja überhaupt nur mit meinem eigenen Wagen zum Flughafen gefahren. Ich hatte eine Limousine bestellt, die mich um fünf Uhr fünfundvierzig daheim in Concord abholen sollte. Dann hatte ich plötzlich dieses Gefühl ...« Er schüttelte den Kopf.

»Was?«, fragte Clevenger.

»Sie werden denken, ich hätte zu tief in meine Kristallkugel geschaut.«

»Ich werde es niemandem verraten.«

»Ich hatte das Gefühl, ich müsse ihn beschützen.« Er stockte. »Ich konnte es mir nur so erklären – verstand dieses Gefühl so –, dass ich ihn vor sich selbst beschützen müsste, dass ich dorthin gehen und ihm klipp und klar sagen sollte, dass er ein Narr war, damit er endlich ...« Er stockte. »Tatsächlich brauchte er mich, um ihn vor jemand anderem zu beschützen.«

»Sie glauben also nicht, dass er sich selbst umgebracht hat?«

»Ich habe gehört, dass Coady sich in diese Theorie verbissen hat«, sagte Coroway. »Lassen Sie uns hoffen, dass er alsbald davon ablässt. Ansonsten ist es an der Zeit, dass er geht.«

Das machte deutlich, wie viel Einfluss er seiner Ansicht nach auf die Bostoner Polizei hatte. »Ist es nicht wenigstens vorstellbar, dass er Selbstmord begangen hat?«, fragte Clevenger. »Es war seine Pistole. Nur sehr wenige Leute hatten Zugang dazu.«

»John war kein Drückeberger«, entgegnete er tonlos.

»Manchmal werden Menschen krank«, gab Clevenger zu bedenken.

»Er stand im Begriff, sich von seinem Leiden zu befreien. Er wollte sich das Gehirn aufschneiden lassen, um die kaputten Schaltbretter zu entfernen. Er wollte mir und allen anderen beweisen, dass Vortek keine bloße Ausgeburt seiner Fantasie war, dass er es Realität werden lassen konnte.«

Was Snow tatsächlich beweisen wollte, war, dass er sich von allen abwenden konnte, Coroway eingeschlossen. »Sie beide hatten juristische Vorsorge getroffen für den Fall, dass John nicht imstande gewesen wäre, weiter für das Unternehmen zu arbeiten.«

»Er wollte sich einer Hirnoperation unterziehen. Alles Mögliche hätte passieren können.«

Es war an der Zeit, etwas konkreter zu werden. »Wo genau haben Sie am Mass General nach ihm gesucht?«, fragte Clevenger.

»Gut. Lassen Sie uns die Formalitäten hinter uns bringen«, sagte Coroway in seiner typischen Abgeklärtheit. »Im Foyer, zuerst. Dann in der Cafeteria. Die Kassiererin hat mich gesehen – eine Asiatin, um die Vierzig, zierlich, mit Brille.«

Offensichtlich zahlte sich Coroways Navy-Seal-Training aus.

»Ich habe Hellers Büro angerufen«, fuhr er fort. »Es hat sich niemand gemeldet. Ich habe mir gedacht, dass John die Operation vielleicht vorgezogen hat. Also bin ich zurück ins Parkhaus gegangen, wo ich an der Schranke sechs Dollar bezahlt habe. Junger Bursche. Zwanzig, zweiundzwanzig, dicke Brille. Schwarzes, lockiges Haar.«

»Sie waren wirklich nicht lange dort.«

»Ich musste mein Flugzeug kriegen.«

»Um halb sieben«, warf Clevenger ein. Dem Unfallbericht nach hatte Coroway das Mass General kurz vor 5 Uhr verlassen. Der Logan-Flughafen war nur rund eine Viertelstunde entfernt.

»Ich hatte etwas, das ich brauchte, im Büro vergessen.«

Oder musste er sich waschen? »Sie sind also zu Snow-Coroway gefahren.«

»Nachdem ich einen Lieferwagen gerammt hatte. Der Wachdienst unseres Unternehmens wird bestätigen, dass ich gegen fünf Uhr zwanzig dort eingetroffen bin. Ich war erst kurz vor sechs am Logan-Flughafen.«

»Haben Sie einen Schuss gehört, als Sie am Krankenhaus waren?«

»Nein. Aber ich habe Sirenen gehört. Zu dem Zeitpunkt wusste ich natürlich nicht, was los war.« Er verstummte, schloss die Augen und rieb sich grob mit Daumen und Zeigefingern über die Lider.

Clevenger ließ einen Moment verstreichen. »Warum waren Sie gegen die Operation?«, fragte er.

»Ich wollte keinen blinden, taubstummen Partner.«

»Sie fanden, die Risiken wären zu hoch?«

Coroway sah ihn an. »Ohne wirklichen Gewinn? Das können Sie laut sagen. Vortek war eine Totgeburt. Ich hatte das Projekt bereits als Totalverlust abgeschrieben. Deshalb bin ich ja in erster Linie hierher gekommen, um InterState ihr Geld zurückzugeben. Ich habe nicht einen Moment daran geglaubt, dass die Operation all die Dinge bewirken würde, die John sich von ihr versprach.«

»Hatten Sie ihm das offen gesagt?«

»Wohl hundertmal.« Er sah Clevenger in die Augen. »Aber ich hatte ihm nicht alles gesagt. Ich hatte ihm nicht gesagt, was ich tatsächlich von seinen Anfällen hielt. Ich hatte mir geschworen, dass ich es tun würde – gestern Morgen im Krankenhaus.«

»Was wollten Sie ihm sagen?«

»Dass ich nicht glaubte, dass sie echt wären.«

»Die Anfälle?«

»Die was-auch-immer.«

»Sie denken, er hat sie vorgetäuscht?«

»Nicht bewusst«, schränkte Coroway ein. »Ich glaube, wenn er unter Stress stand, wenn ein Problem größer als seine Fähigkeit war, es zu lösen, hatte er einen Ausweg. Ich glaube, er hat diese Gewohnheit als Kind angenommen. Denn niemand hat ihm je erklärt, dass es in Ordnung ist, zu versagen. Später wurde es dann eine unwillkürliche Reaktion. Ein Reflex.«

Coroway beschrieb Pseudoanfälle, Affektkrämpfe, die wie Epilepsie aussahen, aber tatsächlich eine hysterische Reaktion auf Stress waren. Die Augen der Betroffenen verdrehten sich, bis nur noch das Weiße zu sehen war, ihre Glieder zuckten, doch es lag keine tatsächliche Störung im Gehirn vor.

»Ich will damit nicht sagen, dass John nicht von diesen *Anfällen* übermannt wurde«, fuhr Coroway fort. »Aber ich denke, es war eher wie bei jemandem, der bei einer schlechten Nachricht ohnmächtig wird. Das liegt nicht an niedrigem Blutdruck, soweit ich es verstehe. Es ist ein *emotionaler* Zusammenbruch.«

»In seiner Krankenakte aus dem MGH steht, dass er mehr als einmal während seiner Konvulsionen seine Zunge durchgebissen hat. Das braucht eine Menge Emotion.«

»John musste alle um sich herum überzeugen, dass er krank war, angefangen mit seiner Familie, als er ein Kind war. Doch vor allem musste er sich selbst überzeugen. Ich denke, er hätte sich die Zunge abgebissen, solange er sich nur nicht der Wahrheit stellen musste.«

»Der Wahrheit …«

»Dass er Grenzen hatte.«

»Sie glauben nicht, dass Jet Heller überprüft hat, ob die Epilepsie echt war? Denken Sie, dass er einen neurochirurgischen Eingriff an jemandem vornehmen würde, dessen Gehirn im Grunde normal war?«

»Ganz ehrlich? Die Beweislage war dünn. John interpretierte jede Abnormalität in einem Computer-Tomogramm oder EEG als Beweis, dass sein Nervensystem ihn im Stich ließ. Ich denke, Heller sah die Dinge von der gleichen Warte aus. Und ich glaube, das war das wirkliche Problem, das die Ethikkommission des General mit der Operation hatte. Sie hatten einen draufgängerischen Neurochirurgen am Hals, der so darauf brannte, Schlagzeilen zu machen, dass er Johns Gehirn zerstückelt hätte, um ihn vom Niesen zu heilen.«

»Und John fürchtete sich so sehr davor, mit Vortek zu versagen?«

»Vortek war nur ein Symbol«, erklärte Coroway. »Wovor er sich wirklich fürchtete, war, ein bloßer Mensch zu sein.«

Das war eine gänzlich neue Betrachtungsweise von Snows Bestrebungen, sich unters Messer zu begeben. Aber es änderte nichts an den Tatsachen. Coroway war von dem gleichen Straßenblock weggebraust, in dem sein Partner erschossen worden war. Er hatte den Bundesstaat verlassen. Und er war nicht zurückgekehrt. Er könnte von Washington aus nach Paris und weiter zu einem unbekannten Zielort fliegen, wenn es ihm gefiel. »Haben Sie vor, demnächst nach Boston zurückzukehren?«, wollte Clevenger wissen.

»Wahrscheinlich morgen«, antwortete Coroway. »Vielleicht

übermorgen. Ich wünschte, ich könnte bei unseren Angestellten sein, aber Johns Tod bedeutet für mich mehr Arbeit als je zuvor. Und viel davon ist hier zu erledigen, bei unseren Vertretern und Kunden, einschließlich der Capitol-Hill-Clique. Sie brauchen die Versicherung, dass wir noch im Geschäft sind.«

»Und sind Sie es?«, fragte Clevenger.

Coroways Lippe verzog sich leicht. »Niemand ist unersetzlich«, sagte er. »Ich habe Snow-Coroway wenigstens im gleichen Maße mit aufgebaut wie John. Er war ein Genie, aber wir haben sehr begabte Leute, die unter ihm gearbeitet haben.« Er sah nicht so aus, als ob ihn seine eigenen Worte überzeugen würden. »Und ich muss mir immer wieder ins Gedächtnis rufen, dass John, so kreativ er auch war, uns monatelang sinnlos im Kreis hat herumlaufen lassen«, fuhr er fort. »Wir hätten bei dem Projekt bedeutend früher den Schlussstrich ziehen sollen.«

Clevengers Blick wanderte abermals zu Coroways Manschettenknöpfen – den kleinen, goldenen Düsenjägern. Seine Frage war naiv gewesen. Geschäft war Geschäft. Die Show würde auch ohne Snow weitergehen. »Irgendeinen Verdacht, wer ihn umgebracht hat?«, fragte er.

»Keine Ahnung«, antwortete Coroway wie aus der Pistole geschossen.

Das war das Einzige, was Coroway nicht zu wissen schien. »Nicht einmal eine Vermutung?«

»Das ist Ihre Aufgabe.«

»Deshalb frage ich ja.«

Coroway stand auf und stellte sich ans Fenster. »Vielleicht tragen wir alle Mitschuld daran.«

Diese Beichte erinnerte vage an Lindsey Snows seltsames Geständnis. »Wie das?«

»Wir alle brauchten John in unserem Leben – aus den verschiedensten Gründen«, sagte Coroway, und seine Stimme klang jetzt sanfter, weniger selbstsicher. »Grace, Theresa,

Johns Kinder. Ich. Vielleicht haben wir alle Blut an unseren Händen.«

Clevenger wollte Coroway ein wenig mehr unter Druck setzen. »Erzählen Sie mir von dem Blut an Ihren«, forderte er ihn auf.

Er drehte sich wieder zu Clevenger um. Sein Gesicht war blass. »Ich habe Lindsey von Grace Baxter erzählt.«

Im Geiste sah Clevenger die kalten, leeren Augen des Mädchens. »Sie haben ihr erzählt, dass ihr Vater eine Affäre hatte?«

»Ich bin nicht stolz darauf.«

»Aber warum haben Sie dann …«

»Sie kann sehr überzeugend sein«, sagte Coroway. »Sie war in Tränen aufgelöst, wollte wissen, was sich zwischen ihr und ihrem Vater verändert hätte. Sie war der einzige Mensch in seinem Leben gewesen, dem er die gleiche Aufmerksamkeit wie seiner Arbeit gewidmet hatte. Er vergötterte sie. Urplötzlich musste sie ihn mit jemandem teilen.«

»Mit Grace.«

»Mit Grace. Mit Kyle – ihrem Bruder. Mit Heller. Mit den gesamten verflixten Vereinigten Staaten, wenn man es genau bedenkt. Ihr Vater war plötzlich prominent. Es war schwer, ihr Leid untätig mit anzusehen.« Er schüttelte den Kopf. Er sah aus, als wäre er ehrlich angewidert von seinem Handeln. »Grace hatte bei Snow zu Hause angerufen, um die Lieferung eines Ölgemäldes aus der Galerie zu arrangieren. Lindsey fand, sie hätte irgendwie seltsam geklungen. Also hat sie mich gefragt, ob da irgendwas zwischen den beiden liefe. Ich habe es ihr gesagt.«

»Sie hätten lügen können.«

»Ich hätte es tun sollen.«

»Warum haben Sie es nicht getan?«

»Weil Grace Baxter nicht gut für ihn war«, erklärte er ohne Zögern. Die Antwort schien ihn nicht zu befriedigen, ebenso wenig, wie sie Clevenger befriedigte. »Ich wollte ihn wiederhaben. Es klingt kindisch, ich weiß. Ich habe mir Sorgen wegen des Unternehmens gemacht. Und er hat mir als Freund gefehlt.«

»Wollen Sie mir sagen, dass Sie denken, Lindsey hätte ihren Vater umgebracht?«

»John hatte sich auf ein gefährliches Spiel eingelassen. Drei Frauen waren ihm verfallen.«

»Theresa, Grace und Lindsey.«

»Was Theresa betrifft, sie war einzig an seinem Verstand interessiert. Ich glaube nicht, dass sie sich sonderlich darum scherte, was er mit dem Rest seiner Anatomie machte. Grace schien vor allem selbstzerstörerisch zu sein, mit ihren Drohungen, sich die Kehle durchzuschneiden, und all dem.«

Sich die Kehle durchzuschneiden. Die Worte taten Clevenger beim zweiten Mal nicht weniger weh. »Womit Lindsey übrig bleibt«, brachte er mühsam heraus.

Ein geistesabwesender Blick trat in Coroways Augen. »Sie war so wütend«, sagte er. »Ich wusste es in dem Moment, als ich es ihr erzählte … ich wusste, dass sie nie darüber hinwegkommen würde.«

»Sie ist zusammengebrochen.«

»Nein, das ist sie nicht. Das war es ja, was mich so beunruhigt hat. Sie wurde einfach nur still. Sehr still.« Er sah wieder Clevenger an. »Dann sagte sie etwas, das ich nicht verstanden habe.«

»Was war das?«

»Sie sagte, ich hätte keine Ahnung, wie sehr Kyle seinen Vater hasste.« Er schüttelte den Kopf. »Ich habe nicht begriffen, wieso sie plötzlich diesen Sprung machte, wie sie von sich auf ihren Bruder kam. Aber ich glaube, jetzt weiß ich es.«

11

Am Ende ihres Treffens bot Coroway an, Clevenger einen Wagen zu rufen, doch Clevenger gab vor, dass er nur ein paar Blocks entfernt mit einem alten Freund zu einem frühen Abendessen verabredet sei. Er hatte nicht vor, sich in eine völlig anonyme Limousine zu setzen, die von einem Mann bestellt worden war, der Manschettenknöpfe in der Form von Düsenjägern trug und dessen Geschäftspartner in einer dunklen Gasse erschossen worden war. Er ging drei Blocks zu Fuß, dann hielt er ein Taxi an, stieg ein und wies den Fahrer an, ihn zurück zum Reagan-National-Flughafen zu bringen.

Der erste Anruf, den er während der Fahrt machte, ging an seine Sekretärin Kim Moffett. Die Presse hatte Wind davon bekommen, dass Clevenger von der Bostoner Polizei angeheuert worden war, um Snows Mörder zu finden. Über ein Dutzend Reporter hatten in der Praxis angerufen. Auf dem Parkplatz wimmelte es von Kamerateams. Moffett war so mit dem ganzen Durcheinander beschäftigt, dass es bis zum Ende des Gesprächs dauerte, bis sie Clevenger sagte, dass Lindsey Snow zwanzig Minuten zuvor vorbeigekommen war.

»Hat sie gesagt, was sie wollte?«, fragte Clevenger.

»Nein. Aber sie hat gesagt, dass es *nichts Dringendes* wäre. Sie hat nicht geweint, und sie war auch nicht durcheinander oder so.«

Nach Grace Baxters Anrufen war Kim besonders vorsichtig, was Clevengers Gewissensbisse, seinerzeit nicht rechtzeitig reagiert zu haben, nur noch verschlimmerte. »Hat sie eine Nummer hinterlassen?«

»Ihr Handy. 617-555-8131.«

»Ich werde sie anrufen.«

»Soll ich Ihnen was Komisches sagen?«, fragte Kim.

Clevenger hatte gelernt, sich nicht von Kims Jugend, ihren blonden Locken oder ihrer lieblichen Stimme täuschen zu lassen; sie hatte einen ausgesprochen klugen Kopf auf ihren Schultern. »Schießen Sie los.«

»Sie hat mit mir geredet, als würden wir uns kennen. Und sie hat über Sie gesprochen, als ob es ganz normal wäre, dass sie einfach bei Ihnen vorbeischneit. So als würde sie das tagtäglich machen. Sie ist so was wie meine neue beste Freundin aus der Instanttüte. Nur Wasser hinzufügen und umrühren. Ich meine, lebt die Frau in irgendeiner Fantasiewelt?«

»Ich weiß es nicht«, erwiderte Clevenger. »In was für einer Welt sie auch immer lebt, halten Sie Abstand.«

»Schon klar.«

»Sonst noch was?«

»North ist nicht hier, aber er hat mir aufgetragen, Sie daran zu erinnern, dass Sie ihn anrufen wollten, sobald Ihr Treffen vorbei ist, was es jetzt ja wohl ist, da Sie mit mir sprechen.«

»Wird gemacht.«

Clevenger rief bei Anderson durch und gab ihm einen kurzen Abriss seines Treffens mit Coroway. Sie entschieden, dass Anderson während der Nachtschicht zum MGH gehen und ein Bild von Coroway, das er sich aus dem Internet besorgt hatte, herumzeigen sollte. Es könnte der Mühe wert sein zu überprüfen, ob sich irgendeiner der Angestellten erinnerte, Coroway im Foyer oder in der Cafeteria oder im Parkhaus gesehen zu haben – oder in der Nähe der Gasse, in der man Snow gefunden hatte.

Als Nächstes rief er Lindsey Snow an.

»Hallo?«, meldete sie sich.

»Dr. Clevenger hier«, sagte er.

»He, sind Sie in Ihrer Praxis?«

Ihr Ton war unangemessen familiär. »Nein«, antwortete Clevenger. »Wie ich höre, sind Sie dort vorbeigekommen.«

»Wann werden Sie wieder dort sein? Kann ich hinkommen?«

Clevenger sah auf seine Armbanduhr. 5 Uhr 10. Wenn er den Sechs-Uhr-Pendlerflug zurück nach Boston erwischte, konnte er um 20 Uhr im Büro sein. Billy würde erst um einiges später aus dem OP heimkommen. Clevenger war sich bewusst, dass er Theresa Snow hinterging, wenn er allein mit ihrer achtzehnjährigen Tochter sprach, aber bei einer Mordermittlung war das durchaus zulässig. Und er konnte wahrscheinlich arrangieren, dass Kim länger blieb, damit ein Dritter zugegen war. »Sicher«, sagte er. »Warum kommen Sie nicht um acht vorbei?«

»Es geht mir ziemlich mies«, gestand Lindsey, und ihre Stimme nahm unvermittelt einen verzweifelten Tonfall an. »Ich fühle mich so leer.«

»Sie haben Ihren Vater verloren.«

»Ich habe alles verloren.«

Sie klang, als wäre sie dem Zusammenbruch nahe. »Lindsey, wenn Sie jetzt gleich mit jemandem reden möchten«, erklärte er ihr, »es ist keine Schande, in die Notaufnahme zu gehen. Ich kann Sie im Cambridge Hospital treffen.«

»Mit den meisten Leuten kann ich nicht reden.«

»Können Sie mir versprechen, dass Sie über die nächsten zwei Stunden zurechtkommen werden?«

»Ich komme schon zurecht«, hauchte sie.

Clevenger hatte das Gefühl, er befinde sich in einer Wiederholung seiner Begegnung mit Grace Baxter, bitte abermals um einen *Contract for Safety*, als ob das irgendeine Garantie wäre. Aber ihm war auch klar, dass Lindsey nichts gesagt hatte, was gerechtfertigt hätte, dass die Polizei sie gegen ihren Willen ins Krankenhaus einlieferte. »Sind Sie sicher?«, fragte er.

»Sie machen sich Sorgen um mich«, schluchzte sie leise. Offenkundig hatte sie angefangen zu weinen. »Das ist so lieb.« Sie räusperte sich. »Das brauchen Sie nicht. Ich bringe *andere* Leute um, wissen Sie das nicht mehr?«

»Lindsey ...wo sind Sie?«

»Ich sehe Sie dann um acht.« Sie legte auf.

Clevenger wählte abermals ihre Nummer, doch es meldete sich nur ihre Voicemail. Er versuchte es noch einmal. Dasselbe Ergebnis. Er überlegte, das Cambridge Hospital anzurufen und zu veranlassen, dass ein Sozialarbeiter zu Snows Haus in der Brattle Street fuhr. Aber er hatte nicht das Recht dazu, und er wusste, dass der größte Teil seiner Sorge nicht einmal dem galt, was Lindsey womöglich zustoßen könnte. Alles drehte sich darum, was Grace Baxter bereits zugestoßen war.

Er schloss die Augen und lehnte den Kopf an den Rücksitz, aber das rief nur die Erinnerung an Collin Coroways Worte wach. *Sie hat gesagt, sie würde sich die Kehle durchschneiden*. Er schlug die Augen auf und starrte aus dem Fenster des Taxis auf die vorbeisausenden kahlen Bäume. Die Sonne ging unter, und der Himmel kam ihm dunkler vor als noch wenige Minuten zuvor.

Er wollte während des Flugs schlafen, aber es ging nicht. Er holte John Snows Tagebuch hervor und blätterte es durch. Die meisten Einträge, die zwischen Snows Skizzen und Berechnungen eingeschoben waren, waren ein Wiederkäuen seiner zentralen Frage: Ob er das Recht habe, einen Abgang aus der eigenen Lebensgeschichte zu machen. Doch etwa auf der Hälfte des Tagebuchs stieß Clevenger auf eine Passage in winzigen Lettern, die quer über die untere Hälfte einer Seite geschrieben war. Und sie begann mit dem Wort *Liebe*.

> Liebe ist das größte Hindernis bei der Wiedergeburt. Wenn man liebt, erhebt man Anspruch auf einen anderen Menschen, verleibt diese Person dem eigenen

Selbstbild ein. Liebenden fällt es nicht nur schwer, sich vorzustellen, ohne den anderen zu existieren, sie werden auch zu einem dritten Wesen – dem Paar. Deshalb ist Liebe so befreiend, wenn sie erblüht.

Aber geht mit jeder Paarung nicht auch zwangsläufig der langsame Tod der beiden Individuen einher, die Auflösung des Mannes und der Frau ineinander? Ist es das, was die Leute meinen, wenn sie sagen, sie würden jemanden bis in den Tod lieben?

Ich liebe dich bis in den Tod.

Hat das Paar tatsächlich mehr Recht zu überleben als die beiden Individuen?

Die Technologie bietet uns eine Lösung. Wenn die Liebe schwindet, kann ein sorgsam geführtes Skalpell das Individuum in seiner Ganzheit wiederherstellen, kann es mit einem sauberen Schnitt von den Tentakeln des anderen befreien, die so tief in seiner Seele verwurzelt sind.

Der einzelne menschliche Lebensgeist kann von der erdrückenden Last gemeinsamer Emotionen und Erfahrungen, unter denen er begraben ist, befreit werden.

Das Individuum kann ohne Schuldgefühle oder Traurigkeit wieder geboren werden, denn es gibt keine Erinnerung an andere mehr, sondern nur den leuchtenden Horizont, das grenzenlose Potenzial einer gänzlich neuen Geschichte.

Clevenger legte das Tagebuch beiseite. Snows Angst davor, sich zu verlieren, sprach aus jeder Zeile, seine Sorge, dass die »Tentakel« seiner Geliebten tief in ihn hineinreichen und nie mehr loslassen könnten, dass eine Liebesbeziehung ein berauschendes Krebsgeschwür sei, das die Seelen, die es verband, verschlang. War ihm seine Liebe zu Grace Baxter so vorgekommen? Hatte er sich letztendlich für die Beendigung ihrer Beziehung und die Operation entschieden, weil er Angst hatte, er könne aufhören zu existieren, wenn er sich ganz seiner Liebe zu ihr hingäbe? Und wie hätte er darauf reagiert, wenn er erfahren hätte, dass ein Teil von ihm bereits in ihrem Leib heranwuchs?

Clevenger atmete tief durch und schüttelte den Kopf. Tiefe Traurigkeit erfüllte ihn. Er fragte sich, warum. Zuerst dachte er, dass er tatsächlich Mitgefühl für Snow empfand, einen Mann, der überzeugt war, eine Umarmung sei bloß die Vorstufe eines Todes durch Ersticken. Einen Mann, der geheiratet hatte, um allein sein zu können. Aber dann tauchte vor Clevengers geistigem Auge wieder Whitney McCormick auf. Er sah ihr Bild nur für den Bruchteil einer Sekunde, aber das genügte, um ihn erkennen zu lassen, dass er nicht nur um Snows willen traurig war. Er war auch um seiner selbst willen traurig. Denn die Hölle seiner eigenen Kindheit hatte ihn nicht viel besser dastehen lassen. Letztendlich war auch er allein. Seine Patienten lagen ihm am Herzen. Er liebte seinen Sohn. Aber er war sich ganz und gar nicht sicher, ob er je würde zulassen können, dass jemand ihn liebte.

Durch eine Verzögerung bei der Landung erreichte Clevenger Boston Forensics nur knapp zehn Minuten vor der Verabredung mit Lindsey Snow. Er ignorierte die drei unerschütterlichen Reporter, die sich schon seit Stunden vor dem Maschendrahtzaun herumgedrückt haben mussten.

Cary Shuman war einer von ihnen, ein verbissener Schreiberling, der wie eine Wühlmaus mit Begeisterung unter dem Asphalt von Chelseas krummen Straßen gegraben hätte, wenn er dort eine Story vermutet hätte. »Schon irgendwelche Spuren, Doktor?«, brüllte er, als Clevenger auf den Eingang zuging.

Clevenger blieb nicht stehen.

»Stimmt es, dass Grace Baxter Ihre Patientin war?«

Das ließ Clevenger aufhorchen, doch er zwang sich weiterzugehen.

»Sie haben es geschafft«, begrüßte ihn Kim Moffett, als er zur Tür hereinkam, und trat hinter ihrem Schreibtisch hervor. Sie hatte sich bereit erklärt, länger zu bleiben. Sie trug eine schwarze Lederjacke, zerrissene Levis und Prada-Lederturnschuhe – eine ziemlich typische Aufmachung für sie.

»Danke, dass Sie länger geblieben sind«, sagte Clevenger.

»Kein Problem.«

»Alles in Ordnung?«

»Bestens. Ich habe jede Menge Gesellschaft, falls ich mich einsam fühlen sollte«, feixte sie und deutete mit einem Nicken auf Shuman und Konsorten draußen auf der Straße.

Er schmunzelte und machte Anstalten, in sein Büro zu gehen.

»Wissen Sie, Sie sehen nicht gut aus«, bemerkte sie. »Haben Sie überhaupt geschlafen?«

»Mir geht's gut«, sagte er. Er blieb stehen und drehte sich zu ihr um. »Danke der Nachfrage.« Das tat sonst niemand mehr.

»Soll ich Ihnen etwas zu essen kommen lassen?«

»Ich besorg mir etwas auf dem Heimweg.«

»Lügner.«

Er lächelte sie an, drehte sich um und ging in sein Büro. Er hatte noch nicht ganz die Jacke ausgezogen, als die Gegensprechanlage summte. »Lindsey Snow ist hier«, verkündete Kim.

»Schicken Sie sie rein.« Er öffnete ihr die Tür.

Lindsey warf ihm einen schüchternen Blick zu, als sie an ihm vorbei ins Büro ging. Sie trug dieselben engen Jeans und denselben Pullover wie am Vormittag, aber sie hatte sich zurechtgemacht, hatte sich geschminkt und Parfüm aufgelegt und das Haar zu einem Zopf gebunden.

»Ich bin froh, dass Sie gekommen sind«, sagte Clevenger. Er

deutete auf den Sessel, in dem Grace Baxter gesessen hatte. »Bitte.«

Sie setzte sich.

Er nahm im Schreibtischsessel Platz, drehte sich zu ihr um und sah, dass sie weinte.

»Warum krieg ich mich einfach nicht in den Griff?«, fragte sie.

»Vielleicht, weil das niemand von Ihnen erwarten kann«, sagte Clevenger.

Sie wischte sich die Wangen ab, doch die Tränen strömten weiter.

Er ließ sie in Ruhe weinen. Er musterte sie dabei und sah von neuem ihre unverstellte Sinnlichkeit, noch immer auf der Schwelle zwischen Pubertät und Erwachsensein, gestrandet in einem Niemandsland – zu fraulich für die Jungen in ihrem Alter, zu jung für erwachsene Männer.

Nach einer Weile schienen die Tränen zu versiegen. »Ich habe Ihnen heute Vormittag nicht alles erzählt«, sagte sie.

Clevenger wartete, denn er erinnerte sich daran, dass sie sich blitzschnell in sich zurückzog, wenn man sie drängte.

»Ich habe etwas Schlimmes getan.«

Wieder ein Köder. Er schnappte nicht danach. »Sind Sie sicher, dass Sie mit mir darüber reden wollen?«, fragte er.

Sie zuckte nur mit den Achseln.

Einige Augenblicke verstrichen. Er fragte sich, ob er zu distanziert war. »Sie können mich nicht vergraulen.«

Sie schloss die Augen, schluckte schwer, dann schlug sie die Augen wieder auf und sah ihm ins Gesicht. »Ich habe ihm nicht einfach nur gesagt, dass ich wünschte, er wäre tot. Ich habe ihn dazu gebracht, den Tod *herbeizusehnen*. Ich meine, ich habe ihm etwas genommen, das ihm Lebensmut gegeben hat.«

»Und was war das?«

»Eine *Frau*.« Ihre Wangen wurden rot. Sie blickte zu Boden. »Er hatte ein Verhältnis.«

Die Verbitterung in ihrer Stimme klang, als ob ihr Vater sie betrogen hätte, nicht ihre Mutter. »Mit wem?«, fragte Clevenger.

»Sie hieß Grace Baxter. Sie hatte eine Kunstgalerie.« Sie presste die Knie zusammen. »Sie hat auch Selbstmord begangen. Gleich nach meinem Vater.« Sie ließ den Kopf hängen. »Ich bin ein sehr schlechter Mensch.«

»Wie haben Sie das mit ihr und Ihrem Vater herausgefunden?«

»Sie hat einmal bei uns zu Hause angerufen«, sagte Lindsey und sah ihn dabei an. »Sie war, naja, irgendwie komisch am Telefon. So als würde sie mich kennen oder so. Und die Art, wie sie seinen Namen ausgesprochen hat … Es war widerlich. Ich habe Collin, den Geschäftspartner meines Vaters, nach ihr gefragt.«

Das stimmte mit dem überein, was Coroway Clevenger erzählt hatte. »Und was hat er Ihnen gesagt?«

»Dass sie … Sie wissen schon … mit meinem Dad zusammen war.«

»Was haben Sie da empfunden?«

»Wie ich schon gesagt habe: dass mein Dad ein Lügner war.«

Clevenger sah ihr tief in die Augen.

Sie hielt seinem Blick stand. »Und dass sie eine verdammte Hure war.«

Lindseys Zorn richtete sich eindeutig hauptsächlich gegen Grace Baxter. Das ergab psychologisch gesehen einen Sinn. John Snow hatte eine leidenschaftslose Ehe geführt, aber eine Tochter großgezogen, die er für perfekt hielt. Dieses Ungleichgewicht konnte leicht dazu geführt haben, dass Lindsey sich als die wichtigste Frau in seinem Leben betrachtet hatte. Es gab keine gesunde ödipale Konkurrenz in der Familie. Ihr Vater gehörte ihr allein – bis Grace Baxter auf der Bildfläche erschien.

»Ich bin in der Galerie gewesen«, sagte sie.

»Haben Sie sie gesehen?«

Sie sah aus, als wäre ihr übel. »Wie hätte ich sie übersehen können? Ich hatte sie ja seit Monaten angestarrt. Haben Sie das Gemälde über dem Kamin im Wohnzimmer gesehen? Die nackte Frau am Fenster?«

Clevenger nickte.

»Das ist sie. So pervers war sie. Sie hat ihn dazu gebracht, sie mit nach Haus zu seiner Familie zu nehmen.«

»Was haben Sie empfunden, als Sie sie in der Galerie gesehen haben?«, wollte Clevenger wissen.

»Ich hätte am liebsten gekotzt.«

»Haben Sie Ihrem Vater gesagt, dass Sie über sie Bescheid wussten?«

»Nicht direkt. Ich habe ihm gesagt, dass er ein Lügner wäre. Ich habe ihm gesagt, dass ich wünschte, er wäre tot.«

Die wahre Lüge war natürlich, dass Snow Lindsey gehört hätte, wäre er nicht an seine lieblose Ehe gefesselt gewesen. Als die einzige Frau, die er verehrte, war Lindseys sich entwickelnde Psyche der Möglichkeit beraubt gewesen, zu der gesunden Schlussfolgerung zu gelangen, dass ihr Vater als Partner gänzlich unerreichbar war, weil er ihre Mutter *liebte*. Grace Baxters Auftauchen bewies, dass Snow willens und bereit war, außerhalb seiner Ehe Liebe zu suchen, leidenschaftlich zu sein – doch nicht mit Lindsey. Er hätte ihr niemals gehört. »Und was hat er gesagt, als Sie ihm erklärten, dass Sie sich wünschten, er wäre tot?«, fragte Clevenger.

»Er hat gesagt …« Tränen sprangen ihr in die Augen. »Er hat gesagt, dass mein Wunsch möglicherweise in Erfüllung gehen würde.«

»Wann war das?«

»Vor ein paar Monaten.«

»Und hatten Sie beide seitdem miteinander gesprochen?«

»Nicht über irgendetwas von Bedeutung. Nur die eine oder

andere Floskel. Es gab nichts mehr zu sagen.« Sie kämpfte gegen die Tränen an. »Dann habe ich etwas gefunden.«

»Und was war das?«

»Ein Brief.«

»Von Ihrem Vater?«

Sie schüttelte den Kopf. »Von dieser …« Sie biss sich auf die Zunge. »Von ihr. Ein Abschiedsbrief.«

Clevengers Herz schlug schneller. »Wo haben Sie ihn gefunden?«

»In seinem Aktenkoffer.«

»Sie haben seinen Aktenkoffer durchsucht?«

»Da drin hat er die Quittungen aus dem Four Seasons aufgehoben«, erklärte sie verbittert. »Dort haben sie sich getroffen. Ich bin ihnen einmal gefolgt. Ich wollte wissen, ob sie in der Zwischenzeit wieder dort gewesen waren.«

»Erinnern Sie sich noch, was in dem Brief gestanden hat?«

»Irgend so ein Mist darüber, dass sie sich nicht lebendig fühlen würde ohne ihn. Dass sie hoffte, dass er ihr verzeihen würde, dass sie sich umbrachte. Und dann noch ganz widerliche Sachen.«

Er wollte Lindsey nicht zum Verstummen bringen, aber er musste es wissen. »Zum Beispiel?«, fragte er.

Sie sah jetzt wirklich aus, als würde sie sich gleich übergeben. »Sie hat gesagt, jedes Mal, wenn er in sie *›eingedrungen‹* sei, sei sie in ihn ›eingedrungen‹.«

Lindsey beschrieb den Abschiedsbrief, der auf Graces Nachttisch gefunden worden war. »Was haben Sie mit dem Brief gemacht?«, fragte er sie.

Sie wandte den Blick ab.

Er wartete.

»Ich hätte ihn einfach wieder zurück in den Aktenkoffer legen sollen.«

»Aber …«

Sie sah ihn an, und etwas Neues trat in ihren Blick – eine

Selbstgerechtigkeit, die er zuvor noch nicht gesehen hatte. »Ich habe ihn ihrem Mann gegeben, George Reese. Ich habe ihn von meinem Bruder in seinem Büro in der Beacon-Street-Bank abgeben lassen.«

»Sie haben Kyle von Grace Baxter erzählt?«

»Er und Dad sind über die letzten drei, vier Monate richtig dicke miteinander gewesen. So als ob sie plötzlich die besten Freunde wären, obwohl Dad ihn ansonsten sein ganzes Leben lang wie Dreck behandelt hat. Ich wollte nicht, dass er sich davon einlullen ließ und dann herausfinden musste, dass wir alle ihretwegen fallen gelassen wurden.«

Kyles sich entwickelnde Beziehung mit Snow hätte eindeutig eine Bedrohung für Lindseys Sonderstellung in Snows Leben bedeutet. Indem sie Kyle von Grace Baxter erzählte, hatte sie nicht nur die Affäre ihres Vaters torpediert, sie hatte auch jede Chance auf ein wirkliches Vater-Sohn-Verhältnis zunichte gemacht. »Wann hat er George Reese den Brief gebracht?«

»Vor einer Woche.«

Diese Information war alles, was Coady brauchte, um Reese für ein Verhör aufs Präsidium zu holen. Er hatte ein Motiv für einen der beiden Morde; er wusste, dass seine Frau eine Affäre hatte und mit wem. Und er wusste, dass es nicht nur ein kurzes Abenteuer war. Sie liebte Snow. Sie wollte ohne Snow nicht weiterleben.

»Das war das Ende zwischen ihr und meinem Dad«, fuhr Lindsey fort.

»Wie können Sie sich da sicher sein?«

»Durch sein Handy. Kyle ist ins Internet gegangen und hat einen Weg gefunden, eine Liste von Dads Anrufen einzusehen. Er hat sie von jenem Tag an nie wieder angerufen.«

»Ich schätze, Sie haben erreicht, was Sie erreichen wollten.«

Lindsey zuckte mit den Achseln. »Ich schätze, sie hat letztendlich ihre Drohung wahr gemacht«, sagte sie, ohne sonderliche Anteilnahme.

Den »Abschiedsbrief« an Reese zu übergeben mochte tatsächlich in letzter Instanz zu John Snows Tod geführt haben – und zu dem von Grace Baxter. Aber Lindsey wirkte nicht sonderlich reuig. »Ich bin froh, dass Sie es mir erzählt haben«, sagte Clevenger. »Es braucht viel Mut, so etwas einzugestehen.«

Sie zog die Knie an die Brust, wie im Pick-up, und legte den Kopf darauf. »Ich fühle mich so geborgen bei Ihnen«, sagte sie. »Ich könnte Ihnen alles erzählen. Geben Sie jedem dieses Gefühl?«

»Nicht jedem«, sagte Clevenger.

»Ich schätze, das ist so eine Anziehungssache. Ich meine, Therapie ist eine sehr intime Beziehung.«

»Das hier ist keine Therapie.«

»Was ist es dann?«

Clevenger antwortete nicht. Er war nicht Lindseys Psychiater, aber er hatte sie in seine Praxis eingeladen. Vielleicht war das ein Fehler gewesen.

»Wem erzählen Sie Ihre Sachen?«, fragte sie.

Clevenger erkannte, dass sie die Grenzen zwischen ihnen immer mehr zu verwischen suchte. Jetzt wollte sie *seine* Therapeutin sein oder gar mehr. Wenn man einen Vater hatte, der einem scheinbar die Möglichkeit einer vollständigen Vereinigung offerierte, konnte man am Ende überall dieser Illusion nachlaufen, mit jedem Ersatzvater, den man fand. »Ich würde Sie mit meinen ›Sachen‹ nicht belasten wollen«, erklärte Clevenger.

»Mir macht es nichts aus.«

»Sie brauchen sich meinetwegen keine Sorgen zu machen«, sagte Clevenger. »Ich komme schon zurecht.«

Sie sah ihn noch warmherziger an. »Ich wette, Sie haben niemanden, bei dem Sie sich anlehnen können. Sie sind ein Einzelgänger. Sie hören sich die Geheimnisse anderer Leute an, aber Ihre verraten Sie niemandem.« Sie kaute an ihrer Unterlippe. »Habe ich Recht?«

In diesem Moment erkannte Clevenger, wie es passieren konnte, dass ein Psychiater vom rechten Pfad abkam. Denn was Lindsey Snow über ihn sagte, stimmte zum Teil. Es war schön, so etwas zu hören, Verständnis zu finden, selbst bei einer Achtzehnjährigen. Und obgleich sie noch so jung war, wäre es leicht gewesen, die psychologische Dynamik zu vergessen, die sie diese Dinge sagen ließ – die Übertragung auf ihren Vater. Es wäre leicht gewesen zu glauben, dass tatsächlich ein besonderes Band zwischen ihnen bestand. »Ein Therapeut kann nicht über sich selbst reden, schon gar nicht mit …«

»Aber ich bin nicht Ihre Patientin.«

»Nein. Genau betrachtet nicht.«

»Na schön. Also … Was bin ich?«

»Sie sind die Tochter eines Mannes, der gestern gestorben ist. Ich untersuche seinen Tod. Wenn ich Ihnen helfen kann, tue ich das gern, aber …«

»Hören Sie sich nur mal selbst zu. Sie drehen sich im Kreis. Das ist doch alles ein Zirkelschluss. Ich kann nicht Ihr Freund sein, aber ich bin nicht Ihr Psychiater, aber wenn ich Ihnen helfen kann. Blablabla. Sie klingen wie Dad, wenn er wieder und wieder alles durchgegangen ist, um irgendein physikalisches Problem zu lösen. Keine Chance, dass Sie sich je erlauben würden, Ihren *Gefühlen* zu folgen. Alles immer genau nach Anleitung.« Sie ließ ihre Knie los und richtete sich langsam im Sessel auf. Dann stand sie auf, verschränkte die Hände über dem Kopf und reckte sich genüsslich wie eine Katze. Ihr Pullover rutschte bis über ihren gepiercten Nabel, ihren makellos flachen Bauch hoch. Sie ließ die Arme wieder sinken und zuckte mit den Achseln. »Ich werde auch so zurechtkommen. Danke.«

»Sind Sie mit dem Wagen hier? Soll ich Ihnen ein Taxi rufen?«

»Vorsicht. Sie werden doch nicht anfangen, sich um mich Sorgen zu machen.« Sie drehte sich um und verließ das Büro.

Clevenger sah ihr hinterher, während sie die Praxis und dann das Gebäude verließ. Sie ging zu einem lapislazuliblauen Range Rover, stieg ein und fuhr davon. Und ihm fiel abermals auf, wie schnell sie ihre Traurigkeit und ihre Schuldgefühle in den Griff bekommen hatte. Lag es daran, dass sie, tief in ihrem Herzen, tatsächlich wollte, dass ihr Vater für seinen Fehltritt mit dem Leben bezahlte – dafür, dass er sie betrogen hatte? War ihr Zorn so viel stärker als ihr Gewissen?

Dann kam Clevenger ein anderer, noch beunruhigenderer Gedanke. Was, wenn ihre Geschichte über George Reese nicht stimmte? Was, wenn sie Grace Baxters Abschiedsbrief gefunden und ihn behalten hatte, bis sich ihr oder Kyle Snow die Gelegenheit bot, ihn neben Graces Bett zu legen, nachdem einer oder sie beide zusammen sie dafür hatten bezahlen lassen, dass sie ihnen ihren Vater gestohlen hatte?

»Wenn Blicke töten könnten«, bemerkte Kim Moffet von Clevengers Tür aus.

Er drehte sich zu ihr um.

»Ich weiß ja nicht, was Sie dem Mädel erzählt haben, aber sie will eindeutig nicht mehr meine Freundin sein. Sie hat mich angeschaut, als hätte ich ihr ihren Schatz gestohlen.« Sie grinste und neigte den Kopf zur Seite. »Schatz.«

»Sie ist gefährlich. Denken Sie immer daran.«

Sie tippte sich an die Stirn und zwinkerte ihm zu. »Gute Nacht.«

12

Clevenger rief im Mass General an, wurde zur OP-Abteilung durchgestellt und bekam mitgeteilt, dass Heller noch immer operiere. Er wählte Mike Coadys Handynummer.

»Ja«, meldete sich Coady.

»Frank hier.«

»Wieder zurück?«

»Bin vor zwei Stunden angekommen.«

»Wie war's?«

Er erzählte Coady, wie ungerührt Coroway gewirkt hatte, selbst als er ihn über Vortek ausfragte; und dass Coroway Lindsey Snows Verdacht bestätigt hatte, dass ihr Vater eine Affäre mit Grace Baxter hatte.

»Dann kann man davon ausgehen, dass die Mutter es auch wusste«, sagte Coady.

»Wahrscheinlich. Aber das Wichtigste kommt erst. Ich hatte gerade eine Unterhaltung mit Lindsey. Sie hat mir erzählt, dass sie Baxters angeblichen Abschiedsbrief gefunden hätte – den, den Sie am Tatort gefunden haben. Sie hat wortwörtlich daraus zitiert. Dieser Brief war nicht an George Reese gerichtet, sondern an John Snow. Lindsey hat den Brief vor rund einer Woche in seinem Aktenkoffer gefunden.«

»Dann hat Grace Baxter den Brief also vor einer Woche geschrieben?«

»Ja, und sie hat ihn Snow entweder gegeben, oder er hat ihn gefunden. Was immer er schließlich gesagt oder getan hat, es muss das Richtige gewesen sein. Denn sie hat ihre Drohung nicht wahr gemacht – nicht, solange er noch lebte.«

»Wenn Lindsey Snow den Abschiedsbrief gefunden hat, wie ist er dann wieder bei der Leiche gelandet?«

»Lindsey hat ihren Bruder damit zu George Reese geschickt. Sie wollte der Affäre offenkundig ein Ende setzen, ein für alle Mal.«

»Das dürfte sie damit wohl erreicht haben«, bemerkte Coady.

»Wenn sie die Wahrheit sagt, müsste Reese den Brief auf den Nachttisch gelegt haben – nachdem er seine Frau ermordet hatte.«

»Müsste.« Coady schwieg einen Moment lang. »Es sei denn, er hatte Angst, jemand könnte denken, dass er es getan hat. Ich meine, Grace Baxter hat diesen Brief geschrieben. Sie war ziemlich mitgenommen, als Sie bei Ihnen war. Er könnte sie tot aufgefunden haben, und dann ist er in Panik verfallen und hat alles ein bisschen ausgeschmückt.«

Sie war ziemlich mitgenommen ... Coady versuchte immer noch, Grace Baxters Tod als Selbstmord hinzustellen. Und Clevenger musste sich fragen, ob er seinerseits ebenso versessen darauf war, ihren Tod als Mord hinzustellen. War Coadys Blick getrübt, oder trübten Schuldgefühle den seinen? »Könnte sein«, sagte er.

»Ich versuche nur, so zu denken, wie sein fünf Millionen Dollar teures Team von Verteidigern es sehen würde«, sagte Coady. »Aber ich werde veranlassen, dass er zu einer Vernehmung bestellt wird.«

»Ich freue mich schon darauf, noch mal mit ihm zu reden.«

»Wir müssen einfach nur sehr vorsichtig mit dieser Beacon-Street-Bank-Sache sein.«

»Vorsichtig?«

»Es ist eine wichtige Bank. Ein wichtiger Arbeitgeber. Die Aktien gehen in den Keller, wenn der *Globe* druckt, dass Grace Baxter im Mittelpunkt der Ermittlungen steht, was keine fünf Sekunden dauern dürfte, wenn man sich ansieht, wie viele Reporter an dieser Sache dran sind. Ich werde ganz schön was von Bürgermeister Treadwell zu hören bekommen, wenn nicht sogar vom Gouverneur. Sie werden eine Garantie dafür verlangen, dass ich auch wirklich weiß, was ich tue.«

»Es kann wirklich niemand behaupten, dass Sie vorschnell handeln. Reese hat da einiges zu erklären. Was hat er mit dem Abschiedsbrief gemacht? Wie fand er es, dass seine Frau mit John Snow ins Bett gegangen ist? Wo war er gestern um, sagen wir, halb fünf am Morgen?«

»Wie schon gesagt, ich werde seine Vernehmung veranlassen.«

»Gut«, sagte Clevenger.

»Kyle Snow haben wir auch schon für Sie parat. Er wartet im Suffolk-County-Gefängnis auf Sie, wann immer Sie mit ihm sprechen wollen.«

»Ist er im Gefängnis?«

»Ihm hat der Vorschlag nicht gefallen, zur Vernehmung aufs Präsidium zu kommen, also habe ich unter Berufung auf seinen positiven Urintest seine Kaution widerrufen lassen.«

Lindsey hatte nicht erwähnt, dass ihr Bruder verhaftet worden war. »Wann haben Sie ihn verhaftet?«

»Ungefähr vor einer Stunde. Vielleicht kriegen Sie ihn ja jetzt dazu, den Mund aufzumachen.«

»Ich werd's versuchen. Ich fahr morgen Vormittag vorbei.«

»Lassen Sie mich wissen, wie's gelaufen ist.«

»Werd ich machen.«

Clevenger fuhr nach Hause, um auf Billy und Heller zu warten.

Es war 21 Uhr 20. Er schaltete den Computer ein und schob eine der fünf Floppydisks, die von der Festplatte von John Snows Laptop kopiert worden waren, ins Diskettenlaufwerk. Er rief das Verzeichnis auf, sah die üblichen Microsoft-Betriebssystemdateien sowie mehrere andere Standard-Programmdateien wie Word und Norton AntiVirus. Aber dazwischen fanden sich zwanzig Dateien, die mit VTK begannen und fortlaufend nummeriert waren – VTK1.LNX bis VTK20.LNX. Diese Dateien hatten offensichtlich etwas mit Vortek zu tun. Clevenger öffnete die erste. Seiten und Seiten von etwas, das wie Computercode aussah. Entweder waren die Dateien zerstört oder sie waren in einer Programmiersprache geschrieben, die Clevenger noch nie untergekommen war. Er schob die nächste Diskette ins Laufwerk, dann die übernächste, immer mit dem gleichen Ergebnis. Es gab insgesamt 157 VTK-Dateien, jede von ihnen unentzifferbar.

Clevenger griff zum Telefon und wählte die Nummer seines Freundes Vania O'Connor von Portside Technologies in Newburyport, nördlich von Boston, nah der Bundesstaatsgrenze zu New Hampshire. O'Connor war ein fünfunddreißig Jahre altes Computer-Genie mit einer langen Liste von Fortune-500-Klienten, die vermutlich niemals sein fensterloses Kellerbüro besuchten, in dem sich Hunderte von Fachbüchern über Computerprogrammierung und Problemlösungen stapelten.

O'Connor meldete sich beim ersten Klingeln. »Mmm. Hmm«, summte er in seinem charakteristischen Bariton.

»Frank hier. Tut mir Leid, dass ich so spät anrufe.«

»Wie spät ist es?«

Clevenger sah auf die Uhr. »Viertel nach zehn.« Er fragte sich, warum Billy noch nicht wieder zurück war.

»Vormittags oder abends?«

Clevenger schmunzelte. Er zweifelte nicht daran, dass O'Connor gelegentlich das Zeitgefühl verlor, wenn er unter dem Haus arbeitete, in dem er, seine Frau und die drei Kinder ein überraschend normales Leben führten. Und dieser Gedanke – dass O'Connor den Bedürfnissen seiner Genialität und seiner Familie Rechenschaft trug – brachte Clevenger von neuem zu der Frage, warum John Snow dazu nicht imstande gewesen war. »Vormittags«, scherzte er.

»Unmöglich«, entgegnete O'Connor. »Wir sind heute an der Reihe, den Nachtisch für den Kindergarten mitzubringen. Nicole hätte mich schon vor Stunden hochgescheucht.«

Nicole war O'Connors zauberhafte sechsjährige Tochter. »Du dienst vielen Herren.«

»Das weiß ich«, sagte O'Connor. »Lass mich raten. Du rufst an, um herauszufinden, warum es, wenn du einen Explorer-Browser öffnest, während du eine Excel-Tabelle benutzt, unmöglich ist, die monatliche Vorschau-Funktion aufzurufen – was ein wirklich seltsamer Zufall ist, da das genau das Problem ist, mit dem ich gerade beschäftigt bin.«

»Klingt interessant.«

»Aber sicher doch.«

»Wie lange plagst du dich schon damit herum?«

»Keine Ahnung.«

»Ich störe dich wirklich nur ungern.«

»Etwas sagt mir, dass du es trotzdem tun wirst. Also, was gibt's?«

»Ich habe hier lauter Floppys mit allen möglichen Dateien darauf. Sie stammen von der Festplatte eines Laptop. Einige von ihnen sehen ziemlich standardmäßig aus, aber da sind einhundertsiebenundfünfzig andere, die mit den Buchstaben VTK anfangen und auf LNX enden.«

»Einhundertsiebenundfünfzig.«

»Ich habe jede einzelne geöffnet. Ich kann nicht herausfinden, ob sie von einem Virus zerstört wurden oder verschlüsselt sind. Für mich ergeben sie jedenfalls keinerlei Sinn.« Er hörte, dass die Tür des Lofts aufgeschlossen wurde, und ging darauf zu.

»Schick sie mir nicht per E-Mail«, sagte O'Connor. »Gott weiß, womit sie infiziert sind.«

Er sagte es in einem Tonfall, als hätte Clevenger nur noch einen Tag zu leben. »Wie wär's, wenn ich sie vorbeibringe? Ich verspreche, dich nicht anzuatmen.«

»Jederzeit.«

»Morgen früh?«, fragte Clevenger.

»Vor halb neun oder nach Viertel nach neun. Wie ich schon sagte, wir sind an der Reihe …«

»Für den Nachtisch zu sorgen.« Die Tür ging auf. Er hörte Billys und Hellers Stimmen.

»Blaubeeren«, sagte O'Connor. »Es ist ein Montessori-Kindergarten. Die stehen voll auf gesunde Ernährung. Ich persönlich ziehe Hirnnahrung vor. Ich bin heute Abend inzwischen bei meiner dritten Packung Hot Tamales.«

Billy kam in einem OP-Kittel und Jeans herein, gefolgt von Heller, der einen OP-Kittel unter seinem schwarzen, drei Viertel langen Schurwollmantel anhatte. Er trug auch wieder seine schwarzen Krokodilleder-Cowboystiefel.

»Ich seh dich dann so gegen acht«, erklärte Clevenger O'Connor.

»Groß, mit Sahne, vier Stück Zucker.«

»Geht klar.« Er legte auf. »Also, wie war's?«, fragte er Billy.

Billy grinste und sah zu Heller. Heller erwiderte sein Lächeln. »Irre«, sagte Billy. »Absolut, total irre.«

»Bleiben Sie doch noch kurz«, forderte Clevenger Heller auf.

»Steht unsere Verabredung für einen Drink noch?«, fragte Heller. »Ich glaube, Billy ist ziemlich müde.«

»Total erledigt«, pflichtete Billy bei. Er hielt ein Buch hoch. »Bettlektüre.«

Clevenger las den Titel. *Gehirn und Rückenmark: Aufbau und Funktion*, von Abraham Kader. Er konnte nicht ganz glauben, dass Billy das Buch in derselben Hand hielt, die gemeinhin für Marlboros und Eminem-CDs reserviert war. »Das ist ein Klassiker«, bemerkte er.

»Kader ist ein Freund von mir«, erklärte Heller.

Aber natürlich doch, dachte Clevenger bissig.

»Es hat 'ne Widmung«, verkündete Billy. »*Von einem Heiler an den anderen.*«

»Genau deshalb habe ich es Billy gegeben«, sagte Heller. »Könnte sich von neuem bewahrheiten.«

»Du hättest dabei sein sollen«, begeisterte sich Billy. »Wir haben zugemacht, und, echt, eine halbe Stunde später schlägt sie im Aufwachraum die Augen auf und ...« Er schaute abermals zu Heller, der ihm mit einem Nicken gestattete, die Pointe zu präsentieren. »Sie konnte sehen«, sagte Billy ehrfürchtig.

»Das ist ja unglaublich«, sagte Clevenger.

»Wie ich Billy schon sagte, wir hatten nichts damit zu tun«, wiegelte Heller ab. »Gott hat dieser Frau ihr Sehvermögen zurückgegeben.« Er hielt die Hände hoch. »Er gab mir die hier.« Er ließ die Hände wieder sinken. »Und wenn Billy Neurochirurg werden sollte, dann nur, weil er es immer schon in sich hatte und es nur darauf wartete, dass er dieser Tatsache die Ehrfurcht zuteil werden ließ, die sie verdient.«

Clevenger stimmte dem Inhalt von Hellers Monolog grundsätzlich zu, doch seine Theatralik machte deutlich, dass er noch immer die manische Welle ritt, die ihn in den OP getragen hatte. »Was immer deine Gabe ist, du musst ihr Respekt zollen«, erklärte Clevenger Billy, doch er konnte hören, wie seine Worte vom Nachhall von Hellers Rede übertönt wurden.

»Stimmt genau«, sagte Heller.

»Ich hab beim Zumachen geholfen«, berichtete Billy.

»Fantastisch«, lobte Clevenger.

»Niemand mit einer Leidenschaft für die Chirurgie kann einfach nur zuschauen«, sagte Heller. »Billy hat vier volle Stunden lang Wundhaken gehalten. Ohne auch nur einen Mucks von sich zu geben. Er hatte sich das Recht verdient, die letzten paar Stiche zu machen.«

»Irgendwie glaube ich nicht, dass dies das letzte Mal war, dass er im OP dabei sein möchte«, bemerkte Clevenger.

»Kein Problem«, erwiderte Heller. »Er hat sich wie ein richtiger Profi benommen. Fähig. Respektvoll. Alle mochten ihn.«

»Ich werd mich mal über das hier hermachen«, verkündete Billy und hielt das Buch hoch. Er sah Heller an. »Danke.«

»Ich danke dir.«

Clevenger sah zu, wie sie sich die Hand gaben.

»Gut Nacht«, sagte Billy zu Clevenger und trollte sich in Richtung seines Zimmers.

»Nacht, Kumpel«, antwortete er. »Hab dich lieb.« Er hatte sich an die Tatsache gewöhnt, dass Billy ihn selten umarmte oder sagte, dass er ihn liebe; der Junge stammte aus einer Familie, in der es einem nur Schmerz eingebracht hatte, wenn man sich verwundbar zeigte. Aber in Hellers Gegenwart spürte er eine besonders große Distanz zu Billy. »Wie wär's jetzt mit dem Drink?«, fragte er Heller. Er sehnte sich nach einem Drink.

»Wohin gehen wir?«

»Ins Alpine? Es ist sehr bodenständig, aber es ist nur ein kleines Stück die Straße runter.«

»Ich hab mich nicht gerade fein gemacht«, bemerkte Heller.

Sie gingen zu Fuß zum Alpine, einer Spelunke, in der die Theke knapp die Hälfte des Raums einnahm. Als das Trinken noch Clevengers Lebensinhalt war, wirkte die Größe jener Theke passend, sogar tröstlich. Niemand ging für einen Kaffee ins Alpine, oder wegen der Ausstattung – dunkle Holztäfelung, strapazierfähige Auslegware, abgehängte Decke. Die Leute gingen ins Alpine, weil es bloß einen Steinwurf von den Mietskasernen entfernt war, in denen sie hausten, und weil dort ein Bier einen Dollar, ein Gin-Tonic zwei kostete.

Heller bestellte einen Scotch, pur.

»Und was darf's für Sie sein, Doc?«, fragte der Barkeeper. Er war Anfang vierzig, knapp einsneunzig groß und bestand nur aus Muskeln.

Clevenger zögerte. Es wäre ein Leichtes gewesen, ihn anzuweisen, zwei Scotch zu bringen – so leicht wie der erste Schritt von einem sehr hohen Gebäude. Er bestellte eine Diät-Cola.

»Wir haben Sie vermisst«, sagte der Barkeeper.

»Ich habe Sie auch vermisst, Jack«, erwiderte Clevenger.

»Wie man hört, läuft es für Sie ganz gut. Sie haben diesen großen Fall. Mit dem Professor, der sich erschossen hat, oder wie auch immer.«

»Stimmt.«

»Also, nur mal so unter uns Pastorentöchtern: War es Selbstmord oder was?«

»Wir arbeiten noch daran.«

Jack zwinkerte ihm zu. »Ach, Sie halten sich bedeckt. Ich nehm's Ihnen nicht übel.« Er sah Heller an. »Was soll denn der Pyjama?«

»Er ist Chirurg«, erklärte Clevenger. »Kommt gerade aus dem OP.«

»Zwei Ärzte in diesem Laden«, kicherte Jack. Er schenkte die Getränke aus. »Die geh'n auf mich«, verkündete er.

»Danke«, sagte Heller.

»Betrachten Sie's als Anzahlung, falls ich einen Leistenbruch oder eine Bilddarmentzündung kriege.«

»Er ist Neurochirurg«, warf Clevenger ein.

»Neuro ...«, sagte Jack. »Gehirn.« Er musterte Heller eingehend. »Moment ... Moment ... Moment mal. Sie waren *sein* Chirurg. Von dem toten Professor.«

Hellers Miene verdüsterte sich. »Stimmt.«

»Jet Heller?«

»Ja.«

»Muss hart gewesen sein, erst all das Getöse über die Lobotomie von dem Burschen, und dann wird ihm das Gehirn weggeblasen.«

»Es war ein schwerer Schlag«, bestätigte Heller.

»Wär 'ne nette Kerbe an Ihrem Halfter gewesen. Tut mir Leid, dass es nicht geklappt hat«, sagte Jack.

»Es ging mir nicht um eine Kerbe an meinem Halfter«, erwiderte Heller.

Jack griff unter die Theke und holte eine Flasche Johnnie Walker Red hervor. »Ja, klar doch. Ich wette, Sie hassen Schlagzeilen.«

Man konnte sehen, dass Heller die Zähne zusammenbiss.

Jack schenkte Hellers Drink ein. »Sie reden hier mit Jack Scardillo. Ich stehe seit elf Jahren hinter dieser Theke.« Er schob ihm das Glas hin. »Genug gesagt?«

»Mehr als genug«, erwiderte Heller und starrte ihn an.

Jack hatte genug Zeit hinter der Theke zugebracht, um eins mit Sicherheit zu wissen – wann ein Gast im Begriff stand, über eben jene Theke zu steigen. Er lächelte und offenbarte dabei zwei fehlende Zähne. »Ich zieh Sie doch nur auf.« Er streckte die Hand aus.

Heller schüttelte sie, aber sein Blick blieb eisig. »Kein Problem«, sagte er.

»Setzen wir uns«, forderte Clevenger Heller auf. »Wir hatten beide einen langen Tag.«

Sie setzten sich an einen Tisch neben dem Fenster, unter einer Neon-Budweiser-Reklame.

»Nehmen Sie sich das nicht zu Herzen«, sagte Clevenger.

»Ich habe noch nicht genug Abstand dazu, John verloren zu haben, um Witze darüber zu machen«, erklärte Heller. Er deutete mit einem Nicken auf Clevengers Diät-Cola. »Trinken Sie nicht?«

Clevenger konnte Hellers Scotch riechen, konnte ihn förmlich schmecken. »Heute nicht.«

»Gute Entscheidung. Macht es Ihnen was aus, wenn ich trinke?«

»Ganz und gar nicht.«

Heller nahm einen tiefen Schluck von dem Scotch.

Clevenger trank die Hälfte seiner Cola in einem Zug. »Sie haben Ihre Schlacht im OP gewonnen.«

»Ein verdammt gutes Gefühl«, sagte Heller. »Weil ich mich an jede einzelne Niederlage erinnere. Ich bin froh, dass Billys erster Besuch nicht dazugehört hat.« Er trank einen weiteren Schluck. »Wie steht's mit Ihnen? Werden Sie inzwischen besser mit der Sache mit Grace Baxter fertig?«

»Ich versuche immer noch, es zu verstehen«, gestand Clevenger.

Heller starrte in sein Glas. »Es gibt in der Medizin nur sehr wenige eindeutige Tatsachen«, sagte er.

Clevenger gefiel die Richtung, die die Unterhaltung nahm. Es sah aus, als würde sie wieder zurück zu Snow führen. »In der Psychiatrie, meinen Sie«, sagte er.

Heller blickte auf. »In jedem Fachgebiet. Nehmen Sie die Pathologie. Da haben wir etwas, von dem die breite Öffentlichkeit annimmt, dass die Antwort kristallklar sein müsste. Man nimmt Gewebeproben, legt sie auf Objektträger und betrachtet sie durch ein Mikroskop. Man sollte denken, dass man sagen könnte: *Eindeutig ja*, es ist Krebs, oder *eindeutig nein*, es ist kein Krebs. Aber so läuft es nicht. Man kann von sehr fähigen Pathologen verschiedene Beurteilungen ein und derselben Probe erhalten. Ich musste manchmal schon Gewebeproben an vier verschiedene Labore schicken, bevor ich wirklich überzeugt war, dass ich es mit Krebs zu tun hatte und nicht mit irgendeinem seltsam aussehenden, gutartigen Tumor. Und selbst dabei habe ich noch immer ein Urteil über ein anderes stellen müssen. Mass Generals gegen Hopkins. Hopkins gegen das NIH. Weil Krankenheiten tatsächlich Spektren sind.«

»Einige«, versuchte Clevenger ihn zu ködern.

»Alle. Schauen Sie sich nur Diabetes an. Es gibt klare Fälle, aber es gibt auch Grenzfälle und subklinische Fälle. Vielleicht hat der Patient Diabetes, vielleicht auch nicht. Man macht einen Blutzuckertest, und der gibt einem ein zweideutiges Ergebnis, also muss man den Nüchtern-Glukose-Wert und die Höhe des glykierten Hämoglobins bestimmen. Vielleicht sollte der Mann behandelt werden, vielleicht auch nicht. Dasselbe gilt für Bluthochdruck. Es gibt jede Menge offensichtliche

Fälle, aber die haben nichts mit der wahren Kunst der Medizin zu tun. Die kommt ins Spiel, wenn jemandes Blutdruck für gewöhnlich normal ist, aber nach einer Tasse Kaffee oder mit zu viel Stress plötzlich stark ansteigt – wenn man entscheiden muss, ob eine Erkrankung vorliegt oder nicht.« Er trank seinen Scotch aus.

»Bei Epilepsie ist es das Gleiche«, sagte Clevenger und fühlte für einen flüchtigen Augenblick, wie sich seine eigene Kehle wohlig wärmte. Er sah zu Jack und zeigte auf Hellers leeres Glas.

Heller nickte, sagte aber nichts.

»Ich meine, es muss Menschen mit abnormaler Hirnstromaktivität geben, die nicht das Niveau einer tatsächlichen Epilepsie erreicht«, fuhr Clevenger fort.

»Sicher«, bestätigte Heller. »Zwei, drei Prozent der Leute in dieser Bar würden Spitze-Welle-Komplexe zeigen, wenn wir sie an EEGs anschließen würden.«

Clevenger grinste. »In dieser Bar? Fünf oder zehn Prozent.«

»Deshalb hatte ich ja gehofft, dass Sie über Ihre Schuldgefühle bezüglich Grace Baxter hinweg wären. Vergessen Sie Diabetes, Bluthochdruck und Epilepsie. Es ist schlicht unmöglich, akkurat vorauszusagen, ob jemand an einer tödlichen Depression leidet. Es gibt noch nicht einmal ein Mikroskop dafür. Oder ein EEG. Nichts.«

Jack kam mit einem neuen Scotch an den Tisch und stellte ihn vor Heller. Im Umdrehen klopfte er ihm kurz auf die Schulter.

Heller reagierte nicht.

»Lassen Sie mich Ihnen eine Frage stellen«, sagte Clevenger. »Wie war es bei Snow? Was war mit seinem EEG?«

»Was soll damit gewesen sein? Er hatte jede erdenkliche Untersuchung. EEGs, MRTs, PETs.«

»Waren die Ergebnisse eindeutig, oder waren sie Auslegungssache?«

»Sie waren sehr klar«, erklärte Heller. Er griff nach seinem Glas und trank einen Schluck.

»Es war also ein klassischer Fall von Epilepsie«, hakte Clevenger nach.

»Wenn es so etwas wie einen klassischen Fall gibt«, erwiderte Heller. »Er litt an tonisch-klonischen Grand-Mal-Anfällen, begleitet von abnormaler Hirnstromaktivität in mehreren Bereichen seines Gehirns, einschließlich des Temporallappens und des Hippocampus.«

Clevenger trank einen Schluck von seiner Cola und räusperte sich. »Und die Pathologie – die abnormalen Hirnstrommuster – hat die Ethikkommission zufrieden gestellt. Sie haben sich nur wegen der Nebenwirkungen der Operation Sorgen gemacht.«

»Hören Sie, wenn Sie es je mit einer Krankenhauskommission zu tun hatten, dann wissen Sie ebenso gut wie ich, dass jeder erdenkliche Einwand erhoben wird, ob echt oder eingebildet. Unter dem Strich zählte nur eins: Es war Snows Leben. Er hasste diese Anfälle. Er wollte sie loswerden.«

Das ließ die Frage unbeantwortet, ob ein oder mehrere Mitglieder der Kommission angezweifelt hatten, dass die Epilepsie echt war. Clevenger entschied nachzuhaken. »Was hat das EEG tatsächlich gezeigt? Sie nennen es *abnormale Hirnstromaktivität*. Aber, wie Sie schon sagten, jede Krankheit ist ein Spektrum. Also, wo war Snow auf dem betreffenden Spektrum zu finden? Wenn er nicht solch dramatische tonisch-klonische Muskelzuckungen gehabt hätte, wenn da nicht das auf die Zunge Beißen und das alles gewesen wäre, hätten Sie dann, allein auf dem EEG basierend, Epilepsie diagnostiziert?«

»Aber er hatte sie nun mal«, entgegnete Heller. Er überlegte kurz. »Was wollen Sie wirklich wissen?«

»Wenn ich wüsste, dass Snow in Wirklichkeit unter Pseudoanfällen gelitten hat, dann würde ich seine psychologische Verfassung im Generellen in Frage stellen«, sagte Clevenger.

»Natürlich würden Sie das«, erwiderte Heller. Er lächelte, allerdings mit verkniffenem Gesicht. »Aber das ist es nicht, worauf Sie hinauswollen. Was Sie wirklich wissen wollen, ist, ob ich eine experimentelle Gehirnoperation an John Snow durchgeführt hätte, einzig und allein, um ihn von seinen Beziehungen – seiner Vergangenheit – zu befreien, Epilepsie hin oder her. Um ihm ein neues Leben zu schenken. Stimmt's?«

Clevenger hatte nicht speziell diese Frage im Sinn gehabt, aber offensichtlich lag sie Heller auf dem Herzen. »Hätten Sie es getan?«

»Möglicherweise.«

»Selbst wenn die Anfälle – Pseudoanfälle – das Ergebnis von Stress gewesen wären?«

»Denken Sie doch nicht immer so strikt schwarzweiß, Frank. Sie sind Psychiater. Ich weiß nicht, ob es eine Rolle spielt, ob die Krankheit ihren Ursprung in seinem Gehirn oder in seiner Psyche hatte. Ihm wären große Teile von beidem entfernt worden. Kaputte Schaltkreise und belastende Beziehungen. Und damit hätte er, wenn alles nach Wunsch verlaufen wäre, in beiderlei Hinsicht symptomfrei sein sollen.«

»Und wie steht es mit einem Patienten, der überhaupt keine Anfälle hat?«, fragte Clevenger. »Wie steht es mit jemandem, der einfach findet, dass sein Leben einen Endpunkt erreicht hat und er einen Ausweg braucht, dass er die ›Reset‹-Taste drücken will.«

»Keine Ahnung. Ein Teil von mir denkt, welches Recht habe ich, diesem Mensch seinen Wunsch zu verweigern?«

Die Antwort überraschte Clevenger. Er hatte Heller als einen Puristen eingeschätzt, jemanden, für den die bloße Vorstellung, sein Skalpell gegen irgendetwas anderes als krankes Gewebe einzusetzen, ein Affront gewesen wäre. »Würde das nicht bedeuten, Gott zu spielen?«, fragte Clevenger.

»Immer noch besser, als den Teufel zu spielen«, entgegnete Heller. Er schmunzelte und leerte seinen zweiten Scotch auf ex. »Die Operation heute war toll. Ehrlich. Die Frau kann wieder sehen. Aber John hätte wieder *leben* können. Sie war blind. Er war tot.« Er beugte sich vor. »Jemand hat ihn – und mich – dieser Chance beraubt. Was diese Person getan hat, war ebenso schlimm wie die Taten von John Wilkes Booth oder Sirhan Sirhan. Vielleicht schlimmer. Diese Person hat uns alle der Chance auf Wiedergeburt, auf Wiederauferstehung beraubt. In gewisser Hinsicht hat diese Person Christus selbst getötet.«

Vielleicht war Heller tatsächlich wahnsinnig, ging es Clevenger durch den Sinn. »Ich schätze also, Sie werden sich alsbald auf die Suche nach einem anderen John Snow machen.«

Heller schüttelte den Kopf. »So was wie ihn gibt es nur einmal. Er war ein Entdecker. Columbus. John Glenn. Ich glaube nicht, dass es einen anderen Menschen mit seiner psychologischen Stärke und seiner Intelligenz gibt, jemanden, der willens ist, sein Seh- und Sprachvermögen aufs Spiel zu setzen, um von vorn anzufangen. Und sein Gehirn war krank genug, um die Ethikkommission zufrieden zu stellen. Gerade eben ausreichend, aber ausreichend. Eine solche Gelegenheit wird sich mir nie wieder bieten. Es war meine Chance, Geschichte zu schreiben.«

Clevenger war abermals bestürzt, dass Heller Snows Tod tatsächlich als persönlichen Angriff auf sein Erbe betrachtete, von seinem Gott ganz zu schweigen. »Es tut mir Leid« war alles, was ihm als Antwort darauf einfallen wollte.

Diesmal gab Heller Jack selbst das Zeichen zum Nachfüllen. Dann sah er wieder Clevenger an. »Ich habe Ihre Fragen beantwortet, wie wär's damit, wenn Sie jetzt einige meiner Fragen beantworten?«

»Ich werde es versuchen.«

»Billy hat gesagt, Sie wären in Washington gewesen.«

»Das stimmt.«

»Darf ich fragen, ob diese Reise irgendetwas mit dem Snow-Fall zu tun hatte?«

»Ich habe eine Spur verfolgt«, erklärte Clevenger.

Heller nickte. »Ich habe mit Theresa Snow gesprochen. Sie hat mir von ihrem Verdacht erzählt.«

»Was hat sie gesagt?«

»Sie denkt, dass Collin Coroway ihren Mann umgebracht hat – wegen Vortek und um mit dem Unternehmen an die Börse gehen zu können.«

Snows Witwe versuchte wirklich mit allen Mitteln, ihre Version seines Todes an den Mann zu bringen. »Okay ...«, sagte er.

Jack brachte Heller seinen dritten Scotch und Clevenger seine zweite Diät-Cola, dann kehrte er wortlos hinter die Theke zurück.

»Ich habe zwei und zwei zusammengezählt«, fuhr Heller fort. »Vortek und Ihre Fahrt nach Washington. Sind Sie zufällig beim Patentamt gewesen, um sich nach jüngsten Anmeldungen in Snows Namen zu erkundigen?«

»Nein. Aber warum wollen Sie das wissen, wenn ich fragen darf?«, entgegnete Clevenger.

»Als Sie mir erzählt haben, dass John sich wahrscheinlich nicht selbst umgebracht hätte, dachte ich zuerst an ein Verbrechen aus Leidenschaft. Grace Baxter, seine verschmähte Geliebte, außer sich vor Schmerz, tötet meinen Patienten, dann nimmt sie sich selbst das Leben. Schuld und Sühne. Aber Sie kennen sich in diesen Dingen besser aus als ich. Und Sie scheinen von diesem Szenario nicht überzeugt.«

»Ich schließe es nicht aus.«

»Sagt Ihnen Ihr Instinkt, dass Collin Coroway Snow ermordet hat?«

»Mein Instinkt und meine Erfahrung sagen mir beide, dass ich jede Möglichkeit in Betracht ziehen muss.«

Heller trank die Hälfte seines Scotch in einem Zug. »Was sind die anderen Möglichkeiten?«

»Das ist vertraulich«, erwiderte Clevenger.

»Professionelle Höflichkeit, von einem Arzt zum anderen.«

»Helfen Sie mir zu verstehen, warum es Ihnen so wichtig ist, alles über die Ermittlungen zu erfahren.«

Heller fuhr mit einem Finger über den Rand seines Glases. »Sie verstehen es bereits.« Er sah Clevenger in die Augen. »Sie haben Grace Baxter eine Stunde lang erlebt, stimmt's? Und Sie brennen darauf herauszufinden, wer sie umgebracht hat. Ich weiß, dass es Ihnen nicht nur darum geht, Ihr Gewissen zu beruhigen. Sie tun es, weil Sie finden, dass Sie es ihr schuldig sind, selbst nach nur einer Stunde. Weil sie Ihre *Patientin* war. Das ist eine mystische, unauslotbare Verbindung. Versuchen Sie mal, das jemandem zu erklären, der kein Arzt ist – und noch dazu ein verdammt guter –, und Sie ernten nur Verständnislosigkeit. Habe ich Recht?«

»Ja.«

»Nun, ich habe über ein Jahr mit Snow zusammengearbeitet. Ich habe für ihn meine Karriere aufs Spiel gesetzt. Ich war mehr als nur sein Chirurg. Ich war sein Beichtvater. Und ich war derjenige, der ihn in der Notaufnahme behandelt hat. Ich war derjenige, der die Hand in seine Brust geschoben und sein Herz massiert hat.«

Clevenger sah forschend in Hellers Augen, suchte nach einer Lüge. Doch Heller sah ehrlich erschüttert aus, so als hätte er einen Bruder oder gar einen Sohn verloren. »Was immer ich letztendlich herausfinde, Sie werden nicht abwarten müssen, bis Sie es in der Zeitung lesen«, versprach er ihm. »Ich werde Sie in alles einweihen, sobald ich es kann. Darauf gebe ich Ihnen mein Wort.«

»Ich vertraue Ihnen«, sagte Heller. »Und bitte denken Sie an mein Angebot: Wenn Sie mehr Geld brauchen, um tiefer nachzuforschen, müssen Sie es mich nur wissen lassen. Ich bin auch bereit, eine Belohnung auszusetzen, wenn Sie meinen, dass das helfen würde.«

»Ich werde daran denken.«

Heller leerte sein Glas. »Drei Drinks sind genug für mich«, sagte er. »Was meinen Sie? Sollen wir uns auf den Heimweg machen?«

»Können Sie noch fahren?«, fragte Clevenger.

Heller stand auf, stellte sich erst auf ein Bein, dann auf das andere. Er strich mit dem Ballen seines rechten Fußes an seiner linken Wade hinauf, ohne zu wanken. »Alles noch im grünen Bereich. Ich gebe nur ungern zu, wie viele Drei-Scotch-Abende ich in den letzten sechs Monaten hatte. Ich habe praktisch nur für Johns Fall gelebt.«

Heller klang verdächtig wie ein Alkoholiker. »Der Fall ist vorbei«, erklärte Clevenger und stand auf.

»Nein«, widersprach Heller. »Sie müssen noch den finden, der Snow auf dem Gewissen hat. Dann ist es vorbei.«

Clevenger kehrte ein paar Minuten nach Mitternacht in sein Loft zurück. Unter Billys Tür drang kein Lichtschein hervor. Anscheinend war er über *Gehirn und Rückenmark: Aufbau und Funktion* eingeschlafen.

Clevenger ging an den Computer, sah, dass der Bildschirm noch immer leuchtete und mit dem Code oder dem sinnlosen Zeichensalat der letzten VTK-Datei, die er sich angesehen hatte, bedeckt war. Das war komisch; der Computer war so eingestellt, dass sich nach fünf Minuten automatisch der Bildschirmschoner einschaltete. Clevenger streckte die Hand aus und befühlte das Sitzpolster des Schreibtischsessels. Warm.

Er war wütend und enttäuscht. Billy hatte seine Dateien durchgesehen. Er sah abermals zu Billys Tür. Vielleicht war es an der Zeit für eine kleine Unterhaltung darüber, dass man Privatsphäre des jeweils anderen zu respektieren hatte. Vielleicht würde Stubenarrest Billy eine Lehre sein. Doch unvermittelt drängte ein neues Gefühl alle anderen in den Hintergrund. Clevenger fühlte sich wie ein Sieger – er hatte über Jet Heller, über Abraham Kader, ja über die Neurochirurgie selbst triumphiert. Denn während Heller und er im Alpine gesessen hatten, hatte Billy sich offenkundig nicht in die Geheimnisse des Nervensystems eingelesen. Er hatte am Computer gesessen und versucht, Clevenger und seiner Arbeit näher zu kommen. Und obgleich Clevenger Angst hatte, Billy an die Düsternis von Mordfällen zu verlieren, konnte er doch nicht leugnen, dass die Neugier seines Sohnes ihm das Herz wärmte.

Und so klopfte er nicht an Billys Tür oder brüllte, er solle herauskommen, sondern setzte sich in seinen Schreibtischsessel und schloss die Augen, in dem Wissen, dass Billy noch vor wenigen Augenblicken auf eben diesem Platz gesessen hatte.

BEGEGNUNGEN

Ein Sommertag, fünf Monate zuvor
18 Uhr

Grace Baxter klopfte an der Tür der Suite, unsicher, ob er dort sein würde. Sie hatten dieses Treffen eine Woche zuvor verabredet, aber sie hatte seitdem nichts von ihm gehört, obgleich sie ihn ein Dutzend Mal angerufen hatte. Sie klopfte abermals, wartete einen Moment, dann wandte sie sich zum Gehen um.

Er öffnete die Tür.

Sie drehte sich wieder zu ihm um und war entsetzt von dem, was sie sah. Er war unrasiert, die Augen waren blutunterlaufen und hatten dunkle Ringe. Sein weißes Hemd war zerknittert und schweißfleckig. Grace Baxter trat ein und schloss die Tür hinter sich. »John, was ist los?«, fragte sie.

Er schüttelte den Kopf und sah zu Boden. »Es tut mir Leid.« Er hob den Blick und sah sie an. Sie war atemberaubend in ihrem eng anliegenden schwarzen Etuikleid und den hochhackigen schwarzen Sandaletten. »Ich war nicht …« Er rieb sich die Augen.

Sie nahm seine Hand und führte ihn zu einem mit elegantem Samt bezogenen Zweisitzersofa.

»Ich wollte nicht, dass du mich so siehst«, sagte er.

»Wir hatten abgemacht, nie etwas voreinander zu verbergen.«

Er sah durch sie hindurch. »Die Dinge laufen nicht gut.«

»Welche Dinge.«

Er schüttelte den Kopf. »Einfach nur …«

»Welche Dinge? Bitte, John, sprich mit mir.«

»Mein Verstand«, sagte er und schien sie dabei kaum wahrzunehmen. »Meine Arbeit. Ich stecke in einer Sackgasse.«

Sie beugte sich zu ihm. »Du hast gesagt, es würde helfen, wenn wir einander öfter sähen. Ich treffe mich jeden Tag mit dir, wenn du möchtest.«

Er kniff die Augen zusammen.

Sie führte seine Hand zur Innenseite ihres Oberschenkels, bis seine Finger die Spitze ihres Tangas berührten. »Es ist dir wieder etwas im Weg. Das ist alles. Du hast eine Blockade. Die können wir überwinden.«

Er konnte fühlen, wie warm, wie nass sie war. Und ein Teil von ihm wollte in ihr sein, wollte die Energie anzapfen, die ihm in den letzten sechs Monaten geholfen hatte, so viele kreative Hürden zu überwinden und Vortek Schritt um Schritt der Vollendung näher zu bringen. Doch ihr letztes Zusammensein hatte ihn nicht stärker gemacht, nicht weniger leer. Er war überzeugt, dass selbst sie seine Vorstellungskraft nicht mehr befeuern konnte. Ihm waren die Ideen ausgegangen. Und für John Snow hieß das so viel wie tot zu sein.

Sie beugte sich dichter heran, küsste ihn auf den Mund.

Er spürte ihre Lippen kaum. Er war außerhalb ihrer Reichweite und entglitt ihr immer mehr. Mit einem Mal war ihm schwindelig.

Sie küsste seinen Hals.

Er fühlte, wie sich seine Kopfhaut kribbelnd zusammenzog. Arme und Beine waren steif. Er schaute Grace Baxter an, sah sie drei Meter entfernt auf dem Zweisitzersofa sitzen. Doch er fühlte noch immer die Wärme ihrer Lippen. Wie konnte das sein?, wunderte er sich.

»Ich liebe dich«, flüsterte sie ihm ins Ohr.

Er hörte die Worte wie ein entferntes Echo. Und da wusste er, was gleich passieren würde. Der unaussprechliche, undenkbare Verrat seines kurzschließenden Gehirns. Der Verlust aller

Kontrolle, allen Lichts, aller Liebe. Er fühlte, wie er vor ihr zurückwich. Oder fiel er?

»John«, sagte sie. »Was ist mit dir? Mein Gott!«

Er beobachtete alles, was geschah, als wäre er ein Dritter im Zimmer, sah, wie sich seine Augen verdrehten, sich sein Hals verrenkte, seine Glieder zitterten, sich sein Rücken verbog wie ein Lappen, der ausgewrungen wird. Er sah sein groteskes Aussehen, gespiegelt im Entsetzen in Graces Gesicht. Und trotzdem, selbst während sich seine Kiefer wie Stahlzwingen schlossen, selbst als er das Blut schmeckte, das aus seiner Zunge strömte, sah er, wie sie die Hände nach ihm ausstreckte, fühlte er, wie sie fest die Arme um ihn schlang.

Er erwachte auf dem Fußboden, in ihren Armen. Sie weinte und wiegte ihn wie ein Baby. Er sah zu ihr auf.

»John?«, sagte sie und streichelte seine Wange. »Es ist alles in Ordnung. Es wird alles wieder gut.«

Er wollte etwas sagen, aber sein Mund fühlte sich an, als wäre er voller Rasierklingen. Seine Hose klebte an seiner Haut. Er hatte sich nass gemacht.

»Sag nichts«, sagte sie. »Du hast dir auf die Zunge gebissen. Versuch nicht zu sprechen.«

Er lag stumm da, noch immer benommen, und sah sie an.

Sie wiegte ihn weiter. »Du darfst dir das nicht länger antun«, sagte sie. »Hast du mich verstanden? Du musst dieses Projekt aufgeben. Vergiss es. Du kannst es ja in einem Jahr wieder aufnehmen, oder in fünf, oder nie. Es spielt keine Rolle.«

Er spürte ihre Tränen auf seinem Gesicht.

»Es ist doch nur eine Idee«, sagte sie. »Du darfst dich nicht davon kaputtmachen lassen. Ich werde das nicht zulassen. Ich liebe dich.«

Er fand es merkwürdig, dass er das wahre Ausmaß ihrer Hingabe in seiner finstersten Stunde erfahren sollte, fand es seltsam, dass sie ihn trotz seines Zusammenbruchs liebte.

Doch ein anderer Teil von ihm wusste, dass er dieses Geschenk niemals auf andere Weise erlangt hätte. Denn jetzt war er sich absolut sicher, dass sie *ihn* liebte, nicht sein Gehirn. John Snow. Den Mann, nicht die Maschine. Und so wie reine, bedingungslose Liebe wirklich heilen, wirklich inspirieren kann, wusste er tief in seinem Herzen, dass er den Kampf, zu erschaffen, was so viele andere für ein bloßes Hirngespinst hielten, niemals aufgeben würde. Denn in diesem Moment in ihren Armen – unrasiert, blutend, kaum Herr seiner Glieder – schien absolut alles erreichbar.

13

14. Januar 2005

Clevenger traf kurz vor acht Uhr vor Vania O'Connors Haus ein. Es handelte sich um eine große Villa im Kolonialstil in einer ruhigen Seitenstraße von Newburyport. Er parkte und stieg aus. Es war zwei Grad über null. Aber bei dem Wind kam es ihm wie minus zwanzig Grad vor. Die Luft glitzerte von hauchzarten Schneeflocken.

O'Connors Frau, eine hübsche Blondine mit einem brillanten Kopf für Zahlen, setzte gerade aus der Einfahrt zurück. Sie arbeitete als Controller für einen in Boston ansässigen Hedgefonds. Sie ließ das Fahrerfenster herunter. »Vania wartet schon auf dich«, rief sie Clevenger zu. »Er hat gesagt, du bringst Kaffee mit.«

Clevenger hielt den Becher hoch. »Groß, mit Sahne, vier Stück Zucker.«

»Er kann es brauchen. Er war fast die ganze Nacht auf. Könntest du ihn bitte daran erinnern …?«

»Dass er den Nachtisch zum Montessori-Kindergarten bringt. Ich weiß längst Bescheid.«

Sie lächelte, kurbelte das Fenster wieder hoch und fuhr davon.

Clevenger ging den Steinweg entlang, der zu der äußeren Kellertür an der Seite des Hauses führte. Er klopfte und zog sie auf. »Vania?«

»Gestern war ich's noch«, antwortete O'Connor.

Clevenger stieg die schmale Betontreppe zu O'Connors Reich hinab, sah, dass er über eine Tastatur gebeugt dasaß und tippte. Der gleißende Schein des Monitors vor ihm war das hellste Licht im Raum. Clevenger war schon gut ein Jahr nicht mehr hier gewesen, doch die einzige Veränderung war, dass der Keller jetzt mit noch mehr Computern, Büchern und Software voll gestopft war, die sich auf jeder verfügbaren Oberfläche türmten.

Clevenger trat hinter O'Connor und sah auf den Computerbildschirm, der mit Zahlen, Buchstaben, Asterisken, Pfeilen und Et-Zeichen übersät war. Er stellte den Kaffee neben die Tastatur. »All das bedeutet tatsächlich etwas?«, fragte er.

»Das ist das Problem. Im Moment will es einfach keinen Sinn ergeben.« Er griff nach dem Becher, nahm den Deckel ab und trank einen Schluck.

»Scheint ansteckend zu sein.«

O'Connor lächelte ihn an. »Du klingst müde, Mann.« Er streckte ihm die Hand hin.

Clevenger schüttelte sie. »Und du siehst müde aus.« Das stimmte nicht. O'Connor sah energiegeladen aus, jünger als vor einem Jahr.

»Wie geht's Billy?«

»Gut.«

»Vergiss nie, dass ich eine falsche Programmierungszeile von der anderen Seite des verdammten Zimmers aus erkennen kann«, sagte er und sah Clevenger forschend an. »Was ist los?«

»Nichts ist los. Er ist eine ständige Herausforderung. Das ist los.«

»Hättest du dir vorstellen können, ein Kind aufzunehmen, das keine Herausforderung gewesen wäre?«

Clevenger überlegte. »Nein.«

»Siehst du. Ein Kind, bei dem alles glatt läuft, wäre in deinem Fall die reinste Verschwendung.«

O'Connor hatte Recht. Aber Clevenger fragte sich, warum es so sein musste. Warum hatte ihn das Überleben seines eigenen Kindheitstraumas so unlösbar an andere kaputte Menschen gekettet? »Aber es wäre trotzdem nett, wenn wenigstens ab und zu etwas glatt laufen würde.«

»Glaub mir, du würdest es nicht ertragen. Du bist ein Vollzeit-Heiler. Ob's dir gefällt oder nicht.« Er deutete mit einem Nicken auf die Disketten in Clevengers Hand. »Was für Probleme haben wir denn, Partner?«

»Das sind die Dateien, von denen ich dir erzählt habe. Sie stammen von John Snows Laptop. Dem Erfinder.«

»Der Typ, der ermordet wurde oder sich selbst erschossen hat oder was auch immer.«

»Ja.«

»In den Nachrichten berichten sie ja über kaum was anderes.« Er deutete abermals mit einem Nicken auf die Disketten. »Du denkst doch nicht, dass er wegen dem, was auf den Dingern da ist, umgebracht wurde, oder?«

»Keine Ahnung. Aber ich habe keiner Menschenseele erzählt, dass ich sie dir gebe.« Er sah, dass O'Connors Miene etwas von ihrer Unbekümmertheit verlor. »Du brauchst es nicht zu tun.«

O'Connor starrte einen Moment lang auf die Disketten. »Ich hab bereits deinen Kaffee getrunken«, sagte er. »Erzähl mir alles.«

Clevenger erzählte ihm von Vortek.

»Wir reden hier also von Technik, Physik, Kraft, Impuls. All dies Zeug.«

»All dies Zeug.«

»Dann lass uns mal eine einlegen.«

O'Connor schob die Floppydisk in das Laufwerk seines Computers und rief das Verzeichnis auf. Er öffnete VTK1.LNX und starrte lange stumm auf das Feld aus Zahlen und Buchstaben. »Gut«, sagte er schließlich.

»Verstehst du das?«

»Nein. Aber ich kann dir sagen, warum. Es ist stark verschlüsselt, C++, Visual Basic Language.«

»Du meinst, noch verschlüsselter als deine Erklärung?«

O'Connor lachte.

»Kannst du es entschlüsseln?«, fragte Clevenger.

»Wenn ich Glück habe. Aber selbst wenn, einhundertsiebenundfünfzig Dateien brauchen eine Weile.«

»Und Geld.«

»Das auch. Genug, um es unter die Leute zu bringen. Ich kenne einen ehemaligen NASA-Typen, der jetzt auf einer Farm in Rowley lebt. Ich brauche möglicherweise seine Hilfe bei einigen der Codes.«

»Was immer du brauchst«, sagte Clevenger. »Aber an deiner Stelle würde ich bei diesem Typen nicht gleich alle Karten auf den Tisch legen. Wie ich schon sagte, ich weiß nicht, ob Snow für das gestorben ist, was in diesen Dateien steht. Und ich kenne deinen Freund nicht – und weiß auch nicht, wen er kennt.« Er griff in die Tasche und gab O'Connor zwanzig Einhundert-Dollar-Noten.

»Damit lässt sich schon mal ein Anfang machen«, sagte O'Connor. »Aber ich brauche noch mehr.«

»Betrachte das hier als Vorschuss. Das ist alles, was ich im Moment bei mir habe.«

»Kein Geld«, winkte O'Connor ab. »Informationen. Snows Geburtsdatum, Sozialversicherungsnummer, die Geburtsdaten seiner Kinder, sein Hochzeitstag. Manche Leute benutzen solche Angaben als Schlüssel für die codierten Daten.«

»Ich besorge dir so viel, wie ich kann.«

»An deiner Stelle würde ich mich in Acht nehmen, Frank«, sagte O'Connor und studierte weiter den Bildschirm. »Snow hat sich große Mühe gegeben, die Leute davon abzuhalten zu sehen, was immer sich hinter diesem Code verbirgt. Es mag ja vielleicht niemand wissen, dass ich diese Disketten habe, aber du solltest besser nie vergessen, dass andere wissen, dass du sie hast.«

Clevenger fuhr zurück nach Boston, um im Suffolk-County-Gefängnis mit Kyle Snow zu sprechen. Er sah, dass North Anderson sein Handy angerufen hatte, und rief ihn zurück.

Anderson ging ran. »He, Frank.«

»Irgendwas Neues?«, fragte Clevenger.

»Coroways Geschichte stimmt, zumindest teilweise. Der Parkhauswächter und die Kassiererin in der Cafeteria erinnern sich beide an ihn.«

»Und was ist der Teil, der nicht stimmt?«

»Ich habe mit dem Fahrer des *Boston Globe*-Lieferwagens gesprochen, mit dem er zusammengestoßen ist. Ein Bursche namens Jim Murphy. Um die dreißig, fünfunddreißig. Er sagt, dass Coroway außer sich war, völlig aufgelöst, obwohl es im Grunde nicht mehr als ein Blechschaden war. Coroway wollte ihm Geld geben, damit er den Schaden nicht seiner Versicherung meldet. Fünfhundert Dollar.«

»Da wäre er nicht der Erste, der das tut«, hielt Clevenger dagegen. »Und Coroway sagt, er wäre in Eile gewesen. Er musste seinen Flieger erwischen.«

»Klar. Aber Murphy fühlte sich richtig unter Druck gesetzt. Er hat ihm gesagt, dass er das nicht machen könnte, weil es doch ein *Globe*-Lieferwagen war und so, aber Coroway wollte einfach kein Nein akzeptieren. Er hat sein Angebot auf einen Riesen erhöht und hat keine Ruhe gegeben, bis Murphy schließlich die Polizei angerufen und den Unfall angezeigt hat. Coroway ist weitergefahren, bevor der Streifenwagen gekommen ist.«

»Interessant.«

»Also, was machen wir jetzt?«, wollte Anderson wissen.

»Wir müssen herausfinden, ob Coroway beim Patentamt in Washington irgendwelche Urheberrechte angemeldet hat«, sagte Clevenger. »Ich will wissen, ob Vortek wirklich ein Fehlschlag war oder nicht.« Er sah in den Rückspiegel und entdeckte rund fünfzehn Meter hinter sich einen dunkelblauen

Crown Victoria. Er dachte, er habe denselben Wagen schon einmal gesehen, als er auf der Route 95 nach Newburyport gefahren war. Er hatte das unangenehme Gefühl, dass jemand ihn den ganzen Weg von Chelsea aus beschattet hatte. Er wechselte auf die linke Spur und beschleunigte auf fünfundsiebzig Meilen pro Stunde.

»Sind Erfindungen fürs Militär überhaupt aufgeführt?«, fragte Anderson.

»Lass es uns herausfinden«, sagte Clevenger. Er erinnerte sich an Jet Hellers Frage, ob er in Washington gewesen wäre, um mit den großen Rüstungsunternehmen zu reden. »Außerdem wäre es nett zu wissen, ob Coroway die Lizenzen für Vortek an Boeing oder Lockheed oder sonst jemanden verkauft hat.« Der Crown Vic hatte nicht die Spur gewechselt, aber er hielt mit Clevengers Tempo mit. Clevenger zog quer über drei Spuren, um die nächste Ausfahrt zu nehmen und seine Paranoia zu besänftigen.

»Ich besorge die Namen der Vorstandsmitglieder der größten Luftfahrtunternehmen«, sagte Anderson. »Wir können sie mit unseren Kontakten vergleichen, um zu sehen, ob sich da irgendein Ansatzpunkt findet. Vielleicht kann ja einer meiner Freunde von Nantucket helfen.«

Anderson war Polizeichef von Nantucket gewesen, bevor er sich mit Clevenger zusammengetan hatte. »Klasse. Ich rufe dich an, wenn ich mit Kyle Snow gesprochen habe. Ich bin gerade auf dem Weg zum Gefängnis.« Er nahm die Ausfahrt. Der Crown Vic folgte ihm.

»Gut.«

»Bleib mal kurz dran. Ich glaube, ich werde beschattet«, sagte Clevenger.

»Wo bist du?«

»In der Nähe von Newburyport.«

»Hast du die Disketten bei O'Connor abgegeben?«

»Ja. Kannst du jemanden von der Polizei in Newburyport

dazu kriegen, an seinem Haus vorbeizuschauen? Jackson Way fünfundfünfzig. Sie könnten mir dorthin gefolgt sein.«

»Wird gemacht. Bleib auf dem Highway. Verlass ihn auf gar keinen Fall.«

»Schon zu spät. Ich bin gerade in Georgetown abgefahren. Route 133.«

»Fahr wieder auf die 95. Ich ruf dich gleich wieder an.« Er legte auf.

Clevenger hörte eine Sirene hinter sich. Er schaute in den Rückspiegel und sah ein rotierendes Blaulicht auf dem Armaturenbrett des Crown Vic. Er konnte Umrisse eines männlichen Fahrers und eines ebenfalls männlichen Beifahrers ausmachen. Er fuhr an den Straßenrand, zog seine Pistole aus dem Halfter und schob sie unter seinen Schenkel.

Der Fahrer blieb hinter dem Lenkrad sitzen. Der Beifahrer, ein hoch gewachsener Mann Mitte fünfzig mit schütterem Haar und Brille kam an sein Fenster.

Clevenger ließ es herunter.

»Dr. Clevenger.«

»Wer will das wissen?«

»Paul Delaney, FBI.«

»Freut mich, Sie kennen zu lernen. Sie hätten mein Büro anrufen und sich einen Termin geben lassen können.«

Delaney lächelte. »Tut mir sehr Leid. Ich muss Ihren Wagen durchsuchen, Doktor.«

»Nicht ohne Durchsuchungsbefehl.«

»Habe ich.« Delaney griff unter sein Jackett. Bevor Clevenger sich rühren konnte, drückte die Mündung einer Pistole gegen seinen Nacken. »Haben Sie Augen im Hinterkopf?«, fragte Delaney. »Dann lesen Sie mal meinen Durchsuchungsbefehl.« Er nickte in Richtung des Crown Vic.

Einen Augenblick später ging die Beifahrertür von Clevengers Pick-up auf, und Delaneys Partner, ein dicker Mann von mindestens einsachtzig, lehnte sich ins Wageninnere und fing an, unter den Sitzen und im Handschuhfach zu wühlen. Er hievte sich mühsam auf den Beifahrersitz. »Ich muss Sie abtasten, Doc«, verkündete er.

Clevengers Handy klingelte. Er warf einen Blick auf die Rufnummernanzeige. North Anderson.

»Wir sind in null Komma nichts fertig«, erklärte Delaney. »Sie können zurückrufen.«

Der Dicke tastete Clevengers Brust, Arme und Beine ab. Er fand die Pistole und hielt sie seinem Partner hin.

»Leg sie einfach ins Handschuhfach«, wies ihn sein Partner an.

»Wenn Sie mir sagen, wonach Sie suchen, könnte ich es Ihnen vielleicht geben«, sagte Clevenger. »Wir könnten uns dann diese ganze Kojak-Nummer sparen.«

»Die Computerdisketten. Man hat Sie Ihnen irtümlicherweise gegeben.«

Clevengers Handy fing abermals an zu klingeln.

»Und wessen Irrtum war das?«

»Detective Coadys«, erwiderte Delaney. »Amateurhaft. Sie hätten an das FBI übergeben werden sollen.« Er deutete mit einem Nicken auf Clevengers Handy. »Gehen Sie ran, wenn Sie wollen. Vielleicht braucht Billy Sie.«

Clevenger wusste, wie bekannt sein Sohn war, aber seinen Namen aus Delaneys Mund zu hören wollte ihm nicht gefallen. »Wenn Sie meinem Sohn drohen wollen, dann sollten Sie besser befugt sein, den Abzug zu drücken.«

Delaney zuckte mit keiner Wimper. »Entschuldigen Sie. Das hier hat nichts mit Ihrem Sohn zu tun. Es tut mir Leid, dass ich ihn erwähnt habe. Aber um Ihre Frage zu beantworten, ich bin befugt, den Abzug zu drücken, wenn Sie sich der Durchsuchung oder der Festnahme widersetzen.«

Das Klingeln des Telefons verstummte, dann fing es von neuem an.

»Ich schätze, diese Dateien sind wohl ziemlich wichtig«,

sagte Clevenger. »Ich habe sie nicht.« Er deute mit einem Nicken auf das Handy. »Darf ich? Das ist jetzt Billy.«

»Machen Sie nur.«

Clevenger nahm das Gespräch an.

»Frank?«, sagte Anderson.

»Fünf blaue Disketten. Neben meinem Computer im Loft. Hol …« Ein stechender Schmerz durchzuckte ihn, als Delaney ihm den Knauf seiner Pistole über den Hinterkopf zog. Dann wurde alles schwarz.

Er erwachte fröstelnd und zusammengesackt auf dem Beifahrersitz seines Pick-up in einer menschenleeren Ecke des Parkplatzes eines Shaw's-Supermarktes am Georgetown-Plaza-Einkaufszentrum. Sein Kopf fühlte sich an, als hätte ihn jemand zum Volleyballspielen benutzt. Er strich sich mit der Hand über den Schädel, fühlte etwas Klebriges und sah auf seine Finger. Er blutete. Delaney, oder wie immer er wirklich hieß, hatte ihn mit einem Schlag seiner Pistole außer Gefecht gesetzt. Er sah auf die Uhr. 9 Uhr 40. Er war rund zwanzig Minuten bewusstlos gewesen. Er suchte nach seinem Handy, konnte es aber nicht finden.

Er stieß die Tür des Pick-up auf und taumelte zu dem Münzfernsprecher vor Shaw's. Er steckte drei Quarter in den Schlitz und wählte Andersons Nummer.

»Wo bist du?«, fragte Anderson.

»Georgetown Plaza. Sie haben mich k.o. geschlagen, mich in meinem Wagen hergefahren und hier abgestellt. Ist bei dir alles in Ordnung?«

»Mir geht's gut. Wie's aussieht, hatten sie drei Teams. Eins hat sich das Loft vorgenommen, bevor ich hingekommen bin, und hat sich die Disketten gegriffen. Deinen Computer auch.«

»Ist mit Billy alles in Ordnung?«

»Ja. Ich hab sein Handy angerufen. Er hat das Loft gleich nach dir verlassen.«

»Was ist mit Vania?«

»Sie müssen dich den ganzen Weg bis zu seinem Haus beschattet haben. Sie haben seine gesamte Soft- und Hardware mitgenommen, einschließlich der Disketten. Aber ihm ist nichts passiert – körperlich. Er hat gerade seine kleine Tochter in den Kindergarten gebracht, als sie sein Haus auseinander genommen haben.«

»Wo ist er jetzt?«

»Er hat zusammengepackt und ist Segeln gegangen.«

»Ach, komm schon.«

»Ehrlich. Der Bursche muss so 'ne Art Zen-Meister sein. Er hat gesagt, es gäbe nicht viel, was er tun könnte, bis das FBI ihm sein Eigentum zurückgibt. Er ist noch immer auf dem Wasser.«

»Wo bist du?«

»Im Büro. Sie sind hierher gekommen, nachdem sie im Loft waren.«

»Haben Sie die Computer mitgenommen?«

»Die Computer. All unsere Disketten. Sie haben die Akten durchgesehen, aber anscheinend nichts Interessantes gefunden. Sie wollten auch Kims BlackBerry haben, aber sie hat ihnen recht unmissverständlich gesagt, dass sie sich das abschminken können. Sie haben einen Blick darauf geworfen, und dann den Schwanz eingezogen.«

»Ich kann es ihnen nicht verübeln«, bemerkte Clevenger. Er schmunzelte unwillkürlich, was einen scharfen Schmerz von seinem Schädelansatz in die Stirn schießen ließ. Er schloss die Augen.

»Bist du noch dran?«

»Ich bin noch dran.«

»Kannst du fahren, oder soll ich hinkommen und dich abholen?«

»Ich kann fahren. Ich werde mir Coady vorknöpfen. Er muss gewusst haben, dass das passieren würde. Danach steht immer noch mein Gespräch mit Kyle Snow im Suffolk-County-Gefängnis an.«

»Ich kümmere mich weiter um die Namen der Vorstandsmitglieder und den ganzen Rest.«

»Warum treffen wir uns nicht nachher im Büro? Passt dir ein Uhr?«

»Bestens.«

Der wachhabende Sergeant des Polizeipräsidiums brachte Clevenger zu Coadys Büro und verschwand, als Coady hinter dem grauen Metallschreibtisch aufstand, der sich förmlich unter Ermittlungsakten bog.

Clevenger trat vor den Schreibtisch. In seinem Schädel hämmerte es. »Wussten Sie, dass das passieren würde?« Er klammerte sich an die Schreibtischkante, um sich Halt zu geben.

»Ob *ich* es wusste?«

»Haben Sie mich dazugeholt, um mich auf Abstand zu halten? Haben Sie sich Sorgen gemacht, dass Theresa Snow mich anheuern könnte, um den Fall richtig zu untersuchen?«

Coady antwortete nicht.

»Hat jemand Sie bezahlt?«, setzte Clevenger nach. »Coroway?«

Coady blitzte ihn wütend an. »Sie haben zu lange mit Verrückten zu tun gehabt, das muss abgefärbt haben.«

»Wann haben Sie das FBI dazugerufen?«

An Coadys Hals zeigten sich rote Flecke. »Ich bin von Anfang an ehrlich mit Ihnen gewesen. Wie können Sie es wagen ...?«

»Warum versuchen Sie nicht noch mal, mir die Doppelselbstmord-Theorie zu verkaufen? Oder vielleicht können Sie sich ja auch mit einem Mord-Selbstmord abfinden.«

»Ich versuche nicht, Ihnen irgendetwas zu verkaufen. Was für eine Show veranstalten Sie hier eigentlich? Wenn überhaupt, dann haben Sie mich verraten und verkauft.«

»Klar doch. Ich untergrabe Ihre grandiosen Ermittlungen.«

»Ich bin hier nicht derjenige mit Kontakten in Washington«, wütete Coady.

»Wovon, zum Teufel, reden Sie?«

»Sie wissen genau, wovon ich ...« Er verstummte und sah zur Tür.

Clevenger drehte sich um, und es verschlug ihm augenblicklich die Sprache. In der Tür stand die wunderschöne Whitney McCormick, die forensische Psychiaterin des FBI, die Frau, die alles aufs Spiel gesetzt hatte, um mit ihm zusammen den Highway-Killer, alias Jonah Wrens, zu fassen. Die Frau, die ihn noch immer in seinen Träumen heimsuchte.

Coady ging an ihr vorbei hinaus auf den Flur und schloss die Tür hinter sich.

»Ich habe North gefragt, wo ich dich finden kann«, erklärte Whitney McCormick mit sanfter, fast verletzlicher Stimme. »Er musste mir versprechen, dir nichts zu sagen.«

»Hat er auch nicht.« Er konnte den Blick nicht von ihr losreißen. Sie war sechsunddreißig, schlank, hatte lange, glatte blonde Haare und dunkelbraune Augen. Jeder hätte sie als hübsch beschrieben. Doch für Clevenger war sie mehr als schön. Sie war der Schlüssel zu etwas in ihm, das normalerweise eingeschlossen war.

Er bemerkte, dass sie den gleichen blassrosa Lippenstift trug wie bei ihrer ersten Begegnung vor einem Jahr. Er erinnerte sich daran, wie erstaunt er an jenem Tag gewesen war, dass sie nicht ein Quäntchen ihrer Weiblichkeit aufgab, während sie ihm eine Einführung in das Blutbad gab, das Wrens auf seinen Streifzügen kreuz und quer durchs Land hinterlassen hatte.

»Ich arbeite jetzt wieder fürs FBI«, sagte sie. »Seit einem Monat.«

Whitney hatte als Leiterin in der forensischen Psychiatrie gekündigt, nachdem ihr direkter Vorgesetzter, ein Mann namens Kane Warner und der Direktor der Abteilung für Verhaltensforschung des FBI, herausgefunden hatte, dass sie und Clevenger eine Affäre hatten, während sie auf Wrens Fährte waren.

»Derselbe Posten?«, fragte Clevenger.

Sie schüttelte den Kopf. »Ich habe Kanes alten Job.«

»Ich bin beeindruckt.« Er fragte sich, ob Whitneys Vater, ein Ex-Senator, irgendetwas damit zu tun hatte, dass sie den Posten des Mannes übernahm, der sie unter Druck gesetzt hatte. »Gehört es zu den Aufgaben deines neuen Jobs, mir ein bisschen Therapie anzubieten, nachdem man mich mit einem Pistolenknauf davon abgehalten hat, meine Arbeit zu tun?«

»Ich bin nicht im Auftrag des FBI hier«, sagte sie.

Er nickte. Es wäre so leicht gewesen, zu ihr zu gehen, sie in die Arme zu nehmen und zu küssen. Ihre Anziehungskraft auf ihn war unwiderstehlich. Sie gab ihm Halt. Sein Puls verlangsamte sich in ihrer Gegenwart. Seine Ängste in Bezug auf die Welt und seinen Platz darin verflüchtigten sich. Er dachte an seinen ehemaligen Professor John Money, an dessen *Lovemap*-Theorie. Vielleicht war Whitney seine *Lovemap*.

Doch selbst eine *Lovemap* kann nicht alle Hindernisse aus dem Weg räumen. Zum Beispiel die Tatsache, dass Whitney ihrem Vater so nahe stand, dass möglicherweise kein Platz für wahre Intimität mit einem anderen Mann blieb. Oder die Tatsache, dass sie wieder für eine Vollstreckungsbehörde arbeitete, mit der Clevenger schon seit langem auf Kriegsfuß stand. Und vor allem war da die Tatsache, dass Clevenger sein Leben dem Aufziehen von Billy Bishop gewidmet hatte, was ihm reichlich wenig Zeit für Romantik ließ.

»Also, warum bist du dann hergekommen?«, fragte er.

»Um es einfacher für dich zu machen.«

»Wie?«

»Zuerst einmal, indem ich dich dazu bringe, die Disketten zu vergessen.«

»Ich dachte, du wärst nicht im Auftrag des FBI hier.«

»Ich bin auf eigenen Wunsch hier«, erwiderte sie. »Niemand hat mich geschickt. Aber du solltest wissen, dass diese Disketten konfisziert wurden, weil es dabei um die nationale Sicherheit geht. Das ist nichts Persönliches.«

»Es ist nicht so einfach, einen Schlag auf den Kopf nicht persönlich zu nehmen.«

Sie lächelte. »Was ich zu sagen versuche, ist, dass niemand dich davon abhalten will, John Snows Mörder zu finden. Darum ging es nicht. Es ging nur darum, ein Leck zu stopfen.«

»Haben sie auch die Disketten aus der Asservatenkammer hier im Präsidium mitgenommen?«

»Diese Disketten hat es nie gegeben. Du wirst sie nie wieder sehen oder von ihnen hören. Weder die Disketten noch das Tagebuch.«

Clevenger hatte seine Kopie des Tagebuchs neben seinem Computer liegen lassen. Zweifellos hatte das FBI sie auch mitgenommen. »Welche Rolle spielst du bei dieser Sache?«, fragte Clevenger. »Eine Mordermittlung in Boston würde gewöhnlich nicht das Interesse der Abteilung für Verhaltensforschung in Quantico erregen.«

»Ich habe damit nichts zu tun, mein Dad allerdings schon.«

»Ah ...« Senator McCormick war ein integraler Bestandteil der Geheimdienstbranche gewesen, bevor er sich für das Senatorenamt zur Wahl gestellt hatte. Anscheinend war er es immer noch. »Warum überrascht mich das nicht?«, bemerkte Clevenger spitz.

»Fang jetzt nicht damit an. Ich kann gut darauf verzichten, dass du meinen Psychoanalytiker spielst.«

»Was, wenn ich diese Disketten brauche, um meinen Mordfall aufzuklären?«

»Wir reden hier von Raketentechnologie, Frank. Ein Haufen schwer verschlüsselter Daten. Mathematische Gleichungen. Welche Rolle können die spielen?«

»Keine Ahnung. Und gerade das macht mir Sorgen.«

»Dann mach dir Sorgen«, erwiderte McCormick. »Aber hak es ab.«

»Sonst …?«

»Glaub mir, du solltest dich raushalten, wenn es um die nationale Sicherheit geht. Erst recht heutzutage.«

Das war eine ziemlich deutliche Warnung. »Und dir hat niemand aufgetragen, mir das zu sagen?«

»Nein. Du hast bereits einen Schlag auf den Kopf einstecken müssen. Ich möchte dir den Ärger ersparen, auch noch mit dem Kopf gegen die Wand zu rennen.«

»Schon verstanden«, sagte er.

Sie sah ehrlich besorgt aus, dass er ihren Rat in den Wind schlagen würde.

»Ich habe dich schon verstanden«, versicherte er. »In Ordnung?«

Sie nickte.

»Also, was meinst du? Bist du heute Abend noch hier? Wir könnten uns zu einem verspäteten Abendessen verabreden.«

»Ich bin hier, wenn du es möchtest.«

»Neun Uhr? Ich möchte erst sicherstellen, dass Billy zu Hause ist und alles hat, was er braucht.«

»Ist er dieser Tage um neun zu Hause?«

»Fast nie. Aber ich gebe die Hoffnung nicht auf.«

»Gut für dich – und für ihn.«

»Wo soll ich dich abholen?«

»Ich werde mir ein Zimmer im Four Seasons nehmen.«

Clevenger musste unwillkürlich schmunzeln.

»Was ist?«

»Nichts. Ich werde uns einen Tisch im Aujourd'hui reservieren.«

Sie standen einen Moment lang schweigend da. Schließlich kam Whitney auf ihn zu, blieb einen Schritt vor ihm stehen. »Bis nachher dann«, sagte sie.

Mehr brauchte sie nicht zu sagen. Ihr Duft brach den letzten Rest seines Widerstands. Er schloss sie in die Arme.

Clevenger fand Coady an einer alten Kaffeemaschine vor dem Vernehmungszimmer, wo er sich gerade einen Becher Kaffee einschenkte. »Ich möchte mich für das entschuldigen, was ich in Ihrem Büro gesagt habe«, erklärte er. »Wie's aussieht, sind wir da beide in etwas hineingeraten, das sich unserer Kontrolle entzieht.«

»Das werden wir noch sehen«, erwiderte Coady und rührte drei Päckchen Süßstoff in seinen Kaffee.

»Soll heißen?«

Coady lehnte sich gegen den gesprungenen Resopaltisch. »Scheiß-FBI«, schimpfte er. »Die haben dieses Police Department schon viel zu lange überfahren, wann immer es ihnen gefällt. Ich kann einfach nicht glauben, dass das immer noch passiert.«

»Und was wollen Sie dagegen unternehmen?«

»Ich ziehe jedenfalls nicht den Schwanz ein, so viel steht mal fest.« Er sah sich um, um sich zu vergewissern, dass niemand in Hörweite war. »Es gibt da ein paar Dinge, die Sie wissen sollten.«

»Schießen Sie los.«

»Kyle Snow wurde an dem Morgen, an dem sein Dad erschossen wurde, um drei Uhr zehn in der Bostoner Innenstadt gesehen. Er hatte zehn Oxycontin-Tabletten von seinem Dealer gekauft.«

»Woher wissen Sie das?«

»Kyle hat den Dealer verpfiffen, als ich ihm damit gedroht habe, dass ich ihn den Rest seiner Bewährungsstrafe im Knast absitzen lassen würde. Ich hab dem Burschen einen Besuch abgestattet – ein College-Junge von der Bostoner Uni. Konnte es gar nicht abwarten, zu singen. Hat mir erzählt, was er Kyle verkauft hat und wann.«

»Wie können Sie sicher sein, dass er Ihnen die Wahrheit gesagt hat?«

»Er hat ihm die Tabletten in dem ›Store 24‹ an der Ecke Chestnut und Charles verkauft. Kyle ist auf dem Band der Überwachungskamera zu sehen, wie er hinterher ein Sandwich und einen Karton Milch kauft.«

»Es gibt tatsächlich Leute, die deren Sandwiches essen?«

»Sie kaufen sie. Ob sie wirklich den Mut haben, sie zu essen, weiß ich nicht.«

»Damit wissen wir, dass er rund vier Blocks vom Tatort entfernt war, anderthalb Stunden bevor der Schuss gefallen ist«, fasste Clevenger zusammen.

Coady nickte. »Die zweite Sache: Ich hole heute zu Geschäftsschluss George Reese zur Vernehmung aufs Präsidium. Ohne Vorwarnung. Das sollte diese FBI-Knaben aufhorchen lassen. Ich leg ihm Handschellen an und schleif ihn her. Haben Sie Zeit?«

Das war ein ganz neuer Mike Coady. Manchmal muss man einen Menschen bis an seine Grenzen treiben, um herauszufinden, was wirklich in ihm steckt. »Das brauchen Sie nicht zu fragen«, antwortete Clevenger.

»Die Säcke kommen aus Washington her und nehmen sich einfach Beweisstücke von meinem Mordfall? Ohne mich zu informieren? Ohne jeden Respekt? Wenn ich einmal zulasse, dass sie so was mit mir machen, kann ich mir bald selbst nicht mehr ins Gesicht sehen.«

»Langsam machen Sie mir Angst.«

»Warum das?«

»Sie denken schon fast genauso wie ich.«

14

Kyle Snow war ein drahtiger Sechzehnjähriger mit fein geschnittenen, beinahe femininen Zügen und längerem schwarzem Haar, das ihm immer wieder vor die blaugrauen Augen fiel. Er trug einen der obligatorischen orangenen Overalls der Strafvollzugsbehörde von Massachusetts. Er trommelte mit dem Absatz auf den Boden, während er Clevenger gegenüber am Tisch saß. Seine Pupillen waren geweitet. Schweißperlen standen ihm auf der Stirn. Er brauchte einen Schuss.

»Ja, ich habe ihm den Brief gegeben«, beantwortete er Clevengers Frage, ob er Grace Baxters Abschiedsbrief bei ihrem Mann, George Reese, abgegeben hätte. »Na und?«

»Hat er ihn gelesen?«

»Klar.«

»Wie hat er reagiert?«

»Er hat ›Danke‹ gesagt, total cool. Wenn Sie mich fragen, er wusste, dass sie was nebenbei laufen hatte. Er hat wahrscheinlich selbst was nebenbei laufen.«

»Hat er dir irgendwelche Fragen gestellt?«

»Nur, wie ich an den Brief gekommen bin.«

»Hast du es ihm gesagt?«

»Nö.«

»Warum hast du ihm den Brief gegeben?«

»Keine Ahnung.«

»Warst du wütend auf deinen Vater und Grace Baxter?«

Kyle fing wieder an, mit den Füßen zu trommeln. Er sah zur Tür des Vernehmungszimmers. »Kommen die jetzt endlich mit dem Methadon rüber?«

»Noch ein paar Minuten«, sagte Clevenger. Er wartete einen Moment. »Warst du wütend auf deinen Vater?«

»Nicht sonderlich.«

Clevenger beschloss, es anders zu versuchen. »Du und dein Dad, ihr hattet keine wirkliche Beziehung, bis vor kurzem.«

»Er hat mich gehasst«, erklärte Kyle tonlos. »Das ist auch eine Beziehung.«

Das wusste Clevenger aus erster Hand, von seinem eigenen Vater. »Hast du ihn auch gehasst?«

Kyle lächelte. »Ich hab mir immer ausgemalt, wie ich ihn umbringen würde. Beantwortet das Ihre Frage?«

»Und wie wolltest du ihn umbringen?«

»Ihn erschießen.« Er schmunzelte und schüttelte den Kopf. »Schon komisch, wie sich die Dinge manchmal entwickeln.«

Clevenger schwieg.

Kyle wischte sich die Stirn ab. »Ich kann echt nicht mehr.«

Clevenger stand auf und ging zur Tür. Er öffnete sie und winkte den Wärter, der draußen im Korridor saß, heran.

Der Wärter stand auf und kam herüber.

»Wo bleibt das Methadon?«, fragte Clevenger.

»Es hätte schon längst hier sein sollen, Doc«, antwortete der Wärter. »Ich rufe gleich noch mal auf der Krankenstation an.«

Clevenger kehrte in das Vernehmungszimmer zurück und setzte sich wieder Kyle gegenüber. »Du wurdest um die Zeit herum, als dein Vater getötet wurde, in der Nähe des Mass General gesehen.«

»Zu schade, dass ich nichts davon gewusst habe. Ich hätte zuschauen können.«

Clevenger sah ihm in die Augen und glaubte ihm. Vielleicht hatte Kyle Snow gesehen, wie sein Vater erschossen wurde, vielleicht auch nicht. Aber er hätte den Anblick ganz sicher genossen. »Weißt du irgendetwas über das Projekt, an dem dein Vater gearbeitet hat, bevor er starb?«, fragte er.

»Ich hab keine Ahnung, was es war. Ich weiß, dass es ihn bis letzten Monat oder so total irre gemacht hat.«

»Woher weißt du das?«

»Weil er immer total ausgerastet ist, wenn die Dinge nicht liefen. Dann ist er die ganze Nacht aufgeblieben, ist herumgetigert, hat einen Spaziergang durchs Viertel gemacht. Lauter so Zeug. Und dann ist es schlagartig vorbei gewesen. So als wär ihm endlich der Durchbruch gelungen oder so. Man konnte es an der Art sehen, wie er ging. Irgendwie beschwingter. Und seine Stirn. Die konnte monatelang gerunzelt sein, so als wollte er was Kleingedrucktes lesen, das einfach zu winzig war. Aber wenn er mit einem Projekt fertig war, dann verschwanden auch die Falten. Und genau das taten sie diesmal.«

»Du hast ihn ziemlich gut durchschaut«, sagte Clevenger.

»All die Jahre über, als er nicht mit mir gesprochen hat, als er mich kaum eines Blickes gewürdigt hat, hab ich ihn beobachtet und versucht herauszufinden, was in seinem Kopf vor sich ging, was nicht stimmte. Total blöd.«

»Warum?«

»Weil es keine Rolle spielte. Ich hab versucht, einen Zugang zu ihm zu finden. Es gab keinen. Nicht für mich jedenfalls.«

»Was ist mit Lindsey?«, fragte Clevenger.

»Was soll mit ihr sein?«

»Hat sie das Gleiche für deinen Vater empfunden?«

»Nee. Sie hat ihn angebetet. Er hat sie angebetet. Bis zu dieser Sache.«

»Der Affäre.«

»Das war nicht die ganze Geschichte. Er war anders. Menschlicher. Dass er sich mit Grace Baxter eingelassen hat, war nur ein Teil davon. Die Tatsache, dass er sich plötzlich mit mir verstand – das gehörte auch dazu. Und weil er plötzlich mehr Mensch war, hat er angefangen, meiner Schwester die Hölle heiß zu machen. Dass sie sich die ganze Nacht über mit irgendwelchen Jungs herumtrieb. Er hat versucht, ihr Vorschriften zu machen. Vorher hat er nicht einmal gemerkt, wenn sie morgens um vier nach Haus gekommen ist. Das hat ihr gar nicht gefallen, das kann ich Ihnen flüstern.«

»Warum wollte sie nicht, dass du und dein Vater euch besser versteht?«

»Hören Sie, ich bin nicht blöd. Auch wenn mein Intelligenztest das sagt. Sie konnte es nicht ertragen, dass mein Dad mir so viel Aufmerksamkeit geschenkt hat. All die Jahre über, als er sich keinen Pfifferling um mich geschert hat, hatte sie ihn für sich allein.« Er rutschte nervös auf seinem Stuhl hin und her. »Sie hat mich bei dieser Sache reingelegt, wenn Sie's genau wissen wollen.«

Hier konnte Clevenger womöglich den Hebel ansetzen. »Indem sie dich den Abschiedsbrief bei George Reese im Büro hat abliefern lassen?«

Er nickte. »Es war nur eine Frage der Zeit, bis mein Dad dahinter kommen würde. Was wahrscheinlich der Grund ist, warum er die letzten zwei Wochen nicht mit mir gesprochen hat.«

»Hat dir das wehgetan?«, fragte Clevenger.

»Ich bin daran gewöhnt«, erwiderte er. Aber seine Stimme verriet, dass er tief drinnen, unter den letzten Resten des Oxycontin, große Schmerzen litt.

Es klopfte. Ein Pfleger öffnete die Tür und kam herein. In der Hand trug er einen kleinen Pappbecher mit einer klaren Flüssigkeit – Snows Methadon. Er trat an den Tisch und reichte es ihm.

Kyle trank es und gab den Becher zurück. »Danke.«

Clevenger wartete, bis der Pfleger wieder gegangen war. »Ich nehme an, dass es wehgetan hat – wieder von deinem Vater ignoriert zu werden, nachdem ihr beide euch endlich näher gekommen wart.«

»Ich hab ihm sein neues Ich nie wirklich abgekauft«, wehrte er wenig überzeugend ab.

»Nein?«

»Ich meine, jemand wünscht sich, du wärst nie geboren worden, und dann tut er plötzlich so, als wär er dein bester Kumpel? Wer's glaubt, wird selig. Er schwebte auf Wolke sieben, das war alles. Er war high von Grace. Also hat er ein bisschen was von seinem Glück unters Volk verstreut. Aber es ging nie wirklich um mich. Es ging um ihn – und sie.«

»Wusstest du über das Porträt im Wohnzimmer Bescheid?«

»Lindsey hat es mir erzählt, sobald sie es herausgefunden hat. Sie hat sich überhaupt nicht wieder einkriegen können.«

»Und du?«

»Ehrlich gesagt, ich fand's cool.«

»Cool?«

»Sie kapieren es immer noch nicht. Mein Dad war nichts weiter als eine Maschine. Ein Computer. Dateneingabe, Datenausgabe. Die Ehe meiner Eltern war eine große Lüge. Ich weiß nicht, wie sie es geschafft hat, aber Grace Baxter hat ihn wieder zum Leben erweckt. Er hätte ihr Porträt als ein verdammtes Plakat getragen, wenn sie es von ihm verlangt hätte.«

Clevenger starrte Kyle einen Moment lang an. »Rundheraus gefragt«, sagte er schließlich. »Bist du froh, dass er tot ist?«

Kyle antwortete nicht.

Clevenger wartete.

»Ich schätze, er fehlt mir«, sagte er. »Aber er hat mir mein ganzes Leben lang gefehlt. Dass er tot ist, macht es ehrlich gesagt besser.«

»Wie macht es die Dinge besser?«

»Er behandelt mich nicht mehr wie den letzten Dreck.«

Kyle Snow präsentierte ein psychologisches Motiv für Mord. Seinen Vater zu töten hätte den Mann aus seinem Leben entfernt, dessen Gegenwart als beständige Erinnerung daran diente, wie kaputt und ungeliebt er war. Vielleicht hatte er schlicht den Schmerz, dass sein Vater sich ihm erst annäherte und dann wieder zurückzog, nicht ertragen können. Vielleicht hatte das genügt, ihn explodieren zu lassen. Aber Kyle schien sich seiner Gefühle sehr bewusst – und war schonungslos ehrlich, was sie anging –, in einer Weise, die dagegen sprach, dass er sich zum Mord getrieben fühlte. Und sein Zugriff auf Oxycontin bedeutete, dass er ständigen Nachschub eines Medikaments hatte, das seine Wut in Zaum hielt. »Glaubst du, dass dein Vater Selbstmord begangen hat?«, wollte Clevenger wissen.

»Er mag die Pistole abgefeuert haben. Aber das ist bedeutungslos.«

»Was meinst du damit?«

»Auch wenn er selbst den Abzug gedrückt hat, wir haben ihn auf dem Gewissen. Lindsey, ich, sein Partner Collin.« Er lächelte verkniffen. »Haben Sie Collin schon kennen gelernt?«

»Habe ich«, sagte Clevenger.

»Der Kerl ist ein mieser Hund. Wissen Sie, dass er Lindsey erzählt hat, dass Grace und mein Dad eine Affäre hatten?«

»Ja«, bestätigte Clevenger.

»Gut. Sie haben offensichtlich Ihre Hausaufgaben gemacht. Also, ich stelle mir die ganze Sache so vor. Er ist eine Weile lang mit Grace lebendig geworden, hat zum ersten Mal geatmet. Irgendwie so, als wäre er neu geboren worden. Und wir haben seine Luftzufuhr gekappt und ihn erstickt.«

»Ihr habt ihn in den Selbstmord getrieben.«

»Sie haben's kapiert. Deshalb habe ich ja gesagt, dass das Ganze total irre ist. Ich meine, da war ich und wollte ihn erschießen, und es war gar nicht nötig.«

Clevenger nickte. Das war ein wiederkehrendes Thema. Collin Coroway, Lindsey und Kyle waren alle überzeugt, dass sie gemeinsam John Snow das Leben unerträglich gemacht hätten. Vielleicht hatte ihn das letztendlich dazu getrieben, sein Heil auf dem Operationstisch zu suchen. Vielleicht hatte er eine Zeit lang wirklich geglaubt, dass er durch Grace Baxters Liebe wieder geboren werden könnte. Und als sich sein Leben um ihn herum immer enger zog wie eine Schlinge, kam er zu dem Schluss, dass ein Skalpell der einzige Weg wäre, um sich zu befreien.

Doch eine wichtige Frage blieb: Wenn Grace Baxter John Snow so sehr liebte, dass sie einen Abschiedsbrief schrieb, als sie ihn verlor – wenn sie seine *Lovemap* war und er die ihre –, warum war diese Liebe dann nicht stark genug gewesen, alles zu überwinden? Warum bedeutete die Entlarvung ihrer Affäre deren Ende?

Ein Teil des Puzzles fehlte.

Clevenger blickte in Kyle Snows Augen und sah sein eigenes Spiegelbild. Und obgleich er wusste, dass er hier war, um zwei Todesfälle zu untersuchen, obgleich er wusste, dass Kyle ein Verdächtiger war, kein Patient, kam er doch nicht umhin zu sehen, welche Qualen Kyle litt. Clevenger konnte den Schmerz tief in sich fühlen. Das war seine Gabe, das war das Kreuz, das er zu tragen hatte: Er nahm das Leiden anderer in sich auf. Es war diese Gabe gewesen, die ihn einst dazu getrieben hatte, sich in Alkohol, Drogen und Glücksspiel zu verlieren. Und es war diese Gabe, die ihn jetzt veranlasste, auf seinem Stuhl sitzen zu bleiben. Denn er hatte von Kyle Snow alles bekommen, was es zu bekommen gab. Jetzt verspürte er den Drang, etwas zurückzugeben. »Du glaubst, du würdest dich besser fühlen, jetzt, wo dein Vater nicht mehr da ist? Stimmt's?«, fragte Clevenger.

»Kann man so sagen.«

»Da irrst du dich.«

»Der einzige Mensch, dem je an mir gelegen war, war meine Mutter. Und jetzt gibt es nur noch unsere Mutter und Lindsey und mich. Und ich fühle mich bereits besser.«

»Vielleicht tust du das, für eine Woche. Vielleicht zwei. Aber dass dein Vater ausgelöscht wurde, ändert trotz allem nichts an der Tatsache, dass er noch immer in dir ist.«

»Ich habe diesem New-Age-Mist nie viel abgewinnen können.«

»Nebenbei bemerkt, das ist auch der Grund, warum du die

Oxys nimmst. Du speist damit den Teil von dir ab, der dein Dad ist, den Teil, der denkt, dass du wertlos bist, dass du besser nie geboren worden wärst.«

»Es gibt da draußen jede Menge Oxys.«

Clevenger schmunzelte. Auch er hatte einst gedacht, dass er kein Problem habe, solange er nur über genug Schnaps und Koks verfüge, um es zu besänftigen. »Es gibt auf der ganzen Welt nicht genug Oxycontin, um dieses Gefühl zu überwinden. Nicht auf lange Sicht. Das geht nur, indem du endlich anfängst, eigenständig zu denken – und zu fühlen.«

Kyle verdrehte die Augen und wandte den Blick ab.

»Mein Vater hat einen Gürtel benutzt, um mich zu überzeugen, dass ich kein Recht zu leben hätte. Ich denke, das war wahrscheinlich leichter zu ertragen, als ignoriert zu werden. Wenn man ignoriert wird, fängt man an, sich zu fragen, ob man überhaupt existiert. Ich wusste das. Die blauen Flecken waren zumindest ein Beweis …« Er schloss die Augen, als die Erinnerung ihn übermannte. Als er sie wieder aufschlug, sah er, dass Kyle ihn anschaute. »Also, was kannst du?«, fragte ihn Clevenger. »Warum bist du auf diesem Planeten?«

»Ich bin ein Könner darin, mich festnehmen zu lassen. Das macht mir so schnell keiner nach.«

Clevenger sah ihn unverwandt an. Die Sekunden verstrichen. Komm schon, drängte er im Stillen, gib schon auf. Weitere Sekunden verstrichen. Er wollte gerade selbst aufgeben, kapitulieren, als Kyle schließlich sprach.

»Ich kann ganz gut zeichnen«, sagte er, und all sein Macho-Gehabe verpuffte, als er diese Worte aussprach, so dass ein Junge zurückblieb, der erschreckend verletzlich aussah und klang. Wie ein im Lichtkegel von Autoscheinwerfern gefangenes Reh. »Ich schätze, das habe ich von meiner Mutter.«

»Was zeichnest du denn so?«

»Architektur-Sachen, wie sie. Ich bin ziemlich gut. Ich meine, ich glaube, dass ich es bin.«

»Weiß sie das?«

»Nein.«

»Vielleicht solltest du es ihr erzählen.«

»Ja, vielleicht sollte ich das«, pflichtete er halbherzig bei.

Clevenger wusste genau, was Kyle Snow an diesem Vorschlag solche Probleme bereitete. Die Liebe seines Vaters war die Trophäe gewesen, die er insgeheim zu erringen gehofft hatte. Aktiv um die Zuneigung seiner Mutter zu buhlen würde bedeuten, dass er die seines Vaters ein für alle Mal verloren hatte. »Ich werde dir jetzt mal rundheraus etwas sagen, Kyle«, sagte Clevenger, »denn ich glaube nicht, dass eine reelle Chance besteht, dass du dich je hundert Stunden mit einem Seelenklemper zusammensetzt und von selbst draufkommst: Dein Vater war unfähig, irgendjemanden zu lieben. Er verehrte Schönheit und Perfektion. Er verehrte seinen eigenen Verstand. Aber mit sich selbst oder mit irgendjemand anderem, deine Schwester eingeschlossen, in seiner Gesamtheit, als vollständiger Mensch, damit konnte er nichts anfangen. Vielleicht hätte Grace Baxter das zurechtbiegen können, vielleicht auch nicht. Wie es sich herausstellte, war es zu spät.«

Kyle starrte auf den Tisch und zuckte mit den Achseln.

»Also musst du dich jetzt selbst lieben«, fuhr Clevenger fort. »Eine andere Möglichkeit bleibt dir nicht. Du musst dich auf jedes Talent besinnen, das du besitzt, jede Gabe, mit der du in der Welt um dich herum etwas bewirken kannst. Und du musst das Wagnis eingehen, etwas bewirken zu wollen. Wenn du das tust, dann wirst du viel zu beschäftigt sein, um weiter dem Oxycontin nachzujagen. Denn du wirst nicht mehr damit beschäftigt sein, dich zu hassen.«

»Ja ja«, sagte er.

Clevenger verspürte den spontanen Drang, den Platz als Kyles Ersatzvater einzunehmen. Lag es daran, dass Kyle ihn tatsächlich brauchte?, fragte er sich. Oder lag es daran, dass Clevenger wünschte, jemand hätte für ihn dasselbe getan? Wie auch immer, er konnte nicht widerstehen. »Sobald die Ermittlungen abgeschlossen sind, würde ich mir sehr gern deine Zeichnungen anschauen«, erklärte er Kyle. »Ich habe einige Freunde mit Architekturbüros. Ich bin sicher, dass sie bereit wären, mit dir über die Branche zu reden.«

»Immer vorausgesetzt, dass Sie mich nicht als Mörder verhaften lassen, meinen Sie«, entgegnete Kyle.

Clevenger hörte die gänzlich andere Frage, die hinter dieser augenscheinlich saloppen Bemerkung verborgen war, die Frage, wie weit Clevenger gehen würde, um Kyle Snows Vater zu spielen. Würde er ihn der Polizei ausliefern, wenn sich herausstellen sollte, dass er schuldig war? Da begriff er, wie wichtig es war, dass er nicht so tat, als ob Kyle sein Patient wäre, von seinem Kind ganz zu schweigen. Er befand sich in der gleichen Gefahr wie mit Lindsey Snow – der Gefahr, sich in der emotionalen Dynamik der Snow-Familie zu verlieren. Er sah Kyle in die Augen. »Wenn ich dich wegen Mordes verhaften lassen muss, mein Freund«, erklärte er, »dann hast du alle Zeit der Welt zum Zeichnen. Ich würde mir die Sachen dann aber immer noch gern ansehen.«

North Anderson erwartete Clevenger bereits im Eingangsbereich des Gefängnisses, als er herauskam.

Clevenger ging auf ihn zu.

»Coady hat mir gesagt, dass du hierher unterwegs wärst«, erklärte Anderson. »Ich hab was herausgefunden, was du wissen solltest.«

»Was?«

»Ich hab angefangen, mir die Vorstände der größeren Rüstungsunternehmen anzuschauen, in der Hoffnung, irgendjemanden zu finden, den ich kenne, damit er uns hilft, der Sache mit Vortek auf den Grund zu gehen. Ich habe keine bekannten Namen entdecken können, eingeschlossen Lockheed, Boeing und Grumman. Also hab ich mich entschieden, beim Schatzamt vorbeizuschauen, mir Snow-Coroway Engineerings Jahresbilanzen zu besorgen und mal einen Blick auf deren Aufsichtsrat zu werfen.«

»Und?«

»Keine wirklichen Überraschungen. Coroway, Snow, ein Risikokapital-Knabe von Merrill Lynch und ein Harvard-Professor – deren hauseigenes Computergenie, ein Bursche namens Russell Frye. Der einzige Name, der herausstach, war Byron Fitzpatrick, der sich als ehemaliger Außenminister unter Ford entpuppte. Aber ich schätze, der Typ gehört wahrscheinlich zweihundert Aufsichtsräten an.«

»Möglich«, sagte Clevenger, »aber er ist auch der Vorstandsvorsitzende von InterState Commerce, dem Unternehmen, dem Coroway gestern in Washington einen Besuch abgestattet hat.«

»Dann gibt es da eindeutig einige interessante Verbindungen. Denn mein nächster Zwischenstopp war bei meinem Kumpel von der Finanzbehörde von Massachusetts. Er hat für mich mal einen Blick in Snow-Coroways Steuererklärungen für die letzten fünf Jahre geworfen. Rate mal, wer 2002 zehn Prozent des Unternehmens gekauft hat?«

»Ich bin Psychiater, kein Hellseher.«

»Die Beacon Street Bank.«

Die Wucht dieser Information ließ Clevenger unwillkürlich einen Schritt zurücktreten.

»Sie haben fünfundzwanzig Millionen für zehn Prozent des Unternehmens bezahlt.«

Clevenger erinnerte sich, dass Collin Coroway ihm erzählt hatte, dass fünfundzwanzig Millionen das ursprüngliche Forschungs- und Entwicklungsbudget für Vortek gewesen seien. War das ein bloßer Zufall?

»Also denke ich mir, dass Reese und Beacon Street ein klares Interesse daran hatten, dass Vortek auf den Markt kam«, sagte Anderson.

»Dann müsste Reese daran gelegen gewesen sein, dass Snow am Leben blieb«, bemerkte Clevenger.

»Zumindest, bis Vortek fertig war. Ich denke, ich sollte selbst nach Washington fahren und mal im Patentamt herumstöbern. Ich habe mit ein paar Patentanwälten gesprochen, die ich kenne: Der konkrete Inhalt jedes Raketenpatents unterliegt natürlich der Geheimhaltung. Aber es würde trotzdem in den Akten stehen, wenn Snow und Coroway ein Patent angemeldet hätten, so sie es denn getan haben.«

»Sieh dich bloß vor. Wir treten hier offensichtlich jemandem auf die Zehen.«

»Du schließt das aus dem Schlag auf den Kopf, den dir die FBI-Jungs verpasst haben, was?«

Clevenger berührte die schmerzhafte Stelle an seinem Hinterkopf. »Daraus und aus der Tatsache, dass Whitney McCormick höchstpersönlich hergeflogen ist, um mich zu überreden, die Finger von der Sache zu lassen. Sie arbeitet wieder fürs FBI.«

Andersons Mund verzog sich zu einem sehr breiten Grinsen. »Wie lange wollest du eigentlich damit warten, mir das mitzuteilen?«

»Sie war auf dem Präsidium, als ich hingegangen bin, um mir Coady vorzuknöpfen.«

»*Das* nenne ich jetzt aber mal eine wirkliche Entwicklung in dem Fall. In deinem Fall, zumindest. Es war schwer genug, ihr einmal Lebwohl zu sagen. Diesmal geht sie vielleicht nicht wieder fort, mein Freund.«

»Sie hat andere Pläne.«

»Möglich. Aber ich denke, dass du derjenige bist, der sich besser vorsehen sollte«, erwiderte Anderson.

»Hör bloß nicht auf, mir das zu sagen.«

Clevenger rief im Büro von Boston Forensics an und erkundigte sich bei Kim Moffett nach dem Stand der Dinge.

»Ich bin losgegangen und hab drei Computer gemietet«, verkündete sie. »Auf Firmenkosten. Hoffe, das ist Ihnen Recht.«

»Würde es eine Rolle spielen, wenn nicht?«

»Ich schätze, die werden unsere eine Weile behalten.«

»Könnte stimmen.«

»Darf ich Sie was fragen?«

»Ich bin ganz Ohr.«

»Werden die unsere persönlichen Dateien und E-Mails und all die Sachen durchsehen?«

»Wenn sie einen Durchsuchungsbefehl haben, ja«, sagte Clevenger. »Vielleicht sogar auch, wenn nicht. Warum?«

»Nur so.«

»Kommen Sie.«

»Es ist nur so, dass ich meine *Match.com*-Anzeige mit allen Antworten darauf gespeichert habe.«

»Und?«

»Das ist privat. Und es ist peinlich.«

»Sie werden schon diskret sein. Aber vielleicht wäre es besser, wenn Sie solche Sachen in Zukunft in Ihrer Freizeit erledigen«, sagte Clevenger. »Letzte Woche haben Sie eine Lohnerhöhung verlangt, weil Sie angeblich so viel zu tun haben.«

»Ich bekomme nicht viele Antworten auf meine Anzeige. Es dauert keine zwei Sekunden, die durchzugucken.«

»Ich bin sicher, dass Sie mit Angeboten überhäuft werden. Und das mit der Freizeit war nur ein Scherz.«

»Bei Ihnen weiß ich nie, wann Sie was ernst meinen und wann nicht. Ihr Tonfall verändert sich nicht.«

»Teil der psychiatrischen Ausbildung. Irgendwelche Nachrichten für mich?«

»Nur von Billy.«

»Hat er eine Nachricht im Büro hinterlassen?«, fragte Clevenger.

»Er sagt, er hätte es auf Ihrem Handy versucht, aber keinen Anschluss bekommen.«

»Wie lautet die Nachricht?«

»Er hat sich aus der Schule abgesetzt, um Dr. Heller wieder bei einer Operation zuzuschauen.«

»Was?«

»Ich glaube nicht, dass er es Ihnen persönlich sagen wollte – persönlich am Telefon, meine ich. Deshalb hat er hier angerufen.«

»Hat er sonst noch etwas gesagt?«

»Nur, dass es eine wirklich große Operation wäre und er sicher sei, dass Sie nichts dagegen hätten. Er hat gesagt, es könnte den ganzen Tag und die halbe Nacht dauern.«

»Ach wirklich?«

»Ich hab ihm gesagt, dass es nicht ganz koscher klingen würde«, sagte Moffett. »Keine schriftliche Entschuldigung von Dad, verstehen Sie?«

»Hat Heller angerufen, um zu fragen, ob es in Ordnung geht?«

»Nö. Vielleicht hat er's auf Ihrem Handy versucht.«

»Ich werd nachschauen. Was gibt's sonst noch?«

»John Haggerty hat einen Fall für Sie. Ein Schuldunfähigkeitsgutachten. Er möchte Ihnen die Akte rüberschicken.«

»Sagen Sie ihm, er soll sie schicken. Aber es wird eine Weile dauern, bevor ich mich dransetzen kann.«

»Ich sag es ihm.«

Nachdem Clevenger aufgelegt hatte, hörte er die Voicemail auf seinem Handy ab. Es gab eine Nachricht, dass er Mike Coady zurückrufen solle, doch nichts von Heller. Clevenger würde Billys Besuchen im Mass General eindeutig Grenzen setzen müssen.

Er wählte Coadys Nummer und wurde zu ihm durchgestellt. »Was gibt's?«, fragte er.

»Ich habe George Reese etwas früher als abgesprochen aufs Präsidium geholt.«

Clevenger sah auf die Uhr. 13 Uhr 20. »Warum?«

»Er war auf dem Weg zum Logan-Flughafen. Ich habe ihn zum internationalen Terminal verfolgen lassen. Er hatte einen Flug nach Madrid gebucht.«

»Ein kleiner Urlaub, um über den Verlust von Grace hinwegzukommen?«

»Das Ticket war nur für den Hinflug.«

»Vielleicht legt er sich nicht gerne fest.«

»Nun, jetzt sitzt er jedenfalls erst einmal hier fest. Zumindest für den Moment. Jack LeGrand ist bei ihm in der Zelle.«

LeGrand war Neuenglands König des Strafrechts, ein Verteidiger, der jeden Prozess wie ein Gladiator ausfocht und bedeutend mehr Fälle gewann als verlor. Clevenger hatte vor ein paar Jahren bei einigen Fällen mit ihm zusammengearbeitet. »Richten Sie Jack einen Gruß von mir aus.«

»Ich würde Sie gern so schnell wie möglich hier haben. Ich weiß nicht, wie lange ich Reese hier festhalten kann, ohne Anklage zu erheben. Und so weit bin ich noch nicht.«

»Ich bin in einer knappen Stunde da«, versprach Clevenger.

»Bis dann.«

Clevenger nahm die Back-Bay-Ausfahrt vom Storrow Drive und fuhr zum Mass General. Er wollte sich vergewissern, dass Billy die Wahrheit darüber erzählte, warum er die Schule schwänzte.

Clevenger stellte den Wagen im Parkhaus ab und ging zur OP-Abteilung. Die Abteilungssekretärin, eine dicke, rotbackige Frau um die sechzig, erklärte ihm, dass Heller derzeit operiere, und bestätigte, dass ein junger Mann ihn in den OP begleitet habe.

»Ich bin sein Vater«, sagte Clevenger. »Wissen Sie, was das für eine Operation ist?«

»Ein Aneurysma an der Basilararterie«, antwortete sie. »Sie sind jetzt seit drei Stunden dort drin. Sie haben noch gut fünf Stunden vor sich.«

Die Basilararterie verläuft entlang der Hirnbasis. Sie gehört zum Circulus arteriosus willisii, dem Gefäßring, der die Großhirnrinde mit Blut versorgt. Das Abclippen eines Aneurysmas ist extrem riskant.

»Die Patientin ist ein neunjähriges Mädchen«, sagte die Sekretärin.

Clevenger schnürte sich das Herz zusammen. »Neun Jahre.« Die Tragödie eines kleinen Mädchens, das eine mehr als achtstündige Operation über sich ergehen lassen musste, zeigte wieder einmal, wie vollkommen unparteiisch und gänzlich unfair Krankheiten waren. Er machte sich Sorgen, wie Billy reagieren würde, wenn sie die Operation nicht gut überstand.

»Sie ist in den besten Händen«, versicherte die Sekretärin. »Dr. Heller tut alles Menschenmögliche für seine Patienten. Für ihn ist es immer eine persönliche Angelegenheit. Er nimmt sich jeden Fall zu Herzen, verstehen Sie?«

»Das höre ich nicht das erste Mal über ihn«, sagte Clevenger. Es war schwer, bloß an Hellers chirurgische Fähigkeiten zu denken, wenn seine Umgangsformen so zweifelhaft waren. Er hatte nicht den Anstand besessen, Clevenger Bescheid zu sagen, dass er Billy abermals zu einer Operation eingeladen hatte.

Clevenger überlegte, Billy aus dem OP rufen zu lassen und umgehend mit nach Hause zu nehmen, um ihm klarzumachen, dass er nicht auf eigene Faust beschließen konnte, die Schule sausen zu lassen, um Doktor zu spielen. Aber er wollte ihn nicht vor Heller in Verlegenheit bringen. »Könnten Sie ihm wohl ausrichten, dass ich vorbeigekommen bin, um mich zu vergewissern, dass bei ihm alles in Ordnung ist?«, fragte Clevenger.

»Sie können gerne warten, wenn Sie möchten. Er wird sicher bald eine Pause machen.«

»Darauf würde ich nicht wetten«, erwiderte Clevenger.

15

Clevenger schaffte es, kurz vor 14 Uhr wieder im Präsidium zu sein. Coady wollte ihn in seinem Büro sprechen, bevor sie sich George Reese vornahmen.

»Jeremiah Wolfe hat angerufen«, sagte Coady. »Das Ergebnis der DNS-Untersuchung des Babys, mit dem Grace Baxter schwanger war, ist da.« Er setzte sich hinter den Schreibtisch. »Es war von John Snow. Ein kleiner Junge.«

Diese Enthüllung führte Clevenger zurück zu der Überlegung, dass Grace Baxter möglicherweise so wütend auf Snow gewesen war, weil er sie verlassen hatte, dass sie jede Spur von ihm auslöschen wollte – einschließlich des verdorbenen Blutes, das durch ihren Leib floss. »Schon gut«, sagte er. »Ich habe verstanden. Sonst noch etwas?«

Coady schüttelte den Kopf. »Wollen Sie Reese selbst befragen, oder wollen Sie hinter dem Einwegspiegel zuschauen? Die Entscheidung liegt bei Ihnen.«

»Ich denke, wir bekommen mehr aus ihm heraus, wenn wir ihn nervös machen«, erwiderte Clevenger. »Entweder würde er mir wirklich am liebsten den Hals umdrehen, oder er möchte es nur so aussehen lassen, als ob. Vielleicht fällt es ihm dadurch ja schwerer, sich nicht zu verplappern.«

»Vielleicht sollten Sie sich das mit dem Polizeischutz, den ich Ihnen angeboten habe, doch noch mal überlegen. Ich meine, erst Reese und jetzt die Kerle vom FBI ...«

»Wir reden noch mal drüber.«

»Wann?«, wollte Coady wissen.

»Später.«

»Das ist kein Witz, Frank.«

»Habe ich gelacht?«

Coady schüttelte den Kopf. »Kyle Snow ist nach Hause gegangen. Seine Mutter hat eine Kaution hinterlegt. Einhunderttausend Riesen. Das sind Peanuts für diese Leute.«

»Was halten Sie von ihm?«

»Er hat seinen alten Herrn gehasst, so viel steht fest.«

»Ich habe meinen auch gehasst. Aber ich habe ihn nicht erschossen.«

»Warum nicht?«

»Gute Frage«, erwiderte Clevenger. Er hatte sich mehr als einmal in der Fantasie ausgemalt, wie er seinen Vater mit dem Gürtel strangulierte, mit dem er so gerne Prügel austeilte. »Er hatte keine Pistole.«

Coady schmunzelte matt. »Manchmal ist Gelegenheit die Mutter der Erfindung«, sagte er. »Ganz ehrlich, wenn man ein Kind so behandelt, wie Snow seinen Sohn behandelt hat, dann sollte man besser keine Schusswaffen im Haus haben.«

»Ich bin noch nicht bereit, Kyle von irgendeiner Liste zu streichen«, erklärte Clevenger.

»Was ist mit Lindsey?«

»Sie hatte Zugang zu der Waffe, genau wie ihr Bruder. Sie wusste über die Affäre Bescheid, genau wie er. Und ihre ganze Welt war wie auf den Kopf gestellt, weil Snow sich veränderte.«

»Also bleibt sie auch auf der Liste«, sagte Coady. »Und die Ehefrau?«

»Dito. Snow war der Grundpfeiler dieser Familie. Ohne ihn wäre alles zusammengebrochen. Und sie alle wussten das – zumindest unterbewusst.«

»Wie ich schon sagte, bei einem Fall wie diesem eine Liste von Verdächtigen aufzustellen ist ein Kinderspiel. Der schwierige Teil ist, wieder jemanden von der Liste zu streichen.«

»Stimmt«, sagte Clevenger. »Aber ich bin trotzdem froh, dass wir Reese hier haben. Er war der Einzige auf der Liste, der blutbeschmiert war, als ich ihm das erste Mal begegnet bin.«

Clevenger öffnete die Tür des Vernehmungszimmers und trat ein.

Reese, in einem grauen Nadelstreifenanzug, weißen Hemd mit Umschlagmanschetten und einer glänzenden burgunderfarbenen Krawatte, stand von dem langen Holztisch auf, an dem er mit Anwalt Jack LeGrand gesessen hatte. »Was, zum Teufel, machen Sie denn hier?«, fragte er Clevenger.

»Ich arbeite für die Polizei, haben Sie das schon vergessen?«, sagte Clevenger. »Ich habe ein paar Fragen an Sie.«

»*Sie* haben Fragen an *mich*?«

»Setzen Sie sich«, sagte Clevenger.

Reese blieb stehen.

LeGrand legte die Hand auf Reeses Arm und zog ihn sanft auf seinen Stuhl. Er war um die fünfzig, hatte gewelltes, rostfarbenes Haar, volle Lippen, buschige Augenbrauen und dunkelbraune, beinahe schwarze Augen. Er sah aus wie ein gedankenvoller Wolf in einem Zweitausend-Dollar-Armani-Anzug. »Schön, Sie zu sehen, Frank«, sagte er in seiner kehligen Stimme, die in einem Gerichtssaal augenblicklich donnernd werden konnte.

Clevenger nickte ihm zu und trat an den Tisch. Er zog einen Stuhl hervor und setzte sich. »Hat man Ihnen Ihre Rechte verlesen?«, fragte er Reese.

»Die sollten Ihnen Ihre verlesen«, entgegnete Reese tonlos.

»Mein Klient wurde nicht verhaftet«, erklärte LeGrand. »Er ist freiwillig hier.«

»Dann lassen Sie uns gleich zur Sache kommen«, sagte Clevenger. Er sah zu Reese. »Wann haben Sie herausgefunden, dass Ihre Frau eine Affäre mit John Snow hatte?«

Reese erwiderte seinen Blick ungerührt.

»Mein Klient wird diese Frage nicht beantworten«, sagte LeGrand. »Ich bin sicher, dass Sie das verstehen.«

»Da bin ich mir überhaupt nicht so sicher«, entgegnete Clevenger, obgleich er genau wusste, warum LeGrand seinem Klienten Anweisung gegeben hatte, nicht zu antworten. Er hatte nichts dadurch zu gewinnen, wenn er eine Aussage machte. LeGrand hatte der Befragung überhaupt nur aus dem Grunde zugestimmt, dass sie ihm ein Gefühl dafür geben würde, in welche Richtung die Polizei ermittelte. »Berufen Sie sich auf das im fünften Verfassungszusatz garantierte Recht, sich nicht selbst belasten zu müssen?«, fragte Clevenger.

»Das muss ich nicht«, erwiderte LeGrand. »Mein Klient steht nicht unter Anklage. Sie sind nicht Geschworener einer Anklagejury. Das hier ist keine Verhandlung. Es ist seine persönliche Entscheidung, Ihnen nicht zu antworten, mehr nicht. Vielleicht gefällt ihm Ihr Ton nicht.«

Clevenger sah wieder zu Reese. »War Ihnen bekannt, dass sie sich im Four Seasons getroffen haben?«

»Wunderschönes Hotel«, sagte Reese. »Ich persönlich mag es auch sehr gern.«

»Wo haben Sie den Abschiedsbrief Ihrer Frau gefunden?«, fragte Clevenger.

Reese fing an, mit den Zähnen zu mahlen. »Sie haben vielleicht Nerven, den Selbstmord meiner Frau zu erwähnen. Wenn Sie nicht gewesen wären, würde sie noch leben.«

Diese Worte trafen eine wunde Stelle tief in Clevenger. Er gab sich alle Mühe, es sich nicht anmerken zu lassen.

»Wie oft hat sie Sie an jenem Tag angerufen und um Hilfe gebeten?«, fragte Reese.

LeGrand fasste Reese am Arm. »Ich wiederhole«, erklärte er Clevenger, »mein Klient hat nichts dazu zu sagen, ob er einen Abschiedsbrief gefunden hat oder nicht.«

Clevenger fürchtete, dass er hier nie auf einen grünen Zweig kommen würde. Er wollte Reese nervös machen, wollte, dass er sich fragte, wie viel die Polizei tatsächlich gegen ihn in der Hand haben mochte. »Sie hatten ein Treffen mit Kyle Snow, stimmt's?«

»Kein Kommentar«, sagte LeGrand.

»Hat er Ihnen bei diesem Treffen irgendetwas gegeben?«

»Antworten Sie nicht«, wies LeGrand Reese an.

»Soll er sich doch ruhig auf den fünften Verfassungszusatz berufen«, sagte Clevenger, ohne Reese aus den Augen zu lassen.

»Das ist nicht nötig«, entgegnete LeGrand.

Clevenger starrte Reese weiter durchdringend an. »Dann lassen Sie ihn reden. Er hat doch nichts zu verbergen, stimmt's?«

»Kommen Sie endlich zu einer anderen Frage, falls Sie noch eine haben«, erwiderte LeGrand.

»An dem Abend, an dem Ihre Frau tot aufgefunden wurde, haben Sie Detective Coady erzählt, dass Sie bei einem Scheidungsanwalt gewesen wären«, sagte Clevenger zu Reese. »Sie sagten, das wäre der Grund, weshalb in dem Abschiedsbrief, der auf dem Nachttisch Ihrer Frau gefunden wurde, von einer Trennung die Rede wäre. Bei welchem Anwalt sind Sie gewesen?«

»Kein Kommentar«, sagte LeGrand.

»Der Mann hat erklärt, er wäre bei einem Scheidungsanwalt gewesen«, sagte Clevenger zu LeGrand. »Warum soll er uns nicht sagen, wer das war – wenn es denn tatsächlich stimmt?«

LeGrand lächelte nur.

Clevenger durfte jetzt nicht lockerlassen. »Wussten Sie, dass Ihre Frau schwanger war, Mr. Reese?«

Reese runzelte die Stirn. Schmerz flammte kurz in seinen Augen auf.

LeGrand beugte sich vor.

»Sie war etwa im dritten Monat«, setzte Clevenger nach.

»Vielleicht sollten wir dieses Gespräch hier und jetzt beenden«, sagte LeGrand mit einem Blick auf Reese.

Clevenger wusste, dass ihm nicht viel Zeit blieb. »Als sie in meiner Praxis war, hat sie mir erzählt, sie fühle sich wie eine Gefangene in ihrer Ehe.«

»Sie sind ein verfluchter Lügner«, explodierte Reese.

Diese Reaktion schien seltsam bei einem Mann, der seine Ehe als gescheitert betrachtet hatte. »Die Diamantarmbänder, die Sie ihr geschenkt haben – sie hat mir gesagt, sie wären nichts weiter als Handschellen.«

Reese blitzte Clevenger an, als wäre er am liebsten über den Tisch gesprungen und hätte ihn erwürgt.

»Diese Unterhaltung ist beendet«, sagte LeGrand zu Reese.

Reese starrte nur weiter Clevenger an.

»Nebenbei bemerkt, es war John Snows Kind«, sagte Clevenger. »Das Ergebnis der genetischen Untersuchung ist gerade gekommen.«

Reese schloss kurz die Augen.

»George, ich denke wirklich, wir sollten jetzt gehen«, drängte LeGrand.

Clevenger hatte noch eine letzte Information für Reese parat. »Ihre Bank ist einer der Hauptinvestoren von Snow-Coroway Engineering. Das wissen wir. Waren Sie wirklich so dumm, Ihre Frau mit John Snow bekannt zu machen? Der Mann war ein Erfinder. Ein Genie. Frauen lieben so etwas.«

Reese blitzte Clevenger wütend an.

LeGrand stand auf. »George«, sagte er. »Wir gehen. Auf der Stelle.«

Reese rührte sich nicht.

»Haben Sie auf den ersten Blick erkannt, dass die beiden ein Liebespaar werden würden? Es heißt, so was passiert manchmal – dass es derart offensichtlich ist, von Anfang an. *Lovemaps* nennt man so etwas. Leute, die füreinander bestimmt sind.«

»Halten Sie sich zurück, Frank«, warnte LeGrand.

Reese ballte die Hände zu Fäusten.

»Eine hässliche Geschichte«, fuhr Clevenger unbeirrt fort. »Erst hat er Ihr Geld genommen, dann Ihre Frau. Fünfundzwanzig Millionen, und Grace obendrauf. Das muss schwer zu schlucken gewesen sein. Ich meine, das dürfte man ja wohl als echtes Verlustgeschäft bezeichnen.«

Reese stürzte sich mit einem Satz über den Tisch auf Clevenger. Clevenger versuchte, sich zurückzulehnen, doch Reese packte ihn mit der linken Hand am Jackenkragen, während er mit der rechten ausholte und Clevenger eine satte Gerade auf Lippen und Kinn versetzte.

Clevenger schmeckte Blut. Er starrte Reese an, ohne zurückzuweichen. »Sie sind sehr jähzornig, George. Was hat Grace gesagt, dass Ihnen so die Pferde durchgegangen sind? Hat sie Ihnen gesagt, dass sie Snow liebte, dass sie von ihm schwanger war?«

Reese holte abermals aus und versetzte Clevenger einen Schlag gegen die Stirn.

LeGrand versuchte, Reese vom Tisch wegzuzerren, doch er hatte Mühe, ihn nur auf seiner Seite zu halten.

»Wollte sie das Baby behalten?«, fragte Clevenger. »Wollte in Wahrheit Grace *Sie* verlassen?«

Coady kam ins Zimmer gelaufen und half, Reese vom Tisch wegzuziehen. Er sah Clevenger an. »Das reicht«, donnerte er. »Ich will Sie auf der Stelle in meinem Büro sehen.«

Clevenger rührte sich nicht.

Reese versuchte, sich loszureißen, um sich abermals auf ihn zu stürzen, aber Coady und LeGrand hielten ihn fest.

Clevenger sah forschend in Reeses Augen.

»Warum starren Sie mich so an, Sie Drecksack?«, brüllte Reese. Sein Hals und sein Gesicht waren krebsrot. »Wissen Sie, wie es ist, mit ansehen zu müssen, wie Ihre Frau verblutet? Haben Sie auch nur die leiseste Vorstellung?«

»Raus!«, befahl Coady Clevenger.

Clevenger wartete einen Moment, dann drehte er sich um und ging hinaus.

»Sie werden wegen dieser Sache noch von uns hören«, sagte LeGrand zu Coady. »Was hier geschehen ist, war reinste Schikane, keine Polizeiarbeit. Dr. Clevenger hat das Ganze provoziert.«

Clevenger saß auf Coadys Schreibtischsessel, als dieser hereinkam.

»Was zum Teufel sollte das?«, fragte Coady.

»Er wollte einfach nicht mit der Sprache rausrücken«, antwortete Clevenger. »Also musste ich es auf irgendeine Weise aus ihm herausbekommen.«

Coady setzte sich auf den metallenen Klappstuhl vor seinem Schreibtisch. »Und? Was haben Sie bekommen, abgesehen von einer dicken Lippe?«

»Ich bin mir nicht sicher.«

»Na wunderbar. Ich hätte dem Polizeichef gern gesagt, dass wir tatsächlich etwas für unser Geld bekommen haben, wenn LeGrand uns auf eine Million Dollar verklagt.«

»Ich habe gesagt, ich wäre nicht sicher, was wir bekommen haben. Ich habe nicht gesagt, dass wir nichts bekommen hätten. Was haben Sie vom Beobachtungsraum aus gesehen?«

»Werde ich jetzt verhört?«, fragte Coady kopfschüttelnd.

»Kommen Sie. Spielen Sie mit.«

»Ich sage Ihnen, was ich nicht gesehen habe. Ich habe nicht gesehen, dass er ein Geständnis gemacht hätte. Ich habe nicht gesehen, dass er eine einzige Frage beantwortet hätte. Ich habe ihn explodieren sehen. Ich habe gesehen, wie Sie ihn provoziert haben, bis er in die Luft gegangen ist.«

»Ja, aber wann?«

»Wann? Als Sie angefangen haben, Sachen über seine Frau zu sagen.«

»Welche Sache genau?«

»Was meinen Sie damit? Dass sie sich mit Snow eingelassen hat?«

Clevenger schüttelte den Kopf. »Nein. Da ist es nicht gewesen.« Er stand auf und begann, hin und her zu laufen.

Coady folgte ihm mit dem Blick. »Spielen Sie hier nicht den Sokrates, Frank. Ich bin keiner von Ihren verdammten Medizinstudenten.«

Clevenger blieb stehen und sah ihn an. »Er ist nicht explodiert, als ich darüber gesprochen habe, dass seine Frau mit Snow geschlafen hat. Das war erst, als ich gesagt habe, dass sie ihn liebte.«

»Na und?«

»Kyle Snow hat mir erzählt, dass er die Enthüllungen über die Affäre – einschließlich Graces Abschiedsbrief – recht gelassen aufgenommen hätte. Beinahe so, als wüsste er, was vor sich ging.«

»Okay ... Vielleicht hat er es gewusst. Viele Männer verbeißen sich in dieses Ding mit der Liebe, wenn sie herausfinden, dass ihre Frau sie betrügt. ›Liebst du ihn?‹ Ist das nicht das große Klischee?«

»Sicher«, sagte Clevenger. »Aber gewöhnlich sind sie, wenn sie das fragen, traurig und nicht wütend. Sie wollen die Frau zurückgewinnen, die Beziehung retten.« Er atmete tief durch. »Er wusste, dass sie zusammen waren, Mike. Was er nicht wusste, war, dass sie einander liebten. Und das war die Sache, die George Reese so wütend gemacht hat, dass er sich auf mich gestürzt hat, und möglicherweise auch so wütend, dass er seine Frau getötet hat.«

»Und wie genau soll uns das im Moment weiterhelfen?«

»Es erlaubt mir, mich in ihn hineinzuversetzen«, sagte Clevenger. »Es erlaubt mir, seine Gedanken zu verfolgen.«

»Klasse, Frank.« Coady rieb sich mit den Handballen die Augen. »Lassen Sie mich Ihnen ein paar Aufpasser besorgen, ja? Sie haben ein geschwollenes Kinn, eine dicke Lippe und eine Beule am Hinterkopf. Sie sollten sich geschlagen geben, bevor es jemand wirklich auf Sie abgesehen hat.«

»Ich denke, wenn jemand mich wirklich tot sehen wollte, dann würde ich jetzt nicht hier sitzen und mich mit Ihnen unterhalten.«

»Wollen Sie dieses Risiko unbedingt eingehen? Ich weiß, dass Sie es geschafft haben, trocken zu werden. Viele von den Jungs hier bewundern Sie dafür. Die Leute sagen, dass Sie auch Ihre Spielsucht besiegt hätten. Aber vielleicht liegen sie da falsch.«

Clevenger ließ den Kopf hängen und überlegte, warum ihn der Gedanke, einen Leibwächter zu haben, so beunruhigte. Und wie fast immer, wenn es um den Schmerz in unseren Herzen geht, kam er nicht dahinter. Er konnte die Wahrheit nicht erkennen, weil sie zu gewaltig und unmittelbar vor seinen Augen stand. Sie war so groß, wie ihm sein Vater vorgekommen war, wenn er sich, als er noch ein Kind war, vor ihm aufbaute. Und das zu erkennen, hätte bedeutet, sich daran zu erinnern, wie verletzlich und verängstigt er sich damals gefühlt hatte, wie hilflos er gewesen war, wie sehr er Schutz und Liebe gebraucht hätte und wie wenig er davon erhalten hatte. »Mir gefällt die Vorstellung nicht«, erklärte er. »Ich will nicht, dass Billy es sieht.« Er schüttelte den Kopf. Denn er wusste, dass all das keine wirkliche Erklärung war. »Ich will es einfach nicht«, sagte er.

15 Uhr 50

Clevenger hatte das Handy im Pick-up gelassen. Er fuhr vom Parkplatz des Bostoner Polizeipräsidiums und wählte die Nummer seiner Voicemail. Billy hatte um 15 Uhr 12 eine Nachricht hinterlassen.

»Hab gehört, dass du nach mir gesucht hast«, sagte er. »Ich bin jetzt auf dem Weg zur Sporthalle.«

Das war seltsam, wenn man bedachte, dass die Operation an dem neunjährigen Mädchen bis in die Nacht hatte gehen sollen. Clevenger fragte sich, ob die Tatsache, dass er beim OP vorbeigekommen war, Billy den Spaß verdorben hatte, weil er sich daraufhin vor Heller wie ein kleines Kind vorgekommen war. Er wählte die Nummer von Billys Handy, aber es meldete sich niemand. Er entschied, zur Sporthalle zu fahren und nach ihm zu sehen.

Als er hereinkam, war Billy im Ring und trieb seinen Gegner gerade in eine Ecke. Der andere Junge war schlaksig, aber drahtig und wenigstens einen halben Kopf größer als Billy. Er setzte einen Schlag, der Billy an der Seite des Kopfs traf, dann einen weiteren, der zielgenau auf der Nase landete.

Billy ließ nicht locker.

Clevenger lehnte sich gegen die Ytong-Wand und grüßte Buddy Donovan, Billys Trainer, mit einem Nicken.

Donovan nickte zurück.

Der andere Junge war gegen die Seile zurückgewichen. Er bewegte den Oberkörper leicht geduckt hin und her, während Billy eine schnelle Folge von linken und rechten Geraden abfeuerte, die meisten davon ziellos. Als sich dem anderen Jungen die Chance bot, revanchierte er sich und punktete mit zwei schnellen Haken.

Clevenger wartete auf die unausweichliche, ungebändigte Explosion, mit der Billy gewohnheitsmäßig einen Kampf beendete.

Der andere Junge schlug mit einem rechten Haken zu, der satt die Seite von Billys Hals traf.

Billy machte einen Schritt zurück.

Donovan sah zu Clevenger und zuckte mit den Achseln. Er trat dichter an den Ring. »Was soll denn das werden, Bishop?«, rief er. »Du hast ihn da, wo du ihn haben willst. Worauf wartest du?«

Billy holte zu einigen halbherzigen Schlägen aus. Zwei trafen und zwangen seinen Gegner abermals, in Deckung zu gehen. Aber hinter keinem der beiden schien wirkliche Wucht zu stecken. Dann wich Billy noch einen Schritt zurück.

»Hab ich hier was verpasst?«, fragte Donovan und schaute von der Seite des Rings zu ihm hoch. »Hat er dir einen Fantom-Schlag versetzt, oder hast du heute einfach keine Lust zum Kämpfen? Vielleicht denkst du ja, du bist schon so weit, Profi zu werden? Wir Amateure langweilen dich. Ist es das?«

Billy sah ihn an. Just im gleichen Moment traf ihn eine harte Rechte am Kinn und ließ ihn taumeln.

»Guter Schlag, Jackie«, lobte Donovan den anderen Boxer. »Ich denke, er gehört jetzt dir. Er hat heute offensichtlich eine kleine Verschnaufpause eingelegt. Aber werd nicht übermütig.«

Der Junge machte zwei Schritte auf Billy zu, und die Muskeln seiner Arme waren schlagbereit angespannt. Er lehnte sich nach rechts und holte zu einem rechten Haken aus, doch im selben Moment landete Billy ohne jede Vorwarnung einen einzelnen linken Haken, und der andere Junge ging in die Knie.

Donovan schaute den Jungen an, sah, dass er all seine Kraft aufwenden musste, um nicht zu Boden zu gehen. »Das reicht, Billy. Er ist erledigt«, brüllte er.

Billy hatte sich bereits umgedreht und schlurfte in seine Ecke. Er griff nach seinem Handtuch, zog die Seile auseinander und stieg aus dem Ring.

Clevenger ging zu ihm hinüber. »Zu Anfang hatte ich gedacht, du wärst nicht ganz bei der Sache. Ich schätze, ich hab mich wohl geirrt.«

Billy zuckte mit den Achseln. »Wie's aussieht, bist du selbst auch nicht schnell genug in Deckung gegangen.«

Clevenger berührte seine Lippe. »Ein Verdächtiger, dem meine Fragen nicht gefallen haben. Solltest du nicht eigentlich bis heute Abend im OP sein?«

»Es war langweilig.« Er wischte sich den Schweiß vom Gesicht. »Ich hab was für dich in meinem Spind. Kommst du mit in den Umkleideraum?«

»Klar. Was ist es denn?«

»Wart's ab.«

Clevenger folgte ihm in den Umkleideraum.

Billy fing an, die Rädchen seines Zahlenschlosses auf die Kombination einzustellen.

»Irgendwann werden wir uns darüber unterhalten müssen, dass du heute den Unterricht geschwänzt hast«, sagte Clevenger.

Billy hielt einen Moment im Einstellen der Kombination inne, dann drehte er weiter an den Rädchen.

»Ich verstehe schon, dass du die Chirurgie liebst. Ich finde das toll. Ehrlich. Aber es darf nicht dazu führen, dass du die Schule vernachlässigst.«

»Ist nicht mehr wichtig«, erwiderte Billy und starrte angestrengt auf das Schloss. »Wie ich schon sagte, es war langweilig.«

Das Schuleschwänzen war wichtig, und Clevenger gefiel nicht, dass Billy es so salopp abtat. »Lass uns darüber reden, wenn wir zu Hause sind«, sagte er.

Billy zuckte mit den Achseln und öffnete den Spind.

Kaltgestellt zu werden gefiel Clevenger auch nicht. »Und wir müssen auch über dich und meinen Computer reden – dass du meine Dateien durchgesehen hast.«

Billy schüttelte den Kopf. »Du denkst, ich würde dich bespitzeln?«

»Das habe ich nicht gesagt.«

Billy drehte sich um und sah ihn an. »Doch, hast du.«

»Wir müssen uns nicht jetzt darüber unterhalten.«

»Du willst nicht, dass ich auch nur in die Nähe deiner Sachen gehe. Hab schon kapiert.«

»Ich gehe ja auch nicht an deine Sachen. Also erwarte ich, dass du auch meine in Ruhe lässt. Das ist alles.«

»Geht klar«, sagte Billy. »Vielleicht sollten wir einfach eine Linie quer durch die Wohnung ziehen.«

»Was soll das jetzt?«

Billy griff in den Spind, zog einen Stapel Papiere heraus und hielt ihn Clevenger hin.

Clevenger nahm die Seiten. John Snows Tagebuch. »Wo hast du das denn her?«

»Von deinem Schreibtisch«, antwortete Billy. »Ich hab's mir gegriffen und in meine Jacke gesteckt, als die Typen vom FBI im Loft vorbeigekommen sind. Aber mach dir keine Sorgen. Ich werde nie wieder deine Privatsphäre verletzen.«

Clevenger wusste nicht, was er sagen sollte. Billy musste lernen, seine Privatsphäre zu respektieren. »Hör zu, ich weiß das wirklich zu schätzen«, sagte er. »Ehrlich. Es hilft mir bei dem Snow-Fall weiter. Aber es bleibt da die Sache mit dem Zusammenleben und dem Respektieren …«

»Geht klar«, sagte Billy. »Schon kapiert.« Er schloss den Spind. »Lass uns einfach gehen.«

Auf der Heimfahrt sagte keiner von ihnen ein Wort. Als sie das Loft erreichten, war es nach 17 Uhr und bereits dunkel. Billy ging schnurgerade in sein Zimmer und machte die Tür zu.

Clevenger entschied, ihm etwas Zeit zu geben, bis sich etwas von der Anspannung gelöst hatte, unter der er offensichtlich stand. Er ging an den Schreibtisch und berührte die leere Stelle, wo der Computer gestanden hatte. Er öffnete die Schubladen. Alle Disketten waren konfisziert worden, selbst die neuen, noch eingeschweißten. Er zog die Aktenlade auf, sah, dass Unterlagen herausgenommen und wahllos wieder zurückgesteckt worden waren; diese Akten hatten sie ebenfalls durchforstet.

Er hörte den Anrufbeantworter ab, dann rief er bei Kim Moffett durch. Nichts Dringendes.

Er holte sich John Snows Tagebuch und etwas Eis für seine Lippe und setzte sich auf die Couch. Er schlug die Zeichnung von Grace Baxter auf – ihr Gesicht als eine Collage aus Zahlen, Buchstaben und arithmetischen Symbolen. Er betrachtete das Bild eingehend, sinnierte dabei, wie tief Grace Snows Verstand infiltriert hatte, wie sehr ihre Energie mit seiner Kreativität verflochten war. Erstaunlich, dachte er bei sich, dass ein Mensch einen anderen so tief in sich eindringen lassen konnte. Und ebenso erstaunlich, dass Snow entschieden hatte, sich aus dieser Umarmung zu befreien, selbst nachdem Grace in ihrem Abschiedsbrief klar und deutlich gesagt hatte, dass sie allein möglicherweise nicht überleben würde, dass sie sie beide als untrennbare Einheit betrachtete.

Ein paar Minuten später klopfte es an der Lofttür.

Clevenger stand auf und ging zur Tür. »Wer ist da?«, rief er.

»Jet«, antwortete J. T. Heller.

Clevenger machte die Tür auf.

Heller, in Jeans, einem schwarzen Rollkragenpullover und den schwarzen Cowboystiefeln aus Krokodilleder, klammerte sich am Türrahmen fest, um sich aufrecht zu halten. Er war kreidebleich und stank nach Scotch. »Wie geht es ihm?«, fragte er.

»Gut, schätze ich. Warum?«

»Er ist aus dem OP verschwunden, bevor ich mit ihm reden konnte.«

»Er ist einfach verschwunden?«

Heller nickte. »Es war bereits eine aussichtslose Sache, aber …«

»Was war eine aussichtslose Sache?«

»Das Mädchen. Es war einfach nichts von der Arterie übrig. Das Gewebe war wie Seidenpapier, auf einer Fläche von gut einem Quadratzentimeter. Ich hab versucht, sie zu retten, das Mädchen zu retten, aber …« Er schloss die Augen.

»Ist sie gestorben?«

Er öffnete die Augen und sah Clevenger ins Gesicht. »Verdammte neun Jahre alt.«

»Tut mir Leid. Ich habe nicht ... Billy hat mir nichts davon gesagt.« Er legte die Hand auf Hellers Schulter. »Kommen Sie herein.«

Heller rührte sich nicht von der Stelle. »Vielleicht, wenn ich es vom Gaumen aus versucht hätte – von unten hoch.« Er sah jetzt durch Clevenger hindurch auf etwas, das jenseits von ihnen beiden lag. »Ich bin von oben gekommen.« Er berührte den Schädel. »Durch den Sinus sagittalis. Das ist sinnvoll, wenn man abklammert, aber es macht es sehr schwer, ein Implantat einzusetzen. Verstehen Sie?«

»Kommen Sie herein«, wiederholte Clevenger.

Heller ließ den Türrahmen los und schwankte leicht.

Clevenger packte ihn und führte ihn hinein.

Sie setzten sich in die gegenüberliegenden Ecken der Couch.

»Billy ist in seinem Zimmer«, sagte Clevenger. »Ich glaube, er schläft.«

»Verstehen Sie, ich hatte eine Chance«, sagte Heller leise. »Gott war heute dort im OP an meiner Seite. Ich konnte Ihn fühlen. Ich denke, *ich* habe es vermasselt.«

»Haben Sie mir nicht gesagt, dass wir auch nur Menschen sind? Ich bin kein Neurochirurg, aber ich erinnere mich noch an genug aus dem Medizinstudium, um zu wissen, dass ein Aneurysma an der Basilararterie gemeinhin nicht heilbar ist, egal, wer das Skalpell führt.«

»Ich habe mir meinen Ruf nicht mit dem verdient, was ›gemeinhin‹ passiert«, entgegnete Heller. »Ebenso wenig wie Sie.« Er vergrub das Gesicht in seiner Hand, massierte sich mit Daumen und Zeigefinger die Schläfen. »Ich musste ihrer Mutter und ihrem Vater die Nachricht überbringen. Sie erwarteten gute Neuigkeiten. Es stand ihnen ins Gesicht geschrieben. Ich kam früher als geplant aus dem OP. Sie dachten, es wäre besser als erwartet gelaufen.«

»Wie haben sie reagiert, als Sie es ihnen gesagt haben?«

Heller sah ihn an. »Wie sie reagiert haben? Sie sind mit ihr gestorben. So ist das eben. Möglicherweise wissen sie es noch nicht. Aber bald werden sie es wissen. Sie werden es wissen, sobald die Totenwache vorbei ist, und die Beerdigung, wenn alle nach Hause gegangen sind und sie einander anschauen und sehen, dass ihr Leben keinen Inhalt mehr hat.«

Aus unerklärlichem Grunde ging Clevenger flüchtig Grace Baxter durch den Sinn – ihre Überzeugung, dass sie außerstande sein würde, ohne Snow weiterzuleben. »Sich in Alkohol zu ertränken ist auch keine Lösung«, erklärte er Heller. »Es gibt eine Menge Leute, die auf Sie zählen.«

Heller lächelte. »›Jet Heller setzt Himmel und Hölle in Bewegung, um Leben zu retten.‹« Er lachte grimmig.

Einen Moment lang sagte Clevenger nichts. »Ich bin nicht sicher, ob jetzt der beste Zeitpunkt ist, um mit Billy über das, was passiert ist, zu sprechen«, gab er schließlich zu bedenken.

»Ich bin im Moment nicht gerade das beste Vorbild, was?« Er nickte. »Da haben Sie wohl Recht.« Er stand auf. »Wissen Sie, es mag Ihnen nichts bedeuten, aber ich glaube, ich verstehe, warum Sie tun, was Sie tun.«

»Könnten Sie mir das vielleicht etwas näher erklären?«, sagte Clevenger und stand ebenfalls auf.

»Ganz einfach. Das Krankheitsmodell. Wenn Sie das Pathogen finden können, das für einen Mord verantwortlich ist – wenn Sie die verkorkste Person identifizieren können –, können Sie vielleicht einen anderen ehrbaren Menschen vor dem Tode retten. Und das ist unser Lebenszweck, Frank. Der Kampf gegen den Sensenmann. Tagein, tagaus. Heute hat er gewonnen. Und er hat gewonnen, als irgendein Ungeheuer John Snow mit einer Kugel in die Brust niedergestreckt hat. Aber wenn Sie herausfinden können, wer ihn ermordet hat, wenn Sie jenes Pathogen isolieren, dann können Sie es auslöschen.«

»Oder es unter Quarantäne stellen. Ins Gefängnis stecken.«

»Das ist nicht Gottes Sichtweise der Dinge, mein Freund. Auge um Auge. Das ist der einzige Weg, die Schlacht zu gewinnen. Man darf keine Angst haben, das bösartige Geschwür herauszuschneiden.«

Es war Clevengers Überzeugung, dass die Guten auf einem höheren moralischen Niveau operieren mussten als die Mörder – schon allein, damit die Gesellschaft auseinander halten konnte, wer wer war. Aber er wusste, dass dies weder die Zeit noch der Ort war, um sich über Gesellschaftspolitik zu streiten. »Ich sehe es nicht so«, entgegnete er und beließ es dabei.

»Das war mir klar«, erwiderte Heller. »Dr. Ghandi.« Er schwankte und fing sich wieder.

»Warum bleiben Sie nicht hier und schlafen auf der Couch?«

Heller schüttelte den Kopf. »Unten wartet ein Taxi auf mich. Ich bin okay.« Er hielt Clevenger die Hand hin. »Gute Nacht, mein Freund.«

Clevenger drückte die Hand, ließ sie dann wieder los. »Ich erkläre Billy die Sache mit dem Mädchen.«

»Sie haben Glück«, sagte Heller. »Dass Sie sein Vater sind. Was für eine wunderbare Sache. Ich hab mir nie viele Gedanken über Kinder gemacht. Wenn ich mir Billy so anschaue, frage ich mich, ob das vielleicht ein Fehler war.«

Clevenger wusste, dass Heller betrunken war, aber selbst der Alkohol erklärte nicht diese schon irrational klingende Zuneigung. Heller kannte Billy erst seit ein paar Tagen. »Kommen Sie gut nach Hause«, sagte Clevenger.

»Okay.« Heller drehte sich um, ging zur Tür und öffnete sie. »Sagen Sie Billy, dass es mir Leid tut. Ich werde es wieder gutmachen.«

»Ich bin sicher, dass er weiß, dass es nichts gab, was Sie tun konnten.«

»Danke«, sagte Heller. Er ging hinaus und schloss die Tür hinter sich.

Clevenger ging zu Billys Zimmer. Er wollte gerade anklopfen, als die Tür aufging.

Billy stand vor ihm. Seine Unterlippe bebte.

»He, Kumpel«, sagte Clevenger. »Hast du alles mit angehört?«

»Ich hab mich nicht gelangweilt,« brachte Billy heraus und kämpfte mühsam gegen die Tränen an.

»Was meinst du damit?«

»Ich hab mich im OP nicht gelangweilt.«

»In Ordnung …«, sagte Clevenger. »Was war es dann?«

Eine Träne kullerte über Billys Wange. »Ich … ich hatte Angst. Ich hatte Angst um das kleine Mädchen.«

Clevenger bekam eine Gänsehaut. Was das Aufwachsen mit einem sadistischen Vater, der Tod einer Schwester, Straßenkämpfe mit unzähligen doppelt so alten Jungs und zahllose Kämpfe im Ring nicht hatten bewirken können, zwei Besuche im OP mit Jet Heller hatten es geschafft: Billy empfand Angst, und nicht nur um sich, sondern um einen anderen Menschen. Er hatte Mitgefühl mit einem anderen Menschen. Das war praktisch ein Wunder. Vielleicht hatte Gott Jet Heller an jenem Tag tatsächlich in den OP begleitet. Vielleicht war das kleine Mädchen auf dem Operationstisch nur einfach nicht diejenige gewesen, der er Heilung bringen sollte. »Komm her«, sagte Clevenger. Er streckte die Arme aus.

Billy ließ sich von ihm in die Arme nehmen und vergrub sein Gesicht an Clevengers Schulter.

Clevenger drückte ihn fest an sich.

»Wie kann so etwas passieren?«, fragte Billy schluchzend. »Sie war noch so klein.«

Clevenger wollte ihm eine Antwort geben, wollte Billy vor der Tatsache beschützen, dass der Tod wahllos vorging, dass Entropie eine der gewaltigsten Kräfte im Universum war, dass selbst die Liebe der aufopferndsten Eltern ein unschuldiges Kind nicht vor einem Aneurysma oder Krebs oder einem Autounfall oder Mord bewahren konnte. Clevenger wollte ihn behüten, aber er liebte ihn zu sehr, um ihn zu belügen. »Ich weiß es nicht«, gestand er. »Ich wünschte, ich könnte es dir sagen, Billy. Aber ich weiß es nicht.«

16

20 Uhr 37

Clevenger verließ das Loft, um sich mit Whitney McCormick im Four-Seasons-Hotel zu treffen. Er stieg in den Pick-up, dann bemerkte er ein Stück Papier, das unter dem Scheibenwischer steckte. Er stieg wieder aus und griff danach.

Es war eine Karte in einem nicht zugeklebten Umschlag, auf dem in purpurner Tinte sein Name geschrieben stand. Die Vorderseite war ein Aquarell von einem Regenbogen. Er klappte die Karte auf und sah eine Nachricht, ebenfalls in purpurner Tinte und unterschrieben von Lindsey Snow:

> Dr. Clevenger,
> ich erwarte nichts von Ihnen. Ich werde Ihnen nicht nachlaufen. Ich möchte nur, dass Sie wissen, wie nah ich mich Ihnen fühle. Ich glaube nicht, dass es eine Vater-Tochter-Sache oder irgend so etwas Wirres ist. Ich glaube nicht, dass es irgendetwas damit zu tun hat, dass ich meinen Vater verloren habe.
>
> In meinem Herzen bin ich sicher, dass wir dazu bestimmt sind, einander nah zu sein.
>
> Manchmal wissen Menschen solche Dinge, oder nicht?
>
> Ihre
> Lindsey

Lindseys Versicherungen, dass ihre Gefühle für Clevenger nichts mit ihren Gefühlen für ihren Vater zu tun hatten, waren eine klassische Leugnung. Die Verbindung war so deutlich, dass sie sie nicht nur einmal, sondern zweimal abstreiten musste, und das im allerersten Absatz.

Clevenger steckte die Karte in die Jackentasche und stieg wieder in den Wagen. Er schätzte, dass es morgen früh an der Zeit war, den Snows einen Besuch abzustatten, um zu sehen, ob er mit etwas Druck auf Lindsey, Kyle und Theresa Snow nicht die eine oder andere neue Offenbarung in Bezug auf den Fall erhalten konnte.

Er steckte den Schlüssel ins Zündschloss und drehte ihn herum. Er hörte ein hohles Klicken. Er versuchte es noch einmal, dann hörte er unter der Haube ein Geräusch, das wie ein Peitschenknall klang. Sein Instinkt sagte ihm, schnellstens das Weite zu suchen. Er stieß die Tür auf und warf sich mit einem Satz auf den Boden.

Der Pick-up explodierte.

Ein Ärmel seiner Jacke brannte. Er wälzte sich auf dem Pflaster, um die Flammen zu löschen. Dann sah er zurück zu dem Wagen und sah eine mehrere Meter hohe Rauchwolke emporschießen. Die Motorhaube und die Fahrerkabine waren schwarz verkohlt. Die Windschutzscheibe war geborsten.

Billy kam aus der Eingangstür des Gebäudes gerannt und kniete sich neben ihn. Er sah sich panisch um. »Was zum Teufel …? Bist du verletzt?«

Clevenger bewegte nacheinander die Beine, dann die Arme. Er strich sich mit den Fingerspitzen über das Gesicht, tastete nach Blut. Nichts. »Nein. Alles in Ordnung.«

»Was ist passiert?«, fragte Billy.

»Jemand wollte mir sagen, dass ich auf der richtigen Spur bin«, sagte Clevenger.

»Denkst du, dass das jemand von John Snows Unternehmen getan hat? Die bauen doch Bomben und so, oder nicht?«

Clevenger wurde abermals von dem Drang übermannt, Billy so weit wie möglich von den Ermittlungen fern zu halten.

»Ich habe keine Ahnung, wer das getan hat«, erklärte er. »Ich bin nur froh, dass derjenige seine Sache nicht besser verstanden hat.« Ihm fiel die Karte in seiner Tasche ein – von Lindsey. Er erinnerte sich daran, dass Kyle unter anderem wegen einer Bombendrohung gegen sein Internat verhaftet worden war. Aber dann meldete sich noch eine andere Erinnerung – J. T. Hellers sonderbare Feststellung, dass er sich einen Sohn wie Billy wünschte. Konnte es sein, dass Heller eine Abkürzung nehmen wollte, um Billy für sich zu gewinnen? Oder war dieser Gedanke nur eine paranoide Projektion von Clevengers eigener Eifersucht und Rivalität?

Der Gedanke ließ sich nicht vertreiben. Und er zog andere nach sich. Warum hatte Clevenger nie gefragt, wo genau Heller in den Minuten gewesen war, bevor man John Snow in die Notaufnahme des Mass General geschoben hatte? War es bloßer Zufall, dass Heller sich gerade in der Nähe der Notaufnahme aufgehalten hatte? War es Zufall, dass seine Rettungsversuche alle anatomischen Merkmale auslöschten, die Jeremiah Wolfe erlaubt hätten, Snows Tod offiziell als Mord oder Selbstmord zu erklären?

Hatte die Bruderschaft der Mediziner Clevenger möglicherweise verleitet, Heller mehr Vertrauen zu schenken, als er verdiente?

»Denkst du, das hier hat damit zu tun, dass du nach Washington gefahren bist, um mit Collin Coroway zu sprechen?«, fragte Billy.

»Könnte sein«, gestand Clevenger zu und wünschte sich, Billy würde aufhören zu bohren.

Billy zog ihn auf die Füße und von der Straße.

Sie betrachteten den ausgebrannten Pick-up. In der Ferne hörte man erste Sirenen heulen.

»Das war ein '98er, oder?«, fragte Billy.

Clevenger fühlte Billys Hand an seiner Taille, die ihm half, sich aufrecht zu halten. Er legte den Arm um Billys Schultern.

»Die gibt es jetzt mit Lederausstattung und Satellitennavigation, glaube ich«, sagte Clevenger. »Was hast du am Wochenende vor?«

»Mit meinem Vater einen Pick-up kaufen gehen?«

»Klingt gut.«

Die Chelseaer Polizei schickte vier Streifenwagen zu Clevengers Gebäude, zusammen mit einem Bombenentschärfungsteam, das sie sich aus Boston geliehen hatten. Die beiden Mitglieder des Teams machten sich über Clevengers Pick-up her, während drei weitere Officer den Fahrstuhl, das Treppenhaus und die Flure, die zu Clevengers Loft führten, absuchten.

Während er ihnen bei der Arbeit zusah, benutzte Clevenger sein Handy, um seine Verabredung mit Whitney McCormick auf 23 Uhr beziehungsweise einen Drink in der Salonbar des Four Seasons zu verschieben. Er versprach, dass er ihr später erklären werde, warum.

Sein erster Impuls war gewesen, die Verabredung ganz abzusagen, doch die Vorstellung, einen ganzen Abend an Ermittlungen zu verlieren, ärgerte ihn. Er machte ganz offensichtlich einige Leute nervös.

Als Nächstes rief er Mike Coady an.

»He, Frank«, meldete sich Coady.

»Ich hatte ein kleines Problem mit meinem Wagen«, sagte Clevenger.

»Wo sind Sie? Ich schicke einen Streifenwagen rüber, um Sie abzuholen.«

»Es sind bereits vier Streifenwagen aus Chelsea hier«, erwiderte Clevenger. »Es ist keine Panne. Jemand hat ihn in die Luft gejagt.«

»Himmelherrgott noch mal. Ist Ihnen was passiert?«

»Ich bin noch rechtzeitig ausgestiegen. Ein neuer Wagen und eine neue Lederjacke, und ich bin wieder der Alte.«

»Irgendeine Ahnung, wer das getan hat?«

»Nicht die leiseste. Es steckte eine Karte von Lindsey Snow hinter dem Scheibenwischer, aber ich glaube nicht, dass sie weiß, wie man eine Autobombe bastelt.«

»Was stand auf der Karte?«

»Sie ist verwirrt. Sie denkt, sie hätte Gefühle für mich. In Wirklichkeit geht es nur darum, dass sie ihrem Vater sehr nah war und ihn vermisst.«

»Okay ... Wie lange war der Wagen dort geparkt?«

»Drei, dreieinhalb Stunden.«

»Ich schicke einen Officer rüber, der ein Auge auf Sie hält«, erklärte Coady.

»Wie ich schon sagte, ich mag kein Gefolge«, wehrte Clevenger ab. »Aber es wäre schön zu wissen, dass jemand auf Billy aufpasst. Im Moment ist er mit mir zusammen, aber ich muss noch weg. Er wird oben im Loft sein.«

»Ich werde dafür sorgen, dass die Nacht über ein Streifenwagen vor Ihrer Tür Wache hält, bis wir diesen Fall abgeschlossen haben.«

»Danke.«

»Gibt es schon irgendetwas Neues von Andersons Besuch in Washington?«

»Nicht dass ich gehört hätte.« Ihm wurde klar, dass er Anderson besser darüber informieren sollte, wie weit jemand gegangen war, um die Ermittlungen zu stoppen. »Ich werde ihn jetzt gleich anrufen.«

»Sagen Sie mir Bescheid, wenn er irgendwas herausgefunden hat. Ich werd mir mal Kyle Snow vorknöpfen und ihn fragen, wie er den heutigen Abend verbracht hat. Es wäre nicht das erste Mal, dass er etwas für seine Schwester abliefert. Und ich werde auch Collin Coroway und George Reese einen Besuch abstatten.«

»Ich rufe Sie morgen früh an.«

»Ich werde hier sein.«

Clevenger legte auf. Er wählte Andersons Nummer, erreichte ihn über sein Handy und stellte fest, dass er mit dem letzten Pendlerflug auf dem Logan-Flughafen gelandet und schon fast zu Hause in Nahant war. Er erzählte ihm von der Explosion.

»Vielleicht solltest du für ein paar Tage untertauchen«, schlug Anderson vor. »Ich kann erledigen, was zu erledigen ist.«

»Jemand hat offensichtlich Muffensausen gekriegt. Ich darf jetzt nicht lockerlassen.«

»Ich weiß nicht, ob man das In-die-Luft-Jagen deines Pickups wirklich als ›Muffensausen‹ bezeichnen kann, aber ich verstehe, was du sagen willst.«

»Erzähl mir von Washington.«

»Ich hatte einen sehr kühlen Empfang auf dem Patentamt, aber ich habe trotzdem das eine oder andere Brauchbare gefunden.«

»Schieß los.«

»Alle Patente von Snow-Coroway unterliegen der strengsten Geheimhaltung. Sie haben insgesamt siebenundfünfzig. In den Akten steht nur das Datum, an dem das jeweilige Patent angemeldet wurde, und das Datum, an dem es offiziell erteilt wurde. Der Inhalt der Patentanmeldungen ist geheim.«

»Irgendwelche Anmeldungen in jüngster Zeit?«

»Die jüngsten sind von dem Tag nach Snows Tod«, antwortete Anderson. »Das Unternehmen hat an jenem Nachmittag zwei Patente angemeldet.«

»Vortek?«

»Ich hab auf jede erdenkliche Art und Weise versucht, das Patentamt dazu zu kriegen, mir die allgemeine Richtung der Anmeldungen zu verraten – wie, zum Beispiel, Raketenbau«, sagte Anderson. »Ich hab sogar einen Patentanwalt, den ich von Nantucket her kenne, überredet, einen Versuch zu starten, indem er sich auf das Recht auf Informationsfreiheit berufen hat. Sie haben sich stur gestellt.«

»Wenn Snow Collin Coroway und George Reese gegeben hat, was sie haben wollten, wenn er Vortek erschaffen und ihnen das geistige Eigentum daran überantwortet hat, dann war er entbehrlich. Er war das einzige Hindernis auf dem Weg zu einer Emission von Snow-Coroway-Aktien. Aber warum Grace umbringen?«

»Gute Frage.«

»Ich habe nicht das Gefühl, dass uns viel Zeit bleibt, das herauszufinden.«

»Das muss bedeuten, dass wir dem Sieg nahe sind.«

»Ich liebe deinen Optimismus«, feixte Clevenger.

»Wenn es anfängt, wie Euphorie auszusehen, kannst du mich auf Medikation einstellen.«

»Ich sage dir Bescheid, wenn es so weit ist.«

Clevenger nahm sich ein Taxi und traf um 22 Uhr 55 am Four Seasons ein. Er rief von der Rezeption aus die Telefonzentrale an und ließ sich zu Whitney McCormicks Zimmer durchstellen.

»Hi«, meldete sie sich.

»Ich bin an der Rezeption.«

»Gib mir zwei Minuten.«

»Ich warte vor der Salonbar.«

Sie trafen sich am Empfangstisch der Hostess. Whitney trug einen schwarzen Rock und eine eng anliegende, cremefarbene Kaschmir-Strickjacke mit Perlenknöpfen. Sie hatte sich offensichtlich Mühe mit ihrem Haar und ihrem Make-up gegeben. Sie sah elegant und wunderschön aus. Nichts Übertriebenes, nichts Aufreizendes, was sie nur umso verführerischer machte.

Clevenger fühlte, wie ein Schlüssel in das Schloss vor seiner Seele glitt. »Du siehst atemberaubend aus«, sagte er. Er beugte sich vor und küsste sie auf die Wange, dann verharrte er einen Moment, um ihr ins Ohr zu flüstern. »Das tust du immer.«

»Ebenfalls, Doktor.«

»Danke«, sagte er und richtete sich wieder auf. »Falls du verbranntes Metall riechst – ich kann es erklären.«

Sie lächelte. »Wovon redest du?«

»Setzen wir uns erstmal hin.«

Die Hostess führte sie zu einer Gruppe von weich gepolsterten Sesseln am Fenster, das Ausblick über den Public Garden bot, dessen anmutige Bäume mit weißen Lichtern behängt waren. Wie aus dem Nichts tauchte eine Kellnerin auf. Clevenger bestellte Kaffee. Whitney entschied sich für Rotwein.

»Ich habe eine gute Entschuldigung dafür, dass ich mich verspätet habe«, sagte Clevenger.

»Und die wäre?« Sie streckte die Hand nach seiner aus.

Er hatte ihre Berührung nicht erwartet, doch sie gefiel ihm sehr. »Mein Wagen ist in die Luft gegangen. Ich meine, jemand hat ihn in die Luft gejagt.«

»Du machst Witze.«

»Wer würde denn über so etwas Witze reißen?«

Sie wurde kreidebleich und ließ seine Hand los.

»Was ist?«

»Ich muss dich noch einmal warnen«, sagte sie eindringlich. »Du steckst da bis über beide Ohren in einer Sache, deren Ausmaße du nicht einmal erahnst.«

»Ich bin schon immer am tiefen Ende besser geschwommen«, erwiderte er. »Es ist ein Anreiz für mich, wenn ich weiß, dass die einzige Alternative Ertrinken ist.«

»Du steckst bis über beide Ohren in Belangen der nationalen Sicherheit«, sagte sie in einem distanzierten, professionellen Tonfall. »Das ist nicht klug, und ich habe dir bereits gesagt, dass ich es für unnötig halte.«

»Sprichst du aus eigener Überzeugung oder im Namen des FBI?«

»Macht das einen Unterschied?«

Vielleicht gab es da keinen Unterschied mehr. »Das nenne

ich Loyalität gegenüber dem Arbeitgeber«, bemerkte Clevenger sarkastisch. »Ich hoffe, sie geben dir einen Firmenwagen. Aber sorg dafür, dass er eine Fernbedienung hat.«

»Du hältst das wohl für komisch. Ich nicht.«

Clevenger hörte Sorge in ihrer Stimme mitschwingen, keine Verärgerung. »Ich pass auf mich auf«, versprach er.

»Du passt auf dich auf? *Jemand hat deinen Wagen in die Luft gesprengt.*«

»Was willst du denn? Ich bin nicht bereit, einen Mörder davonkommen zu lassen.«

»Warum sorgst du nicht dafür, dass der Fall an das FBI übergeben wird?«

Das klang für Clevengers Geschmack ein wenig zu sehr nach Machtspielchen. »Es ist mein Fall.«

»Nein, es ist Mike Coadys Fall. Er hat dich als Berater dazugeholt.«

»Du mischst dich ein.«

»Ich versuche zu helfen. Du solltest die Beteiligung des FBI schlicht als ein Zeichen sehen, dass hier Kräfte im Spiel sind, über die du keine Kontrolle hast.«

»Eins habe ich gelernt, als ich mit dem Trinken aufgehört habe: Das Einzige, worüber ich Kontrolle habe, bin ich selbst.«

»Damit liegst du wahrscheinlich nicht falsch«, erwiderte sie. »Vielleicht ist das der Grund dafür, weshalb du den Fall nicht aufgeben kannst, dass du süchtig danach bist.«

»Wonach genau soll ich denn süchtig sein? Dass meine Wohnung auf den Kopf gestellt wird oder dass man mir den Schädel einschlägt?«

»Du bist süchtig nach der Dunkelheit. Nach irgendeiner idealisierten, kompromisslosen Vision der Wahrheit, die nur du erkennen kannst. Vielleicht willst du deshalb meinen Rat nicht annehmen. Weil du es nicht kannst.«

»Möglich«, gestand Clevenger zu. »Aber ich muss ehrlich

mit dir sein: Diese Sucht werde ich nie aufgeben. Sie ist der Kern dessen, was ich tue. Sie ist der Kern dessen, was ich bin.«

Die Kellnerin brachte die Getränke.

Clevenger sah zu, wie Whitneys Lippen den Rand des Glases küssten. »Da ich offenkundig unheilbar bin, kannst du mir vielleicht helfen, ein ganz spezielles Verlangen von mir zu befriedigen«, sagte Clevenger.

»Vielleicht«, antwortete Whitney, offensichtlich in der Annahme, dass sie das Berufliche nun hinter sich gelassen hatten. Sie stellte ihr Glas ab.

»North ist nach Washington gefahren, um herauszufinden, ob Snow-Coroway irgendwelche Patente im Zusammenhang mit Vortek angemeldet hat. Sie haben zwei angemeldet, an dem Tag, nachdem Snow erschossen wurde. Der Inhalt der Anträge unterliegt der Geheimhaltung. Ich weiß nicht, ob sie mit Vortek zu tun haben oder nicht. Vielleicht kannst du das herausfinden.«

»Das ist nicht dein Ernst. Ich sage dir doch, du sollst die Finger davon lassen. Ich würde dir niemals helfen, dir ein noch tieferes Loch zu graben, selbst wenn ich könnte.«

»Dein Vater könnte es vielleicht.« Er wusste, dass Whitneys Beziehung zu ihrem Ex-Senator-Vater ein wunder Punkt zwischen ihnen war, möglicherweise sogar der Grund, weshalb ihre Beziehung letztlich nicht funktioniert hatte, aber er musste sie um diesen Gefallen bitten.

Sie lächelte. »Lass uns offen sein: Mein Vater würde niemals seine Kontakte nutzen, um dir zu helfen.«

»Warum muss er denn wissen, dass er mir hilft?«

»Weil ich ihn nie anlügen würde.«

Clevenger nickte. Sie saßen noch keine zehn Minuten hier zusammen, und schon waren sie wieder bei der psychologischen Dynamik, die die Hauptursache für ihre Trennung war – Whitneys Überzeugung, dass sie zwischen Hingabe an ihren Vater und einer Liebesbeziehung wählen müsse. »Es tut mir Leid«, sagte Clevenger. »Vergiss, dass ich gefragt habe. Das war Quatsch.«

Sie schloss einen Moment lang die Augen und schüttelte den Kopf. Dann sah sie wieder Clevenger an. »Wie wär's, wenn wir die beruflichen Gründe, deretwegen ich hier bin, vergessen und uns stattdessen auf die persönlichen konzentrieren?«

Vielleicht war das noch immer möglich. »Klingt gut«, sagte Clevenger.

»Du fehlst mir.«

Wie schaffte sie das? Sie konnte mühelos zwischen Arbeit und Vergnügen hin und her wechseln, weswegen es wahrscheinlich auch so einfach gewesen war, sich immer mehr in sie zu verlieben, als sie gemeinsam auf der Jagd nach dem Highway-Killer waren. Aber irgendwie war ihre Beziehung, sobald sie ihn endlich gefasst hatten, wieder abgekühlt. Lag es daran, dass die Gewalt ihre Leidenschaft geschürt hatte? War bei der Jagd auf den Mörder, als sie ihre eigene Sterblichkeit in den Gesichtern seiner Opfer widergespiegelt sahen, die Liebe zum einzigen Gegengift gegen den Tod geworden? War das der Grund, weshalb Clevenger sich vom ersten Moment an zu ihr hingezogen gefühlt hatte? »Du fehlst mir auch«, erwiderte er. Und das war die Wahrheit.

»Coady hat mir erzählt, John Snow und Grace Baxter hätten sich für ihre Schäferstündchen hier getroffen«, bemerkte sie.

»In einer Suite mit Ausblick über den Park.« Er lehnte sich im Sessel zurück. »Ich dachte, wir wollten nicht mehr über das Berufliche reden.«

»Tun wir auch nicht.« Sie öffnete die linke Hand und zeigte ihm den Schlüssel zu ihrem Zimmer.

Sie schafften es gerade noch durch die Tür, aber nicht mehr bis zum Bett. Whitney drückte ihn gegen die Wand und küsste ihn gierig.

Er gab sich nicht gänzlich dem Rausch der Leidenschaft hin.

Er wollte ihre Lippen auf seinen, ihre Zunge auf seiner fühlen. Er ließ seine Hände über ihre zarten Schulterblätter gleiten, spürte, wie sie sich noch enger an ihn presste, dann ließ er die Hände an ihrem Rücken hinunterwandern.

Sie küsste sein Ohr, seinen Hals.

Er zog ihren Rock hoch und schob seine Hände in ihren Slip, zog sie an sich, sagte ihr ohne Worte, wie sehr er sie begehrte, wie bereit sein Körper für den ihren war. Aber die Umarmung enthielt noch weitaus mehr Ungesagtes: ganze Kapitel einer Lebensgeschichte, die auf der Suche nach Wahrheit, aber auch nach Liebe, und auf der Flucht vor dem Sadismus seines Vaters und der kaltherzigen Zurückweisung durch seine Mutter abgelaufen war.

Sie zog seinen Gürtel aus den Bundschlaufen, öffnete den Reißverschluss seiner Hose und schob ihre Hand in seine Unterhose.

Er stöhnte.

Sie umfasste ihn fest mit den Fingern, streichelte ihn sanft, immer wieder.

Er ließ die Hände zwischen ihre Schenkel wandern. Sie war warm und feucht, bereit für ihn – etwas, was andere Männer als selbstverständlich ansehen mochten, für ihn jedoch ein Wunder war, vielleicht der größte Gottesbeweis, den er auf dieser Welt je finden würde.

Sie zog ihn hinab auf den dicken Teppich, manövrierte ihn auf den Rücken und in sich hinein. Und dann bewegte sie sich für sie beide, und in ihrem Rhythmus sprach sich der Wunsch aus, dass die Einsamkeit aufgehoben, die Hoffnung ewig währen und der Tod überlistet werden könne.

Sie lagen nackt nebeneinander unter der Decke und blickten hinaus auf eine Märchenkulisse aus beleuchteten Bäumen.

»Denkst du, dass sie gesehen haben, was wir jetzt sehen?«, fragte sie.

»Wahrscheinlich«, antwortete Clevenger.

»Sie müssen sich sehr geborgen gefühlt haben.«

»Weil ...«

»Weil es hier drinnen warm und dort draußen kalt ist. Man muss sich eng aneinander festhalten, in mehr als einer Hinsicht. Das ist das wirkliche Leben. Es geht nicht um Liebe. Es geht darum, Dinge zu schaffen, vorwärts zu kommen.«

Clevenger entging Whitneys Selbstbild einer Powerfrau nicht, ebenso wenig die Tatsache, dass sie das Wort Liebe benutzt hatte, um zu beschreiben, was sie in diesem Zimmer fühlte. »Ich frage mich, ob sie sich wirklich geliebt haben«, sagte er. »Wie hätte sich Snow da der Operation unterziehen können, wenn es bedeutete, ihr Lebewohl zu sagen.«

»Es ist leicht, innerhalb dieser vier Wände an Liebe zu glauben. Alles ist hübsch und sauber. Perfekt. Vielleicht hat sich die Wirklichkeit dazwischengedrängt.«

»In der Gestalt von George Reese?«

»Möglich. Aber Snow konnte Grace Baxter nicht wirklich kennen, nur weil er sich ein-, zweimal die Woche mit ihr in einer Luxussuite getroffen hat. Vielleicht hat sie ihn in anderer Hinsicht enttäuscht.«

Clevenger dachte an Snows Liebe für Schönheit und Perfektion. So wie Snow seine Arbeit dazu benutzt hatte, den Realitäten des Familienlebens, einschließlich seiner Schwächen, zu entfliehen, könnte die Four-Seasons-Suite mit ihren zarten Gardinen und dem surrealen Ausblick geholfen haben, die wahre Grace Baxter zu verbergen. Vielleicht hatte er einen Blick auf etwas an ihr erhascht, das fehlerhaft war – oder schlimmer noch, zutiefst hässlich.

Er dachte an Grace, wie sie in seiner Praxis gesessen und an ihren Diamantarmbändern gezupft hatte. *Ich will nie wieder jemandem wehtun,* hatte sie gesagt. *Ich bin ein schlechter Mensch. Ein abscheulicher Mensch.* Hatte sie Snow wehgetan, hatte sie seine Illusion, dass sie perfekt sei, zerstört? War das der Grund, weshalb er das Skalpell schließlich als den einzigen Ausweg, seine einzige Wahrheit betrachtet hatte?

»Woran denkst du?«, fragte Whitney.

Er ließ sie ungern an seinen Überlegungen zum Snow-Fall teilhaben, woran er erkannte, dass er Whitney vielleicht lieben mochte, ihr aber nicht völlig vertraute. Er fragte sich, ob das je möglich wäre. »Ich frage mich, ob man jemals einen anderen Menschen wirklich kennen kann, ob man jemals mit einem anderen Menschen sicherer ist als für sich allein.«

Sie schmiegte sich unter der Decke enger an ihn. »Ich denke, fast alle geben auf, bevor sie diesen Punkt erreichen«, sagte sie. »Wir sollten es einfach weiter versuchen.«

Er schaute sie an, sah in ihren Augen, dass sie es ernst meinte. Vielleicht konnten zwei Menschen zu etwas verschmelzen, das größer war als sie beide allein. Oder vielleicht war auch das nur eine Illusion. *Folie à deux.* Ein gemeinsamer Wahnsinn. »Das würde mir gefallen«, sagte er. Er ließ die Hand über ihren Bauch gleiten. »Weißt du, vielleicht ist das der ganze Trick?«

»Was?«

»Es einfach weiter zu versuchen. Vielleicht kommt es einfach auf das Versuchen an. Vielleicht ist das im Grunde alles, was man sich erhoffen kann. Vielleicht erreicht man nie ganz das Ziel. Und vielleicht ist das in Ordnung so.«

»Weißt du, was ich denke?«, fragte sie und legte ihre Hand über seine.

»Was denkst du?«

»Ich denke, du solltest wieder mit der Therapie anfangen.« Sie lachte.

Er ließ die Hand tiefer wandern. »Wann ist mein nächster Termin?«

17

15. Januar 2005

Clevenger war um zehn nach eins wieder zurück im Loft. Er kochte sich eine Kanne Kaffee, griff sich seine Kopie von Snows Tagebuch und machte es sich zum Lesen auf der Couch bequem. Er blätterte Seite um Seite durch, hielt hier und dort inne, um Kostproben von Snows Philosophie zu lesen, aber er ertappte sich dabei, dass seine Aufmerksamkeit immer wieder von Snows Zeichnungen von Grace abgelenkt wurde. In ihnen offenbarte sich Snows Leidenschaft am deutlichsten. In ihnen wirkte er am menschlichsten.

Er blätterte zu der letzten Zeichnung, in der Snow Graces Gesicht als eine Collage aus Zahlen, Buchstaben und mathematischen Symbolen dargestellt hatte. Er starrte das Bild lange an. Und zum ersten Mal kam ihm in den Sinn, dass Grace möglicherweise Snows Kreativität gar nicht gestört oder bloß neben ihr existiert hatte – vielleicht hatte sie sie vielmehr befeuert.

Nutzte Snow Grace Baxter aus? War sie die erste Frau, die seine Leidenschaft geweckt hatte, oder schlicht eine neue Energiequelle, die er angezapft hatte? Wurde er menschlicher, oder war er ein Vampir, der einer verletzlichen Frau das Lebensblut aussaugte?

Das Lebensblut. Die Worte erinnerten Clevenger von neuem an die Möglichkeit, dass Grace sich selbst die Halsschlagadern durchschnitten hatte. Wenn Snow sie emotional hatte ausbluten lassen und dann einfach weggeworfen hatte, könnte sie sein psychologisches Verbrechen in das physische Äquivalent umgewandelt und ihren blutleeren Leichnam zu dem konkreten Symbol ihrer gescheiterten Affäre gemacht haben.

Aber dieses Szenario passte einfach nicht zu Lindsey und Kyle Snows Beobachtungen, dass ihr Vater tatsächlich wie verwandelt gewesen sei. Es passte nicht zu Jet Hellers Eindruck, dass Snow sein Herz an Grace verloren hatte.

Clevenger legte das Tagebuch beiseite und schloss die Augen, kapitulierte vor dem Schlaf, den er sich zu lange versagt hatte. Doch er wachte schon nach einer Viertelstunde wieder auf, weil ihm etwas eingefallen war, das George Reese am Tag zuvor auf dem Polizeipräsidium gesagt hatte. Clevenger stand auf und begann, auf und ab zu tigern. Vielleicht täuschte seine Erinnerung ihn, vielleicht legte er zu viel in Worte hinein, die im Zorn gesprochen worden waren, aber es wollte ihm einfach nicht mehr aus dem Kopf.

Er griff nach dem Telefon und wählte Mike Coadys Nummer. Er erreichte ihn zu Hause.

»Guten Morgen, fast«, nuschelte Coady, noch immer im Halbschlaf.

»Als ich gestern Reese befragt habe, hat er mich angeschrien, wie schmerzhaft es gewesen wäre, zusehen zu müssen, wie seine Frau verblutete.«

»Ja.«

»Erinnern Sie sich auch daran? An seine genauen Worte?«

»Ich denke schon.«

»Sie *denken* es?«

»Nein, nein.« Er atmete tief aus und räusperte sich. »Ich bin sicher. Er hat gesagt: ›Wissen Sie, wie es ist, mit ansehen zu müssen, wie Ihre Frau verblutet? Haben Sie auch nur die leiseste Vorstellung?‹«

»Das sind genau die Worte, an die ich mich auch erinnere.«

»Hurra. Und verraten Sie mir jetzt auch, warum das so wichtig ist, dass Sie mich mitten in der Nacht anrufen?«

»Sie ist nicht vor seinen Augen verblutet, Mike. Sie war tot.

Ihre Halsschlagadern waren durchtrennt. Sie kann nicht mehr am Leben gewesen sein, als er sie gefunden hat, es sei denn, er hätte sie innerhalb von Sekunden, nachdem sie es getan hatte, gefunden.«

»Vielleicht war ihm nicht bewusst, dass sie tot war, bis er versucht hat, sie wieder zu beleben. Vielleicht ist es das, woran er sich erinnert – dass er gedacht hat, sie läge im Sterben.«

»Aber er wusste, dass sie schon früher Selbstmordversuche begangen hatte. Er hatte sie mit aufgeschnittenen Pulsadern gesehen. Selbstmordgesten. Das waren Sommerschauer. Das hier dagegen war ein gottverdammter Monsun. Ich sehe nicht, wie er beides hätte verwechseln sollen. Es sei denn …«

»Was?«

»Sie sagten, Sie hätten im Badezimmer keine blutigen Rasierklingen gefunden«, sagte Clevenger.

»Nicht eine einzige.«

»Aber Jeremiah Wolfe hat uns erklärt, dass ihre Wunden von zwei verschiedenen Klingen stammen – von einer Rasierklinge oder etwas Ähnlichem, das ihre Pulsader aufgeschnitten hat, und von etwas mit einer dickeren, steiferen Klinge – dem Teppichmesser.«

»Okay, so weit kann ich folgen«, sagte Coady, und seine Stimme klang jetzt hellwach.

»Also, wo ist die Rasierklinge?«

Coady überlegte einen Moment lang. »Wer weiß? Vielleicht hat sie sie im Klo runtergespült. Was für eine Rolle spielt es? Todesursache war der hohe Blutverlust durch die aufgeschnittenen Halsschlagadern.«

Clevenger war noch nicht bereit, Coady in seine Theorie einzuweihen. Es war nur ein einzelnes Puzzlesteinchen. Er wollte Zeit und Raum haben, um das ganze Bild zusammenzusetzen. Wenn er Coady verriet, was er dachte, würden andere Cops davon Wind bekommen, dann Reeses Anwalt, Jack LeGrand. Das würde wiederum LeGrand Zeit genug geben, mit einer passenden Erklärung aufzuwarten – Reese habe die Rasierklinge unten in der Küche in den Mülleimer geworfen und niemand habe daran gedacht, dort nachzuschauen. Die Sanitäter hätten sie eingesteckt und dann verloren. Clevenger habe sie selbst mitgenommen. Er würde die Polizisten vor Ort in die Zange nehmen und nachweisen, wie schlampig sie bei der Spurensicherung vorgegangen waren. »Sie haben wahrscheinlich Recht«, sagte Clevenger zu Coady. »Ich werde es mir noch mal durch den Kopf gehen lassen.« Er wollte das Thema wechseln, bevor Coadys Interesse zu sehr geweckt wurde. »Haben Sie irgendetwas in Bezug auf meinen Pick-up herausgefunden?«

»Kyle Snow war gestern Abend zu Hause. Seine Mutter bestätigt das. Sie wirkt glaubwürdig. Coroway konnte ich nicht finden.«

»Das wird bei ihm langsam zur Angewohnheit.«

»Ich bin froh, dass Sie den Streifenwagen vor der Tür haben. Hat Billy etwas dagegen, dass sie ein Auge auf ihn halten?«

Clevenger ging zu Billys Zimmer. Die Tür war bloß angelehnt. Er wollte ihn im Schlaf beobachten, das geheime Vergnügen aller liebenden Eltern auf der Welt. Er stieß die Tür ein Stück weiter auf und schaute ins Zimmer. Und er sah, dass Billy verschwunden war.

Er ging nach unten zu dem Streifenwagen, der im Dunkeln vor dem Haus parkte. Der Polizist, ein milchgesichtiger Bursche, der nicht älter als fünfundzwanzig sein konnte, kurbelte das Fenster herunter. »Guten Morgen, Dr. Clevenger.«

»Morgen. Billy ist nicht zu Hause. Haben Sie ihn weggehen sehen?«

Der Cop sah nervös aus dem Beifahrerfenster, dann in den Rückspiegel, so als würde er nach ihm suchen. Kein gutes Zeichen. »Ich dachte, er wäre oben in der Wohnung«, sagte er.

Billy kannte drei verschiedene Ausgänge aus dem Gebäude,

aber Clevenger wollte kein Grund einfallen, warum er sich unbemerkt hätte davonschleichen sollen. Und gerade dieses Nicht-Wissen ließ sein Herz rasen. »Danke«, sagte er.

Er eilte zurück ins Loft, wählte die Nummer von Billys Handy, doch es meldete sich niemand. Er ging in Billys Zimmer und schaltete das Licht an. Das Bett war ungemacht. Billy hatte geschlafen oder war zumindest im Bett gewesen, bevor er sich abgesetzt hatte. Vielleicht hatte ihn ein Freund mit dem brillanten Vorschlag angerufen, in eine Spätvorstellung zu gehen. Doch inzwischen war es selbst für Billys Verhältnisse ziemlich spät, da er am nächsten Tag Schule hatte.

Clevenger rief abermals Coady an und bat ihn, zu veranlassen, dass die Chelseaer Polizei Billy nach Hause brachte, falls sie ihn irgendwo entdecken sollten. Dann rief er noch einmal Billys Handy an. Nichts. Er ging wieder nach unten und weiter zu dem Store 24 um die Ecke. Kahal Ahmad, der die Nachtschicht arbeitete, sagte, er habe Billy nicht gesehen.

Viel mehr konnte Clevenger nicht tun. Er ging zurück zum Loft und schenkte sich noch einen Becher Kaffee ein. Dann setzte er sich auf die Couch, trank langsam den Kaffee und sah dabei auf das Stahlskelett der Tobin Bridge, die sich vor dem blauschwarzen Himmel gen Boston spannte, und die vereinzelten Scheinwerfer, die zwischen den Stahlträgern hindurchschienen. Er legte den Kopf auf die Rücklehne und beschloss, ein paar Minuten zu dösen.

Er wachte auf, als die Haustür aufging. Er sah auf die Uhr. 2 Uhr 5 am Morgen. Er stand auf.

Billy kam ins Zimmer und sah bedrückt aus.

»Was ist los?«, fragte Clevenger.

Billy blickte geistesabwesend in die Ferne, wie immer, wenn er mit seinem Gewissen rang und der Wahrheit nicht ins Gesicht sehen wollte.

»Der Streifenwagen steht nicht aus Spaß vor dem Haus«, sagte Clevenger. »Wenn du irgendwohin musst, dann lass dich von denen hinfahren. Zumindest, bis der Fall abgeschlossen ist.«

Billy nickte. »Ich wollte nicht, dass mir irgendjemand folgt.«

»Wohin? Wo bist du gewesen?«

»Bei Casey.«

Casey Simms, seine siebzehnjährige Exfreundin aus Newburyport. Clevenger spürte, wie sich alle Anspannung in seinen Muskeln löste. Vielleicht war Billy wieder mit ihr zusammen. Oder vielleicht hatten sie entschieden, die Trennung endgültig zu machen. Wie auch immer, es klang wie ein typisches Jugendlichen-Drama. »Willst du darüber reden?«, fragte er.

»Es ist alles total beschissen«, sagte Billy.

»Was? Was ist passiert?«

»Alles.«

»Du denkst, diesmal ist es endgültig zu Ende?«

Billy zuckte mit den Achseln und ließ den Kopf hängen.

Irgendetwas lastete schwer auf ihm. »Was ist denn? Hat sie dir wehgetan? Wolltest du dich nicht von ihr trennen? Glaub mir, das kenne ich alles. Du kannst es mir ruhig erzählen.«

»Das hier kennst du nicht. So was ist dir nicht passiert. Zumindest glaube ich das nicht.« Er wandte den Blick ab.

In Clevengers Kopf gingen Warnlichter an. Das klang nicht nach einer simplen Trennung. »Was ist los?«, fragte Clevenger. »Was immer passiert ist, Billy, du bist nicht allein. Und das wirst du auch nie sein, solange ich da bin.«

Billy atmete tief durch und starrte abermals in die Ferne. »Sie sagt, sie ist schwanger«, erklärte er. »Sie hat einen Test gemacht.«

Clevenger versuchte, sein Entsetzen und seine Enttäuschung zu verbergen, die wahrscheinlich kaum einen Bruchteil dessen widerspiegelten, was Billy empfand, seine Panik angesichts einer Lebengeschichte, die unvermittelt in eine unerwartete

Richtung gelenkt und aus den geregelten Bahnen gerissen wurde, von denen er gedacht hatte, dass sie ihn in eine gewissere Zukunft führen würden. »Wissen ihre Eltern schon Bescheid?«

Billy schüttelte den Kopf.

»Und was denkst du darüber?«, fragte er.

»Ich will, dass sie es wegmacht«, erwiderte er wütend. »Aber sie will nicht.«

Clevenger nickte. »Im wievielten Monat ist sie?«

»Noch um den ersten herum.«

»In Ordnung.«

»In Ordnung, was?«, brachte Billy mit zugeschnürter Kehle heraus.

»Einfach nur ›in Ordnung‹, nichts weiter. Komm her.«

Billy kam zu ihm, blieb einen Schritt vor ihm stehen.

Clevenger legte die Hand auf Billys breite Schulter, und seine Finger berührten den muskulösen Nacken seines Sohnes. »Wir schaffen das schon. Das habe ich mit ›in Ordnung‹ gemeint. Was immer auch passiert, gemeinsam finden wir einen Weg. Gemeinsam stehen wir es durch.« Er zog Billy an sich, drückte ihn kurz, dann ließ er ihn los, da er bemerkte, dass Billy die Umarmung stocksteif über sich ergehen ließ.

»Ich brauch 'ne Mütze voll Schlaf«, verkündete Billy und wich dabei Clevengers Blick aus. Er ging in sein Zimmer und schloss die Tür.

Gegen 3 Uhr schaltete Billy das Licht aus.

Clevenger lag wach im Bett. Vor seinem geistigen Auge sah er Billys Gesicht, wie er ihm sagte, dass Casey schwanger sei. Er sah verängstigt aus. Panisch. Und Clevenger wollte sicherstellen, dass Billy begriff, dass sein Leben nicht zu Ende war, selbst wenn plötzlich Ereignisse über ihn hereinbrachen, über die er keine Kontrolle zu haben glaubte, selbst wenn eins dieser Ereignisse die Geburt eines Sohnes oder einer Tochter in seinem achtzehnten Lebensjahr war.

Clevenger hatte schon lange, bevor er überhaupt von John Snow oder Grace Baxter gehört hatte, gewusst, dass Menschen dann am stärksten gefährdet sind, in Depression zu versinken oder sogar Selbstmord zu begehen, wenn sie das Gefühl haben, dass sie die Kontrolle über ihr Leben verloren haben, dass sie Passagiere in einem Flugzeug sind, das unterwegs zu einem Ort ist, an den sie nicht wollen.

Manchmal, wenn Billy ihm das Leben schwer machte, wenn die Erinnerungen an die Brutalität seines eigenen Vaters am deutlichsten waren, wenn er sich fragen musste, ob jener Wahnsinnige etwas Wesentliches in ihm ausgelöscht hatte, etwas, das andere Menschen in sich trugen und das ihnen erlaubte, in dieser Welt und beieinander Trost und Geborgenheit zu finden, dann fühlte er sich selbst, als würde er vom Leben überrollt. Viel zu oft hatte er sich vorgestellt, auf einem jener Öltanker anzuheuern, die im Hafen von Chelsea anlegten, und auf Nimmerwiedersehen zu verschwinden.

Er dachte an John Snow, daran, dass Snow irgendwie den Mut zu dem Entschluss gefunden hatte, sich von seiner Frau, seinen Kindern und seinem Geschäftspartner zu befreien, aber auch von der Frau, die er von Herzen liebte, einer Frau, die mit seinem Kind schwanger ging. Die Kraft dieses Bundes war für die meisten Menschen so unwiderstehlich wie die Erdanziehungskraft. Sie ließ Männer und Frauen jahrzehntelang umeinander kreisen – manchmal unter großen Seelenqualen, doch Umkreisung um Umkreisung, Jahr um Jahr.

Etwas Hochexplosives hatte John Snow aus Grace Baxters Umlaufbahn geschleudert, etwas, das gewaltiger als ihre Liebe zueinander war. Oder zumindest etwas, das gewaltiger schien.

Clevenger sah, wie das Licht in Billys Zimmer wieder anging. Er schlief offensichtlich auch nicht besser als Clevenger. Kurz darauf hörte er Billys Schritte im Wohnzimmer, hörte ihn zu der Fensterwand tappen, die Ausblick über die Tobin Bridge bot, und dort stehen bleiben.

Clevenger wäre am liebsten aufgestanden und hätte sich zu ihm gestellt, doch er erinnerte sich daran, wie stocksteif Billy auf seine Umarmung reagiert hatte. Und er musste zugeben, dass es einige Dinge gab, die man seinem Sohn nicht abnehmen konnte, wie zum Beispiel, seine Fehler auszubügeln. Man konnte sein Leid teilen, aber nicht an seiner Stelle leiden.

Billy war wieder in Bewegung. Aber diesmal kamen seine Schritte näher.

Er klopfte am Türrahmen.

»He, Kumpel«, sagte Clevenger. Er richtete sich auf seinem Ellbogen auf und knipste die Nachttischlampe an. »Komm rein.«

Billy rührte sich nicht von der Stelle. Er sah stärker mitgenommen aus als vor einer Stunde – blasser, sogar noch verängstigter.

»Schlechte Nacht«, bemerkte Clevenger. »Ich denke nicht, dass einer von uns beiden viel Schlaf finden wird. Vielleicht sollten wir uns einfach in unsere Jeans schmeißen und uns bei Savino's ein paar Pfannkuchen einverleiben.«

Billy antwortete nicht.

»Wir könnten auch eine DVD einlegen«, schlug Clevenger vor.

»Ich muss dir noch was sagen«, gestand Billy.

Clevenger sank der Mut. Er setzte sich auf die Bettkante. »Ich höre.«

»Ich habe dich angelogen.«

Clevenger wartete.

»Ich hab mir deine Computerdateien nicht nur angesehen«, sagte Billy. Er schaute kurz auf den Boden, dann sah er wieder Clevenger an. »Ich habe Kopien davon gemacht.«

»Von den Disketten? Du hast Kopien gemacht?«

»Von den Disketten und vom Tagebuch.«

Clevenger fühlte eine düstere Vorahnung in sich aufsteigen. Was immer Billy an seine Tür gebracht hatte, es machte ihm so große Sorgen, dass es sogar seine Panik darüber, dass er seine Freundin geschwängert hatte, verdrängte. »Wie bist du bloß auf die Idee gekommen?«, wollte er wissen.

»Für Jet«, antwortete Billy.

»Wie bitte?«

»Ich habe sie für Dr. Heller gemacht. Ich habe sie ihm gegeben.«

Clevenger sprang auf. »Du hast Heller Kopien gegeben? Hat er dich dazu aufgefordert?«

»Er hat mich gebeten, ihm alles zu erzählen, was ich über den Snow-Fall herausfinden konnte.«

»Hat er auch gesagt, warum er das wollte?«

»Er hat mir gesagt, dass er wissen will, wer seinen Patienten ermordet hat. Er will helfen, denjenigen zu finden. Er hat gesagt, wer immer John Snow auf dem Gewissen hat, hat auch all jene auf dem Gewissen, denen ansonsten mit der Operation, die Snow vor sich hatte, hätte geholfen werden können.«

Das klang sehr nobel – und war schwer zu glauben. Die simplere Erklärung war, dass J. T. Heller sich Sorgen machte, als Snows Mörder verdächtigt zu werden, und daher den Lauscher bei den Ermittlungen spielen wollte. Das bedeutete nicht automatisch, dass er schuldig war, aber es katapultierte ihn zweifelsohne in die Spitzengruppe der Verdächtigenliste.

»Es tut mir Leid«, sagte Billy.

Er klang glaubwürdig, aber dass es ihm Leid tat, machte die Sache nicht ungeschehen. »Warum hast du das getan?«, fragte Clevenger.

»Keine Ahnung. Niemand ist je so gut zu mir gewesen wie du. Wie heute Nacht. Ich dachte, du würdest mich rausschmeißen oder so. Du hast es nicht getan. Also wollte ich dir die Wahrheit darüber sagen, was ich getan habe.«

Der Psychiater in Clevenger verstand zwei Dinge in Bezug auf Billy: dass er zwangsläufig Clevengers Liebe auf die Probe stellen würde und dass er leicht zum Spielball von anderen

Männern werden konnte, die ihn väterlich behandelten. Wenn Jet Heller ein Buchmacher gewesen wäre, würde Billy vermutlich längst Stunden und Aberstunden damit zubringen, in irgendeiner Bar in Chelsea Wetten anzunehmen, statt im OP des Mass General Wundhaken zu halten.

Aber es gab einen anderen Teil von Clevenger, einen verletzlicheren, vielleicht einfach bloß menschlicheren Teil, der sich noch immer von seinen Instinkten leiten ließ, statt von der Vernunft. Und dieser Teil von ihm war fuchsteufelswild darüber, von jemandem hintergangen worden zu sein, für den er wirklich alles getan hatte. »Du hast mich angelogen«, sagte er. »Und du hast eine Mordermittlung gefährdet.«

»Willst du, dass ich gehe?«, fragte Billy.

Clevenger blickte ihn an, sah, dass es bei der Frage nicht darum ging, den Raum zu verlassen, sondern für immer aus dem Loft fortzugehen. Billy erprobte die Grenzen von Clevengers Liebe, aber er erprobte auch seine Fähigkeit, Grenzen zu setzen, Billys Charakter zu formen, soweit das bei einem Achtzehnjährigen noch möglich war. »Du musst nicht gehen«, erklärte Clevenger. »Ich liebe dich. Wenn das hier mit uns nicht klappt, wäre das so ziemlich das Schlimmste, was mir in meinem Leben passiert ist.« Er gab Billy Gelegenheit, das erst einmal zu verdauen, bevor er fortfuhr. »Aber wenn du mich bestiehlst und meine Arbeit torpedierst, dann bleibt uns keine andere Wahl.« Er sah Billy durchdringend in die Augen. »Dann kannst du nicht länger hier bleiben.«

»Es wird nicht wieder vorkommen. Nie.«

Clevenger nickte. »Du sprichst nie wieder mit Jet Heller. Verstanden? Er hatte kein Recht, dich auf diese Weise auszunutzen. Er ist nicht dein Freund. Und ich weiß nicht, warum er so genau über die Ermittlungen Bescheid wissen wollte. Ich weiß praktisch überhaupt nichts über ihn. Und du auch nicht.«

»Okay«, sagte Billy.

Clevenger fragte sich, ob Billy ihm nur nach dem Munde redete. Aber er war zumindest etwas beruhigt durch die Tatsache, dass Billy freiwillig mit der Information über Heller herausgerückt war. So viel Verantwortung für seine Taten hatte er wenigstens übernommen. »Versuch, etwas zu schlafen«, sagte er. »Wir kommen da schon durch. Und wir werden einen Weg finden, um die Sache mit Casey ins Reine zu bringen.«

»Ich weiß, dass ich deine Hilfe nicht verdiene.«

»Weißt du was?«, sagte Clevenger. »Es wird langsam Zeit, dass du aufhörst, das ständig zu beweisen.«

18

8 Uhr

Clevenger hatte nicht länger als zehn Minuten am Stück gedöst, zusammengenommen weniger als eine Stunde Schlaf. Um 5 Uhr früh war er schließlich aufgestanden, hatte sich bei der Autovermietung am Logan-Flughafen einen Ford Explorer bestellt und bringen lassen. Er wusste genau, wohin er als Erstes fahren würde.

Er rief Jet Hellers Büro an, und Sascha Monroe meldete sich.

»Frank Clevenger hier«, sagte er.

»Schön, Ihre Stimme zu hören.«

»Geht mir genauso.« Er machte eine kurze Pause, in Anerkennung der unausgeloteten Verbindung, die eindeutig zwischen ihnen bestand. »Ich muss unbedingt mit Jet sprechen.«

»Er ist nicht hier.«

»Den ganzen Tag nicht?«

»Er hat gesagt, er würde gegen elf kommen. Er hat seinen ersten OP-Termin abgesagt. Der war um sechs angesetzt.«

»Ich wusste gar nicht, dass der große Heller Operationen absagt.«

»Nicht ein einziges Mal in den fünf Jahren, die ich ihn jetzt kenne.«

»Ist mit ihm alles in Ordnung?«

»Das sollten Sie ihn selbst fragen, wenn Sie herkommen.«

»Machen Sie sich Sorgen um ihn?«

»Er hat das kleine Mädchen verloren. Das mit dem Aneurysma, bei dessen Operation Billy zugeschaut hat.«

»Ich weiß.«

»Aber ich glaube, es ist nicht nur das.«

»Wie meinen Sie das?«

»Es hat angefangen, als er John Snow verloren hat.« Sie hielt kurz inne. »Ich weiß nicht, warum ich Ihnen das alles erzähle. Sie sind nicht sein Psychiater. Und ich ebenso wenig.«

»Sie sorgen sich um ihn«, sagte Clevenger. »Genauso, wie Sie sich um John Snow gesorgt haben.«

Das half Sascha, mehr zu sagen. »Er ist nicht er selbst. Er redet ständig von Johns Tod, geht alles immer wieder durch. Ob ich irgendetwas in der Zeitung gelesen oder im Fernsehen gesehen hätte. Er ist wie besessen.«

»Und was denken Sie, warum?«

»Ganz ehrlich? Ich glaube, er hat etwas von sich selbst in John Snow gesehen.«

»Zum Beispiel ...?«

»Die Vorstellung, seine Vergangenheit zu überwinden, die Leute zu vergessen, die einem wehgetan haben – und die Menschen, denen man selbst wehgetan hat. Ich denke, er wollte John von seinen Anfällen heilen, aber es war ihm noch wichtiger, ihn von seinen Erinnerungen zu befreien.«

»Warum sollte ihm das so wichtig gewesen sein?«

»Ich denke, wegen dem, was Jet passiert ist, als er noch klein war.«

Clevenger erinnerte sich an Hellers Geschichte – ausgesetzt von den leiblichen Eltern, Schulschwänzer, Jugendgefängnis wegen Körperverletzung. »Er hat es mir erzählt«, sagte er. »Als er die Neurochirurgie fand, war das für ihn die große Wende.«

»Es hätte auch alles andere sein können, solange es ihm Gelegenheit gab, Leben zu retten. Ich meine, er hat nicht mit Absicht auf den Jungen geschossen. Er war ja erst elf. Ein verkorkster Junge. Aber ich habe das Gefühl, tief in seinem Herzen glaubt er das nicht. Ich denke nicht, dass er sich je selbst vergeben hat ...«

Heller hatte Clevenger nicht erzählt, dass er die Jugendstrafe bekommen hatte, weil er auf jemanden geschossen hatte. Er hatte es so klingen lassen, als ob er jemand zusammengeschlagen hätte. »Hat der Junge überlebt?«, fragte Clevenger. »Das hat er nicht erwähnt.«

»Nein«, sagte Monroe. »Das ist es ja. Er ist gestorben.«

Diese Enthüllung verschlug Clevenger die Sprache. Heller hatte jemanden getötet. Das bewies natürlich nicht, dass er abermals getötet hatte, aber es ließ es zumindest möglich scheinen. Mörder sind anders als andere Menschen – nicht durch Mitgefühl gehemmt. Vielleicht hatte Heller sich gewandelt, vielleicht auch nicht.

»Es schien fast so, als wünschte Jet sich, er selbst könnte sich der Operation unterziehen, die er an John vornehmen wollte«, fuhr Sascha fort. »Deshalb war es ihm so wichtig. Selbst wenn er tausend Leben retten würde, ich glaube nicht, dass er je vergessen würde, dass er einmal jemandem sein Leben genommen hat. Und ich glaube, er möchte endlich ohne Schuld leben, einen Neubeginn machen.«

»Sie können jederzeit Sozius in meiner Praxis werden«, sagte Clevenger und hoffte, damit die Unterhaltung zu beenden, ohne zu zeigen, wie erschüttert er war.

»Danke. Aber ich bekomme kaum mein eigenes Leben auf die Reihe, ganz zu schweigen davon, das Leben anderer zu regeln.«

Das war eine Einladung, tiefer in Monroes Lebensgeschichte vorzudringen. »Darüber sollten wir unbedingt bei Gelegenheit reden.«

»Bei Gelegenheit«, sagte sie. »Sollen wir Sie also um elf erwarten?«

»Das wäre wirklich nett.«

»Ich schreibe Sie in den Terminkalender. Bis nachher dann.«

»Bis dann.«

Clevenger legte auf. Er ging zu der Fensterwand und sah hinaus auf die Brücke. Saschas Einschätzung von Heller könnte zutreffend sein. Sein Wunsch, von seinem eigenen Gewissen befreit zu sein, könnte sein außergewöhnliches Verlangen, Snow zu befreien, geschürt haben, genau wie die Entrüstung, als jemand seinen Plan zunichte machte.

Aber man konnte Heller noch auf andere Weise sehen. Vielleicht hatte die Erregung, die Operation des Jahrzehnts auszuführen, einen Dämpfer erhalten, als ihm die moralischen Implikationen klarer wurden. Schließlich war sein gesamtes Lebenswerk angespornt von dem Bestreben, für das Leben, das er genommen hatte, Buße zu tun. Einen Mann mit einem sauberen Schnitt von seinen vergangenen Taten loszulösen mochte ihm letztlich so vorgekommen sein, als würde er einem Flüchtigen helfen, sich dem Gesetz zu entziehen.

Heller hatte Clevenger bei ihrer Stippvisite im Alpine erklärt, dass er die Operation selbst dann durchgeführt hätte, wenn Snows Anfälle nicht von tatsächlicher Epilepsie herrührten, sondern Pseudoanfälle wären. Aber was, wenn das nicht stimmte? Was, wenn Heller erkannt hätte, dass Snows »Anfälle« nicht mit dem Skalpell zu heilen waren, dass es bloß darum ging, Snows Gedächtnis auszulöschen? Und was, wenn das nicht die Art von medizinischer Geschichte war, die Heller schreiben wollte, wenn er sich dabei vorgekommen wäre wie ein Quacksalber, ein Verräter an dem Beruf und der Berufung, die er liebte? In dem Fall hätte ihm die Tötung von Snow als der einzige Ausweg erscheinen können, der einzige Weg, die Reinheit dessen zu beschützen, was er seine Religion nannte – die Neurochirurgie.

Heller hatte schon einmal getötet. Hatte die Tatsache, dass er Arzt geworden war, dass er Menschen heilte, nur die tief verwurzelte Dunkelheit in ihm überdeckt – bis jetzt? War seine Lebensgeschichte – sein Karma – letztendlich so unausweichlich wie die John Snows?

Schwerkraft. Umlaufbahnen. Die unerbittliche Anziehungskraft der Vergangenheit. Konnte man sich wirklich jemals davon befreien?

Clevenger hörte Billy aus seinem Zimmer kommen. Er drehte sich um.

Billy trug schlabbrige Jeans, ein graues, langärmeliges Sweatshirt und eine Baseballmütze mit dem Logo eines Skateboard-Herstellers. Er hatte sich ein paar Eisenperlen in die Enden seiner Dreadlocks geflochten. »Willst du, dass ich die Sachen zurückhole, die ich Jet gegeben habe?«, fragte er.

Als er hörte, wie Billy Heller beim Vornamen nannte, fragte Clevenger sich, wie missbraucht Billy sich tatsächlich fühlte, wie ernst er die ganze Sache nahm. Und die Tatsache, dass er überhaupt in Betracht zog, zu ihm zu gehen, war noch beunruhigender. »Ich möchte, dass eins völlig klar ist«, sagte Clevenger zu ihm. »Du sprichst nicht mit Jet Heller. Du gehst nicht zu Jet Hellers Büro. Du nimmst nicht Jet Hellers Anrufe entgegen. Verstanden?«

»Ich wollte die Sache doch nur wieder ausbügeln.«

»Ich möchte, dass du mir dein Wort gibst, dass du dich von ihm fern hältst.«

Billy zuckte mit den Achseln. »Versprochen«, seufzte er. »Irgendwelche Vorschläge, was ich Casey sagen soll?«

»Was willst du ihr denn sagen?«

»Dass sie uns beiden das Leben versaut.«

Billys unverbrämte Worte ließen Clevenger beinahe schmunzeln. Er widerstand der Versuchung. »An deiner Stelle würde ich im Moment gar nichts sagen. Lass ihr Zeit.«

Billy nickte. »Seh ich dich, wenn ich nach Hause komme? Sagen wir, so gegen fünf?«

»Abgemacht.« Er sah ihm hinterher, als er aus der Wohnung ging. »He, Billy«, rief er, bevor sich die Haustür schloss.

Billy steckte den Kopf wieder zur Tür herein. »Ja?«

»Du wirst heute chauffiert – von dem Streifenwagen vor der Tür. Sag ihnen einfach nur, wo sie dich absetzen sollen.«

»Cool.« Er ging.

Clevenger griff nach dem Telefon und rief North Anderson an, um ihm das Neueste über Heller zu berichten.

»Vielleicht sollte ich noch mal im Mass General vorbeischauen«, sagte Anderson. »Um herauszufinden, ob irgendjemand bestätigen kann, dass Heller *im* Krankenhaus war, als Snow erschossen wurde.«

»Gute Idee. Was liegt sonst noch an?«

»Ich setze im Moment alle Hebel in Bewegung, um George Reeses Finanzen auf den Grund zu gehen. Ich habe mehrere Aktienkonten gefunden, ein halbes Dutzend Geldmarktkonten – vorerst. Der Kerl war steinreich, aber durch den Verlust von fünfundzwanzig Millionen durch Vortek könnte sich das geändert haben.«

»Wie hoch schätzt du sein Vermögen?«

»Bislang, wenn er nicht noch Geld im Ausland versteckt hat, um die dreißig, fünfunddreißig Millionen. Aber ich weiß nicht, welche anderen Kredite die Beacon Street Bank noch ausstehen hat. Wenn außer Snow-Coroway noch ein paar andere große Kreditnehmer nicht mit der Kohle rübergekommen sind, könnte die ganze Sache implodieren.«

»Gibt es irgendeine Möglichkeit zu überprüfen, welche Einzahlungen tatsächlich geleistet wurden? Coroway hat mir erzählt, er habe die Hälfte der Forschungsgelder für Vortek zurückgegeben. Ein solcher Blindgänger war das Projekt. Ich würde gern wissen, ob er das Geld wirklich zurückgegeben hat.«

»Ich brauche möglicherweise ein bisschen Hilfe von Vania O'Connor, wenn er es nicht mit der Angst zu tun bekommen hat. Das eine oder andere Passwort wäre nett.«

»So leicht lässt er sich nicht einschüchtern. Ruf ihn an.«

»Werd ich. Wohin bist du unterwegs?«

»Zu Hellers Büro.«

»Brauchst du Rückendeckung?«

»Nein. Er wird schon nicht im Krankenhaus über mich herfallen. Wenn er unser Mann ist, lauert er mir in einer dunklen Gasse auf – oder sprengt meinen Wagen in die Luft.«

»Leute tun die komischsten Sachen, wenn sie sich in die Ecke getrieben fühlen.«

»Ich werd mir Augen im Hinterkopf zulegen.«

»Das habe ich mir auch schon tausend Mal gesagt, aber eigentlich weiß ich gar nicht, wie das gehen soll.«

Clevenger schmunzelte. »Es wird schon alles gut gehen. Ruf mich an, wenn du irgendwas herausfindest.«

»Wird gemacht, Kumpel.«

Clevenger traf um 10 Uhr 50 in Jet Hellers Büro ein. Ein halbes Dutzend Patienten saß im Wartezimmer. Sascha Monroe arbeitete am Computer. Clevenger trat an den Schreibtisch. »Hallo«, begrüßte er sie.

Sie blickte auf. »Hallo.«

Wie kam es, dass man ausgerechnet von jemandem, den man kaum kannte, erwartete, er könne möglicherweise die Antwort auf alle Probleme sein, die einen plagten? Wo führte einen die *Lovemap* letztlich hin – zu Ekstase, Zufriedenheit oder Enttäuschung, Verrat? Wenn er Sascha Monroe zu einem Teil seines Lebens werden ließ, wenn er sie als wirklichen und vollständigen Menschen kennen lernte, würde er sie dann immer noch in seine Fantasien einbauen, sie verehren können?

»Ich bin etwas zu früh«, sagte er.

»Er hat sich noch nicht gemeldet«, sagte sie, und es klang beunruhigt.

»Ist das ungewöhnlich?«

»Für Jet? Normalerweise ruft er mindestens fünf Mal durch, bevor er hier zur Tür hereinkommt. ›Besorgen Sie mir die und die Akte.‹ ›Rufen Sie den und den Patienten an.‹ ›Drucken Sie die Untersuchungsergebnisse aus.‹«

»Aber heute haben Sie nichts von ihm gehört?«

»Kein Wort. Ich habe bei ihm zu Hause angerufen. Keine Antwort. Auf seinem Handy meldet sich auch niemand.«

Das klang in der Tat seltsam. »Ist das typisch für ihn, wenn er einen Patienten verliert?«, fragte Clevenger leise, damit keiner der Patienten es hören konnte.

»Das kommt nur sehr selten vor. Wenn es passiert, ist er eine Zeit lang nicht er selbst, aber er verschwindet nicht von der Bildfläche.«

»Es ist noch nicht elf.«

»Ich weiß. Aber trotzdem.«

»Lassen Sie uns abwarten und sehen, was passiert.«

Sascha nickte. Aber sie war sichtlich beunruhigt.

Clevenger setzte sich ins Wartezimmer, nahm sich eine *Time* und blätterte die Zeitschrift durch. Fünf Minuten verstrichen. Zehn. Fünfzehn. Zwei weitere Patienten kamen herein. Ein Mann, aus dessen Schädel ein Shunt ragte und der schon länger wartete, sah auf die Uhr und schüttelte verärgert den Kopf. Clevenger warf einen Blick zu Sascha und sah, dass sie ihn ihrerseits anschaute. Sie sah jetzt ernsthaft besorgt aus. Er stand auf und ging zu ihr.

»Irgendetwas stimmt nicht«, sagte sie. »Ich kann es fühlen.«

»Soll ich zu ihm nach Hause fahren und mal sehen, ob ich ihn finden kann?«

»Würden Sie das tun?«

»Sicher doch. Wo wohnt er?«

»Chestnut Street fünfzehn. In dem Penthouse. Apartment drei.«

Das war in Beacon Hill, nicht mal eine Meile entfernt. »Wenn er dort ist, sage ich ihm, er soll Sie anrufen.«

Clevenger ließ seinen Wagen im Parkhaus des Mass General stehen. Zur Chestnut Street waren es nur knappe zehn Minuten zu Fuß, und die Luft war kühl, aber nicht unangenehm. Die Sonne schien. Es war windstill. Einer von den Tagen, die Besucher von Boston, die die kopfsteingepflasterten Straßen entlangschlendern, dazu verleiten, ihre Zelte abzubrechen und hierher zu ziehen.

Er kam zur Chestnut Street fünfzehn, einem hoch aufragenden, dreistöckigen Patrizierhaus. Er öffnete die massive Eichentür zur Eingangshalle und entdeckte Hellers Namen eingraviert auf einem Messingschild neben der Klingel für Apartment 3. Er klingelte und wartete. Keine Antwort. Er klingelte noch einmal. Nichts.

Er ging wieder nach draußen und zur Rückseite des Gebäudes. Es gab drei Stellplätze. Auf dem Stellplatz für Apartment 3 stand ein roter Aston Martin. Einhundertfünfzigtausend Dollar. Das musste Hellers Wagen sein. Er blickte an der Fassade hinauf und sah, dass die Fensterläden von Hellers Apartment geschlossen waren.

Clevenger ging wieder zur Vorderseite des Gebäudes, trat in den Windfang und drückte den Klingelknopf von Apartment 1.

Einige Sekunden verstrichen, dann meldete sich eine Frau mit einem ausländischen Akzent: »Ja? Kann ich Ihnen helfen?«

»Paketlieferung«, sagte Clevenger.

»Für Mrs. Webster?«

»Paketlieferung«, wiederholte Clevenger. Wenn Leute etwas Einfaches tun können, um Ärger zu vermeiden – zum Beispiel einen Knopf drücken oder einen Riegel öffnen –, dann tun sie es für gewöhnlich. Deshalb müssen Wohnungsdiebe so selten Türen aufbrechen. »Paketlieferung«, sagte er noch einmal.

»UPS?«

»Paketlieferung.«

Der Summer ertönte. Clevenger drückte die Tür auf und stieg die Treppe zum zweiten Stock hinauf.

Hellers Wohnungstür war nur angelehnt. Clevenger benutzte trotzdem den großen Messingklopfer. Keine Antwort. Er stieß die Tür auf und trat ein.

Alle Fensterläden waren geschlossen, so dass von der spätvormittäglichen Sonne nur ein fahles Schummerlicht blieb. Die Ausstattung des Apartments war beeindruckend, es hatte einen hohen steinernen Kamin, kannelierte Säulen, blank gebohnerte Parkettböden. Aber es war so gut wie leer. Die einzigen Einrichtungsgegenstände in dem riesigen Wohnzimmer waren ein schwarzes Ledersofa und ein 50-Zoll-Flachbildfernseher, der an der Wand gegenüber angebracht war. An einer anderen Wand lehnte ein Mark-Rothko-Gemälde, mühelos eine halbe Million Dollar wert. Eine Skulptur aus Edelstahl stand auf der Kochinsel aus schwarzem Granit in der Küche.

»Jet?«, rief Clevenger.

Keine Antwort.

Er bewegte sich weiter vorwärts, dichter an den Kamin, und vermeinte, eine Bewegung aus einem Flur zu hören, der anscheinend zu den anderen Zimmern führte. »Jet?«

Das Geräusch verstummte.

Er ging den Flur hinunter, an einer geschlossenen Tür vorbei und weiter auf eine offen stehende zu, mehrere Meter entfernt. Er hatte sie fast erreicht, als er Schritte hinter sich hörte und sich blitzschnell umdrehte.

Heller stand im Flur. Er trug eine Jeans und ein graues Harvard-Sweatshirt, das zu einem V-Ausschnitt aufgerissen war. In der Hand hielt er eine Pistole. Er war blass, erschöpft und unrasiert. »Frank?«, fragte er. »Was machen Sie denn hier?« Er beugte sich in Clevengers Richtung und sah ihn forschend mit blutunterlaufenen Augen an. »Das hier ist meine Wohnung«, sagte er, aber es klang, als ob er sich da nicht ganz sicher wäre.

Selbst aus der Entfernung konnte Clevenger den Scotch-Gestank riechen, den er ausdünstete. Er spannte seine Wade an, spürte die Pistole, die dort festgeschnallt war. »Die Wohnung ist ziemlich leer«, bemerkte er und rang sich ein Lächeln ab. »Ziehen Sie aus?«

»Ich bin nie wirklich eingezogen«, sagte Heller. »Ich lebe auf der Arbeit.«

Clevenger wusste, dass Heller die Wahrheit sagte. Er konnte sich ein fünf Millionen Dollar teures Penthouse-Apartment leisten, ohne Interesse daran zu haben, es einzurichten. Er lebte nur für die Neurochirurgie. »Ich bin bei Ihnen im Büro gewesen. Sascha hat versucht, Sie zu erreichen. Sie hat sich Sorgen gemacht, als Sie sich nicht gemeldet haben. Also bin ich hergekommen.«

»Sie mag Sie.«

»Sie ist ein sehr netter Mensch.«

»Sehr nett? Sie ist eine elf auf einer Skala von zehn, Frank. Eigentlich hätten Sie sich alle zehn Finger nach ihr lecken müssen.«

Versuchte Heller, ihn abzulenken? Und warum sprach er von ihm in der Vergangenheit? »Man weiß nie, was die Zukunft noch bringt«, erwiderte Clevenger.

Heller hob die Waffe.

Clevenger wollte schon nach seiner eigenen Pistole greifen, aber Heller zielte nicht auf ihn. Er hielt die Waffe vor seiner Brust, die Mündung seitwärts gerichtet, und starrte sie an, als wäre sie ein verletzter Vogel.

»Snow wurde von einem Schuss mitten ins Herz getroffen«, sagte Heller. »Stellen Sie sich nur einmal seine Panik vor.« Er schüttelte den Kopf und seufzte tief. »Ich habe einen Mann an einer Kugel sterben sehen, Frank. Das ist schrecklich. Absolut schrecklich.« Er sah Clevenger an. »Haben Sie so etwas schon mal gesehen?«

»Ja.«

»Das tut mir Leid für Sie.«

Clevenger wollte die Unterhaltung vom Thema Erschießen weglenken. »Warum sind Sie nicht zur Arbeit gekommen?«, fragte er.

»Ich bin bei der Arbeit«, entgegnete Heller. »Es ist nur eine andere Art von Arbeit.« Er deutete mit einem Nicken auf die offene Tür neben ihm. »Wollen Sie es sich anschauen?«

»Sicher doch«, sagte Clevenger. Er ging langsam auf Heller zu. »Würden Sie wohl die Pistole weglegen? Es passieren so leicht Unfälle.«

»Kein Problem«, antwortete Heller. Er verschwand aus dem Flur in das Zimmer.

Clevenger griff an seine Wade, zog seine Pistole aus dem Halfter und steckte sie unter seinem schwarzen Rollkragenpullover in den Hosenbund der Jeans. Dann ging er zu der Tür. Ein Teil von ihm fragte sich, warum er überhaupt noch hier war. Er hätte sich absetzen können, mit Anderson oder Coady zurückkehren. Doch er glaubte nicht, dass er auf dem Wege etwas aus Heller herausbekommen würde. Und er hatte bislang nichts getan, wofür man ihn festnehmen konnte.

Er erreichte die Tür und erstarrte, wie gebannt von dem, was er sah. Heller saß an einem Tisch, der aus einer Tür und zwei Sägeböcken gebaut war, und studierte einen Computermonitor, auf dem Zahlen, Symbole und Buchstaben leuchteten. Die Pistole lag neben der Tastatur. Jeder sonstige Quadratzentimeter des Tisches, der Wände und des Fußbodens war mit Papieren und Büchern bedeckt.

»Sie können ruhig überall drauftreten«, sagte Heller, ohne den Blick vom Monitor zu lösen.

Clevenger blickte zu Boden und sah, dass die Blätter zu seinen Füßen über und über mit Computercodes bedruckt waren. Die Bücher waren Fachbücher über Physik und Luftfahrttechnik. Er bewegte sich so weit wie möglich um sie herum. Er studierte die Wände eingehender und sah, dass sie mit lauter Seiten aus John Snows Tagebuch bedeckt waren. »Was machen Sie hier?«, wollte Clevenger wissen.

»Ich erwecke meinen Patienten wieder zum Leben«, erklärte Heller.

»Okay …« Hatte Heller den Verstand verloren? »Wie lange sitzen Sie schon daran?«

Heller warf einen Blick zu den geschlossenen Fensterläden.

»Keine Ahnung.« Er drehte sich zu Clevenger um. »Was bleibt von einem Menschen übrig, wenn er stirbt?«

»Was er mit seinem Leben geschaffen hat. Was immer er hinterlassen hat.«

»Sein Erbe«, pflichtete Heller bei. »Das ist alles, was von John Snow geblieben ist. Seine Arbeit, zum einen. Und die Antwort auf die Frage: War er ein Feigling oder nicht? Hat er mich im Stich gelassen oder nicht?«

»Wie lautet bis jetzt Ihre Diagnose?«, fragte Clevenger und behielt ein wachsames Auge darauf, wie weit Hellers Hand von der Pistole entfernt war.

»Er war kein Mann, der einfach so das Handtuch wirft. Er war bereit, den Weg, den er gewählt hatte, bis zu Ende zu gehen.«

»Warum sagen Sie das?«

»Weil er seine kostbarste Idee in der schwarzen Reisetasche bei sich trug, die man neben ihm fand. Ein Mann, der sich aus dieser Welt verabschiedet, nimmt nicht seine Arbeit mit.«

»Ich verstehe nicht ganz.«

»Sehen Sie es sich an.«

Heller stand auf, nahm seine Pistole und trat beiseite.

Clevenger gefiel die Vorstellung nicht, mit dem Rücken zu Heller zu sitzen. Nicht, solange er mit einer Waffe herumlief. »Sie haben schon wieder die Pistole in der Hand«, sagte er.

Heller legte die Waffe auf den Tisch zurück, hielt sich aber auf Reichweite. »Ich bin noch nicht einmal sicher, warum ich sie aus dem Tresor geholt habe. Ich hasse das Ding. Ich weiß nicht, warum ich es überhaupt gekauft habe.«

»Sie müssen doch irgendeine Vermutung haben.«

»Vielleicht, um zu beweisen, dass ich sie nie benutzen werde. So wie ein Alkoholiker zehn Jahre lang eine Flasche Scotch auf dem Kaminsims stehen hat, um zu beweisen, dass er der Versuchung widerstehen kann, dass er nicht einfach nur trocken ist, sondern das alles hinter sich gelassen hat.«

»Vielleicht sollten Sie es auch mal mit diesem Trick versuchen. Wie es aussieht, haben Sie rund um die Uhr getrunken.«

»Lassen Sie sich nicht von Ihrer eigenen Krankheit blenden, Frank. Ich bin kein Alkoholiker. Ich leide einfach nur. Das hier ist mein Betäubungsmittel. Zwei, drei, vier Tage, und ich bin wieder obenauf. Dann fass ich das Zeug nicht mehr an.«

»Davon werde ich mich dann am vierten Tag überzeugen«, bemerkte Clevenger und trat an den Tisch. Er setzte sich auf Hellers Stuhl und beugte sich vor, um den Monitor zu studieren. Reihen mit Zahlen, Buchstaben und mathematischen Symbolen füllten den Bildschirm. »Was soll das sein?«, fragte er.

»Grace Baxter.«

Clevenger sah zu Heller, der ein geheimnisvolles Lächeln zur Schau trug. »Reden Sie nicht in Rätseln«, sagte er. »Ich bin ebenfalls müde, verflucht noch mal.«

Heller massierte Clevengers Schulter. »Ich weiß, dass Sie müde sind, Bruder.« Er deutete mit einem Nicken auf den Bildschirm. »Ich habe ein Computerprogramm erstellt, um Snows letzte Zeichnung von Grace Baxter in seinem Tagebuch zu analysieren – das Bild, das aus einer Collage von Zahlen und mathematischen Symbolen bestand. Ich habe mir von einem Freund vom Cal Tech helfen lassen. Drücken Sie gleichzeitig *F1* und die *Control*- und die *Delete*-Taste.«

Clevenger tat, was Heller gesagt hatte. Dann lehnte er sich zurück, und die Zahlenreihen auf dem Bildschirm begannen sich zu bewegen. Die Zahlen, Buchstaben und sonstigen Symbole umkreisten einander, bis sie sich nach und nach zu einer Bildschirm-Version des Porträts gruppierten, das Snow von Grace angefertigt hatte.

»Sie ist so tief in seinen Kopf eingedrungen, wie es überhaupt nur möglich war«, sagte Heller. »Sie hat sich über die rechte und die linke Hälfte seine Gehirns gelegt, ausgestreckt wie eine Katze. Drücken Sie *F2, Control, Delete*.«

Clevenger gehorchte. Das Porträt löste sich wieder in die codierten Zeilen auf, die Clevenger zuvor gesehen hatte.

»Das Porträt ist der Schlüssel zum Rest von all dem hier«, sagte Heller und deutete fuchtelnd auf die Blätter, die an den Zimmerwänden hingen. Er ging umher, betrachtete sie, berührte einige davon. »Wie erschafft man ein fliegendes Objekt mit reiner Vorwärtsbewegung, das unsichtbar für jeden Radar ist?«

Clevenger starrte noch immer auf den Computerbildschirm und begriff allmählich, dass Snow die Arbeit an der Erfindung, die so lange unerreichbar schien, vollendet hatte. Er langte abermals nach der Tastatur, drückte *F1, Control, Delete*. Und vor seinen Augen fügten sich die Zahlen, Buchstaben und Symbole abermals zu dem Porträt von Grace Baxter zusammen.

Snows Leidenschaft für Grace und seine Genialität waren verschmolzen und hatten hervorgebracht, was Collin Coroway und George Reese von ihm wollten: Vortek.

»Warum sind Sie wirklich hergekommen?«, fragte Heller.

Clevenger sah ihn an.

»Sie sagten, Sie hätten sich Sorgen um mich gemacht. Das war eine Lüge. Was ist der wahre Grund?«

»Wo haben Sie die Disketten und das Tagebuch her?«, fragte Clevenger.

Heller anwortete nicht sofort. »Ich kenne Leute bei der Polizei«, sagte er schließlich.

Das war in gewisser Hinsicht eine ehrenwerte Lüge. Heller lieferte Billy nicht ans Messer. Weil ihm etwas an Billy lag oder weil er hoffte, ihn weiter für seine Zwecke einspannen zu können? »Sie werden von jetzt an keinen Kontakt mehr mit meinem Sohn haben. Haben Sie verstanden?«

»Sie wollen ihn von dem fern halten, was Sie tun. Was kann es denn schon schaden, wenn er Ihre Arbeit näher kennen lernt? Er liebt Sie.«

»Das geht Sie nichts an. Halten Sie sich von ihm fern.«

»Er braucht etwas, das seinen Verstand und sein Herz beschäftigt hält. Er trägt Dunkelheit in sich. Ich kann das sehen. Denn ich sehe es in mir selbst.«

»Halten Sie sich von ihm fern, oder …«

»Oder Sie bringen mich um?« Er kicherte. »Vielleicht sind wir uns ähnlicher, als Sie ahnen.«

»Wir sind uns nicht ähnlich«, entgegnete Clevenger. »Sie haben sich in diesem Fall verloren. Ich untersuche ihn.«

Hellers Blick kehrte zum Computerbildschirm zurück. »John Snow war mein Patient. Sein Leben lag in meinen Händen.«

Clevenger dachte an das, was Sascha Monroe erzählt hatte – dass Heller selbst davon träumte, ohne seine Gewissensbisse wieder geboren zu werden, dass Snow von seiner Vergangenheit zu befreien für ihn so gewesen wäre, als würde er sich selbst befreien. »Das Tragische ist, dass Sie ein Vorbild für Billy hätten sein können«, sagte Clevenger. »Sie hätten ihm helfen können, eine neue Richtung in seinem Leben zu finden – wenn Sie ihn nicht ausgenutzt hätten.«

»Jeder von uns wird hin und wieder ausgenutzt, Frank. Selbst wenn man Gottes Werk tut, ist man nur eine Leihgabe.«

Clevenger drehte sich um und verließ die Wohnung.

19

Clevenger wusste, dass Whitney McCormick noch bis zum Ende des Tages in Boston sein und dann nach Washington zurückkehren würde. Er wählte die Nummer ihres Handys.

»Wie geht es meinem Lieblingspatienten?«, meldete sie sich.

»Ich bin noch nicht geheilt.«

»Gut.«

»Wo bist du?«, fragte er.

»Ich erledige vom Hotel aus Anrufe.«

»Hast du Lust auf einen Kaffee?«

»Soll ich einen beim Zimmerservice bestellen?«

Chestnut Street war eine Meile vom Four Seasons entfernt. »Ich bin um die Ecke.«

»Beeil dich.«

Zehn Minuten später klopfte er an ihrer Tür.

Sie öffnete ihm in einer am Knie durchgewetzten Jeans und einem übergroßen weißen Männerhemd, und sie sah noch ebenso wunderschön aus wie am Abend zuvor.

Clevenger schüttelte den Kopf. »Gibt es je Tage, an denen dein Haar einfach nicht sitzen will oder du einen Pickel hast, irgendetwas, das einem Mann zeigt, dass es Hoffnung für ihn gibt?«

»Wir sehen einander nicht häufig genug. Zwei gute Tage hintereinander sind ungewöhnlich für mich.«

»Warum kann ich das nicht ganz glauben?«

Er zog sie an sich. Sie küssten sich. Seine Lippen wanderten zu ihrem Hals hinab.

Sie stieß die Tür zu und zog ihn zum Bett.

Sie liebten sich ohne Hast, sahen einander in die Augen, während Clevenger sich in ihr bewegte, feierten die Befreiung von ihren jeweiligen Existenzen und das Gefühl, von einer Kraft mitgerissen zu werden, die größer war als die bloße Summe ihrer Energien.

Anschließend lagen sie erschöpft nebeneinander und genossen den Moment, wenn Liebende kaum zu erkennen vermögen, welcher Arm und welches Bein zu wem gehört.

Sie wandte den Kopf zu ihm, so dass ihre Lippen ganz dicht an seinem Ohr waren. »Mir gefällt es hier. Wir sollten das öfter tun.«

»Werden wir.« Er schloss die Augen und seufzte tief. Er überlegte, wie seltsam es war, dass Whitney und er sich im Four Seasons trafen, dass sie verabredeten, sich weiter dort zu treffen. Es war beinahe so, als ob sie beide sich in einer Art Gegenübertragung des Falles verloren hatten, ihn nachspielten. Er schlug die Augen auf. »Ich muss dich noch eine Sache fragen …«

Sie lächelte. »Du brauchst nicht zu fragen.«

»Es geht um den Fall«, sagte er und stützte sich auf den Ellbogen.

»Okay. Was möchtest du wissen?«

»Die Patente …«

Sie sah ihn an, und ganz langsam erlosch die Wärme in ihrem Blick, wurde ersetzt durch eine schreckliche Mischung aus Verletztheit, Zorn und eisiger Resignation angesichts der Realität ihrer beider Berufe und der Tatsache, dass sie sich nicht zuerst als Liebende begegnet waren, dass sie vielleicht nie bloß Liebende sein würden. »Was ist damit?«, fragte sie.

Er zögerte weiterzusprechen, fühlte, wie er ungelenk von der einen Rolle in die andere wechselte. Doch das, was er wissen musste, war einfach zu wichtig. »Wenn Snow-Coroway Patente für Vortek angemeldet hätte, dann wüsste ich mit Gewissheit, dass Collin Coroway und George Reese alles von

John Snow bekommen hatten, was sie brauchten. Sie hatten die Erfindung, die nötig war, um mit dem Unternehmen an die Börse zu gehen. Damit wäre Snow entbehrlich geworden.«

»Aber ich komme an diese Information nicht heran.«

Er konnte sich nicht damit begnügen, konnte nicht seinem Beruf, seiner Berufung den Rücken kehren – nicht einmal ihr zuliebe, obwohl er sich gleich bei ihrer ersten Begegnung in sie verliebt hatte. »Ich möchte wirklich nicht noch einmal deinen Vater erwähnen. Aber als ehemaliger Senator, der dem Unterausschuss für die Nachrichtendienste angehört hat, muss er immer noch Kontakte haben ...« Er sah, dass er zu weit gegangen war. »Ich möchte in keiner Weise andeuten, das hier wäre eine Wahl zwischen ...«

»Warum hältst du es dann für nötig, es abzustreiten?« Sie stand auf und suchte ihre Kleidung zusammen. »Ich bin auch Psychiater, Frank.«

Er stand auf »Was ich sagen wollte ...«

»Ich weiß, was du wollest.«

»Hör zu«, seufzte er, »es war falsch von mir, es zu erwähnen.«

»Du kannst eben nicht anders. Arbeit ist dein Schutzschild. Sie hilft dir, allem anderen aus dem Weg zu gehen. So war es schon immer. So wird es immer sein.«

»Zum Beispiel ...?«

»Einer ernsthaften Beziehung, zum Beispiel.« Sie zog ihre Jeans an. »Siehst du denn nicht, warum du diesen Fall überhaupt übernommen hast, Frank? Erkennst du nicht ein bisschen was von John Snow in dir, wenn du in den Spiegel blickst? Süchtig danach, Rätsel zu lösen? Alle auf Abstand halten? Wahre Intimität vermeiden? Kommt dir das nicht bekannt vor?«

Ihm blieb nichts anderes übrig als zuzuhören.

Sie zog den Reißverschluss der Jeans zu und streifte das Hemd über. »Eins kann ich über meinen Vater sagen«, erklärte sie, während sie das Hemd zuknöpfte. »Er hat mich nie benutzt.«

Er schüttelte den Kopf, während ihm durch den Sinn ging, wie taktlos und gleichzeitig missverstanden er gewesen war. »Ich habe nicht mit dir geschlafen, damit du etwas für mich tust«, verteidigte er sich.

»Dann kommt es mir wohl nur so vor.« Sie zog die Schuhe an und griff sich ihren Blazer von der Rückenlehne des Schreibtischsessels.

»Whitney, warte.«

»Worauf?« Sie stürmte hinaus.

Er ging zum Fenster und schaute hinaus, sah, wie sie die Straße überquerte und im Public Garden verschwand, dessen vereiste Zweige sich in der sanften Brise wiegten.

Kim Moffett hielt Clevenger einen kleinen Stapel Nachrichten hin, als er durch die Eingangstür von Boston Forensics trat. »John Haggerty hat dreimal wegen des neuen Falls angerufen«, sagte sie. »Lindsey Snow hat zweimal angerufen. Und North lässt Ihnen ausrichten, dass er auf dem Weg hierher ist. Er hat zweimal versucht, Sie über Ihr Handy zu erreichen.«

Clevenger nickte und wollte in sein Büro gehen.

»Eins noch«, rief Moffett ihm hinterher.

Er drehte sich um.

»Sie haben da einen rosa Lippenstiftfleck an der Jacke.«

Er sah an sich hinunter und entdeckte eine sanfte Spur von Whitneys blassrosa Lippenstift auf dem schwarzen Leder. »Wie kommen Sie darauf, dass das Lippenstift ist?«

Kim wandte sich um und fing an zu tippen.

Er ging in sein Büro, zog die Jacke aus und wischte den Fleck weg. Dann warf er die Jacke auf einen Stuhl, setzte sich an den Schreibtisch und rief Lindsey Snows Handy an.

Sie meldete sich.

»Dr. Clevenger hier.«

»Können wir uns treffen? Es geht um meinen Dad. Darum, dass er erschossen wurde.«

Dass er erschossen wurde. Das war neu. Lindseys Theorie war gewesen, dass sie ihren Vater zum Selbstmord getrieben hatte. Glaubte sie jetzt, dass er ermordet worden war? »Wann können Sie hier sein?«, fragte Clevenger.

»Ich brauche weniger als eine Stunde.«

»Das passt mir gut.«

»Danke.« Sie legte auf.

Er versuchte, bei John Haggerty zurückzurufen, doch es ging nur der Anrufbeantworter ran. »Ich übernehme keine neuen Fälle, bis der Snow-Fall abgeschlossen ist«, erklärte er. »Ich rufe Sie an, sobald das geschehen ist.«

Er legte die Füße auf den Schreibtisch, lehnte sich im Sessel zurück und schloss die Augen. Im Geiste sah er Whitney McCormick abermals im Public Garden verschwinden. Er fürchtete, dass er sie unwiderruflich verloren hatte, weil er Beruf und Vergnügen nicht hatte auseinander halten können. Und dann riss er plötzlich die Augen auf, denn er hatte die Antwort auf eine der Fragen, die ihn die ganze Zeit gemartert hatten: Warum hätte John Snow sich der Operation unterziehen und sein Leben hinter sich lassen sollen, wenn er die Liebe seines Lebens gefunden hatte? Die Antwort war einfach, so einfach, dass sie nur schwer zu erkennen gewesen war, bis er das Drama zusammen mit Whitney nachgespielt hatte: Entweder Snow oder Grace hatten den jeweils anderen in irgendeiner Weise hintergangen. Ihre Liebe war nicht mehr so rein gewesen wie zuvor. Irgendetwas war schief gegangen.

»He, Fremder«, sagte Anderson von der Tür aus.

Clevenger nahm die Füße vom Schreibtisch und drehte sich zu ihm um. »Was gibt's Neues?«

»Noch vor Ende des Tages werde ich die Auszüge für George Reeses persönliche Bank- und Börsenmaklerkonten zu lesen bekommen. Vania leistet gute Arbeit.«

»Arbeitet er immer noch von zu Hause aus? Ich mache mir Sorgen um ihn.«

Anderson schüttelte den Kopf. »Er ist bei mir zu Hause. Da findet ihn niemand, es sei denn, sie entdecken den Berg von Pappkaffeebechern in meiner Mülltonne. Ich liefere ihm alle zwei Stunden Nachschub. Groß, mit Sahne …«

»Vier Stück Zucker.«

»Er hat wirklich alle gut trainiert.«

»Gibt es sonst noch was Neues?«

»Ich habe im MGH niemanden finden können, der bezeugen kann, dass Heller im Krankenhaus war, als Snow erschossen wurde. Noch nicht, jedenfalls. Nicht dass das irgendetwas beweist.«

»Nein, tut es nicht.«

»Nebenbei gefragt, wie geht es Billy?«

Clevenger sah auf die Uhr. 14 Uhr 15. Billy war noch immer in der Schule – oder sollte es zumindest sein. »Er schlägt sich im Moment mit ein, zwei Problemen herum«, sagte er und beließ es dabei.

»Kann ich irgendetwas tun?«

»Ich bin nicht sicher, ob irgendjemand etwas tun kann, ich selbst eingeschlossen. Aber ich gebe dir Bescheid.«

»Gut.«

»Lindsey Snow ist auf dem Weg hierher.«

»Und die Show muss weitergehen.«

Lindsey saß in demselben Sessel wie bei ihrem letzten Besuch in Clevengers Büro. Sie trug einen kurzen limonengrünen Rock und einen gerippten eierschalenfarbenen Rollkragenpullover. Als sie die Beine übereinander schlug, konnte Clevenger sehen, dass sie einen winzigen schwarzen Satin-Tanga trug. »Wenn ich Ihnen etwas erzähle«, sagte sie, »dann müssen Sie mir versprechen, dass Sie niemandem sagen, dass Sie es von mir gehört haben.«

»Ich kann ein Geheimnis wahren«, sagte Clevenger und sah ihr dabei eindringlich in die Augen.

»Ich erzähle es Ihnen, weil ich mich Ihnen nah fühle.«

Wenn sie sich ihm nah fühlte, dann hatte es nichts mit ihm zu tun, sondern nur damit, dass John Snow ihr fehlte, das wusste Clevenger inzwischen. Lindsey war wie ein Sauerstoffatom, unendlich instabil, verzweifelt auf der Suche nach einer Bindung. Clevenger wollte ihr das sagen, wollte ihr erklären, dass sie sich nur zu ihm hingezogen fühlte, weil der Verlust ihres Vaters sie aus dem Gleichgewicht gebracht hatte. Aber sie war nicht seine Patientin. Sie war eine Verdächtige. Er war ihr keine psychotherapeutische Beratung oder sonst etwas schuldig. Es stand ihm frei, sich ihre Bedürfnisse zunutze zu machen, um sie dazu zu bringen, sich ihm zu öffnen. Möglicherweise war genau das nötig, um diesen Mordfall aufzuklären. Notlügen des Herzens, im Dienste der Wahrheit. Es war nicht schön, aber es gehörte zu seiner Arbeit. Er ließ den Blick zu ihren Schenkeln wandern, gerade so lang, dass sie es bemerkte. »Bitte erzählen Sie mir alles«, sagte er. »Ich will Sie trösten.« Er wusste, dass sie nur die ersten drei Worte hören würde: *Ich will Sie*.

Sie errötete und kaute an ihrer Unterlippe. »In der letzten Woche, als mein Dad noch lebte, war er sehr niedergeschlagen. Es war so, als ob er all die Energie, die ihn angetrieben hatte, plötzlich verloren hätte. Er sprach mit niemandem mehr. Selbst mit mir nicht.«

Clevenger nickte. Er fragte sich, ob Lindsey doch noch immer an der Selbstmordhypothese festhielt.

»Also hat Kyle beschlossen, Dads Pistole zu nehmen. Damit er sich nichts antun konnte. Zumindest hat er das behauptet.«

Clevenger versuchte sich nicht anmerken zu lassen, dass er das Gefühl hatte, der Fall komme nach langen verschlungenen Umwegen endlich zur Lösung.

»Wie ist er an die Waffe gekommen?«

»Dad hat sie immer am selben Platz aufbewahrt – ganz oben im Hemdenfach seines Kleiderschranks. Wir haben beide oft gesehen, wie er sie morgens von dort mit in die Arbeit nahm und abends wieder zurücklegte. Die Patronen hat er woanders aufbewahrt.«

»Hat Ihr Vater sich nicht gefragt, wo die Waffe hingekommen ist?«

»Kyle hat es ihm gesagt. Er hat ihm gesagt, dass er sie genommen hat – und auch warum.«

»Und Ihre Mutter wusste Bescheid?«

Lindsey nickte.

Das könnte erklären, warum Theresa Snow versucht hatte, Clevenger davon abzuhalten, mit Kyle zu reden. »Wie erklärt Kyle, dass Ihr Vater mit eben dieser Waffe erschossen wurde?«

»Er sagt, er hätte sie nur bis zum Abend davor gehabt. Er hat mir erzählt, dass Dad sie zurückgefordert hätte, dass er damit gedroht hätte, ihn wegen Verstoß gegen seine Bewährungsauflagen anzuzeigen. Also ist Kyle sauer geworden und hat sie ihm gegeben.« Tränen sprangen ihr in die Augen. »Er sagt, er hätte ihn angeschrien, er solle sich ruhig erschießen, wenn er denn unbedingt wolle.«

»Glauben Sie ihm? Glauben Sie, dass er ihm die Pistole zurückgegeben hat?«

Sie schlug ihr anderes Bein über, so, dass sie wieder Clevengers Blick auf sich zog. »Ich weiß nur, dass er die letzten Tage über glücklicher ist, als ich ihn je gesehen habe«, antwortete sie. »Und er sagt, er könne nicht zu Dads Beerdigung gehen. Er sagt, es wäre nicht ›ehrlich‹.«

Sagte Lindsey die Wahrheit, oder versuchte sie, ihrem Bruder endgültig den Todesstoß zu versetzen, als Strafe dafür, dass er ihr etwas von der Zuneigung ihres Vaters gestohlen hatte? Wenn Clevenger ein bloßer Ersatz für Snow war, dann wünschte sich Lindsey vielleicht, dass er Kyle ins Gefängnis steckte, so wie Snow ihn einst in einen anderen Bundesstaat verbannt hatte. »Glauben Sie, dass Ihr Bruder Ihren Vater erschossen hat?«, fragte Clevenger.

»Ich will es nicht glauben, aber …« Sie wandte den Blick ab.

Er ließ einen Moment verstreichen. »Danke, dass Sie es mir erzählt haben, Lindsey«, sagte er.

Sie sah ihn wieder an, neigte den Kopf zur Seite, so dass ihr seidiges Haar über eine Hälfte ihres Gesichts fiel. »Also, was geschieht jetzt?«

»Ich werde der Sache mit Ihrem Bruder nachgehen, und dann sehen wir mal, wie es weitergeht.«

»Und wie geht es mit *uns* weiter?«, fragte sie flehentlich.

Clevenger wollte sie nicht verletzen. Das war kein notwendiger Bestandteil seiner Arbeit und sollte es auch nicht sein. »So hübsch Sie auch sind, Lindsey«, sagte er, so sanft er konnte, »und so sehr ich mir vielleicht auch wünsche, außerhalb meiner Praxis Zeit mit Ihnen zu verbringen, ich kann es nicht tun.«

»Niemals?«

Diese Frage machte deutlich, dass Lindsey bereit war, sehr, sehr lange auf ihn zu warten. Vielleicht sogar ewig. Und das verriet Clevenger von neuem, dass es bei ihrer Sucht, ihrem Verlangen nicht um Sex mit ihrem Vater ging, sondern um das *Potenzial* einer sexuellen Vereinigung mit ihm. Snow hatte sie an sich gekettet, indem er sie mehr als alle anderen verehrte, ohne sie je tatsächlich zu berühren. Sie suchte nach dem nächsten Anbieter jener Verehrung, nicht nach ihrem nächsten Liebhaber. »Sie sind viel zu schön, als dass ich jemals nie sagen könnte«, erklärte er ihr.

Sie strahlte. »Sie sind nicht mit …« Sie deutete mit einem Nicken in Richtung von Kim Moffetts Schreibtisch.

Er schüttelte den Kopf.

Sie atmete tief durch. »Gut. Dann gebe ich Ihnen einfach Zeit, ja?«

»Geben Sie mir Zeit.«

»Ich verstehe das.« Sie stand auf und zog ihre Jacke an.

Er stand ebenfalls auf und betrachtete sie. Sie war eine wunderschöne junge Frau. Das war keine Notlüge gewesen. »Sie sind wirklich außergewöhnlich, wissen Sie«, sagte er.

Zum ersten Mal schien sie verwirrt.

»Und nicht nur, weil Ihr Vater das fand oder weil ich das finde.«

»Wie meinen Sie das?«

»Ich meine ...« Er erkannte, dass er eine Sprache sprach, die sie nicht verstehen konnte. Ihr zu sagen, dass andere Männer sie nicht nur begehrenswert finden, sondern dementsprechend handeln würden, dass sie in jeder Hinsicht *ehrlich* mit ihr sein würden, würde ihr nichts bedeuten. Sie hatte ihr Selbstwertgefühl immer von ihrem Spiegelbild in John Snows Augen bezogen. »Das ist im Moment nicht wichtig«, sagte er schließlich.

Es schien ihr recht zu sein, es dabei zu belassen. »Bis dann.«

»Geben Sie auf sich Acht.«

Sie ging hinaus.

Gleich darauf kam Kim Moffett herein. »Ich habe Whitney McCormick für Sie in der Leitung«, sagte sie.

Ihren Namen zu hören reichte aus, dass Clevenger ihr Parfüm zu riechen und zu fühlen glaubte, wie ihre Finger durch sein Haar strichen. Amouröse Halluzinationen. »Danke.« Er wartete, bis Kim gegangen war. Dann nahm er den Hörer ab. »Whitney.«

»Ich habe mit meinem Dad gesprochen«, sagte sie.

Er schwieg.

»Es wurden zwei Patente für ein Flugstabilisierungssystem angemeldet, gemeinschaftlich im Namen von Snow-Coroway, InterState Commerce und Lockheed Martin.«

»Coroway hat mich in Washington belogen«, sagte Clevenger. »Er und Reese haben Vortek. Snow hat seine Erfindung vollendet. Sie brauchten ihn nicht mehr.«

»Das Gefühl kenne ich. Muss wohl ansteckend sein.«

»Hör zu«, sagte Clevenger, »es war falsch von mir, die Sache so anzusprechen, wie ich es getan habe. Ich …«

»Du könntest einfach nur sagen: ›Nett, mit Ihnen zusammengearbeitet zu haben‹«, fiel sie ihm kühl ins Wort.

»Wann sehe ich dich wieder?«

Sie legte auf.

BEGEGNUNGEN

Nur zwanzig Tage zuvor
13 Uhr 45

Er konnte es kaum abwarten, sie zu sehen, es ihr zu erzählen. Er trug ein hellblaues Armani-Hemd und einen dunkelblauen Armani-Anzug, die er am Vortag in der Newbury Street gekauft hatte. Einen schwarzen Krokoledergürtel. Blank gewienerte schwarze Slipper. Er war frisch rasiert, und sein Haar war sorgfältig gestutzt. Er stand an dem Fenster, das Ausblick über den Public Garden bot, und beobachtete, wie sie am Bordstein aus einem Taxi stieg und der kalte Wind ihr kastanienbraunes Haar flattern ließ.

Sie ging auf den Hoteleingang zu.

Zwei Wochen hatten alles verwandelt. Vor zwei Wochen hatte er ihr gesagt, dass sie einander nicht mehr sehen könnten, dass die magische Kraft, die sie auf ihn ausgeübt hatte, als sie ihn nach seinem Anfall in ihren Armen gehalten hatte, wirkungslos geblieben sei. Er hatte den Tiefpunkt seiner Existenz erreicht, außerstande, den letzten Schritt zu machen, um die Erfindung zu vollenden, mit der er sich so lange herumgequält hatte. Vortek war tatsächlich nur eine Illusion. Er war ein Betrüger.

Seine Tochter hatte von seiner Affäre erfahren und verachtete ihn.

Sein Sohn hatte sich von ihm abgewendet.

Selbst seine Kreativität hatte ihn im Stich gelassen.

Er hatte sich nie einsamer, nie der Liebe unwerter gefühlt.

Aber dann hatte Grace ihm gesagt, dass sie lieber sterben

wolle, als ohne ihn weiterzuleben, und dass sie ein Kind von ihm unter ihrem Herzen trug.

Sie liebte ihn. Mehr als das Leben. Und das brachte die Wende. Ihre Liebe drehte einen Schlüssel in seinem Innern um – abermals.

Das Eis begann zu schmelzen. Das Räderwerk seines Verstands setzte sich in Bewegung. Er hatte Träume, in denen sich ganze Gleichungen wie von selbst lösten, in denen sich mehr und mehr Teile des Puzzles, an dem er knackte, zusammenfügten.

Es klopfte an der Tür der Suite. Er öffnete.

Im ersten Moment sah sie erschöpft und besorgt aus. Doch dann sah sie ihn, und ihr Gesicht strahlte. »Du siehst wie neugeboren aus«, bemerkte sie.

»Ich fühle mich wie neugeboren.«

Sie betrat die Suite und wandte sich zu ihm um.

Er schloss die Tür und hielt ihr sein Tagebuch hin, aufgeschlagen auf der Seite mit ihrem aus Zahlen, Buchstaben und mathematischen Symbolen zusammengesetzten Porträt.

»Was ist das?«, fragte sie lächelnd. Sie nahm das Tagebuch.

»Vortek«, verkündete er.

Sie sah ihn fragend an.

»Wann immer ich in einer Sackgasse steckte, habe ich an dich gedacht. Ich habe mir dein Gesicht vorgestellt.« Er streckte die Hand aus und berührte zärtlich ihre Wange. »Das funktionierte, jedes Mal. Als es also an der Zeit war, den letzten Schritt zu machen und die vollständige Lösung niederzuschreiben, habe ich beschlossen, es mit dem Gedanken an dich zu tun. Und dann folgte alles andere wie eine Reihe von umfallenden Dominosteinen.« Er deutete mit einem Nicken auf die Zeichnung. »Man muss nur die Kurven begradigen und die Zeilen trennen, und man hat neunundzwanzig Gleichungen, die Blaupause dafür, um unbemerkt jeden Radar zu durchfliegen – wie ein Gespenst.«

»Du hast es geschafft«, staunte sie.

»Wir haben es geschafft.«

»Nein.« Sie schüttelte den Kopf.

»Das hier war eine Gemeinschaftsleistung.«

Ihre Miene wurde abermals besorgt.

»Was ist?«, fragte er. »Jetzt steht uns nichts mehr im Wege.«

Sie ließ sich von seinen Armen umfangen, vergrub ihr Gesicht in seiner Nackenbeuge. »Ich liebe dich«, flüsterte sie. »Ich bin stolz auf dich. Aber es hätte uns von Anfang an nichts im Wege stehen dürfen.«

20

Mike Coady holte Kyle Snow im Haus an der Brattle Street ab und lieferte ihn bei Clevenger auf dem Polizeipräsidium ab. Kyle kam freiwillig mit, zweifelsohne, um einem weiteren Drogentest zu entgehen, der ihn nur wieder wegen Verstoßes gegen die Bewährungsauflagen in den Knast hätte wandern lassen.

Clevenger und er saßen einander gegenüber, diesmal in demselben Vernehmungszimmer, in dem Clevenger mit George Reese kollidiert war. Coady sah hinter dem Einwegspiegel zu.

»Erzähl mir von der Pistole deines Dad«, sagte Clevenger.

»Was soll damit sein?«

Clevenger schwieg. Er bemerkte, dass Kyles Pupillen auf Stecknadelkopfgröße geschrumpft waren, obgleich es im Vernehmungszimmer schummrig war. Er war high, wahrscheinlich von Percocet oder Oxycontin.

»Ich weiß nicht, wovon Sie reden«, sagte Kyle. »Ich weiß nichts über ...«

»Er hat sie in seinem Kleiderschrank aufbewahrt, stimmt's? Auf dem obersten Bord im Hemdenregal.«

Kyle zuckte mit den Achseln.

»Ich kann verstehen, was passiert ist, Kyle. Er hat dich zum ersten Mal in deinem Leben beachtet, und dann hat er sich wieder zurückgezogen. Er hatte die alten Wunden wieder aufgerissen. Sehr tiefe Wunden.«

»Wie ich schon gesagt habe, er konnte mir nicht wehtun. Ich habe nie etwas von ihm erwartet.«

»Niemand betäubt sich mit Opiaten, wenn er sich nicht

wund und leer im Innern fühlt. Und du hast eine Chance gesehen, dich von diesem Schmerz zu befreien. Du konntest nicht widerstehen. Nicht mit deinen sechzehn Jahren.«

Kyle strich sich sein schwarzes Haar aus der Stirn und beugte sich zu Clevenger vor. »Sie wissen einen Scheißdreck über mich.«

»Also hast du dir seine Pistole genommen – aus seinem Kleiderschrank.«

»Wer sagt das?«

»Du hast gesagt, du hättest sie ihm an dem Abend, bevor er erschossen wurde, zurückgegeben.« Clevenger beobachtete Kyles Gesicht, sah, wie sich seine Züge anspannten. »Aber das hast du nicht getan.«

»Hat meine Schwester Ihnen das erzählt?«

»Es spielt keine Rolle.«

Kyle sah jetzt sehr wütend aus. »Dieses Miststück.«

»An der Waffe waren keine Fingerabdrücke deines Dad«, fuhr Clevenger fort. »Wenn du sie ihm zurückgegeben hättest und er sich selbst erschossen hätte, wären welche da gewesen. Jemand hat die Waffe abgewischt. Ich kann mir einfach nicht vorstellen, dass dein Dad das getan haben soll.« Er hob leicht die Stimme. »Warum hätte dein Vater seine eigene Pistole abwischen sollen, bevor er sich selbst damit erschoss?«

Kyles Kiefer fingen an zu mahlen.

»Wir wissen, dass du der Letzte warst, der die Pistole deines Vaters hatte. Wir wissen, dass du an dem Morgen, an dem er erschossen wurde, um die Ecke vom Mass General warst. Wir wissen, dass du ihn gehasst hast. Es passt alles zusammen. Deshalb hat deine Mutter nein gesagt, als ich mit dir sprechen wollte.«

»Ich habe ihn nicht ermordet«, sagte Kyle, und Tränen schossen ihm in die Augen.

»Ach nein?«, hakte Clevenger nach. »Du hast mir selbst gesagt, dass du ihm den Tod gewünscht hast. Dass du ihm gerne beim Sterben zugesehen hättest. Und jetzt soll ich dir glauben, dass du die Waffe genommen hast, aber nicht …«

»Ich habe sie genommen, damit er sich nicht selbst umbringen konnte. Aber ich konnte sie nicht behalten.«

»Warum nicht?«

»Weil ich sie benutzen wollte.«

»Hilf mir, dass ich das richtig verstehe. Du hast dir große Sorgen gemacht, dass er Selbstmord begehen könnte, aber du konntest die Waffe nicht behalten, weil du Angst hattest, dass *du* ihn töten würdest?« Clevenger hatte es noch nicht ganz ausgesprochen, als ihm aufging, dass es sehr wohl die Wahrheit sein konnte. Kyle brauchte seinen Vater und hasste ihn gleichzeitig. Aber er ließ nicht locker, überzeugt, dass er kurz davor stand, die Wahrheit ans Licht zu bringen. »Nein«, sagte er. »Du wolltest sie benutzen, und du hast sie benutzt. Du hast ihn umgebracht. Du hast deinen Vater umgebracht.«

»Nein«, schrie Kyle. Tränen liefen ihm über das Gesicht. »Ich wollte es tun, deshalb habe ich sie weggegeben.«

»Du hast sie weggegeben«, wiederholte Clevenger gespielt spöttisch. »Was hast du getan, bist du einfach zum Harvard Square spaziert und hast sie irgendeinem Studenten in die Hand gedrückt? Wer, zum Teufel, soll sie dir denn abgenommen haben?«

»Collin«, platzte Kyle heraus. Er vergrub das Gesicht in den Händen. »Ich habe sie Collin gegeben.«

»Du hast sie Collin gegeben.« Clevenger überlegte kurz. »Warum?«, fragte er sanfter. »Warum Collin?«

»Keine Ahnung.« Kyle schluchzte jetzt hemmungslos. »Warum lassen Sie uns nicht in Ruhe? Lassen Sie uns endlich in Ruhe.«

Clevenger nickte. Er starrte Kyle an, während der Junge weinte, das Gesicht noch immer in den Händen vergraben, und seine flehentliche Bitte hallte weiter in Clevengers Ohren. *Warum lassen Sie uns nicht in Ruhe? Uns.* Und mit einem Mal war ihm alles klar. So kommt die Wahrheit manchmal an die Oberfläche. Wie ein auftauchendes U-Boot oder eine plötzlich auf dem Radarbildschirm erscheinende Rakete. Die Wurzeln der Zerstörung, die Methode eines speziellen Wahnsinns, kamen unvermittelt ans Licht. »Ich verstehe«, sagte er.

»Glauben Sie ihm?«, fragte Coady, als Clevenger den Beobachtungsraum betrat.

Er sah durch den Einwegspiegel zu Kyle. »Ich glaube nicht, dass er unser Schütze ist.«

»Das Gefühl habe ich auch. Was uns wieder zu Coroway bringt. Wenn Kyle bereit ist, vor Gericht auszusagen, und wenn die Geschworenen ihn für glaubwürdig halten, dann haben wir Coroway am Mass General, mit John Snows Pistole. Und wir haben ein Motiv: Coroways Carte blanche, Vortek zu vermarkten und mit Snow-Coroway an die Börse zu gehen – wogegen Snow sich gesträubt hätte. Zufällig meldet er Vortek einen Tag, nachdem Snow erschossen wird, zum Patent an. Das Einzige, was wir nicht haben, ist ein Augenzeuge. Wir können nicht beweisen, dass er in der Gasse war. Ich habe die Gesprächsauflistung für Snows Handy durchgesehen. Er hat an dem Morgen, an dem er ermordet wurde, keinen Anruf von Coroway erhalten. Und es gibt noch ein Problem: Wir haben kein Motiv, warum Coroway Grace Baxter umgebracht haben sollte.«

»Wir sollten ihn trotzdem zum Verhör herholen«, sagte Clevenger.

»Sie denken, Sie können ihn dazu bringen zu gestehen?«

»Ich denke, ich kann uns besorgen, was wir brauchen.«

Coady musterte ihn forschend.

Clevenger warf abermals einen Blick durch den Einwegspiegel. »Ich habe da einen Verdacht und würde gern herausfinden, ob er sich bestätigt. Aber dafür muss ich alle in einem Raum haben. Die Snows, Coroway, Reese – und Jet Heller.«

»Hören Sie. Wenn ich Reese aufs Präsidium hole, dann kommt Jack LeGrand gleich mit. Reese wird kein Wort sagen, solange er seinen Anwalt dabeihat. Und wir befinden uns bereits auf sehr dünnem Eis, was den Polizeichef angeht.«

»Letztes Mal hat er eine Menge gesagt. Und da war LeGrand auch dabei.«

»Ich sage ja nur: Das ist Ihr letzter Versuch mit ihm. Sind Sie sicher, dass Sie den jetzt verpulvern wollen?«

»Ich bin sicher.«

»Was haben Sie denn vor? Eine kleine Gruppentherapie?«

»Sie haben's erraten. Und Sie können sich die ganze Show durch den Einwegspiegel anschauen.«

Coady antwortete nicht sofort. »Beten Sie, dass es funktioniert«, sagte er schließlich.

Clevenger saß am Schreibtisch in seinem Büro und las noch einmal Snows Tagebuch, während er darauf wartete, dass Billy vom Boxtraining nach Hause kam. Er hatte entschieden, ihn bei der Vernehmung zusehen zu lassen, ihn endlich ganz ins Vertrauen zu ziehen.

Das Telefon klingelte. Er ging dran.

»Ich habe North für Sie in der Leitung«, verkündete Kim Moffett.

»Stellen Sie ihn durch.« Er wartete einen Moment. »Was gibt's?«

»Ich weiß nicht ganz, was ich davon halten soll«, sagte Anderson, »aber wir sind da bei einem von George Reeses Aktienkonten auf eine sehr große, sehr sonderbare Transaktion vor rund zwei Wochen gestoßen. Und es ist keine Einzahlung, die sich mit einer Rückzahlung seiner Investition in Vortek erklären ließe. Es ist eine Überweisung von seinem Konto auf ein anderes.«

»Wie viel?«

»Fünf Millionen Dollar.«

»An wen?«

»Grace Baxter.«

Clevenger erschauderte, als hätte ihm jemand kaltes Wasser über den Rücken gegossen. Er schloss die Augen und stellte sich Grace vor, wie sie an ihren Diamantarmbändern zupfte. Ihren Handschellen. *Ich bin ein schlechter Mensch. Ein abscheulicher, abscheulicher Mensch.*

»Was meinst du?«, fragte Anderson. »Eine Art Abfindung, im Vorfeld der Scheidung?«

Clevenger öffnete die Augen. Eine tiefe Traurigkeit ergriff von ihm Besitz – wegen Grace, wegen Snow, wegen der zahllosen anderen, die versuchen, sich von dem zu befreien, was sie sind, nur um festzustellen, dass sie im Treibsand eben jenes Lebens versinken, das sie so verzweifelt hinter sich lassen wollen. »Jetzt passen alle Puzzleteile zusammen«, verkündete er Anderson.

21

George Reese, sein Anwalt Jack LeGrand, Theresa, Lindsey und Kyle Snow, Collin Coroway und Jet Heller waren alle um den langen Tisch im Vernehmungszimmer versammelt.

Clevenger, North Anderson, Mike Coady und Billy Bishop sahen vom Beobachtungsraum aus zu.

Anfänglich sah keiner im Vernehmungszimmer die anderen an. Schließlich warf Kyle einen verstohlenen Blick zu Coroway, der ihm auf eine väterliche Art zunickte, bei der sich Clevenger der Magen umdrehte.

LeGrand sah auf seine Uhr.

Heller, die Augen blutunterlaufen, das lange Haar zerzaust, starrte auf den Tisch.

Theresa Snow strich Lindsey das Haar aus dem Gesicht.

Reese und Coroway nahmen Blickkontakt auf und hielten ihn einen Moment lang.

Clevenger sah zu, wie Billy die Szene durch den Einwegspiegel beobachtete. Und statt verlegen zu sein, weil er in sein Reich eindrang, statt sich Sorgen zu machen, dass der Kontakt mit Verbrechen ihn in einen Verbrecher verwandeln könnte, war er schlicht dankbar, dass Billy hier war – dass er hier sein *wollte*.

»Alles bereit?«, fragte Coady Clevenger.

Er hatte Coady in seinen Plan eingeweiht. »Alles bereit«, antwortete Clevenger.

»Viel Glück«, sagte Coady. »Wenn das klappt, dann verdienen Sie einen Orden.«

Clevenger verließ den Beobachtungsraum und betrat das Vernehmungszimmer. Er nahm am Kopf des Tisches Platz, gegenüber von George Reese und Jack LeGrand. Collin Coroway saß auf der einen Seite des Tisches, neben Jet Heller. Die Snow-Familie saß ihnen gegenüber.

Clevenger ließ den Blick über die Anwesenden schweifen. »Möchte jemand anfangen?«, fragte er.

Schweigen. Ein paar Blicke wurden ausgetauscht. Lindsey starrte ihn an.

Reese rutschte nervös auf seinem Stuhl hin und her.

»Ich weiß nicht, was für ein Spiel Sie spielen, Doktor«, sagte LeGrand. »Aber wenn Sie keine direkten Fragen haben, dann würde mein Klient gern an seine Arbeit in der Bank zurückkehren.«

»Die Bank«, sagte Clevenger. »Nun, warum fangen wir nicht damit an?« Er sah Coroway an. »Mr. Reese und die Beacon Street Bank haben in Snow-Coroway Engineering investiert. Stimmt das?«

»Das stimmt«, anwortete Coroway ohne großes Interesse.

»Eine recht beachtliche Investition«, fuhr Clevenger fort und sah Reese an. »Ist das korrekt?«

Reese antwortete nicht.

»Fünfundzwanzig Millionen Dollar«, sagte Clevenger. »Und das, wo die Beacon Street Bank nicht gerade auf Granit gebaut ist. Ihnen steht durch ausstehende Kredite das Wasser bis zum Hals. Ein Verlust von fünfundzwanzig Millionen könnte den Bankrott für Sie bedeuten.«

»Mein Klient ist keinen Aktionären Rechenschaft schuldig«, wand LeGrand ein. »Seine Aktiva gehen allein ihn etwas an. Und ich möchte Sie bitten, davon Abstand zu nehmen, Anspielungen darüber zu machen, dass seine Bank konkursreif sein könnte.«

»Ich entschuldige mich«, sagte Clevenger. Er wandte sich an Theresa Snow. »Ihr Mann stand kurz davor, eine Erfindung zu machen, die Mr. Reeses finanzielle Probleme doppelt und dreifach hätte lösen können«, sagte er. »Ganz zu schweigen davon, dass sie Mr. Coroway noch reicher gemacht hätte, als er bereits ist. Sehr viel reicher. Aber dann ist alles schief gelaufen. Ihr Mann steckte in einer Sackgasse. Nennen wir es eine geistige Blockade. Und als er versuchte, sie zu überwinden … Nun, wir wissen ja alle, dass John Snow unter Anfällen litt«, fuhr Clevenger fort und ließ den Blick über die Anwesenden wandern. »Zu viel Stress, ein Problem, das er nicht lösen konnte, und schon kam es zu einem Kurzschluss in seinem Gehirn. Vielleicht waren diese Anfälle echt, vielleicht auch nicht. Aber sie plagten ihn. So viel ist sicher. Und das war einer der Gründe, weshalb er sich einem neurochirurgischen Eingriff unterziehen wollte. Er war seine Beschränkungen leid.« Er sah wieder Theresa Snow an. »Sie wussten das.«

Sie nickte kaum merklich.

»Sie alle wussten das«, sagte Clevenger und sah die versammelte Gruppe an. Er ließ den Blick einen Moment lang auf Heller ruhen, um sicherzustellen, dass er die Nerven behielt. »Die Frage ist also, wie man John Snow helfen konnte, jene letzte kreative Hürde zu nehmen. Wie inspiriert man ein Genie, dessen Gehirn – oder Verstand – außerstande ist, den letzten Schritt zu machen?« Er zuckte mit den Achseln. »Hat jemand einen Vorschlag?« Er wartete. Niemand meldete sich zu Wort. »Also …« Er sah über die Länge des Tisches zu George Reese. »Was, wenn er sich verlieben würde?«

Reese drehte sich leicht auf seinem Stuhl zur Seite und wandte den Blick ab.

Jack LeGrand schien sich zu wundern, warum Reese so unbehaglich dreinschaute.

»Die Sache läuft ungefähr so«, sagte Clevenger, ohne Reese aus den Augen zu lassen. »Ihre Frau kommt eines Tages heim und erzählt Ihnen, dass ihr in ihrer Kunstgalerie ein nettes kleines Geschäft gelungen ist. Zweihunderttausend Dollar. Für ein einzelnes Gemälde. Und zufällig stellt das Gemälde sie selbst dar.« Er hielt einen Moment inne und sah zu Theresa

Snow, die den Blick abwandte. »Sie ist stolz auf sich«, fuhr Clevenger fort, »denn sie weiß, dass die Dinge finanziell ziemlich schlecht stehen. Das, was ihr immer alles bedeutet hat – nämlich Geld – wird knapp.«

»Behaupten Sie«, wand LeGrand ein.

Clevenger ließ sich nicht ablenken. »Also fragen Sie, Mr. Reese, nach, wer der Käufer ist, wie das jeder gute Ehemann tun würde. Schließlich muss es jemand sein, der von Ihrer Frau beeindruckt ist.«

Reese sah ihn an.

»Und sie sagt Ihnen, der Mann heiße John Snow«, sagte Clevenger. »Er ist ein Luftfahrtingenieur, hat sein eigenes Unternehmen. Sehr, sehr intelligent, aber im Umgang mit Menschen unbeholfen. Eigenartig. Er scheint fasziniert – beinahe wie verzaubert. Sie denkt, sie könnte ihm praktisch alles verkaufen. Sie findet es fast komisch. Und die Räder in ihrem Kopf fangen an, sich zu drehen.« Er sah Reese in die Augen. »Möchten Sie weitererzählen?«

»Lecken Sie mich«, knurrte Reese.

Clevenger sah, wie Coroway die Hand vom Tisch hob und Reese ein Zeichen gab, sich zu beherrschen. Er sah ihn an. »Mr. Reese hatte einen Platz in der ersten Reihe bei dem Schauspiel, wie John Snow seiner Frau verfiel, da Snow die schlechte Angewohnheit hatte, sich seinem Geschäftspartner anzuvertrauen. Und Sie hatten ihn noch nie so energiegeladen gesehen, Mr. Coroway – von seiner allerersten Begegnung mit Grace Baxter an. Sie hatten ihn noch nie so lebendig gesehen.« Er machte eine Kunstpause. »Also haben Sie und Mr. Reese einen netten kleinen Plan ausgeheckt. Warum sollte Grace Baxter nicht John Snows Muse werden? Wenn er die Informationen, die Sie brauchten, bereits hatte, würde er sie ihr vielleicht ausplaudern. Wenn er tatsächlich unter einer Blockade litt, konnte sie ihn vielleicht motivieren, sich mehr ins Zeug zu legen, jenen letzten kreativen Sprung zu wagen. Schließlich wäre er nicht der erste große Künstler oder Intellektuelle, der sich von einer schönen Frau inspirieren ließ.« Clevenger zuckte mit den Achseln und sah wieder zu Reese. »Er war bereits halb verliebt in sie. Und es bestand schließlich keine Gefahr, dass sie sich in ihn verlieben würde. Der Mann konnte sich ja nicht einmal richtig kleiden.«

Clevenger dachte an Billy im Beobachtungsraum, der dafür gewappnet war, was er gleich zu sehen und zu hören bekommen würde. Er zwang sich, sich auf die Gruppe am Tisch zu konzentrieren. »Niemand hätte je gedacht, dass die Sache zwischen Grace Baxter und John Snow ernst werden könnte.« Er wandte sich an Theresa Snow. »Ganz sicher nicht Sie. Deshalb hatten Sie auch keine Einwände gegen den Plan, als Collin Coroway Sie einweihte. Sie wussten, dass sich die Leidenschaft Ihres Mannes auf die Wissenschaft beschränkte. Er war nicht gerade ein Romantiker, und er war nicht gerade der Mann, der einem millionenschweren Ehemann seine wunderschöne junge Gattin stehlen könnte. Als er ein Porträt von Grace in Ihrem Haus aufgehängt hat, da haben Sie die Augen zugemacht und stur an das Endziel gedacht. An die Erfindung – und das Geld, das hereinströmen würde, wenn Snow-Coroway Engineering an die Börse ging. Sie haben getan, was Sie für nötig hielten, um ihm zu helfen, seine geistige Blockade zu überwinden. Wenn seine Muse eben ein Plätzchen über Ihrem Kamin brauchte, dann sei's drum.«

Lindsey Snow sah ihre Mutter entsetzt an. »Du wusstest Bescheid? Von Anfang an?«

Ihre Mutter antwortete nicht.

Clevenger wartete einen Moment. »Natürlich wusste sie Bescheid«, sagte er.

Theresa Snows Züge verhärteten sich zu einer abstoßenden Fratze mit stählernem Blick und leicht gebleckten Zähnen. Zum ersten Mal war ihr Äußeres ein Spiegel dessen, was sie war – eine Frau, die dreifach verschmäht worden war, einmal von der Liebe ihres Mannes zum Erfinden, dann von seiner abgöttischen Liebe zu seiner Tochter, dann von seiner Leidenschaft für eine andere Frau.

Clevenger wandte sich an Coroway. »Und Sie wussten noch etwas über John Snow. Weil er Ihnen auch das erzählt hatte. Sie wussten, dass die Chancen gut standen, dass er nach seiner Operation ein ganz anderer Mann wäre, dass er von vorn anfangen wollte. Er wollte ein neues Kapitel beginnen.«

»Ich muss hier nicht sitzen und mir diesen Unsinn anhören«, wütete Coroway.

»Doch, das müssen Sie«, entgegnete Clevenger. »Sie müssen es, weil es nicht Theresa ist, der etwas zur Last gelegt wird. Sie wusste, dass Grace Baxter ihren Mann verführte. Sie wusste, dass die ganze Sache ein eingefädeltes Spiel war. Aber das ist kein Verbrechen. Sie sind derjenige, der ihn erschossen hat.«

Heller setzte sich auf und blitzte Coroway wütend an. »Sie mieses Dreck–«

Clevenger legte die Hand auf Hellers Arm.

Coroway sagte nichts.

»Denn, sehen Sie, jeder hier mag sich der einen oder anderen Sache schuldig gemacht haben, Collin, aber Sie sind der Einzige, der ins Gefängnis wandern wird. Denn Sie haben auf eigene Faust gehandelt.«

»Ich habe ihm die Waffe gegeben«, sagte Kyle mit bebender Stimme.

Clevenger sah ihn an, dann blickte er wieder zu Coroway. »Kyle hat Ihnen die Waffe seines Vaters gegeben. Und er fühlt sich deswegen sehr schuldig. Denn tief in seinem Herzen wusste er genau, was Sie damit tun würden. Er hatte sehr ernsthaft überlegt, es selbst zu tun.«

Coroway sah Kyle an.

»Mörder erkennen einander«, sagte Clevenger zu Coroway. »Sie haben den Köder geschnappt. Er hat Sie benutzt.«

»Sie können nichts davon beweisen«, hielt Coroway dagegen.

»Wir können und wir werden«, konterte Clevenger.

»Ich sehe keine juristische Gefahr für meinen Klienten«, meldete sich Jack LeGrand zu Wort, aber in seiner Stimme klang Beklommenheit durch. »Wir werden jetzt gehen, wenn Sie nichts dagegen einzuwenden haben.«

»An Ihrer Stelle würde ich damit noch warten«, bemerkte Clevenger. Er zeigte auf Lindsey und Kyle. »Denn, sehen Sie, diese Kinder hatten es sehr schwer mit ihrem Vater. Und sie hatten nicht die Absicht, ihn an Grace Baxter zu verlieren. Also hat Lindsey ihren Bruder angestiftet, Baxters Abschiedsbrief zur Beacon Street Bank zu bringen – damit Mr. Reese lesen konnte, dass seine Frau ohne ihren Liebhaber, John Snow, nicht weiterleben wollte. Sie dachten, das würde das Ende für die Affäre bedeuten.« Er sah Reese in die Augen. »Das ist der Abschiedsbrief, den Sie auf den Nachttisch gelegt haben, nachdem Sie Ihre Frau ermordet hatten. Auch Sie haben den Köder geschnappt.«

»Wir gehen«, verkündete LeGrand und stand auf.

Reese rührte sich nicht. Tief im Herzen will jeder die Wahrheit erfahren.

LeGrand ließ sich wieder auf seinen Stuhl sinken.

»Der Plan hat wirklich gut funktioniert«, fuhr Clevenger fort. »John Snow hat sich immer wieder mit Grace Baxter in einer Suite im Four-Seasons-Hotel getroffen. Sie haben schnell herausgefunden, dass Snow Sie nicht hinhielt. Er konnte tatsächlich keine endgültige Lösung für Vortek finden. Aber Grace setzte in ihm Energien frei, von denen er nicht einmal geahnt hatte, dass er sie besaß. Und sein Verstand benutzte diese Energien, um die kreative Barriere zu durchbrechen, die verhindert hatte, dass Vortek Realität wurde. Er benutzte sie, um intellektuell weiter zu gehen als je zuvor. Er segelte förmlich über seine Anfallschwelle hinweg. Weil Grace ihm Halt gab. Sie war so mit seinem Intellekt und seiner Intuition verflochten, dass er, als er schließlich das Problem löste, mit dem er so lange gerungen hatte, die Lösung als Porträt von ihr in seinem Tagebuch niederschrieb. Er formte wortwörtlich ihr Haar und ihre Augen, ihre Nase und ihre Lippen aus einer Collage aus Zahlen und mathematischen Symbolen – Gleichungen, die sich zu der Erfindung summierten, mit der er so lange gerungen hatte.«

»Ich war mir nicht bewusst, dass sich das Tagebuch noch unter den Beweisstücken befindet«, warf LeGrand ein.

»Ich habe zufällig eine Fotokopie, die mein Sohn angefertigt hat, bevor das FBI eingeschritten ist«, erklärte Clevenger. »Sie befindet sich in der Asservatenkammer. Ebenso wie die Bestätigung für die fünf Millionen Dollar, die Mr. Reese auf das Konto seiner Frau überwiesen hat, als Bezahlung dafür, dass sie John Snow verführt hatte. Sie hat das Geld bekommen, als Vortek vollendet war.«

»Sehr interessant«, bemerkte LeGrand. »Aber Ihre Theorie beweist nur, dass mein Klient und seine Frau einander völlig ergeben waren. Sie hätte alles für ihn getan, und er für sie. Die einzige Person mit einem wirklichen Motiv, Grace umzubringen, ist Mrs. Snow, Johns Frau. Sie ist die Einzige, die er betrogen hat.«

Theresa Snow antwortete nicht.

»Das würde vielleicht stimmen, wenn der Plan so funktioniert hätte, wie Ihr Klient es sich vorgestellt hatte«, entgegnete Clevenger. »Aber er hat ein wenig zu gut funktioniert. Nicht nur, dass John Snow sich in Grace Baxter verliebte. Sie verliebte sich auch in ihn. Sie war von ihm schwanger. Und sie wollte das Kind austragen.«

Lindsey Snow zuckte zusammen.

Theresa Snow wandte sich ab.

Reese sprang auf. »Das ist eine Lüge!«

LeGrand packte ihn und zog ihn wieder auf seinen Stuhl.

Clevenger sah, wie Reese mühsam darum kämpfte, sich zu beherrschen. »Das Problem ist, dass niemand, Sie selbst eingeschlossen, Mr. Reese, die Tatsache in Betracht gezogen hatte, dass John Snow ein bemerkenswerter Mensch war. Er war keine Modepuppe. Er war keine Sportskanone. Er hätte sich auf den exklusiven Partys, die Sie geben, nicht zurechtgefunden. Er war ein Genie. Ein Erfinder. Seine Vorstellungskraft war so gewaltig, dass sein Gehirn sie kaum fassen konnte. Und das war sehr verführerisch für Ihre Frau. Denn, um der Wahrheit die Ehre zu geben, Geld hat sie nie befriedigt. Es hatte sich die besten Teile von ihr bloß zu Geiseln gemacht. Darunter war mehr, als Sie wussten – mehr als sie selbst wusste. Auch als sie die fünf Millionen erhielt, die Sie ihr versprochen hatten, konnte sie John Snow nicht vergessen.« Er sah zu, wie sich diese Tatsache einen Weg in Reeses Psyche grub. »Sie sind nach Haus gegangen, als Ihre Frau nicht bei der Cocktailparty in der Bank erschienen war«, sagte er. »Sie hatten bereits die schreckliche Wahrheit in ihrem Abschiedsbrief gelesen. Sie liebte Snow. Sie wollte ohne ihn nicht weiterleben. Und als Sie sie an jenem Abend mit aufgeschnittenen Pulsadern auf dem Bett fanden, an dem Tag, an dem er erschossen worden war, da konnten Sie es nicht mehr ertragen. Die Verletzungen waren nicht tödlich. Das wussten Sie. Sie hatte schon zuvor Selbstmordversuche unternommen. Aber eins war diesmal anders. Diesmal hatten Sie sie wirklich verloren – an einen anderen Mann. Also haben Sie das Teppichmesser genommen und ihr die Kehle durchgeschnitten.«

»Ich hoffe, Sie haben Beweise, die das untermauern …«, setzte LeGrand an.

»Grace Baxters Wunden stammen von zwei verschiedenen Klingen«, schnitt ihm Clevenger das Wort ab. »Von dem Teppichmesser, das Ihr Klient benutzt hat, um die Halsschlagadern seiner Frau zu durchtrennen, und von einer feineren

Klinge, einer Art Rasierklinge, mit der sie sich die Pulsadern aufgeschlitzt hatte.«

LeGrand entgleisten die Gesichtszüge.

»Die Polizei hat keine blutige Rasierklinge gefunden. Und zwar deshalb, weil Mr. Reese sie beseitigt hat, bevor die Polizei eingetroffen ist.« Clevenger machte abermals eine Kunstpause. »All das ist für mich völlig überzeugend. Und es wird auch die Geschworenen überzeugen.«

»Er hat sie beide umgebracht«, platzte Coroway heraus und zeigte mit dem Finger auf Reese. »Kyle hat Graces Abschiedsbrief und Johns Waffe der gleichen Person gegeben. George Reese. Er hat John umgebracht. Und dann hat er seine eigene Frau umgebracht. Weil sich die beiden gegen alle Erwartungen ineinander verliebt hatten. Ich habe ebenso wenig getan wie Theresa. Ich habe nur geholfen, die Illusion zwischen den beiden am Leben zu erhalten. Ich habe mich keines Verbrechens schuldig gemacht.«

Clevenger sah ihn an und schüttelte den Kopf. »Sie waren der Stützpfeiler dieses speziellen Gefüges. Denn nachdem Sie von Ihrem Geschäftspartner erst einmal erhalten hatten, was Sie wollten – nämlich Vortek –, da haben Sie ihm die Wahrheit erzählt. Sie haben ihm erzählt, dass er hinters Licht geführt worden war. Dass er sich in eine Schauspielerin verliebt hatte. Weil Sie ihn tief im dunkelsten Winkel Ihrer Seele gehasst haben, Collin. Sie hassten seinen Intellekt. Sie hassten die Tatsache, dass er ein Genie war und Sie ein bloßer Buchhalter. Und sich vorzustellen, dass er obendrein auch noch Grace Baxter bekam? Nein. Das konnten Sie nicht ertragen. Sie erzählten ihm, dass das, was er für Liebe hielt, nichts weiter als eine Finte war. Sie haben ihn zerstört. Und das war der Moment, an dem er Lebwohl gesagt hat. Das war der Moment, als er Ihnen erzählt hat, dass er alle verlassen würde, dass seine Operation mehr als nur das Ende seiner Anfälle bedeuten würde. Dass sie ihn auch von all seinen Schmerzen befreien würde. Weil er sich an niemanden von Ihnen mehr erinnern würde.«

Heller klammerte sich an der Tischkante fest, so dass seine Fingerknöchel weiß vortraten.

»Ich habe keine Ahnung, wovon Sie reden«, sagte Coroway.

»Sie konnten schließlich schlecht zulassen, dass ein Mann mit John Snows Wissen über Waffensysteme frei und ungehindert durch die Welt spazierte. Er hätte Ihre Branchengeheimnisse ausplaudern können. Er hätte sein eigenes Unternehmen gründen und Sie glatt vom Markt verdrängen können. Unterm Strich lief alles aufs Geld hinaus. Also sind Sie an jenem Morgen zum Mass General gefahren und haben es so arrangiert, dass Sie ihn in jener Gasse trafen«, fuhr Clevenger fort. »Sie haben ihn mit einem Schuss mitten ins Herz niedergestreckt. Sie haben ihn umgebracht, bevor er die Chance erhielt, wieder geboren zu werden.«

Heller sprang von seinem Stuhl auf, stürzte sich auf Coroway und schleuderte ihn gegen die Wand. Er legte die Hände um seinen Hals und begann, ihn zu würgen.

Lindsey Snow schrie auf.

»Welches Recht hatten Sie, mir meinen Patienten zu nehmen?«, brüllte Heller. »Sind Sie Gott?«

Clevenger und Kyle Snow eilten dazu und versuchten, Heller wegzuzerren.

Hellers Hände schlossen sich nur umso fester um Coroways Hals. »Wir standen kurz davor, Geschichte zu schreiben«, wütete er.

Die Tür des Vernehmungszimmers sprang auf.

Aus dem Augenwinkel sah Clevenger Mike Coady und Billy in der Tür auftauchen. Coady hatte die Waffe gezogen.

»Doktor Heller«, sagte Billy. »Tun Sie es nicht.«

Heller sah ihn an, dann blickte er auf seine Hände.

»Bitte«, sagte Billy.

Heller ließ zögernd los.

Coroway sackte auf den Boden und rang keuchend nach Luft.

Coady senkte die Pistole. »Wie es sich trifft, habe ich zwei Paar Handschellen dabei«, verkündete er mit einem Blick zu George Reese und hielt sie hoch. »Und keins davon mit Brillanten besetzt. Sie werden sich damit begnügen müssen.«

22

Gut eine Stunde später betrat Theresa Snow Clevengers Büro bei Boston Forensics. Clevenger hatte sie erreicht, als sie gerade nach Hause gekommen war, und hatte ihr gesagt, dass er sie umgehend unter vier Augen sprechen müsse.

Er zog einen Sessel dichter an seinen Schreibtisch und bat sie mit einer Geste, Platz zu nehmen. Er selbst setzte sich in seinen Schreibtischsessel.

»Worüber wollten Sie mit mir reden?«, kam sie ohne Umschweife zur Sache.

»Über die Wahrheit.«

Ihre Blicke trafen sich, und sie hielt dem seinen stand. »Die Wahrheit worüber?«

»Über John.«

»Sagen Sie mir, was Sie meinen.«

»Ich weiß, was tatsächlich passiert ist, Theresa. Und ich weiß, warum.« Er wandte den Blick ab. »Ich bin nicht stolz auf das, was ich im Vernehmungszimmer getan habe. Aber ich würde es wieder tun.«

Sie erwiderte nichts.

Er sah sie wieder an und senkte die Stimme. »Ich weiß, warum Sie John umgebracht haben. Und ich nehme es Ihnen nicht übel.«

»Sie sind verrückt«, sagte sie zaudernd.

»Ihr Verstand liebte Johns Verstand. Aber der Rest von Ihnen war all diese Jahre über, die Sie mit ihm verheiratet waren, tot.«

Keine Reaktion.

»Sie haben zu ihm gestanden, als jeder andere ihn verlassen hätte. Sie sind bei ihm geblieben, obgleich er grausam zu Ihrem Sohn war. Sie sind bei ihm geblieben, während er Ihre Tochter mit all seiner Zuneigung überschüttete. Sie haben sich selbst hintangestellt. Und ihn an erste Stelle. Weil er etwas Besonderes war.«

»Ehen bestehen aus vielerlei Gründen«, sagte sie. »Unsere bestand für Johns Arbeit.«

»Was der Grund dafür ist, warum Sie bei Coroways und Reeses Plan mitgemacht haben. Sie haben sie eine Romanze für John inszenieren lassen. Weil Sie wussten, wie sehr John litt, wenn er eine Blockade hatte, wenn er nicht erfinden konnte. Vortek quälte ihn. Und dann traf er auf jemanden, der ihm eine neue Art von Energie gab, Energie, die Sie beide zusammen nie hatten, Energie, die seine Kreativität potenziell in ungeahnte Höhen katapultieren konnte. Also haben Sie Ihre Gefühle geopfert – wieder einmal. Für ihn.«

»Es war nicht geplant, dass sie tatsächlich ... Sie wissen schon.«

»Mit ihm schlafen würde.«

Diese Worte trafen sie offensichtlich. »Sie sollte ihm sagen, wie viel ihr an ihm lag, aber dass sie sich erst über ihre Ehe klar werden müsse. Sie sollte seine Energie wieder zurück auf seine Arbeit lenken.«

»Bis er die Arbeit an Vortek abgeschlossen hatte. Dann wäre es zwischen ihnen aus gewesen.«

Sie nickte.

»Aber es war nicht zu Ende. Nicht für sie. Nicht für ihn. All die Jahre, die Sie zu ihm gestanden hatten, all der Schmerz, den er Kyle zugefügt hatte, das alles schien nicht mehr zu zählen. John wollte ebenso wenig ohne Grace Baxter leben, wie sie ohne ihn leben wollte. Also haben Sie – nicht Collin – John erzählt, dass Grace darauf angesetzt worden war, ihn zu verführen. Sie haben sein Vertrauen in sie zerstört. Und da hat er Ihnen erzählt, dass er im Begriff stand, Sie alle zu verlassen. Er hat Ihnen erzählt, dass die Operation Sie und ihn zu Fremden machen würde.«

»Er hätte sich nicht einmal daran erinnert, was er mir angetan hatte.«

»Sie hätten nicht mehr für ihn existiert«, sagte Clevenger. »Er war derjenige, der Ihnen mit Auslöschung drohte. Niemand konnte von Ihnen erwarten, dass Sie das zulassen würden.« Er schob die Hand ein paar Zentimeter dichter an die ihre.

Sie sah sehnsüchtig darauf.

Clevenger sah das Verlangen in ihren Augen, Verlangen nach der Art von Vereinigung, die ihr Mann mit einer anderen Frau gefunden hatte. »Es gibt einen Grund, weshalb nichts so gekommen ist, wie Coroway und Reese es Ihnen versprochen hatten«, sagte er. »Manchmal, wenn Menschen einander begegnen, fühlen sie etwas, was sie nie zuvor empfunden haben. Es ist die perfekte Übereinstimmung. Ein ehemaliger Professor von mir sagte immer, es wäre so, als würde man seine *Lovemap* finden. Grace Baxter war Johns. Und er ihre.«

»Werde ich je ...?« Sie sah ihm in die Augen.

»Erzählen Sie mir, wie es sich angefühlt hat«, forderte Clevenger sie auf.

»Was?«

»Ihn zu erschießen.«

Sie zögerte.

»Sie können mir alles erzählen. Es ist jetzt vorbei. Reese wird für den Mord an Grace verurteilt werden. Coroway für den Mord an John.« Er hielt kurz inne. »Hat es sich gut angefühlt?«

Sie schloss kurz die Augen und öffnete sie dann wieder, wie ein Katze. »Ich habe mich zum ersten Mal wie ein Mensch gefühlt.«

»Sie haben zum ersten Mal Ihre Gefühle über die seinen gestellt.«

»Ich dachte ehrlich nicht, dass ich den Abzug drücken könnte. Aber dann hatte er die Nerven, mir zu sagen, ich solle mich von der Vergangenheit lösen, mich neu erschaffen. Nachdem ich mein ganzes Leben für ihn aufgegeben hatte.« Sie legte die Hand so hin, dass sie fast Clevengers Finger berührte. »Das Seltsamste ist, dass ich glaube, dass ich mich dadurch, dass ich ihn erschossen habe, tatsächlich neu erschaffen habe. Ich glaube, ich habe die gesamte Architektur meines Lebens geändert.«

»Denken Sie, dass Kyle Ihnen deshalb Johns Pistole gegeben hat? Damit Sie entfliehen konnten?«

»Wir beide mussten entfliehen.«

Clevenger holte tief Luft und schüttelte den Kopf. »Coroway wandert lebenslänglich ins Gefängnis. Ich weiß nicht, ob er das verdient.«

»Collin, George und ich wussten, dass wir mit dem Feuer spielten«, erklärte Theresa. »Jeder von uns hätte sich jederzeit die Finger verbrennen können.«

»Das stimmt«, pflichtete Clevenger bei. »Man weiß bloß nie, wann oder wie es passieren wird.« Er drehte sich mit seinem Sessel zu dem großen, reich verzierten Spiegel um, der an der gegenüberliegenden Wand hing.

Theresa drehte sich ebenfalls um und sah in den Spiegel. Sie betrachtete lächelnd ihrer beider Spiegelbild.

Clevenger griff nach einem Knopf, der an der Unterseite des Schreibtisches angebracht war.

Ihr Spiegelbild verschwand ganz langsam, während die Lampen im Büro gedimmt wurden und den Spiegel durchsichtig machten, so dass dahinter Collin Coroway, Mike Coady, Billy Bishop und Jet Heller zum Vorschein kamen.

»Frank?«, fragte Theresa verwirrt und panisch.

»Verzeihen Sie mir, dass ich ein weiteres Drama auf Ihre Kosten inszeniert habe.«

»Niemand kann irgendetwas von dem, was ich gesagt habe,

vor Gericht bezeugen«, protestierte sie. »Sie sind Psychiater. Das hier ist Ihre Praxis.«

»Aber ich bin nicht Ihr Psychiater. Und das hier ist keine Therapiesitzung. Es ist eine Mordermittlung.«

Tränen sprangen ihr in die Augen. »War es Kyle? Hat er es Ihnen erzählt?«

»Er würde Sie niemals verraten. Sie waren all diese Jahre über sein Ein und Alles«, sagte Clevenger. »Es ergab nur einfach keinen Sinn für mich, dass er Collin Johns Pistole gegeben haben wollte. Ihr Sohn ist viel zu scharfsichtig dafür. Er wünschte Ihrem Mann den Tod. Collins einziges wahres Mordmotiv wäre Geld gewesen – Sie hingegen hätten aus Leidenschaft getötet, aus Eifersucht, aus Wut. Sie hätten aus den gleichen Gründen getötet, aus denen George Reese Grace ermordet hat. Weil Sie den Gedanken nicht ertragen konnten, dass Ihr Partner wiedergeboren wurde. Nicht, nachdem Sie so lange in einer Ehe gelebt hatten, die tot war.«

Die Tür zum Büro ging auf. Coady kam herein, in der Hand ein Paar Handschellen.

»Ich dachte, Sie würden mich verstehen«, sagte Theresa und klang dabei unendlich verletzlich. »Ich dachte … Empfinden Sie nichts für mich?«

»Doch, das tue ich«, sagte Clevenger. »Es tut mir Leid, dass wir uns nicht tatsächlich als Arzt und Patientin begegnet sind, bevor das alles hier passiert ist. Vielleicht hätten Sie dann eine Chance auf wahre Freiheit gehabt, statt eines Lebens hinter Gittern.«

Billy Bishop saß auf der Fensterbank, schräg zu Clevengers Schreibtisch. Er hatte im Voraus gewusst, wie sich das Drama im Bostoner Polizeipräsidium entwickeln würde.

»Also, was glaubst du, wer deinen Pick-up in die Luft gesprengt hat?«, fragte er Clevenger.

»Zehn zu eins, dass es Kyle Snow war«, antwortete Clevenger. »Er hatte ein Motiv. Er weiß ein bisschen über Sprengstoffe Bescheid. Aber ich kann es nicht beweisen.«

»Genauso schätze ich die Sache auch ein«, sagte Billy. »Er hat mitgeholfen, Grace Baxter und seinen Vater zu töten – und er hätte beinahe auch dich umgebracht. Und alles nur, weil er sich selbst hasst. Ich kann es in seinen Augen sehen. Er wird mehr Oxycontin denn je brauchen.«

»Du wirst langsam richtig gut.«

»Dr. Heller war ziemlich überzeugend da drin. Er ist ein guter Schauspieler.«

»Er hat bislang allerdings nicht die Absicht, den OP gegen eine Bühne einzutauschen. Er hat mir erzählt, dass er sich eine Woche frei nimmt, dann ist eine sehr große Operation angesetzt. Wieder ein kleines Mädchen – diesmal mit einem Tumor.«

Billy schnitt eine Grimasse. »Meinst du, dass er gefasst genug dafür ist?«

»Er wird sich wieder in den Griff kriegen«, versicherte Clevenger. »John Snows Fall ist abgeschlossen, zum Teil dank seiner Mithilfe – und deiner.«

Billy sah aus, als wollte er etwas Wichtiges sagen, fände jedoch nicht ganz die richtigen Worte.

»Ich bin sicher, dass du ihm zuschauen darfst, wenn du möchtest«, sagte Clevenger. »Er hat dich wirklich gern im OP dabei. Und ich habe ganz sicher nichts dagegen.«

»Es geht nicht um Dr. Heller.«

Clevenger wartete.

»Ich habe mit Casey über das Baby gesprochen«, sagte Billy. »Gestern Abend spät.«

Das nannte man wohl einen abrupten Themenwechsel. Clevenger wollte ihm helfen, einen klaren Blick zu wahren. »Wie ich dir schon gesagt habe, es ist noch zu früh, um sicher zu sein, ob sie es wirklich behalten will«, sagte er.

»Das weiß ich«, erwiderte Billy. »Aber ich hab ihr gesagt, dass es in Ordnung geht, wenn sie es behalten will.«

Clevenger wollte so schnell keine Antwort darauf einfallen.

»Ich meine, es ist ein Mensch, stimmt's?«, fuhr Billy fort. »Oder es hat zumindest das Potenzial, einer zu werden. Und wenn sie es jetzt schon liebt, dann werde ich nicht derjenige sein, der sie zwingt, etwas zu tun, was sie nicht tun will, etwas, das sie vielleicht für den Rest ihres Lebens bereut.«

Das klang sehr nobel. Es klang auch wie der erste Schritt auf einem sehr langen, sehr steinigen Weg. »Klingt so, als würdest du das Mädel lieben«, sagte Clevenger.

Billy wurde tatsächlich rot. Er starrte einen Moment auf seine Füße, dann sah er wieder Clevenger an. »Hast du Whitney angerufen?«

»Noch nicht.«

Billy nickte. »Ich seh dich dann im Loft.« Er stand auf.

Clevenger stand ebenfalls auf.

Sie umarmten einander, hielten sich einen Moment länger fest, als es sonst bei ihrem gegenseitigen männlichen Rückenklopfen üblich war.

Billy ging hinaus.

Clevenger setzte sich wieder. Er starrte einen Moment lang auf das Telefon, bevor er den Hörer abnahm. Er wählte Whitney McCormicks Washingtoner Nummer. Und lauschte, während ihr Telefon einmal, zweimal, dreimal klingelte.

»Hallo?«, meldete sie sich.

»Frank hier.«

Schweigen.

Er blickte durch das Fenster auf den Hafen von Chelsea, dunkelblau und gischterfüllt vom kräftigen Winterwind. »Ich will nicht, dass es zu Ende ist – dass das mit uns zu Ende ist.« Er konnte sie atmen hören, aber sie antwortete nicht. »Ich glaube, wir sollten mehr Zeit miteinander verbringen, nicht weniger. Denn wenn man jemandem begegnet, der einem das Gefühl gibt, man könnte mehr sein als man ist, dann ist das etwas sehr Seltenes und Kostbares. Ich glaube das jetzt von ganzem Herzen. Die Chancen dafür stehen eins zu einer Million. Aber ich denke, wir haben die Chance.« Noch immer keine Antwort. Er seufzte, »Oder zumindest hatten wir sie.«

»Wir haben sie«, sagte Whitney.

Clevenger schloss die Augen. »Ich möchte dich sehen.«

»Gibst du mir ein wenig Zeit?«

»Selbstverständlich gebe ich dir Zeit.« Er öffnete die Augen.

»Und ich finde, wir sollten von jetzt an lieber das Ritz nehmen«, sagte sie. »Um unsere eigene Tradition zu begründen.«

DANKSAGUNG

Mein tiefster Dank gilt meinem Lektor Charles Spicer, meiner Agentin Beth Vesel und meinen Verlegern Sally Richardson und Matthew Shear, die sich mit großer Liebe ihrer Arbeit - und meinen Werken - widmen. Kein Schriftsteller kann sich in besserer Gesellschaft befinden.

Unschätzbarer Rat kam von Christopher Keane, Jeanette und Allan Ablow, Paul Abruzzi, Stephen Bennett, Charles »Red« Donovan, Julian und Jeanne Geiger, Michael Homler, Rock Positano und Anwalt Anthony Traini, die diesen Roman in seinen früheren Entwicklungsstadien gelesen haben.

Mein Freund, Mitarbeiter und Therapeutenkollege, der unbezähmbare J. Christopher Burch, Genie und Gentleman, hat mir bei jedem Schritt des Wegs zur Seite gestanden.

Zu guter Letzt möchte ich mich bei meiner Frau Deborah, meiner Tochter Devin und meinem Sohn Cole dafür bedanken, dass sie mich beständig daran erinnern, wie bezaubernd und bewegend Lebensgeschichten sein können.